PERRI O'SHAUGHNESSY

Die Verhandlung

Buch

Die junge Anwältin Nina Reilly eröffnet am paradiesischen Gebirgssee Lake Tahoe mit viel Courage eine Anwaltspraxis – und hat wenige Tage später ihre erste Mandantin. Die Barkellnerin Michelle »Misty« Patterson, ungeheuer attraktiv, aber in vielen Lebenslagen unselbständig und hilflos, soll ihren Mann Anthony nach einem heftigen Streit mit einer Statuette erschlagen und die Leiche kaltblütig beseitigt haben. Misty kann sich an nichts mehr erinnern und verstrickt sich in Widersprüchen. Nur Nina glaubt an ihre Unschuld. Nach Gesprächen mit den Eltern und Mistys Psychologen, einem undurchsichtigen Hypnotherapeuten, steht für Nina fest, daß das Rätsel der Mordnacht nur gelöst werden kann, wenn das Geheimnis um Mistys Kindheit gelüftet wird. Doch niemand scheint bereit zu sein, die Vergangenheit ans Licht zu bringen ...

Um die Mauer des Schweigens endlich niederzureißen, faßt Nina einen riskanten Entschluß, der ihre Mandantin auf den elektrischen Stuhl bringen könnte. Denn die Garde der alteingesessenen Juristen in der kalifornischen Kleinstadt lauert nur auf einen strategischen Fehler Ninas, um die ungeliebte Kollegin wieder loszuwerden.

Autorinnen

Perri O'Shaughnessy ist das Pseudonym zweier Schwestern, die in Kalifornien leben. Pamela O'Shaughnessy ist Absolventin der berühmten Harvard Law School und praktiziert als Anwältin für Straf- und Zivilrecht. Mary O'Shaughnessy hat englische Literatur studiert; sie ist freie Schriftstellerin und arbeitet als Redakteurin und Textautorin an Video- und Dokumentarfilmen mit. »Die Verhandlung« ist ihr erster Roman; weitere Titel mit der Hauptfigur Nina Reilly sind in Vorbereitung.

PERRI
O'SHAUGHNESSY

Die Verhandlung

Roman

Aus dem Amerikanischen
von Gerrit Kern

GOLDMANN

Die amerikanische Originalausgabe erschien 1995
unter dem Titel »Motion to Suppress«
bei Delacorte Press (Bantam Doubleday Dell
Publishing Group, Inc.), New York

Umwelthinweis:
Alle bedruckten Materialien dieses Taschenbuches
sind chlorfrei und umweltschonend.
Das Papier enthält Recycling-Anteile.

Der Goldmann Verlag
ist ein Unternehmen der Verlagsgruppe Bertelsmann

Taschenbucherstausgabe 3/98

Umschlaggestaltung: Design Team München
Umschlagfoto: The Stock Market
Satz: deutsch-türkischer fotosatz, Berlin
Druck: Elsnerdruck, Berlin
Verlagsnummer: 43679
FB · Herstellung: Peter Papenbrok
Made in Germany
ISBN 3-442-43679-6

3 5 7 9 10 8 6 4 2

Für Helen June O'Shaughnessy
Zur Erinnerung an
Roger Charles O'Shaughnessy

Dank unseren Familien
für ihre Liebe und ihren Beistand

Und herzlichen Dank
an Nancy Yost und Marjorie Braman

My love is bigger than a Cadillac
I try to show it and you drive me back
Your love for me got to be real
For you to know just how I feel
A love for real'll not fade away
A love for real'll not fade away

26. April, Mitternacht

Lassen Sie mich erzählen, wie es meiner Erinnerung nach passiert ist.

Am 26. April, Donnerstag abend, hatte ich bei Prize's Schicht von vier bis Mitternacht.

Eins ist mir in meinem ersten Jahr im Casino aufgestoßen: Eine Menge Spieler stört der Schnee im April, und sie kommen gar nicht erst den Berg rauf. Vielleicht haben sie ihre Parkas schon eingemottet, oder sie haben es im Radio mitgekriegt und machen sich tausend Ausreden. Vielleicht haben sie bei den vielen Dürrejahren in Kalifornien vergessen, wie man mit Schnee fertig wird, also schwirren sie lieber ab nach Las Vegas statt nach Tahoe. Vielleicht sind auch alle bloß abgeschlafft vom Skifahren in Shorts.

Doch die Casinos von Tahoe sind Tag und Nacht geöffnet, egal wie wenig los ist, nur für den Fall, daß irgendein großer Verlierer mitten in der Nacht aufkreuzt. Ich war froh, daß ich Arbeit hatte, selbst wenn ich, weil's nicht viel zu tun gab, ständig so tun mußte, als wär ich voll beschäftigt.

An dem Abend tauchte niemand auf, dem das Geld so locker in den Taschen saß, daß er die Moneten setzte, von denen er sich bei klarem Verstand schon verabschiedet haben müßte. Also döste das meiste Personal einschließlich mir da bloß so rum. Ein paar Kerle aus dem Ort saßen zusammengesackt auf ihren Hockern, flippten aus über ihre Karten an den Siebzehnundvier-Tischen, bekamen Schweißfüße in ihren Straßenstiefeln, wedelten mit Zigaretten und sogen den auch nach Putzmitteln riechenden Kneipenduft ein. Genau wie die Vergnügungssüchtigen auf angeblicher Dienstreise, die einmal im Monat von Sacramento und San José hier raufkommen, und die Streuner, die ein, zwei Nächte bleiben auf ihrem Trip woandershin, spielen sie lausig und geben ein noch lausigeres Trinkgeld.

Stumm teilten die Dealer an den zehn oder zwölf Tischen, an denen überhaupt Spieler saßen, die Karten aus. Wir dürfen keine Uhren tragen, aber wir alle wußten immer, wie spät's war und wann genau die nächste Schicht uns ablösen würde, so daß wir zu unseren liebenden Ehegesponsen nach Hause preschen konnten.

Bei jedem Schritt bekam ich einen üblen Stich in meinem rechten Fußballen. Wir müssen dort diese gefährlichen Stilettabsätze tragen, schwarzes Lackleder, wie aus einem Sadomaso-Film, damit alle wach bleiben, schätze ich, auch die Spieler. Obwohl ich mir's immer bequem mache, wenn die Schichtaufsicht nicht guckt, war's schon spät, und ich war wirklich müde.

Neben der Tonga-Bar belauerte mich ein Mann in glänzenden braunen Stiefeln mit einem Cowboy-Riemchen um den Kragen. Er hatte mich schon vorher bei den Vierteldollarautomaten abgepaßt, aber zum Glück mußte ich da gerade dringend was auf der anderen Seite des Saals erledigen. Diesmal war er schneller. Ich stand mit dem Rücken an der Wand, und diese schmalen, harten Lippen flüsterten was von seinem Zimmer oben. Ich stieß ihn weg, verschüttete dabei seinen vom Haus spendierten Bourbon, und einer von der Sicherheit rettete mich.

Ich weiß noch, daß ich dachte, bloß gut, daß Anthony hinterm Spiegel nicht alles mitkriegt. Der gibt mir nämlich die Schuld, wenn ich angemacht werde.

An dem Abend hatte ich die Mittelschicht zwischen der Tag- und der Nachtschicht, was mir normalerweise gefällt. Da komm ich um ein Uhr früh nach Hause und kann dann am Nachmittag den Einkauf und andere Wege erledigen, aber an diesem Abend fühlte ich mich nicht wohl, und das merkte man mir an. Ich beschloß, als Ausgleich für die vorhergegangenen Stunden wenigstens noch die restlichen zehn Minuten übers ganze Gesicht in den Saal rein zu strahlen und vielleicht die Trinkgelder ein bißchen anzuheben, obwohl mir eigentlich kotzelend war – denn egal, was mit mir und Dr. Greenspan und Anthony passierte, ich brauchte den Job.

Kurz vor Arbeitsbeginn hatte ich Dr. Greenspan aufgesucht, um ihm mitzuteilen, daß Anthony von mir verlangt, ich soll die Behandlung abbrechen. Hinterher hab ich auf dem Parkplatz ein bißchen geheult. Verstehn Sie, als ich mit der Therapie begann, erzählte ich Anthony, das würde meiner Meinung nach unserer Ehe guttun, was gelogen war. Ich schätze, er kam schließlich dahinter. Am Tag zuvor warf er mir an den Kopf, daß mich Daddy – er meinte Dr. Greenspan – diesmal nicht wieder da rauskriegen würde. Er hätte es satt, daß ich unser Privatleben vor einem Fremden ausbreite, und ich sollte mich zusammenreißen und mich wie eine Ehefrau benehmen. Er sagte, er hätte genug davon, meine Sauferei zu bezahlen und dafür noch eine miese Figur zu machen.

Dr. Greenspan meinte, ich könnte monatlich bezahlen und die Hypnosesitzungen auf zweimal im Monat reduzieren. Er wies mit allem Nachdruck darauf hin, daß die Therapie an einem entscheidenden Punkt angelangt wäre, wo das von mir Verdrängte gerade hochkommt. Die Behandlung fing an, mir an die Nieren zu gehn. Er erklärte, das wär ein gutes Zeichen. Aber Anthony wollte nichts weiter davon wissen.

Den ganzen Abend über – ich ging an den Spielautomaten vorbei, servierte den Spielern an den Black-Jack-Tischen Gratisschnaps, sagte »Cocktails?« mit meiner freundlichsten Stimme und ließ die Kerle mich von oben bis unten in meinem sparsamen Aufzug anglotzen, den ich zu tragen hatte – hab ich versucht zu überlegen, wie ich die Behandlung fortsetzen könnte. Mir war klar, meine Eltern würden nicht helfen; die sind Anhänger von Christian Science und würden mich zu einem kirchlichen Heiler schicken.

Mir fiel ein, ich könnte Tom um Hilfe bitten. Da beugte ich mich gerade runter nach dem ersten richtigen Trinkgeld von dem Kerl, der auf Platz drei am Tisch vier verlor. Das war ein Amateur, der den ganzen Abend Gratisschnaps die Kehle runtergeschüttet hatte und nun, praktisch schon horizontal, mit seinem Geld protzte und versuchte, mir einen Schein in den Ausschnitt zu stecken, aber ich sah's kommen. Schnell richtete ich mich auf, und es endete damit, daß er mir den Schein in die Hand drückte und vornüber vom Stuhl kippte. Zwei andere an dem Tisch lachten.

Ich wollte Tom nicht unbedingt bitten, mir Geld zu borgen. Mit dem Gehalt eines Schulleiters muß er eine Frau und drei Kinder durchbringen, da ist er schlecht dran. Es war ja auch nicht so, daß er mir irgendwas schuldete.

Außerdem würde Anthony die Sache mit Tom rauskriegen, wenn ich weiter zum Psychiater gehe. Anthony ist ein Ex-Bulle und ein mißtrauischer Typ. Schlecht für Tom. Sehr schlecht für mich.

Die letzten Minuten meiner Schicht dauerten an dem Abend einfach eine Ewigkeit. Als Brenda zehn nach zwölf auftauchte, um einiges zu spät wie immer, rannte ich in den Umkleideraum fürs Personal. Runter mit dem schwarzen Playboy-Bunny-Abzock-Satin, den ich zusammenlegte und in meinem Fach verstaute, runter mit den Stilettos und Netzstrümpfen, die ich in einen Leinenbeutel steckte. Ich wischte mir was von dem verschmierten alten Zeug im Gesicht ab und zog mir warme Leggings und meinen langen Mantel an. Der Parkplatz von Prize's liegt gleich unterhalb des Berges von Heavenly. Sie können sich den Wind und die Kälte in manchen Nächten nicht vorstellen.

Eine Handbreit Neuschnee bedeckte den Boden, bis ich zu unserem Haus kam. Es liegt in den Tahoe Keys, und wir haben im Hof hinten ein Stück Seeufer mit einem kleinen Steg. Allerdings kein Boot. Wir können jederzeit das von Rick nehmen. Anthony will gar nichts besitzen, was er sich auch borgen kann. Durch die schweren Schneeflocken hindurch konnte ich in das große Panoramafenster reingucken. Anthony lag nicht auf der blauen Couch, aber das Feuer loderte hell.

»I wanna love you night and day / You know my love'll not fade away.« Der CD-Player dröhnte einen alten Song der Rolling

Stones, und wie ich ihn hörte, wär ich am liebsten weggefahren. Diese Musik bedeutete, er war wach, betrunken und wartete auf mich. Ich blieb im Auto sitzen und beobachtete das Haus, bis das Armaturenbrett vereiste und ich hörte, wie er seinen Lieblingssong noch mal durchnudelte.

Ich stieg aus. Ich schloß den Wagen ab, denn Anthony kontrollierte das immer. Dann sah ich ein paar frische Stiefelspuren, denn der Schnee war ja gerade erst gefallen. Sie führten weg zur Seite des Hauses. Ich konnte mir nicht denken, weshalb er rausgegangen sein sollte, aber ich rief trotzdem, bekam aber keine Antwort.

Die Tür hatte Anthony nicht verschlossen, also schlüpfte ich heimlich still rein. Wie ich drin war, konnte ich nur den Schein vom Kamin sehen, ein paar brennende Kerzen, ein orangefarbenes Flackern an der Wand und eine Menge Schatten. Ihn sah ich nicht, zu meiner Erleichterung. Ich zog mir den langen Mantel runter und setzte mich auf die Couch, um mir die Stiefel auszuziehen. Ich zerrte zu sehr und stieß dabei einen Teller und eine Gabel vom Tisch auf den Boden. Die Schlafzimmertür ging auf.

»Du kommst spät, Misty«, sagte Anthony. Wenn er sich bewegte, knarrte der Parkettboden unter seinen Füßen. Er knotete sich den Bindegürtel über der kastanienbraunen Seidenrobe aus China fest, die er irgendwo geklaut hatte, und grub in der Tasche nach. Die Hand kam mit einem zerknüllten Zigarettenpäckchen raus, das er wieder zurückstopfte. Die Haare standen ihm weg, und die Augen waren geschwollen und hatten rote Ränder. Er ging rüber, die Musik ausschalten.

»Ich dachte, du wärst da draußen im Schnee«, sagte ich und zeigte Richtung Fenster. Anthony grunzte, setzte sich auf den Couchtisch vor mich hin und nahm meinen Fuß, um mir den Stiefel auszuziehen.

»Das kann ich selber«, sagte ich und zog den Fuß zurück.

»Okay, ich mach dir einen Drink.«

»Nein, danke.«

»Nimm nur.« Er preßte mir einen steifen Yukon Jack in die Hand, und ich kippte ihn schnell runter, weil ich mir sagte, oh, was soll's, und hielt das Glas für noch einen hin, wobei ich fühlte, wie mir die Hitze ins Gesicht stieg. Erst beim zweiten werde ich kühn.

»Anthony, ich muß dir was sagen.«

Er packte mein Kinn und riß meinen Kopf hoch, so daß ich zu ihm raufschauen mußte. »Beeil dich jetzt mal. Ich hab Arbeit für dich im Bett«, sagte er, als hätt er mich nicht gehört. »Hast du deine Arbeitsschuhe mit nach Hause gebracht, Hübsche?« Sein Mund hing runter. Wegen irgendwas tat er sich selbst leid. Ich haßte diese Stimmung bei ihm.

»Ich bin noch nicht schläfrig.« Meine Stimme klang wie immer auf Arbeit, ruhig, egal, was los ist. Immer wieder hörte ich den Rapsong, den irgendein Penner die ganze Nacht in der Lounge neben dem Spielsaal geplärrt hatte. In meinem Kopf tönte der lauter als Anthonys Worte: »Uh-oh, no, no, uh-oh«, was mich fast dazu trieb, meine Stiefel durch die Fensterscheibe zu schleudern. Ich goß den zweiten Drink runter und zog meine Socken aus.

»Ich glaube, du hast mich nicht gehört, huh?« Er breitete die geöffneten Hände aus. Seine Robe sprang auf und ließ dunkle Haare und sein Ding sehn. Ich hab versucht wegzugucken.

»Mach nur weiter«, sagte ich.

»Ich hab mir was überlegt«, sagte Anthony. Er ließ seine Hand über meinen Hals und meine Brüste runtergleiten, dann packte er mich mit seinen dicken Sicherheitsdiensthänden bei den Schultern. »Du magst mich nicht, nicht wahr, Misty? Du magst mich einfach nicht. Du wirst mich niemals so sehr lieben wie ich dich. Du schenkst dich weg, und ich darf dir nicht mal die Stiefel ausziehen.«

»Du bist betrunken«, sagte ich.

»Dann sag mir doch, daß du mich liebst. Tanz mit mir.«

Ich konnte nichts machen. Ich weiß, ich zuckte zusammen, als er mich berührte. »Ich will raus!« Das ist alles, was ich sagte. Er wußte, daß ich es ernst meinte.

»Du Miststück!« Er versuchte, mich hochzukriegen. Ich ließ mich schlaff hängen.

Als er weiterredete, war er ganz ruhig. »Den ganzen Tag hab ich auf dich gewartet und nachgedacht, was ich machen soll, damit du mich liebst.« So wie er mich hielt, wußte ich, daß ich am nächsten Morgen grüne und blaue Flecken haben würde. »Vielleicht willst du mit mir Schluß machen. Aber ich bin mit dir noch nicht fertig. Mit dir werde ich nie fertig sein.«

Und dann begann er mit dem Ritual, unserer Gute-Nacht-Szene, mit dem Teil, genau wie wir ihn schon eine Million Mal durchgespielt hatten. »Schlafenszeit«, sagte er. Er hob mich hoch und hielt mir die Arme unten. Ich roch den Whiskeyatem, und mich kratzten seine Kinnstoppeln, als er mich an sich drückte.

»Laß mich runter, Anthony, bitte.« Aber er hielt mich fest. Ich konnte betteln, soviel ich wollte, aber er würde mich dennoch ins Bett schaffen. Ich stellte mir den nächsten Morgen vor. Wenn ich Glück hatte, wär er bei guter Laune und würde mir Geld geben, damit ich mir was kaufe.

»Halt die Klappe!«

Ich überließ mich dem Traum, ich wär woanders, wo es nicht drauf ankam, was er mit meinem Körper machte. Diesmal funktionierte das nicht. Seine harten Finger taten mir weh. Ich roch seine ungewaschene Haut. Ich wußte, daß es falsch war, aber ich konnte mich nicht bremsen: Ich rang mich frei. Das gehörte nicht zu dem Ritual.

Jetzt ließ er mich runter, hielt mich aber noch mit der linken Hand fest und versetzte mir einen heftigen Schlag auf den Kopf. Als ich die Augen wieder aufschlug, sah ich, wie er zu mir runterschaute und keuchte.

Er lächelte, es machte ihm Spaß. Wie immer.

Ohne zu überlegen, langte ich hinter ihn. Meine rechte Hand bekam eine Eisbärenfigur zu fassen, grobgemeißelt aus grauem Stein und ziemlich schwer. Ich schlug damit genau auf seinen Hinterschädel, schön locker aus dem Handgelenk, als hätt ich dafür trainiert, mit festem Griff wie beim Bowling, wenn man die Kegel zum Strike ganz dicht neben der Mitte trifft.

Seine Augen schlossen sich, und er fiel vornüber. Dann sah

ich, wie das Blut an seinem Hals lang runterfloß. Ich wollte ihn auffangen, aber ich ließ die Figur auf den Tisch fallen. Das Glas zersplitterte, und ich schwöre, das Geräusch ließ irgendwas in meinem Kopf bersten. Mit einer Scheißangst, wie in einem schlechten Film, kriegte ich ihn hoch auf die Couch. Ich wußte, jetzt war irgendwas für immer anders geworden, und ich überlegte schon, was er mir dafür antun würde. Er stöhnte. Ich auch.

Ich ließ ihn auf der Couch liegen und lief nach dem Funktelefon. In der Küche, wo es sein mußte, lag's nicht. Ich hörte was plumpsen, wie wenn er auf den Boden gerutscht wäre.

Und was dann? Ich war in der Nacht so müde, hundemüde, hatte Angst vor ihm und das Leben satt. Ich weiß noch, ich wollte wieder ins Wohnzimmer, aber statt dessen bin ich, glaub ich, im Schlafzimmer gelandet. Ich kann mich nicht mal dran erinnern, daß mein Kopf aufs Kissen fiel.

Auf dem Radiowecker war es halb acht. Mein Kopf brachte mich fast um, und unter der Zudecke hatte ich noch meine Sachen an. Anthony war schon vor mir aufgestanden, was mich überraschte; ich dachte, das bedeutet, daß er Tagschicht hat. Der Fußboden war eiskalt, denn in der Nacht war das Feuer ausgegangen, und wir sind immer zu knapp bei Kasse oder zu knauserig, um die Heizung anzulassen. Deshalb zog ich mir ein Paar schmutzige Socken an, die ich unterm Bett fand, und ging noch ziemlich benebelt in die Küche, um mir vom Kaffeeautomaten, den Anthony immer nach dem Abendbrot einschaltet, eine Tasse heißen Kaffee zu holen.

Da sah ich das Funktelefon auf dem Boden neben dem Herd liegen. Ich wußte noch, daß ich ihm einen Schlag versetzt hatte. Ich jagte ins Wohnzimmer und verbrühte mich, als mein Kaffee überschwappte. Er lag nicht auf der Couch. Ich dachte, ist das etwa ein neues makabres Spiel von ihm? Versteckt er sich in der Diele oder hinter einer Tür, um es mir für die vergangene Nacht heimzuzahlen? Vorsichtig guckte ich überall nach. Kein Mucks.

Draußen blendende Aprilsonne auf frisch gefallenem Schnee, der Lake Tahoe dahinter ein ganz helles Blau gegen den Himmel, aber keine Spur von Anthony. Die Fußabdrücke vom Abend zuvor waren vom Schnee begraben.

Wieder im Haus, Glassplitter vom Couchtisch auf dem Vorleger. Blut auf den Couchkissen. Keine Eisbärenfigur.

Kein Anthony.

1

2. April bis 14. Oktober

Nina Reilly rief ihren Sohn von einem Münzfernsprecher auf der Straße vor dem Ersten Distrikt-Berufungsgericht von San Francisco an. Wegen des Verkehrslärms konnte sie seine Stimme kaum hören, als er abnahm, war aber von seinem frohen Hallo beruhigt. »Ich gehe noch im Büro vorbei, Schatz. Kannst du dir irgend etwas in die Mikrowelle stecken?« Er würde sich statt dessen etwas Kaltes nehmen, das wußte sie. Von ihrem Ehemann Jack hatte Bobby die Abneigung gegen häusliche Pflichten geerbt. Nachdem sie sich bequemere Schuhe aus der Aktentasche angezogen hatte, trabte sie zurück Richtung Montgomery Street, ließ die Alkies auf der Market Street hinter sich und wechselte wieder zu hohen Absätzen, als sie die Eingangshalle erreichte.

Einer der Fahrstühle war außer Betrieb, also mußte sie eine ganze Weile warten. Als der Lift dann kam, beobachtete sie, wie sich die vielen Leute beim Aussteigen Zeit ließen; dann sprang sie hinein und bekam von den ungeduldigen Türen eins versetzt. Im vierunddreißigsten Stock saß niemand am Empfang, als sie vorbeiging, um sich ihre Post und Nachrichten abzuholen.

Ein früher Abendnebel schwebte herein in die tiefen Schluchten des Finanzviertels vor ihrem Bürofenster. Über die Straße hinweg konnte sie sehen, wie ihre Bürokolleginnen und -kollegen ebenfalls vierunddreißig Stock hoch am Telefon hingen, mit Papieren in der Hand eilig herumliefen und in ihren Konferenzzimmern Sitzungen abhielten, die den Konferenzzimmern ihrer Firma verdammt ähnlich waren. Als sie die Konkurrenten jenseits der Schlucht beobachtete, fiel ihr Bobbys Hamster Cheeky ein, der in seiner Trommel durch die monotone Nacht rannte.

Ehe sie den Hörer abnehmen konnte, kam Mel Akers, einer der Seniorpartner, herein.

»Habe gehört, Sie sind zurück, Nina. Wie ging's heute?«

»Halten Sie sich fest, Mel. Ich bin mir zu neunundneunzig Prozent sicher, ich habe gewonnen.«

»Oh. Gute Arbeit, Nina.«

»Vielleicht die letzte Chance für diesen Berufungskläger, da herauszukommen und ein anständiges Leben zu beginnen. Hoffen wir, daß es keinen vierten Anlauf gibt. Ich war immer der Ansicht, der verdient kein ›Lebenslänglich‹ für das, was er gemacht hat. Das ist kein schlechter Kerl, bloß ein Verlierer.«

»Heute allerdings nicht, was, Nina? Ihnen kann man auf die Schulter klopfen.«

Bei dem Gedanken lächelte sie, wegen seiner ungewöhnlich teilnahmslosen Reaktion. Es gab mehr zu erzählen, aber offensichtlich wollte er keine Einzelheiten hören. Ein Sieg im Berufungsgericht zählte mehr als die meisten anderen Siege. Sie hatte erwartet, daß Mel sie zur Feier des Tages zu einem Drink einladen würde, wenigstens das.

»Kann ich mich setzen, Nina?«

»Sicher, Mel«, antwortete sie und spürte sofort die Abweichung vom Üblichen. Gewöhnlich machte Mel schnell einen Witz und verschwand wie der Blitz den Korridor lang, um ihn noch vor ihr bei allen anderen anzubringen. Statt dessen trommelte er mit seinen sorgfältigst manikürten Fingern auf ihrem Schreibtisch herum, genau wie er es vor einem großen Auftritt bei Gericht immer tat.

»Ich habe eine schlechte Nachricht, Nina. Sie wissen doch, daß sich mittelgroße Firmen spezialisieren müssen, um mit allen jedes Jahr erlassenen neuen Gesetzen auf dem laufenden zu bleiben. Und die Rezession geht unseren Klienten an den Kragen. Kaum jemand bezahlt noch seine Rechnungen. Sie verklagen uns einfach, wenn sie verlieren. Wir hätten Medizin studieren sollen. Da würden uns die Leute nicht so hassen.«

»Vielleicht.«

»Die Versicherung gegen Vernachlässigung der beruflichen Sorgfaltspflicht schluckt unseren halben Gewinn.«

»Hm.«

»Und die Anwaltskammer des Bundesstaats, die verfolgt da eine neue eifrige Tätigkeit, nämlich, neue ethische Grundsätze zu erfinden und ihre verkniffenen Untersuchungsbeamten herumzuschicken, um ehrliche Anwälte heimzusuchen …«

»Also … worum geht's, Mel?« sagte Nina.

»Nun, wissen Sie, auf der letzten Partnersitzung vorige Woche kamen wir zu der Auffassung, daß wir einige Abteilungen etwas voreilig eröffnet haben. Bei der gegenwärtigen Wirtschaftslage müssen wir unsere Mittel konzentrieren. Unsere Tage als allgemeine Anwaltsfirma sind gezählt.«

Hinter der Brille blickten Mels wäßrige Augen dicht an ihr vorbei zum Fenster hinaus, als würde sie gerade so zu Luft wie der Nebel draußen.

»Leider meinen wir, wir sollten unsere Abteilungen für Berufungen und für Familienrecht nicht weiterführen. Das betrifft Sie und Francine Chu. Wir können das einfach nicht durchstehen.«

»Hm.«

»Das richtet sich nicht gegen Sie persönlich. Sie haben großartige Arbeit geleistet.«

»Also wohin stecken Sie mich dann?« Die Firma besaß andere Abteilungen – für Körperschaften, Steuern, Bürgschaften und Effekten, Versicherungsschutz –, wo das Geld herkam und wo es den schwülstigen Papierkram gab, der Anwälte zum Wahnsinn treibt.

»Nun, wir könnten Sie in unserer Abteilung für Bauprozesse unterbringen. Ralph Teeter sucht jemanden. Ich weiß nicht, ob Sie das interessiert.« Jetzt trafen sie seine Augen. Würde sie bleiben oder gehen?

»Was haben Sie noch?«

»Nichts, leider. Francine hat sich entschlossen, in die private Anwaltspraxis ihres Onkels in Marin County einzusteigen.«

Also Francine ging weg, ihre beste Freundin in der Firma. Das tat weh.

Nervenaufreibende Arbeit, Bauprozesse. Ihr Berufsleben würde dann aus endlosen eidlichen Aussagen von Experten für Bodenabsenkungen und von Ingenieuren für durchlüfteten Beton bestehen. Sie würde Fachmann für Dreck, Dachmaterialien und rissige, sich verschiebende Fundamente werden. Das war in Kalifornien ein großes Geschäft. Die hastig erteilten Zuweisungen von Bauparzellen der achtziger Jahre hatten sich in die Spätschädenprozesse der neunziger verwandelt. Die Anwälte kassierten ihre zehn Prozent, ob ein Bau nun gut war oder schlecht.

»Ralph Teeter geht nun auf die Siebzig zu, nicht wahr?« Er brauchte einen starken, gesunden, arbeitswütigen Lakaien. Er würde sich nie zur Ruhe setzen. Er wohnte bei seiner zweiundneunzigjährigen Mutter und war bekannt dafür, daß er jeden Tag früh um halb sieben ins Büro schneite. »Ich bin nicht sicher, ob Ralph und ich ein gutes Gespann wären«, sagte Nina.

»Gut. Überlegen Sie's sich. Ich bin bevollmächtigt, Ihnen eine Abfindung anzubieten, drei Monatsgehälter, sollten Sie sich entschließen … uh, sich was Neues zu suchen. Es täte uns natürlich leid, Sie weggehen zu sehen. Sie haben offensichtlich doch gute Arbeit für uns geleistet, Nina.«

»Ein großzügiges Angebot«, sagte Nina. Mel war sichtlich erleichtert. Er mußte glauben, Nina würde ihm gegenüber nicht starrköpfig werden. Sie würde sich taktvoll mit Verbeugungen verabschieden und nicht wegen widerrechtlicher Beendigung des Arbeitsverhältnisses klagen. »Eine sechsmonatige Entschädigung wäre noch großzügiger«, fuhr sie fort.

»Ich weiß nicht, ob die Partner damit einverstanden wären.«

»Für sechs Monate und die Krankenversicherung bis zum Jahresende.«

»Ich könnte das vermutlich vorschlagen, aber ich …«

»Überlegen Sie's sich«, sagte Nina. Innerhalb einer Stunde rief Mel sie zurück und stimmte zu.

Sie verließ das Büro um sechs, zeitig für sie, kämpfte sich durch den Verkehr zurück nach Bernal Heights – sie brauchte eine Dreiviertelstunde mit dem Auto, was sie sonst in zwanzig Minuten zu Fuß geschafft hätte. Ihr Sohn riß sie an sich und nahm sie von der Minute ihres Eintretens bis zu dem Augenblick in Anspruch, als er nach den Schularbeiten und einem Bad ins Bett gesteckt wurde. Sie holte sich eine Flasche Clos du Bois blanc und kam im Verlaufe des Abends ziemlich weit damit, während sie auf ihren Mann wartete. Als Jack zu Hause eintraf, müde und abgespannt, da lag sie im dunklen Wohnzimmer auf der Couch, die schimmernden Stadtlichter ihre einzige Beleuchtung. Er gab ihr einen beiläufigen Kuß und verschwand in der Küche.

Als sie ein paar Stunden später endlich ins Schlafzimmer kam, schnarchte er schon. Sie stieß ihn an. Er drehte sich mit einem Ruck auf seine ruhige Seite, immer noch von seinem Traum eingefangen. Zu müde und zu niedergeschlagen, ihn aufzuwecken, malte sie sich einen neuen Tag im Kopf aus und warf Mel einige geistreiche, kräftige Sachen an den Kopf, wobei sie noch besser abschnitt als am Nachmittag. Sie schlief erst spät ein. Als der Wecker um halb sieben klingelte, war Jack schon aus dem Haus.

Am nächsten Tag nahm sie all den Mut zusammen, den sie sich sonst für den Gerichtssaal aufsparte, und fuhr in Jeans zurück in die Montgomery Street, um ihren Schreibtisch auszuräumen und für den Transport der Kartons zu sorgen. Leute, mit denen sie fünf Jahre lang herumgeflachst hatte, trugen eine ernste Miene zur Schau. Ihr Abschiedsessen für sie wirkte wie eine Leichenfeier. Jack kam erst kurz vor zehn in die Eigentumswohnung heim und ging sofort zu Bett.

Am Morgen setzte er sich zu ihr an den Tisch auf der von Pfeilern gestützten Plattform über dem steilen Abhang. Die rechtwinkligen, pyramidenförmigen oder verspiegelten Wolkenkratzer der City badeten sich im üblichen silbernen Morgenlicht und sahen so exotisch wie uralte Burgen aus und schienen ebenso weit von ihr entfernt.

»Kalt hier draußen«, sagte er.

»Und ob.« Nina stellte ihr Glas Orangensaft aus Respekt vor dem tiefen Abgrund fest auf die Mitte des Geländers.

Offenbar befriedigt von diesem Wortwechsel, griff er zur Zeitung und fing an zu lesen.

»Jack, ich muß mit dir reden.«

Die Art, wie er die Zeitung hinknallte, sagte ihr, daß er nicht gerade auf eine Unterhaltung erpicht war. »Okay.« Er faltete die Zeitung zusammen und goß sich noch eine Tasse Kaffee ein. »Worüber?«

»Ich werde entlassen.« Der Schock auf seinem Gesicht zeigte, daß die Mitteilung das Warten fast gelohnt hatte. »Vorgestern überraschte mich Mel mit der schlechten Nachricht.«

»Jesus, Nina! Jesus! Das ist ja furchtbar.«

Anstatt Genugtuung über seine Reaktion zu empfinden, spürte sie eine vage Unruhe.

»Ich habe noch sechs Monate Abfindung aus ihnen herausgequetscht«, fuhr sie fort, aber Jack schüttelte immer noch ungläubig den Kopf.

»Du hast doch verdammt noch mal nichts getan, womit du das verdient hättest, Nina.«

»Ich bin mir fast sicher, ich habe auch die Berufung gewonnen. Richter Ritty stellte eine Frage nach meiner Heranziehung von Grundsatzentscheidungen, die ziemlich deutlich anzeigte, in welche Richtung das Urteil des Gerichts gehen wird.«

Er sagte nichts, zog nur an seinem Schnurrbart.

»Was hätten sie gemacht, wenn ich verloren hätte? Muß man sich da fragen.«

Ihre Unbeschwertheit half nichts. Er zog ihre Hand über den Tisch und drückte sie zu fest. Dabei wechselte er in eine Stimmung über, die sie seit kurzem kannte und, wie ihr plötzlich klar wurde, nicht mochte; eine Stimmung, die darauf abzielte, sie zu trösten, die sie aber verlegen machte, als wären sie Fremde.

»Schweine«, sagte er mit forscher, fachmännisch klingender Stimme. »Hör zu. Ich rufe Drew an. Der kennt einen großen Fisch, der wird mit ihnen Schlitten fahren.«

»Ich habe nicht vor zu klagen.«

»Du kannst sie doch nicht damit durchkommen lassen!«

»Ich bin bereit zu gehen, Jack. Ich brauche eine Veränderung. Ich denke, es wäre gut für uns ...«

»Du *brauchst* einen Job.«

»Ein paar Monate kommen wir ohne aus, wenn wir müssen. Wovor hast du denn Angst? Daß ich nicht imstande bin, einen anderen Job zu finden?«

»Natürlich. Natürlich habe ich Angst, du wirst keinen anderen verdammten Job finden.« Er stand auf. Als er seine Serviette auf den Tisch warf, stieß er mit dem Ellbogen ihr Glas um. Es kippte herunter und fiel einen langen, stillen Augenblick lang, während dem sie einander voll gegenseitiger Bestürzung anschauten. Das Geräusch splitternden Glases schien dann weit weg und klang enttäuschend.

Nina konnte den ganzen Tag die Heftigkeit von Jacks Reaktion nicht vergessen. Am nächsten Morgen war er bereits fort und brachte zu der Zeit, als sie aufwachte, Bobby schon zur Schule. An jenem Abend und auch am folgenden kam er erst gegen ein Uhr früh nach Hause. Als sie am zweiten Abend bis spät in die Nacht aufblieb und mit ihm im Bett zu reden versuchte, brüllte er, daß er seine Ruhe brauche, er habe einen Gerichtstermin am Vormittag, und damit drehte er sich um und schlief.

Das erklärt möglicherweise, warum sich Nina an ihrem dritten Tag zu Hause zum erstenmal seit fünf Jahren einsam fühlte, bis hinunter in die Fußspitzen. Sie mußte nirgendwohin und hatte nichts zu tun außer ihrer Wäsche. Die schon seit Tagen schwelende Frustration und die Verzweiflung machten sie abwechselnd rastlos und apathisch. Ein freier Tag! Sie sollte anfangen, sich einen Job zu suchen. Statt dessen hatte sie es mit einem Haufen Wäsche zu tun. Sie ging lange unter die Dusche. Als sie fertig war, bemerkte sie, wie sich schaumiges Wasser von der Waschmaschine auf dem Boden durch die Küche schlängelte. Sie rief den Klempner des Wohnkomplexes an und packte sich mit der Zeitung auf die Couch; die sollte ihr Gesellschaft leisten.

Nach weniger als einer Stunde klopfte es an der Tür. Sie stand auf und öffnete. Der Klempner trat lächelnd ein und musterte sie von oben bis unten. In einer zu seiner Jugend passenden eitlen Geste faßte er sich ins Haar, knapp über den goldbraunen Augen und der großen Nase, wobei er ein kleines silbernes Kreuz im Ohr zum Pendeln brachte. Sie zeigte dem jungen Mann den Schlamassel und ging zurück, um es sich wieder auf der Couch bequem zu machen. Als er in der Küche fertig war, kam er herein. Er stand neben ihr, die Augen auf der Bluse an der Stelle, wo der BH sitzen sollte.

»Was für eine Schande, einer so hübschen Dame eine Rechnung ausstellen zu müssen«, sagte er. Die Vorhänge waren zugezogen. Da das Geräusch der Waschmaschine abrupt abgebrochen war, löste die Stille die gemeinsame Erkenntnis aus, daß niemand sonst zu Hause war.

»Wenn man sich die Werbung anhört, denkt man, die alten Waschmaschinen halten eine Ewigkeit«, sagte er. »Ich habe eine neue Tülle eingesetzt, aber Sie sollten sich besser bald nach einer neuen umsehen.« Er zeigte ihr den Preis der Tülle auf der Rechnung und brachte seinen Kopf dabei dicht an ihren, während sein Finger auf jeden Posten tippte. Er roch nach Reinigungsmittel, frisch und duftend von der Arbeit.

So anmutig, wie sie nur konnte, erhob sie sich aus den prallen Kissen. Sie lief hinüber zum Tisch nach ihrer Tasche, spürte seine Augen auf ihren nackten Beinen und bemerkte seinen Körper und die auf seinem knackigen Hintern prall sitzenden Jeans.

Wie sie sich umdrehte, fand sie ihn dicht hinter sich, die langen Wimpern zogen sich um seine Tigeraugen zusammen, der pendelnde Ohrring hypnotisierte sie. Sie hatte Mühe, ihr Scheckbuch herauszubekommen.

»Ist Ihnen heute nicht gut?« sagte er.

»Warum fragen Sie?« fragte sie.

»Als ich das letztemal hier war, mußten Sie freinehmen, um mich reinzulassen. Das weiß ich noch.« Sie suchte in ihrer Tasche herum, da fiel ihr der Tag und die Unterhaltung mit ihm wieder ein. Von Kindesbeinen an hatte er in Bernal Heights gewohnt. Er liebte die City. Er arbeitete bei seinem Vater, drüben an der Valencia. Er wollte das Geschäft einmal vom Vater übernehmen. Er wollte seinen Pilotenschein machen. Bei jeder Gelegenheit fuhr er nach Fort Funston Hängegleiter fliegen, denn das Sichabstoßen von einem steilen Hang hielt er für das Aufpeitschendste, was er sich vorstellen konnte. Sie wußte eine Menge über ihn. Wieso fiel ihr nicht sein Name ein? Während sie nachsann, schob er sich heran, bis die Haare auf ihren Armen sich berührten.

So nahe an ihrem Körper schien der seine größer und umgab sie mit einem Fluidum wilder Bedrohung und sicheren Schutzes; weder konnte sie es definieren noch ihm widerstehen. In diesem gefährlichen Bann tat sie nicht das, was sich gehörte. Sie bewegte sich nicht von der Stelle. »Sie haben schönes Haar«, sagte er und streckte die Hand aus, um es zu streicheln. »Braun wie Milchschokolade. Seidig.«

Seine Hand glitt hinter ihren Kopf, hob ihn an, und dann küßte er sie plötzlich, schlug die Arme um sie und hielt sie so warm wie in einem Bärenfell. Seine Finger streiften sanft über ihr Haar. Sie fühlte sich beruhigt und elektrisiert zugleich. Sie bemerkte, wie sie seinen Ohrring mit den Fingerspitzen berührte; sie ließ die kühle Überlegung fallen, daß sie das nicht tun dürfe, sondern folgte lieber der Rundung seines Ohrs. Irgendwie hatte er seine Schuhe weggeschleudert und lag auf der Couch mit ihr, murmelnd, wie nett sie sei, wie schön, wie sanft sich ihre Haut anfühlte. Er bewegte sich mit einer unbeschwerten Vertrautheit, als hätten sie sich schon immer gekannt.

Schwindlig vom eigenen Verlangen, fuhr sie mit beiden Händen seinen Rücken hinunter und hörte ihn seufzen. Dann hielt er inne, bewegte sich nur, um seinen Kopf zur Seite zu drehen, und erstarrte. Lauter als das Dröhnen in ihrem Blut hörte sie jemanden sagen, kalt und präzis: »So ist das also! Das ist es also!« Der junge Mann sprang auf, und sie versuchte sich aufzurichten und schaute ihren Mann an. Einen langen Augenblick stierte Jack die beiden mit einem Ausdruck an, den sie an ihm nicht kannte. Dann wandte er sich ab. Die Vordertür knallte zu.

»Tut mir leid«, sagte der Junge. »Ganz schön beschissen. Ihr Alter?«

Nina wußte keine Antwort.

Er schnürte sich die Stulpen zu und kam zu ihr, rieb ihr leicht den Kopf wuschelig. »Alles in Ordnung bei Ihnen?«

»Wird schon gehen.«

»Ihr Mann sah reichlich sauer aus. Keine Gefahr, daß er … Sie etwa schlägt oder so?«

»Er ist Anwalt.« Sagte das nicht alles?

»Uh-oh. Noch schlimmer.« Er lief los zur Tür, kehrte dann aber zurück, sichtlich widerstrebend, seine Miene ein Fragezeichen.

»Ach«, sagte Nina. »Ich lege den Scheck unter die Fußmatte, okay? Können Sie sich später holen.«

»Paletti«, sagte er und verduftete. »Und danke, daß Sie die Schnelle Klempnertruppe gerufen haben!«

Nicht sehr komisch. Aber ihr gefiel diese Geste. Wirklich.

Ms. Cherry, eine energisch klingende Frau, die sich als Jacks Anwältin vorstellte, rief sie am folgenden Tag an.

»Nein, ihm ist es lieber, Sie versuchen nicht, ihn im Hotel zu erreichen«, sagte sie.

»Irgendwann muß er mit mir sprechen. Er kann nach fünf Jahren nicht einfach alles so abtun, ohne mit mir zu reden.« Nina versuchte, sachlich zu klingen, es gelang ihr aber nicht. »Jack redet gern … Wir können doch das Problem lösen, wenn er mich einfach anruft.« Sie konnte gar nicht glauben, daß sie bettelte, vor der Fremden kroch. Genau so fühlten sich also ihre Scheidungsklientinnen, wenn sie ihnen am Telefon mitteilte, daß die Schlösser ausgewechselt worden waren und ihnen einige Schreiben ins Haus standen.

»Ich fürchte, seine Entscheidung ist endgültig«, sagte Ms. Cherry in neutralem Ton. »Er hat mich angewiesen, die Scheidungsklage so schnell wie möglich einzureichen. Ich werde Ihnen zur Stellungnahme eine güterrechtliche Scheidungsvereinbarung zusenden. Wir werden die Eigentumswohnung verkaufen müssen.«

Bei den Worten erbleichte sie. So würde sie auf einen Schlag Mann und Wohnung verlieren. Falsch. Nicht nur sie. Bobby auch. »Wie ich erfahre, ist Mr. McIntyre nicht der leibliche Vater des Jungen und hat ihn auch nie förmlich als Sohn adoptiert«, fuhr die Anwältin fort, als wüßte sie, was in Ninas Kopf vorging. »Er wünscht, den Kontakt zu ihm aufrechtzuerhalten, und wir möchten zwanglose Besuche vereinbaren.«

»Also richten Sie Mr. McIntyre aus, er kann mich mal am Arsch lecken«, sagte Nina.

»Es tut mir leid, daß Sie so darüber denken«, meinte Ms. Cherry. Nina sagte so was auch in ihrem Büro, wenn Leute am Telefon einen Wutanfall bekamen.

»Er muß mit mir reden«, sagte sie. Sie legte auf und stand noch eine ganze Zeit da, die Hand am Hörer, als wollte sie ihn wieder abheben. Ihr fiel niemand ein, den sie anrufen könnte, außer Jack. Da das nicht ging, wollte sie wegrennen in die Anwaltspraxis, um dort auf andere Gedanken zu kommen, aber diese Möglichkeit bestand nicht mehr. Sie lief hinaus auf den Balkon. Tannennadeln von einem hohen Baum auf dem Hügel hinterm Haus rieselten langsam durch den feuchten Dunst und besprenkelten Jacks blauen Segeltuchsessel. Ein von zwei Polizeiautos begleiteter Krankenwagen heulte die Straße lang, um seine unglückliche Fracht im Krankenhaus auf dem Berg abzuliefern.

Noch eine Woche zuvor war sie eine verheiratete, geachtete Anwältin von San Francisco mit einer gesicherten Zukunft gewesen. Nun besaß sie nichts außer Bobby und ihrem juristischen Grad.

Wenn sie bloß die Stelle bei Ralph Teeter angenommen hätte! Wenn Jack bloß nicht so zeitig nach Hause gekommen wäre.

Wenn sie bloß Lebensmittel einkaufen gegangen wäre, statt die Wäsche zu machen.

Was es alles so gibt, wirklich.

2

WENN LEUTEN WAS SCHLECHTES PASSIERT, verlassen sie oft die Stadt. Auch halten sie sich an die Familie. Ninas Bruder Matt wohnte am Lake Tahoe, und er hatte ein freies Zimmer. Am nächsten Tag fuhren sie hin.

Um Bobbys willen tat sie so, als wäre alles beim alten.

Lunch aßen sie ein kleines Stück nördlich von Sacramento in einer großen Scheune, die Schulz's hieß. Es war eines von diesen bewußt auf altmodisch getrimmten Geschäften, wo man Bonbons direkt aus den großen Glasbehältern kaufen konnte, die mit Lakritze, Salzwassertoffees und karamelisiertem Mais gefüllt waren. Sie bestellten riesige Hamburger. Bobby ließ das meiste übrig, schnorrte eine Tasche voll Kleingeld und tauchte in dem lauten benachbarten Raum mit den Rodeoautomaten und Videospielen unter.

Nina saß nahe daneben am Tisch und las beim Chips-Schnurpsen Zeitung. Der Gouverneur wollte wieder mal die Sozialausgaben kürzen und noch mehr Geld abziehen, das für die öffentlichen Schulen vorgesehen war – es reichte nicht, daß Kalifornien, was die Ausgaben für Schulen betraf, fast der letzte der fünfzig Bundesstaaten war. Das Defizit war höher, als sich die Experten des Bundesstaatsparlaments jemals hatten träumen lassen, jedenfalls vor der Wahl. Überfälle auf Autofahrer mit Wagenraub stiegen an, mit den Aktien von Apple Computer ging es bergab. Immer noch an den Folgen einer Serie von Erdbeben, Bränden und Erdrutschen an der Küste kauend, erholte sich Kalifornien nicht von der Rezession.

Die zweite Seite floß über von Schauergeschichten über Exhibitionisten und unsittliche Grabscher sowie neuartige in Nahrungsmitteln gefundene Krebserreger. Geld und Umwelt und die alles durchdringende Atmosphäre der Gewalt. Immer dieselbe alte Scheiße, würde Jack sagen. Man konnte diese Dinge nicht persönlich nehmen; die ereigneten sich in viel zu großem Maßstab. War der Goldene Staat nach dem Goldrausch benannt worden oder nach seinen trockenen, goldenen Berghängen, sann sie und schlug die Witzseite auf, um ihre Gedanken in eine andere Richtung zu lenken.

Ihr Blick fiel auf Madame Zelda mit ihrer Kristallkugel, die nur ein kleines Stück von ihr in verstaubter Trance in der Glasvitrine saß. Sie stand auf und steckte einen Vierteldollar hinein. Unter dem ausgefransten Tuch erglühte Zeldas Gesicht. Die Maschine schluckte auf, und eine gelbe Karte fiel in den Ausgabeschlitz.

Das Liebestäubchen entflog dem Bauer,
Ließ dich zurück in trüber Trauer.
Doch bald stellt großes Glück sich ein.
Du sollst nur nicht so störrisch sein.

Störrisch: verbissen, logisch denkend und gewissenhaft. Das Hirn eines elektronischen Kopfs, das Herz des miesepetrigen Fabelwesens Grinch. Kurz, ein ganz dem Standard entsprechendes Mitglied der Juristengilde. Sie dachte noch mal darüber nach, wie rasch sie bei ihrem freundlichen Klempner weich geworden war. Offensichtlich gab es auch in ihrem Inneren etwas, was sie unterdrückte und was nach Beachtung verlangte.

Gegen drei Uhr hatten sie weitere hundertzehn Kilometer zurückgelegt und waren auf über zweitausend Meter zum Echo Summit hinaufgeklettert. Dort oben herrschte noch Winter, und die Straße wand sich zwischen schmutzigen Schneewänden dahin. Gleich hinter den Skiliften auf der Höhe nahmen sie die letzte scharfe Kurve in das ungeheuer weite Tahoe-Becken.

Von ihrem Aussichtspunkt mehr als dreihundert Meter über dem Tahoe-Tal überblickten sie das ganze Oval des Sees, hundertfünfzehn Kilometer rundum, über vierzig Kilometer quer hinüber und fast fünfhundert Meter tief; er strahlte ein intensives Türkis in den zartblauen Himmel aus. Der See lag bereits mehr als sechzehnhundert Meter hoch, aber die schneebedeckten Berge ringsum überstiegen die Dreitausend-Meter-Marke. Zwischen den Bergen und dem See lagen die Orte nahe genug oder hoch genug, um über den dichten Wäldern wie Trugbilder Gestalt anzunehmen: am Südufer die winzige Stadt Meyers und daneben die Landebahnen des Flughafens Tahoe, dann die hoch herausragenden Casinos, die der Uferstadt South Lake Tahoe ihren Zauber verliehen. Am Nordufer verschwanden die kleinen Städte Incline und King's Beach in der Ferne; und Tahoes höchster Berg, der Mount Rose, wies den Weg nach Reno.

Der Bronco schlängelte sich von der Granithöhe hinunter in die Stadt. Die Temperatur war seit Sacramento um fast zwanzig Grad gefallen, aber Matt Reilly, Ninas jüngerer Bruder, hackte in einem alten T-Shirt und mit einer Baseballmütze der Giants im vorderen Hof Holz. Er umarmte Bobby und sagte: »Troy und Brianna sind hinterm Haus.« Dann legte er einen Arm um Nina. »Ich dachte, du bist von oben bis unten in Verbände gewickelt, kriechst vielleicht auf Krücken wie ein Kreuzfahrer, der gerade aus dem Krieg kommt«, sagte er.

Matt war vor fünf Jahren nach Tahoe gezogen, als ihre Mutter starb. Später im selben Jahr hatte er Andrea geheiratet. Sie hatten zwei Kinder: Troy, Andreas achtjährigen Sohn aus ihrer verflossenen Ehe, und die vierjährige Brianna. Im Winter fuhr Matt eine Zugmaschine, und im Sommer führte er ein Gleitschirmunternehmen am Fuße des Ski Run Boulevard. Er sah schlank und sonnengebräunt aus. Als sie noch klein waren, hatte Nina immer versucht, ihn zu beschützen. Diesmal brauchte sie seine Unterstützung. »Ich hoffe, du bleibst«, sagte er. Er half ihr, die Koffer auszuladen und in das freie Schlafzimmer zu bringen, und als sie fragte, ob es was für sie zu tun gäbe, zeigte er ihr, wie man Späne zum Anzünden spaltet.

Um fünf kam Andrea von ihrer Sonntagsschicht im Frauenhaus zurück, ein herber Rotschopf mit den flotten Bewegungen einer berufstätigen Mutter. Sie übergab Nina eine Tüte mit den gekauften Lebensmitteln und übernahm den Haushalt. Sie freute sich, ihre Schwägerin zu sehen. Sie hatte in ihrem Beruf mit Gewalt in der Ehe zu tun und war dabei mit mehreren gerichtlichen Auseinandersetzungen in Berührung gekommen, und nun hatte sie ganz überraschend eine eigene Hausanwältin bei sich.

Um neun schliefen die Kinder, und Matt wusch ab. Die Erwachsenen ließen sich dann am Kamin fallen, redeten über den Tag, die Hausarbeit und die frische Vorfrühlingsluft. Nina erzählte ihre Geschichte, und sie rechnete es ihnen hoch an, daß sie nicht lachten, als sie zu dem Teil mit dem Klempner kam. Besonders Matt.

»Willst du es mit Jack noch einmal versuchen?« fragte Andrea. Sie lag mit Matt verschlungen auf der Couch, während es sich Nina auf dem Boden neben dem Kaminfeuer mit einem übergroßen Kissen gemütlich machte.

»Als wir heirateten, liebte er immer noch eine andere«, erzählte Nina. »Ich brauchte ihn damals so sehr, daß ich ihm die Pistole auf die Brust setzte und ihn mit zum Pfarrer schleppte. Alles, was er damals wollte, war, ein paar wenige Fälle bearbeiten und die übrige Zeit in seiner Hütte in Big Sur flachliegen, Musik hören und laut Gedichte lesen. Also war ich diejenige, die mit Glanz und Gloria ihren ersten großen Job erhielt, und ich sorgte dafür, daß wir von Carmel nach San Francisco zogen. Bobby ging in die Kindertagesstätte, und unser Familienleben bestand aus Hallo und Wiedersehen und den Sonntagnachmittagen. Jetzt hat mich Jack erwischt, wie ich einem anderen den Hintern kniff. Das ist so demütigend. So banal. *Ich* würde mich nicht wiederhaben wollen.«

»Na, soll er sich zum Teufel scheren«, sagte Matt. »Beim Monopoly betrügt er ohnehin.«

»O ja, ich möchte wütend auf ihn werden und ihn verprügeln, Matt. So geht's meinen Scheidungsklienten in den ersten paar Monaten. Der einstige Mann fürs Leben verwandelt sich in ein Monster. Aber das kriege ich nicht fertig. Ich bin diejenige, die sich in Mr. Hyde verwandelt und die ganze Sache ins Rollen gebracht hat.« Jawohl, das war's, in ihrem Gehirn war ein niedriges, watschelndes Bruchstück des undefinierbaren »Es« herumgehopst und hatte Ärger verursacht.

Andrea meinte: »Wo du schon davon redest, du könntest dir mal die Haare schneiden lassen und dich rasieren.« Nina warf mit Matts Slipper nach ihr. Andrea fragte weiter: »Kannst du in der City keine andere Stelle bekommen?«

Ungewollt tauchte vor Ninas geistigem Auge ein Bild des Lebens der Ms. Cherry auf. Sie kannte Jacks Ms. Cherry nicht, aber sie kannte die Ms. Cherrys von San Francisco: das unausgefüllte Familienleben, die langen Abende, die anspruchsvollen Firmenpartner, das ständige Herumrasen, der unbarmherzige, zermürbende Druck der vielen Fälle … Sie mußte es ja wissen. Es war bis vor kurzem noch ihr eigenes Dasein, das sie da beschrieb. Es mußte doch noch eine andere Art geben, den juristischen Beruf auszuüben!

»Lieber lasse ich mich in Sand eingraben und von Feuerameisen auffressen«, hörte sie sich sagen. Matt und Andrea lachten. »Doch wegen Bobby sollte ich mich bald entscheiden. Er wird Jack vermissen. Jack ist der einzige Vater, den er kennengelernt hat. Und die Eigentumswohnung, in der er die ganze Zeit gewohnt hat … wird verkauft.«

»Bleib hier und überdenke alles, solange du willst«, sagte Andrea. »Und mache dir nicht zuviel Sorgen. Bobby ist anpassungsfähig. Der übersteht das.«

»Und Tahoe ist wunderbar im Frühling. Es ist toll und super, und was es sonst noch an maßlosen Übertreibungen gibt.« Matt gelang es nicht, ein langes Gähnen zu verbergen. »Das Alter ist furchtbar. Seit dem Tag, an dem ich dreißig wurde, fallen mir um elf die Augen zu.«

Andrea stand auch auf.

»Ich glaube, ich starre noch ein bißchen ins Feuer«, sagte Nina. Sie wollte nicht zu Bett gehen und allein schlafen. Sie schlief dort ein, wachte um zwei auf, das Feuer war bis auf die Glut heruntergebrannt, und schlüpfte schließlich unter die gelben Decken. Im Traum saß sie wieder am ersten Tag in der High-

School, und sie hatte die Kombination für ihren Spind vergessen, in dem ihre Bücher lagen. Sie kam zu spät. Es läutete. Sie hatte die High-School geschmissen und hatte keine Ahnung, was sie dagegen tun konnte.

Am Mittwoch beim Einkaufen von Schokoladenostereiern kam sie an einem kleinen Bürohaus vorbei. Ihr fiel das Schild ZU VERMIETEN! ins Auge, das schief an einem Nagel baumelte. Das Gebäude stand am Highway 50, der Hauptdurchgangsstraße der Stadt. Hinten gab es viel Platz zum Parken. Sie nahm denselben Weg zurück, und diesmal fuhr sie auf das Gelände und betrat das Haus durch die Doppeltür. Drinnen ging sie den mit Spannteppich belegten Korridor entlang; es gab zehn Bürosuiten, fünf auf jeder Seite.

Der Hausverwalter war offensichtlich froh, daß sie gekommen war, und zeigte ihr eine kleine Ecksuite mit einem Empfangsraum für eine Sekretärin und zwei Sesseln für wartende Klienten. Von da gingen zwei Türen ab. Eine führte in ein langes Zimmer, das als Besprechungsraum kombiniert mit der juristischen Bibliothek dienen konnte. In der großen Kammer mit mehreren Steckdosen konnte man das Faxgerät, den Kopierer, Vorräte und sogar einen kleinen Kühlschrank unterbringen.

Als sie die Jalousien an der Seitenwand des Büroraums hochzog, konnte sie ihren Augen kaum trauen. Der vom Wind mit Schaumkrönchen geschmückte Lake Tahoe beherrschte den unverstellten Blick auf Marsch und Bäume. Außer einer schmutzigen Straße gab es in dieser Richtung keine Anzeichen von menschlicher Tätigkeit.

Der Verwalter folgte ihrem Blick. »Großartige Aussicht auf den Tallac«, sagte er und zeigte quer über den Südteil des Sees auf einen zerklüfteten Gipfel. »Den habe ich vergangenen Sommer bestiegen. Dauert einen ganzen Tag, aber lohnt sich.« Über Sechzig, hager, in abgewetzten Jeans, trug er, was Nina bereits als Kennzeichen von Tahoe ausgemacht hatte, ein buntkariertes Wollhemd. Er zog die anderen Jalousien an der zur Straße gehenden Seite hoch, so daß man das geschäftige Treiben auf

Straße und Bürgersteig wahrnehmen konnte, die Ampeln, die Tankstelle an der Ecke über die Straße und das mexikanische Restaurant auf der anderen Seite. »Zwei verschiedene Welten«, sagte er. »Je nachdem, welche Sie hochziehen.«

»Wieviel?«

»Siebenhundertfünfzig im Monat.«

Wahnsinnig billig im Vergleich zur City. Sie entschied sich auf der Stelle, zog ihr Scheckbuch heraus und leistete eine Vorauszahlung. Er sagte, er werde ein Schild machen lassen. Als der Innenausstatter drei Tage später das Schild aufhängte, hatte sie schon zwei Schreibtische, einen Konferenztisch, Lampen, Bürobedarf und verschiedene Stühle und Sessel beim Büroeinrichter am Ort gekauft. Das wurde alles noch am gleichen Tag geliefert und auf einen alten Orientteppich gestellt, geliehen von Andrea, die ihn seit der College-Zeit besaß. Sie hängte zwei Drucke von Ansel Adams auf, die sie in den Kartons mit den Papieren aus der Kanzlei von San Francisco fand, und betrachtete sie mit Befriedigung, wie sie streng und elegant an der Wand des Vorzimmers hingen.

NINA F. REILLY, RECHTSANWÄLTIN hieß es auf dem Schild vor dem Eingang zum Bürogebäude in großer, erhabener Blockschrift. Sie rief an und lud Andrea und Matt ein, und sie machten eine Sektflasche auf, während sich der Mann draußen abmühte, das Schild am Außenputz zu befestigen. Mehrere neue Büronachbarn traten heraus, ein älterer Wirtschaftsprüfer namens Frank und zwei Damen von der Immobilienfirma am anderen Ende des Flurs; sie freuten sich über die Unterbrechung und tranken gern den Korbel aus Pappbechern.

Am Sonntag und Montag des dreitägigen Osterwochenendes ließ Nina Bobby mitsamt einem riesigen Osterkorb bei Andrea und fuhr eiligst zurück nach Bernal Heights, um ihre Sachen auszuräumen. Sie hinterließ auch auf dem Anrufbeantworter Nachrichten für Ms. Cherry, Bobbys Schule, Francine Chu und Mel Akers. Montag gegen Mitternacht war sie wieder zurück in Tahoe, völlig erschlagen, und machte Bobby ein Lunchpaket. Sie würde ihn am nächsten Tag an der John Muir Elementary School anmelden, auf die Troy ging und wo Brianna die Vorschule besuchte. Am Dienstagnachmittag half ihr Matt, den kleinen Anhänger mit Computer, Drucker, Bücherkartons und Spielzeug auszuladen und die Sachen in die Garage zu schaffen.

Der 16. April.

Vierzehn Tage, seit sie ihren Job verlor; zehn Tage, seit die Schnelle Klempnertruppe ihren Handwerker herübergeschickt hatte, um das Unheil anzurichten.

»Eine historische Wende«, sagte sie zu Matt, als sie mit der Kiste voller Töpfe und Pfannen in die Garage schnauften.

»Historische? Oder hysterische?« fragte Matt. »Wirklich, du gehst wie eine Flutwelle über alle Hindernisse hinweg. Da packt mich das kalte Grausen!«

»Es ergibt sich alles ganz logisch, was ich tue«, sagte Nina.

»Sicher, Nina! Wie nach Tahoe ziehen. Ganz logisch!«

»Was meinst du denn damit? Hier, stell das auf den Fernseher.«

Sie setzten die Kiste ab und richteten sich auf. »Falls du es noch nicht bemerkt haben solltest«, sagte Matt, nahm die Mütze ab, wischte sich die Stirn und enthüllte einen klassischen Fall von entstehender Hinterglatze, »es gibt noch andere Möglichkeiten, Entscheidungen zu treffen, als aus Logik.«

»Zum Beispiel?«

»Zum Beispiel aus Erfahrung und Intuition.«

»Vermutlich. Also was glaubst du nun, Matt: Ist das Leben eine Tragödie oder eine Komödie?«

Matt setzte sich die Baseballmütze wieder sorgfältig auf. »Da hast du gerade den Richtigen gefragt. Und meine Antwort lautet: Laß uns reingehen, die Füße hochlegen und ein Bier trinken.«

3

IHRE GESCHÄFTSERÖFFNUNG war am Tag davor im Lokalblatt angekündigt worden, zusammen mit einem Stellenangebot für eine in Rechtssachen erfahrene Sekretärin. Aber die Telefone standen unbenutzt herum, und die Stille beunruhigte Nina mehr als erwartet. Sie blätterte die *Rechtsanwälte*-Seiten im Branchenbuch durch und wunderte sich über die halbseitigen Anzeigen. Wenigstens zwanzig Rechtsanwälte praktizierten genau hier in der Stadt, für zwanzigtausend Leute. Entweder hatten die Einwohner von Lake Tahoe eine ungewöhnlich hohe Anzahl von Rechtsstreitigkeiten, oder den Anwälten gefiel es hier so sehr, daß sie ein unsicheres Dasein in Kauf nahmen.

Keine Klienten, sagten die jungfräulichen Zeitschriften im Vorzimmer, und keine Aussicht auf welche. Andrea erklärte, sie wollte von ihrer Seite Klienten herschicken, aber man konnte überhaupt nicht vorhersagen, wann das mal klappen könnte.

Sie solle sich aufmachen und den örtlichen Rotarier-Club aufsuchen. Die ließen nun auch Frauen hinein, widerwillig zwar. Sie legte eine Liste an. Der Handelskammer von Lake Tahoe beitreten. Das Amtsgericht anrufen und zusehen, daß ein paar Mandate für kleinere Delikte abfallen. Racquettball spielen. Dich selbst ins Gespräch bringen.

Sie hängte sich die Tasche über die Schulter und wollte gerade hinüber zum Gericht gehen, um sich den Gerichtsbeamten vorzustellen, da ging die Außentür auf. Durch die offene Tür ihres Zimmers konnte Nina sehen, wie eine kleine, sehr breite ältere Frau in einem braunen Regenmantel hereinkam. Sie setzte sich außerhalb von Ninas Sichtwinkel auf einen Besucherstuhl.

Mit einem lauten Quietschen schob Nina ihren Sessel zurück.

»Hallo«, sagte sie, als sie mit ausgestreckter Hand ins Vorzimmer trat. Die Frau schaute auf die Hand und gab dann ihre. Sie drückte sie fest, warm.

»Ich bin gleich rübergekommen«, sagte sie. »Ich bin Sandy Whitefeather.«

Nina führte sie in ihr Büro und zog ein Klientenformular heraus. »Kann ich Ihnen eine Tasse Kaffee anbieten?« fragte sie.

»Hört sich gut an.« Sandy Whitefeather blickte sich recht interessiert im Büro um, während Nina Kaffee für beide brachte.

»Nun. Was kann ich für Sie tun?«

»Sie können mich einstellen, Mrs. Reilly. Ich möchte Ihre Sekretärin werden.« Sie trank einen Schluck Kaffee; offenbar gefiel es ihr. Sie schaute Nina offen an.

»Oh! Ich verstehe! Ich dachte ...«

»Sie dachten: Eine Klientin. Sieht aus, als ob Sie welche gebrauchen könnten.«

Nina legte das Formular weg. »Ich nehme an, Sie haben einen kurzen Lebenslauf mit?«

»Ich hatte keine Zeit, den aufzusetzen. Ich dachte, Sie haben's eilig.«

»Richtig. Also Ms. Whitefeather ...«

»Sandy.«

»Erzählen Sie mir von sich.«

»Ich bin eine Washoe.«

»Wie bitte? Was ist denn ...?«

»Eine Indianerin. Von einem hiesigen Stamm.«

»Wie interessant. Aber ...«

»Sie wollen wissen, wieso ich eine gute Sekretärin abgeben würde. Ich nehme Kurse für Sekretärinnen am städtischen College. Ich kenne mich mit jedem Textverarbeitungsprogramm aus, Windows, egal was. Ich habe mein ganzes Leben hier verbracht, und ich kenne die Stadt.«

Sie trug immer noch den Regenmantel, und es regnete gar

nicht. Im Hinterkopf hatte Nina eine Vorstellung von der Sekretärin, die sie haben wollte, und Sandy Whitefeather war das nicht. Sie stellte sich ein blitzgescheites Mädchen mit schneller Auffassungsgabe vor, jemand, mit dem die Klienten beim Warten gern plaudern würden.

»Ich bin bei der großen Firma Caplan, Stamp, Powell and Riesner, drüben bei Grand Auto die Straße runter. Registratur. Die machen aus mir nie eine Sekretärin für Rechtssachen, deshalb bewerbe ich mich um die Sekretärinnenstelle bei Ihnen.«

»Weshalb würden sie Sie nicht aufsteigen lassen?«

»Ich bringe denen nämlich keinen Kaffee. Ich bin nicht clever. Ich zieh die Sachen an, die mir gefallen.« Sie öffnete den Regenmantel. Sie trug einen weiten blauen Rock, eine gelbbraune Bluse und Tennisschuhe. »Mich haben sie nur genommen wegen des Minderheitenprogramms«, sagte sie lächelnd. »Jetzt mache ich mein eigenes Minderheitenprogramm. Was zahlen Sie?«

»Sieben Dollar die Stunde.«

»Das ist nicht viel.«

»Das ist, was ich zahle.«

»Gut, ich schätze, damit könnte ich leben. Mit der Aussicht auf eine Zulage, wenn Sie in Schwung kommen.«

»Ich habe Ihnen die Stelle noch nicht angeboten«, sagte Nina.

»Ich habe sie noch nicht angenommen«, meinte Sandy Whitefeather. »Werden Sie auch was für die Allgemeinheit tun? Oder werden Sie's wie die übrigen machen und nur lukrative Fälle übernehmen?«

Wer war hier eigentlich zum Vorstellungsgespräch? »Ja. Ich werde mit Andrea Reilly vom Frauenhaus Tahoe zusammenarbeiten. Ein bißchen für die Allgemeinheit. Ein bißchen gleitende Tarifskala.«

»Andrea? Gut.«

»Sie ist meine Schwägerin.«

»Sie macht ihre Sache prima. Was für Fälle wollen Sie denn annehmen?«

»Ich bearbeite meist Strafrechtsfälle, Zivilstreitigkeiten, Familienrecht …«

»Und was immer so zur Tür reinspaziert kommt, wie die übrigen, eine Zeitlang.« Sie trank ihren Kaffee schlückchenweise. »Ich kenne einige Leute, die einen Anwalt brauchen.«

Zeigte sich die Frau absichtlich unverschämt, oder gehörte sie bloß zu denen, die das übliche Nachdenken übersprangen, wenn sie den Mund aufmachten? Nina konnte es nicht sagen. Keine Vasallin, diese Frau hier. Nicht der Typ der bloßen Zuarbeiterin.

»Wie heißt denn Ihr Vorgesetzter?«

»Jeff Riesner«, sagte Sandy Whitefeather. »Was für ein Arschloch!«

»Ich gebe Ihnen Bescheid, Ms. Whitefeather.«

»Sandy. Verstehen Sie mich nicht falsch, Mrs. Reilly. Ich bin froh, daß Sie jetzt hier in der Stadt sind. Wir brauchen eine Frau hier, eine Superanwältin. Das sind Sie doch, nicht?« Das meinte sie offensichtlich nicht im Ernst.

»Zwei Richtige von dreien ist nicht schlecht, Sandy«, sagte Nina.

Die Frau verzog keine Miene, aber tief in ihren Augen bemerkte Nina, wie sie mit verstohlener Intelligenz ihren Spaß goutierte. »Noch einen Rat, Mrs. Reilly.«

»Nina. Oder Ms. Reilly.«

»Die Rechtsanwälte dieser Stadt vertragen sich wie Hund und Katze. Erwarten Sie nicht zuviel. Ich kenne sie alle.«

»Was halten Sie denn vom Richter? Richter Milne?« fragte Nina, weg vom Thema, aber sie war zu neugierig, um sich die Gelegenheit, etwas Nützliches zu erfahren, entgehen zu lassen.

»Spielt keine Rolle, was ich denke«, sagte sie. »Er ist der große Häuptling. Machen Sie, was er sagt, dann ist bei Ihnen alles okay.«

»Gut, danke.«

»Das wird glänzend gehen mit uns«, meinte Sandy Whitefeather. Sie zwinkerte Nina zu und ging.

Im weiteren Verlauf der Woche kamen noch zwei Frauen wegen der Stelle. Eine konnte nicht richtig schreiben, und die andere konnte nicht mit der Software umgehen. Nina legte ihre kurzen Lebensläufe in eine leere Schublade.

Am Donnerstag kamen die ersten Klienten, eine Scheidung und ein Unfall mit Blechschaden. Jeder bot einen Vorschuß von 250 Dollar an, den Nina annahm. Beide beriefen sich auf Sandy Whitefeather.

Als Matt an dem Abend mit zwei von den Kindern hinterm Haus war, um sich durch das Teleskop den großen Orionnebel anzuschauen, fragte Nina Andrea, ob sie Sandy Whitefeather kenne. Andrea hatte Troy den Dinnerabwasch zugeteilt und stand nun nervös beim Spülbecken herum. Sie versuchte nicht hinzugucken, wie die Teller von seiner Hand in das Abtropfbecken flogen. »Ja, jeder kennt Sandy«, sagte sie.

»Sie hat sich um die Sekretärinnenstelle beworben.«

Andrea sah überrascht aus. »Verdient sie damit ihren Lebensunterhalt? Sie ist politisch aktiv. Sie schafft Geld ran für das Frauenasyl, ich weiß nicht, wie. Sie ist eine Anführerin in der Indianergemeinde hier.«

»Eine feurige Liberale also. Genau, was mir fehlt, wenn ich die älteren, weißen Busineßtypen anlocken will, die das Geld haben, mich zu beschäftigen. Und sie hat eine Art! Bezeichnete ihren gegenwärtigen Arbeitgeber als Arschloch«, sagte Nina.

»Überrascht mich nicht.«

»Ich müßte ja verrückt sein, sie einzustellen.«

Andrea fing einen auf sie zuwirbelnden Teller auf und polierte ihn, bis er funkelte. »Du enttäuschst mich, Nina. Als Rechtsanwalt bist du kaum die Standardausführung. Und Tahoe hat eine Menge potentielle Klienten, die ein bißchen Nonkonformität schätzen. Da sind die Showgirls, die Straßenarbeiter, die Skilehrer, die Glücksspieler, die Drogensüchtigen, die mißhandelten Ehefrauen ... ein Haufen Arbeit für einen Anwalt, wenn du etwas weiter blicken würdest. Und ich sage dir, ich habe tiefen Respekt vor Sandy. Hast du schon mit ihrem Boß gesprochen?«

»Nein, aber ich glaube, ich könnte ihn mal anrufen.«

Am nächsten Tag rief sie Jeffrey Riesner an. Die Sekretärin sagte, er sei im Gericht und werde gegen vier wieder dasein; dann sollte Nina zweimal dranbleiben, weil sie andere Anrufe erhielt, bevor sie Ninas Nachricht aufnahm. Riesners Firma hatte augenscheinlich viel zu tun. Nina machte sich an ihren Scheidungsfall.

Kurz vor fünf klingelte das Telefon. »Jeffrey Riesner, Sie hatten angerufen.«

»Danke, daß Sie zurückrufen.«

»Schon gut. Willkommen in der Juristengilde von Tahoe. Wir sollten mal zusammen zum Lunch gehen.« Die Stimme klang gebieterisch, argwöhnisch und brüsk.

»Das wäre fein«, sagte Nina. »Ich rufe wegen einer Ihrer Angestellten an, Sandy Whitefeather.«

»Was hat sie denn nun schon wieder angestellt?«

»Nichts. Ich will sagen, sie hat sich um die Stelle einer juristischen Sekretärin bei mir beworben. Sie sagt, sie sei bei Ihnen in der Registratur und Sie seien ihr Vorgesetzter. Ich wollte fragen, ob Sie mir etwas über ihre Qualifikation für den Job sagen können.«

»Sie hat mir erzählt, daß sie sich nach was umsieht. Ich habe keine Ahnung, wie sie darauf kommt, ausgerechnet als Sekretärin für Rechtssachen zu arbeiten. Sie ordnet nur Papiere nach dem Alphabet und legt sie ab.«

»Sie sagt, sie schreibt mit Windows.«

»Könnte ich nicht sagen. In unserem Büro schreibt sie nicht am Computer.« Er wartete auf die nächste Frage.

»Wie schätzen Sie sie ganz allgemein als Mitarbeiterin?«

»Können Sie das vertraulich behandeln, Ms. Reilly?« fragte Riesner. Nach ihrem Ja fuhr er fort: »Sie ist eine Unruhestifterin, aber uns wird das hoch angerechnet, daß wir sie bei uns haben.«

»Unruhestifterin?«

»Sie weiß nicht, was sich in ihrer Stellung gehört.«

»Und das wäre?«

»Den Mund halten und tun, was man ihr sagt. Ich kann sie Ihnen, um ehrlich zu sein, nicht empfehlen.«

»Gut, ich weiß Ihre Information zu schätzen.«

»Immer zu Diensten. Also, was hat Sie denn nach Tahoe geführt?«

Nina fand es schwierig, das zu erklären; deshalb sagte sie, ihr habe die Gegend hier schon immer gefallen.

»Hier als Rechtsanwalt zu arbeiten ist nicht leicht. Aber he, da wird's schon ein paar Frauen geben, die geschieden werden wollen und lieber eine Frau dafür nehmen. Das wird bei Ihnen schon klappen, wenn Sie Ihre Erwartungen nicht zu hoch schrauben. Meine Wiese ist das Strafrecht. Ich übernehme hier oben die schweren Verbrechen.«

»Ich mache auch Strafrecht«, sagte Nina. »Nochmals vielen Dank. Wenn Sie mich jetzt bitte entschuldigen wollen, ich habe einen Anruf auf der anderen Leitung.« Sie legte auf, dachte eine Minute nach, rief dann Riesners Büro noch einmal an und fragte nach Sandy Whitefeather.

»Klasse«, sagte Sandy, als sie ihr den Job anbot. »Ich bin Montag früh da.«

»Müssen Sie nicht kündigen?«

»Überlassen Sie das nur mir. Also bis Montag. Übrigens habe ich einige Leute zusammengetrommelt, die am Montag um zehn zu Ihnen kommen. Sie sagten doch, Sie wollen ein paar Scheidungssachen haben, nicht?«

»Ja, danke«, sagte Nina.

»Gern geschehen«, antwortete Sandy. »Sie heißt Michelle Patterson. Alle nennen sie Misty. Sie bringt bestimmt Tom Clarke mit angeschleppt, wette ich«, ergänzte sie, bevor sie auflegte. Als ob den jeder schon kennen würde. Nun, Nina vermutete, daß sie ihn am Montag auch kennenlernen würde.

4

Am Montag morgen schien die Sonne auf eine dünne Schicht Neuschnee über den Bergen oberhalb der Stadt. Nina löschte das einsame Wochenende in ihrem Kopf und stieg mit gebotener Vorsicht in die Arbeit ein. Vor der Tür zur Kanzlei wartete Sandy mit verschränkten Armen, herausgeputzt mit denselben Sachen wie beim Vorstellungsgespräch. »Neun Uhr«, begrüßte Sandy Nina mit einer belehrenden Miene, als sei aus ihrem Munde alles Gold. Nina ließ sie herein und zeigte ihr die von ihr entworfenen Scheidungsanträge.

»Füllen Sie die Originale aus, so wie ich die Kopien ausgefüllt habe, dann bringen Sie sie mir, und ich schaue sie mir an. Haben Sie schon mal mit diesen Formularen zu tun gehabt? Gerichtliche Formulare? Wenn wir sie fertig haben, reichen wir sie bei Gericht ein.«

»Mm-hmm«, gab Sandy von sich. Nina ging in ihr Büro. Ein paar Minuten später kam Sandy mit heißem Kaffee herein.

»Ich dachte, das machen Sie nicht.«

»Ich mache das nicht als Teil meiner Arbeit. Ich tue es, weil es mir Spaß macht, das zu tun«, sagte Sandy. »Ich kümmere mich um Sie. Ich kümmere mich um Ihre Klienten. Um beides.«

Als Sandy kehrtmachte, hörten sie es an der Vordertür klopfen. »Wenn sie erst mal durch diese Tür kommen, gehören sie uns«, sagte sie, ging hinaus und zog die Bürotür halb zu.

Draußen vor Ninas Fenster zur Stadt schleppten sich die Autos durch den Schneematsch über den Highway 50 auf ihrem Weg nach Heavenly Valley, voller Leute auf Urlaub von der Wirklichkeit in Sacramento oder San Francisco, von Jobs, für die sie den halben Tag im Stau standen und sich fünfzig Wochen im Jahr abrackerten. Hier oben in Tahoe konnten sie die Hypothekenzinsen und die Steuern vergessen und die aktuelle Uniform der Reichen und Sorgenfreien überstreifen: Freizeit-Elastiks. Kein Geld? Kein Problem – finanziere mit Kredit, erfreue dich der sauberen, alles verzeihenden Luft und des Vergnügens, auf die Hänge zu pilgern um – sie schaute auf die Uhr – Viertel zehn an einem Montagmorgen. Nina hörte sie reden, irgendwas über Sandys Kinder.

Michelle Patterson kam als erste herein. Jung, Anfang Zwanzig. Eine richtige Barbie-Puppe, die originale, sexuell orthodoxe Barbie mit langem, bleichem Haar, unglaublichen Titten, einer lächerlich winzigen Taille und einem unsichtbaren Bäuchlein. Ninas erste Reaktion war: nicht zu glauben. Beim genaueren Hinsehen merkte sie, daß es nicht das Gesicht von Barbie war, nicht im entferntesten. Gerade, dunkle Augenbrauen und eine versteinerte Miene verhärteten das herzförmige Gesicht, und eine lange Zigarette hing ihr aus dem kleinen, sinnlichen Mund. Wie Nina vermutete, war es Tom Clarke, der folgte, der erste Mann im Anzug mit Krawatte, den sie in Tahoe antraf.

»Nehmen Sie bitte Platz. Können wir Ihnen eine Tasse Kaffee anbieten?« fragte sie. »Sicher«, antworteten sie mit Stirnrunzeln. Sie hatten sich im Büro kurz umgesehen und ließen sich auf den Sesseln nieder. Die Frau streckte die Hand aus und fand Tom Clarkes Hand. Sachte zog er sie zurück.

Sandy brachte die hohen Kaffeetöpfe herein und nahm sich Zeit, sie richtig hinzustellen.

»Haben Sie einen Aschenbecher?« fragte Michelle Patterson. Sie hatte eine hohe, mädchenhafte Stimme, ein wenig schneidend.

»Tut mir leid, vom Rauchen bekomme ich Krebs«, antwortete Nina. »Können Sie bitte die Zigarette im Vorzimmer ausmachen?« Die junge Frau zog die Augen zusammen, stand aber auf und verschwand durch die Tür. Als sie wieder eintrat, lümmelte sie sich in den Sessel und streckte ihre langen Beine aus.

Irgendwas stimmte nicht mit ihr. Sie hatte kein Make-up aufgelegt. Das weiße T-Shirt war zerknüllt und am Hals ausgefranst, und das lange skandinavische Haar verdiente eine Wäsche. Sie trug keinen BH, und es sah aus, als fröre sie. Unter den Augen hatte sie dunkle Ringe. Das machte nichts. Die schlechte Pflege konnte der erstklassigen Grundausstattung keinen großen Abbruch tun.

»Mir ist kalt«, sagte sie. »Tom, gib mir deine Jacke, mach schon.« Clarke zog sich das Anzugjackett aus und hing es ihr um. Er besaß kräftige Schultern, darunter eine gewölbte Brust, einen flachen Bauch und ein Paar ganz schön pralle graue Flanellhosen. Pilotenbrille und ein sauber getrimmter Bart umrahmten ein rotes, sinnliches und fleischiges Gesicht. Er roch nach einer Kirschholztabakspfeife. Sie mußte was mit der Klimaanlage veranlassen, notierte Nina und fragte sich, ob die beiden etwa riechen konnten, daß sie zum Frühstück ein Schokoladenosterei gegessen hatte.

Laut Aufnahmeblatt war Michelle Tengstedt Patterson, die sich Misty nannte, wegen der Scheidung von ihrem Ehemann Anthony Patterson gekommen.

»Danke, daß Sie uns eingeschoben haben«, sagte Clarke. »Sandy teilte uns mit, daß Sie eigentlich auf Wochen hinaus ausgebucht sind.«

»Kein Problem.«

»Sandy meinte, Sie sind Spitze in Familienrecht. Wir sind froh, daß Sie hier in der Stadt Ihre Praxis aufgemacht haben.«

»Ich bin gern hier.«

»Ich bin Direktor der Grundschule Pineacres. Misty ist Barmädchen bei Prize's. Dem Casino. Sie braucht Ihren Rat.«

»Die erste halbe Stunde ist gratis.« So stand es in den Anzeigen der örtlichen Rechtsanwälte, und Nina Reilly mußte das auch bieten.

»Die Anwälte von Tahoe sind ja allesamt gute alte Knaben. Ich möchte aber, daß Misty jemanden zu Rate zieht, der sich Mühe gibt, ihre Lage zu begreifen. Sie steckt wirklich in Schwierigkeiten.«

»Verraten Sie mir doch, wieso Sie nicht zu einem von den

guten alten Knaben gehen?« fragte Nina Clarke. »Was kann ich tun, um Ihnen zu helfen?« Sie schmiegte sich in ihrem Sessel an die hohe Lehne und wartete.

»Also, ich kenne ja die meisten anderen Anwälte, und ich kann es mir nicht leisten, daß man meinen Namen so herumtratscht. Misty wollte unbedingt eine Frau, die Rechtsanwalt für Familiensachen ist, und Sie scheinen die richtige zu sein. Ich sollte noch erwähnen, daß sich seit der Terminvereinbarung vorige Woche noch neue Komplikationen ergeben haben.«

Er zögerte. Misty Patterson wandte ihm das Gesicht zu, wobei ihr Haar herunterfiel und ihre Miene verbarg.

»Mistys Ehemann wird seit Freitag vermißt.« Er hob die rechte Hand, um seinen Bart zu streicheln; dann glitt sie unwillkürlich auf die Schulter der jungen Frau.

Als er innehielt, sagte Nina: »Mrs. Patterson, können Sie mir bitte berichten, was vorgefallen ist?« Und als die Frau stumm blieb, sprach sie weiter: »Begleitet Sie Mr. Clarke hier als Freund der Familie?« Sie blickte der jungen Frau in die Augen.

»Nein«, antwortete Tom Clarke.

Nina ignorierte ihn. »Erzählen Sie mir doch«, wiederholte sie.

Die junge Frau richtete sich im Sessel auf. »Okay«, sagte sie. »Erst mal, nennen Sie mich Misty. Zweitens werde ich versuchen, das mit meinem Mann zu erklären. Er heißt Anthony. Er und ich ... wir hatten am Donnerstagabend Streit. So weit war es noch nie gegangen. Ich hab ihn geschlagen. Er ... ich vermute, er hat das Haus in der Nacht verlassen. Ich hatte solche Angst, da hab ich die letzten drei Nächte in einem Daunenschlafsack in meinem Auto geschlafen, um mich vor ihm zu verstecken. Bei meiner Arbeitsstelle habe ich mich telefonisch krank gemeldet. Ich mußte verhindern, daß er mich findet.« Ihr Kopf neigte sich vornüber, und vor Haaren konnte man ihr Gesicht nicht sehen.

»Wie haben Sie ihn denn geschlagen?« fragte Nina.

»Ziemlich kräftig. Bloß einmal. So sehr, daß er ein bißchen blutete. Aber seine Augen hatte er danach noch auf. Ich hab nicht gedacht, daß ich ihn so sehr verletzt hab.« Sie flüsterte etwas, was Nina nicht verstand.

»Was?«

Die junge Frau wand sich auf ihrem Sessel, schaute Clarke an und drehte sich dann wieder zu Nina. »Er hat mir mit seinen Händen weh getan, versuchte … wissen Sie … mich zu zwingen …« Tom Clarke blähte sich auf, als würde er gleich explodieren.

»Prügeln Sie sich oft?«

»Er stößt mich rum, das ist alles, was ich meine. Er verprügelt mich nicht oder so was. Ich mache ihn manchmal wütend. Und das hängt alles davon ab, wie sehr er sich hat vollaufen lassen.«

»Sie war mit blauen Flecken übersät«, sagte Clarke.

»Warum sollte er dann einfach so abhauen?« fragte Nina und schaltete ihr Tonband auf dem Schreibtisch ein.

»Weiß nicht«, erwiderte Misty Patterson. »Sieht aus, wie wenn er mir's nicht so einfach durchgehn lassen will, daß ich ihm einen übergezogen hab. Ich vermute, der denkt sich was Besonderes für mich aus. Das ist nicht der Typ, der so schnell vergißt oder vergibt.«

»Erzählen Sie mir genau, was in der Nacht passierte, in der er verschwand«, bat Nina, und sie nahm die Geschichte von dem Streit, den die Pattersons Donnerstag abend hatten, auf Band auf. Die Stimme ihrer neuen Klientin klang emotionslos, doch ihr Gesicht zeigte Spuren von Angst.

Tom Clarke lehnte sich zurück. Er unterbrach sie nicht mehr und berührte sie auch nicht mehr.

»Okay, Misty. Zum ersten, warum haben Sie keinen Arzt gerufen? Sie sagten, Sie seien in die Küche gegangen, um nach einem Arzt zu telefonieren.«

»Ich bin in meinem Bett aufgewacht. Ich kann mich an nichts mehr erinnern, was nach der Küche kam.«

»Habe ich das richtig verstanden? Sie haben einen heftigen Streit mit Ihrem Mann gehabt. Sie sagen ihm, Sie wollen ihn verlassen. Er greift Sie an. Sie versetzen ihm einen solchen Schlag, daß er umfällt. Sie haben schreckliche Angst, daß er Vergeltung übt, also schwirren Sie stracks ab ins Schlafzimmer und schlafen ein?«

Die junge Frau schüttelte den Kopf. »Ich hab manchmal Schwierigkeiten, mich an was zu erinnern. Ich hab da einfach einen Blackout. Deswegen bin ich bei einem Therapeuten in Behandlung. Es ist schon verrückt, das geb ich zu.«

Als Antwort genügte das nicht, aber sie schien zu diesem Punkt nichts weiter vorzubringen zu haben. »Haben Sie mal im Boulder Hospital nachgefragt?« erkundigte sich Nina.

Misty nickte. »Ich hab seinen Arzt angerufen. Der sagte, er hat an den letzten beiden Tagen Anthony nicht gesehn. Im Krankenhaus ist er nicht. Soviel ich weiß, hat er keine Anzeige gegen mich gemacht – was mich nicht sonderlich wundert. Er sagt immer, das Gesetz ist nichts für Spieler. Es ist für Nieten, die nicht selber für sich sorgen können. Vielleicht ist das ein Grund, weshalb er so einen lausigen Bullen abgegeben hat.«

Sie hob eines ihrer langen Beine an und schob es über das andere, anscheinend ohne Clarkes Erröten und Hinstarren zu bemerken. »Seine Eltern sind tot. Ich hab den einzigen Kerl angerufen, mit dem Anthony manchmal weggeht, Peter La Russa. Der hat bei Prize's Spieltische unter sich. Der wollte mit mir nicht mal reden. Ich kann nicht sagen, ob er mit Anthony gesprochen hat oder nicht. Oh, und ich hab seine Ex-Frau angerufen, Sharon Otis in Sparks. Sie sagte, ich soll mich zum Teufel scheren. Nicht zum erstenmal.« Sie rieb sich die Nase.

»Okay, gehen wir weitere Möglichkeiten durch. Wo könnte er sich sonst noch aufhalten?« fragte Nina, erneut beeindruckt von der physischen Wirkung der jungen Frau, von den langen, schlanken, anmutig durch die Luft fahrenden Fingern, der Wangenlinie, dem zarten Rot des unter ihrer Haut pulsierenden Bluts. Durch und durch feminin. Nina kam sich wie ein vertrocknetes Blumenarrangement vor.

Tom Clarke sagte: »Tot. Misty hat ihm den Schlag versetzt, und er hat sich irgendwohin verkrochen.« Er klang erfreut. »Der hat es verdient. Der verdammte Hunde…«

»Tot«, wiederholte Nina. »Das wäre eine letzte Möglichkeit. Sie haben das Grundstück abgesucht?«

»Der Hof besteht fast nur aus Gestrüpp, nicht wie ein Wäldchen mit Bäumen«, sagte Misty. »Das Haus liegt an einem der in den See fließenden Kanäle.«

»Was ist mit Prize's? Sie sagen, er arbeitet auch dort?«

»Er ist dort das ganze Wochenende nicht aufgetaucht. Das haben sie mir gesagt, als ich anrief und mich krank meldete; da hab ich ihnen erzählt, er hat was mit dem Rücken«, erklärte Misty.

»Es passiert nicht oft, aber gelegentlich kommt es nach Schlägen auf den Schädel zu Gedächtnisschwund«, äußerte Nina.

»Oder vielleicht hat sie ihm richtig einen verpaßt, und er war hinüber«, sagte Clarke.

Nina drehte sich zu ihm um; ihre braunen Augen starrten in seine.

»Er hat sie mißhandelt«, ergänzte er.

»Ich muß mir Zigaretten besorgen«, sagte Misty. Nina lauschte, wie sich die Vordertür schloß.

Clarke sprang hoch und fing an, im Büro herumzulaufen. Das erinnerte Nina an die Dschungelkatzen, die im Zoo von San Francisco allein in kleinen Käfigen saßen, übernervös, gefangen und ohnmächtig. Sie verfolgte den Gedanken nicht weiter und wartete ab, was er sagen würde. »Wir haben uns öfter getroffen«, sagte er.

»Sie sind verheiratet.«

»Und wie! Glücklich, dachte ich. Und ich habe drei Kinder. Aber als ich Misty begegnete, hat's mich umgehauen.« Er lief zurück zum Schreibtisch und beugte sich über Nina. Jetzt vermischte sich der Tabakgeruch mit English Leather. Einer, der After-shave nimmt. Vielleicht kauft seine Frau es ihm. »Ich hatte nie die Absicht, daß da etwas läuft. Aber Misty brauchte mich, und sie sagte es mir …«

Beim Fenster blieb er stehen und blickte finster hinaus auf den Verkehr, der sich langsam bei Grün voranschob. Den Moment nutzte Nina, um ihn zu mustern. Sie fragte sich, wie er sich so fit hielt, was er mit diesen Händen tat und warum er wegen eines Techtelmechtels Karriere und Ehe aufs Spiel setzte. »Es ist zum Kotzen!« sagte er.

»Sie mußten doch darauf gefaßt sein, daß ihr Mann dahinterkommt.«

Er wandte sich um, und sie las Angst und Wut in seinem Gesicht. »Das ist nicht nur ein gewalttätiger, sondern auch ein verschlagener Typ. Der könnte meine Karriere ruinieren, mein ganzes Leben. Mit Leichtigkeit. Wo steckt er denn inzwischen? Ich hoffe, das endet mit ihm als Leiche.«

»Ehe Sie das hoffen, sollten Sie lieber hoffen, daß die Sache nicht mit Misty im Gefängnis endet«, sagte Nina. Misty öffnete die Tür zu Ninas Büro und ließ sich in ihren Sessel gleiten. »Was glauben Sie, besteht die Möglichkeit, daß Ihr Mann über Sie beide Bescheid weiß? Ich meine, meine Mitarbeiterin wußte es doch auch.«

»Sandy weiß es nur, weil ich es ihr erzählt hab, als ich ihr sagte, ich will Sie aufsuchen. Ich kenne sie durch eins ihrer Kinder, das bei Prize's arbeitet. Sie quasselt nichts aus«, erklärte die junge Frau. »Ich bin sehr vorsichtig.« Clarke sagte nichts. Er war damit beschäftigt, Ninas Aktenschrank zu betrachten. Sie fragte sich, was er ihr verschwieg.

»Wollen Sie die Ehe mit Anthony aufrechterhalten?«

»Nein.«

»Das erleichtert die Sache. Wir können das Scheidungsverfahren in Gang setzen«, sagte Nina. »Erteilen Sie mir die Vollmacht, einige übliche Unterlassungsverfügungen zu beantragen, um Anthony von Ihnen und vom Haus fernzuhalten. Melden Sie ihn als vermißt.«

»Das Problem ist, wie soll ich hier oben zurechtkommen? Cocktailserviererinnen verdienen sechs Dollar die Stunde plus Trinkgeld, aber wir haben keine Saison. Das Girokonto läuft auf seinen Namen. Er hat immer alles erledigt. Und ich kann nicht nach Hause.«

»Die Hälfte des Eigentums und des Vermögens steht Ihnen zu. Dabei kann ich Ihnen helfen. Wie lange sind Sie verheiratet?«

»Dreieinhalb Jahre«, antwortete Misty.

»Ich muß gehen«, sagte Tom Clarke. »Ich muß diese Woche arbeiten, obwohl die Kinder in den Osterferien sind.«

»Sicher, Tom, geh nur los«, sagte Misty. Sie stand auf und gab ihm sein Jackett wieder.

Er schob seinen Sessel zurück. »Bin froh, daß Sie das in die

Hand nehmen, Miss Reilly. Dieses Gespräch, unser Besuch, ist natürlich streng vertraulich?«

»Natürlich. Es gibt eine Hintertür, durch die Sie direkt zum Parkplatz kommen.«

»Misty, ich rufe dich zur Lunchzeit an. Mach dir keine Sorgen mehr jetzt. Du bist in guten Händen.« Als er im Begriff war zu gehen, warf er Nina einen Blick zu, den Misty nicht wahrnehmen konnte, einen Blick, der besagte: »Jetzt gehört sie ganz Ihnen.«

»Mach's gut, Tommy«, sagte Misty und wippte mit den Fingern wie ein Mädchen aus seiner Schule.

Sobald Clarke gegangen war, richtete sich Misty Patterson auf und streifte sich die Haare aus den Augen. Nina erklärte ihr, sie würde tausend Dollar Anzahlung auf die Scheidung brauchen, weniger als die Hälfte von dem, was sie in San Francisco verlangt hätte. Misty sagte, ihre Eltern in Fresno würden das bezahlen. Sie machten ab, daß sie für ein paar Tage in ein Motel ziehen sollte. Sandy mußte gelauscht haben, weil sie Nina mit dem Summer anrief. Sie platzte damit heraus, sie wisse einen sicheren Ort, und telefonierte mit Art Wong, dem Manager des Lucky Chip Motel an der Grenze zwischen Stateline und Lake Tahoe. Der teilte mit, er könne Misty ein Einzelzimmer für fünfundzwanzig Dollar pro Nacht geben, unter jedem beliebigen Namen.

Sandy brachte Formulare für die Scheidungsklage und die Anträge auf die Unterlassungsverfügungen herein.

»Okay, kann ich den Tag der Eheschließung haben?«

»Drei Jahre her, am 20. September.«

»Kinder?«

»Gott, nein.« Sie machte eine Pause. »Anthony ist kein Daddy-Typ. Er beansprucht meine ganze Aufmerksamkeit für sich.«

»Haben Sie Freunde oder Verwandte in dieser Gegend?«

»Ich rede mit einigen Girls auf Arbeit. Sonst bloß noch ehemalige Freunde. Ich kellnere jetzt anderthalb Jahre. Ich wollte arbeiten, und Anthony wollte mich unter Kontrolle haben.«

»Hatte er einen Grund?« fragte Nina sachte.

Sie zuckte mit den Schultern.

»Wo wohnen Ihre Eltern?«

»Fresno. Dorthin kamen wir vom Marinestützpunkt Subic auf den Philippinen, wo wir gelebt haben, bis ich zehn war. Keine Brüder, keine Schwestern, bloß ich.«

»Besuchen Sie sich oft?«

»Anthony und mein Vater streiten andauernd … und dann verliert meine Mom die Fassung und geht in ihr Zimmer. Manchmal kommt mein Dad hier rauf und mietet ein Boot, da fahren wir raus zum Angeln. Jetzt verstehen wir uns besser, wo wir nicht mehr zusammenwohnen. Als Teenager konnte ich meinen Dad nicht leiden. Er ist wirklich in die Luft gegangen, wie ich anfing, mich für Jungen zu interessieren.« Sie lächelte ein wenig: trotzig, verschämt und heimlichtuerisch.

»Vorhin haben Sie gesagt, Sie glauben nicht, daß Anthony was von Ihren … Freunden weiß«, sagte Nina.

»Hab ich doch gesagt, ich bin eben vorsichtig. Und ansonsten versuch ich immer alles zu machen, was er will. Da hab ich meine Ruhe. Wenigstens war das so bis vorige Woche.« Sie schloß die Augen, öffnete sie dann wieder und strich sich mit den schmucklosen Fingern über die Stirn. Als sie Ninas Blick bemerkte, sagte sie: »Es gibt mehr Trinkgeld ohne Ehering. Wir machen das alle so.«

»Schreiben wir mal kurz für die Scheidungsklage Ihre Vermögenswerte und Verbindlichkeiten auf«, fuhr Nina fort. Sie brauchten zehn Minuten, um die Dispolimits der Kreditkarten aufzulisten, die Autos, den Videorecorder und die Stereoanlage, den Schmuck und die Skiausrüstung. Keine steuerfreien Rentensparverträge, keine Aktien, keine Altersversicherung. Anthony Patterson stand als einziger Zeichnungsberechtigter auf dem von Misty mitgebrachten Girokontobeleg. Er wies einen Betrag von über vierzigtausend Dollar aus, eine Summe, die sich Misty nicht erklären konnte. Nina notierte sich, daß sie sich einen Gerichtsbeschluß zur Überprüfung des Kontos besorgen mußte. Sie erläuterte, daß der Richter zur Begründung des Antrags auf die Unterlassungsverfügungen die Angabe spezifischer Sachverhalte verlangte, und fragte, ob Anthony sie häufiger schlage.

Misty antwortete: »Wie ich schon gesagt hab, er hat mich rumgestoßen. Gewöhnlich hinterließ das keine Spuren. Aber Donnerstag war er stocksauer, und ich bin immer noch grün und blau. Sehen Sie sich's an.« Sie zog das T-Shirt von der weißen Schulter herunter, die mit Flecken wie von purpurner Fingerfarbe übersät war. Ein häßlicher bunter Fleck verunstaltete ihre rechte Brust. »Fühlen Sie mal meine Kopfhaut«, forderte sie Nina auf. Die Anwältin griff ihr unter die Haare. »Au!«

»Ich brauche Fotos von den Stellen«, sagte Nina. Sie dachte, ein Fressen für jeden Richter.

»Ich sag es Tom, der macht welche.«

»Mißhandelt er Sie noch auf andere Weise?«

»Er quetscht mir die Arme und verdreht sie. Er holt mich zu sich ins Bett, ob ich will oder nicht. Er gibt mir kein Geld, wenn er schlechte Laune hat, kein Geld für Benzin, keins für den Lunch. Letzten Dezember hab ich jeden Abend ein großes Glas Yukon Jack getrunken, und jeden Tag, bevor ich zur Arbeit ging, Stoff gekifft. Ich hatte keine Freunde, wissen Sie? Bloß Kerle, die ich aufgegabelt hab und nach ein paar Malen schnell wieder losgeworden bin.«

»War das der Grund, weshalb Sie zu einem Therapeuten gegangen sind?«

»Nein. Nur teilweise. Ich hatte doch noch das andere größere Problem. Verstehen Sie, ich kann mich nicht an viel aus meiner Kindheit erinnern. Wir lebten bis zu meinem zehnten Jahr auf den Philippinen, aber alles, was ich noch weiß, sind bloß kleine Einzelheiten – wissen Sie, wie warm's war, die Palmen, Regenbögen, Blumen und Wanzen. Aber an mich selber, dort drüben, hab ich keine Erinnerung. Okay, wer erinnert sich schon so gut daran, wie er als Kind war? Aber ich hab seitdem diese Alpträume. Gott, die versetzen mich in Todesangst.« Es schüttelte sie. Sie schluckte noch etwas Kaffee hinunter, und als Nina schwieg, fuhr sie langsam fort. »Darin ist mein Vater eine Art … Monster, aus dem Totenreich.«

Sie war weit vom Thema abgekommen, aber Nina interessierte das.

»Haben Sie Ihre Eltern über all das befragt?«

Sie schüttelte den Kopf. »Ich hab's versucht, aber mein Dad meinte, ich soll mich nicht lächerlich machen, ich hätte eine schöne Kindheit gehabt. Er weigert sich, mehr dazu zu sagen. Über Subic reden sie nie.«

»Weshalb sind Sie denn von den Philippinen weggezogen?«

»Mom und Dad hatten irgendeinen Krach mit der Kirche dort. Ich kenn die Einzelheiten nicht. Jetzt haben sie weniger damit zu tun und scheinen in Fresno viel glücklicher zu sein.

Jedenfalls hatte ich Angst vor dem Schlafen, und das ging so weit, daß ich früh nicht aus dem Bett kam. Anthony – eine große Hilfe – sagte, ich hab nur Scheiße im Kopf, genau das. Sagte, ich seh besser aus, wenn ich lächle.

Auf Arbeit hat er immer was laufen, irgendein Ding, bei dem wir reich werden sollen, oder da war einer, der ihm mit was auf den Senkel ging und dem er das heimzahlen mußte, verstehen Sie? Meine Schwierigkeiten öden ihn an oder machen ihn wütend. Manchmal zieht er die Vorhänge zu und legt sich an unseren freien Tagen mit mir ins Bett. Er holt die Flaschen raus und dann … gebraucht er mich. Ich lieg da und denke dran, wann ich das nächste Mal Tom sehn kann, oder denke, wenn ich jetzt sterbe, wen kümmert das schon? Ein stummes Tier, wie ein Hund, angebunden ans Bett und an den Mann und einfach nichts wert.«

»Warum bleiben Sie denn bei ihm?«

»Für jemanden wie Sie scheint das so leicht, nicht wahr?« fragte Misty unerwartet. »Ich wette, Sie haben noch nie erlebt, daß Sie in einer bestimmten Situation nichts machen konnten. Hat zu Ihnen schon mal jemand gesagt, er würde Sie lieber tot sehn als Sie verlieren? Was halten Sie von einem, der mal Bulle war und mit Schießeisen umgehn kann? Von einem Kerl, der bei dämlichen Songs heult, von einem, der mir tausendmal sagt, er liebt mich. So ein Kerl, der mich keine Sekunde aus den Augen läßt, der sich aufregt, wenn ich mir was Bestimmtes anzieh, der nicht will, daß ich für andere Leute hübsch ausseh, sondern meint, ich soll immer nur dran denken, wie ich ihm gefalle. Ein Kerl, den ich betrüge und nicht mehr liebe … aber der läßt mich nicht gehen. Niemals! Deshalb am Donnerstag …« Sie hielt inne.

»In der Nacht ...«, half Nina weiter.

»Da wußte ich, ich wollte abhauen. Ich hatte keine Ahnung, wie ich das anstellen könnte. Ich wußte auch nicht, was ich sagen sollte. Und wie ich nach Hause kam, herrschte dicke Luft. Er war scharf wie eine Axt, bereit, zuzuhacken. Bevor ich überhaupt ein Wort rausbrachte.« Einen Augenblick sah sie nachdenklich aus, dann seufzte sie. »Glauben Sie, daß er wußte, was in mir vorging? Dr. Greenspan sagt, wir teilen unsere Absichten auf viele verschiedene Arten mit. Aber mir schien's, als wenn er sich irgendwas ausgedacht hatte, irgendwas entschieden hatte ...« Eine Minute lang sprach keine von beiden. »Ein Engel schwebte durch den Raum«, sagte Misty leise und zeigte an die Decke.

Dann stützte sie die Ellbogen auf den Schreibtisch und vergrub ihr Gesicht in den Händen. »Eines Abends vor wenigen Monaten ging ich in die Küche, schaute mir den Herd an und überlegte, wie macht man das? Denn ich bin technisch nicht so begabt. Ich meine, wie macht man, daß das Gas ausströmt, ohne daß es brennt, damit man nicht zu Tode gebraten wird? Wie steckt man den Kopf rein, daß er nicht rausfällt?«

Sie klang deprimiert, verloren, unglaublich traurig. Das einzige, was Nina einfiel, war: »Sie haben es nicht getan.«

»Da bin ich zum erstenmal zu Dr. Greenspan gegangen, dort neben dem Krankenhaus. Ich bat ihn um irgendwelche Tabletten, irgendwas, das mich aufheitert, aber der wollte nicht. Der will nicht einfach Tabletten verteilen, der versucht's anders. Er hat mir gute Hinweise für eine gesunde Ernährung gegeben; nicht, daß ich mich immer danach richte, aber jetzt denke ich wenigstens darüber nach. Und ich hab bei ihm eine Hypnotherapie gemacht, weil ich glaube, wenn ich mir diesen Traum erklären könnte, wäre alles gut.« Sie lachte leicht. »Klar. Selbst er sagt, das ist höchst unwahrscheinlich.«

»Und Anthony? Was hält er denn von der Therapie?« fragte Nina.

Da war er wieder, der starre Blick. »Der wußte zuerst nicht, was Greenspan für eine Art Doktor ist. Jetzt sagt er, ich soll aufhören damit. Als er sich vorige Woche aus dem Staub machte, rief ich Dr. Greenspan an und bat um eine kurze dringliche Behandlung am Wochenende, damit er mir hilft, über alles hinwegzukommen.«

»Gut, Misty«, sagte Nina. »Ich habe jetzt genug, um die Schriftsätze zusammenzustellen und das Verfahren einzuleiten. Gehen Sie direkt zur Polizei auf dem Al Tahoe Boulevard, und geben Sie dort eine Vermißtenanzeige auf. Geben Sie an, Sie und Anthony hätten eine Meinungsverschiedenheit gehabt, ohne in die Einzelheiten zu gehen. Sagen Sie, Sie verstecken sich vor ihm und haben Angst. Sagen Sie, ich stelle gerade Antrag auf Unterlassungsverfügungen für Sie. Dann nehmen Sie ein Zimmer im Lucky Chip Motel. Kommen Sie morgen früh wieder her, da können Sie die Schriftsätze lesen und unterzeichnen und auch die Vollmacht unterschreiben.«

Sie nickte. »Okay.«

»Noch eins. Was haben Sie mit der Unordnung von Donnerstagnacht gemacht? Mit dem zerbrochenen Glastisch und der Figur?«

»Wie ich aufgewacht bin, war das Ding weg. Ich vermute, Anthony hat's irgendwohin gebracht. Alles andere hab ich am nächsten Morgen aufgeräumt, ehe ich wegging. Das Zeug kam mit in den Müll.«

»Warum?«

»Ich war doch gerade am Weggehen und dachte, Anthony wird zurückkommen und so daran erinnert werden. Muß nicht sein, wenn ich's verhindern kann. Ich hab sogar das Blut vom Couchkissen abgeschrubbt.«

Sandy brachte sie hinaus, und Nina lief den Korridor entlang, um sich die Haare zu bürsten und einen Becher Wasser zu trinken. Als sie wiederkam, sagte Sandy: »Mrs. Patterson sagte, sie hat Ihnen vergessen zu erzählen, daß die Polizei bei ihrem Nachbarn war. Irgendwas wegen dem Boot.«

»Notieren Sie das und hängen Sie den Zettel in die Akte«, sagte Nina.

»Treten Sie ein, Mr. Sandoval.« Noch ein weiterer Klient dank

Sandy. Meine Güte, war sie beschäftigt. »Tut mir leid, daß Sie warten mußten.«

Auf irgend etwas in dem Gespräch mußte sie noch einmal zurückkommen. Sie hatte es einen Moment lang, dann war es weg. Irgend etwas, das die junge Frau gesagt hatte, deutete darauf hin ... auf was? Sie dachte angestrengt nach, schloß die Augen vor dem geistigen Anblick eines unglücklichen, zu einem brutalen Schläger gewordenen Mannes, der über seine Frau herfällt, wie es allenthalben jede Nacht geschieht. Aber sie kam nicht darauf. Als sie die Augen öffnete, erblickte sie flüchtig Misty durchs Fenster an der Ecke; sie wartete auf die Ampel, schlank, blaß, jung und liebenswert, und drückte sich gegen die Brise. Der alte Mr. Sandoval bemühte sich am Stock hinüber zum Fenster und schaute zu, wie sie die Straße überquerte.

»Ah«, sagte er.

5

Nina brachte Mistys Papiere am Montag kurz vor fünf hinunter zum Gericht, aber der mit den Voruntersuchungen betraute Richter, der die einstweiligen Unterlassungsverfügungen ausstellte, war schon nach Hause gegangen, und Richter Milne hatte das Gericht schon um drei verlassen.

»Rufen Sie vormittags an, und ich kann Ihnen dann mitteilen, ob Sie Ihre Unterschriften erhalten haben«, sagte die Dienst tuende Beamtin.

»Nachdem Sie sich unseren Schriftsatz angeschaut haben, glauben Sie da nicht, daß hier ein Notfall vorliegt?« fragte Nina. »Der Ehemann könnte sie heute abend ausfindig machen.« Dem Antrag auf Unterlassungsverfügungen lag eine Darstellung der Fakten von seiten des Antragstellers bei, die begründete, weshalb dem Antrag stattgegeben werden sollte. In den meisten Bundesstaaten wurden eidesstattliche Erklärungen dafür verwendet; Kalifornien benutzte eine besondere Form, genannt eidliche Begründung.

»In den vergangenen drei Tagen hat er seine Frau nicht ausfindig gemacht. Vielleicht sucht er gar nicht ernsthaft nach ihr«, meinte die Beamtin. Es war eine kleine, gelassene schwarze Dame, der man nichts vormachen konnte. In der Schlange hinter Nina standen andere Leute, ängstlich wirkende junge Frauen mit Kleinkindern und ein paar zerknittert wirkende Männer, die Anwälte sein mußten. »Das ist alles, was ich für Sie tun kann«, sagte sie.

Als Sandy am Dienstag beim Gericht anrief, teilte man ihr mit, daß eine zusätzliche eidliche Begründung eingereicht werden müsse, die erklärte, weshalb dem Beklagten nicht vorab angekündigt worden sei, daß Verfügungen gegen ihn beantragt wurden. »Warum haben Sie mir das gestern nicht gesagt?« fragte Nina, die sich in das Gespräch einschaltete.

»Dachte, Sie wissen, was zu tun ist, deshalb habe ich die Unterlagen nicht so sorgfältig durchgesehen wie bei einem nicht anwaltlich vertretenen Antragsteller«, sagte die Beamtin. »Wenn Sie wollen, können Sie zu uns herunterkommen und ein Formular handschriftlich ausfüllen und unterschreiben, wie es die Ehefrauen sonst machen.«

»Werde ich tun.« Sie lief sofort zum Gericht, füllte das Formular aus und sagte liebenswürdig, sie wolle auf die Verfügungen warten, wobei sie ihren Verdruß verbarg. Jede County hat ihre eigene sonderbare juristische Verfahrensweise, und manchmal erfährt man die nicht vorher. Innerhalb von zwanzig Minuten kamen die Bescheide. Nina trug sie hinüber zur Polizeidienststelle des Sheriffs. Solange die Papiere beim Sheriff vorlagen, konnte dieser Anthony sofort festnehmen, falls er hinter Misty her war.

Ein Problem gab es noch für die Geltendmachung der Unterlassungsverfügungen. Dem Gesetz nach mußte Anthony Patterson über die Verfügungen unterrichtet werden, bevor er für ihre Verletzung verantwortlich gemacht werden konnte. In den meisten Fällen schickte man eine Freundin der Frau zur Arbeitsstelle des Ehemanns oder in die Kneipe der Gegend, um ihm die Mitteilung zu überbringen. Hier ging das nicht, es sei denn, Misty startete ihre eigene Suche. Misty konnte ihre persönlichen Exemplare bei sich haben. Wenn Anthony auftauchte, konnte sie sie ihm überreichen, obwohl nach dem Gesetz das von einem Beteiligten nicht erwartet wurde. Nina zog los, um Misty im Lucky Chip Motel aufzusuchen.

Zwischen den Stateline Casinos in Nevada und dem Lakeside Park Beach auf der kalifornischen Seite war ein enges Gewirr anonymer Motels aus dem Boden geschossen, um Urlaubern je nach dem Grad ihrer finanziellen Schwierigkeiten Quartier für jeden Geldbeutel zu bieten. Das Lucky Chip mit seinem kleinen, leeren Pool und dem kleinen, leeren Parkplatz empfahl sich durch nichts außer den günstigen Übernachtungskosten. Nina fragte sich, wieso Sandy ausgerechnet dieses Motel ausgewählt hatte. Eine junge Frau im Sweatshirt, die mit einem Baby im Kindersitz auf der Theke redete, blickte auf, als sie eintrat, und Nina hatte ihre Anwort: Sandys jüngeres geklontes Ebenbild. »Ich hätte gern Art Wong gesprochen«, sagte Nina.

»Das ist der Eigentümer. Er ist nicht da. Kann ich Ihnen helfen?« Aus Protest dagegen, daß sich die Frauen unterhielten, warf das Baby Sachen auf den Boden.

»Ich muß einem Ihrer Gäste einige sehr wichtige Papiere überbringen. Michelle Patterson.«

»Na klar. Ich kann ihr Zimmer von hier aus sehen. Ich erwische sie, wenn sie kommt.«

»Nicht vergessen!«

»Sandy würde ausrasten, wenn ich das vergessen würde«, sagte die junge Frau.

»Haben Sie eine Ahnung, wo Mrs. Patterson sein kann?«

»Leider nein. Sie sagte, sie geht um vier arbeiten, also kommt sie wahrscheinlich vorher zurück.«

Wo war Misty? Sollte sie versuchen, sie über Tom Clarke zu erreichen? Keine brillante Idee. In seinem Leben bildete Misty ein Geheimnis, und Nina hatte keine Lust, diejenige zu sein, die die Bombe platzen ließ. Jedenfalls hatte sie das Gefühl, daß nun, wo nicht mehr alles so glatt lief, Tom Clarke sich absetzen würde. Misty würde das hart treffen. Sie war es gewöhnt, sich an Männer anzulehnen, stellte sich Nina vor.

Kurz nach drei traf Misty im Motel ein, eine Flasche unter den Arm geklemmt. Sie winkte Richtung Büro, ließ die Schlüssel fallen, hob sie auf und ließ sie wieder fallen. Den Schlüssel ins Schloß zu stecken dauerte einige Zeit.

Sie zog sich um, schlüpfte in ihre knapp sitzende Smokingjacke, warf ein langes Sweatshirt darüber und stürmte in abgelatschten Schuhen aus der Tür; an ihrer Seite baumelte ein Beutel mit ihren Hochhackigen. Als sie zum Casino lief, wobei sie sich dann und wann vom Wind einen Stupser geben ließ, sang sie vor sich hin: »*I'm gonna tell you how it's going to be. You're gonna give your love to me. My love for you has got to be real. I want you to know just how I feel.*« Sie überquerte die Straße an einer belebten Ecke und sang weiter: »*My love is real'll not fade away.*« Sie lief noch ein paar Minuten und blieb abrupt stehen. Dieser Tage verflog der Alkohol viel zu schnell, verdammt. Das war doch sein Song, und sie versuchte ernsthaft zu vergessen.

Sie hastete zu ihrem Job, entschlossen stumm, und arbeitete die ganze Schicht hindurch mit einem Schmerz, der im Kopf begann und sich im Laufe des Abends durch ihren gesamten Körper zog.

Um Mitternacht im Ankleideraum wiederholte sich die Prozedur wie schon jede Nacht, seit sie ihren Mann nicht mehr gesehen hatte. Sie zog sich um, wischte sich das Make-up ab und war sich ihrer Gewohnheiten und der Tatsache erschreckend bewußt, daß sie heute nicht zu dem Haus in den Keys zurückkehren würde, sondern zum Lucky Chip. Nicht einmal Tom würde dasein, um sie zu wärmen. Er wich ihr aus. Zwei Polizeibeamte von South Lake Tahoe warteten auf sie auf dem Parkplatz des Lucky Chip. »Mrs. Patterson?« fragte einer von ihnen.

»Das bin ich«, sagte sie. »Was kann ich für Sie tun?« Sie benutzte diese höfliche Floskel, die sie im Casino jeden Abend bei gewissen Typen anbrachte, um ihre Reaktion auf deren Anblick zu unterdrücken, nämlich die Angst.

»Wir müssen mit Ihnen reden.«

»Worüber?«

»Über Ihren Mann.«

»Was ist mit ihm? Wissen Sie, wo er steckt?«

Der Cop räusperte sich. »Wann haben Sie Ihren Mann zum letztenmal gesehen?« fragte er.

»Donnerstag nacht. Wir hatten einen heftigen Streit.«

»Seitdem haben Sie ihn nicht mehr gesehen?«

»Nein. Ich wollte ihn nicht wiedersehen. Wollen Sie mir nicht sagen, worum's geht?«

»Es tut mir leid. Ich habe eine schlechte Nachricht für Sie. Er ist tot, Mrs. Patterson.«

»Oh, nein«, wimmerte Misty. »Wo haben Sie ihn gefunden?«

»Auf dem Grunde des Sees.«

Und dann machte Misty etwas, das alle überraschte. Sie marschierte mit schnellen Schritten los quer über den Parkplatz.

»Mrs. Patterson, warten Sie. Kommen Sie hierher zurück!« Die beiden Cops jagten hinter ihr her, der eine sagte was in das schwarze Handy, und der andere rannte wie ein geübter Läufer.

Sie flitzte über das Gelände in eine Seitenstraße und startete den Berg hinauf zu den Skipisten von Heavenly. Verwundert über ihre eigene Kraft, hängte sie die Verfolger schnell ab. Sie schwenkte ab auf den Pioneer Trail und landete auf einem Pfad, an den sie sich erinnerte.

Sie vernahm die Sirenen, achtete aber nicht auf sie und fand den abgeflachten Granitbrocken, auf dem sie und Anthony gepicknickt hatten, als sie nach Tahoe gekommen waren. Sie blieb keuchend stehen und wischte sich den Schweiß vom Gesicht. Auf einer blauweißen, mit Hähnen bedruckten Decke hatte sie das Essen ausgebreitet. Sie tranken Wein aus der Flasche und machten es sich, an den Stein gelehnt, auf der Erde kuschelig. An jenem Tag war alles absolut perfekt gewesen, oder nicht? Er muß ihr hundertmal gesagt haben, daß er sie liebt. Seltsam, wenn sie so zurückdachte, hatten ihr die Worte schon damals so hart geklungen, die geballte Wucht seiner Gefühle ließ die Schwäche der ihren verblassen.

Eine ganze Weile danach fanden sie sie dort. »Ich hatte nicht vor, ihn umzubringen«, sagte sie. »Ich hab nicht gedacht, daß ich ihn so hart getroffen hab. Ich kann nicht glauben, daß er tot ist.« Die Cops blickten einander an. Der Größere nickte.

»Sie haben das Recht zu schweigen«, sagte der Kleinere, der mit den drahtigen Haaren, Sergeant Higuera. Er sprach weiter.

Der andere zog sie hoch und packte ihr die Hände auf den Rücken. Die Handschellen klickten sauber ein.

Sie führten sie zu einem Polizeiauto mit geöffneter Hecktür. Sie probierte alle jemals von ihr angewendeten Techniken der

Selbstbeherrschung aus, indem sie sich vorstellte, ganz woanders zu sein, zu träumen oder gar tot zu sein.

Sie hörte sich schreien, konnte aber nicht damit aufhören.

Der Mann auf dem Vordersitz, der etwas in sein Notizbuch kritzelte, drehte sich nach ihr um. »In weniger als zwei Minuten sind wir da. Beruhigen Sie sich. Versuchen Sie, die Fahrt zu genießen.«

»Das war genau so ein Streit wie Millionen andere Male!« Aber eben nicht; sie wußte, es war nicht wie sonst. Sie hatte ihm einen Schlag versetzt, und jetzt war er tot. »Schuldig wie die Sünde«, murmelte sie. Das hatte ihre Mutter immer gesagt, und die Worte trafen zu. Sie wußte, sie sollte besser den Mund halten, aber sie konnte es nicht. Sie sagte noch ein paar andere Dinge, dann lehnte sie den Kopf an das schmutzige Vinyl zurück und ließ den Tränen freien Lauf.

6

DER ANRUF KAM DIENSTAG nach Mitternacht. Nina hatte zwischen klammen Laken gelegen und überlegt, daß ihre kalten Füße, wenn sie aufsprang und sich noch eine Decke holte, zu Eis erstarren würden. Beim ersten Klingeln wußte sie, wer dran war. Sie stieß ihr Wasserglas um, als sie die Hand im Dunkeln ausstreckte, und es zerschellte am Boden.

»Ms. Reilly? Ich bin's, Misty Patterson. Anthony ist tot. Mein Mann.«

»Ich höre«, sagte Nina. »Wenn ich Sie unterbreche, hören Sie sofort auf zu sprechen.«

»Erst mal, ich bin im Gefängnis. Sie sagen, ich hab ihn umgebracht!« Darauf ließ sie einen unzusammenhängenden Fluch folgen.

»Sagen Sie nichts weiter. Hat man Ihre Aussage zu Protokoll genommen? Was wirft man Ihnen vor?«

»Mord.«

»Was hat man Ihnen über Ihren Ehemann erzählt?«

»Alles, was ich weiß, ist, sie haben ihn im Lake Tahoe gefunden. Sie sind meine Anwältin. Sie müssen mich hier sofort rausholen, sonst fang ich zu schreien an, bitte. Egal, wie das geht. Ich muß hier raus ...«

Nina wußte, wann ein Ernstfall vorlag. Diese junge Frau hatte Mühe, nicht durchzudrehen. Sie zwang ihre Stimme zur Ruhe, so gut es ging. »Behalten Sie einen klaren Kopf. Sie müssen mir erzählen, was Sie über Anthony wissen.«

»Holen Sie mich hier raus!«

»Gleich nach unserem Gespräch werde ich mit dem diensthabenden Beamten reden, aber nach dem, was Sie gesagt haben, können wir vor morgen nichts erreichen. Mrs. Patterson, Misty, hören Sie zu …«

Schluchzen vom anderen Ende der Leitung.

»Das bringen Sie hinter sich. Vielleicht ist das nicht so schlecht, wie Sie glauben.«

»Hier komm ich um!«

»Sie sind doch kein Kind mehr«, sprach Nina mit sanfter Stimme. »Und ich bin nicht Ihre Mutter, Sie werden uns nur fünf Minuten bewilligen. Verstehen Sie?«

Nach langer Pause antwortete eine zittrige Stimme: »Verstehe.«

»Morgen früh bin ich bei Ihnen unten. Dann rufe ich Ihre Eltern an, wenn Sie noch keine Gelegenheit dazu hatten. Zwei Dinge. Zuerst überlegen Sie mal, welche Bekannten von Ihnen schon mal eine Nacht im Kittchen verbracht haben.«

»Hier fühl ich mich nicht sicher«, sagte sie in einem mürrischen Tonfall, der Nina verriet, daß sie sich beruhigt hatte.

»Ich werde schon auf Sie aufpassen, das verspreche ich Ihnen. Zweitens, wenn irgend jemand mit Ihnen reden oder Ihnen irgendwelche Fragen stellen will, sagen Sie ihm, Sie machen von Ihrem Recht zu schweigen Gebrauch, und verweisen Sie ihn an mich. Wiederholen Sie das bitte!«

»Ich mache von meinem Recht Gebrauch …«

»Zu schweigen.«

»Sie sind meine Anwältin, und er soll sich an Sie wenden.«

»Ich verlasse mich darauf, daß Sie das tun. Schaffen Sie das, Misty?«

»Klar«, sagte Misty Patterson und weinte wieder. »Was denn sonst.«

Nina knipste die Nachttischlampe an, setzte sich auf die Bettkante und raffte sich die Bettdecke um. Die eisige Nacht kroch durch Ritzen um ihren Körper herum. Sie konnte nur Bobbys leises Schnarchen aus dem Kinderzimmer hören.

Sie nahm den Hörer wieder ab und fragte sich zum diensthabenden Beamten durch. Misty Patterson war eingeliefert worden wegen des Vergehens der Tötung von Anthony Patterson. Falls Nina der Vernehmung zur Anklage beiwohnen wolle, solle sie mit Collier Hallowell sprechen, dem Stellvertretenden Distrikt-Staatsanwalt, der den Haftbefehl unterschrieben hatte. Mrs. Patterson würde eine Zelle für sich haben, denn es war Dienstagnacht, nicht viel los. Das war alles, was der Beamte wußte. Nina legte sich wieder hin, mit einem Kopf, in dem es unbändig arbeitete.

Die Glasscherben ließ sie bis zum Morgen liegen und versank schließlich in ihren eigenen beängstigenden Traum: Der enttäuscht dreinblickende Tom Clarke verprügelte sie, zerrte ihr dann die Höschen herunter und bumste sie. Sie wachte auf, voller Wut, und schnitt sich in den Fuß, als sie aus dem Bett stieg.

In einem Fichtenhain nahe dem Al Tahoe Boulevard nahm das County-Gefängnis fast ein ganzes Stockwerk des niedrigen Rotholzgebäudes ein, in dem sich auch das Amtsgericht des Distrikts Lake Tahoe, County El Dorado, befand. Nina entdeckte durch die Bäume die von Freizeitsportlern wimmelnden Skipisten von Heavenly Valley, als sie sich dem Gebäude näherte. Der Frühlingswind wirbelte zwischen den parkenden Autos herum. Zartes grünes Gras blinzelte durch den letzten Schnee. Sie warf sich den Mantel über und lief vom Parkplatz an einem abgestellten Springbrunnen vorbei. An der Mauer läutete sie. Eine Stimme knatterte durch das Metallgitter: »Wer ist da?«

»Nina Reilly. Ich bin Michelle Pattersons Anwältin. Sie wurde gestern abend eingeliefert.« Die Tür summte, und sie ergriff die Klinke.

Ein Stück den Korridor entlang kontrollierte ein Wärter mit jugendfrischem Gesicht und angeklatschtem Haar in einer geschniegelten Uniform von seinem Glaskasten aus ihren Ausweis der Anwaltskammer des Bundesstaats Kalifornien und musterte sie eingehend mit der wachen Neugier, die seine Tätigkeit erforderte. »Hi«, sagte Nina und streckte ihre Hand aus. Er drückte sie. »Ich muß meine Mandantin sprechen.«

»Sie sind ihre Anwältin?«

»Ja.«

»Das ist ein Kriminalfall. Bearbeiten Sie nicht meistens Familienrechtssachen?« Er lachte über ihren Gesichtsausdruck. »Das ist eine Kleinstadt hier. Wir schnappen alles auf. Jeder redet.«

»Ich vertrete ... vertrat sie bei ihrer Scheidung.«

»Oh. Da wird sie sich wohl nach einem guten Strafverteidiger umsehen müssen. Wie Sie wissen, ist Jeff Riesner der Experte hier am Ort.«

Glückspilz Jeff, wenn die Polizei in seinem Auftrag mit ihren Sirenen losjagt. »Habe ich gehört.«

»He, Gordy«, sagte er. »Hol die Patterson. Ihre Anwältin ist hier.« Während sie darauf warteten, daß Gordy mit Misty zurückkam, blätterte er in Papieren herum.

»Er hat die Stadt fest im Griff, nicht wahr?«

»Ich bin nicht so blöde, irgendwas gegen den Mann zu sagen«, meinte er. »Wollen Sie etwa daran rütteln?«

Die vernünftige Nina sagte nein. Die perverse Nina sagte: »Kann man nie wissen.«

Sie ging an dem Glaskasten vorbei und wurde per Summer in ein Besuchszimmer gelassen. Sie setzte sich. Misty Patterson trat ein und nahm auf einem Stuhl hinter der gläsernen Trennwand Platz, das Haar diesmal aus dem Gesicht gezogen, zu einem Pferdeschwanz gebunden. Ihre Augen verbargen sich hinter dicken Tränensäcken. Sie sah aus wie sechzehn. Nina griff zum Hörer, aber Misty rührte sich nicht, steif wie ein Stück Holz. Nina zeigte auf den Hörer. »Nehmen Sie ihn ab«, bewegte sie die Lippen.

»Guten Morgen, Ms. Reilly.« Misty sprach sehr förmlich in den Hörer. »Fragen Sie ja nicht, wie ich geschlafen hab.«

»Wie geht es Ihnen heute morgen?«

»Holen Sie mich jetzt raus?«

»So einfach geht das nicht. Sie sind eines schweren Verbrechens angeklagt, aber morgen findet eine Kautionsverhandlung statt.«

»Mein Dad wird mich auslösen. Er wird so was von sauer sein, aber er wird mir beistehen.«

»Es gibt da ein Problem. Bei einer solchen Anklage ist es schwierig, auf Kaution freigelassen zu werden. Die Staatsanwaltschaft glaubt, bei Ihnen bestehe Fluchtgefahr. Wissen Sie noch, daß Sie weggerannt sind, als man Sie festnehmen wollte? Sie werden verlangen, daß Sie bis zur Verhandlung drinbleiben.«

»Oh, nein! Nein!«

»Tut mir leid«, sagte Nina. »Ich muß mehr darüber erfahren, was hier vor sich geht. Dann werde ich sehen, was ich für Sie unternehmen kann. Also, helfen Sie mir dabei!«

»Die Polizei von South Lake Tahoe griff mich kurz nach Beendigung meiner Schicht bei Prize's auf. Vermutlich weiß kein Mensch, wo ich überhaupt bin.« Nina dachte, spätestens wenn der *Tahoe Mirror* am Vormittag herauskommt, werden sie es wahrscheinlich wissen. »Heute früh konnte ich meine Eltern anrufen. Die kommen her. Ich hab ihnen Ihren Namen genannt.«

»Erzählen Sie mir über Ihren Ehemann Anthony alles, was Sie wissen. Und was Sie zu den Beamten gesagt haben.«

»Die haben mir meine Rechte vorgelesen. Ich bin mir nicht sicher, was ich zuerst alles gesagt hab.« Das klang ein bißchen ausweichend. »Dann wollten sie mich dazu bringen, daß ich sag, ich hätte von Anthonys Tod schon die ganze Zeit gewußt. Sie sagten, ihnen sei bekannt, daß wir Probleme miteinander hatten. Die wollten wissen, wieso ich keine Vermißtenanzeige aufgegeben habe.«

»Was? Ich dachte, Sie gehen direkt zur Polizei, als Sie meine Kanzlei verließen.«

»Ich wollte sichergehn, daß ich Toms Anruf nicht verpasse, dann wollte ich ja hin. Wissen Sie noch? Sie wollten Fotos haben, und er hat mich anrufen wollen. Aber er hat nicht angerufen.« Ihre Stimme schwankte zwischen hoch und tief. »Mein Nachbar Rick? Das ist ein wirklich anständiger Kerl. Der borgt uns immer sein Boot. Jedenfalls meldete er, daß es gestohlen war, als er Sonntag abend nach Hause kam. Also hat es jemand entdeckt, gestern irgendwann, gar nicht weit von den Keys. Das haben die mir erzählt. Als sie es abholten, fanden sie auch Anthony. Im See, das Boot trieb über ihm …« Ihre Stimme wurde schwächer. »›Verdammt klare Sicht im Lake Tahoe die Nacht‹, sagte einer von ihnen. ›Wie in der guten alten Zeit.‹«

»Sind Sie okay, Misty?«

»Ich wünschte, ich könnte ihn sehn.« Ihre und Ninas Blicke trafen sich durch die Scheibe. »Ich glaub nicht, daß er tot ist.«

»Sie brauchen ab sofort einen Rechtsanwalt, der Sie bei dieser Anklage vertritt.«

»Sie sind meine Anwältin.«

»Nicht bei dieser Anklage. Sie haben mich wegen Ihrer Scheidung konsultiert. Sie und Ihre Eltern sollten beratschlagen, wen Sie als Ihren Rechtsbeistand nehmen wollen. Ich weiß, Sie wollen den besten haben, den Sie bekommen können.«

»Vergessen Sie das. Ich möchte Sie als meine Anwältin haben. Sandy sagte, in San Francisco sind Sie berühmt, und nicht nur im Familienrecht. Als Strafverteidigerin.«

»Sandy übertreibt«, sagte Nina und nahm sich vor, dieser Frau einen Maulkorb zu verpassen. »Ich habe darin nur eine begrenzte Erfahrung. Ich habe Berufungen in Strafsachen durchgeführt. Noch nie habe ich einen Mandanten bei einer Mordanklage verteidigt. Ich bin nicht davon überzeugt, daß ich Sie kompetent vertreten könnte.«

»Ich muß was loswerden, Nina, selbst wenn ich in Schwierigkeiten gerate. Als die Polizei kam, da kriegte ich panische Angst, und nicht, weil sie mich festgenommen haben. Ich kriegte Angst, weil ich mir einbildete, ich hab ihn umgebracht.«

»Misty, warten Sie …«

»Ich will, daß Sie's sich anhören. Wenn ich ihn mit dem Schlag umgebracht hab, wieso landet er dann im See? Ich würde doch nie alleine Ricks Boot rausholen, um ihn rauszukippen. Ich hätte doch Tom oder jemand sonst gerufen, der mir hilft. Ich kann mich beim besten Willen nicht dran erinnern, was in der Nacht verdammt noch mal passiert ist, nachdem ich ihm den Schlag versetzt hab. Ich denke da, vielleicht ist das so was wie mit meiner Vergangenheit, noch was, das ich ausgelöscht habe, was Traumatisches.«

Mord konnte man gewiß als etwas Traumatisches bezeichnen. War sich Misty nicht bewußt, daß ihre Gedächtnislücke bezüglich der Ereignisse jener Nacht, falls es wirklich eine war, mit Gewißheit auf ihre Schuld deutete?

»Ich hatte nie die Absicht, Anthony zu töten. So wütend war ich nicht. Ich wollte bloß die Sache mit ihm hinter mich bringen.«

»Hatten Sie Angst um Ihr Leben? Können Sie sich wenigstens daran erinnern?« Nina konnte die Skepsis in ihrer Stimme nicht unterdrücken.

»Er hat mir noch nie so weh getan, als ob er mich umbringen wollte! Bei all seinem Liebesgesäusel wußte ich, daß er mich manchmal haßte. Ich glaube, er wollte mir das Leben wahrhaft zur Hölle machen. Aber nicht ein einziges Mal hab ich gedacht, daß er mich tot sehn will.«

»Natürlich, Sie haben zugeschlagen, um sich zu verteidigen. Vielleicht haben Sie zu hart zugeschlagen. Das ist kaum vorsätzlicher Mord.«

»Hören Sie mir nicht zu? Ich glaub einfach nicht, daß ich so hart zugeschlagen hab. Glauben Sie mir, ich hab schon einige Schlägereien in der Bar erlebt. Man kann einem Kerl schon ein richtiges Ding verpassen, ohne daß es ihn umbringt. Ich hab ihn nicht umgebracht. Das müssen Sie mir glauben.«

»Ich glaube, Sie sind so aufrichtig zu mir wie nur möglich.« Das war Ninas üblicher Spruch zu einer Mandantin, die wahrscheinlich log. Aber dort sitzen, die junge Frau durch die Glasscheibe betrachten, nachdem sie dreimal mit ihr gesprochen und sich die offenherzigen und unbefangenen Enthüllungen angehört hatte – da konnte sie sich nicht vorstellen, daß Misty den ganzen Schmus erfunden hatte, mit all den losen und verwickelten Enden, die in alle Richtungen in der Luft baumelten. Warum hatte sie sich nicht eine schlüssigere Geschichte zurechtgelegt? Selbst Misty mußte erkennen, daß die von ihr beschriebenen Handlungen jeglicher Logik entbehrten.

»Glauben Sie, daß mich irgendein anderer Anwalt verteidigen kann? Ich weiß ja gar nicht mal, was ich getan habe. Und ein Blick genügt, da klingen die ungefähr so: ›Plemplem. Irre Mieze. Setz bloß keinen Cent auf die Glückssträhne dieser Tussi!‹ Meistens ist mir egal, was sie denken, aber wenn dich dein Anwalt für den letzten Dreck hält, dann ist das was anderes.«

»Oh, Misty.« Sie hatte keine Ahnung, was sie da von Nina verlangte.

»Ich brauche Sie auf meiner Seite.«

»Sie brauchen einen guten Rechtsanwalt.«

»Sie!«

Nina spürte, daß sie selbst schwankte. »Ich kann jetzt nichts versprechen, aber ich gebe Ihnen morgen Bescheid.«

»Reden Sie mit meinen Eltern. Ich geb Ihnen die Nummer. Sagen Sie ihnen, was Sie an Geld brauchen.«

Nina erklärte noch: »Hören Sie zu, noch ein paar Dinge: Bewahren Sie die Ruhe, und halten Sie den Mund! Wenn Sie jemand belästigt, rufen Sie mich an. Ich hinterlege etwas Geld für Sie bei der Anmeldung. Nicht vergessen, sprechen Sie nicht über Ihren Fall. Sprechen Sie nicht über Ihren toten Ehemann.«

»Mein toter Ehemann.« Misty schloß die Augen, ihre Brust hob sich. Verängstigt und erschöpft saß sie zusammengesunken auf dem Stuhl, die eine Hand auf die Brust gedrückt, sanfte Haarsträhnen lösten sich aus dem Gummiband. Sie bot einen Anblick tragisch und melodramatisch schön, das liebreizende Edelfräulein weinend im Kerker.

Auf dem Weg zu ihrem Auto schritt Nina über die Pfützen auf dem Asphalt, den Kopf gesenkt, und dachte über Misty nach. Andrea meinte, die meisten Frauen prügelnder Männer leben in ständiger Angst. Sie versuchen den Schläger zu besänftigen, indem sie sich so perfekt wie möglich benehmen. Diese junge Frau schien aus anderem Holz geschnitzt zu sein.

Warum hatte sie Anthony Patterson geheiratet? Wußte Misty wenigstens, warum? Er mußte schon was an sich gehabt haben, schlußfolgerte Nina, um sie mit Schmeicheleien zur Heirat überreden zu können; denn ob Misty sich dessen bewußt war oder nicht, sie hätte jeden Mann auf der Welt bekommen.

Nina sollte den Fall nicht übernehmen, sagte sie sich, nicht, weil sie nicht imstande wäre, ihn zu führen, sondern weil sie hier in der Stadt klein anfangen sollte, sich Schritt für Schritt einen Namen zu machen. Sie sollte Skandalfälle mit undurchsichtigen Umständen meiden. Sie sollte sich eine Existenz aufbauen. Jack würde sagen … Oh, zur Hölle damit, was Jack sagen würde. Auch Matt wäre entsetzt. Niemand im ganzen Ort würde begeistert davon sein.

Jawohl, es gab eine vernünftige Art, die Dinge anzupacken, und sie bildete sich etwas auf ihren gesunden Menschenverstand und ihr Denkvermögen ein, während sie gleichzeitig dem halbautomatischen Zukunftswesen aus *Cyborg* Eiskrem zu futtern gab. Sie wollte diesen Fall übernehmen.

Sie wollte das überschlafen. Am nächsten Morgen würde sie wissen, was zu tun sei.

Grüblerisch kehrte sie um und lief zurück zu dem Gebäude; diesmal nahm sie den Weg zur Staatsanwaltschaft der County El Dorado.

»Heute vormittag ist Mr. Hallowell im Gericht von Placerville«, berichtete eine Angestellte hinter der Empfangsscheibe. Ein asiatisch aussehender Mann mit eckigem Gesicht und den Armen voller Akten kam aus einem inneren Büro gesegelt. Die Angestellte rief: »Mr. Lam?« Als er an ihrem Tisch vorbeikam, packte sie einen Umschlag auf seinen Stapel.

»Mr. Lam? Der neue Staatsanwalt, richtig?« fragte Nina und hielt mit ihm Schritt, als er die Doppeltür zum Hof aufstieß. Sie stellte sich vor. »Ich bin gebeten worden, Michelle Patterson vor Gericht zu vertreten. Tun Sie mir bitte den Gefallen und erzählen Sie mir, was Sie über die Anklage wissen.«

»Wirklich? Hmmm. Das wird ein paar Leute verblüffen«, sagte er und verlangsamte den Schritt, um sie zu mustern. »Sie sind auch neu hier, habe ich gehört.«

Nina nickte.

»Nun, man hat mir erzählt, sie ist eine gutaussehende … Angeklagte«, sagte Lam. Hinter der dicken Brille verzog sich sein breites Gesicht zu einem üppigen Lächeln. »Wirklich, Sie sollten warten und mit Collier reden.«

»Wenn es um einen Gefallen geht, verstehe ich was davon«, sagte sie. Welche Bedeutung auch immer er diesen Worten beimaß, sie wirkten.

»Sie können Burton zu mir sagen, und ich hoffe, Sie tun es«, äußerte er. »Unter einer Bedingung. Daß Sie das nicht aus unserem Büro haben.«

»Schwöre auf Recht und Gewissen. Erzählen Sie mir nur, was Sie über die Leiche wissen, Burton.«

»Ah, ja, der *corpus submarinus* ... Also, ich habe gehört, die Küstenwache fand ein gestohlenes Boot, das leer draußen auf dem Lake Tahoe trieb, ungefähr achthundert Meter von den Keys entfernt. Sie entdeckten im Boot Blutspuren. Vielleicht hat jemand Seewasser in der Kajüte herumgespritzt, oder vielleicht hat es der Sturm am vergangenen Wochenende erwischt, weil es halb überflutet war, aber das Blut war nicht völlig weg. Wegen des Blutes schickten sie einen Taucher hinunter, sich umsehen. Pech für die Angeklagte.« Lam rückte den Aktenstapel zurecht. »Ich muß in zwei Minuten im Gericht sein.«

»Also erzählen Sie schnell«, forderte ihn Nina auf.

»Sie kennen ja sicher die ganzen Geschichten über den Lake Tahoe, daß er so tief ist und kalt und daß man Ertrunkene nie wieder zu Gesicht bekommt? Normalerweise ist er dort an die siebzig Meter tief und trübe vom Bootsverkehr. Weiter draußen ist der See viel flacher, und gestern war er ungewöhnlich klar, wie in der guten alten Zeit. Sie holten den Mann vom sauberen Sand aus zehn Meter Tiefe hoch. Wissen Sie, warum Leichen aus dem Lake Tahoe nicht hochkommen? Weil es Schmelzwasser ist. Und Leichen, die in geschmolzenem Schnee versinken, verwesen nicht so wie in wärmerem Wasser. Es bilden sich keine Gase, die den Körper aufblähen. Wahrscheinlich treibt sich da auf dem Grund eine Menge totes Zeug aus vergangenen Tagen herum«, fügte er nachdenklich hinzu. »Wie die Dinosaurier im Kohlenteer. Tote Körper, die nur auf ihre Entdeckung warten. Der Taucher sagte, Patterson habe dort unten nicht gelegen. Er habe gesessen, ein bißchen gebeugt, den Kopf oben und hin und her schaukelnd. Augen und Mund standen offen. Sah aus, als wollte er gerade etwas sagen. Nicht angeknabbert. Vollkommen erhalten, wie ein wolliges Mammut. Oder der gute alte *T. rex.*«

7

NINA MARSCHIERTE GERADE zum zweitenmal am Gefängnis vorbei, als ein älteres Paar verwundert an der verschlossenen Tür stehenblieb. »Drücken Sie den Summer«, riet sie ihnen und lief an ihnen vorbei, Richtung Büro des County-Urkundsbeamten. Die kommen zum erstenmal. Es war nicht so, wie es die meisten erwarteten, wenn sie jemanden im Gefängnis besuchen wollten. Sie ging weiter, hörte aber hinter sich eine Debatte an der Sprechanlage.

»Tengstedt«, sagte der Mann vor der Tür und begann, seinen Namen zu buchstabieren.

»Keine Besucher vor fünf, Sir.«

»Aber meine Tochter ...«

»Die Sprechzeiten stehen an der Tür«, sagte jemand mit fester Stimme über die Sprechanlage. Der Mann starrte gebannt auf das Gitter, als überlegte er, wie er dem Sprecher etwas antun könnte. Seine Frau nahm ihn beim Arm und führte ihn zu einer Betonbank im Schatten.

Nina lief zurück und machte sich bekannt. »Sie müssen die Eltern von Misty Patterson sein.« Sie streckte ihre Hand aus, und nach anfänglichem Zögern umschloß sie Mistys Vater mit einem zermalmenden Händedruck. Nina hatte vergessen, seine Hand hart zu drücken, und war sich sicher, daß sie bei der nun erfolgenden Einschätzung schon einige Punkte verloren hatte.

»Wir können Misty erst um fünf besuchen«, sagte Carl Tengstedt.

»Besuchszeiten gibt es nur zweimal die Woche«, erwiderte

Nina. »Wo Sie den weiten Weg von Fresno hergefahren sind, haben Sie sich glücklicherweise einen der beiden Tage ausgesucht. Wenigstens werden Sie heute Gelegenheit bekommen, sie zu sehen.«

»Unsere Tochter ist im Gefängnis«, sagte Tengstedt. »Natürlich sind wir, so schnell wir konnten, hergekommen.«

Ein kleiner Mann, der sich in seinem Nadelstreifenanzug sichtlich unwohl fühlte, als vermißte er seine Uniform. »Sie sagen, Sie sind ihre Rechtsanwältin?«

»Ich vertrete Misty in einer anderen Rechtssache. Ich habe gerade erst von ihrer Verhaftung erfahren und vor wenigen Minuten mit ihr gesprochen«, sagte Nina. Sie schlug vor, daß man sich in ihrer Kanzlei wiederträfe. In angespanntem Schweigen gingen sie zu den Autos.

»Misty. Ich vermute, Anthony Patterson hat ihr diesen Spitznamen verpaßt. Welche Art von Recht«, sagte Carl Tengstedt eine halbe Stunde später im Gobelinsessel gegenüber Ninas Schreibtisch, »welche Art von Recht praktizieren Sie, junge Frau?« Er besah sich die Urkunden an der Wand, aus denen hervorging, daß sie vor fünf Jahren an der Juristischen Fakultät von Monterey ihr Examen gemacht hatte, im folgenden Jahr zum Obersten Gericht Kaliforniens und um etwa dieselbe Zeit auch zum Neunten Distrikt-Berufungsgericht zugelassen worden war. Plötzlich wirkten die hochgeschätzten Urkunden ein bißchen dürftig.

Tengstedt schaute sich weiter im Raum um, und sein unfreundlicher Blick landete auf den Stapeln von Schriftstücken auf dem Boden, die sie immer wieder hatte aufheben wollen, ferner auf angepinnten, doch noch ungerahmten Fotos, dann auf dem kleinen Teppich, der gesaugt werden mußte, weil Leute vom Parkplatz her Schmutz hereingetragen hatten. Er war ungefähr sechzig, aber sein Haar schimmerte rötlich, soweit er noch welches hatte. Die linke Hand war auf dem Schreibtisch zur Faust geballt, als habe er noch vor, sie zu irgendwas zu gebrauchen.

»Ich habe nicht gesagt, daß ich zugestimmt habe, Ihre Tochter bei dieser Anklage zu vertreten«, sagte Nina. »Hier oben praktiziere ich wie die meisten Rechtsanwälte jede Art von Recht, wie es der Fall eines Mandanten erfordert. Alles außer Steuern und Arbeitsunfallentschädigungen.«

»Sie machen Scheidungen«, sagte Tengstedt.

»Auch das.«

Tengstedt beugte sich vor, während seine Frau mit eingezogenen Schultern still neben ihm saß. Nina beschlich ein Gefühl von *déjà vu*. Genau so hatte Misty dagesessen bis zu dem Zeitpunkt, als Nina nicht mehr Tom Clarke zuhörte und sie zwang, ihre Geschichte selbst zu erzählen. Barbara Tengstedt trug ihr blondes Haar kinnlang als glatten Pagenkopf. Gekleidet war sie in einen beigefarbenen Wollrock und Pullover. Sie besaß Mistys blasse Haut und schlanke Figur, aber die hohlen Augen und dünnen Lippen machten sie alt.

»Worüber ich mir klarwerden will, ist, wieso Sie darauf kommen, den Fall übernehmen zu können«, sagte Tengstedt. »Nichts für ungut.«

»Macht nichts. Ich schließe aus Ihren Worten, daß Sie Ihre Tochter gut vertreten wissen wollen. Es gibt in der Stadt verschiedene andere Rechtsanwälte, an die Sie sich wenden kann. Der erfahrenste ist Jeffrey Riesner von Caplan, Stamp, Powell and Riesner, und ich werde veranlassen, daß Ihnen meine Sekretärin seine Telefonnummer gibt, damit Sie mit ihm sprechen können. Persönlich kenne ich ihn nicht, weil ich hier neu bin, aber wenn Misty es wünscht, kann ich Sie an Anwälte in San Francisco verweisen.« Sie vernahm ein Schnauben aus dem Vorzimmer und stand auf, um die Tür richtig zu schließen.

»Zufällig besitze ich einige Erfahrung auf diesem Gebiet. Während der vergangenen vier Jahre bei Rothman, Akers and Teeter in San Francisco lag meine Tätigkeit hauptsächlich auf dem Gebiet des Strafrechts wie auch dem des Familienrechts. Obwohl meine Arbeit bei Strafprozessen bis jetzt noch nicht speziell einen Mordfall einschloß, habe ich Berufungsverhandlungen für Leute geführt, die wegen eines Tötungsdelikts verurteilt waren. Berufung legte ich beim Ersten Distrikt-Berufungsgericht und beim Obersten Gerichtshof Kaliforniens ein. Mit den Gesetzen bin ich auf dem laufenden.«

Tengstedt schien das nicht zu beeindrucken. »Sie haben Leute verteidigt, die wegen Mordes verurteilt waren?« fragte er schließlich mit dünner Stimme. Sie konnte es an seinen Augen ablesen und aus seiner Stimme heraushören. Ihre Kanzlei war ihm zu klein. Ihre Sekretärin sah aus, als sei sie der Obdachlosenmission entlaufen. Wenn sie sich selbst mit seinen Augen betrachtete, erblickte sie eine junge Frau mit zu langem braunem Haar und einem zu kurzen Rock. Keine Goldklunkern, kein Mont-Blanc-Füller, kein Chanel-Kostüm, nichts von all dem Drum und Dran einer begüterten, erfolgreichen Karrierefrau. Selbst die hohe Kaffeetasse machte Reklame für den lokalen Discounter. Tengstedt verlangte stattliche Größe, eine tiefe Stimme, den Eindruck physischer Macht. Für ihn gingen körperliche und geistige Kraft zusammen. Nina gab dem mächtigen Raymond Burr die Schuld, der immer den Perry Mason spielte.

»Also, ich hätte gern ein paar Referenzen.«

»Sicher«, sagte Nina.

»Und ich hätte gern gewußt, was Sie verlangen.«

»Fünfundzwanzigtausend Dollar als erste Anzahlung, die mit meinem üblichen Tarif von zweihundert Dollar die Stunde verrechnet werden. Plus Spesen«, sagte Nina. »Einschließlich der Zeit für einen Privatdetektiv.«

»Sie werden gewiß verstehen, daß wir darüber erst mit Michelle sprechen müssen«, sagte Tengstedt.

»Sie wissen, sie kann auch einen Pflichtverteidiger verlangen. Sie sind nicht verpflichtet, für ihren Rechtsbeistand zu bezahlen«, fügte Nina hinzu. »Und es hat den Anschein, daß sie selbst eigene Mittel besitzt.« Wenn sie an Anthonys Bankkonto herankäme.

»Nein, nein, wir können ihr helfen. Wir ... müssen nur erst mal wissen, wo sie steht. Sie sagen, sie hat Sie schon gebeten, sie zu vertreten. Halten Sie das für eine gute Idee?«

»Ich verfüge nicht über dieselbe große Erfahrung mit Strafprozessen wie zum Beispiel Mr. Riesner. Aber in bestimmten Fällen können andere Faktoren das ausgleichen. Zunächst einmal vertraut mir Ihre Tochter und ...«

»Sie hat keinerlei Menschenkenntnis«, unterbrach Carl Tengstedt. »Schauen Sie sich doch an, wen sie geheiratet hat!«

»Lassen Sie mich bitte ausreden«, sagte Nina. »Ich glaube, daß sie mir die Wahrheit gesagt hat, wenigstens wie sie sie versteht, über die Ereignisse in Zusammenhang mit Mr. Pattersons Tod.«

»So?«

»Einiges von dem, was sie mir erzählt hat, ist, offen gesagt, schwer zu glauben. Und ein anderer Rechtsanwalt, der ihr nicht glaubt, könnte geneigt sein, den Fall auf andere Weise zu handhaben als ich.«

»So?«

»Ich halte es für wichtig bei diesem Fall, daß man ihre Gedanken und Gefühle nicht außer acht läßt. Wir haben einen guten Kontakt zwischen uns hergestellt – das könnte für Erfolg oder Mißerfolg in so einer Situation, wo noch eine Menge Unklarheiten beseitigt werden müssen, ausschlaggebend sein.«

Während sie sprach, vertieften sich die Furchen auf Tengstedts Stirn. »Tut mir leid«, sagte er. »Ich habe nicht richtig zugehört. Wir werden mit ihr sprechen und dann wieder zu Ihnen zurückkommen.«

»Bitte vergessen Sie nicht, ich habe noch nicht zugesagt, daß ich ihre Vertretung vor Gericht übernehme. Ich habe Ihre Tochter informiert, daß ich ihr morgen Bescheid gebe. Morgen findet die Kautionsverhandlung statt, und ich möchte vorschlagen, daß ich das wenigstens für sie übernehme, weil ich mit den Vorgängen dabei vertraut bin.«

»Das wäre ganz nützlich«, sagte Tengstedt, und es klang ein wenig sanfter. Mehrere Minuten sprachen sie über die bekanntgewordene Empfehlung, die Freilassung auf Kaution nicht zu gewähren.

»Fresno liegt drei Autostunden von hier«, fuhr Nina fort. »Falls ich die Vertretung Ihrer Tochter übernehme, würde ich Sie bitten müssen, sogleich noch einmal herzukommen, um mit mir alles zu bereden.«

»Ich habe einen Autohandel, speziell Wagen mit Vierradantrieb. Ich bin mein eigener Boß. Ich bin jederzeit abkömmlich«, sagte Carl Tengstedt mit einigem Stolz. Irgend etwas schien er in seinem Kopf abzuwägen.

»Ich auch«, ergänzte Mistys Mutter. Sie blickte auf ihre Hände. »Ich habe Arthritis und fahre nicht mehr selbst.«

»Meine Mutter hatte auch mit Arthritis zu tun«, warf Nina ein. »Gott sei gedankt für Aspirin.«

Ein tiefes Schweigen erwiderte diese Mitteilung. Zu spät erinnerte sich Nina, daß die Tengstedts der Christian Science angehörten, deren Mitglieder gewöhnlich keine Medikamente nehmen. »Ich habe gehört, daß Michelle bis zu ihrem zehnten Jahr auf den Philippinen gelebt hat«, sprach Nina rasch weiter.

Wieder Schweigen.

»Die Jugend verbrachte sie in Fresno?« Nina hatte den Eindruck, daß jede ihrer Fragen die Eltern auf irgendeine Weise kränkte.

»Als sie klein war, war sie eine ziemlich gute Schülerin«, sagte Mrs. Tengstedt; dabei knetete sie ihre Hände. »Es ist bestimmt kalt hier drin.«

»Sie bekam irgendwelchen Ärger mit Jungen«, brachte Tengstedt plötzlich hervor. »Wir haben es ihr gesagt, wir versuchten, sie zu behüten, aber als sie sechzehn wurde, schlich sie sich heimlich zum Schlafzimmerfenster hinaus. Bis dahin war sie so ein gutes Kind gewesen.«

»Was hat denn die Persönlichkeitsveränderung verursacht? Glauben Sie, daß es bloß an der Pubertät lag?« fragte Nina. Carl Tengstedt warf seiner Frau einen warnenden Blick zu. Was war so bedrohlich an dem, was Nina gefragt hatte? Nun begriff sie, warum Misty ihre Eltern nicht so einfach nach der Vergangenheit befragen konnte.

»Schwer zu sagen«, antwortete Tengstedt. »Wir müssen jetzt aufbrechen und uns ein Zimmer für die Nacht suchen, bevor wir zu Michelle zurückfahren.«

»Wissen Sie, Sie haben mich überhaupt nicht gefragt, wie Anthony zu Tode kam«, sagte Nina.

Wieder saßen der harte Soldat und seine Frau wie festgenagelt auf ihren Sesseln. Nina wurde gewahr, daß sie sich mit großer Anstrengung aneinanderklammerten. Ihre so harmlos scheinenden Fragen vergrößerten ihre Qual. Endlich sagte Mrs. Tengstedt: »Was Michelle auch getan hat – worin sie auch verwickelt ist –, wir halten zu ihr.«

Nina dachte einen Augenblick über diese Worte nach. »Mrs. Tengstedt, vor zwei Stunden sagte mir Misty, daß sie mit dem Verbrechen nichts zu tun hat. Sie scheinen da Ihre Zweifel zu haben. Können Sie mir bitte verraten, warum?«

»Hier geht es um das Leben unserer Tochter, Miss Reilly«, sagte Carl Tengstedt. »Nicht um irgendeinen Film mit einem überraschenden Ausgang. Michelle wird schon ihre Gründe gehabt haben, daran zweifeln wir nicht. Ich werde sie nicht verstoßen. Vielleicht haben wir sie zu sehr behütet, sie zu weit in die andere Richtung geführt. Sie rannte mit dem erstbesten Kerl weg, um das Tor aufzustoßen. Und am Ende hat er das bekommen, was er reichlich verdient hat.«

»Seien Sie nicht so rasch mit der Annahme bei der Hand, Ihre Tochter habe ihren Mann getötet, Mr. Tengstedt«, sagte Nina. »Ich gehe nicht von dieser Annahme aus.«

»Sie ist so verwundbar«, fuhr Tengstedt fort, als habe er nicht zugehört, »so vielen Einflüssen ausgesetzt.« Er drehte das dicke Uhrenarmband um das Handgelenk herum. »Wir vergeben ihr alles, was sie auch getan haben mag, und wir glauben, der allmächtige Gott hat ihr auch vergeben. Sie wird die Strafe auf sich nehmen, aber wir werden dafür sorgen, daß diese durch Barmherzigkeit gemildert wird. Hat sie Ihnen erzählt, daß wir über Anthony Nachforschungen angestellt haben, bevor sie ihn heiratete? Er war bei der Polizei in Fresno. Die haben ihn nach zwei Jahren wegen krummer Sachen gefeuert. Die schlimmste Sorte, einer von den Kreaturen, die von kleinen Geschäftsleuten Schutzgelder erpressen. Wer nicht zahlen konnte, dem brach er die Arme.«

»Das hat sie mir nicht erzählt, nein. Das kann sehr nützlich sein«, murmelte Nina, als er schwieg.

»Als wir Michelle warnten und ihr mitteilten, was wir alles herausbekommen hatten«, sprach er weiter, wobei seine Miene große Erregung verriet, »da haute sie ab. Das hatten wir nicht erwartet. Gott weiß, was hier vor sich gegangen ist.«

»Carl weiß, was Streß heißt«, warf Mrs. Tengstedt ein. »Er war Kriegsgefangener in Korea, mit dem Flugzeug abgeschossen überm Südchinesischen Meer. Und er hielt seinen Beobachter in drei Meter hohen Wellen fest, bis man sie beide herausholte. Er ist ein Kriegsheld.« Sie sprach, als hätte sie die Zeilen auswendig gelernt. »Dann wurde er von den Nordkoreanern gefangengenommen, und die ...«

»Bitte, Barbara, genug davon«, sagte Carl Tengstedt.

»Aber du warst ein Held!« sagte sie, und nun lag etwas Flehendes in ihrer Stimme. Zu welchen Worten wollte sie ihn drängen?

»Wir müssen los, Barbara«, sagte er, ohne Nina weiter anzuschauen, in sich gekehrt und auf irgendeinen persönlichen Schmerz fixiert, den sie auch nicht annähernd begreifen konnte. Gehorsam erhob sich seine Frau. Diesmal hielt Carl Tengstedt Nina die Hand hin, aber sie war nun auf seinen Händedruck gefaßt.

Sie brachte das Ehepaar zur Vordertür und bat Sandy, ihnen ein Motel ein Grad besser als das Lucky Chip zu nennen und ihnen die Telefonnummer von Mel Akers zu geben, für den Fall, daß sie ihn wegen einer Referenz anrufen wollten. Sie überließ ihnen auch Jacks Dienstnummer. Vielleicht konnten sie ihn leichter erreichen. Nina wußte, er würde seine Hochachtung vor ihrer beruflichen Fähigkeit zum Ausdruck bringen, wenn nicht gar mehr.

Ihr knurrte der Magen vor Hunger. Sie aß ein Thunfischbrötchen und blieb bei Baths stehen, einem Casino an der Durchgangsstraße gegenüber Prize's. Sie trat in den immerwährenden Rauch überm roten Teppich, wechselte einen Zwanziger in Vierteldollarmünzen und spielte an den Glücksautomaten. Die Cocktailserviererinnen trugen hier eine spärliche römische Toga und betonten wie überall ihre sekundären Geschlechtsmerkmale. Sie kriegten es fertig, zur gleichen Zeit gelangweilt und bemüht auszusehen.

Um halb drei befand sie sich wegen eines gerade erst übernommenen Falles im Gericht; sie war erst zu einem späteren Zeitpunkt zu den Verhandlungen gestoßen, bei denen ihr Mandant, ein kleiner Geschäftsmann, bislang seine Sache selbst vertreten hatte. Die Vergleichsberatungen dauerten den gesamten Nachmittag, weil sich ein halbes Dutzend Anwälte einer Versicherungsgesellschaft aus Sacramento darüber stritten, wer für den Schaden aufkommt, den ein Brand im Warenlager des Mandanten angerichtet hatte, wodurch sein Geschäft ruiniert worden war. Der Mann hatte sie beauftragt, den Vergleich unter Dach und Fach zu bringen, und hatte ihr seine Eckwerte genannt. Wie durch ein Wunder und dank der gewichtigen Hand des Gastrichters aus Alpine County, eines grimmigen Ranchbesitzers namens Amagosian, kam der Vergleich zustande.

Ihr Mandant hatte draußen gewartet. Als sie ihm mitteilte, daß alles zu einer von ihm als akzeptabel bezeichneten Summe erledigt sei, äußerte er nichtsdestoweniger Zweifel über die Regelung. Er wußte, daß sie gerecht war; er wußte, er hatte wenige Tage vor dem Brand die Police nicht verlängert; er wußte, er hatte Glück, daß er von dem Versicherungsmakler überhaupt etwas bekam; aber er wollte dennoch um keinen Preis etwas einbüßen. »Wenn alle wütend herauskommen, ist es ein guter Vergleich«, sagte Nina. Sie wußte, wenn er sich beruhigt hatte, wäre er erleichtert, weiterhin solvent zu sein. Und richtig, um sechs kam er mit einer Flasche Dom Pérignon vorbei. Er ließ den Korken knallen, und Nina und Sandy halfen ihm, seine Rettung aus den Klauen der Justiz zu feiern.

Ehe Nina die Kanzlei verließ, entwarf sie noch einen Entschuldigungsbrief an Jack, den sie dann zu den anderen gelben Blättern in den Papierkorb warf. Zurück zu Matts Haus fuhr sie am See entlang und bewunderte die sternenklare Nacht, obwohl das auch Erinnerungen weckte, und sie gab Gas, um sie zu ersticken.

Endlich zu Hause drückte sie Bobby an sich, dann zog sie sich Jeans an. Der Wohnraum war warm und duftete nach Knoblauch, Olivenöl und dem Rauch von Holz. Er hüllte sie in Familienatmosphäre, ließ die Kinderstimmen verstummen und den Gesang der Mutter vernehmen, die zu einer alten Melodie Worte erdichtete, in denen die Namen der Kinder auffallend oft vorkamen. Matt begrüßte sie und ging dann hinaus nach Holz; er sagte, das würde für diese Jahreszeit ihr letztes Kaminfeuer werden. »Es wird Sommer«, verkündete er. »Ein grüner Himmel bei Sonnenuntergang.«

»Ist das wirklich wirklich, Onkel Matt?« fragte Bobby, auf dem Fußboden über einem Blatt mit Multiplikationsaufgaben brütend.

»Gute Frage, Bobby«, sagte Matt und strich ihm übers Kinn. »Das bringt uns auf das Problem der wirklichen Wirklichkeit und der virtuellen Wirklichkeit. Hebe es dir für deine Mom auf, wenn sie dich zu Bett bringt.«

Nina hatte vor, nichts zu erzählen. Statt dessen lud sie einen zensierten Tagesbericht bei Andrea ab, die kochende Nudeln umrührte, sie dann durchs Sieb abgoß und sich zwischen Schlückchen von heißem Apfelwein frische grüne Bohnen pickte.

»Da schwimmst du ja wieder oben, Nina.«

»Ich wünschte, das würde niemand mehr sagen. Bobby fängt auch an, mich zu reglementieren. Neuerdings sagt er: ›Ich rechne gerade‹, wenn ich ihm was auftrage, zum Beispiel Zähne putzen. Ich glaube nicht, daß ich so berechenbar bin. Ich wundere mich mehr über mich, als ich zugeben möchte.«

Andrea lächelte und reichte ihr eine Nudel zum Probieren.

»Zu weich, huh? Aber die Kinder mögen sie so.« Sie wühlte in ihrem Schrank nach einer Büchse Tomaten. »Ich muß einen Extratopf für sie machen, ohne was drin, einfach weiße Nudeln und glatte rote Tunke, und einen für uns mit Stückchen drin, die gewürzte Variante, bei der einem die Luft wegbleibt.« Sie nahm eine Wurst aus dem Kühlschrank und schnitt sie. »Du hast gesagt, du wirst vier Tage in der Woche arbeiten, langsam anfangen und dir eine Menge Zeit lassen für ein reiches, erfülltes Privatleben.«

»Das habe ich gesagt, nur nicht so schön formuliert.«

Andrea gab Oregano, gehackte Zwiebeln und Knoblauch, Pfeffer und Salz in die Pfanne, in der die Wurst zischte und spuckte.

»Dieser Fall wird einiges Aufsehen erregen und meiner Praxis Geltung verschaffen. Das Geld wird mir eine Weile über den Berg helfen.«

»Du könntest es ein bißchen gemächlicher angehen«, sagte Andrea.

Nina kaute ein Stück Brot. »Ich bin nicht von der gemächlichen Sorte. Außerdem stecke ich schon mittendrin. Sie will mich haben, egal, ob den Eltern das recht ist oder nicht. Ich habe gehört, daß Riesner sehr tüchtig ist, aber diese junge Frau hat ein spezielles Problem.«

Andrea drückte ihr ein zusammengewürfeltes Besteck in die Hand und schob sie Richtung Eßzimmer. »Nämlich welches?«

»Sie ist so beschissen schön, wenn du den Ausdruck gestattest. Sie lebt immer in dem Zustand, nur als Sexobjekt angesehen zu werden, und hat nur Beziehungen zu Männern. Mit einer Anwältin, die über ihren Körper hinwegsehen kann, wäre sie besser dran.«

Andrea rief aus der Küche: »Was hätte ich als zarte Pflanze dafür gegeben, mit diesem Problem geschlagen zu sein! Aber versuchst du nicht, die Psyche deiner Mandantin außen vor zu lassen? Ich meine, du kannst doch nicht alles gleichzeitig in Ordnung bringen. Du hast dich doch nur um die juristische Seite zu kümmern, oder?«

»Du weißt doch bestimmt vom Tahoe Frauenasyl, wie das geht, Andrea. Armut, Scheidung, Unterhaltszahlungen, seelische Krankheit, körperliche Gebrechen, Probleme mit einem Job, die Schule schwänzende Kinder, alte Großmütter, geplatzte Schecks, Alkohol, Selbsthaß und was noch alles: die sozialen Schwierigkeiten von Frauen sind immer mit ihren juristischen verflochten.«

»Aber das kannst du doch gar nicht alles bewältigen. Jeder von uns professionellen Helfern geht doch an die Sache ran, um einen kleinen Teil davon in Ordnung zu bringen, aber nicht mehr, damit wir nicht allesamt in der Nervenklinik landen.«

Nina setzte sich an den Tisch und erinnerte sich an eine wenige Jahre zurückliegende Sorgerechtsverhandlung. Kurz bevor der Fall aufgerufen wurde, hatte sie sich mit dem gegnerischen Anwalt heftig darüber gestritten, daß ihrer Mandantin, der Mutter, das leibliche Sorgerecht abgesprochen werden sollte. Nach ein paar Minuten trat der Anwalt, ein imposanter, älterer Herr, einen Schritt von ihr zurück und sagte in vorwurfsvollem Ton: »Na, Sie nehmen ja die Sache absolut persönlich!« Na und? Ihre Mandantin war drauf und dran, ihre Kinder zu verlieren. Aber damals hatte sie nichts als Schande empfunden, die Schande, wie ein menschliches Wesen gehandelt zu haben, wo man von ihr erwartete, wie eine Anwältin zu handeln.

»Ich nehme so viel Anteil an ihr, daß ich eine regelrechte juristische Schlacht für sie schlagen will. Sie hat noch so viele Runden durchzustehen, angefangen mit ihrem Vater.«

Nachdem den drei kleineren Gesichtern die Spaghetti abgewischt worden waren und ihnen Eis am Stiel in den Mund gesteckt wurde, schob Matt seinen Stuhl von dem großen, von ihm für die Familie gezimmerten Brettertisch zurück. »Hast du schon mal gemerkt …«

»Sag's nicht, Matt.«

»… wie sehr du von Mord fasziniert bist?« beendete er seine Frage. In der nachfolgenden Stille konnte Nina ihr Herz pochen hören, rasend.

»Ich kann es nicht leiden, wenn du das dramatisierst«, sagte Nina zu ihrem Bruder.

»Mord fasziniert dich«, beharrte er. »Bei den Berufungen in Mordfällen, die du eingelegt hast, warst du bei der Sache, aber du hast einen netten kleinen, sicheren, intellektuellen Abstand gewahrt, doch diesmal ist es anders. Du wirst es mit den Menschen zu tun bekommen und mit ungebremsten Emotionen.«

»Ich bin schon erwachsen«, sagte Nina.

»Wäre es hier nicht klüger, den konservativen Pfad einzuschlagen?«

»Das habe ich von dir erwartet, Matt, aber ich muß mich dennoch über dich wundern.« Nina streckte die Hand aus, um den Fenstervorhang beiseite zu ziehen, und seufzte.

»Oh, war nur unter Geschwistern gesagt. Schon mit Jack gesprochen?« fragte Matt. »Nicht, daß mich das was anginge, aber einerseits sagst du, du möchtest mit ihm ins reine kommen, andererseits ziehst du nach Tahoe und stürzt dich in einen schweren und, wie es aussieht, langwierigen Fall.«

Andrea warf ihm einen Blick zu, der ihn verstummen ließ.

»Nein, habe ich noch nicht. Du wirst der erste sein, der es erfährt.«

»Zum Teufel damit«, sagte er. »Ich habe mein Leben lang nichts angepackt, was todsicher war.« Er zog seine Frau an den Haaren und lächelte. Dann hob er seine Stimme und rief, so daß ihn die Kinder hören konnten: »Ich gehe raus, mir die Jupitermonde anschauen. Monde aus grünem Käse und Ziegen, die ihn fressen.« Die Kinder holten sich schnell ihre Mäntel und Handschuhe, während Andrea den Kopf schüttelte.

»Kein Mensch wird dir jemals mehr glauben, wenn du weiter so etwas erzählst«, meinte sie zu ihm, als er das Teleskop zu der Glastür schleppte, die auf die Veranda führte.

Auf halbem Weg hinaus blieb er stehen, um ein bißchen Tomatensoße von seinem Finger an ihre Wange zu schmieren und sie dann zu küssen. »Was wäre das Leben ohne die kleinen Geheimnisse?« sagte er.

Nina schaffte Teller in die Küche, stapelte sie zu hoch und preßte sie zu fest an sich. Matt und Andrea machten sich Sorgen um sie, und das wirkte vereinnahmend. Sie brauchte keine Fürsorge, sie brauchte Beistand.

Als sie dort am Spültisch stand und beim Warten auf das heiße Wasser gähnte, wurde ihr ein Grund bewußt, weshalb sie den Fall übernehmen wollte. Misty vertraute ihr. Diesmal würde sie kein Vertrauen brechen.

8

Nina erwachte am Donnerstag morgen, als Regen auf das Blechdach trommelte. Während des Frühstücks rief Carl Tengstedt an. Sehr formell bat er sie, Misty zu vertreten. Genauso formell stimmte sie zu.

Misty hatte gewonnen. Jetzt ging's los.

Nina brachte Bobby, seinen Cousin und seine Cousine mit dem Auto zur Schule und traf zeitig im Gericht ein. Mistys Kautionsverhandlung und Vernehmung zur Anklage waren gekoppelt und für 9.00 Uhr angesetzt. Da sie noch zwanzig Minuten schmoren mußte, stieg sie die Stufen zum zweiten Stock hoch.

Sie warf einen Blick durch die Glastür in den Großen Saal des Landgerichts und erkannte, bevor sie eintrat, daß Verhandlungspause war. Collier Hallowell unterhielt sich spaßend mit einem anderen Mann im Anzug, der mit dem Rücken zur Tür stand.

»Entschuldigen Sie bitte, wenn ich Sie unterbreche«, sagte sie. »Ich wollte mich nur vorstellen. Ich bin Nina Reilly. Ich habe den Fall Patterson.«

Collier Hallowell wandte sich ihr zu, und sie hatte den Eindruck, er habe freundliche Augen und ein müdes Gesicht. »Hi, Nina«, sagte Hallowell. »Erfreut, Sie kennenzulernen! Darf ich Ihnen Jeff Riesner vorstellen!« Sie gab beiden Herren nacheinander die Hand, während Riesners Augen sie so wütend wie ein Elektrobohrer durchdrangen. Sie wünschte, sie stünde auf turmhohen Absätzen. Die beiden Männer standen zwischen ihr und dem Licht, so daß ihr Schatten auf sie fiel. Beide waren, ihrer Rolle entsprechend, gekleidet. Hallowell trug einen unauffälligen grauen Anzug, der wie von der Stange eines Herrenausstatters wirkte und die schreckliche Macht des Staats herunterspielte. Riesner prangte in einem maßgeschneiderten blauen Nadelstreifenanzug mit einer Armani-Krawatte, um Richtern und Geschworenen zu zeigen, daß der Angeklagte einen vermögenden Mann überredet hatte, seine Geschichte zu akzeptieren.

»Ah, die berühmte Strafverteidigerin aus San Francisco«, sagte Riesner. »Beehrt uns mit ihrer Gegenwart. Mit großem Vergnügen habe ich die faulen Geschichten vernommen, die Sie in Umlauf setzen, um eine Klientel an Land zu ziehen. Sie sind ja eine hübsche, kleine Aufschneiderin!«

»Blödsinn. Ich vermute, das soll heißen, Sie wollen die Verabredung zum Lunch sein lassen?« sagte Nina.

»Ach, kümmern Sie sich nicht um Jeff«, äußerte Hallowell. »Er ist unser hiesiger Oberspinner.«

»Ich wollte fragen, ob Sie eine Minute Zeit für mich haben, Collier«, sagte Nina.

»Glaube, ich muß weiterrennen, nach unten«, meinte Riesner. »Oh, noch eine letzte Frage, wo ich schon Ihre geschätzte Aufmerksamkeit habe: Kürzlich noch weitere Klienten von mir gestohlen?«

Diesmal kam ihr Hallowell nicht zu Hilfe. »Sie haben alle bei mir vorgesprochen«, antwortete Nina, »aber ich habe meine Maßstäbe.«

Riesner lächelte ein so hohles Lächeln, daß die Luft knapp wurde. »Der Fall Patterson wächst Ihnen über den Kopf, da wird's Ihnen schlimmer ergehen als dem armen toten Kerl. Vielleicht kriegt das Ihre Mandantin mit der Zeit spitz.«

»Auf Wiedersehen, Mr. Riesner.«

»Wir sehen uns noch hier«, sagte Riesner. »Da können Sie drauf wetten.«

Als Riesner gegangen war, setzte sich Hallowell auf den Anwaltstisch und faltete die Arme. »Sieht aus, wie wenn Sie hier zu Hause sind«, sagte Nina.

»Bei dem, was mir die County zahlt, ist das ungefähr alles, was ich mir leisten kann.« Jetzt sah sie, daß er freundliche graue Augen hatte und dazu ein gewinnendes Lächeln. Weiblichen Geschworenen mußte seine Art gefallen. »Es ist wahr, meine Tage verbringe ich hier.«

»Wie viele Staatsanwälte gibt es hier am See?«

»Vier, bald nur noch drei, nach der nächsten Kürzung der Haushaltsmittel. Einen für Jugendfürsorge, einen fürs Amtsgericht, einen fürs Landgericht, Richter Milnes Amtsbezirk. Das bin ich. Wenn wir noch jemanden brauchen, können wir den von Placerville anfordern. Wo kommen Sie her, Nina?«

»Ich war einige Jahre in San Francisco und davor in Monterey.«

»Sie lieben schöne Orte.«

»Das stimmt. Wie steht's mit Ihnen?«

»Geboren und aufgewachsen in Tahoe, außer dem Jurastudium in Boalt. Das ist eine gute Stadt hier, wenn Sie es die ersten ein, zwei Jahre aushalten. Eine ganze Reihe von Anwälten kommt die Berge für eine Saison herauf und entschließt sich dann weiterzuziehen.«

»Ich bleibe«, sagte Nina.

»Das höre ich gern. Da werden wir zusammenarbeiten. Ich muß Ihnen mitteilen, es hat eine ganze Weile gedauert, bis ich die Berichte auf meinem Schreibtisch hatte. Im Augenblick habe ich nichts in der Hand, um bei Schuldbekenntnis eine inoffizielle Absprache über eine mindere Anklage anbieten zu können.«

»Deshalb bin ich nicht hergekommen. Ich möchte sichergehen, daß ich alle an Sie ergehenden Berichte umgehend erhalte.«

»Gewiß. Richter Milne hat eine stehende Anweisung zur Offenlegung prozeßwichtiger Unterlagen erteilt. Sie brauchen nicht extra danach zu fragen, wir müssen Ihnen ohnehin alles zur Verfügung stellen. Sie können sich morgen früh abholen, was wir haben. Sind Sie verheiratet?«

Sollte sie ihn dafür abservieren? »Ja und nein«, antwortete sie. »Weshalb fragen Sie?«

»Man muß den Gegner kennen.« Er ließ ein gewinnendes Lächeln aufblitzen, dann schaute er auf seine Uhr. »Wir sollten besser hinuntergehen. Richter Flaherty wartet.«

»Erledigen Sie heute vormittag Sachen beim Amtsgericht?«

»Bloß den Fall Patterson. Mordfälle übernehme ich gern von Anfang an.« Hallowell ging die Treppe mit ihr hinunter.

Angeklagte und ihre Familien füllten die Plätze und Gänge des Amtsgerichtssaals. Diejenigen Angeklagten, die nicht auf Kaution freigekommen oder wegen der Kautionsverhandlung hier waren, hatte man schon in den orangefarbenen Overalls hereingeführt; sie saßen zusammen vorn in eigenen Bankreihen wie ein Kirchenchor böser Buben. Misty saß in der letzten Reihe, ein attraktiver Störgeist, ihr aufreizendes Haar ein rotes Tuch für die Stiere. Es fiel schwer, sie ernst zu nehmen. Sie sah aus wie die naive Tussi aus einem Heavy-Metal-Video. Nina lächelte ihr aufmunternd zu.

Die Anwälte rekelten sich auch vorn herum auf ihrer extra Sitzreihe nahe am Geschehen. Riesner saß an dem einen Ende, tief in eine Unterhaltung mit einem älteren Mann versunken, der leise lachte, als sie nach vorn trat und sich an das andere Ende setzte. Collier trat zum Tisch des Anklagevertreters an der rechten Seite vor und begann, sich Akten zurechtzulegen. Der Pflichtverteidiger, ein betrübt dreinschauender junger Mann mit dem Gesichtsausdruck von einem, der schon viel ertragen mußte, hatte schon seinen Aktenstapel auf dem anderen Tisch abgesetzt.

»Bleiben Sie sitzen«, sagte der Gerichtsbeamte. Ein fürstliches Rascheln ging dem Auftritt von Richter Flaherty zu seinem Richtersitz voraus. Er tauchte aus irgendeinem verborgenen Raum auf, ein weißhaariger, rundlicher Mann mit gerötetem Gesicht.

»Mr. Hallowell?« sprach er sogleich. »Liegt heute vormittag hier irgend etwas an?«

Collier erwiderte: »Nur ein Fall, Euer Ehren. Patterson. Kaution und Vernehmung zur Anklage.«

Der Richter blätterte seine Akten durch und sagte: »Okay, das Volk gegen Patterson. Führen Sie die Angeklagte vor. Wird sie von einem Rechtsanwalt vertreten?« Nina war schon am Anwaltstisch aufgestanden, und ein Gerichtsdiener brachte Misty vor und stellte sie neben Nina.

»Jawohl, Euer Ehren. Nina Reilly, Verteidigerin der Angeklagten.«

»Wir nehmen die Kautionsverhandlung zuerst. Mr. Hallowell?«

»Wie das Gericht den Unterlagen entnehmen kann, sind wir der Auffassung, daß zu diesem Zeitpunkt eine Freilassung auf Kaution nicht gewährt werden sollte«, sagte Collier. Er sprach leise, wodurch er die Aufmerksamkeit auf jedes Wort lenkte. »Ms. Patterson hat hier keine Familie und keine anderen wirklichen Bindungen. Sie wohnt zur Miete und ist erst seit drei Jahren in der Gegend ansässig. Die Anklage ist so schwerwiegend wie nur denkbar. Es besteht Fluchtgefahr.«

»Mrs. Reilly?«

Mrs. Reilly konnte man akzeptieren, obwohl es nie einen Mr. Reilly gegeben hatte, außer Dad. »Es liegen weder Erklärungen noch Handlungen vor, die darauf hindeuten, daß sich besagte Angeklagte der Rechtsprechung entziehen würde, Euer Ehren. Diese Frau hat seit anderthalb Jahren einen Ganztagsjob hier am Ort. Die Anklagepunkte werden sich gewiß bei der Vorverhandlung reduzieren, wenn sie nicht gar ganz fallengelassen werden. Sie ist nie irgendeines anderen Vergehens beschuldigt, geschweige denn überführt worden. Wir ersuchen um Freilassung auf Kaution, die auf die Summe von fünfzigtausend Dollar festgesetzt wird.«

Der Richter hob die Augenbrauen. »Mr. Hallowell, fünfzigtausend Dollar ist lächerlich wenig bei dem Gewicht der Anklage, aber mit drei Jahren ist man hier oben fast ein Oldtimer. Und diese junge Dame hat keine Vorstrafen. Es wird behauptet, daß es kurz vor dem Vorfall einen Streit gegeben hat. Ist damit zu rechnen, daß die gegenwärtig auf vorsätzlichen Mord lautende Anklage abgeändert wird?«

»Das kann man jetzt noch nicht sagen, Euer Ehren. Doch sie rannte davon, als die Polizei sie vernehmen wollte, Euer Ehren. Sollte das Gericht geneigt sein, der Freilassung auf Kaution zuzustimmen, ersuchen wir darum, sie auf die Summe von zweihundertfünfzigtausend Dollar festzusetzen.«

»Zuviel«, entgegnete der Richter. Er starrte Misty einen Moment an, dann sagte er: »Teilen wir die Differenz. Halten Sie einhundertfünfundsiebzigtausend für annehmbar, Mrs. Reilly?«

»Ich denke, die Eltern der Angeklagten könnten einhunderttausend Dollar Kaution aufbringen, Euer Ehren. Ihr Vater besitzt einen kleinen Autohandel in Fresno. Die Angeklagte verfügt derzeit über keine Mittel, da es noch nicht gelungen ist, Zugang zum separaten Bankkonto ihres Ehemanns zu erlangen.«

»Mr. Hallowell?«

»Bei weitem zu niedrig, Euer Ehren.«

»Die Kaution wird auf einhundertfünfundsiebzigtausend Dollar festgesetzt«, sagte der Richter. »Vernehmen wir die Beschuldigte zur Anklage.«

Nina nahm eine Kopie der Anklageschrift entgegen und verzichtete auf eine Verlesung. »Wie bekennen Sie sich?«

Misty schaute Nina an, die nickte. »Nicht schuldig«, sagte sie.

»Wollen wir einen Termin für die Vorverhandlung festlegen?« fragte Richter Flaherty Staatsanwalt Hallowell, der bereits seinen Kalender durchblätterte.

»Heute in drei Wochen, wenn die Angeklagte bereit ist, auf ein Teil der ihr zustehenden Vorbereitungszeit zu verzichten«, sagte er.

»Unter der Voraussetzung, daß ich die Polizeiberichte morgen erhalte, verzichten wir auf einen Teil der Zeit«, sagte Nina. Sie brauchte noch nicht in einem Terminkalender nachzuschauen. »Der 24. Mai geht in Ordnung.«

»Um zehn Uhr«, sagte der Gerichtssekretär.

Es war gelaufen. »In einer Minute komme ich rüber, um mit Ihnen zu sprechen«, flüsterte Nina Misty zu, als sie weggeführt wurde.

Collier Hallowell steuerte auf den Korridor zu, eine Traube von Leuten um ihn herum. Er winkte, als sie zur Eingangstür einbog.

Nina hatte sich über ihn erkundigt. Nach zehn Jahren erfolgreicher Strafverfolgung hatte er sich einen Namen im Bundesstaat gemacht. Man hatte ihm diverse Angebote unterbreitet, in eine Großstadt zu wechseln, aber er wollte nicht von Tahoe wegziehen. Im nächsten Jahr wollte er für das Amt des Distrikt-Staatsanwalts kandidieren.

Es war Collier Hallowell, nicht Jeff Riesner, der ihr Sorgen machte, mit all seinem guten Aussehen, seiner sanften Art und dieser einschmeichelnden Selbstherabsetzung. Er war der gute alte Knabe, der geschlagen werden mußte.

Misty Patterson wirkte froh, daß Nina wieder zu ihr ins Gefängnis kam. »Mein Dad sagte, er hat Ihnen gestern abend einen Scheck durch den Briefschlitz der Kanzlei gesteckt, Nina. Haben Sie ihn bekommen?«

»Bin noch nicht dort gewesen, aber er hat mich angerufen und es mir gesagt.«

»Er ist nicht gerade ... aber ich freue mich, daß Sie mich als Anwältin vertreten werden. Als ich heute neben Ihnen stand, habe ich mich sicher gefühlt.«

Nina schüttelte den abergläubisch kalten Schauer ab, den ihr diese Vertrauensbekundung einer jungen Frau über den Rücken gejagt hatte, die offenbar nicht einmal das Urteilsvermögen einer Fliege besaß. »Ich werde alles in meiner Macht Stehende tun.«

»Das glaub ich.« Misty wirkte heute ein bißchen entspannter. Ihre Augen verrieten wieder Leben.

»Wie geht es Ihnen?«

»Besser. Ich hab jemanden kennengelernt, mit dem ich reden kann, Delores. Das hilft. Das Essen ist furchtbar. Da möchte ich am liebsten kotzen.«

»Vertrauen Sie niemandem«, sagte Nina.

Die junge Frau rieb ihre Hände aneinander. »Ja, hab schon verstanden. Sie haben mir gesagt, mit niemandem über meinen Fall zu reden. Mach ich nicht.«

»Gut. Vor wenigen Minuten habe ich mit Ihren Eltern gesprochen, Misty. Sie werden eine Hypothek auf ihr Haus aufnehmen. Unglücklicherweise bedeutet das, daß wir Sie hier nicht sofort herausbekommen.«

»O nein!«

»Wir holen Sie hier so schnell wie möglich heraus. Das verspreche ich Ihnen. Ich werde auch einige Zeit brauchen, um die Tatsachen zu überprüfen. Selbst die Labor- und Polizeiberichte erhalte ich erst morgen.«

»Ich geh alles immer wieder in meinem Kopf durch«, sagte Misty. »Ich hab ihm einen Schlag versetzt, aber ich schwöre, er war bei Bewußtsein, als ich in die Küche ging. Ich hab zu ihm gesagt, ich ruf den Doktor, und er hat mit dem Kopf genickt. Wollen Sie was total Verrücktes hören?«

»Was denn?«

»Ich vermisse ihn. Innen drin sind die alten Gefühle alle noch da, so angenehm bequem wie seine alten Hemden, die ich mir immer anzog, bloß kann ich sie nirgends mehr hinhängen.«

»Einige der Gefühle können aber nicht so gut gewesen sein«, sagte Nina.

Die junge Frau schüttelte den Kopf und kaute an einer Haarsträhne. »Ich hab mich immer vor dem Nachhausegehen ganz erbärmlich gefühlt, weil er vielleicht schlechte Laune hatte, aber irgendwie hatte ich mich daran gewöhnt. Jetzt spinn ich mir fast die ganze Zeit was aus. Ich hab keine Ahnung, was ich machen soll, und Anthony hat immer noch Macht über mich. Er entscheidet immer noch, was ich anziehen und essen soll und wo ich schlafe. Wie wenn er nicht richtig tot ist und sich bloß was ausdenkt, wie er mir noch mehr zusetzen kann. Das wird wohl nie mehr vorbeigehen, ich hab nun mein eigenes persönliches Gespenst.«

»So muß es nicht sein ...«

»Falls ich ihn umgebracht hab, wünschte ich, ich hätt's gründlicher gemacht. Ich hätte ihn noch tiefer verstecken sollen. Wenn ihn niemand gefunden hätte, säße ich doch nicht im Knast, nicht wahr?«

»Wir wollen über etwas anderes reden. Wer waren denn Anthonys Freunde, Geschäftspartner? Können Sie mir eine Liste machen?«

»Ich kenne bloß seine Ex-Frau Sharon Otis, von der ich Ihnen schon erzählt hab. Mit ihr hatte er immer noch geschäftlich was zu tun, ich weiß nicht, was. Und Peter La Russa bei Prize's. Er und Anthony sind immer zusammen auf Sauftour gezogen. Dann ist da noch Rick Eich, unser Nachbar, der mit ihm im Sommer immer draußen auf Deck saß. Über seine Zeit in Fresno hat Anthony nie geredet. Aufgewachsen ist er davor in Philadelphia, wo sich seine Mom um ihn und seine Schwester kümmerte. Er war nicht dumm, aber aufs College gehen konnte er sich nicht leisten.«

»Wo wohnt denn seine Familie?«

»Seine Schwester ist irgendwo, aber sie verstehn sich nicht. Sie hat irgendwas. Sie ist behindert oder so. Mit vierzehn ging er arbeiten, hat er mir mal erzählt. Ich glaube, er wohnte eine Zeitlang bei seiner Tante.«

»Ist er mit seiner Schwester und seiner Tante in Kontakt geblieben?«

»Ich glaube nicht.«

»Ist er von irgend jemandem bedroht worden? Hatte er Feinde?«

»Jeder, der ihm in die Quere kam. Ich kann jetzt niemand Bestimmten mit Sicherheit nennen. Er hatte ständig irgendeinen Deal zu laufen. Er hat sich Feinde gemacht.«

»Tom Clarke war wütend auf Anthony wegen der Art, wie er Sie behandelte. Tom wollte, daß Sie ihn verlassen. Wie ernst ist es denn mit Ihnen beiden?«

»Er hat nicht ein einziges Mal versucht, mich anzurufen, seit dem Besuch in Ihrer Kanzlei. Ich denke, das ist aus und vorbei. Ich war bloß was zum Vergnügen für ihn. Den hat nur der Sex gelockt.«

»Das begreife ich nicht«, sagte Nina. »Misty, etwas muß ich noch wissen: Seit Ihrer Pubertät und alldem, wie viele … Beziehungen haben Sie da gehabt?«

»Mit unterschiedlichen Kerlen?«

»Verschiedenen Männern. Wo Sie schon gleich wußten, das ist nichts von Dauer.«

Eine Minute schwieg sie. Dann blickte sie Nina in die Augen. »Fünfundzwanzig oder dreißig Typen«, sagte sie. »Vielleicht mehr.«

»Kein Herpes, keinen Krach, keine Schwangerschaften, kein Aids?« fragte Nina verwundert. »Wollen Sie mir erzählen, daß Anthony nie dahinterkam?«

»Glück gehabt«, sagte Misty. »Ich bin vorsichtig. Eine ziemliche Zeit lang ist Anthony, glaub ich, überhaupt nicht auf die Idee gekommen, daß ich mich trauen würde, mit anderen rumzuschlafen. Zuerst hat's ihm gefallen, wenn sich Männer nach mir umdrehten, besonders vor unserer Ehe.«

»Warum so viele Männer?«

»Oh, ich weiß nicht.«

»Lieben Sie Sex?«

Ihr Gesichtsausdruck änderte sich. »Ich bin eben gut dabei. Das Gerede darüber hab ich satt, Nina. Jemand fragt mich, da zieh ich es durch. Denken Sie darüber, wie mein Mann darüber gedacht hat. Ich bin eine blöde, häßliche Schlampe.«

»Nein, Misty«, sagte Nina. »Da liegen Sie völlig falsch.«

»Ich gehöre hierher«, meinte Misty. Dann kamen Tränen, und Nina wartete, bis sie aufhörte zu weinen.

»Misty, blöde Schlampen haben nicht soviel Verstand, mich zu engagieren. Und Sie müssen ja wissen, daß Sie eine schöne Frau sind. Sie müssen doch merken, wie die Leute auf Sie reagieren.«

Misty blickte Nina fest an. »Das ist das erstemal, daß eine Frau so was zu mir sagt. Meine Mutter meint immer, das Aussehn zählt nicht und hält nicht vor. Die Männer ... na klar, die erzählen mir, ich bin großartig, aber Männer lügen.«

»Können Sie es nicht sehen? Wenn Sie in den Spiegel schauen?«

»Was sehn?« fragte Misty, wobei sie sich hektisch mit den Fingern durch die Haare fuhr. »Wovon reden Sie denn?«

Nina brachte nichts heraus. Ihr Stift blieb über dem Schreibblock in der Luft stehen. Dann sammelte sie sich und sagte: »Okay, machen wir weiter. Tom sagte, Sie haben sich in den letzten paar Wochen noch mit jemand anderem getroffen.«

»Einmal war ich total blau«, erzählte Misty. »Ich hab's Tom gegenüber erwähnt, daß ich mal eines Abends vor wenigen Wochen mit Steve Rossmoor in dessen Wohnung mitgegangen bin.

Das ist der Manager von Prize's. Bloß einmal. Na gut, zweimal. Das war ein großer Fehler, das zu erzählen. Vielleicht ist das der Grund, warum mich Tom abschiebt.«

»Noch jemand?«

»Vielleicht war da noch jemand«, flüsterte Misty. »Aber ich weiß nicht, wer … ich meine, es gab da immer einen, von dem ich geträumt hab, der mich wirklich liebt … immer … Manchmal, wenn ich mit Tom zusammen war, bildete ich mir ein, ich wär mit dem zusammen.«

»War das eine wirkliche Person«, fragte Nina sanft, »oder nur ein Traumbild?«

Die junge Frau zog die Stirn in Falten. »Also, bloß ein Traum. Ich hab Dr. Greenspan davon erzählt. Er meint, das ist ein Ideal, das ich … an die Stelle eines Mannes aus Fleisch und Blut setze. Er meint, ich brauche ein … Phantasiebild.«

Bei so einem voll ausgekosteten wirklichen Leben konnte sich Nina nicht vorstellen, weshalb sie das brauchen sollte. »Noch andere Männer aus Fleisch und Blut?«

»Ummm, letztes Jahr drei Typen, bevor ich Tom kennengelernt hab. Der eine war Maler, gab's aber auf und kriegte in Los Angeles einen Job mit Computern. Dann kam Jammer. Der war Verkäufer in dem Lebensmittelladen bei mir um die Ecke. Mit dem hab ich mich ein, zwei Monate lang abgegeben. Wenn ich Milch und Brot bei ihm holte.« Sie zog die Mundwinkel hoch.

»Wo befindet sich Jammer jetzt?«

»Weiß nicht«, sagte Misty. »Er hat geheiratet.«

»Und der dritte?«

»Davey«, sagte sie und senkte das Gesicht. »Er raste vergangenen Dezember auf Skiern die Siberia-Piste von Squaw Valley runter, da kam eine Frau aus Marin County aus dem Wald angeflogen und fuhr ihn um. Am nächsten Tag hab ich ihn in seiner Wohnung besucht, und es schien ihm gutzugehen, bloß hat's weh getan. Und dann, als er aufstehen wollte aus dem Bett, kriegte er diese fürchterlichen Schmerzen im Rücken und das Bein lang runter. Seine Mom mußte ihn zurück nach Sacramento bringen, um ihn zu pflegen.«

»Haben Sie mit irgendeinem dieser Männer weiterhin Kontakt gehabt? Hat Sie irgendeiner angerufen oder sich wieder mit Ihnen verabreden wollen?«

»Nein«, sagte Misty. »Außer daß ich Davey eine Karte mit Genesungswünschen geschickt hab.« Sie blickte über die Schulter. »Jetzt gibt's Lunch; ich muß gehen, sonst krieg ich nichts.«

»Sicher. Brauchen Sie irgend etwas?«

»Eine kleine Flasche Whiskey. Zwei Schachteln Winston. Ein paar Gummis. Haha. Noch eine Zahnbürste. Meine ist verschwunden. Eine Haarbürste, wenn die's mir erlauben. Ein paar Zeitschriften oder auch Liebesromane zum Lesen.«

Nina notierte alles.

»Sagen Sie's meiner Mutter. Die weiß, was mir gefällt, und ich werde sie schon auf Trab bringen. Erwähnen Sie aber nicht die Gummis, nicht mal im Spaß. Man will ja nicht vor ihr herlaufen müssen, wenn sie in die Kirche geht.«

Nina ließ sich einen Burger und einen Becher Milch am Drive-in-Fenster von McDonald's geben und lenkte ihr Auto zum Pope Beach. Der Regen hatte aufgehört. Über die weißen Gipfel trieb ein kräftiger Wind die Wolken hinunter in die Wüste von Nevada. Sie saß bloß da im Auto, lehnte den Kopf zurück, um die Halsmuskeln zu entspannen, und überließ es der Natur, ihr ein Schauspiel zu bieten. Nach einer Weile fuhr sie langsam zurück in die Kanzlei.

Der Scheck von den Tengstedts zierte die Mitte ihres Schreibtischs, eine Vorauszahlung von fünfundzwanzigtausend Dollar plus eine Anzahlung auf die Spesen und eine Prozeßvollmacht. Nina schloß die Tür, setzte sich in ihren Chefsessel und ließ die Papiere durch die Finger gleiten.

Geld. Sie war mit dem Ersparten finanziell soweit zurechtgekommen, aber das hier bedeutete mehr: Sie war wirklich im Geschäft, spielte nicht nur so herum, bis sich Jack entschloß, ihr zu vergeben. Sie hatte sich ganz dem Fall verschrieben, koste es, was es wolle; in ein paar Monaten könnte sie sich an einer Mordsache versuchen. Seit Bobbys Geburt hatte sie sich nicht wieder so gut drauf und zugleich so zu Tode erschöpft gefühlt. Sie holte einen Block Kanzleipapier, begann ihre Liste und drückte gleichzeitig den Summer für Sandy.

Sandy trat mit dem Terminkalender ein. Heute trug sie Cowboystiefel, einen geblümten, langen Rock, der sich hinter ihr bauschte, und eine purpurne Bluse. Ihre übliche gelassene, skeptische Miene beherrschte ihre Erscheinung.

»Okay. Hier ist unser Programm für die nächste Woche. Der Personenschaden Sandoval. Mr. Sandoval soll eine Bevollmächtigung unterschreiben. Die senden Sie an das Krankenhaus und erbitten im Brief die vollständigen Krankenblätter und die Rechnungserstellung. Gehen Sie die Akten nach irgendwelchen anderen Schadensbeträgen durch wie Lohnausfall. Entwerfen Sie ein Schreiben mit der Zahlungsaufforderung an die Versicherungsgesellschaft, und verlangen Sie das Fünffache der einzelnen Summen. Richten Sie sich nach dem von mir gerade betreffs des Hundes Pal abgeschickten Brief von unserem anderen Personenschadensfall. Legen Sie mir dann alles zur Durchsicht vor, wenn Sie es fertig haben.«

Sandy schrieb mit, den Kopf heruntergebeugt. Sie hatte glatte, plumpe Hände mit Silberringen. Ihre Notizen sahen unlesbar aus. Nina hoffte, daß es sich um eine persönliche Kurzschrift handelte.

»Der Skiunfall, Hopkins. Rufen Sie den Klienten an und bitten Sie ihn, eine Kopie des Unfallberichts vorbeizubringen. Für Mrs. Washington haben wir am Montag eine Verhandlung wegen einstweiliger Unterhaltszahlung. Halten Sie vorher den Tag fest, um sicherzugehen, daß wir den Beleg in der Akte haben.« Nina ging die Liste ihrer Fälle durch; sie war kurz. Mrs. Washington war auf Sandys Empfehlung gekommen. Mr. Hopkins hatte zuvor Jeffrey Riesner als Anwalt gehabt. Als Nina sich an Mr. Hopkins' Bemerkungen über Riesner erinnerte, mußte sie lächeln.

»Kommen wir zu Patterson. Schreiben Sie einen Brief über meine Vertretung von Mrs. Patterson an die Staatsanwaltschaft und zeichnen Sie ihn ›im Auftrag‹. Ich werde mit dem Spesenscheck ein eigenes Treuhandkonto eröffnen und die Vorauszahlung auf das normale Treuhandkonto einzahlen. Tun Sie alles, um die Polizei- und Laborberichte so schnell wie möglich zu bekommen. Legen Sie eine Akte an.« Sie machte eine Pause, um die Papiere durchzusehen. »Setzen Sie einen kurzen Brief an die Tengstedts für mich zum Unterschreiben auf, der den Empfang des Schecks bestätigt. Schicken Sie meine Bevollmächtigung an Mistys Doktor, wie heißt er noch, Frederick Greenspan, und vereinbaren Sie einen Termin mit ihm. Sie sollten besser für sich eine Rolodex-Drehkartei benutzen. Hier ist die Telefonnummer von Bruno Cervenka an der Universität von Kalifornien in San Francisco. Rufen Sie seine Sekretärin an und vereinbaren Sie ein Telefongespräch auf heute vier Uhr, wenn es geht. Sandy, ich weiß, ich lade Ihnen da eine Menge auf. Wenn Sie was nicht können oder nicht verstehen, fragen Sie nur.«

»Keine Angst«, sagte Sandy. »Kleine Fische.«

»Das wär's im Augenblick.« Aber Sandy blieb sitzen.

»Ja?«

»Sie brauchen einen besseren Teppich im Vorzimmer. Eine große Zimmerpflanze«, sagte Sandy. »Ich kann Ihnen einen guten Teppich besorgen.«

»Wo?«

»Das Washoe Center drüben bei Gardnerville verkauft Teppiche.«

»Gut.«

»Und ein Radio«, sagte Sandy.

»Okay. Und, Sandy … Danke für die Aufträge, die Sie mir vermittelt haben. Aber vergessen Sie nicht …«

»Das hab ich schon mal gehört«, unterbrach ihre Sekretärin sie und ging hinaus, wobei sie die Tür hinter sich fest schloß.

Nina nahm schon den Hörer ab und drückte auf die 1 für ein Ferngespräch.

»Paul, ich bin's, Nina Reilly.«

»Nina! Wie geht's dir? Ich habe deine Karte erhalten. Was machst du denn mit einer Praxis in Tahoe?« Sie konnte hören, wie das Baseballspiel plötzlich verstummte. Arbeitete er zu Hause? Sie malte sich aus, wie Paul van Wagoner, die langen

Beine über die Lehne seines Sessels gehängt, Akten auf dem Schoß, zuschaute, wie die Oakland A's sich eine schwere Abfuhr holten.

»Das ist eine komplizierte Geschichte, Paul. Hör zu, es geht um was Geschäftliches. Du hast dich doch selbständig gemacht, stimmt's? Kennst du jemanden hier oben, der auf deiner Strecke arbeitet? Jemanden, der gut ist. Es geht um einen Mord.«

»Da kenne ich genau den Richtigen. Scharfsinnig. Erfahren. Vernünftig. Bescheiden. Immer klasse angezogen. Warmherzig, ohne unangenehm zu werden.«

»Warte einen Augenblick.«

»Abenteuerlustig, aber zuverlässig.«

»Du?«

»Gut kombiniert, mein lieber Watson.«

»Aber du wohnst in Carmel.«

»Ich kann da für eine Weile raufkommen und ein paar Tage oder länger bleiben, wie du willst. Brauchst es nur zu sagen.«

Sie hatte nie damit gerechnet, daß Paul selbst den Wunsch hätte, heraufzukommen. Einer von Jacks ältesten Freunden, den sie seit ihrem Umzug nach San Francisco nicht mehr viel zu sehen bekommen hatte. Der Gedanke an ihn und an die gemeinsame Vergangenheit mutete ihr nun so behaglich wie ein alter Pullover an, ein Gefühl, das nach genauerer Erkundung verlangte.

»Gut, Paul, mach los. Ich stelle dich nur zu gern an.« Zum Teufel mit den angeheuerten Killern!

»Übermorgen kann ich raufkommen. Ich brauche vier Stunden …«

»Fährst du eine Concorde?«

»Ach, Nina. Es tut so gut, deine Stimme zu hören«, antwortete er. »Sag mir, wie ich zu dir finde.«

Zu Bruno Cervenka an der Medizinischen Fakultät der Universität von Kalifornien in San Francisco kam Nina erst um halb fünf durch. Er hatte gerade sein Seminar zu einem Thema, das sich Tiefenpsychologie nannte.

Bruno war alt, steinalt. Die Uni hatte schon jahrelang versucht, ihn zu emeritieren, aber er weigerte sich und erzwang einen Kompromiß. Er hielt weiterhin zwei Graduiertenkurse ab, und er wurde bei Rechtsfällen konsultiert; die Fakultät führte ihn nach wie vor als ordentlichen Professor, ihr blieb nichts anderes übrig. Bruno hatte viele Freunde und war absolut der Überzeugung, daß er, wenn er sich pensionieren ließ, sofort sterben würde. »Wie die alte Sarah Winchester, die an ihrem Haus bis zu ihrem Todestag Zimmerleute arbeiten ließ«, hatte er Nina einmal erzählt. Bei vielen Tötungsprozessen hatte er Gutachten erstellt, immer im Auftrag der Angeklagten. Ninas Kanzlei in San Francisco hatte ihn bei mehreren Berufungen als Gutachter herangezogen.

Sein Alter und seine Neigung zugunsten der Verteidigung minderten seine Glaubwürdigkeit als sachverständiger Zeuge bei einem Prozeß. Andererseits war er, wie Nina bei ihrer Zusammenarbeit mit ihm bei Berufungsverfahren erlebt hatte, ein brillanter Kliniker. Er verstand Menschen. Er hatte keine vorgefaßten Meinungen. Dadurch erwies er sich nützlicher als ein übergescheiter Doktor der Philosophie von Stanford, der hauptsächlich mit Computern und Laborratten hantierte.

»Ich habe einen Fall für Sie, Professor«, begann Nina. »Eine junge Frau mit einer totalen Amnesie betreffs ihrer Kindheit bis etwa zu ihrem zehnten Lebensjahr. Sie ist schön, treulos und hat ihrem Ehemann vorige Woche mit einer Figur einen Schlag auf den Kopf versetzt. Sie sagt, sie sei zu Bett gegangen und eingeschlafen, als er blutend und noch atmend auf der Couch lag. Ihre Geschichte klingt so ungeheuerlich, daß ich mich frage, ob sie sich einfach nicht daran erinnern kann, was vorgefallen ist. Ihr Mann wurde im Lake Tahoe gefunden, anscheinend von einem Boot aus hineingestoßen. Sie sagt, davon wisse sie nichts. Sie steht unter Mordanklage.«

»War sie einmal in psychiatrischer Behandlung?« fragte Cervenka; er hörte sich gebrechlich und weit weg an. Nina überlegte, ob er die Reise über die Berge machen könnte oder ob ihn der Höhenunterschied umbringen würde.

»Seit wenigen Monaten traten bei ihr emotionale Probleme auf. Das klingt, als leide sie an irgendeiner Art von Depression. Sie ist zu einem Arzt gegangen, der sie mit Hypnose therapiert. Ihren Worten nach fühlte sie sich besser, aber die Therapie hat noch nicht zur Wiedererlangung ihrer Erinnerung an die Kindheit geführt.«

»Leben ihre Eltern noch?«

»Ja, und sie hat sie danach gefragt. Die sagen, sie hatte eine normale Kindheit. Sie hat keine Geschwister. Ich weiß nicht, ob das zu ihrer Religion gehört oder so – sie sind bei den Christian Scientists –, aber sie besitzen keinerlei alte Fotoalben, um die Erinnerung der Tochter aufzufrischen.«

»Hat sie noch andere Episoden erlebt, wo ihr wichtige Erinnerungen fehlen?«

»Einfach die gesamte Kindheit und der Vorfall mit ihrem Ehemann.«

»Traumatische Amnesie mit Verweigerungs- und Verdrängungsmechanismen. Epilepsie. Fugue. Multiple Persönlichkeitsspaltung. Ausflucht. Nach dem, was Sie mir erzählen, kann es vieles sein«, sagte Cervenka. »Es gibt vermutlich zwei getrennte Ereignisabläufe, die für diese beiden Amnesien jeweils verantwortlich sind.«

»Ausflucht ... wollen Sie damit andeuten, Professor, daß sie eine Lügnerin ist?«

»Natürlich. Sie steht unter einer schwerwiegenden Anklage. Wenn ihr das nicht gefällt, woran sie sich erinnert, erzählt sie es vielleicht einfach nicht.«

»Damit könnte sie es für sich selbst gar nicht schlimmer machen. Wenn sie ihn sterben sah, dann die Leiche hinausschaffte und versenkte, hätten wir immer noch einen Fall von Notwehr. Er ist bei der Gelegenheit und schon früher über sie hergefallen. Womit ich nicht fertig werde, ist, daß sie nicht weiß, was sich ereignet hat.«

Cervenka sagte: »Ich müßte sehr viel mehr wissen, um helfen zu können. Ich könnte mit der Frau sprechen, vielleicht sie selbst hypnotisieren. Wir könnten mit den Behandlungsberichten ihres

Arztes beginnen. Wer weiß? Womöglich war ihr Arzt unachtsam. Die Hypnose könnte ihren Gedächtnisschwund gefördert haben, statt ihn zu heilen.«

»Können Sie in die Berge kommen, Professor?« fragte Nina ein wenig zögernd.

»Wann immer möglich, muß der Berg zum Propheten kommen, meine Liebe«, sagte er mit fast vergnügter Stimme. »Gegenwärtig sitze ich im Rollstuhl, bis mein neues Hüftgelenk besser mitmacht. Also schicken Sie mir die Berichte, dann sehen wir weiter.«

»Binnen einer Woche, Professor. Danke für Ihre Bereitwilligkeit, sich damit eingehender zu befassen.«

»Vielleicht brauchen Sie mich überhaupt nicht«, meinte Cervenka. »Viele Fälle von traumatischer Amnesie klären sich von selbst auf. Was sagt denn ihr Arzt dazu?«

»Mit dem bin ich kommende Woche verabredet, um die Berichte abzuholen und herauszufinden, was er weiß«, sagte Nina. »Aber bei dem Fall möchte ich Sie dabeihaben, Bruno. Ihr Doktor ist behandelnder Arzt. Seine Gedanken und Berichte werden dem Staatsanwalt ungehindert zur Verfügung stehen. Ich brauche Ihre Hilfe als Gutachter.«

»Wird mir ein Vergnügen sein«, sagte der alte Herr höflich am anderen Ende der Leitung. Nina legte auf und ignorierte das unangenehme Gefühl, das ihr das Gespräch mit Bruno Cervenka vermittelt hatte. Bei ihm erschien alles zu kompliziert. Misty löschte alle unangenehmen Dinge aus, das war alles. Sie unterlag der Amnesie, keinen Lügen. Okay, nehmen wir einmal einen Augenblick an, daß Misty log. Da konnte sie schlimmstenfalls der Körperverletzung mit Todesfolge angeklagt werden ... Mit Ninas Trümpfen, einem Spitzenermittler und einem großen Psychiater, was könnte Riesner Besseres bieten?

9

NINA BEZAHLTE DIE ZWEI DOLLAR und nahm eine Eintrittskarte. Andrea wartete auf sie im Gebäude des Elks' Club. Sie spürte, wie der dumpfe Rhythmus in ihrem Rückgrat vibrierte, ohne daß sie imstande war, eine erkennbare Melodie auszumachen. Die Menge hastete vorwärts und schob sie mit hinein.

»Guter Grund zum Feiern«, hatte Andrea vorher zu ihr gesagt, als Nina ihr von dem Scheck der Tengstedts erzählte. »Gehen wir zum Feuerwehrball.«

Nina hatte auf der Couch gesessen, den soeben geöffneten Manila-Umschlag aus Ms. Cherrys Kanzlei auf dem Schoß. Darin fand sie die güterrechtliche Scheidungsvereinbarung; zwanzig Seiten genau aufgeteilter Vermögenswerte und Verbindlichkeiten, eine Darstellung des Verfahrens, nach dem die Eigentumswohnung verkauft werden soll, und eine Regelung zur Übernahme der Anwaltskosten der obsiegenden Partei für den Fall, daß die Bedingungen nicht eingehalten würden. Jacks große, vertraute Unterschrift erstreckte sich quer über die ganze letzte Seite unten, gleich über der von Ms. Cherry.

»Der Feuerwehrball bildet den gesellschaftlichen Höhepunkt der Frühlingssaison«, fuhr Andrea auf nachgemachte Bostoner Art fort. »In zwei Monaten haben wir das ›Krabbenfuttern‹ und dann im August das große ›Eierkuchenfrühstück‹. Aber bei dem hier kommen die Tänzer auf ihre Kosten.«

»Hmmm.«

»Die Movers spielen, die Rock-'n'-Roll-Band mit den wildesten, peitschenden Elektrogitarren, einem hämmernden Baß und dem kreischendsten, stampfenden Sound diesseits von East Sacramento.«

Nina hatte dagesessen, die Papiere lose in den Händen haltend. Als sie den Umschlag auf der Post sah, hatte sie gleich gewußt, was es war. Ein feuchter Schmerz fuhr ihr in der Brust herum wie ein blutiges Skalpell.

Freitagabend heute abend, und sie fühlte sich abgeschoben. Sie würde die Schlafzimmertür zumachen und abschließen, die Lederschuhe ausziehen, die Strümpfe, Kostümjacke und -rock und schließlich die Unterwäsche. Sie würde sich das lange, grüne, seidene Nachthemd über den Kopf streifen. Danach würde sie die gelbe Decke von ihrer Matratze zurückschlagen, sich zusammenrollen und verschwinden.

Sie würde eine in der Vergangenheit gelernte Methode anwenden: Man konnte sich an alles gewöhnen – nach den ersten vierundzwanzig Stunden. Wenn man es fertigbrachte einzuschlafen, verging die Zeit viel schneller. Um den Schmerz errichtete das Ich eine Schutzmembrane aus vernunftmäßigen Überlegungen und Rechtfertigungen, zerbrechlich, doch wirksam wie eine Blase auf der Haut. Morgen würde sie es ertragen können. »Nein, Andrea. Ich fühle mich mehr tot als lebendig. Das war eine lange Woche. Ich brauche ein ausgedehntes heißes Bad und mein Bett …«

»Eine lange Woche? Seit fünf Monaten patsche ich hier in gefrierendem Modder herum. Ich habe es satt und bin es leid, zugeschneit zu sein und es so kalt zu haben, daß ich nicht mehr mit meinen Fingern zählen kann. Gehen wir wohin, wo es warm ist.« Andrea hatte den Kopf geneigt und sie betrachtet. »Schlaf ist nicht das, was du brauchst. Du bist ständig so verdammt grimmig und ernst. Wieso entspannst du dich nicht mal heute abend? Heute abend, das ist ein alter Stammesbrauch von Tahoe, mit dem das Ende der kalten Jahreszeit gefeiert wird. Alle kommen tanzen, außer den Kindern und den Babysittern und deinem Bruder, dem Menschenmengen noch mehr zuwider sind als dir. Das hier ist unsere Oper, unser Ballett und unser Off-Broadway-Theater.« Sie zog ihre Schwägerin am Ärmel. »Ich will nicht allein gehen, also kommst du mit.«

Nina schüttelte den Kopf. »Dränge mich nicht. Nichts zu machen.«

Andrea schnappte sich den Umschlag von der Couch und stippte damit Nina auf den Kopf. »Gib doch zu: Du wirst sowieso nicht einschlafen können.«

Andrea setzte ihr zu, bis sich Nina die Haare wusch, sie trocknen ließ, sie mit einer Drahtbürste kämmte, einen roten Pullover anzog, von dem sie meinte, er würde von ihrer Winterblässe ablenken, und mitging.

Andrea fuhr mit Nina zu einer Scheune außerhalb der Stadt, errichtet mitten auf einem Feld. Der Mond war noch nicht aufgegangen, aber die Sterne scharten sich so strahlend am Himmel, daß das Gras auf den Wiesen weiß leuchtete. Autos mit Vierradantrieb aller Formen und Größe drückten sich, wie es schien, meilenweit gegen die Büsche an der Straße, überall wo man Bäume geschlagen hatte.

Drinnen wirbelte die ganze Stadt herum. Hinter der langen Bar im Hintergrund reichten Dutzende von Amateurbarkeepern in weißen Oberhemden Pappbecher mit Bier und Wein. Durch die Dunkelheit spähend, erkannte Nina um die Tanzfläche herum ein paar lange von Bänken gesäumte Tische, meist leer.

»Good love ...« Irgendwo im Dusteren spielte die Band alte Rock-'n'-Roll-Songs herunter. Andrea brachte ihr Rotwein. Alle anderen sangen und bewegten sich und gossen sich Bier aus Bechern hinunter, die sie umklammerten. Sie trank den Wein aus und ging sich neuen holen. Vom Wein und den sich abschindenden Leibern aufgetaut und an allen sinnlichen Fronten zugleich von Reizen überflutet, fand sich Nina bald als Teil einer verschwommenen Gruppe von Freunden. *»Lay-la«,* sangen alle. Sie tanzten zusammen, allein, in Gruppen, stießen mit allen anderen zusammen, Bier sprühte unaufhörlich als ein Dunst durch die Luft, man lachte und brüllte.

Hunderte pochender Herzen, stampfend und gedankenverloren, rissen Nina mit fort, als die Band in eine beschwingt flotte

Version von *Brown Sugar* verfiel. Wenige Minuten danach nahm sie sich auf der Suche nach einem Schluck Wasser die Zeit, sich den feucht klebenden Pullover vom Körper zu reißen.

Als sie an der Bar lehnte und die Aufmerksamkeit des Barkeepers zu erringen versuchte, fühlte sie, wie eine Hand ihre Taille umfaßte. Ein fester Arm steuerte sie von der Ecke zu einem Hocker. »'tschuldigen Sie, Ma'am, aber ich bin auf der Durchreise hier«, sagte der Mann und verschwand in der Menge. Wie ein Blitzlicht weckte sie die Berührung auf. Sie gewahrte die Männer, die Körper unter der Kleidung, und sie sahen in ihren Augen gut aus, sehr gut. Nicht die Jogging-Typen von San Francisco; die Kerle hier hatten Gewicht und Muskeln. Vielleicht lag das daran, daß hier alle Holz hacken mußten. Und sie hatte ihre Vorliebe für Bärte nie abgelegt.

Fünf Jahre lang war sie nie ohne Jack ausgegangen. Sie hatten ihr Urteil über alle bekannten japanischen Restaurants der Stadt abgegeben; hatten sich die Kurosawa-Retrospektive im Castro Theater angeschaut und waren mit den Musiktrends auf dem laufenden geblieben, soweit sie konnten. Sonntags lasen sie den ganzen Tag die *New York Times*. Sie hatten zusammen den Tod ihrer Mutter erlebt, über Rechtsfragen miteinander diskutiert, die Steuererklärung gemeinsam veranschlagen lassen. Doch meistens hatten sie gearbeitet, sechs oder sogar sieben Tage die Woche. Wo blieb da ihr Sohn bei alldem? Und wo war die übrige Nina, ihr tanzender Teil?

Sie trank Wasser, dann noch etwas Wein. Sie leerte die Neige ihres Bechers, stellte ihn auf die Theke und stürzte sich wieder in die Menge. Sie schrie laut, und die Leute neben ihr lächelten ihr zu. Sie stampfte mit den Füßen, und der Holzboden federte.

Sie tanzte, bis sie sah, wie sich Paul van Wagoner den Weg zu ihr herüber bahnte. Verwirrt schaute sie sich nach Andrea um, aber Andrea hatte sich in dem bunten Wirbel verflüchtigt. Dann stand Paul vor ihr und er ... tanzte mit lockeren Gliedern, aber unbeholfen. Er streckte die Arme nach ihr aus, packte sie mit brüsker Dreistigkeit und begann, sie an sich zu ziehen, sie herumzudrehen und wieder zu fangen, immer im Takt, während sich ihr überraschter Körper an die alten Bewegungen erinnerte. Die Haare hatte er an den Kopf angeklatscht, und sein blaues Jeanshemd und die Jeanshosen sahen abgetragen aus. Er war schon eine Weile dagewesen. Er versuchte nicht zu sprechen, und Nina auch nicht.

Die Band ging zu einer langsamen Nummer über. Er drückte sich eng an sie und schloß die Augen. Langsam dahingleitend, entspannten sie sich wechselseitig in einem leichten, ihnen vertraut vorkommendem Rhythmus: Seine Hüfte wiegt sich, ihre Hüfte wiegt sich, beider Hüften wiegen sich. Nach ein paar Songs schoben sie sich schrittweise zur Tür. Als Nina die Abendkühle auf ihren heißen Wangen fühlen konnte, nahm er ihre Hand und manövrierte sie elegant durch die fröhliche Phalanx, die die Tür versperrte.

Draußen lehnten Paare an der Wand oder saßen bei offenen Türen in den Autos. Zwei Kinder sausten auf Skateboards über den Parkplatz. Plötzlich konnte Nina hören, wie sich ein Klingeln in den Ohren mit ihrem schnellen Atmen vermischte. Auf ihrer Stirn trocknete der Schweiß: Jemand schien einen Becher Rotwein auf ihre weißen Hosen verschüttet zu haben. Sie ließ Pauls Hand los und nahm ein bißchen Abstand von ihm. »Du bist aber schnell hergekommen. Wie hast du uns gefunden?« fragte sie. »Oh, du bist zum Haus gefahren, und Matt hat dir den Weg beschrieben.«

»Er hat mich in der Tat hierhergeschickt«, sagte Paul und blickte zum Nachthimmel hoch. »Mehr Sterne hier als in Monterey. Deshalb habe ich mich so beeilt.« Er hatte ein Bier getrunken oder vier, wurde Nina plötzlich klar, und er war unrasiert, und ein Knopf fehlte an seinem Hemd und ließ etwas von seinen blonden Brusthaaren sehen. Auf ihren Blick hin schaute er auch auf sein Hemd herunter; dabei zuckte er gleichzeitig die Schultern und grinste.

»Bis morgen«, sagte er, immer noch lächelnd, und verschwand im Dunkeln.

»Nina.« Andrea kam ihr hinterher. Auch sie verriet Spuren des Tanzes – die Bluse hinten rausgerutscht, das Gesicht glänzte, und sie hinkte ein bißchen. »Schluß für heute, sonst werde ich noch zum Krüppel.«

Sie liefen zum Auto. »Du verschwendest keine Minute, wie?« sagte Andrea und beobachtete den Rücken vor ihr.

»Gib mir doch mal fünf Minuten, die Scheidung zu verdauen. Paul ist ein alter Freund. Er erledigt was für mich.«

»Du magst ihn aber.« Sie liefen schweigend weiter, bis Andrea sagte: »Das ist ein alter Freund von Jack, nicht wahr? Ich glaube, Matt hat mir mal was über ihn erzählt. Du hast mal was mit ihm gehabt, stimmt's? Heiße Sache, stimmt's?« »Matt soll sich um seine eigenen Angelegenheiten kümmern.«

Nina kroch unter die Steppdecke; ihr Körper summte noch von der Musik. Sie warf sich hin und her, schüttelte das Kissen auf, schaute auf die Uhr, zog das Laken gerade und konnte keine bequeme Lage finden. Schließlich nahm sie das zweite Kopfkissen und hob ihr Bein darüber als Mannersatz. Genau da spürte sie das eiserne Band, das ihr den Solarplexus abschnürte und sie so fest zusammenpreßte, daß sie kaum atmen konnte. Flach atmend, versuchte sie, Luft in ihren Bauch einzusaugen, und wunderte sich, wie sie damit herumgelaufen war, ohne es zu merken. Sie konnte nicht atmen, geschweige denn schlafen. Wie lange hatte sie sich in diesem Zustand befunden? Immerhin war sie ja gerade noch am Leben.

Sie hoffte, daß niemand sie hören konnte, denn sie war machtlos dem gegenüber, was sie nun befiel, ein jämmerliches Schauspiel. Sie steckte den Kopf ins Kissen, durchtränkte es mit Tränen und heulte Rotz und Wasser, bis sie aufstehen und sich die Nase schnauben mußte. Ihr Gesicht im Badezimmerspiegel – also das war was zum Heulen.

Bobby wachte gegen sechs auf, kam leise in ihr Zimmer und kroch zu ihr ins Bett. Sie legte den Arm um seinen warmen Körper, und beide schliefen wieder ein, um gegen neun vom Klopfen der beiden anderen Kinder schließlich geweckt zu werden.

Samstag. Als sie sich das Gesicht mit kaltem Wasser wusch, wunderte sie sich über ihre verschwollenen Augen.

»Was ist denn mit dir passiert?« fragte Matt, als sie in den Wohnraum kam.

»Geschwoft, geschwoft«, krächzte Nina.

Matt ließ ein Glucksen vernehmen. »Der Feuerwehrball hat so was an sich, das einem das Blut auspreßt. Wandern wir ein Stück den Berg hinterm Haus rauf. Ich nehme die Kinder mit.«

»Ich muß in die Kanzlei. Heute müßten die Berichte über den Fall Patterson mit der Post kommen. Der Kerl, den du gestern abend zum Ball geschickt hast, Paul van Wagoner? Der ist jetzt Privatdetektiv, und ich habe ihn mit etwas beauftragt.«

»Das erklärt, wieso er mitten in der Nacht hier herumschnüffeln kam. Das ist ein Profi.« Wie Matt das sagte, klang es nicht abträglich. »Ich kenne ihn von Monterey.«

»Das scheint alles so lange herzusein. Manchmal fehlt mir Monterey.«

»Hier kann man sich gut niederlassen, Nina«, fuhr er fort. »Weißt du, was mir an Tahoe so sehr gefällt? Die Bäume. Millionen mehr Bäume als Menschen. Ganze Städte von Bäumen, Nationen von Bäumen, Eremiten von Bäumen, weiße kalifornische Zedern, Zuckerkiefern, Schwarzfichten, Gelbkiefern, gleichfarbige Tannen, deren Zweige sich unter der Schneelast biegen … die meisten Menschen nehmen kaum wahr, was es um sie herum gibt. Die Berge sind zu hoch. Der See ist zu groß und zu tief. Die Bäume mildern diese ganze furchterregende Herrlichkeit.«

Für Matt war das eine lange Rede. Aber als sie mit ihrem Kaffee auf die Veranda trat und beobachtete, wie das Sonnenlicht durch den Dunstschleier des Holzfeuerrauchs drang, verstand sie, was er sagen wollte. Dreißig Meter über dem Boden hatten sich die Baumwipfel gemeinsam der Sonne zugewendet, und die Zweigspitzen trugen ein neues, helleres Grün. Sie lebten und wuchsen in einem langsameren Zeitmaß, gelassen, ohne den Lärm tief unter ihrem Baldachin aus Licht und Schatten zu beachten.

Sie wollte hierbleiben, und sie wußte, Bobby wäre glücklich

hier, aber sie war noch nicht soweit, jetzt schon über ihr Glück nachzudenken. Sie vergrub die güterrechtliche Scheidungsvereinbarung unter ihrem Bett, bevor sie ging.

Paul kam gegen zwei Uhr in die Kanzlei geschneit, als Nina die Patterson-Berichte auf dem frisch geleasten Apparat kopierte. Sie drehte sich um und sah ihn nun deutlicher als am Abend davor; das Tageslicht enthüllte ein paar tiefere Falten und längere dunkelblonde Haare als seinerzeit bei der Polizei. Er wartete und versuchte, den Grad ihrer Vertraulichkeit auszuloten, und sie war wegen der Nacht davor auf geheimnisvolle Weise verlegen; deshalb sagte sie nur: »Paul!« Sie streckte ihm die Hand entgegen und bemühte sich, cool und geschäftsmäßig zu wirken.

Jack und Paul hatten ihr Grundstudium in Harvard absolviert. Jack hatte dann weiter an der Juristischen Fakultät studiert, während sich Paul der Kriminologie verschrieben hatte. Vor fünf Jahren hatte sie Paul durch Jack kennengelernt, als sie alle in der Gegend von Monterey wohnten. Tatsächlich hatte sie mit Jack, Paul und einer anderen Frau einen interessanten Abend verbracht, konnte sich aber nicht mehr besinnen, wer mit wem ging. Von Monterey her hatte sie Paul als einen harten Cop in Erinnerung, physisch stark mit einer zynischen, ziemlich herablassenden Haltung gegenüber Frauen und einem aufbrausenden, gefährlichen Temperament.

Über Jahre hatte Nina von Jack Geschichten über Pauls aufsässiges Verhalten gehört. Es sprach für seine Fähigkeiten, daß er zum Kriminalbeamten für Tötungsdelikte befördert wurde. Sie hatte sich zu Paul hingezogen gefühlt, aber sich für Jack entschieden. Danach hatten sie Paul gelegentlich bei seinen seltenen Besuchen in San Francisco wiedergesehen, wobei Paul jedesmal eine andere Frau mitbrachte. Nina wußte noch, daß sie Paul einmal im Verdacht hatte, er brächte die Frauen zur Begutachtung durch Jack mit. Wer kennt sich schon mit diesen Männerfreundschaften aus?

Als sie vorige Nacht im Elks' Club mit ihm tanzte, hatte sie geglaubt, er habe sich nicht verändert. Er ist unzivilisiert. Er denkt, er ist ein Gottesgeschenk für eine Frau. Er gibt gern mit seiner Wichtigkeit an. Aber dann hatte sie auch gedacht, den alten Charme hat er nicht verloren, auch diese netten, breiten Schultern nicht.

Jetzt würde er also für sie ermitteln. Sie würde eine geschäftsmäßige Distanz zwischen ihnen aufrechterhalten ... *Raubtier,* das war das richtige Wort, und im Augenblick fühlte sie sich zu verletzlich.

Auch er schätzte sie ab, obgleich sein Gesicht nichts als sanfte Freundlichkeit verriet.

Unter ihrem Schreibtisch schob Nina die nackten Füße in ein Paar weiche Schuhe.

»Die ganze Woche habe ich hier eingesperrt verbracht. Komm mit, wir gehen den Pfad hinunter zum See.«

Im Vorzimmer war Sandy auch gerade eingetroffen und warf einen bestickten Beutel auf ihren Schreibtisch.

»Sandy, das ist Paul van Wagoner. Er ist Detektiv, ein früherer Polizeibeamter, ist von Monterey heraufgekommen. Er wird mit uns am Fall Patterson arbeiten. Was machen Sie heute hier? Es ist Samstag!«

Sandy riß die Augen so weit auf wie eine Eule. »Raten Sie mal! Ich habe Arbeit zu erledigen.« Paul und Nina gingen zur Tür hinaus; Nina schüttelte den Kopf.

»Ich bewundere, wie gut du dir deine Helfer aussuchst«, bemerkte Paul, nachdem sie sich nach Süden gewandt und den zum See führenden Pfad genommen hatten.

»Meinst du dich oder sie?« lächelte Nina. »Oh, manchmal ist sie eine absolute Plage, aber ich brauche sie, und sie weiß das. Im Moment verschafft sie mir die meisten Klienten. Ich habe sie aus allen erdenklichen falschen Gründen eingestellt, und sie hat sich an allen Fronten unentbehrlich gemacht. Sie ist ja so selbstsicher.«

»Du auch, Nina. Wie du mit dieser Trennung von Jack fertig wirst, dazu gehört allerhand Mut.«

»Erscheint dir das so? Mir ist, als krabbele ich bergauf und suche mit den Zehen einen Halt im losen Kies.«

»Was ist mit euch beiden eigentlich passiert? Ich habe lange nicht mit Jack gesprochen.«

Sie fragte sich, ob das stimmte. »Er hat mir die Scheidungspapiere serviert.«

»Tut mir leid, das zu hören. Wie du weißt, kenne ich das.«

»Überrascht dich nicht?«

Paul überlegte, ehe er sprach. »Zuerst, als ich hörte, daß ihr beide zusammen seid, dachte ich, ihr habt vieles gemeinsam. Ich mag Jack, und du bist eine gute Frau.«

»Danke.«

»Ihr seid beide Anwälte, die damals doch offensichtlich nichts übers Knie gebrochen haben. Ihr seid doch beide vom Schlage der ›Rettet die Welt, verschont die Unschuldigen!‹. Und Jack wünschte sich so sehr Familie, und du und Bobby lieferten eine schon fertige.«

»Eine Fertigfamilie, das ist ein guter Witz. Er hat mehr bekommen als das, worauf er gefaßt war.«

»Mehr, als er verdient hat. Hat er die Trennung ausgelöst?«

Sie zögerte. »Nein. Ich war's.«

»Das überrascht mich. Jack ist nicht für längere Zeiträume geschaffen. Nicht für einen dauerhaften Job. Oder für eine lange Klettertour. Egal, was. Wenn's ans Überlegen geht, was wir mit alldem von uns angerichteten Unrat machen, da ist er verschwunden. Für ihn muß alles Spaß machen, neu und verlockend sein. Sonst verdrückt er sich. Ihn packt die Langeweile.« Er bemerkte ihr Gesicht. »Nicht bös gemeint, Nina, das bezieht sich nicht auf dich. Auf Jack, der sich dann schon lieber auf die Fidschiinseln wünschte.«

Sie war wütend. Sie war sich dessen bewußt, konnte aber nichts tun, um den Zorn über seine Worte zu ersticken. »Ich kann mir vorstellen, Jack wird dir alles darüber erzählen, falls er es nicht schon getan hat. Die Wahrheit ist, ich habe ihn betrogen, und er kam dahinter.«

»Oh, du bist an allem schuld, wie? So einfach ist das?«

»Ja. So einfach.«

»Okay. Aber wieso hast du das gemacht, Nina? Und wieso hat er aufgegeben?«

»Das weiß ich nicht, Paul«, sagte sie. Sie verschränkte die

Hände hinter dem Kopf, nahm aber die Arme wieder herunter, als sie gewahr wurde, wie er sie anschaute. Und plötzlich fiel ihr Misty ein und daß nicht zu wissen, was passiert war, am schwersten zu verkraften war. »Vielleicht werde ich es nie begreifen. Und jetzt bist du dran.«

»Dem, was ich schon gesagt habe, ist nicht viel hinzuzufügen. Ich habe nie richtig in die Polizei gepaßt und bekam eine Reihe von Schwierigkeiten mit der Dienststelle. Vielleicht hat dich Jack mit ein paar Geschichten darüber beim Dinner ergötzt«, sagte Paul. »Sachen, die damals nicht so komisch aussahen, haben die geliebte Patina des zeitlichen Abstands angenommen. Manchmal fehlen mir die Leute. Meistens aber nicht. Ich führe eine kleine Detektei. Ich bin meine eigene Firma. Ich habe eine Sekretärin, eine Lizenz und eine Rolodex-Drehkartei.«

»Du hast nicht geheiratet, Paul?«

»Na, wie kommst du denn darauf? Kennst du eine, die jemanden sucht?«

Der Pfad wand sich über eine Fußgängerbrücke über den oberen Truckee River, der eine Meile von dort in einer Kaskade in den See stürzt. Lebendiges frisches Grün sproß an den Zweigspitzen der Fichten. Purpurne Lupinen und blaue Akeleien stießen durch den mit Tannenzapfen und Fichtennadeln übersäten Waldboden.

»Was für ein Ort. Disneyland ohne den Verkehr«, äußerte Paul.

»Ich konnte es beinahe nicht glauben, als du zugesagt hast hierherzukommen. Ich hoffe, ich kann mir dich leisten.« Sie meinte das in jeder Beziehung. Nun, wo er da war, dieses lockere Band zu ihrem früheren Leben, spürte sie, wie kompliziert alles mit ihm war. Sie schlenderten hinaus aus dem Wald in das weiche, wehende Gras der eigentlichen Truckee Meadow. Endlich schimmerte durch die Beerensträucher am Ufer der Lake Tahoe unter dem wolkenlosen Himmel. Paul kletterte auf einen ebenen Granitfelsen und half Nina hinauf.

»Erzähl mir von deinem Fall, Nina.«

Sie berichtete ihm Mistys Geschichte, alles, und er hörte zu, ohne sie zu unterbrechen, und als sie dazu kam, wie Anthony Patterson auf dem Grunde des Sees aufrecht sitzend gefunden wurde, legte er die Stirn in Falten. Sie blickten über das Wasser zum Nordufer. Eine warme Brise spielte mit ihrem Haar, und ihr wurde bewußt, daß der Frühling endlich da war. »Was vermutest du?« fragte sie.

»Da bleibt ein Fragezeichen im Kern der Sache. Sie sagt, sie schlug ihn mit etwas, das ihn hätte töten können. Sie sagt, er kam zu sich, und sie lief in die Küche, um einen Arzt anzurufen. Danach, sagt sie, ist sie zu Bett gegangen. Diese Story schluckt kein Mensch. Wie kriegt denn die Staatsanwaltschaft das auf die Reihe?«

»Ich vermute, sie denken, sie hat ihn nach dem ersten Schlag hinaus aufs Boot gelockt und ihm dort den zweiten versetzt. Das würde erklären, wie sie ihn dort hinausbekommen hat, ohne ihn tragen zu müssen. Oder sie hat dort draußen zweimal auf ihn eingeschlagen. Was das Zurückschwimmen betrifft, weißt du doch, da werden sie mit der Adrenalinstoßmasche kommen. Übermenschlicher Kraftakt et cetera.«

Nina fuhr fort, Nadeln von einem Fichtenzweig abzudrehen. »Meiner Ansicht nach hat sie ihn entweder mit dem zweiten Schlag getötet und ihn irgendwie weggeschafft, und sie verdrängt das nun oder lügt, oder sie ist in irgendeiner Art von Schockreaktion wirklich zu Bett gegangen, und irgendein Dritter brachte ihn weg, tötete ihn mit einem zweiten Schlag und schaffte ihn beiseite.«

»Wer?«

»Wie steht's mit ihrem Vater, bloß mal angenommen? Der Kerl ist ein erstklassiger Schwimmer, soweit ich gehört habe. Und er will nicht, daß man die Leiche findet, denn er glaubt, auf diese Weise könnte er Misty auf einen Schlag vor ihrem Mann und vor dem Gesetz schützen. Nehmen wir an, er holte das Boot heraus, um die Leiche wegzuschaffen, ihm ging das Benzin aus, und er sprang ins Wasser, in der Hoffnung, das Boot würde sang- und klanglos verschwinden.«

Sie durchdachten diese Theorie, aber selbst ohne mehr über

Misty und Carl Tengstedt zu wissen, als ihr bekannt war, konnte Nina das nicht glauben. »Immerhin war sie da schon Jahre verheiratet, und sie wollte, daß sich ihre Eltern da nicht einmischten. Sie akzeptierten anscheinend ihre Wahl, auch wenn sie Anthony Patterson nicht leiden konnten.«

»Was hältst du denn davon: Du sagst, sie hat beim Nachhausekommen Fußspuren im Schnee bemerkt. Nehmen wir an, es war schon jemand im Haus, einer von Mistys Liebhabern, oder ein wütender früherer Freund war durchs Fenster eingestiegen. Als Misty ihrem Ehemann eins auf den Dez gegeben hatte und dann gemütlich zu Bett ging, ergriff derjenige, wer immer es auch war, die Gelegenheit, ihn umzubringen. Jemand, dem nicht bekannt war, daß das Wasser an der Stelle, wo er im Dunkeln den Mann über Bord warf, so flach war, und der glaubte, der Wind würde das Boot so weit abtreiben, daß man es nicht mit der Leiche in Verbindung bringen würde. Dann hätte man Patterson überhaupt nicht gefunden.«

»Das wirft interessante Fragen auf. Warum hat er das Boot nicht wieder zurück an seinen Liegeplatz gebracht? Weshalb war er so sorglos, als er merkte, daß man nicht imstande war, all die Blutflecken zu beseitigen? Warum in dem hundekalten Wasser zurückschwimmen? Weiter, wer war diese Person, die sich auf Teufel komm raus bemühte, die Leiche im See verschwinden zu lassen? Misty? Oder jemand anderes?«

»Vielleicht ging Anthony Patterson noch einmal auf sie los, bloß daß ihr diesmal klar war, daß der gewalttätige Kerl sie durchaus umbringen könnte, und sie schlug deshalb noch einmal zu. Vielleicht ist es das, was sie verdrängt. Ein viel traumatischerer Zusammenstoß. Gehen wir zurück und studieren wir die Berichte«, sagte Paul. »Bloß weil es wie ein Truthahn aussieht und riecht wie ein Truthahn ...«

Am Montag, dem 30. April, suchte Rick Eich, ein Hauseigentümer in den Tahoe Keys, die Polizeistation von Tahoe City auf und gab an, sein sechseinhalb Meter langes Catalina-Segelboot sei gestohlen worden. Officer Tomlinson, dessen Rechtschreibung der eines Drittkläßlers glich, war abgestellt worden, ein Protokoll aufzunehmen. Eich hatte Ferien auf Hawaii gemacht und bei seiner Rückkehr am Sonntagabend, dem 29. April, bemerkt, daß das Boot an seiner Anlegestelle fehlte.

Spät am Montag berichtete die Küstenwache über das Aufbringen eines Bootes, das ungefähr achthundert Meter außerhalb der Keys auf dem See trieb. Das Thermometer an Bord zeigte eine Wassertemperatur von neun Grad nahe der Oberfläche des Sees. Der Benzintank war leer, was teilweise erklären könnte, warum man das Boot hatte treiben lassen. Und Segelboote brauchen Wind, wenn der Tank für den Heckmotor leer ist.

In der kleinen Kajüte wurden Spuren von vermutlich getrocknetem Blut am Boden entdeckt, und die nachfolgende Untersuchung zeigte offenkundige Blutspuren an Deck. Das weitere Gespräch mit Mr. Eich ergab, daß sich Nachbarn manchmal das Boot ausliehen. Er machte sich Sorgen wegen des Blutes und eines möglichen Unfalls. Daher suchte die Küstenwache das Gebiet ab und sichtete im klaren Wasser einen Schatten auf dem sandigen Grund, ungefähr zehn Meter tief. Ein Taucher mit Atemgerät fand die Leiche von Anthony Patterson.

Wie an allen Gerüchten war auch an dem Tratsch des Staatsanwalts Burton Lam ein Körnchen Wahrheit dran. Patterson schien zu sitzen – tatsächlich befand sich sein Körper in lockerer Haltung, die Füße auf dem Boden, und der Kopf schien den Körper in eine sitzende Haltung zu heben. Unter Wasser mit Blitzlicht aufgenommene Fotos zeigten sein Gesicht mit Augen, die in eine andere Welt eindrangen. Der nunmehr aufgebundene Morgenmantel schwebte um ihn herum wie ein Leichentuch. Mit einigen Schwierigkeiten hatte man ihn in einem Fischernetz nach oben gezogen. Die Voruntersuchung zeigte eine Einbeulung am Schädel, die entweder durch einen Unfall oder absichtlich herbeigeführt worden sein konnte. Anthony Patterson wurde an Hand der Fingerabdrücke identifiziert, die bei zwei früheren Festnahmen in Fresno zu den Akten genommen worden waren. Die Akte wies die gegenwärtige Wohnanschrift aus: 226 Tahoe Vista Lane.

Das zweite Protokoll, geschrieben von Lieutenant Julian Oskel, Polizeistation South Lake Tahoe City, beschrieb einen Besuch im Hause Patterson. Am Montag, dem 30. April, um 22.00 Uhr, traf Oskel mit Sergeant Juan Higuera in der Wohnung in den Keys mit einem Durchsuchungsbefehl ein. Da niemand zu Hause war, durchsuchten sie das Haus allein und fanden keine besonderen Anzeichen von Gewalt. Sie entdeckten einen kleinen Plastikbeutel mit Klemmverschluß voller Kokain in der Sockenschublade seines Schlafzimmers. Im Arbeitszimmer gefundenen Gehaltsstreifen entnahmen sie, daß das Opfer und seine Frau in Prize's Casino beschäftigt waren. Im Mülleimer entdeckten sie einen frischen Abfallbeutel mit einer Menge Glasscherben zusammen mit vielen schmutzigen Schwämmen und Reinigungsutensilien.

Die Polizei von Douglas County, Nevada, wurde um Amtshilfe gebeten, war aber nicht in der Lage, die Ehefrau des Opfers zu vernehmen, da sie gerade ihre Schicht beendet hatte und nicht festgestellt werden konnte, wo sie sich aufhielt. Brenda Angelis, eine Kollegin aus dem Casino, wurde verhört und erklärte, daß die Ehefrau des Opfers, Misty (Michelle) Patterson, ihr an dem Abend erzählt habe, sie habe einen Streit mit dem Opfer gehabt. »Er wollte nicht mehr ihre Therapie bezahlen. Da rastete sie aus«, zitierte das Protokoll und fuhr mit erdrückenden Einzelheiten fort.

Nina stöhnte. »Sie hat geredet«, sagte sie.

»Das spricht entweder für ihre Unschuld oder ihre Dummheit«, sagte Paul.

Misty Patterson wurde am späten Montagabend im Lucky Chip Motel auf der kalifornischen Seite der Bundesstaatsgrenze verhaftet. Das Protokoll stempelte Misty Patterson bei der Festnahme als »hysterisch« ab und berichtete wörtlich alles, was die Beamten von ihr zu hören bekamen, seit man ihr ihre Rechte verlesen hatte. Und sie hatte eine Menge gesagt.

»Oh, Misty, Misty«, rief Nina aus, als sie ihre Worte mit wütendem Entsetzen las. »Ich dachte immer, *ich* habe eine große Klappe!«

Die Verdächtige wurde in Untersuchungshaft genommen und in das Gefängnis von South Lake Tahoe eingeliefert. Nachdem sie sich geweigert hatte, irgendwelche weiteren Erklärungen abzugeben, führte sie ein Telefongespräch.

Ein dritter Bericht stammte von dem Taucher der US-Küstenwache. »Zwischenstaatliche Wasserwege«, erklärte Nina. »Fällt unter die Gerichtsbarkeit des Bundesgerichts.«

»Ich weiß«, sagte Paul. Der Taucher verwies auf die gute Sicht im See, dank der späten Jahreszeit. Er erbat und erhielt die Erlaubnis, die Gegend, wo Anthony Pattersons Leiche gefunden worden war, weiter abzusuchen. Ungefähr siebzig Meter näher zum Ufer der Keys hin entdeckte der Taucher eine Specksteinfigur, Eskimokunst von den Aleut oder Inuit, ungefähr fünfundzwanzig Zentimeter groß. Nach Registrierung kam der Eisbär zur Polizei von South Lake Tahoe. Ein weiteres Absuchen desselben Gebiets unter Wasser am folgenden Tag ergab keine neuen Fundstücke.

Nina war aufgestanden und lief hin und her. »Wir brauchen den Autopsiebericht.«

Paul verließ das Büro für eine Minute. »Die Spezialisten in Placerville sind eingedeckt mit Arbeit. Sie sind fertig. Du kannst ihn aber erst nächste Woche bekommen.«

»Heute rufe ich noch ihren Doktor an. Er muß mir was in die Hände geben!« sagte Nina.

»Hast du jemanden auf Lager, der einen Blick auf das Beweismaterial wirft? Auf die Figur, den Müll? Auf die Leiche?«

»Ich habe dich auf Lager. Hältst du es für notwendig, daß man sich die Leiche anschaut?«

»Manchmal interpretieren die Gerichtsmediziner das, was sie sehen, nach dem, was sie sehen wollen. Man muß sich selbst ein Bild machen, um es beurteilen zu können. Patterson wird immer noch im Leichenschauhaus in Placerville liegen. Ich sollte mir die Leiche anschauen gehen«, sagte Paul.

»Ja. Das sollten wir gleich als erstes Montag früh tun.«

»Du traust mir nicht zu, daß ich eine Leiche untersuche, Boß?«

»Ich möchte sie gern sehen, Paul.«

»Wir könnten morgen schon hinfahren«, sagte er schließlich. »Würde die Sache beschleunigen.«

Nina dachte nach. »Könnten wir ein paar Kinder mitnehmen? Sie könnten im Park neben den Amtsgebäuden spielen. Mir kommt es vor, als würde ich Bobby überhaupt nicht mehr sehen.«

Er schwieg, bevor er antwortete: »Denke schon.«

Stimmt ja, dachte sie. Er hatte ihr einmal erzählt, daß er nie Kinder haben wollte.

»Was ist sonst noch zu erledigen?«

»Ich möchte, daß du mit den Eltern sprichst, den Tengstedts. Vielleicht zeigt sich der Vater bei dir zugänglicher. Diese Leute hüten zu viele Geheimnisse. Dann stattest du noch dem Casino einen Besuch ab.«

»Dieser Typ Peter La Russa. Ein Kerl, der Abteilungschef im Spielsaal ist, könnte in die ganze Sache verwickelt sein.«

»Also treffen wir morgen Anthony, die einzige Person, die genau weiß, was in jener Nacht vorgefallen ist.«

»Und der ist nun auch nicht gerade in Gesprächslaune.«

»Zu schade.«

Paul meinte: »Glaube ja nicht, daß das morgen ein Spaß wird, Nina«, und er verließ sie, ohne ihr eine Chance auf das letzte Wort zu geben.

10

PAUL HATTE GETAN, was getan werden mußte, um ihren Besuch im Leichenschauhaus der County in Placerville für Sonntag zu arrangieren. Was das erforderte, war Nina nicht bewußt und interessierte sie auch nicht. Er hatte sogar als Fahrzeug seinen kostbaren Van angeboten, einen schnittigen roten Dodge Ram mit Wasser und eigener Stromversorgung und Schiebedach. Trotz der Sicherheitsgurte hopsten Bobby und Cousin und Cousine auf und nieder, während Paul das Lenkrad umklammerte und die Lippen so fest aufeinanderpreßte, daß sie weiß wurden.

Bei einem Ort namens Apple Hill kurz vor Placerville bat ihn Nina, den Highway zu verlassen und dorthin abzubiegen, wo die kleinen Farmer auf dem Berg Obst und Gemüse der Saison und Backwaren verkauften.

»Ob die hier wohl Apfelauflauf haben?« fragte Nina. »Ich wollte schon immer mal wissen, was das ist.«

»Keine Jahreszeit für Äpfel«, erwiderte Paul, einen Augenblick aus seiner Stimmung gerissen.

»Hast recht, hätte ich wissen müssen.«

Er hielt an einem Stand am Straßenrand an und kaufte ein Säckchen Nektarinen. Der Besitzer starrte Nina an, als sie nach Apfelauflauf fragte.

»Ich bin aus Mexiko«, sagte er. »Bei uns gibt es keinen solchen Auflauf.«

»Ist dir klar, daß deine Glaubwürdigkeit hin ist?« mokierte sich Paul, als sie die Kinder wieder hinten verstauten. »Erinnere mich, daß ich woanders die örtlichen Bräuche auskundschafte.«

»Laß gut sein. Ich werde dir schon noch genug schmutzige Sachen zeigen, solange du hier oben bist. Wir fangen bei Harvey's mit den Nachtgespenstautomaten an: die geben dir zweimal die Chance, auf drei Balken zu kommen. Der Verrückte Clown – bei dem kannst du deinen Einsatz wieder rauskriegen. Die Megamaschinen, auf der ganzen Welt in die Glücksautomaten eingebaut, in Rußland, Tansania, Galapagos … und die Black-Jack-Automaten, die dich verdoppeln und noch mal bis 999 Vierteldollar spielen lassen … die Poker-Maschinen mit augenblinzelnden Königen und dir zuzwinkernden Damen …«

»Die Einheimischen hier spielen, wenn sie gescheit sind, nicht an Automaten«, erklärte Paul. »Die spielen die einzigen Spiele, bei denen man gewinnen kann, Black Jack und vielleicht Craps mit zwei Würfeln.«

»Was weißt du denn schon! Du bist doch bloß ein *turista.*«

»Ich weiß mehr, als du denkst«, entgegnete Paul. »Und du denkst, du weißt mehr, als du weißt.« Bevor sie auf diese provokatorische Bemerkung antworten konnte, fuhr er fort, während er ganz nonchalant nur mit der linken Hand durch eine Haarnadelkurve steuerte: »Du mußt Black Jack lernen. Für jemanden aus Tahoe ist das ein absolutes Muß zum Überleben, genausowie man imstande sein sollte, sich Schneeschuhe aus Kaninchenflechsen zu machen, wenn man in einem Schneesturm feststeckt.«

»Na, dann bringe es mir doch bei. Nicht das mit den Kaninchenflechsen, sondern Black Jack. Ich gewinne gern.«

»Wir werden uns schon bald mal mit einem neuen Spiel Karten hinsetzen. Wollen wir doch gleich mal sehen, was du weißt. Zum Beispiel, hast du gelernt, den Spielerruin zu vermeiden?«

»Spielerruin?« wiederholte Nina nachdenklich. »Was soll denn das sein? Von kostenlosen Drinks besoffen werden?«

»Nein, nein, obwohl das eine wohlbekannte Falle ist. Spielerruin ist ein mathematischer Begriff dafür, daß einer mit zu wenig Geld hingeht.«

»Also, wieviel muß ich mitnehmen?«

»Angenommen, du spielst nach meinem System, brauchst du

ungefähr zweihundertmal soviel wie deinen Mindesteinsatz. Was in deinem Falle der Mindesteinsatz des Hauses für Black Jack ist, drei Dollarchen«, erläuterte Paul.

»Ich soll mich also zu einem gemütlichen kleinen Kartenspiel mit sechshundert Dollar hinsetzen? Gewöhnlich gehe ich da mit zwanzig hin«, sagte Nina.

»Du und die anderen Gerupften. Okay, ich bin der Dealer und zeige eine Sechs. Es ist ein neues Spiel Karten; du hast ein Paar Sechsen.«

»Bleibe«, sagte Nina.

»Quatsch, man teilt Paare von Zweien, Dreien, Sechsen und Siebenen gegen die Zwei bis Sechs des Dealers. Bei einem neuen Spiel Karten nimmt man immer an, daß der Dealer eine Zehn als verdeckte Karte bekommt. Wenn er sie aufdeckt, muß er noch eine Karte ziehen, und es besteht die Möglichkeit, daß er platzt. Ihr habt beide miserable Karten, aber es besteht die Aussicht, daß du beide Hände gewinnst, weil der Dealer zuerst zieht. Auch kannst du zu beiden Sechsen Karten fordern und vielleicht mit was Besserem herauskommen als einer Zwölf in einer Hand oder beiden.«

»Oder der Dealer zieht eine Fünf zu seinen sechzehn dazu, und ich verliere doppelt soviel«, sagte Nina.

»Black Jack ist kein Spiel für Feiglinge. Dazu gehört Zuversicht, Disziplin und ein eiserner Magen«, erklärte ihr Paul. Sie bemerkte unwillkürlich, daß sein Bauch unter dem Khakipolohemd so flach wie der eines Bodybuilders war. »So einer, wie du brauchen wirst, wenn wir heute die sterblichen Überreste besichtigen. Tatsächlich hast du gegenüber der Bank einen zweiprozentigen Vorteil, wenn du die Basisstrategie kennst.«

»Und wieviel werde ich pro Stunde ungefähr scheffeln, wenn ich dein System mit einem Einsatz von sechshundert Dollar übernehme?«

»Ungefähr zehn Dollar pro Stunde«, antwortete Paul, »aber du bist dein eigener Boß.«

»Gut, und wie schneide ich ab, wenn ich mich bloß weiter an meine freundlichen Spielautomaten halte?«

»Das Haus macht dabei über zehn Prozent Gewinn. Bleib zu Hause, futtere Popcorn, und leih dir ein Video aus, ehe du das tust. Ich garantiere dir, da schneidest du besser ab.«

Sie verließen den Highway 50. Sie kamen in die Ausläufer der Sierra am Sacramento Valley. Linker Hand ging die Landstraße in die Main Street von Placerville über, 6 500 Einwohner, früher als Hangtown bekannt. Rechter Hand wand sie sich am American River ein paar Meilen nordwärts nach Coloma, wo der unglückselige James Marshall 1848 bei Sutter's Mill Gold entdeckte. Ein paar Frühlingsschauer, die den Boden wegspülten, hatten die Wochenendgoldsucher in ihren Campingwagen herausgelockt, die an der Ampel ein Verkehrschaos anrichteten. Der Goldpreis hatte selbst ein paar dünne Blättchen in einen regelrechten Fund verwandelt.

Sie fanden das Leichenschauhaus im Untergeschoß des Gerichtsgebäudes an der Main Street neben einem üppig grünen Park mit modernen Spielgeräten. »Gleich wieder da«, rief Nina, als die beiden Jungen zu einem hohen komischen Ding aus Netzen und alten Reifen rannten, die kleine Brianna in ihren funkelnden neuen Schuhen hinterher.

»Hast du keine Angst, sie allein zu lassen?« fragte Paul, der den Kindern nachschaute. »Immer noch der Ex-Bulle. Das jagt mir Angst ein.«

»Wir sind doch in der Nähe. Und Bobby und ich bleiben in Kontakt. Er hat seins in seiner Rückentasche«, sagte Nina und zeigte einen kleinen schwarzen Gegenstand vor.

»Na«, sagte er, »ein zusammenklappbares Batterietelefon. Taschenformat. Spitzenerzeugnis. Willkommen in der Technowelt, wo die Leute die Illusion haben, sicher zu sein. Mir gefällt das nicht.«

Die versteckte Kritik ärgerte sie. Überall Gefahren, Kidnapping, ja, aber diese Kinder wollen nicht eingekerkert sein, oder? Und deshalb hatte sie sich bewußt entschlossen, ihrem Sohn so viel Freiheit zu gewähren, wie sie nur konnte, ohne von Angst aufgefressen zu werden. Nina erblickte einen bärtigen alten Kerl, der seinen Einkaufswagen Richtung Park steuerte. Trotzdem, es waren drei Kinder, und Bobby besaß schnelle Beine. Sie war ängstlich, aber sie wollte sie eben dort spielen lassen.

»Willkommen in der Elternschaft der neunziger Jahre«, sagte sie. »Bist du dir immer noch sicher, daß du keine Kinder haben willst?«

»Es ist nicht so, daß ich Kinder nicht leiden kann. Sie sind nur zu nervenaufreibend. Ein Kind kann hinfallen, die Treppe runterstürzen, verschwinden, Gift schlucken, drogensüchtig werden, jemanden heiraten, den ich nicht leiden kann, meinen Van demolieren … zuviel für mich. Und ich wäre für immer an eine bestimmte Frau gefesselt, ob ich will oder nicht.« Er warf ihr einen Blick von der Seite zu. »Du hast gefragt! Da lobe ich mir einen friedlichen, netten Mord.« Paul stieg die Treppe ins Untergeschoß hinunter und ließ sie schnell hinter sich, während seine Schritte in dem naßkalten Korridor widerhallten. »Bereit zu einem Besuch in der Unterwelt?« rief er, dann war er still. Nina hinter ihm versuchte zu vergessen, was ihnen bevorstand, aber es gelang ihr nicht. Als sie an der Tür mit den schwarzen Buchstaben anlangte, klopfte Paul an. Während er in dem fahlen gelben Lichtschein ihr Gesicht beobachtete, fragte er: »Was würde aus den Leichenbestattern werden, wenn nicht …?«

»Bringen wir's hinter uns«, sagte sie.

Ein Mann im weißen Mantel mit dem Namensschild DR. CLAUSON ließ sie hinein und putzte seine randlose Brille, als er sie einen weiteren Korridor entlangführte. Hinter der Tür mit der Aufschrift GERICHTSMEDIZIN wies er auf eine zugedeckte Leiche auf einem Tisch. Bis dahin hatte er kein einziges Wort gesprochen.

Das war Pauls Show. Ohne einen Blick auf den Körper zu werfen, fragte er: »Haben Sie die Autopsie vorgenommen?«

»Ich bin der untersuchende Arzt«, sagte Dr. Clauson. »Hier gibt es nur mich.«

Nina zückte ihren Notizblock, was der Doktor anscheinend nicht bemerkte. Er setzte sich auf einen Stuhl, schnippte eine Zigarette aus einem Päckchen Camel und ignorierte so das Schild RAUCHEN VERBOTEN, das deutlich sichtbar an der Wand hing. Er nahm einen tiefen Zug und fragte: »Also, was möchten Sie wissen?«

»Wann haben Sie die Autopsie durchgeführt?«

»Am Dienstag, dem 1. Mai, um halb sechs nachmittags. Weiß, männlich, eins achtzig groß, dunkelbraunes Haar und braune Augen, eingeliefert von der Polizei von South Lake Tahoe.«

»Wie Sie wissen, vertritt Ms. Reilly hier die Angeklagte, die Ehefrau des Toten. Wir möchten gern wissen, wann wir eine Kopie des Autopsiebefunds erwarten können.«

»Die haben Sie noch nicht, eh? Das kommt von den Kürzungen der Haushaltsmittel. Es gibt nur eine einzige Sekretärin für das gesamte Gesundheitsamt der County. Sie erhalten ihn nach ein, zwei Wochen. Was will sie mit der Leiche machen?« fragte er plötzlich, an Nina gewandt.

»Wer?«

»Die Witwe«, antwortete er. Sie brauchte eine Weile, um zu begreifen, daß er Misty meinte.

»Ich habe keine Ahnung«, sagte Nina. »Ich werde mit ihr darüber sprechen.«

»Den muß ich hier binnen zwei Tagen raus haben. Hier ist zu wenig Platz, um die Leichen lange aufzubewahren. Vorige Nacht kamen noch zwei herein. Ein betrunkener Autofahrer nahm die Kurven bei Strawberry zu schnell.«

»Haben Sie noch Ihre Notizen von der Untersuchung?« fragte Paul.

»Ach. Während ich dabei bin, spreche ich alles auf Band, dann gebe ich es zum Abschreiben. Ich kann mich an die Hauptsachen erinnern, aber wenn ich etwas Falsches sage, können Sie mich daraufhin nicht festnageln.«

»Faire Auskunft«, sagte Paul. »Okay, werfen wir einen Blick auf ihn.« Der Doktor zuckte mit den Schultern und zog das Tuch weg.

Die Fotos in den Polizeiunterlagen waren zu unscharf, als daß sich Nina ein wahres Bild von dem Mann hätte machen können. Sie hatte erwartet, ihre eigene Vorstellung von Anthony Patterson vorzufinden: klein und untersetzt, ohne Hals, mit einem dicken Bauch und extrem behaart, außer am Kopf. Dieser Anthony hier aber war, abgesehen von der auffallend bläulichen Blässe, der Aufgedunsenheit und der Einbeulung am Schädel, ein junger Mann mit einem großen, starken Körper und einem wunderbaren Gesicht gewesen – mit wirklich männlichen Gesichtszügen, einem scharfen römischen Kinn, vorstehenden Wangenknochen, einem vollen, festen Mund, langen Wimpern und kräftigen Augenbrauen unter einer hohen Stirn. Von den breiten, eckigen Schultern verjüngte sich der Körper nach unten und ging in eine schmale Taille und lange, muskulöse Beine über.

Nina stand da und wünschte, sie könnte seine Augen sehen. Wo war das Monster jener Nacht, das Misty beschrieben hatte? Sie schaute wieder auf das Gesicht ohne Falten des Zorns und der Bitterkeit, die es im Leben gehabt haben mußte. »Wenige Kubikzentimeter Wasser in den Lungen«, sagte der untersuchende Arzt. »Das erste, was ich überprüft habe. Er war noch nicht tot, als er ins Wasser eintauchte. Aber er war bewußtlos, nach der relativ geringen Wassermenge zu urteilen, die ich fand.«

An Pattersons Zeigefinger blinkte ein goldener Ring mit einem Rubin. Das war alles, was er trug. Und er hatte ein Mordsding, dachte Nina; es war erstaunlich, wie groß und wichtig die Genitalien an seinem Körper wirkten, als ob in seinem Zentrum ein ganzes, selbständiges Tier mit eigenen Begierden gelebt hätte. Der Kopf war zur Seite gesunken, der Mund stand ein bißchen offen. All seine Niederträchtigkeit war mit seinem Leben entwichen.

»Warum fassen Sie nicht einfach die wichtigsten Untersuchungsergebnisse zusammen«, sagte Paul.

»Na sicher. Hier und da Kratzspuren von Fingernägeln«, sagte der Arzt und wies auf Anthonys Brust. »Hier und da ein paar alte Narben, eine von einer Kugel.« Nina schaute näher hin und konnte sehen, wo Anthonys Körper geöffnet worden war.

»Drinnen sah alles normal aus, bis auf die Lungen. Sah aus, als bildete sich ein *carcinom in situ* im rechten Lungenflügel. Und das Wasser natürlich.«

»Hatte er Lungenkrebs?« fragte Nina.

»Im Anfangsstadium. Sah höchst bösartig aus. Ich habe den Krebs entfernt, um ihn zum Forschungslabor der Universität zu schicken. Wollen Sie ihn sehen?«

»Nein! Nein. Hätte er da irgendwelche Symptome gezeigt?«

»Nicht unbedingt. Bloß manchmal ein leichtes Husten. Hätte eine Röntgenaufnahme seiner Brust erfordert, um rauszukriegen, daß er was hat.« Dr. Clauson zuckte wieder die Schultern. »Ach ja, und er war betrunken. Ich muß auf die Laborberichte warten, um seinen Blutalkohol zu bekommen, aber als ich ihn öffnete, konnte man immer noch den Alkohol riechen.«

Vielleicht hätte Paul allein herfahren sollen.

»Zwei Schläge auf den Kopf mit einem stumpfen Gegenstand, eine Stunde oder so zeitlich auseinander. Der zweite Schlag war der ernste, verursachte eine flache Schädelfraktur.«

Dr. Clauson hielt Pattersons Kopf in den Händen und drehte ihn zur Seite. »Sehen Sie? Ein Schädelbruch an der Schläfe ist schlimm, verursacht gewöhnlich eine sofortige Subduralblutung wie hier. Da braucht's nicht viel Aufpralldruck, um Bewußtlosigkeit zu verursachen. Der andere hinten muß weh getan haben, aber führte nicht zu einem Schädelbruch. Der Schlag auf den Hinterkopf kann ihn für eine Weile außer Gefecht gesetzt haben, lange genug, daß sie ihn aufs Wasser hinausschaffen konnte.«

Nina wollte etwas sagen, überlegte es sich aber.

»Sagen Sie mir bitte noch einmal, Dr. Clauson, welchen Schlag bekam er zuerst?« fragte Paul.

»Den schwächeren auf den Hinterkopf«, antwortete der Doktor und legte Pattersons Kopf ziemlich unsanft auf den fahrbaren Tisch.

»Irgendeine Vorstellung, was das für ein stumpfer Gegenstand war?«

»O ja. Die Polizei brachte ihn mit der Leiche mit, damit ich nachsehe, ob er zu den Wunden paßt. Ich glaube, er befindet sich jetzt in Tahoe bei den unter Verschluß gehaltenen Beweismitteln. Es ist die Figur eines Eisbären, ungefähr sieben Pfund schwer. Sie packte ihn am Kopf und schlug mit dem Sockel zu. Die rechte Ecke des Sockels paßte in die Schädelverletzung. Die kleinere

Wunde am Hinterkopf stimmt mit der Kante des Sockels überein. Die Sockelbreite paßt zur Wunde. Ich habe gehört, sie haben die Figur nicht weit vom Fundort der Leiche aus dem Wasser geholt. Noch etwas?«

»Die Todesursache«, sagte Nina. »Ist er ertrunken?«

»Würde ich sagen. Ich würde sagen, er hat es aber nicht gemerkt, daß er ins Wasser fiel. Der zweite Schlag, Ma'am. Der zweite Schlag haute ihn ins Wasser, und der See erledigte den Rest in wenigen Minuten. Der zweite Schlag allein hätte ihn vielleicht nicht getötet, trotz der Blutung.«

»Woher wissen Sie, daß der zweite Schlag seinen Sturz ins Wasser verursachte?« fragte Paul.

»Das ist die einzige sinnvolle Erklärung für mich«, sagte Dr. Clauson. »Ich befinde mich nicht im Zeugenstand. Ich erzähle Ihnen nur, was ich denke, in diesem Moment und ohne die Laborbefunde. Sie hat ihn auf den Hinterkopf geschlagen. Sie schleppte ihn hinaus zum Boot. Dann draußen auf dem See legte sie ihn auf die Reling und verpaßte ihm noch einen, damit er nicht herumpaddelt und groß Krach schlägt, nachdem sie ihn hineingestoßen hat. Auf solchen Booten ist die Reling nur ungefähr vierzig Zentimeter hoch. Wenigstens haben sie ihn gefunden. In der Gegend hier werden viele Personen als vermißt gemeldet. Ich vermute, die sind da unten. Jedes Jahr finden sie einen oder zwei, wenn sie den Keys-Kanal ausbaggern.«

Er zündete sich wieder eine an. Der Zigarettenrauch und der Desinfektionsgeruch wehten über den Toten herüber. Nina atmete das ein.

»Danke«, murmelte sie und rannte zur Tür. Im Park fühlte sie sich besser, als sie die glücklichen Kinder abholte. Aber die kurvenreiche Strecke nach Apple Hill war zuviel. Ihr wurde vom Autofahren schlecht, und sie mußten an der Straße bei der Ausweichstelle anhalten.

Am Montag fuhr Paul in der Morgendämmerung über den Carson Pass und hielt an, als sich der Hunger meldete. Hier waren die Wagenkarawanen von der Poststation St. Joseph, Missouri, durch Nevada gezogen, um Kalifornien zu besiedeln. Nachdem sich die Pioniere fast zweitausendsiebenhundert Meter das steile Bergmassiv hinaufgequält hatten, kamen sie endlich an den Ort, an dem er nun stand, und blickten nach Westen über den Paß an den Gipfeln der westlichen Sierra vorbei auf die fruchtbaren, goldgrünen Täler Kaliforniens.

Er riß sich von der Aussicht los und schlug den Kragen gegen die steife Brise hoch. Dann betrat er eine kleine Imbißstube und aß eine Platte Eier mit Speck.

Er war mit den Tengstedts in Fresno verabredet. Nina wollte einen Haufen Fragen beantwortet haben.

»Sprich mit dem Vater, Paul«, hatte sie an jenem Morgen gesagt. »Finde mehr heraus, was den Gedächtnisverlust in bezug auf ihre Kindheit betrifft. Bruno denkt, sie hatte vielleicht einen ähnlichen Gedächtnisschwund wie am 26. April. Die eine Erinnerung wiederbringen kann vielleicht die andere heraufholen. Versuche mehr über Mistys Beziehung zu Anthony zu erfahren. Und sag mir, welchen Eindruck du von den Eltern hast. Oh, und noch etwas: Stell fest, was Carl Tengstedt am Abend des 26. April gemacht hat.«

»Glaubst du, er könnte am See gewesen sein?« fragte Paul.

»Er und Misty sind ab und zu angeln gewesen. Da geht man doch sehr früh, nicht wahr? Vielleicht bekam er Lust zu angeln, und er fuhr am späten Abend herauf, ohne sie vorher anzurufen. Oder vielleicht hat ihn Misty angerufen, und er kam heraufgefahren. Das dauert nur drei Stunden. Vielleicht hat er bloß die Leiche für sie beseitigt.«

»Wo so viele Männer um deine Mandantin herumschwirren, warum nimmst du da gerade den alten Mann so intensiv aufs Korn?«

»Bloß so ein Gefühl, was diese Eltern angeht. Die haben irgendein Geheimnis, und es macht ihnen angst, was immer es sein mag. Und noch etwas.«

»Ja?«

»Erinnere dich an meine Bemerkung, daß er ein guter Schwimmer ist. Seine Frau erzählte, daß er in Korea abgeschossen wurde und in der stürmischen See einen anderen Mann stundenlang über Wasser gehalten hat, bis er gerettet wurde.«

»So?«

»Das Boot trieb da draußen, kein Benzin mehr. Wer immer Anthony auf den See hinausgeschafft hat, der mußte in hundekaltem Wasser eine halbe Meile zurückschwimmen. Um das zu tun und zu überstehen, muß einer schon ein Held sein. Ich denke nicht, daß ich das könnte, und ich bin eine ziemlich gute Schwimmerin.«

Nun schob Paul seine Notizen beiseite, lehnte sich in seiner Nische an die Vinylbank zurück und beobachtete die anderen verschlafenen Gäste. Durch die offene Tür des Coffee-Shops vernahm er das angenehme Klingeln und Prasseln der in die Schale fallenden Münzen. Irgendein glücklicher Schuft hatte tatsächlich etwas an einem Spielautomaten gewonnen.

Er liebte seinen Job. Er verdiente mehr, als er sich als Cop hätte träumen lassen, und er konnte auf der Suche nach Fakten durchs Land streifen, nur dem Finanzamt abrechnungspflichtig.

Kurz vor der Abfahrt hatte er seine Sekretärin und Gespielin angerufen und sie aus tiefem Schlaf im Wasserbett ihres Cottage in Carmel gerissen. Marilyn sagte, er sollte mit einem dicken Scheck zurückkommen. Seit er sich von der Polizei verabschiedet hatte, erfreute er sich, abgesehen von der Unabhängigkeit seiner eigenen Ermittlungen, seines ersten finanziellen Erfolgs. Ein paar große Firmen, deren Aufträge er meist an verläßliche Detekteien weitervermittelte, beglichen seine täglichen Rechnungen. Ihm fehlte die Polizei, aber er war nicht so dumm, wieder zu ihr zurückzukehren, wenn er dort nicht willkommen war. Die bevorzugten da einen bestimmten Typ, und er entsprach dem nicht.

Zusätzlich zu dem erhöhten Einkommen war er nun in der Lage, sich die besten Brocken aussuchen zu können, seinen Job zu mögen und sich ein ausgefeiltes Interesse an Leuten zu leisten. Er war schon immer sehr unabhängig gewesen, aber wo er nun durch seine Arbeit in Situationen geriet, die Selbständigkeit erforderte, entdeckte er das hohe Vergnügen sofortiger Vertraulichkeit. Menschen in Schwierigkeiten sind verwundbar. Die Befragungen verliefen viel befriedigender, wenn man die polizeilichen Verfahrensregeln ignorieren konnte. Er besaß ein gewisses Talent, aus den Leuten alles herauszuholen, was er wissen wollte, und er war nun überhaupt nicht mehr abgeneigt, sie an einigen ausgewählten Seiten seines Ichs teilnehmen zu lassen, besonders wenn er wußte, er würde die betreffenden Personen nicht mehr wiedersehen. Als Gegenleistung erhielt er dafür Freundschaft, Ratschläge und einen raschen Zugang zu ihnen. Es war dem Verhältnis zu einer Frau für eine Nacht erstaunlich ähnlich, allerdings erwartete hier niemand einen nochmaligen Anruf.

Nina hatte sich während der fünf Jahre mit Jack verändert. Sie scherzte immer noch herum, und sie hatte noch dieselbe aufreizende Figur, an die er sich von der ersten Begegnung her erinnerte, aber fünf Jahre im Anwaltsgeschäft hatten sie scharfsinniger gemacht. Mit ihrem braunen Pony, den wachen braunen Augen, dem nach vorn stoßenden Kopf und den gestrafften Schultern wirkte sie nunmehr wie ein kleiner Habicht. Die zaghafte, unsichere Jurastudentin hatte einen sanfteren Eindruck gemacht, bedürftiger, zugänglicher. Es war einfach zu dumm. Er würde sie jetzt schon behüten, so gut er konnte, aber sie gehörte eigentlich nicht dahin, wo sie war – in die führende Position. Ihm gefiel es nicht, als Boß eine ungebundene Frau zu haben, die ganz allein ein Kind aufzog und ihr eigenes Geschäft betrieb. Er hatte die Nase voll von diesen ehrgeizigen Weibern, die alles an sich zu reißen versuchten. Die waren alle abgeschlafft und geschieden, genau wie Nina es jetzt auch bald sein würde.

Zum Verzweifeln, daß ihn genau diese Art von Frau immer angezogen hatte. Ihren Windungen und Launen, ihrer offenen Sprache, ihren Selbstzweifeln, ihrer geistigen Stärke und emotionalen Schwäche konnte er einfach nicht widerstehen.

Sie brauchte ihn, sogar mehr, als sie ahnte.

Er stieg in seinen Van. Wieder hinterm Steuer, schaltete er die Nachrichten ein. Ein Sender aus San Francisco, dreihundertzwanzig Kilometer entfernt, versuchte aus einem Stau auf der Bay Bridge eine aufregende Reportage zu machen. Durch die

Scheiben sah er eine schneebedeckte Bergkette, die sich langsam in der scharfen, klaren Luft entfernte. Highway 395 – jemand sollte einen Song über ihn schreiben, denn das mußte eine der schönsten Landstraßen der Welt sein. Eine Stunde zum Mammoth Lake, um Yosemite herum und quer über die Höhe des Sequoia National Park ... er drehte die Nachrichten weg und suchte einen Jazzsender.

Wenn er überhaupt je an Fresno gedacht hatte, dann an ein heißes, trockenes, langweiliges, ländliches Nest. Heute jedoch im tiefen Frühling zeigte sich das gesamte San Joaquin Valley übersät von gelben Senfblumen. Obstbäume trieften vor rosa und weißen Blüten. Das war der Traum der Pioniere. Die Stadt brodelte vom Duft der Blumen und dem Geruch der Düngemittel.

Tengstedt war einverstanden gewesen, ihn zu Hause zu empfangen, bevor er zu seinem Autohandel fuhr. Das Haus lag im alten Teil der Stadt, ein nachgemachtes Pflanzerhaus der Südstaaten aus den dreißiger Jahren, weiß getüncht, der Rasen militärisch kurz geschnitten. Den Tengstedts mußte es gutgehen.

Paul spazierte durch einen Torbogen in den grünen Vorgarten. Carl Tengstedt war da und erwartete ihn. »Wunderschöner Tag«, sagte er.

Paul stimmte zu, und sie gingen hinein. Mrs. Tengstedt, eine abgehärmt aussehende Blondine, saß am Küchentisch. Sie setzten sich und tranken Kaffee, redeten ungefähr zwanzig Minuten über den Fall und gewöhnten sich aneinander.

Dann stand Mrs. Tengstedt auf, sagte, sie habe noch etwas zu tun, und lud Paul zum Dinner ein. Paul bedankte sich, aber er habe einen vollen Terminkalender und fahre noch am gleichen Abend nach Tahoe zurück, um mit seinen Ermittlungen weiterzukommen. Sie küßte ihren Mann auf den Kopf und ging zur Tür hinaus.

»Okay denn«, sagte Carl Tengstedt und ließ sich auf der gestreiften Couch im Wohnzimmer nieder. »Sie sagten, Sie wollten noch mehr über Michelles Hintergrund wissen. Nun, Sie sehen ihn hier. Das ist ihr Zuhause. Sie ist eine gute Tochter, und wir lieben sie.«

Es war so still, daß Paul das Ticktack der Perpendikeluhr auf dem Kaminsims hören konnte. Er blickte sich um. Ein Deckchen zierte den Radio- und Fernsehschrank; ein Druck von Winslow Homer schmückte die andere Wand. In einem verzierten Messingbehälter lag ein ordentlich gestapelter Stoß von Zeitungen, das Blatt von Fresno. Mr. Tengstedt hatte seinen Sessel mit verstellbarer Rückenlehne, Mrs. Tengstedt ihren Schaukelstuhl mit Kissen und sogar ein Nähkörbchen auf dem Teppich daneben. Eine große Bibel lag auf einem Mahagonitischchen in der Ecke. Das allerwärts anzutreffende amerikanische Wohnzimmer nach Penneys Katalog von etwa 1960, und in diesem Heim hatte der Vater eindeutig immer das Sagen.

Tengstedt war nervös. Paul konnte das an den fest gefalteten Händen erkennen und an der ernsten Miene, doch er hatte auch die Sturheit eines alteingesessenen Städters. Er machte einen ehrenhaften Eindruck. Der Typ des rechtschaffenen Bürgers. Sehr wirksam bei Geschworenen, glaubwürdig. Er sagte: »Wir setzen alle Hoffnung auf Ms. Reilly, Mr. van Wagoner. Ich wünschte, ich könnte glauben, daß wir auf die richtige Person gesetzt haben.«

»Nina Reilly ist eine ausgezeichnete Rechtsanwältin«, sagte Paul und hoffte, daß er recht hatte. »Ich kenne sie seit Jahren.«

»Dann kann sie das ja rasch in Ordnung bringen. Ist es möglich, daß Michelle nur eine Bewährungsstrafe erhält? Immerhin ist das ihr erstes Vergehen, und dieser Mann war gewalttätig. Er war schon einmal verhaftet worden.«

»Michelle glaubt nicht, daß sie Anthony getötet hat«, sagte Paul. »Es kann zum Schwurgerichtsprozeß kommen.«

»Das wäre sehr töricht nach dem, was Sie mir über die Beweislage und über die Erklärungen meiner Tochter berichtet haben. Michelle ist es immer schon schwergefallen, die Folgen ihres Verhaltens zu akzeptieren.«

»Sie scheinen sich ja so sicher, Mr. Tengstedt, daß Ihre Tochter eine Mörderin ist«, sagte Paul. »Ich hoffe, Sie werden es Michelles Anwältin überlassen, zu unternehmen, was sie für das Beste hält.«

»Wir haben keine andere Wahl, oder? Michelle hat uns das

klargemacht. Sagen Sie bitte Ms. Reilly, die Hypothek auf das Haus werden wir nächste Woche bekommen, und wir schicken dann die Kaution per Post. Aber wir möchten, daß Michelle zu uns nach Hause kommt.«

»Ich werde das übermitteln«, versprach Paul. Einiges davon jedenfalls.

Tengstedt wechselte abrupt das Thema. »Wissen Sie, wir hätten sie schon irgendwie wieder heimgeholt, nachdem sie nach Tahoe weggerannt ist, wenn eins nicht gewesen wäre.«

»Und das war?«

»Ich war strikt gegen die Heirat mit Anthony Patterson. Ich habe gespürt, daß das für Michelle in einer Katastrophe endet, wenn sie sich fürs Leben an ihn bindet. Aber ich muß zu Patterson eins sagen: Er hat Michelle wirklich geliebt. Das konnte ich sehen, wenn sie zusammen waren. Ich wäre nie darauf gekommen, daß er sie schlägt, ihr weh tut. Er schien sie zu vergöttern. Wir haben für ihr Glück gebetet.«

»Natürlich«, sagte Paul. »Ich habe gehört, Sie sind bei den Christian Scientists.«

»Die Wissenschaft vom Geist, ja. Meine Frau und ich haben praktiziert, wissen Sie, als spirituelle Heiler. Jetzt nicht mehr.«

»Haben Sie sich von der Kirche losgesagt?«

»Nein. Wir haben diese bestimmte Gemeinde verlassen, als wir 1982 von den Philippinen in die Staaten zurückkehrten, natürlich. Aber wir gehören der Kirche noch an.«

»Weshalb sind Sie weggezogen von dort?«

Eine Pause folgte. »Es gab ein paar unüberbrückbare religiöse Meinungsverschiedenheiten«, sagte er endlich. »Und wir haben uns mit unseren Nachbarn überworfen. Es war angeraten, da wegzuziehen.«

»Mmm-hmmm«, brummte Paul.

»Ich bin in sehr jungen Jahren der Kirche der Wissenschaft vom Geist beigetreten. Meine Großeltern waren über Jahre Mitglieder der Gemeinde von Boston gewesen, der Mutterkirche, und sie standen Mrs. Eddy nahe, Mary Baker Eddy, der Gründerin der Kirche. Barbara trat der Kirche bei, als wir heirateten.«

»Erzählen Sie mir bitte ein bißchen mehr über die Kirche«, bat Paul.

»Es gibt Tausende von Gemeinden auf der ganzen Welt. Ich werde Ihnen das Buch geben, *Die Wissenschaft vom Geist,* wenn Sie wollen. Im Grunde genommen sind wir Protestanten, eine der wenigen in Amerika entstandenen protestantischen Kirchen. Wir glauben, die Kreuzigung und Auferstehung Jesu Christi sind das zentrale Ereignis der Geschichte, und wir glauben, der Himmel befindet sich hier auf Erden, wenn wir die Haltung des Geistes Christi in uns ausbilden können.«

»Der Himmel hier auf Erden …«

»Sehen Sie, die materielle Welt ist nichts als ein hypothetisches Konstrukt. Der Glaube an die Welt der Materie ist es, der Sünde und Leid verursacht. Deshalb glauben wir, daß Krankheit bloß eine Täuschung der materiellen Welt ist und daß jedes Problem mit Hilfe von Gebeten und einem beim Bibelstudium erworbenen Verständnis gelöst werden kann.«

Tengstedt sprach so, als habe er das schon viele Male gesagt, mit absoluter Überzeugung. Paul hörte genau zu, um den Kern dieser ernsten religiösen Erklärung zu erfassen.

»Deshalb war ich Gesundbeter, Heiler. Ein Arzt des Geistes, könnte man sagen. Ich praktizierte bei Einheimischen wie auch bei den dort stationierten Amerikanern, wenn sie Hilfe brauchten.«

»Erzählen Sie mir über Michelles Leben auf den Philippinen«, sagte Paul.

»Ich weiß nicht, weshalb Sie das so interessiert.«

»Damit wir Michelle besser verstehen, brauchen wir ein paar Einzelheiten darüber, wie sie aufwuchs«, erklärte Paul.

Mrs. Tengstedt erschien in der Tür, ein Geist in einer weißen Schürze. Sie brachte ein Tablett herein und setzte es auf einem Tisch neben ihnen ab. »Bitte bedienen Sie sich selbst, ein paar Erfrischungen. Sie hatten eine lange Fahrt«, sagte sie zu Paul. Als sie sich dann wieder erhob, blickte sie ihren Mann offen an. »Michelle ist unser größter Segen und auch unser größter Kummer«, sagte sie, während sie wieder in der Küche verschwand.

»Wird Michelle von den Dingen, die wir heute besprechen, etwas erfahren?« wollte Tengstedt wissen.

»Das kommt darauf an. Ich glaube, Ihnen ist bekannt, daß sich Michelle nicht an ihre ersten zehn Lebensjahre erinnern kann. Sie hat auch einige Vorkommnisse vom Abend des 26. April vergessen. Nina Reilly ist der Auffassung, wenn man ihr helfen würde, sich an ihre frühe Kindheit zu erinnern, könnte das vielleicht ihre Erinnerung an die jüngsten Ereignisse wieder wecken.«

»Sie ist auf dem Holzweg. Sie wird Michelle doch nicht etwa zu einem Quacksalber von Psychiater schleppen, oder?«

»Ich weiß nicht, ob Nina vorhat, einen Doktor hinzuzuziehen.« Tengstedt war von seinem Kippsessel aufgesprungen, als sei er von der Tarantel gestochen. »Keine Bange, Mr. Tengstedt. Ms. Reilly würde nie etwas tun, was Ihrer Tochter schaden könnte.«

»Teilen Sie dieser Anwältin von mir mit, daß wir gegenwärtig nicht bereit sind, Michelles erste zehn Lebensjahre zu erörtern. Ereignisse, die so weit zurückliegen, können sich auf keinen Fall auf die Schwierigkeiten mit dem Gesetz ausgewirkt haben, in denen sie jetzt steckt.«

»Ich hoffe, Sie werden Ihren Entschluß noch einmal überdenken, Mr. Tengstedt. Wir sind der Meinung, daß sie doch von Belang sind.«

Tengstedt schwieg.

»Haben Sie was dagegen, über Michelles Leben in Fresno zu reden?« fragte Paul und begab sich damit auf ein, wie er hoffte, nicht gar so explosives Terrain.

»Ich leistete meine Dienstzeit ab und trat dann in den Ruhestand. Da meine Angehörigen in Fresno wohnten, kehrten wir hierher zurück«, sagte Tengstedt kurz und bündig.

»Fahren Sie fort«, meinte Paul.

»Nach unserem Umzug hierher ging es mit ihr stetig bergab. Sie wurde ein wildes Mädchen, verheimlichte Dinge, ließ in der Schule nach, obgleich sie bei den Intelligenztests sehr gut abgeschnitten hatte«, berichtete er mit dem Ton traurigen Stolzes.

»Und dann brannte sie mit dem elenden Schläger Patterson durch. Der getötet wurde.« Er betastete das Bild einer jungen Frau auf dem Kaminsims; sie trug ein gelbes Kleid und einen Hut, vom Strahlenkranz ihrer goldenen Haare umrahmt, und stand vor dem Prospekt einer Osterwiese. »Meiner Frau brach das Herz, als sich Michelle so wegwarf.«

»Ich lebte in ständiger Angst, daß so etwas wie jetzt eines Tages passieren würde.« Barbara Tengstedt stand im Durchgang zwischen Küche und Wohnraum und strich sich die Schürze glatt. Ihr Mann ging zu ihr und legte den Arm um ihre Schulter. Sie waren nahezu gleich groß. Das wirkte fast komisch banal, Mr. und Mrs. Amerika in ihrem Wohnzimmer, doch es war ein Tableau, regungslos, als warteten sie auf etwas. Paul schien es, als ob Carl Tengstedt seine Frau durch die Berührung zum Schweigen bringen wollte.

»Nicht zu wissen, was los war, bereitet ihr gerade jetzt Qualen«, sagte Paul. »Schauen Sie, was immer es ist, wir können uns doch damit gemeinsam befassen. Also warum es sich nicht einfach von der Seele reden?«

»Sie kriegen es nicht fertig, ein Nein als Antwort hinzunehmen, nicht wahr, Mr. van Wagoner? Aber Sie werden sich mit meinem Urteil in der Sache abfinden müssen.«

»Okay, sprechen wir über den 26. April. Ein Donnerstagabend. Nur der Vollständigkeit wegen muß ich wissen, wo Sie und Ihre Frau waren«, erklärte Paul.

Tengstedt schlug sich mit der Hand an die Stirn. »Jetzt beschuldigt er mich, diesen Strolch ermordet zu haben«, schrie er ungläubig. »Mr. van Wagoner, vielleicht sollten Sie besser unser Haus verlassen.«

Paul war ebenfalls am Ende seiner Geduld angelangt. »Sind Sie, Mr. Tengstedt, oder Ihre Frau am 26. April nach Tahoe gefahren?«

»Nein! Wie können Sie sich unterstehen!«

»Wo waren Sie?«

»Hier in diesem Haus, den ganzen Abend. Barbara!« befahl er ihr und drückte fest ihre Schulter. »Sage Mr. van Wagoner hier, daß wir den ganzen Abend zu Hause gewesen sind. Er erhebt Anschuldigungen gegen mich!«

»Verlieren Sie nicht die Fassung, Mr. Tengstedt«, sagte Paul.

»Wir waren hier«, verkündete Barbara Tengstedt mit zitternder Stimme. Sie wand sich von ihrem Mann los und sank in ihren Stuhl.

»Sind Sie sicher, daß Sie nicht am späten Abend in den See schwimmen gegangen sind? Soweit ich gehört habe, schwimmen Sie gern.«

»Raus hier!« brüllte Carl Tengstedt.

11

Nina setzte die Kinder an demselben Montagmorgen auf dem Weg zur Kanzlei an der Schule ab. Troy und Bobby trugen auf den Rücksitzen ihren jungenhaften Streit um den Vorrang aus: wer den Fußball weiter schießt, wer flinker rennt, wer schneller multipliziert, wer jemanden gemeiner piesackt; und Brianna nutzte auf dem Beifahrersitz das letzte bißchen Ungestörtsein aus und schob eine Runde Daumenlutschen ein. Ehe Bobby ausstieg, hielt er Nina seine Backe zum Kuß hin. »Mir gefällt's hier, Mom. Aber ich hab es langsam satt, bei Onkel Matt zu wohnen. Wann kriegen wir denn 'ne eigene Wohnung?«

Gute Frage, dachte Nina, hatte jedoch keine Antwort darauf. Noch nicht.

Gegen neun Uhr starrte Nina zum Panoramafenster hinaus durch einen purpurnen Schleier auf den Mount Tallac, griff sich ihren Bleistift und machte sich an ein Blatt mit neun Punkten in drei Reihen.

Sie begann den Stift durch die Punkte zu ziehen. Matt hatte gesagt, man könnte, ohne abzusetzen, mit vier geraden Strichen alle Punkte miteinander verbinden. Bobby hatte die Aufgabe auf Anhieb gelöst, aber Nina brachte es nicht fertig, und das ärgerte sie. Ihr Stift kratzte gehörig, als sie damit herummalte. Es sah so einfach aus!

Sie wußte, daß man jedes Rätsel auf zwei Arten lösen konnte. Man konnte methodisch und auf geradem Wege vorgehen und falsche Spuren eine nach der anderen ausschließen, bis nur die richtige Lösung übrigblieb. So machte es die Polizei, und Paul würde auf Grund seiner Ausbildung auch auf diese Weise ermitteln.

Fang von vorne an, logisch. Sie legte das Punkte-Rätsel beiseite und machte eine Liste, die Paul abarbeiten sollte. Die Fotos von Mistys blauen Flecken untersuchen, die sie zu bringen versprochen hatte. Mit Rick Eich sprechen und sich das Boot anschauen. Tom Clarke befragen. Stephen Rossmoor befragen, den Manager von Prize's, mit dem Misty ein Techtelmechtel gehabt hatte. Sich die Beweisstücke ansehen, die in den Polizeiprotokollen aufgeführt wurden. Mit Sharon Otis reden, Anthonys Ex-Frau, und mit Peter La Russa, seinem Freund.

Und dann gab es da noch die Fußspuren im Schnee, die hinter das Haus führten und die Misty bemerkt und Anthony zugeschrieben hatte. Gleichfalls Pauls Sache.

Sie beendete Pauls Liste und begann mit ihrer eigenen. Sich um die juristischen Fragen kümmern. Die Gesetze über Durchsuchung und Festnahme studieren und überprüfen, ob die Polizei in der Nacht, als Misty festgenommen wurde, nicht unkorrekt vorgegangen war. Alle Lücken in den Berichten der Polizei, über die Autopsie und die Laborergebnisse finden sowie alle damit nicht übereinstimmenden Schlußfolgerungen. Die Verbrechen Mord und Totschlag studieren, um Möglichkeiten zur Eingrenzung der Anklage zu entdecken.

Soweit zur logischen Methode. Die zweite Methode war ihr eigenes kleines Geheimnis. Sie drehte die Listen um und nahm sich wieder das Blatt mit den teuflischen Punkten vor. Sie hörte auf zu analysieren und starrte lange auf das Papier. Sie hatte es beinahe …

Jetzt, rasch, noch während ihre Augen auf die Punkte fixiert waren, wandte sie ihre Gedanken wieder dem Fall zu, ging ihn von der Seite an, wie ein Krebs. Und da war wieder das zentrale Problem, verschwommen und riesig, die brennende, lodernde Frage, die eine Antwort verlangte und alles andere zur Nebensache degradierte: Was war geschehen, nachdem Misty ihren Mann verlassen und in die Küche gegangen war? Nina machte eine Skizze vom Wohnraum: die Tür zur Küche, der auf der Couch liegende Mann, die Scherben der gläsernen Tischplatte, so wie Misty die Dinge beschrieben hatte. Ein helles Feuer im Kamin. Ein kastanienbrauner Morgenrock. Zwei Gläser und eine Flasche Yukon Jack. Schmutziges Geschirr. Fußspuren im Schnee draußen und eine Eisbärenfigur.

Misty konnte sich nicht erinnern. Warum? *Erste Theorie:* Misty erinnerte sich, log aber. *Zweite Theorie:* Misty war zu müde gewesen und schlafen gegangen, wie sie sagte. *Dritte Theorie:* Misty verdrängte ihre Erinnerung. *Vierte Theorie?* Nina fiel keine mehr ein.

Erste Theorie: Obwohl sie überzeugt war, daß ihre Mandantin die Wahrheit sprach, hatte Nina aus Gewissenhaftigkeit Misty einige Male bearbeitet. Misty war bei ihrer Geschichte geblieben, hatte kein einziges Detail geändert. *Zweite Theorie:* Misty war normalen menschlichen Gefühlen gegenüber völlig immun und war mitten im Tumult, während einem der gewalttätigsten Momente ihrer Ehe, wahrhaftig eingeschlafen. *Dritte Theorie:* Nina zog einen Kreis darum, als ihr wieder der Gedanke kam, der sie das ganze Wochenende über beschäftigt hatte: Misty verdrängte Erinnerungen.

Sie würde sich die juristischen Fragen später vornehmen. Heute war der Tag der dritten Theorie. Sie würde mit Dr. Greenspan reden. Danach würde sie wieder Bruno anrufen.

Noch einmal zeichnete sie die neun Punkte, scheiterte mit dem Bleistift ein letztes Mal, schob das Rätsel auf ihrem Schreibtisch zur Seite, hing sich die schwere Aktentasche über die Schulter und verließ die Kanzlei.

Dr. Frederick Greenspans Praxis befand sich in einem rustikalen, aber gut erhaltenen Bungalow einen Block vom Boulder Hospital entfernt, in einer Seitenstraße der Winnemucca. In einem wunderlichen Vorzimmer mit Spitzengardinen und einem Baldwin-Klavier rekelten sich mehrere ältere Herrschaften in ihren Sesseln. Andere Patienten konnte man durch die innere Tür auf schmalen Pritschen liegen sehen; ihnen steckten Kanülen in den Armen. Die Sprechstundenhilfe an der Anmeldung, eine ungewöhnlich große Frau, mit unpassender Eleganz in Gelb und Schwarz gekleidet, bot Nina eine Tasse Kräutertee an und sagte, der Doktor würde gleich zu ihr kommen.

Die Wartenden schienen nicht ungeduldig zu sein. Sie unterhielten sich, flüsterten, lasen, rutschten auf ihren Sesseln herum, als fühlten sie sich ganz zu Hause, und gingen freundlich miteinander um. Nina, die Warten nicht ausstehen konnte, nahm die Broschüren über die Ganzheitsmedizin von dem grazilen Tischchen neben ihr zur Hand. Die erste, ein schmales extravagantes Vierfarbenheft über Hypnotherapie, versprach, Patienten könnten verlorengegangene Erinnerungen wiedergewinnen, emotionale Probleme durch Entspannungsübungen beheben, Suchtverhalten überwinden und die therapeutische Beziehung durch diese wundersame »neue« Behandlung intensivieren.

Das zweite Heft befaßte sich mit der Chelationstherapie. Dieser Artikel war von einem zufriedenen Patienten in einem sich anbiedernden saloppen Ton geschrieben und lobte die Methode über den grünen Klee. Der Verfasser hatte einen Herzanfall erlitten und wird nach der Chelationstherapie »nun regelmäßig von Radikalen befreit und muß künftig nicht unters Messer des Chirurgen«. Chemische Stoffe werden jede Woche einige Stunden stetig dem Blutstrom zugeführt; sie beseitigen freie Radikale und unsichere Ionen, womit angedeutet wird, daß das Altern verlangsamt werden könne. Das erklärte, weshalb die Leute mit Kanülen dalagen. Aber was war mit jenen chemischen Stoffen? Und was mit den *guten* Ionen? Wie entgingen sie der Beseitigung? Keine genauen Angaben darüber, nicht einmal im Kleingedruckten am Fuße der letzten Seite.

Nach fünf Minuten kam der Doktor heraus, schüttelte Ninas ausgestreckte Hand und führte sie in sein Ordinationszimmer. Er war in den Fünfzigern, groß, hager und eckig, mit breiter Stirn, tiefliegenden Augen, hohen Backenknochen und abstehenden Ohren; er gebärdete sich mit einer Miene wie Moses, der gerade seinen Stab erheben und dem Roten Meer seinen Befehl erteilen will. »Tut mir leid, daß Sie warten mußten«, sagte er, als er sich hinter seinem Schreibtisch niederließ und seine dicke Brille abnahm. Dabei revidierte Nina ihren ersten Eindruck. Er sprach noch mit dem Akzent von Brooklyn, und die braunen Polyester-Freizeithosen und die gemusterten Socken nahmen ihm alles Übernatürliche. Das Zimmer war überheizt; die Stirn glänzte ihm von leichtem Schweiß.

Nina versank in einem tiefblauen Sessel, der einzigen anderen Sitzgelegenheit in dem Raum. Offensichtlich saßen hier die Patienten, die Augen auf die Urkunden an der gegenüberliegenden Wand geheftet. Nina las auf einen Blick, daß Dr. Greenspan einen Hypnosekurs an der J.-F.-Kennedy-Universität und einen Zen-Kurs im Kloster Shasta absolviert hatte. Den Titel Dr. med. hatte er vor fünfundzwanzig Jahren an der Temple-Universität in New York erworben.

Mistys Akte lag auf dem Tisch. »Danke, daß Sie heute Zeit für mich haben. Ich hoffe, Sie werden mir vollständigen Zugang zu den Krankenblättern meiner Mandantin gewähren.«

»Sie haben mir eigentlich noch gar nicht erzählt, worum es geht«, sagte Dr. Greenspan und legte seine Hand auf die Akte. »Aber meine Patientin hat mich bevollmächtigt, Ihnen eine Kopie der Akte zu geben und mit Ihnen über alles zu sprechen, was Sie wünschen.« So auf die Nähe roch er nach Seife. Seine Wangen waren glatt rasiert; das mußte jeden Tag eine beschwerliche Prozedur sein.

»Die Akte ist ein Anfang. Ich werde sie einem anderen Arzt von der Universität von Kalifornien in San Francisco schicken, der vielleicht bei diesem Fall als psychiatrischer Gutachter auftreten wird.«

»Beabsichtigt er, es mit Hypnose zu versuchen?«

»Ja. Machen Sie sich keine Sorgen, Bruno ist sehr gut.«

»Ich hoffe, daß er sehr behutsam vorgehen wird.«

»Er hat eine Menge über das Thema veröffentlicht. Ein erstklassiger Experte, könnte man sagen.«

Die Sprechstundenhilfe trat ohne anzuklopfen ein. »Frederick, ich gehe jetzt. Also vergiß nicht, deine Sekretärin übernimmt die Anmeldung für den restlichen Nachmittag. Behalte sie im Auge.« An Nina gewandt, lächelte sie. »Sie ist neu, und man muß ihr noch etwas unter die Arme greifen. Unsere Krankenschwester Rhea hat mit den Patienten zu tun.« Nina hatte die Sekretärin im Vorzimmer gesehen, eine unauffällige, leise sprechende junge Frau mit grauen Zähnen, die der Krankenschwester auffallend ähnlich sah, außer daß die Letztgenannte eine bifokale Brille trug. Die Frau ging um Dr. Greenspans Schreibtisch herum, drückte ihm einen Kuß auf die Stirn, kräuselte dann ihre Lippen zu einem Grinsen und sagte: »Keine Sorge, wir sind verheiratet.«

»Na, wunderbar«, erwiderte Nina und gab sich Mühe, nicht auf die Uhr zu schauen.

»Auf Wiedersehen, Ericka. Bei mir wird's nicht spät.« Dr. Greenspan brachte seine Frau zur Tür. »Entschuldigen Sie mich eine Minute«, sagte er und schloß die Sprechzimmertür hinter sich. Durch die Holztür vernahm Nina ein Murmeln, das mehrere Minuten anhielt. »Mußte der Schwester ein paar Anweisungen geben und so«, brummte er, als er wieder eintrat. »Also, wo waren wir stehengeblieben?« Er freute sich, die Akte noch auf seinem Schreibtisch liegen zu sehen, offenbar unberührt. »Misty Patterson. Wie geht es ihr?«

»Die Verhaftung hat einen furchtbaren Schock bei ihr ausgelöst. Ich bin mir nicht sicher, ob sie wußten, wo sie sie hinschaffen sollten, ins Gefängnis oder in die Nervenklinik. Es hat sie viel gekostet, sich zusammenzunehmen, und sie versucht jetzt, sich darauf einzustellen.«

»Das sind ja höchst unangenehme Nachrichten. Meiner Kenntnis nach ist sie weder gewalttätig noch geisteskrank«, sagte der Doktor. »Man braucht sie nicht einzusperren.«

»Wir hoffen, sie bald herausholen zu können.«

»Ich habe sie nicht mehr gesehen, seit sie kurz nach dem Verschwinden ihres Mannes zu einer kurzen dringlichen Behandlung zu mir kam. Letzten Freitag rief sie mich an und erklärte mir, daß sie Hilfe brauche; sie fragte, ob sie mich aufsuchen könnte. Ich teilte ihr mit, daß ich heute mit Ihnen darüber reden würde.«

»Heißt das, Sie würden ihre Behandlung fortsetzen?« Nina schwieg und dachte nach. »Nun, zunächst einmal sind Mistys medizinische Unterlagen und Ihre Zeugenaussage wahrscheinlich für eine ganze Reihe von Punkten dieses Falles von Belang. Wenn es zum Prozeß kommt, rechne ich damit, daß Sie als ihr weiterhin behandelnder Arzt als Zeuge aufgerufen werden, um über ihren Geisteszustand auszusagen. Alles, was Misty bis dahin geäußert haben wird, müßte dann vor Gericht enthüllt werden. Das ist zu riskant.«

»Das mag schon sein, wenn man die Sache nur vom juristischen Standpunkt betrachtet, Ms. Reilly, aber mir geht es um Mistys Gesundheit. Die gegenwärtige Behandlung so plötzlich abzubrechen wäre schädlich. Sie braucht die Therapie, wissen Sie. Mit der gehörigen Sorgfalt könnten wir den bereits erreichten Fortschritt stabilisieren und den Streß auf einem kontrollierbaren Niveau halten. Ich glaube, wir könnten jegliche Erörterung der Ereignisse ausklammern, die zu dieser Anklage geführt haben.«

»Vielleicht«, sagte Nina. »Aber dennoch muß ich das anordnen. Ich denke, wir müssen ihre Behandlung unterbrechen.«

Der Doktor zuckte ein wenig verärgert die Schultern. »Ich nehme an, ich muß mich wohl Ihrer Entscheidung beugen.«

»Erzählen Sie mir über Ihre Arbeit mit ihr.«

Er nahm die Akte in die Hand und begann zu blättern. »Sie kam zum erstenmal kurz vor Weihnachten zu mir. Hier sind ihre Angaben.« Nina überflog das Formular. Misty hatte eine große, runde Handschrift. Über dem i machte sie als Punkt kleine Kreise.

Die Frage: *»Warum sind Sie heute gekommen?«* beantwortete sie mit: »Ich bin so traurig.« Diese Feststellung stand in absolutem Gegensatz zu der mädchenhaften Schrift.

»Wir hatten nur zehn Hypnosesitzungen. Das hört sich viel an, ich weiß, aber sie hatte ja ein weites Stück zurückzulegen. Ich glaube, sie hat mich aufgesucht, weil sie wissen wollte, weshalb sie sich genötigt fühlte, ihrem Mann untreu zu sein. Später deutete sie auch ein Interesse an ihrer vergessenen Kindheit an, die, wie ihr bewußt geworden war, bei der Entwicklung ihrer Persönlichkeit eine Rolle spielte. Wir brauchten drei Sitzungen, um zu begreifen, daß beide Probleme etwas miteinander zu tun haben.«

»Sie meinen, irgendeine Art von Schock in der Kindheit ist für die Verdrängung jener Erinnerungen verantwortlich und führte zu dem Reaktionsverhalten, mit Männern herumzuschlafen?« fragte Nina. Die Worte verursachten in ihrem Mund einen pelzigen Geschmack.

Sie mußten auch ihm grob geklungen haben. Er runzelte die Stirn. »Ich nehme an, so könnte man es ausdrücken.«

»Worin bestand denn das Kindheitstrauma?«

»Bis dahin sind wir nicht vorgedrungen.«

Tief enttäuscht bohrte Nina weiter. »Sie haben keine Ahnung? Nach all dieser Arbeit mit ihr?«

Dr. Greenspan schien nicht zuzuhören. Er starrte aus dem Fenster, das den besänftigenden Anblick eines dunklen, blaugrünen Fichtenwaldes bot.

»Dr. Greenspan?«

»Offen gesagt, ich würde nicht allzuviel darauf geben, was Ihnen Mistys Vater über ihre Kindheit erzählt.«

Da hing ein Wort in der Luft – ein Wort, das Nina haßte und nicht hören wollte. Sie schluckte und sagte: »Sie verdächtigen ihren Vater … sie mißbraucht zu haben, ist es das?«

»Sie hat keine genaue Erinnerung«, sagte Greenspan. »Nichtsdestotrotz zeigt sich das klassische Verhalten: die zwanghafte Form ihres Sexuallebens, der übermäßige Alkoholgenuß, die Depressionen, die Mißhandlung in der Ehe, die geringe Selbstachtung, die Amnesie selbst. Sie ist eine junge Dame mit schweren Problemen, und diese scheinen aus der Kindheit herzurühren. Ich vermute, es könnte auch noch irgendein anderes Trauma im Spiel sein. Sagen wir einfach, es wäre möglich.«

»Wie könnte ihr die Hypnose helfen?«

»Nun, den Zugang zu unterdrückten Erinnerungen zu eröffnen zählt zu den bekanntesten Ergebnissen dieser Art von Therapie. Man kann ein emotionales Problem nicht behandeln, solange es unbewußt bleibt. Die Hypnose holt es hervor, mitsamt den entsprechenden emotionalen Reaktionen, und die Erfahrung noch einmal zu durchleben kann von den zwanghaften Handlungen heilen. Wenn die alte Erinnerung nicht hervorgeholt wird, manifestiert sie sich im Erwachsenenleben auf andere Weise, in einer verallgemeinerten emotionalen Qual, vielleicht als Alkoholproblem, vielleicht als unbewußte Wiederholung des Psychodramas der Kindheit. Ich glaube, Misty durchlebt als Erwachsene etwas, das aus ihrer Kindheit stammt.«

»Und Sie sagen, Sie haben Fortschritte erzielt?«

»Misty ist eine ausgezeichnete Patientin. Sie ist imstande, in einen Zustand tiefer, tiefer Trance zu fallen. Es hat einige Zeit gedauert, sie so weit zu bekommen. In den letzten Sitzungen haben wir mit der Altersregression begonnen. Sie mußte sich durch einige starke Emotionen hindurchkämpfen.«

»Welche Art von Gefühl hat sie gegenüber ihrem Ehemann zum Ausdruck gebracht?«

Dr. Greenspan antwortete: »Das ist schwer zu erklären. Ich würde meinen ... am Anfang liebte sie ihn auf eine ziemlich unreife Art. Doch als sie erst einmal verheiratet waren, war sie zwanghaft darauf aus ... die Ehe zu ruinieren. Wiederholt war sie untreu, verstehen Sie, und ihr Mann reagierte, wie vorauszusehen, mit Eifersucht. Sie gestand sich nicht ein, daß er einen Verdacht hatte, und brachte die Tatsache, wie er sie behandelte, nicht mit ihrem eigenen Verhalten in Verbindung.«

»Oh, das gefällt mir, Dr. Greenspan. Sie sagen damit, sie habe es herausgefordert, richtig?«

»Ich glaube, ich versuche eine ganze Menge mehr als das zu sagen. Ich hoffe, Ihre feministischen Sympathien machen Sie nicht blind für die Wahrheit über Ihre Mandantin«, erwiderte Greenspan ruhig.

Nina fühlte sich manipuliert, als ob ihre eigene Arbeit auf raffinierte Weise trivialisiert würde. Auf die gleiche Weise spielte der Doktor Mistys körperliche und seelische Mißhandlung durch Anthony herunter. Es tat ihr selbst weh, wie er so mit zusammengefalteten knorrigen Händen dasaß und so eine Platte auflegte, die Misty aller Sympathie von schwankenden Geschworenen berauben würde.

»Sie scheinen sich da eine ziemlich schroffe Beurteilung Ihrer Patientin zurechtgelegt zu haben«, sagte sie. »Ich versuche zu begreifen. Verteidigen Sie die Art und Weise, wie ihr Ehemann sie behandelt hat?«

»In gewisser Hinsicht. Die Ehe ist ein grundlegendes Drama. Die Partner empfangen etwas Wertvolles, das sie brauchen, oder sie trennen sich schnell wieder.«

»Und Misty brauchte ...«

»Die Strafe – und sie mußte bestrafen.«

Diese Äußerungen strahlten die grausige Gluthitze nacheinander explodierender Atombomben aus, und sie zerrissen Misty Patterson in tausend Stücke. Greenspans Interpretation war von einer bösartigen Simplizität. Mit diesen fünf Wörtern würde er den Geschworenen beibringen, daß Misty, von ihrem Unbewußten getrieben, ihre gewalttätige Behandlung durch Anthony selbst provoziert hatte und schließlich einen Grund fand, ihn zu töten, nur um zu ihrem geliebten alten Dad zurückzukehren.

Ein weiterer Feind war somit aus seiner Deckung aufgetaucht und hielt ihr die Waffe vor die Nase. Warum er bei dieser frühzeitigen Befragung eine solch aggressive Haltung an den Tag legte, schien klar: Aus irgendeinem Grunde wollte er in den Fall nicht hineingezogen werden und nicht als Zeuge aussagen. Er wollte, daß der Fall ohne Schwurgerichtsverhandlung abgeschlossen würde.

»Er hatte ihr befohlen, sie sollte die Behandlung bei Ihnen abbrechen«, sagte Nina.

»Ja, darüber haben wir gesprochen. Obwohl es ihr zu der Zeit gutzugehen schien, überraschte es mich nicht, daß sie sehr wütend war. Inzwischen hatte sie sich voll und ganz auf unsere Therapie verlassen. Sie hätte sich dem Schicksal preisgegeben gefühlt, wenn unsere therapeutische Beziehung so abrupt beendet worden wäre, ohne abschließendes Ergebnis.«

»Hat sie Anthony bedroht, damals oder zu irgendeiner anderen Zeit?«

»Nein, aber ...«

»Sie hat Ihnen am Telefon vom Gefängnis aus doch nichts erzählt, oder?« fragte Nina.

»Nein, nein. Ich weiß schon, daß man jemandem nicht Informationen dieser Art entlocken soll«, antwortete er. »Sagen Sie, ist es wahr, daß Misty behauptet, sie könne sich an die Ereignisse gleich nach dem Schlag auf den Kopf ihres Mannes nicht erinnern, wie es in ihrer Aussage steht?«

»Was würden Sie daraus schließen, Dr. Greenspan?«

»Eine solche Amnesie würde auf eine starke Verbindung zu den unbewußten Motivationen hinweisen, die wir erörtert haben.«

»Sie meinen, die Amnesie beweist, daß sie ihr unbewußtes Programm, den Ehemann zu töten, ausführte.«

Dr. Greenspan verklemmte seine Finger zu einem Paket und setzte eine bedauernde Miene auf. »Ich fürchte, ja.«

»Wissen Sie was, Doktor?«

»Ja, Ms. Reilly?«

»Ich denke, Sie haben nur Scheiße im Kopf, und wenn Sie vor Gericht diesen pseudopsychologischen Mist von sich geben, dann werde ich dafür sorgen, daß Sie weglaufen und nach Ihrer Mommy schreien!«

»Ms. Reilly«, sagte er lächelnd, als er sich erhob, »sollten Sie je daran denken, selbst Hilfe in Anspruch zu nehmen, kann ich Ihnen einen guten Therapeuten empfehlen.«

Auf ihrem Weg nach draußen bat Nina an der Anmeldung um eine stichwortartige Übersicht über Dr. Greenspans beruflichen Werdegang. Eine andere Sprechstundenhilfe übergab ihr kommentarlos das Blatt und setzte sich wieder vor den Monitor ihres Computers. Auf dem Weg durch den Korridor überflog Nina es, bevor sie es in Mistys Mappe packte. Nach diesen Lebensdaten, die von den Urkunden an der Wand bestätigt wurden, war Dr. Greenspan Allgemeinmediziner mit Interesse für Ganzheitsmedizin. Es fand sich kein Hinweis auf eine spezielle psychiatrische Aus- oder Weiterbildung.

Bei dieser Ausbildung konnte Nina schweres Geschütz gegen den Zeugen auffahren.

Was aber, wenn er recht hatte?

Als sie den Schlüssel im Wagenschloß drehte, hatte sie das Gefühl, beobachtet zu werden. Einen Moment später stand Dr. Greenspans Frau neben der Fahrertür.

Mrs. Greenspan hatte eine perfekte Frisur, hochgekämmt zu einem französischen Dutt; kein einziges Haar hing lose herum. Aus der Nähe sah sie etwas älter aus, um die Fünfzig. Die Make-up-Grundierung, ein bißchen dunkler als ihre Haut, endete am Hals, und die Winkel des mit einem dunklen Lippenstift belegten Mundes begannen auf die Art herabzuhängen, die die plastischen Chirurgen Marionettenlinien nennen. Dennoch stellte sie in ihrem gelben Kleid mit dem schwarzen Gürtel eine gutaussehende, wenn auch ein wenig aufgedonnerte Erscheinung dar. Sie hielt einen geringen Abstand und sagte: »Könnte ich Sie wohl für eine Minute sprechen?«

»In welcher Angelegenheit?« wollte Nina wissen.

»Oh, nichts Besonderes. Ich habe Sie drin mit meinem Mann gehört. Am Schluß waren Sie unverschämt grob.« Sie klang ein bißchen wie Ninas Tante Helen, die immer den gleichen enttäuschten Ton angeschlagen hatte, als sie Nina das Klavierspielen beibringen wollte.

»Ich dachte, das war ein vertrauliches Gespräch.« Nina stellte sich vor, wie Mrs. Greenspan ihre Ohrmuschel so sehr an die solide paneelverkleidete Sprechzimmertür preßte, bis ihr das Ohr fast schmerzte.

Die Ältere steckte den Vorwurf weg. »Sie beurteilen meinen Mann falsch, Mrs. Reilly. Er hat so vielen Menschen geholfen, so vielen bedrängten Menschen wie Mrs. Patterson. Wenn Sie ihm nur Gelegenheit gegeben hätten zu erklären ...«

»Weiß Ihr Mann, daß Sie hier draußen sind und mit mir reden?«

»Jetzt wollen Sie mich ins Kreuzverhör nehmen. Wie interessant das sein muß, Rechtsanwalt zu sein! Natürlich, zu meiner Zeit erblickten Mädchen ihre Erfüllung in der Ehe. Ich habe Frederick am College kennengelernt, und Sie mögen es glauben oder nicht, ich hatte vor, Medizin zu studieren. Aber ich hatte das Glück, einen wunderbaren – wirklich wunderbaren – Mann zu finden. Jemanden, dem ich helfen konnte. Ich habe Frederick viele Jahre geholfen, seine Praxis aufzubauen.«

»Würden Sie so freundlich sein und mir erzählen, was das alles soll? Denn bei mir in der Kanzlei warten fünf Leute, und denen ist jeder Anlaß recht, ihre Wut an mir auszulassen, wenn ich zurückkomme.«

»Mit Geduld kommt man am weitesten, meinen Sie nicht auch, Mrs. Reilly? Oder Miss?«

»Ms.«, sagte Nina.

»Sind Sie aber eine emanzipierte Frau! So eine blöde Anrede eigentlich, stimmt's nicht? Ich dachte, das sei längst passé, wie der Dollar mit der Suffragette Susan B. Anthony.« Sie beehrte Nina mit einem sarkastischen Lächeln. Während sie sprach, kam sie immer näher auf Nina zu. Unwillkürlich trat Nina einen Schritt zurück. »Sind Sie verheiratet?«

»Ja.«

»Der arme Mann. Oh, jetzt werde ich auch noch grob! Ich sehe bloß, daß die bedeutende Karriere Sie ziemlich viel von zu Hause fernhält.« Nina fühlte sich nun seltsamerweise schuldig. Sie verbannte ihre glücklose Ehe ganz aus dem Sinn.

»Tut mir leid, Mrs. Greenspan, ich muß jetzt fahren.«

»Ja, Ihre Klienten warten, verstehe. Und ich hoffe, Sie verstehen, daß ich stolz bin auf meinen Mann, und ich möchte nicht ...«

Nina klingelte mit den Autoschlüsseln, und diese Unterbrechung schien Mrs. Greenspan aus der Fassung zu bringen.

»... daß irgendeine Winkeladvokatin mit einer durchgedrehten Klientin versucht ...«

Schlüssel ins Schloß. Tür öffnen, noch die Worte im Ohr. Einsteigen, Zündschlüssel drehen.

»Ziehen Sie ihn nur durch den Dreck! Passen Sie ja auf, Sie kleine ...« Mrs. Greenspans wohlerzogene Stimme verriet eine leichte Beunruhigung, doch ihre Worte strömten nun dahin wie ausfließender Giftmüll.

»Vergessen Sie nicht, was Sie sagen wollten!« sagte Nina, schlug die Tür zu und flitzte weg.

Um halb zwölf am gleichen Abend rief Nina aus der Stille ihres Betts San Francisco an. »Entschuldigen Sie, Professor, daß ich so spät noch bei Ihnen läute«, sagte Nina, »aber ich möchte gern so bald wie möglich mit Misty zu Ihnen kommen und dafür einen Termin vereinbaren. Den Krankenbericht von Dr. Greenspan werden ich Ihnen faxen.«

»Ich bin zu alt, um zu schlafen«, brabbelte Bruno, und er klang überhaupt nicht verärgert, daß er wieder von ihr hörte. »Was haben Sie von dem Hypnosetherapeuten für einen Eindruck?« erkundigte er sich. Nina konnte im Hintergrund hören, wie Jay Leno die Tagesereignisse zum lauten Gelächter seines Publikums kommentierte.

Sie faßte ihr Gespräch mit Dr. Greenspan zusammen, ebenfalls das seltsamere mit dessen Frau. »Ich glaube, Dr. Greenspan ist ein gefährlicher Hochstapler. Und seine Frau scheint eine einlieferungsreife Bekloppte zu sein, heftig gebeutelt von der Midlife-crisis. Aber Sie kennen mich ja. Ich traue niemandem, besonders dann nicht, wenn er Urkunden in Rahmen aushängt, die mehr gekostet haben als seine College-Ausbildung.«

»Überprüfen Sie seine Zeugnisse«, meinte Bruno. »Jeder kann nach einem Kurs von ein paar Stunden und einem Praktikum ein Zeugnis für Hypnosetherapie bekommen. Damit erschleicht man sich dann den Titel Dr. med. durch die Hintertür des Psychiaterstands. Dann fangen sie an, sich für Freud zu halten, obwohl sie keinen blassen Schimmer von Psychiatrie haben.«

»Das gefällt mir an Ihnen so sehr, Bruno, die Hingabe, mit der Sie den höchsten fachlichen Standard verteidigen«, sagte Nina.

Bruno gab etwas von sich, das wie ein Bellen klang. »Die Sache ist ernst, Nina. Erinnern Sie sich daran, wie Alexander Pope vor einer oberflächlichen Gelehrsamkeit warnte? ›Kleine Schlückchen vergiften den Geist.‹ Das ist die grausame Wahrheit, sobald es um Psychotherapie geht. Die Gefahren? Hüte dich vor einem nicht analysierten Psychoanalytiker! Der kann sich auf den Patienten projizieren. Die Träume des Patienten kann er im Sinne seiner eigenen psychischen Schwierigkeiten interpretieren. Er kann eine Fehldiagnose anstellen und den Patienten in einem schlimmeren Zustand als zuvor hinausschicken. Er kann einen Kontratransfer verursachen und eine krankhafte emotionale Fixierung oder Beziehung zu dem Patienten hervorrufen, statt einen gesunden Transfer zu fördern.«

»Verstehe.« Sie kritzelte etwas auf einen gelben Schreibblock. »Noch andere Überlegungen?«

»Nun«, sagte der alte Mann, »dieser Dr. Greenspan sollte sich Sorgen machen wegen Kurpfuscherei. Er hat eine junge Frau hypnotisiert, wie lange? Über drei Monate? Nun, wahrscheinlich hat sie ihren Mann umgebracht. Sicher muß er sich da Sorgen machen, daß sein professioneller Scharfsinn bezweifelt wird. Oder er muß befürchten, daß Sie ihn verklagen.«

»Komisch, daß Sie das sagen. Seine Frau beschuldigte mich, ich versuchte, ihn in das Vorgefallene mit hineinzuziehen. In diese Richtung schien er nicht zu denken. Ich glaube, er will sich bloß aus einer verfahrenen Kiste heraushalten.«

»Er verstellt sich einfach besser«, sagte Bruno.

»Jetzt sind wir dabei, ihn zu analysieren.«

»Ja. Macht das nicht Spaß …«, meinte Bruno trocken, »in der Psyche anderer Leute herumzuspazieren? Und das birgt eben Gefahren in sich. Ich rufe mir immer mein eisernes Prinzip ins Gedächtnis, langsam und vorsichtig heranzugehen …«

»Mir bleibt nicht viel Zeit«, erklärte Nina. »Wann können wir in Ihre Praxis kommen? Ich möchte, daß Sie sich Misty einmal anschauen.«

»Jeden Tag von drei bis sechs. Das sind meine Sprechstunden, aber ich bin da flexibel. Wir haben doch mal von Hypnose gesprochen. Sollen wir es versuchen?«

»Das ist riskant. Wenn sie etwas sagt, was ich nicht hören möchte, könnten wir Sie nicht als Sachverständigen beim Prozeß benennen, aber es geht schon. Ihr Name muß überhaupt nicht erwähnt werden. Solange ich Sie nicht als Sachverständigen in den Zeugenstand rufe, bleiben Sie ein nichtbehandelnder ärztlicher Berater, und der Ankläger kann Sie nicht befragen. Das wären interne Arbeitsergebnisse des Anwalts, die dem Zeugnisverweigerungsrecht unterliegen.«

»Ich begreife. Sie denken, sie könnte bei mir gestehen, und der Arzt fürchtet, ich könnte bei seiner störrischen Patientin sofort Erfolg haben. Mir kommt es auf etwas anderes an.«

»Und zwar?«

»Also, wenn ihre Persönlichkeit an einer latenten Krankheit leidet, möchte ich vorsichtig vorgehen und sie nicht zu sehr bedrängen, um nicht eine ausgewachsene Psychose hervorzurufen.«

»Im Gegensatz zu dem Doktor mache ich mir keine großen Sorgen, wenn Sie sich mit seiner Patientin befassen. Ich vertraue Ihnen. Und wenn wir diese Sitzung völlig geheimhalten und Sie danach nicht mehr mit mir zusammenarbeiten oder als mein Sachverständiger fungieren, muß ich Ihren Namen überhaupt nicht preisgeben, und die Konsultation kann für immer eine vertrauliche Angelegenheit bleiben.«

»Fein«, meinte Bruno. »Mein Job besteht also darin, die Gedächtnisblockade Ihrer Mandantin zu beseitigen, in der Hoffnung, daß sie sich an die hypothetische Person erinnern wird, die den tödlichen Schlag ausführte.«

»Oder zweifelsfrei nachzuweisen, daß meine Mandantin den zweiten Schlag ausführte, was, wie ich zugebe, viel wahrscheinlicher ist. Wenigstens kann ich dann eine Verteidigungsstrategie darauf aufbauen.«

»Ihnen ist klar, daß die erste und die zweite Episode etwas miteinander zu tun haben. Sie hat ihre Vergangenheit mit Sicherheit fest verschlossen. Wenn wir keinen Einblick in ihre Kindheit bekommen, können wir scheitern.«

»Sie schaffen das.«

»Das alles bei einer Sitzung?«

»Aber Bruno, Sie sind ein Genie.«

»Kommt darauf an, welchen Test man anwendet, meine Liebe. Und dieser könnte vom Teufel in der Hölle ausgebrütet worden sein, sobald Ihre Mandantin ins Spiel kommt.«

»Es ist ein Glücksspiel.«

»Sie finden es wohl aufregend, Risiken einzugehen?«

»Mache ich den Eindruck? Weil ich wirklich nur dann gern spiele, wenn ich gewinne. O Gott, wir müssen vorsichtig sein.«

12

Am nächsten Tag, wieder in Tahoe, frühstückte Paul bei Heidi's am Highway 50, wo dieser am Fuße des Ski Run Boulevard verläuft. Draußen raschelte der Wind in den Fichten. Ein Schwarm Möwen schwebte torkelnd aus dem Süden heran; die Vögel kehrten zurück, um am Strand zu nisten. In der Ferne waren durch das Fenster Granitgipfel erkennbar; sie beschirmten den See. In der Höhe zeigte sich glänzender weißer Schnee auf grünem, geflecktem Grau ... Diesen Sommer wollte sich Paul ein paar Tage zum Klettern in den Granitfelsen nehmen.

»Noch Kaffee?« Die Bedienung unterbrach ihr Flirten. Sie sah aus wie frisch von der Schule. Wie ärgerlich, daß sie sexuell reif und doch fünfundzwanzig Jahre jünger als er war. Sie goß ihm dic dritte Tasse ein. Er trank, während er eine Landkarte und einen Reiseführer vom See studierte. Er wußte gern über dic Gegend Bescheid, und Karten lieferten einem auch Informationen. Zuerst erregte ein Name seine Aufmerksamkeit, Desolation Wilderness, dann das große Gebiet hinter der Emerald Bay auf der kalifornischen Seite. Dort wurde ein großes Gletschertal von einer *roche moutonnée* gekrönt, einer riesigen, hinten ausgebuchteten, steil abfallenden Granitwand. Er nahm seinen roten Feinschreiber und zog auf der Karte einen Kreis um diese Gegend. Juli wäre ein guter Monat.

Inzwischen wäre es besser, rasch zur Tagesordnung überzugehen. Noch einmal las er Ninas Liste. Die Zeit wird knapp, Junge, sagte er sich und stand auf; in der Glastür sah er sich kurz: ein großer, kräftiger Mann, ein rauher Typ – dachte cr gern –, ausstaffiert für alles, was da kommt, in Windjacke und Laufschuhen.

Die Polizeidienststelle von El Dorado County nahm das Ostende eines langen Gebäudes ein, das am Westende das fensterlose Gefängnis beherbergte, in dem Misty Patterson einsaß. In der Mitte lagen die Gerichtssäle, Mittler zwischen Gesetz und Gesetzlosigkeit. Ein Polizeibeamter führte ihn durch die Sicherheitstür und nach hinten zur Asservatenkammer.

»Sie haben's geschafft, hier oben zu arbeiten. Ich habe in San Francisco und dann beim Sheriff in Monterey gearbeitet. Großartige Kerle, verstehen Sie mich nicht falsch.«

»Hier oben ist nicht so viel los wie in der City«, sagte der Beamte. »Aber wir kriegen auch unser Teil ab.«

»Wie viele Tötungsdelikte haben Sie denn so im Jahr?«

»Nur wenige, meistens in Verbindung mit Drogen. Bei uns geht's streng zu. Die Touristen wissen das zu schätzen.«

»Das merke ich«, sagte Paul. »Ist das alles, was es an Beweismaterial gibt?«

Der Polizeibeamte nickte, als er über Pauls Schulter auf die vier Klemmverschlußbeutel schaute, die auf dem Metalltisch lagen.

Der erste Beutel enthielt den Inhalt von Misty Pattersons Portemonnaie und andere persönliche Sachen, einige Kreditkarten, Mervyn's, Emporium, eine Visacard und ungefähr zehn Dollar. In einer kleinen Pappschachtel befanden sich alte Papiere, Mistys Souvenirs. Er schraubte den Verschluß einer kleinen silbernen Flasche ab und roch daran, die Nase rümpfend. Er legte den Beutel weg. »Kann sie diesen Beutel wiederbekommen, wenn sie das Formular ausfüllt?«

»Wenn Hallowell das Gefängnis anruft. Klären Sie das mit ihm.«

Der zweite kleine Beutel enthielt die Eisbärenfigur. Paul wollte hineingreifen, wurde jedoch von dem Beamten daran gehindert; auf seinem Namensschild stand BELTINE.

»Das kalte Wasser hat die Fingerabdrücke verwischt«, bemerkte Paul. »Jedenfalls steht das im Polizeibericht. Ich muß mir die Figur genauer betrachten.«

»Nehmen Sie mein Taschentuch. Wenn Sie sie fallen lassen, kann ich mich nach einem anderen Job umsehen«, sagte Beltine. Paul nickte und nahm die schwere Figur heraus.

Der fast fünfundzwanzig Zentimeter große, graue, massive Eisbär stand aufrecht auf seinen Hinterbeinen. Inuit-Stil, genau ausgearbeitet und impressionistisch zugleich, dachte Paul. Er erkannte den Speckstein, der Granit unwahrscheinlich ähnlich sah, nur viel weicher war, auf einem schweren Sockel. Als er nach Blutspuren suchte und keine entdeckte, wog er die Figur in der Hand. Der Kopf paßte ganz leicht in die Hand, wenn man die Ohren umfaßte. Er schwang die Figur probeweise und stellte sich das *Peng!* vor, als der Sockel auf Pattersons Schädel aufprallte.

Im dritten Beutel fand er einige weitgehend aufgeweichte Zigarettenstummel, eine rostige Zange und Abfallpapier. »Von draußen um das Haus rum«, sagte Beltine. In seinem Drang voranzukommen hätte Paul beinahe ein Metallstückchen in dem Beutel übersehen. Er zog es zwischen dem Papier hervor und hielt es ans Licht. »Was ist das?« fragte er.

»Zeigen Sie mal«, sagte der Polizist. »Harley-Davidson-Schwingen. Sieht wie echtes Silber aus. Ziemlich hübsche Arbeit.«

»Die ist kaum angelaufen. Wo wurde sie gefunden?«

Beltine sah das Inventarverzeichnis durch. »Kleine silberne Anstecknadel, hinter dem Haus unterm Schlafzimmerfenster gefunden.«

»Weiß jemand etwas über diese Nadel? Ob sie der Frau des Kerls gehört oder ...«

»Kein Mensch hat das Zeug hier untersucht, seit es hergebracht wurde. Sie sind der erste.«

»Jetzt der letzte Beutel.« Ein Stück Bezugsstoff von der Wohnzimmercouch, sauber beschriftet, trug Spuren von offenbar gereinigten Blutflecken. Stoffstücke aus der Kajüte von Rick Eichs Boot wiesen dunklere braune Flecken auf. In einem kleinen Plastikbeutel befanden sich, sauber mit Klebeband verschlossen, ein paar Krümel weißes Pulver. Ein kleines Täschchen enthielt auf dem Nachttisch gefundene Sachen: Schlüssel, eine lederne Brieftasche mit dem Foto eines Mädchens darin, das Pattersons Frau sein mußte.

Er hielt inne, um das Bild zu studieren. In einem seidenen, fleischfarbenen Bikini lag die junge Frau auf schimmerndem weißem Sand vor dem Lake Tahoe irgendwo in der Nähe der Emerald Bay unter rötlichem Himmel, der langsam dunkel wurde. Ihr Körper, eine sanft abfallende Linie von Schulter, Brust und Bauch, wirkte herausfordernd, bereit und auf dem Sprung wegzugehen. Die langen, geschwungenen Beine waren an den Knien leicht übereinandergelegt. Ein goldener Schleier über dem Sand mußte von dem gleichen Wind hervorgerufen worden sein, der ihr Haar wie Schlangen um ihren Kopf wirbeln ließ. Sie blickte den Fotografen direkt an und irgendwie über ihn hinweg, als starrten ihre Augen eher nach innen als nach außen. Ein spitzbübischer Ausdruck und die vollen Lippen mit der Andeutung eines Lächelns krönten die atemberaubende Schönheit, die Anthony Patterson so in ihren Bann geschlagen hatte.

Das war also die berühmte Misty – die Misty, die wahrscheinlich ihren Mann ermordet hatte, egal was ihre Anwältin so gern denken wollte. Der Ex-Cop Paul wußte, eine Verhaftung bedeutete gewöhnlich, daß sie den Schuldigen hatten. Ihr Bild erinnerte ihn an etwas. Etwas von dieser Haltung, dieser Art von gewagter Flittchenpose kam ihm bekannt vor, aber er kam nicht darauf, was es war.

Dann wandte er seine Aufmerksamkeit einem Hundert-Dollar-Chip von Prize's zu, den Kreditkarten und Personalpapieren, Führerschein und Quittungen. Anthony war vier Jahre älter, als er seiner Frau gegenüber behauptet hatte. »Sechs Zwanziger steckten noch in seiner Brieftasche«, sagte Beltine. »Die haben wir im Geldschrank.«

Paul hielt einen noch kleineren Plastikbeutel hoch, der einen immer noch feuchten Kamm, ein Eßstäbchen und eine leere, vom Wasser schon lädierte Zigarettenschachtel enthielt.

»Hatte der Kerl alles noch in der Tasche.«

»Mann, ist das Leben kalt«, sagte Paul.

»Es hat eben diese bittere Note«, meinte Beltine.

Eine halbe Stunde lang fuhr Paul in der Stadt herum, um genau um fünf vor zwölf in Tom Clarkes Büro in der Grundschule an der Bijou Street hineinzuspazieren. Er traf Clarke, wie er, umringt von Kindern, aus dem Haupteingang kam. Er lief neben ihm her und überreichte ihm seine Visitenkarte. »Entschuldigt mich, Kinder«, sagte Clarke. Sie blieben zurück. Clarke sagte: »Die brauche ich nicht.«

»Sie müssen mit mir sprechen«, erklärte Paul. »Lassen Sie uns irgendwohin essen gehen.«

Der Direktor der Pineacres Elementary School schaute sich um und winkte einigen Eltern zu. Er zeigte ostwärts. »Da herum auf die Seite von Nevada, okay? Fahren wir zum Thirsty Duck in Round Hill.«

»Wie wär's mit dem Chart House in Kingsbury? Weiter weg. Besseres Essen. Sie sind eingeladen«, schlug Paul vor.

»Wir treffen uns dort«, antwortete Clarke.

»Auf die Art erkennt Sie niemand«, sagte Paul und öffnete die Tür zu seinem Van. Clarke warf noch einen letzten flüchtigen Blick auf die Schule und kletterte dann hinein. Sie fuhren auf dem Highway um den See herum nach Nevada, während Clarke, der klassische schlechte Mitfahrer, Anordnungen gab und die Richtung ansagte, was Paul anscheinend nicht hörte.

Beide bestellten sich ein großes Glas Anchor Steam und Lachsfilet zum Lunch. Von ihrem erhöhten Tisch konnten die beiden Männer über den See zum Westufer blicken, Richtung Mount Tallac und Emerald Bay. Für die Aussicht mußten sie bezahlen, und Paul konnte seine Augen nicht davon abwenden, aber Clarke ignorierte sie und schaute sich um, als ob das Spiel jede Sekunde aus sei.

»Was wollen Sie von mir?« wollte er wissen. »Ich habe Frau und Kinder. Wenn der *Mirror* meinen Namen preisgibt, wird das Bezirksschulamt meinen Vertrag nicht verlängern, und meine Frau wird mich verlassen. Ich habe Misty eine Anwältin besorgt, und das ist alles, was ich tun kann.«

»26. April, Donnerstag abend.«

»Zu Hause bei meiner Frau.«

»Das war's dann. Zu Hause bei der Frau. Irgend etwas, was ich Ihrer Freundin bestellen soll?«

»Haben Sie sie schon kennengelernt? Misty?« fragte Clarke.

»Sie ist noch im Gefängnis.« Paul erinnerte sich an das Foto und verstand diesmal das Bild sofort. Misty Patterson war beileibe nicht die von Nina beschriebene romantische Botticelli-Gestalt. Diese Frau hatte zuviel Animalisches für den Vergleich mit diesen verfeinerten Figuren. Nein, zumindest auf jenem Bild war sie eher das blonde Gegenstück zum Modell von Manets *Olympia,* der fragwürdigen Dame, die die Welt erschütterte.

»Werden Sie mir gegenüber nicht zu selbstgerecht, bevor Sie sie gesehen haben. Ich habe sie eines Abends bei Prize's kennengelernt. Sie schlug vor, wir sollten uns nach ihrer Schicht auf dem Parkplatz treffen. Das war im Dezember, es schneite, niemand draußen außer den Schneepflügen. Sie machte es mit mir hinten im Auto unter einem Schlafsack, die Frontscheibe vereist. Es war wie damals mit achtzehn.« Clarke lehnte sich zurück, seine Hände an der Tischkante. »Sie wollte, daß wir uns wiedertreffen, und sie richtete es ein. Von da an ging's weiter.«

»Wie oft?«

»Ziemlich oft. He, ich habe nicht gezählt. Ich wünschte wirklich – ich wünschte, es wäre ewig so weitergegangen. Ich hatte sie gern, habe sie irgendwie geliebt, und das war nicht bloß Sex. Ihr Mann hat sie wie eine Hündin herumgestoßen, und sie brauchte meine Zuneigung. Ich bin auch nur ein Mensch. Sie müssen sie erst mal sehen.«

»Also hat sie mit Ihnen über ihren Mann gesprochen.« Der Servierer stellte Paul einen dampfenden Teller hin. Der Geruch von Knoblauch und Zitrone war zuviel des Guten. Den Mund voller Fisch, fuhr er fort: »Hat sie etwas gesagt, daß sie ihn umbringen will?«

»Nein! Sie hatte Angst vor ihm. Es war nicht leicht für mich, sie zu überzeugen …«

»Daß sie ihn verlassen soll?«

»Wenn sie es getan hätte, wäre das nicht passiert«, meinte Clarke. »Sie war fast soweit. Ich habe ihr zugeredet zu einem Termin, um die Scheidung einzuleiten, aber er drangsalierte sie einmal zu oft, und diesmal schlug sie zurück.«

»Und dann zerrte sie ihn blutend ins Nebenzimmer, hob ihn in das Boot des Nachbarn, fuhr ihn im Schneegestöber mitten in der Nacht samt Mordinstrument hinaus auf den See, warf ihn über Bord, schwamm im eiskalten Wasser die ganze Strecke zurück zum Ufer, und dann war sie so fertig, daß sie sich aufs Ohr haute und am nächsten Morgen alles vergessen hatte.«

»Das klingt seltsam«, sagte Clarke, »aber haben Sie noch nichts darüber gelesen, zu welchen unglaublichen Kraftakten Menschen in einer verzweifelten Lage fähig sind? So sehe ich das jedenfalls.«

»Und was ist mit dem Vergessen?«

Clarke legte die Gabel hin und beugte sich vor. Unter dem Bart hatte er rote, feuchte Lippen. Paul fuhr ein bißchen zurück. »In dem Punkt spricht sie die Wahrheit. Am darauffolgenden Vormittag rief sie mich an und hatte große Angst, weil Patterson verschwunden war. Das konnte sie doch nicht simulieren. Wieso sie alles andere vergessen hatte, weiß ich nicht. Muß ein Schock oder so was gewesen sein. Sie konnte keinen klaren Gedanken fassen. Sie hätte gleich, nachdem sie ihm den Schlag versetzt hatte, die Polizei rufen und denen ihre blauen Flecke zeigen sollen. Niemals hätte sie versuchen sollen, alles zu vertuschen.«

»Haben Sie die Flecken gesehen?«

»Nein. Nichts, was ich bezeugen könnte.«

»Klar haben Sie sie gesehen. Sie wollten ja Aufnahmen von den blauen Flecken für Nina Reilly machen.«

»Habe ich nie gemacht. Ich war der Auffassung, daß ich alles getan hatte, was ich konnte, wie schon gesagt.«

»Sie meint, sie hat ihm keinen zweiten Schlag verabreicht.« Mit dem Lachs war Paul fertig. Er bestellte ein Stück Mississippi-Torte und Kaffee.

»Was? Die Zeitungen schreiben, er erhielt zwei Schläge. Also war sie's. Sie hat das Boot vergessen, und sie hat auch das vergessen.«

»Sie haben alles genau durchdacht, nicht wahr, Mr. Clarke?«

»Vollkommen richtig.«

»Und das Interessante dabei ist, so wie Sie sich das zurechtgelegt haben, brauchen Sie bei der Geschichte gar nicht vorzukommen«, sagte Paul.

»Vollkommen richtig«, wiederholte Clarke. »Ich habe damit nichts zu tun.« Er schaute auf seine Uhr. »Um zwei habe ich eine Lehrplankonferenz. Wir besprechen ein neues Schulbuch über Sozialkunde. Sie wissen schon, eine Menge Bildmaterial über Minderheiten und Behinderte, über Mädchen, die Autos reparieren, und Jungen, die ein Dinner kochen. Es wird bei dieser Neugeburt keinerlei Schwierigkeiten geben, aber ich muß dabeisein.«

»Ich habe gehört, daß Ihre Frau mit den Kindern in derselben Nacht ausgezogen ist, als Patterson starb«, sagte Paul. Bei einem Anruf von Paul tags zuvor hatte die Sekretärin der Schule geplaudert, aber das würde Clarke niemals erfahren.

»Sie haben davon gehört«, sagte Clarke. Er stand auf.

»Deshalb würde ich gern mehr über diesen glücklichen Abend bei Ihrer Frau zu Hause hören, von dem Sie mir erzählt haben.« Paul unterschrieb den Bon von American Express und kratzte sich am Kopf, als er sich das Trinkgeld überlegte.

»Janine war dahintergekommen, ich weiß nicht, wie. Ich gab es zu. Sie packte die Kinder in den Kombiwagen, und ich versuchte, ihr das auszureden. Sie verließ mich jedenfalls.«

»Ich kann mir vorstellen, wie Sie sich an dem Abend gefühlt haben.«

»Können Sie sich nicht vorstellen.«

»Vielleicht sind Sie später an dem Donnerstagabend zu Misty gefahren, um sich an ihrer Schulter auszuweinen. Es war schon so spät, daß sie ihre Schicht beendet hatte, und hinten am Haus gibt es diese Glasschiebetüren, die auf den Garten und die Keys hinausgehen. Leicht zu beobachten, ob sie allein war, nicht? Sie brauchten bloß hineinzuluchsen, um zu sehen, ob die Luft rein war. Was haben Sie denn gesehen? Haben Sie gesehen, wie er auf sie losging? Und wie sie ihn mit der Figur schlug?«

»Ich habe den Abend mit meiner Frau verbracht und versucht, alles wieder zu kitten«, sprach Clarke schleppend, dann aber heftiger: »Wäre ich bloß dort gewesen, um diesen Hund um die Ecke zu bringen. Oh, verdammt, was hat das für einen Zweck. Schauen Sie, wie ich Ihnen gesagt habe, ich muß gehen. Es hat eine Weile gedauert, bis Janine wieder eingezogen ist. Das war hart. Jetzt ist es besser. Noch nicht alles in Ordnung. Aber können wir jetzt fahren?«

»Haben Sie ein Motorrad?«

»Ich habe es gewußt, ich hätte mit dem eigenen Wagen herkommen sollen. Ja. Ich habe eine alte 400er Honda. Eine Hawk. Na und?«

»Wollte ich bloß wissen.« Man konnte sich Clarke schlecht mit Harley-Davidson-Schwingen irgendwo an seiner Kleidung vorstellen. Der hatte viel zuviel Schiß vor der Schulbehörde.

»Wenn Sie mir noch eine Frage stellen, Mr. van Wagoner, dann rufe ich mir ein Taxi«, verkündete Clarke.

Paul machte ein überraschtes Gesicht. »Das hätten Sie nur zu sagen brauchen«, sprach er sanft und zog die Schlüssel zu seinem Van heraus.

Misty lag auf ihrer Pritsche und wünschte, sie könnte schlafen. Der Wärter hatte gerade die nachmittägliche Zellenkontrolle beendet, und in dem Flügel blieb es relativ still, doch es war so stickig, daß sie die flimmernde Hitze zu sehen glaubte. »Hier drin hat's vermutlich das letztemal frische Luft gegeben, wie das Ding gebaut wurde«, sagte sie zu ihrer Zellengenossin.

»Könnte schlimmer sein«, erwiderte Delores. Sie stand vor dem handspannengroßen Metallspiegel über dem Ausguß und versuchte ihr dichtes, schwarzes Haar in französische Zöpfe zu teilen, die geflochten auf ihren Kopf zurückgeschlagen wurden. »Komm her und hilf mir dabei.« Misty stieg von ihrer Pritsche. »Du bewegst dich so langsam wie eine Dicke«, sagte Delores.

»Hier drin werd ich noch krank. Ich hasse den Fraß. Ich

möchte schlafen, aber ich kann einfach nicht«, äußerte Misty. Sie hielt Delores' Haare und steckte sie mit einem Plastikkamm fest.

»Ich muß bloß raus hier«, sagte Misty. »Noch drei Tage, sagt meine Anwältin.«

Delores fragte: »Wie seh ich aus?« Sie drehte sich ganz herum. Delores war dreiundfünfzig Jahre alt, doch wie sie Misty erzählte, half ihr das bei ihren Ladendiebstahlsausflügen. Die Verkäuferinnen vom K-Center hatten eher ein wachsames Auge auf die jungen Mädchen.

»Selbst ohne Make-up siehst du großartig aus«, sagte Misty. »Das macht dein Lächeln.«

»Das ist meine *joie de vivre*«, erklärte Delores, aber sie hörte auf zu lachen, als sie Misty wieder auf ihre Pritsche sinken und die Augen schließen sah. »Baby, du bist in einer beschissenen Lage. Wieso stehst du nicht auf und kämpfst?«

»Und was, wenn ich's mache?« sprach Misty von der Pritsche, die Augen noch geschlossen.

»Still jetzt. Die Wände haben Ohren.«

»Ich hab nachgedacht, Del. Ich bin diejenige, die sich rumgetrieben hat. Ich bin diejenige, die ihn rasend gemacht hat. In Fresno war er nicht so. Wenn er am Ende doch gewußt hat, was ich getrieben hab, würde das ein Menge erklären.«

»Er hätte dich verlassen können, statt dich zu verprügeln«, sagte Del.

»Er hat mich immer noch geliebt. Ich schätze, ich hab ihm ziemlich weh getan.«

»Er ist aber geblieben und hat's geschluckt.«

»Vielleicht bin ich es nicht wert, gerettet zu werden«, meinte Misty.

»Du bist schlecht, ganz einfach hundsgemein schlecht.«

»Jawohl.«

»Du wirst nie glücklich werden.«

»Mmm-hmmm.«

»Nun guck mich an. Ich bin eine schöne, verdammt kluge und heißblütige Afroamerikanerin, im Augenblick im Knast, jawohl, aber ich komme wieder auf die Beine. Die können mich kurz und lang heißen, aber das trifft mich nicht, weil ich weiß, wer ich bin. Ich entscheide, wer ich bin, und ich denk mir aus, wie ich glücklich werden kann.« Del ließ sich mit betontem Schwung auf die Pritsche neben Misty nieder. »Mach's genauso. Du bist doch jetzt ein erwachsenes Mädchen.«

»Ich bin nichts anderes wie ganz einfach schlecht.«

Del rollte mit den Augen. »Nein, nein. Hör zu. Ich sag dir das zum letztenmal. Ist nicht wichtig, was die über dich sagen! Das einzige, was zählt, ist, was du selber von dir hältst!«

»Ich bin niemand. Meine Arbeit besteht darin, ›Drinks? Drinks?‹ zu sagen und mit meinem halbnackten Arsch rumzuschieben. Und was mir bevorsteht, ist noch schlimmer.«

Del lachte. »Du hast doch schon vorher geglaubt, daß er dir halbnackt raushängt … Wärter! Wärter! Laßt mich raus aus der Zelle mit diesem Nichts hier! Paß auf, wenn ich dich bei den Schultern packe und dich mal richtig durchschüttle, bis du wieder klar im Kopf bist. Du bist jetzt in einer neuen Situation. Du hast keinen Mann mehr, und wahrscheinlich hast du keinen Job mehr. Heute ist heute, und du mußt kämpfen!«

»Ich hab Angst«, sagte Misty. Del stand auf und schüttelte den Kopf.

Als es sich spätnachts ein bißchen abkühlte, hatte Misty einen Alptraum.

Ihr träumte, sie lebte in einer alten Stadt, ein wirrer Haufen grellbunter Häuser und sich wiegender Bäume wie früher auf den Philippinen, zusammen mit ihrer kleinen Tochter. Ihr Vater, ein berühmter, liebenswürdiger Arzt, war schon eine Weile tot. Dann wurde ihre Mutter eines Tages krank und lag im Sterben. Eine Operation konnte sie retten, aber nur ihr Vater konnte diese durchführen.

Misty mischte einen Zaubertrank, so daß er sich spät in der Nacht in einem Haus auf der anderen Seite der Stadt erheben konnte, wo ihre Mutter lag; er würde über den Korridor zu Mutters verhangenem Bett gehen, sie heilen und dann wieder in Frieden ruhen. Er liebte Mistys Mutter so sehr, daß er von den Toten auferstehen würde.

Die Nacht brach an, und Misty und ihre Tochter liefen mit dem Trank durch die dunklen Straßen und den gelben Laternenschein.

Als sie sich dem Haus näherten, befiel Misty Furcht. Sie wußte, was sie tat, das war unnatürlich, aber sie mußte ihre Mutter retten. Sie gingen die Treppe hoch. Ihre Tochter umklammerte den braunen Beutel mit dem Lunch, einer Mahlzeit, die das Mädchen selbst zubereitet hatte, worauf es stolz war. In dem Zimmer stand der Sarg des Vaters in einer düsteren Ecke. Die Mutter lag still wie der Tod im Bett, die Hände über der Brust gefaltet, Spitzen an den Ärmeln.

Misty setzte den Trank auf den Boden, nahm die Tochter bei der Hand und rannte mit ihr zur Tür hinaus. Sie hatte ihre Pflicht getan, und nun stürzte sie in panischer Angst davon.

Ich habe mein Essen drin vergessen! sagte ihre Tochter, das bleiche Gesicht der Mutter zugewandt.

Misty sagte nein, du kannst nicht zurückgehen, aber ihre Tochter flehte, o bitte, ich renne schnell. Misty dachte an ihren Vater, den guten, freundlichen Mann. Okay, mach schnell!

Die Tochter eilte zurück, die Treppen hinauf. Misty wartete, ihr war schwindlig vor Angst um ihren Vater, ihre Mutter, ihr Kind und um sich selbst. Sie hörte ihre Tochter schreien, und sie wollte weglaufen, aber sie flog die Treppe hinauf und stieß die Tür auf. Und dort stand er – ein strahlend weißes Skelett mit seinem schwarzen Hut und der Arzttasche. Er kam auf sie zu, näher, die Arme ausgestreckt, und sah gramgebeugt, leidend und mordlustig aus, und dort lag ihre Tochter in der Ecke, weggeworfen wie eine blutige Puppe, und Misty wußte, er würde sie töten müssen, nicht aus Bösartigkeit, sondern weil er zu etwas Unmenschlichem degeneriert war, und sie stand da, zu Tode erschrocken, gelähmt, und hielt die Autoschlüssel ihrer Mutter auf ihn gerichtet, wie einen Talisman, als er mit der Hand nach ihr griff …

Sie wachte auf, schaudernd vor Weh und Pein, und Del hielt sie fest und sagte: »Still jetzt. Sei ganz ruhig.«

13

HALB SECHS. Ninas Füße in Strümpfen auf dem von Papieren übersäten Schreibtisch waren das erste, was Paul beim Eintreten erblickte. Hinter ihm rief Sandy: »Klopf-klopf!« mit verärgerter Stimme.

»Sechs Zehen«, sagte Paul. »Ich wußte doch, daß du was verheimlichst.«

»Bloß müde Füße, Paul.«

»Wie geht es mit der juristischen Ermittlung voran?«

»Nicht gut. Der Hausdurchsuchungsbefehl und der Haftbefehl sind wahrscheinlich rechtsgültig. Ich meine, Rick Eich hatte sein Boot als gestohlen gemeldet, also hatten sie das Recht einzudringen. Dann sahen sie Blut. Der Taucher fand eine Leiche mit offensichtlichen Verletzungen. Eine Arbeitskollegin der Frau berichtete ihnen von Mistys handgreiflicher Auseinandersetzung mit ihrem Ehemann. Misty lieferte ihnen eine Menge Munition vor und nach der Verlesung ihrer Rechte. Sie bekamen den Haftbefehl, bevor sie das Haus durchsuchten. Ich muß einige Anträge stellen betreffs der Rechtsgrundlagen, aber die Anträge werden nichts bringen. Das ist die schlechte Nachricht.«

Paul zog eine Augenbraue hoch. »Und die gute?«

»Matt schmeißt heute abend das erste Barbecue. Willst du herüberkommen? Da kannst du mir alles über Fresno und deine Überprüfung des Beweismaterials erzählen.«

»Sicher. Es wird dich bestimmt interessieren, daß mich der Vater deiner Mandantin rausgeschmissen hat. Falls er anruft, um dich zu feuern.«

Nina hatte sich heruntergebeugt, um sich die Schuhe anzuziehen. Sie fuhr blitzschnell hoch. »Wie kam es denn dazu?«

»Ich habe ihn nach einem Alibi gefragt, aber ich bezweifle, daß das der wirkliche Grund war. Ich habe wohl zu tief in alten Wunden gewühlt und ihm wegen Mistys Kindheit auf der Marinebasis Subic auf den Philippinen gehörig zugesetzt.«

»Hast du etwas herausbekommen?«

»Nicht die kleinste Kleinigkeit. Er verlangte, ich soll mit den Fragen nach Mistys Vergangenheit aufhören.«

»Das können wir nicht einfach beiseite schieben, Paul. Das müssen wir weiterverfolgen.«

»Wie weit willst du eigentlich gehen?« fragte der Detektiv. »Wir wissen nicht, ob die schmutzige Wäsche der Familie irgend etwas mit dem Fall zu tun hat. Willst du die Anwältin deiner Mandantin sein oder ihre Psychiaterin?«

Nachdenklich meinte Nina: »Vielleicht sollten wir dich auf die Philippinen schicken.«

»Wer sollte das bezahlen? Etwa Tengstedt? Tausende von Meilen zu einer Militärbasis fliegen und Fragen über ein Kind stellen, das dort vor dreizehn Jahren mal gewohnt hat? Komm schon, Nina, mit dem Gedanken haben wir genug herumjongliert, das reicht. Denken wir lieber darüber nach, wie jemand anderes Patterson hätte töten können.«

Nina seufzte und zog sich den anderen Schuh an. »Ich habe da so ein Gefühl. Vielleicht liegt das an den alten Fällen, über die ich lese. Hast du schon mal etwas von dem juristischen Konzept gehört, das man die Frucht des giftigen Baums nennt?«

»Mir ist, als ob ich das schon mal gehört habe. Strafverteidiger benutzen das bei Vernehmungen, um bestimmte Aussagen und Beweise zu unterdrücken.«

»Genau. Es wird bei einem Antrag auf Nichtzulassung von Beweismitteln eingesetzt. Der Gedanke ist der: Wenn ein Richter einen Durchsuchungsbefehl für rechtswidrig erklärt, kann er auch unter bestimmten Umständen Beweise, die auf Grund dieses Befehls erbracht wurden, unterdrücken. Erinnerst du dich an den blutigen Handschuh, den die Polizei auf O. J. Simpsons

Grundstück fand, bevor sie einen Durchsuchungsbefehl hatte? Der Richter hätte entscheiden können, daß jegliche Zeugenaussage über die Existenz des Handschuhs unzulässig sei, was die Sache des Anklägers erheblich beeinträchtigt hätte. Die Überlegung ist die, wenn der Baum – in diesem Falle der Durchsuchungsbefehl – vergiftet ist, dann sind seine Früchte – gemeint sind die auf Grund des Befehls erbrachten Beweise – auch vergiftet.«

»Vergiftete Beweise werden unterdrückt. Jeder tut so, als gäbe es das nicht. Aber was hat das mit Subic zu tun?« fragte Paul.

Nina malte auf ihrem Kanzleipapier mit schnellen Strichen einen Baum. Auf den Stamm schrieb sie *Subic.* An einen Zweig zeichnete sie einen großen Apfel und beschriftete ihn.

»Anthony stirbt«, las Paul laut.

»Die Frucht des giftigen Baums«, sagte Nina. »Misty hatte den Baum und die Frucht verdrängt, unterdrückt, genau wie es ein Richter tun könnte.« Sie blickte auf die Skizze.

Sandy war eingetreten und schaute ebenfalls darauf.

»Ich glaube, in Subic begannen die Ereignisse, die zu Anthonys Tod führten«, sagte Nina.

»Na, der giftige alte Baum ist für eine Besichtigung zu weit weg«, meinte Paul.

»Tante Alice!« rief Sandy plötzlich mit kräftiger Stimme.

Paul warf Nina einen bedeutungsvollen Blick zu und tippte mit dem Zeigefinger an seine Schläfe. »Nein, Sandy, Tante Alice ist immer noch bei Tante Em in Kansas.«

»Ihre vielleicht«, gab Sandy zurück. »Meine Tante Alice führt die Lohnlisten in Subic.«

Endlich waren die Uhren auf Sommerzeit gestellt worden. Zwar war es erst Anfang Mai, aber frühestens gegen acht Uhr abends jagten ein paar Streifen Magentarot und Orange einander über den Himmel.

Paul merkte, er hatte zuviel von den Grillsteaks und gebackenen Kartoffeln gegessen, aber es war ein Genuß gewesen. Im Wohnraum mit Matt hatte er sich auf die Couch gelegt und schaute zu, wie die Giants die Dodgers schlugen. Die Frauen brachten gerade die Kinder zu Bett. Matt hatte ein großes Feuer im Kamin aufgeschichtet, und auf dem Kaffeetisch aus knorrigem Holz stand noch eine Büchse Coors-Bier. Einen Augenblick fragte sich Paul, ob er sich nicht mit Marilyn zusammentun, ein Haus am Strand kaufen und sich auf zwei Kinder einlassen sollte, die ihm abends einen Kuß auf die Backe drückten und Daddy zu ihm sagten, wie es Matts Kinder machten.

Neiiin!

Er stand auf und zog sich die Windjacke an. Es wäre schon eine große Erleichterung, wenn er wieder Fakten zusammentrug, weg von Ninas intuitiven Schlüssen, die sie als vernunftgegründet hinstellte. Fakt war: Anthony Patterson war Sicherheitschef bei Prize's gewesen. Fakt war: Peter La Russa, ein Freund Anthonys, war Abteilungschef im Spielsaal bei Prize's. Fakt war: Die Mandantin stand im Ruf, sich mit Männern abzugeben.

Wenn man ihn fragte, führten alle Wege direkt zu Prize's.

In den neunziger Jahren hatte das Leben seinen Glanz verloren, dachte Paul, als er bei Prize's die Passage durch die Geschenkartikelläden entlang Richtung Spielareal spazierte. Den Prunk, die Diamanten, den Smoking, große Limousinen, protzige Shows, Alkohol, Partys, lange Nächte, Glücksspiele und selbst den entspannenden Sex hatte man in diesem trüben Jahrzehnt als frivol und ungesund abgeschafft.

Aber in den Vergnügungshallen von Tahoe lebte der Glanz weiter, wenn man die Augen ein bißchen zukniff und seinen Unglauben eine Weile vergaß. Als er in den riesigen Spielsaal schritt – vorbei an den Rufen von den Würfeltischen, an den Croupiers, die an vollbesetzten Roulettetischen die Chips stapelten, an dem funkelnden roten BMW, der sich vor den Megaspielautomaten verführerisch drehte, vorbei an der Tonga Bar mit ihrem Strohdach und den perlenden Aquarien und vorbei an der langen Schlange für den Neun-Uhr-Film –, da fühlte sich Paul unternehmungslustig.

Dicht bei ihm stand eine Dealerin mit verschränkten Armen, eine Frau um die Vierzig, ein einzelnes Kartenspiel ausgebreitet auf dem grünen Boituch, und wartete auf Kundschaft.

»Hat Peter La Russa Schicht?« fragte er sie.

»Gleich dort drüben«, sagte sie und deutete auf den Abteilungschef. Ihr Tisch gehörte zu La Russas Bereich. Spontan zog Paul einen Stuhl vor, setzte sich hin und reichte ihr einen Hundertdollarschein.

»Alles Fünfer«, sagte er. Sie schob ihm einen Stapel grüner Chips hin, packte die Karten zusammen und begann sie zu mischen. Paul setzte zwei seiner Fünfdollarchips auf den Tisch.

Sehr schnell erhielt er aus ihren schönen, von Ringen funkelnden Händen seine verdeckte Karte, sie deckte eine Zehn für sich auf, dann bekam er eine Drei. Er schaute sich die verdeckte Karte an. Mist, eine Zehn. Er tippte mit seinen Karten leicht auf den Tisch, und er war eigentlich noch mitten im Antippen, da erhielt er auch schon einen Buben. Geplatzt. Er drehte die Karten um, und sie zeigte ihre letzte Karte, noch eine Zehn, bevor sie seine Chips nahm.

Beim nächsten Spiel gab sie sich neunzehn, und er verlor mit einer Dame und einer Sieben. Im Laufe der nächsten zehn Minuten spielte er voll konzentriert und folgte seiner Basisstrategie, aber sein Stapel schrumpfte gnadenlos zusammen. Ihm schien, als hätte er sich gerade erst hingesetzt, da fragte sie: »Einsatz?«, und er sah, daß er alles verloren hatte. Er entschied sich, die Brieftasche nun nicht gleich wieder herauszuziehen.

»Cocktails?« sagte jemand, als er aufstand. Er schaute auf eine hübsch aussehende junge Frau herab, ungefähr fünfunddreißig, die kleinen Brüste im schwarzen Satin serviert wie Dinnerbrötchen in einer kapriziösen Serviette, das Gesicht träge vor Langeweile. Er malte sich Misty in diesem Aufzug aus, an jenem Aprilabend. Lächelte sie auch so kalt? »Nein, danke«, sagte er. »Kann ich Sie eine Minute sprechen?«

Ihr Lächeln verblich zu einer dünnen Linie. »Über Anthony und Misty Patterson«, fügte er hinzu, sah aber schon, daß es hoffnungslos war, denn sie schaute sich nach Beistand um. La Russa kam herüber, als hätte sie ihn gerufen. Die Cocktailserviererin stahl sich fort.

»Mr. La Russa?« fragte Paul. »Ich muß mit Ihnen über Anthony Patterson sprechen.«

La Russa strich sich das ölige, glatte graue Haar zurück, das zu seinem glänzenden grauen Anzug paßte. Weiche, schön manikürte Hände, mit schweren Goldringen beladen, machten eine Geste zur Seite des Spielsaals. »Kommen Sie hier rüber«, sagte er. Er ging voran zu einer Reihe leerer Tische, und sie setzten sich an einen.

»Kennen Sie Anthony Patterson?«

»Ja. Warum fragen Sie?«

»Wissen Sie, daß er tot ist?«

»Hab ich gehört. Also sagen Sie mir, wieso ich mit Ihnen reden soll.«

»Ich ermittle für die Rechtsanwältin, die Misty Patterson vertritt«, antwortete Paul und reichte ihm seine Karte.

La Russa sprang wie angestochen auf, so daß er sein Mineralwasser umstieß. »Scheiße«, sagte er. »Sie haben ausgesehen wie ein Cop. Mit Ihnen brauche ich nicht zu reden.«

»Nein, aber es würde merkwürdig aussehen, wenn Sie nicht mit mir reden«, sagte Paul.

La Russa erklärte: »Anthony war ein Freund von mir. Er hätte Misty nie heiraten sollen, denn sie hat ihn verdammt unglücklich gemacht, aber eines werde ich Ihnen noch sagen, dann können Sie sich zum Teufel scheren: Patterson hatte noch allerhand vor, und es ist eine verfluchte Schande.« Er lief rasch zu seinem Posten zwischen der nächsten Tischreihe zurück. Paul folgte ihm. »Was hatten Sie und Patterson denn für ein Ding laufen, Peter?« fragte er laut.

»Ruf den Sicherheitsdienst her«, befahl La Russa seinem Assistenten. Der nahm ein Telefon und drückte eine Nummer. Alle Dealer schauten zu, überrascht, daß ein Zivilist hinter die Spieltische gelangt war; einige von ihnen teilten ungerührt weiter Karten aus.

Ein breiter Schatten trat vor. Offensichtlich klappte es mit der Sicherheit bei Prize's gut. »Gibt's ein Problem?«

»Ich habe eine Verabredung mit Mr. Rossmoor«, antwortete Paul. »Können Sie mir den Weg zeigen?« fragte er.

Stephen Rossmoor wartete an der Tür zu seiner Penthouse-Suite.

»Tut mir leid, Ihr Pech heute abend«, sagte er und winkte Paul zu einer Plüschcouch unter einem großen, hellen Gemälde. »Nennen Sie mich Steve.« Sein Händedruck war gerade kräftig genug, und er war schick, doch sah er für den Job noch ziemlich jung aus, Anfang Dreißig.

»Sie haben mich schnell erkannt«, sagte Paul, während er sich umschaute. Der Salon des Penthouses war so groß wie sein eigenes Haus drüben in Monterey. Ein Fenster nahm eine ganze Wand ein; von ihm konnte man hinunterschauen auf die funkelnden Lichter des Glücksspielareals. Durch eine innere Tür erspähte Paul einen Schreibtisch und einen Konferenztisch. Die gesamte Suite schien mit blaßgrauem hochflorigem Teppich ausgelegt und mit Antiquitäten vollgestopft zu sein, die älter waren als Kalifornien. »Wohnen Sie hier?«

»Ich wohne in Zephyr Grove, aber ab und zu verbringe ich die Nacht hier. Einen Drink?«

»Irgendwas«, erwiderte Paul. Es war Chivas, pur. Rossmoor setzte sich ans andere Ende der Couch. Er trank nichts.

Paul hatte einige Nachforschungen über Rossmoor angestellt. Yale-Abschluß 1982, in Princeton zum Master-Titel, ein geiziger Großvater in Connecticut, der ihm einen Haufen Zaster hinterließ. Paul kannte und verachtete die Angehörigen der Ivy League, der vornehmen Unis im Nordosten der USA, die Knöpfe auf dem Kragen des Oxfordhemds, das ein bißchen wirre, aber kurz getragene Haar, den Klassenring und die abgestoßenen, aber teuren, leichten Slipper. Wer hier Management studiert hatte, schlüpfte mit seinem Titel leicht in die Jobs von Männern, die sich nach oben gearbeitet hatten. Rossmoor entsprach genau diesem Typ, nur daß er die an der frischen Luft geholte Bräune eines Tennisspielers oder Schwimmers besaß, ein gewaltiger Unterschied zu den käsigen Gesichtern von der Ostküste, an die sich Paul erinnerte.

Ererbtes Geld nervte Paul immer. Es machte zwar nicht glücklich, doch verschaffte es einem das tiefsitzende Sicherheitsgefühl und das lockere Flair, das Stephen Rossmoor an den Tag legte. Paul hatte sich mit Stipendien und Krediten durchgeschlagen. Er konnte die reichen Söhnchen nicht ausstehen.

»Mr. La Russa wollte nicht mit mir reden«, sagte Paul.

»Ich habe es ihm verboten«, erklärte Rossmoor.

»Um welche Art von Haftung macht sich der Club Sorgen?«

»Nur die übliche Risikovorsorge, Paul. Wie geht es Misty? Hat sie Schwierigkeiten, die Kaution aufzutreiben?«

»Wahrscheinlich wird sie morgen herauskommen.«

»Großartig. Und ihre Eltern unterstützen sie bei den Kosten?«

»Weshalb fragen Sie?«

»Ich möchte helfen. Ich möchte gern, daß sie so glimpflich wie möglich davonkommt. Mein Anwalt meint, man könnte ihr eine inoffizielle Absprache vorschlagen, bei der sie nur auf Bewährung verurteilt wird, wenn Sie auf Notwehr plädieren.«

Er klang aufrichtig. Paul sagte: »Nina Reilly sollte mit Ihnen direkt sprechen.«

»Ich bin gern dazu bereit.«

»Ich muß Ihnen ein paar Fragen über die Pattersons stellen.«

»Nur zu.«

»Fein«, sagte Paul. »Fangen wir mit Ihrer Beziehung zu Michelle Patterson an. Misty.«

»Sie ist eine Angestellte, schon länger als ein Jahr hier.« Rossmoor kratzte sich den Kopf. »Ich gebe zu, persönlich an Misty interessiert zu sein. Sie werden schwerlich einen Mann im Casino finden, dem das nicht so ginge, wirklich.«

»Sind Sie eng vertraut mit ihr?«

»Nein, das würde ich nicht sagen. Ich wollte eine Beziehung, aber sie nicht.«

»Erzählen Sie mir davon.«

»Sie kam vor der Arbeit ein paarmal zu mir herauf auf einen Drink. Wir unterhielten uns, haben uns ein bißchen kennengelernt. Die Wahrheit ist, ich entdeckte ziemlich plötzlich, daß es mir ernst wurde. Sie schien das nicht zu wollen.«

»Wann war das?«

»Anfang März. Sie arbeitete bis Mitternacht, und Patterson arbeitete von Mitternacht bis acht Uhr früh, die ›Friedhofswache‹. Ich habe mir nie eingebildet, der einzige zu sein, mit dem sie sich traf«, fuhr Rossmoor fort. »Aber ich wollte davon nichts wissen.«

»Patterson wäre aber wohl sehr sauer geworden, wenn er es mitgekriegt hätte«, sagte Paul.

»Er ist nie dahintergekommen, glaube ich. Und von meinem Standpunkt aus war sie die Ehefrau eines anderen Mannes, aber sie war unglücklich und versuchte die Kraft aufzubringen, sich scheiden zu lassen. Ich bin unverheiratet. Meine Absichten waren … ehrenhaft.«

»Haben Sie irgendwann Schluß gemacht miteinander?«

»Sie hat mich fallengelassen, um ehrlich zu sein. Ich weiß nicht, warum. Ich wollte … viel mehr. Wirklich, das will ich immer noch.«

»Hat Sie immer noch den Job hier?«

»Sicher, wenn sie will. Sicher.«

»Ich weiß nicht, ob sie will; ich frage ja bloß«, sagte Paul. »Ich meine, sie steht unter Verdacht, einen anderen Angestellten von hier umgebracht zu haben. Man könnte annehmen, seine Freunde wären nicht froh darüber, wenn sie hier wieder auftaucht.«

»Vielleicht Peter La Russa nicht. Ich weiß nicht, ob Anthony Patterson noch andere Freunde gehabt hat«, meinte Rossmoor. Er machte einen entspannten Eindruck, wenn er über Anthony sprach. Paul bohrte weiter.

»Also was war's denn, was sie gemacht haben? Sie wissen schon, was für krumme Touren haben die hier abgezogen?«

»Sie wissen doch, Paul, über solche Sachen zu reden könnte den Club in Schwierigkeiten bringen.«

»Ich weiß. Ich bin doch nicht bekloppt«, erwiderte Paul.

»Lassen Sie mich raten«, sagte Rossmoor. »Also, städtisches College in Kalifornien, Armee oder Marine, vielleicht Abschluß an der Universität von Kalifornien. Laufbahn als Cop, weggegangen, weil Sie nicht befördert wurden. Na, wie habe ich geraten?«

»Geboren und aufgewachsen in Kalifornien, Grundstudium in Harvard. Northeastern Universität für meinen Master in Naturwissenschaften und dann Friedenskorps. Das über den Cop war richtig.«

»College in Boston, aber ein Junge aus Kalifornien. In der Schule kannte ich ein paar Burschen von der Westküste. Denen hat es in Yale nicht sehr gefallen. Die hielten uns alle für Snobs, aber die kalifornischen Snobs sind die schlimmsten. Das hätte ich an der Art erkennen müssen, wie Sie die Nase über die Antiquitäten rümpften«, sagte Rossmoor. Er lächelte und lud Paul ein mitzulächeln. Es fiel schwer, ihn nicht zu mögen.

»Schauen Sie«, sagte Paul, »Sie erzählen mir, Sie haben was übrig für Misty und wollen ihr helfen. Sie haben einige Informationen, die ihr helfen könnten, über Patterson und Peter La Russa. Werden Sie mir die geben oder nicht?«

Rossmoor stand auf und ging zum Fenster, die Hände auf dem Rücken.

»Angenommen diese Information führt zur Festnahme von jemand anderem und bringt sie aus dem Gefängnis«, fragte Paul. »Was ist da stärker, das Interesse des Casinos oder das persönliche?«

»Jetzt bin ich dran«, sagte Rossmoor. »Ich möchte gern wissen, ob Sie beweisen können, daß jemand anderes den zweiten Schlag ausführte, den tödlichen.«

»Wo haben Sie denn das her, Mr. Rossmoor?«

»Steve. Natürlich haben wir die Polizeiberichte bekommen.«

»Helfen Sie mir schon auf die Sprünge, Steve.«

Rossmoor verstummte. Schließlich erklärte er: »Es hat vielleicht nichts damit zu tun, aber ich bin bereit, Ihnen eine allgemeine Vorstellung von den Schwierigkeiten zu geben, die der Club mit Patterson hatte. Bedingung ist, Sie reden nicht darüber mit der Presse, Sie prüfen das ohne Aufsehen und behandeln alles vertraulich, bis etwas für Ihre Mandantin Wichtiges zutage tritt.«

»Ein faires Angebot.«

»Patterson verstand was von seinem Job, muß ich sagen. Das erste Jahr oder so machte er seine Sache wirklich gut. Wußte, woran man die Rabauken erkannte, wußte, wem er die Schuld geben und wie hart er um des Friedens willen durchgreifen mußte.«

»Würden Sie ihn als gewalttätig beschreiben?«

»Sie sind doch Ex-Cop, genau wie er. Würden Sie sich als gewalttätig beschreiben? Er bediente sich der Gewalt wie ein Experte, genau wie er sich jeder anderen Art von Waffe bedienen konnte.«

»Was für eine Veränderung trat nach einem Jahr ein?«

»Reine Spekulation: Die Ehe lief nicht mehr. Von da an widmete er neben dem Hobby, seine Frau zu kontrollieren, die meiste Aufmerksamkeit vor allem der Jagd auf leichtes Geld. Wenn er wollte, konnte er durchaus überzeugend und attraktiv sein. Ich gebe zu, daß ich zuerst darauf hereingefallen bin. Jedenfalls schleppten er und La Russa einen ausgefuchsten Counter an, der die Karten zählte, einen wirklich brillanten Black-Jack-Zocker, den die Glücksspielvereinigung auf die schwarze Liste gesetzt hatte.«

»He, ich konnte mich nur dreißig Sekunden halten, da hattet ihr mich durchschaut.«

»Sie setzten ihm eine Perücke und eine Brille auf, und er spielte nur an einem zu La Russa gehörenden Tisch. Er setzte großes Geld. Das löste einen Alarmruf aus, aber Patterson blockte alles ab. Dieser Counter gewann ungefähr zwanzigtausend, soviel wir sagen können, ehe ich dahinterkam und beobachtete, wie Anthony La Russa deckte, der wiederum den Abzocker deckte.

Anfang April erhielt ich den internen Bericht. Patterson sollte gefeuert werden, doch Misty meldete ihn am 27. und 28., Freitag und Samstag, krank. Sonntag hatte er frei. Dann wurde er am Montag gefunden. Was wir mit La Russa machen sollten, stand noch nicht fest, bis diese Woche. Das letzte Wort über ihn erfahren wir morgen. Er hat sich schon einen Anwalt aus Carson City genommen. Wahrscheinlich werden wir ihn nach reiflicher Überlegung still und leise ziehen lassen.«

»Was passiert mit dem ausgefuchsten Counter?«

»Wenn er sich hier noch einmal blicken läßt, werfen wir ihn raus. Juristisch ist das eine Grauzone, deshalb würden wir vermutlich nicht versuchen, ihn gerichtlich zu belangen.«

»Melden Sie so etwas der Glücksspielkommission von Nevada?«

»Nicht, wenn wir die Sache intern regeln können«, sagte Rossmoor. »Und ich bin angewiesen worden, das intern zu erledigen.«

»Da gehen Sie ein ziemliches Risiko ein.«

»Ich bin nicht so konservativ, wie ich aussehe.«

»Ich nehme nicht an, daß Sie bei Misty oder Anthony an seinem letzten Abend dort vorbeigefahren sind, um nach dem Rechten zu schauen?«

»Nein. Ich war nicht dort. Fragen Sie Misty.«

»Wo waren Sie denn?«

»Im Bett, hier bei Prize's in jener Nacht. Wir arbeiten an einer neuen Sicherheitsvorrrichtung für den Parkplatz, und ich bin aufgehalten worden. Wir hatten da ein paar Probleme, weil Autos mutwillig beschädigt wurden. Und wir ziehen zufriedene Kunden vor.«

»Allein?«

»Ja, allein.«

»Irgendwelche Zeugen, die Sie hier gesehen haben?« beharrte Paul.

»Die Sicherheit«, sagte Rossmoor. »Das Videoband vom Korridor vor dem Penthouse.«

»Sie müssen wirklich verliebt sein«, sagte Paul.

»Was meinen Sie damit?«

»Das Videoband vom Korridor …«, wiederholte Paul.

»Worauf wollen Sie hinaus?«

»Ich vermute, Sie nehmen nicht nur den Korridor auf, sondern schauen sich auch die Videos später an.«

»Daran habe ich mich schon so sehr gewöhnt, daß ich nicht mehr daran denke.«

»Er hat das von Ihnen und seiner Frau gewußt«, sagte Paul.

Rossmoor war ein Profi. Er lächelte und tat das ab. »Das ist nicht … war nicht Pattersons Bereich. Möglich, daß ein anderer Sicherheitsmann sich die Bänder angesehen, sich aber gar nichts dabei gedacht hat. Doch jetzt habe ich, tut mir leid, Paul, eine andere Verabredung.«

»Klar«, sagte Paul. »Nur noch zwei Fragen. Fahren Sie ein Motorrad?« Er rechnete nicht mit einer zustimmenden Antwort. Einen Bentley, ja.

»Ich habe eine hübsche kleine Harley-Davidson, aber ich bin seit letztem Sommer nicht mehr mit ihr ausgeritten«, erwiderte Rossmoor. »Es ist an der Zeit, sie abzuschmieren, jetzt, wo das Eis weg ist. Obwohl ich Ihrem Gedanken nicht folgen kann.«

»Reine Neugier.« Paul erhob sich. »Irgendeine Aussicht, daß ich mir Ihre internen Berichte über Anthony ansehen kann?« fragte er.

»Das wäre schwierig. Ich denke darüber nach. Sind Sie noch eine Weile in der Stadt?«

»Wenn Sie mich nicht erreichen, können Sie jederzeit mit Nina Reilly sprechen«, antwortete Paul.

»Das meinte ich nicht. Spielen Sie Tennis, Paul? Ich halte immer Ausschau nach einem guten Gegner.«

»Ich habe angenommen, Sie sind vielleicht eher ein guter Schwimmer«, sagte Paul.

»Immer im Dienst, verstehe. Ich schwimme, aber ich schwimme nicht donnerstags nachts. Hat mich sehr gefreut, Paul.«

Paul ging an ihm vorbei. »Noch eine letzte Sache«, sagte er. »Kennen Sie den Namen von dem Counter?«

»Al Otis. Er wohnt auf dem Wohnwagenpark in Sparks, wie wir gehört haben. Seine Frau ist Sharon Otis, früher Patterson.«

»Was meinen Sie damit?«

»Anthony Pattersons Ex-Frau«, erklärte Rossmoor. »Was immer das besagt.« Durch die langsam sich schließende Tür beobachtete Paul, wie Rossmoor auf die Bar zusteuerte und sich einen reichlich steifen Drink eingoß.

Zurück bei Caesar's, wo er wohnte, ging Paul hinunter zum Club, schaffte sich an den Nautilus-Fitneßgeräten und schwamm ein paar Runden. Das Freizeitareal war nahezu menschenleer. Die machen Minus, dachte er, jetzt außerhalb der Saison, und dazu diese Rezession. Er fuhr mit dem Lift zum siebenten Stock des Hochhauses, wo sein Zimmer lag, und stieg mit dem Telefon ins warme Badewasser.

Diesmal nahm Nina nach dem dritten Läuten ab.

Paul berichtete ihr fast alles, was er hatte.

»Da warst du ja beschäftigt«, sagte sie, als er fertig war.

»So geht's einem immer, wenn man anfängt, das Leben anderer zu ergründen«, sagte Paul. »Wir sind viel komplizierter gebaut, als wir glauben.«

»Also Anfang März traf sich Misty gleichzeitig mit Tom Clarke und Stephen Rossmoor. Zwei Affären, und das, wo sie einen eifersüchtigen Mann geheiratet hatte.«

»Ich weiß nicht, wie verrückt sie nach Rossmoor war, aber da hat es bestimmt etwas gegeben. Was ihren Ehemann betrifft, war sie wohl blind, wenn ihr nicht klar war, daß er ihr stets und ständig auf der Spur blieb. Rossmoor ist auch ein Idiot. In einem Atemzug erzählt er mir von den auf seine Tür gerichteten Videokameras, und im nächsten will er mir einreden, er glaubte nicht, daß Anthony von ihm und Misty etwas wußte.«

»Glaubt sie wirklich, daß Anthony nichts gemerkt hat, oder möchte sie das nur glauben? Das größte Problem bei dieser Mandantin besteht darin, sie zu begreifen. Denkst du, daß sie nach Bestrafung verlangt hat?«

»Wer weiß schon, warum Frauen mit Männern herumschlafen?« sagte Paul. »Ich weiß bloß, es geschieht anscheinend kaum jemals aus bloßer Lust.«

»Ich kann dir versichern, das geschieht schon. Jedenfalls wenn er es wußte, muß man doch davon ausgehen, daß er da ausgerastet wäre.«

»War nicht der Typ, der schnell vergißt, nach dem, was man so hört.«

»Übrigens ließ sie ihn heute von einem Bestattungsinstitut aus

Placerville beerdigen. Ein paar Leute von Prize's kamen. Ein Verwandter aus Philadelphia schickte einen Kranz: ›Er starb, bevor er sich an seinem losen Weib rächen konnte‹.«

»Ich dachte, ich fahre morgen nach Sparks, rede mit den beiden Otis«, schlug Paul vor.

»Okay, mach das.«

»Willst du mitkommen?«

Eine Pause, dann sagte Nina: »Okay. Mistys Eltern schicken nun endlich die Kaution mit der Post. Sie kommt morgen heraus. Sie sagt, sie braucht ein oder zwei Tage für sich im Lucky Chip Motel, bevor ich sie mit zu Bruno nehmen kann.«

»Klingt vernünftig. Also dann bis morgen früh.«

»Ja, gut. Al und Sharon Otis. Dieses Gespann muß ich kennenlernen«, sagte Nina.

14

Als Paul am nächsten Morgen herunterkam, fand er an der Rezeption die Nachricht von Nina vor, daß sie ein paar Minuten später käme, und einen versiegelten Brief. Rossmoor hatte ihm durch Boten den internen Firmenbericht über Patterson geschickt. Augenscheinlich hatte man sogar seine zeitweilige Bleibe bei Caesar's ausfindig gemacht.

Im Coffee-Shop des Casinos überflog er die Seiten, die Tasse in der Hand. Er fand, der Bericht hatte eine erfreulich korrekte Grammatik.

Anthony Patterson war als Sicherheitschef von Prize's dafür verantwortlich, professionelle »Ausbaldowerer« zu erspähen, die Counters, die beim Black Jack die herausgekommenen Karten im Gedächtnis behielten und mitzählten. Die Clubs von Reno und Tahoe tauschten ihre Informationen auf monatlichen Merkblättern aus, mit Fotos von den Counters, heimlich beim Spielen von der gläsernen Decke aus aufgenommen.

Den gelegentlichen Wochenendgroßgewinnern boten die Casinos keinen Einhalt, weil diese, wie sie erkannten, einen großen Publicitywert besaßen, doch sie bekämpften mit allen Mitteln die richtigen Profis, die versuchten, durch Tarnung den Spähern zu entgehen. Abgesehen davon, daß sie sich verkleideten und ihre Bärte änderten, spannten sie auch unschuldig aussehende Komplizen ein und spielten in jedem Club nur eine kurze Zeit, wobei sie beim Mischen immer an einen anderen Tisch sprangen. Die besten Counters zogen von Las Vegas zu den Bahamas und nach Atlantic City. Vom nördlichen Nevada hielten sie sich fern, weil dort die Regeln des Verdoppelns und der Kapitulation die Chancen der Spieler beeinträchtigten.

Die Halbprofis waren meist Einheimische, die immer wieder in denselben Clubs auftauchten, bis man ihnen wiederholt den Stuhl vor die Tür setzte, so daß sie einsahen, es war an der Zeit, weiterzuziehen oder aufzuhören. Obwohl es genaugenommen nirgendwo illegal war, zeigten nur wenige Leute diese Mischung aus hohen Einsätzen, Chuzpe und Konzentrationsvermögen, mit Hilfe des Gedächtnistrainings im Kartenzählen viel Geld zu machen. Alle Clubs trafen da so ihre Vorsichtsmaßnahmen.

Der Bericht führte Albert B. Otis als Profi auf. Nach der Beschreibung bekam er eine Glatze, setzte aber gelegentlich ein Toupet auf; ungefähr eins achtundsechzig groß, trug er aber zuweilen Schuhe mit höheren Absätzen; hatte graue Haare, färbte sie aber manchmal entweder schwarz oder braun. Manchmal kam er mit Brille.

Aber eine Sache trug er ständig: einen pinkfarbenen Ring mit einem rautenförmigen Onyx, und er drehte an ihm, wenn er auf das Kartengeben wartete. Auf einer kürzlich abgehaltenen Konferenz der Clubmanager von Nord-Nevada kam diese Eigenart zur Sprache. Man gelangte zu dem Schluß, daß es nicht ein abgesprochenes Zeichen für jemand anderes war oder eine Zählmethode, sondern bloß eine Affektiertheit, die man sich zunutze machen konnte. Ein Aufblitzen des Rings, und Al wurde aus dem MGM Grand und dem Luxor in Las Vegas und aus Harvey's in Lake Tahoe hinausexpediert.

Ungefähr einen Monat lang vor Anthony Pattersons Tod hatte Al bei Prize's ohne den pinkfarbenen Ring gespielt, unentdeckt. Der dichte, neue, rötliche Schnurrbart und eine abgetragene Footballjacke der 49er halfen ihm eine Weile, aber schließlich erinnerte sich ein Dealer der Nachtschicht an Otis' Südstaatenakzent und teilte das dem Abteilungschef Peter La Russa mit, der eigentlich Patterson von der Sicherheit hätte benachrichtigen müssen.

Derselbe Dealer bemerkte eine Stunde später, daß Otis an La Russas Tischen mit dem Mindesteinsatz von fünfundzwanzig

Dollar spielte und vor sich einen Stapel schwarzer Chips im Wert von mindestens 2 500 Dollar hatte. Patterson, der Dienst hatte, mußte ihn gesehen haben; deshalb meldete der Dealer den Vorfall direkt Stephen Rossmoors Assistentin weiter.

Die Assistentin unternahm nichts gegen Al, denn was sie wirklich wissen wollte, war, warum Patterson den Mann weiterspielen ließ. Als er einmal keinen Dienst hatte, schaute sie sich die Sicherheitsvideos der voraufgegangenen Tage an. Sie zeigten Al ohne Ring mit verschiedenen Haarfarben und in unterschiedlichen Aufmachungen, wie er Tausende von Dollars gewann. Er ging jedesmal, wenn Pattersons Schicht beendet war.

So kam es, daß die Beobachter am 24. April ihre Kameras in der Decke auf Anthony Patterson richteten. Am nächsten Abend, dem Abend vor Pattersons Verschwinden, kam Otis wieder, um an einem Tisch im Bereich Vier zu spielen, an einem von Peter La Russas Tischen mit fünfzig Dollar Mindesteinsatz. Nach drei Stunden stand er bei 4 750 Dollar, ein gehöriger, aber nicht allzu auffälliger Gewinn.

Danach trafen sich Al Otis und Anthony Patterson draußen vor der Eingangstür zum Club. Man folgte ihnen zum Parkplatz, aber der Beobachter war nicht in der Lage, ihr Gespräch zu verstehen.

Der Bericht empfahl, Patterson beim Eintreffen zu seiner Schicht am nächsten Abend zu kündigen und die neuesten Personenbeschreibungen beider Männer an die Clubs zu verteilen. La Russa sollte zu einer Befragung bestellt werden. Ohne Angabe von Gründen wurde ferner empfohlen, der Glücksspielkommission von Nevada keine Meldung zu erstatten.

Patterson erschien am Freitagabend nicht zum Dienst. Seine Frau meldete ihn krank. Auch am folgenden Abend, Samstag, rief seine Frau an, daß er wegen Rückenproblemen nicht kommen könne. Sonntag abend hatte er frei. Am nächsten Tag fand man seine Leiche

Als sie den Spooner Pass hinter sich hatten, nahm Paul die Serpentinen langsamer, so daß sich Nina entspannen und den wunderbaren Ausblick auf das hohe Wüstenplateau genießen konnte, zu dem sie nun herunterkamen. Die Straße führte durch Nevadas winzige Hauptstadt Carson City mit dem schönen Gerichtsgebäude und den viktorianischen Häusern zwischen den Secondhand-Shops und Fast-food-Läden.

»Ist das der kürzeste Weg nach Sparks, Paul?«

»Hat dir Sandy wieder zugesetzt, Nina? Nicht, daß ich nicht gern in deiner Gesellschaft wäre, aber ich denke, du bezahlst mich dafür, damit du in der Zeit etwas anderes tun kannst.«

»Schon wahr, ich habe eigentlich keine Zeit dafür«, sagte sie, »aber für mich ist so viel neu daran. Ich lerne mit jedem Schritt.«

Das war die Wahrheit, aber was Nina Paul nicht erzählte, war, daß sie den Gedanken nicht los wurde, Paul hätte bei den Tengstedts vielleicht mehr erreichen können.

Als sie weitere fünfzig Kilometer gefahren waren, tauchte aus dem graubraunen, von einsamen Gipfeln umgebenen Land Reno auf. Vorbei am McCarran Airport an der Grenze zu Sparks fanden sie den Caravanpark an der Kietzke Lane nahe dem Hilton. Das größte Casino von Reno, das Hilton, war im Umkreis von Meilen der einzige Wolkenkratzer, umgeben von flachen Häusern im Ranchstil auf Miniparzellen und von den klimatisierten Einkaufszentren, die in den meisten Wüstenorten die Main Street verdrängt hatten.

»Misty und Anthony haben im Untergeschoß des alten Bally's geheiratet, in der ›Liebeskapelle‹, für neunzig Dollar«, erzählte Nina ihm, als er vor dem Büro des Managers gegenüber der Kietzke Lane parkte. »Ihre Eltern kamen nicht.« Ein Mädchen goß ein armseliges Blumenbeet in der Nähe, und als niemand auf das Läuten hin erschien, fragte Nina sie, ob sie wüßte, welcher Wohnwagen den Otis gehörte. Sie zeigte auf den vierten die Reihe hinunter.

Die Wohnmobile standen hier auf betonierten Abstellplätzen und waren mit Wüstenpflanzen und Gartenmöbeln auf überdachten Veranden ausgestattet; viele erweckten den Eindruck, als wohnten die Leute ständig da. Sharons und Als Wohnwagen schwankte auf einem Sockel riesiger Reifen, die an eine behelfsmäßig zusammengeschusterte Betontrennwand gelehnt waren – jederzeit bereit zum Wegrollen, wenn ihnen so war. Weder Blumen noch Sträucher zierten ihren Platz, alles machte einen dreckigen Eindruck. Doch neben einem kleinen japanischen Holzkohleofen und ein paar Klappstühlen standen drei frisch gewienerte Motorräder und ein kleines blaues Mustang-Kabrio in der Sonnenglut. Paul lief hin, um sich die Motorräder anzuschauen.

Auf das Klopfen öffnete Al Otis. Er war klein, und das dicke, rote Haar mit einer Menge Grau drin war hinten zu einem Pferdeschwanz zusammengebunden. Ein Schnurrbart verhüllte sein Gesicht bis hinunter zum Kinn, aber Nase, Wangen, Hals und Schultern waren zu einem bösen Scharlachrot verbrannt. Ein ausgebeultes, ärmelloses T-Shirt bildete Falten über einem museumsreifen Bierbauch. Bei ihrem Geruchstest stellte Nina fest, daß hier ein Kokosnußsonnenöl mit einem flüssigen Lunch kämpfte, wobei der Alkohol den Sieg davontrug. »Kommt herein, Leute«, sagte Al Otis.

Drinnen bot der Wohnwagen überraschend viel Platz. Ein Hirschkopf mit einer am Geweih befestigten Lampe schmückte die Hinterwand. Ein übergroßes Wasserbett wiegte sich einladend unter einer indianischen Decke. Unter dem alles durchdringenden Wüstenstaub sah der Raum sauber aus und ließ ein anheimelndes Gefühl aufkommen.

»Nehmen Sie einen Drink«, sagte Al und regelte an dem Luftbefeuchter die Temperatur nach. »Scotch mit Soda ist alles, was ich habe, aber ich sage Ihnen, das ist guter Scotch. Wer von Ihnen ist der Anwalt?«

»Ich bin die Anwältin. Nina Reilly«, sagte Nina und nickte zu der Flasche. »Und das ist Paul van Wagoner. Ist Mrs. Otis heute nicht da?«

»Wer weiß«, sagte Al ausdruckslos und knallte die Drinks auf einen Klapptisch in der Eßnische. »Sharon hat was Besseres vor. Ich sag Ihnen alles, was Sie wissen wollen. Also, auf das Verbrechen!« rief er und stürzte das ganze Glas hinunter. Er stand von der Bettkante auf und goß sich noch einen ein, der nicht ganz so todbringend aussah.

Als er wieder saß, sagte Nina: »Wir sind hier, um etwas über Sie und Anthony Patterson zu erfahren, Mr. Otis.«

»Nennen Sie mich Al. Wie kommt's, daß die Polizei noch nicht da war?«

»Wenn Sie ihnen nichts erzählt haben, dann glaube ich nicht, daß die etwas über Sie und Sharon und Anthony weiß«, erklärte Nina.

»Auf die alten Freunde!« rief Otis und nippte an seinem Glas. »Können Sie sich das vorstellen? Die Casinos sind in meinem Falle schwer sauer. Vielleicht muß ich wieder anfangen, Linoleum zu verlegen, was ich vor zwanzig Jahren mal gemacht hab, bloß daß es jetzt meist Vinyl ist. Ich glaub nicht, daß meine Knie da noch mitmachen.«

»Sie können froh sein, daß Sie nicht im Gefängnis sitzen.«

»Eine Sache muß man Prize's lassen – die haben mir keinen reingewürgt von wegen Verletzung der Vorschriften für Glücksspiele. Natürlich hätten sie's ganz schön schwer, mir irgendwas nachzuweisen.«

»Peter La Russa arbeitet immer noch dort«, sagte Nina.

»Sie sind nicht ganz auf dem laufenden: La Russa wurde gestern abend gefeuert.«

»Er hat Sie angerufen?« fragte Paul. Er hatte einen Klappstuhl hervorgezogen und aufgestellt, um mehr Platz zu haben, und er kämpfte mit einem mannsgroßen Scotch.

»Könnte sein«, antwortete Otis. »Jetzt möchten Sie mir vielleicht mal verklickern, wo Sie das ganze nette Zeugs herhaben.«

»Die haben Sie auf Videoband«, sagte Paul. »Der Club weiß alles über Ihre Abmachung.« Seine Hände ruhten locker auf den Beinen, doch sein Körper wirkte gespannt wie eine Feder.

Der kleine Mann reichte hinüber und griff nach einem abgenutzten Kartenspiel; nun sah er gelassener aus, als fühlte er sich ohne Karten nicht vollständig angezogen. »Mein Leben«, sagte er, »von Sharon abgesehen.« Er begann zu mischen, die Finger und Hände tanzten Ballett.

»Hübscher Ring«, sagte Nina. »Ich mag Onyx.«

»Ja. Hab ich in Atlantic City bekommen. Da ist was los in den

Clubs, aber mir gefällt's auf dem Lande besser. Da hab ich frische Luft und die Wüste.« Er hustete sich einen Schleimpfropfen aus der Kehle. »Also, womit kann ich euch Leuten behilflich sein?« Nina gab ihm den Bericht von Prize's. »Ich habe ein Geschenk für Sie«, sagte sie. Sie und Paul lehnten sich zurück und tranken ihren Scotch aus, während Al las.

»Jesus«, murmelte er ein paarmal, dann blickte er auf. »Also war's der Ring, mein Talisman. Und das hier ist 'ne Beleidigung. Ich hab viel mehr gemacht als zwanzig Riesen«, rief er aus.

»Was bekam denn Anthony davon?«

»Zwanzig Prozent. Fürs Nichtstun.«

»Er hat doch dafür gesorgt, daß Sie keiner aus dem Club rausschmiß«, sagte Paul.

»Nichts hätte mich noch länger in dem Club gehalten. Die kriegen einen nach wenigen Wochen spitz, weil man gewinnt und alle anderen verlieren. Da wird man auf einen aufmerksam.« Er kicherte.

»Aber eins hat er für Sie getan. Er hat Ihnen erzählt, woran die Clubs Sie erkennen«, meinte Nina.

»Das hat er gemacht.« Al drehte den Ring, während er sprach.

»Aber er wollte einen größeren Anteil«, sagte Paul.

»He, Anthonys Alte hat ja 'n paar ganz Gewiefte für ihre Verteidigung!« stieß er hervor. »Ich weiß, das haben Sie nicht von Sharon. Okay, hier hab ich auch ein vorzeitiges Geburtstagsgeschenk für Sie: Patterson wollte fünfzig Prozent haben, das gierige Schwein. Entschuldigen Sie den Ausdruck. Das war er nicht wert. Die hätten uns früher oder später sowieso geschnappt.«

»Also, wie haben Sie sich denn nun mit ihm geeinigt?«

»Ich wette, das täte Ihnen so gefallen, wenn ich Ihnen erzähle, wir hätten uns nicht geeinigt, aber haben wir. Auf unsere Weise. Wir waren quitt, als er zu den Fischen ging.«

»Funktionierte das so, daß Sie ihm ein bißchen Koks als Zugabe draufgelegt haben? Weil nämlich bei ihm zu Hause welcher gefunden wurde.«

»Na, das ist aber 'ne reichlich persönliche Frage«, sagte Al lächelnd. »Hier, ich gieße Ihnen erst noch mal nach.«

»Wo waren Sie und Sharon in der Nacht, als Anthony verschwand?« fragte Nina. »An dem Donnerstag, bevor er tot aufgefunden wurde. Die Nacht nach Ihrer letzten Spieltour bei Prize's.«

»Ach so. Zu Hause. Direkt hier, meine Süße im Arm, guckten uns einen James-Bond-Film auf dem Videorecorder an.«

»Und wie haben Sie reagiert, als Sie davon gehört haben? Wer, glauben Sie, hat Anthony Patterson ermordet?« fragte Nina.

»Wenn's wer war, dann hätt ich zuallererst mal gedacht, Misty hat sich da mit ihrem Fußabdruck im Beton verewigt. Mich hat es echt umgehauen, als ich hörte, Anthony war tot, denn das war keiner, der sich von irgendwem fertigmachen ließ. Wie ihn diese kleine Tussi zur Strecke gebracht hat, ist mir 'n Rätsel, aber sie hatte todsicher ihre Gründe.«

»Er hat ein paar Leute gelinkt, nicht wahr, Al? Sie auch.«

Er nickte zustimmend. »Bis zum bitteren Ende. Wissen Sie, ich kam gut allein zurecht. Jetzt interessieren sich alle Leute für meine privaten Geschäfte. Halten Sie's für möglich, daß mir das Casino etwa eine betrügerische Absprache anhängt? Was meinen Sie? Sie sind doch Anwältin.«

Nina wollte sich nicht festlegen und zuckte die Schultern.

»Egal, aber erklären Sie mir mal folgendes. Wieso hat Misty überhaupt zugegeben, daß sie Anthony eine verpaßt hat? Und was hat das mit mir zu tun, huh? Sie hat sich doch so gut wie selber die Eintrittskarte in den Knast verschafft! Der ganze Rummel, den Sie jetzt mit mir veranstalten, paßt mir nicht in den Kram. Jede Art von Aufsehen beeinträchtigt meine Arbeit. Und die Art gar ist mein Ende.«

Da hatte er recht.

»Sie steckt in Schwierigkeiten«, fuhr er fort, wobei er näher rückte, so daß Nina in seinen Dunst geriet. »Weil sie ihren Mann ständig betrogen hat. Also, das ist nicht richtig, daß sich 'ne Frau so benimmt, auch wenn sie zu bedauern ist, weil sie klasse aussieht, wie meine Sharon. Zu viele wollen ihr an die Wäsche. Noch ein Glas?«

Er stand auf und goß allen noch einen Scotch ein. Durch das

Fenster warf die Sonne einen warmen, glänzenden Schein auf Ninas Haar. Wie fasziniert starrte Al darauf. Irgendwo im Hintergrund spielte das Radio eine traurige Countrymelodie.

»Woher wissen Sie das, Al? Hat Ihnen das Anthony erzählt?«

»Ständig hat er davon geredet. Ich nahm an, er wußte was. Vielleicht auch nicht. Mit ihr konnte er sich wirklich nie sicher fühlen – da können Sie drauf wetten.« Er lachte kräftig.

»Hat er am letzten Tag, an dem Sie ihn sahen, irgend etwas über seine Frau erwähnt?«

»Ja. Sagte was darüber, welche Vorteile sein Job mit sich bringt. Sagte, er wär kurz davor, ihr auf die Schliche zu kommen. Er war, weiß Gott, kein glücklicher Mann, tut mir leid, das zu sagen.«

Nun hatten sie so etwas wie eine Bestätigung. Das konnte sich als nachteilig für Misty erweisen. Falls sich Anthony bei seiner letzten Schicht die Videos von Misty und Rossmoor angesehen und vorgehabt hatte, sie am Donnerstag zur Rede zu stellen, wieso endete das mit seinem Tod? Hatte sie ihn in Notwehr erschlagen? Wie Paul fragte sich Nina, ob Rossmoor nicht doch schon eher darauf gekommen war, daß Anthony auf den Videos des Casinos gesehen hatte, wie seine Frau in Rossmoors Privatsuite ein und aus ging. Hatte er es Misty mitgeteilt? Oder entschloß er sich auf eigene Faust, sie vor der Rache ihres Ehemanns zu beschützen?

»Ich und La Russa wollten wirklich nichts davon hören, aber er brabbelte trotzdem weiter. Wie er das letztemal im Schlamassel steckte, ging er hin und redete mit der Frau von einem Kerl, den er im Verdacht hatte, daß er hinter seiner Frau her war. Na, da kam er in Fahrt«, sagte Al nach kurzer Pause.

»Wer war das?«

Al blinzelte Nina zu. »Janet. Jenny. So ähnlich.«

Janine Clarke, dachte Nina. Also hat er es Clarkes Frau hinterbracht.

»Man müßte doch annehmen, daß er auf seine Frau losgeht«, sagte Paul.

»Hat sie Ihnen erzählt, daß er sie geprügelt hat? Das war ein energischer Kerl, ja, aber vorsichtig. Er wußte, daß er sich mit ihr auf Glatteis bewegt, und er wollte nicht ausrutschen. Will Ihnen was sagen, Paul. Verlieb dich nie so schlimm in jemanden! Würde ich sagen.«

»Al«, fragte Nina, »wie hat Sharon reagiert? Auf Anthonys Tod?«

Wieder zögerte er. »Sie hat geweint. Sie sind Freunde geblieben, wissen Sie. Und Misty konnte sie nie leiden.«

»Enge Freunde?« Paul goß sich noch was aus der Scotchflasche ein.

Al lachte, ein Lachen, das erneut in Husten überging. »Sharon hatte genug von ihm, als sie mit ihm verheiratet war, und heutzutage mag sie lieber jüngere Kerle. Jedenfalls hatte ihn seine Frau fest in den Klauen.«

»Welcher Film war denn das?« fragte Paul. »Der James-Bond-Film.«

»Wie bitte?« sagte Otis. »Oh. Wer weiß? Die kann man doch kaum unterscheiden: ein dicker Glatzkopf, 'ne Menge Skifahren von Felsen runter und Sprünge aus dem Flieger und Tussis im Bikini. Wenn Sie das überprüfen wollen, von mir aus.«

Er starrte das Geweih an der Wand an, dann Nina. Zum erstenmal nahm sie seine Augen wahr, die belustigt und argwöhnisch waren, unbeeinträchtigt vom Alkohol. »Also ... Nina, sagen Sie – arbeiten Sie auch in Nevada?«

»Für Nevada besitze ich keine Lizenz.«

»Ich könnte einen Rechtsanwalt gebrauchen«, sagte er. »Sie schmeißen sich mit jemandem zusammen, der in Nevada zugelassen ist, und wir kommen ins Geschäft.« Er ließ seine Augen anerkennend über ihre Figur gleiten und schenkte ihr noch ein breites Lächeln.

Sie richtete sich auf, was eine kleine Staubwolke verursachte. »Das ist unwahrscheinlich«, sagte sie.

»Huh? Oh. Eine Schande. Nehmen Sie noch 'n Glas«, sagte Otis augenzwinkernd.

»Nur Mineralwasser«, entgegnete Nina.

»Sind Sie ein guter Schwimmer, Al? So hinaus auf den See im Sommer?« fragte Paul, während sein Glas gefüllt wurde.

Otis antwortete: »Ich stamme aus Tallahassee. Das, was bei mir dem Schwimmen in einer großen Portion Wasser am nächsten kam, war, meine Zehen in den Lake Okeechobee tauchen und ein- oder zweimal in die Brandung von Naples. Nach dem warmen Wasser vom Golf von Mexiko würde einem in dem See hier das Triebwerk einfrieren. Weshalb fragen Sie?«

»Frage mich bloß, womit sich die Leute hier in Sparks die Zeit vertreiben, außer mit Glücksspiel. Fahren Sie manchmal eins von den hübschen Bikes da draußen?«

Otis schnippte die Karten mit der einen Hand in die Luft und fing sie sauber mit der anderen auf. »Die gehören Sharon. Die bringt sie von ihrem Geschäft mit nach Hause, fährt sie ein paar Tage, bringt sie dann wieder zurück und verscheuert sie. Als wir heirateten, hab ich ihr eine Honda-Motorradvertretung gekauft. Sie macht nicht viel Kohle damit, aber es ist immer das einzige gewesen, was sie wollte, und sie ist glücklich damit.«

»Sie kümmern sich gut um sie«, sagte Paul.

»Sehr gut. Sie ist mein Baby«, meinte Otis.

»Also wo haben Sie denn das ganze Geld für das Motorradgeschäft hergehabt? Und wer hat die Einsätze bei Prize's finanziert?«

»Und wie kommt's, daß ich in diesem stinkenden Müllhaufen hause, das wollen Sie doch wissen? Und wo steckt das Geld, das ich gewonnen hab? Jetzt kommen Sie langsam zur Sache, stimmt's? Also, ich hab gute Zeiten und schlechte Zeiten. Das Geld, das ich bei Prize's gemacht hab, ging für alte Rechnungen und einige Dinner mit meiner Frau drauf.«

»Der Ruin des Spielers«, sagte Paul. »Ihr Einsatz muß mindestens hunderttausend Dollar gewesen sein.«

»So viel war's nicht. Mit Hilfe von Freunden komm ich zurecht. Aber fragen Sie mich bitte nicht nach Namen.« Al genehmigte sich noch einen Drink, schaute Nina wieder an, er genoß es. Nina dachte, zwischen den Touren muß das Leben für ihn ziemlich trist sein, da kamen sie und Paul als Abwechslung gerade recht. Wieviel von dem, was er sagte, entsprach der Wahrheit?

»Beschreiben Sie uns doch mal Ihr System«, forderte Paul ihn mit freundlicher Stimme auf. »Handelt es sich um das Thorp-System?«

»Wieso nicht? Es ist doch öffentlich bekannt – ich hab's nicht erfunden. Wär mir jederzeit ein Vergnügen, einem angehenden Spieler was beizubringen ... Nein, Thorp ist reinweg zu schwer«, sagte er, nahm seine Karten von dem kleinen Kühlschrank neben der Couch und mischte sie wieder. »Nur Japaner haben genug Mathe drauf, um mit diesen Verhältnisberechungen klarzukommen. Ich hab mein Zeug aus dem Buch von Archer.«

»Archer?«

»Der Beste. Einfach. Elegant. Sie kennen die Basisstrategie für Siebzehnundvier?«

»Nun«, sagte Paul, »kaufe bei 'ner Hardhand mit zwölf bis sechzehn gegen die Sieben bis As des Dealers. Kaufe bei 'ner Softhand Achtzehn gegen die Neun oder Zehn des Dealers. Bleibe bei 'ner soft Neunzehn oder drüber. Verdopple die Elf und die Zehn gegen die Zwei bis Neun des Dealers. Teile Paare von Assen und Achten, teile nie Zehnen, Fünfen oder Vieren. Teile Paare von Zweien bis Siebenen gegen die Zwei bis Sieben des Dealers. Teile Paare von Neunen gegen die Zwei bis Sechs und die Acht oder Neun des Dealers.« Er schwieg.

»He, Sie haben das Zeug zu einem Star, wie Sie das hier so runterrasseln.« Otis goß sich tropfenweise frischen Scotch in sein Glas. Die fast leere Flasche stand nun auf dem Tisch. »Jetzt bring ich Sie weiter. Paul, Sie wissen, wir haben 16 Zehnen und 36 Nicht-Zehnen in einem Spiel von 52 Karten. Die Bilder zählen zehn.«

Paul nickte. Nina konnte nicht folgen, wußte aber, daß Paul seine Gründe haben mußte, Otis so mit den Karten anzustacheln. Sie lenkte ihre Aufmerksamkeit darauf, wie sich Paul das Knie rieb. Er sah ganz vertieft in die Sache aus, und vielleicht war er das auch. Man mußte ihn kennen, beobachten, wie sich seine Augen zu einem Schlitz verengten, um zu begreifen, wie sehr er sich anstrengte, seine starken, plötzlichen Regungen zu verbergen.

»Das ist eine einfache Punktzählmethode. Wie ein Index zu

den Thorpschen Verhältnisberechnungen. Der Gedanke ist der, je mehr Zehnerkarten noch drin sind, desto größer die Chance, daß der Dealer vorzeitig platzt. Rechne jede schon rausgekommene Zehn und jedes Bild als minus zwei. Rechne die anderen rausgekommenen Karten als plus eins. Zähl beim Spiel bis zum nächsten Mischen sorgfältig mit.

Wenn man frühzeitig in einem Spiel auf plus vier kommt, stehen die Chancen gut. Da verdoppelt man den Einsatz, verdreifacht ihn bei plus acht, vervierfacht bei plus zwölf. Hab schon viele Male plus sechzehn erlebt.

Wenn man beim laufenden Mitzählen auf eine negative Zahl kommt, weiß man, daß nicht mehr viele Zehnerkarten drin sind. Da setzt man das Minimum, paßt seine Strategie an und kauft bei zwölf, verdoppelt aber nicht. Im Minusbereich wird es ernst – minus acht: da kauft man noch bei einer Hand von zwölf bis sechzehn. Das ist absolut plausibel. Lesen Sie das Buch.«

»Das wär's?« fragte Paul und nahm einen tiefen Schluck.

»Genau«, bestätigte Al. »Alles andere ergibt sich daraus.« Er goß Paul noch einen anständigen Schuß ein.

»Wir müssen wieder zurück.« Nina stand auf und sagte: »Danke für den Unterricht. Oh, übrigens, sagen Sie Sharon, ich habe die Schwingen gefunden, die sie verloren hat.«

»Ihre silberne ...« Al riß den Kopf zurück und schnappte den Mund zu; er warf der neuen Nina einen finsteren Blick zu – der Nina mit Hörnern, die ihn gerade aufgespießt hatte.

»Ihre Harley-Davidson-Schwingen«, sagte Nina. »Ich rufe sie an.«

»Klar«, sagte Otis. Er legte die Karten sorgfältig weg, folgte ihnen zur Tür und sagte zu Paul, er solle sich beim Hinausgehen bücken. »Halten Sie mir die Bullen vom Leibe«, meinte er noch, aber das klang nicht sehr überzeugend.

»Was hältst du davon: Rossmoor ließ Anthony umbringen. Der war unloyal, hatte den Club betrogen, und er stellte eine Bedrohung für Misty dar.« Dem Van machte die steile Steigung zurück nach Tahoe zu schaffen.

»Der Typ heuert heutzutage Anwälte an, seine Schlachten für ihn zu schlagen«, sagte Paul. »Aber wir nehmen das in unsere Liste der Möglichkeiten auf.«

»Was hältst du davon: Anthonys Ex-Frau Sharon und Al töteten Anthony, um ihm seinen Anteil vorzuenthalten.«

»Ihn wegen ein paar tausend Dollar umbringen? Unwahrscheinlich, aber auch an dieser Geschichte könnte was dran sein. Noch andere sind vorstellbar«, meinte Paul. »Das ist es ja, was ich dir zu erklären versuche. Vielleicht hat jemand anderes Anthony aus dem Weg geräumt, und Mistys Psyche hat nicht das geringste mit dem Fall zu tun.«

»Vielleicht kann ich wenigstens die Geschworenen mit diesem Kartenzählzeug irritieren.«

»Nun hast du's. Halte Misty und ihren Geisteszustand heraus, laß Hallowell seine ausführliche Beweisführung vortragen, und ziele auf berechtigten Zweifel«, sagte Paul.

Nina schaute wieder auf den Bericht. »Am Abend des 26. April spielte Al Otis nicht, jedenfalls nicht bei Prize's, und Anthony hatte keinen Dienst. Nach meinen Notizen begann Misty an jenem Nachmittag um vier mit der Arbeit. Sie dachte, Anthony sei einfach zu Hause geblieben, bis sie nachts nach Hause kam. Aber sie sagte, da standen ein voller Aschenbecher und benutztes Geschirr herum.«

»Ein Mann kann für eine Menge Abwasch sorgen – aber ich weiß, was du meinst, rechnen wir also mit einem Besucher oder mit zweien.«

»Was uns zu der Arbeit der Polizei bringt, wenigstens wie sie sich in den Berichten niedergeschlagen hat. Die haben nie untersucht, was Patterson in seinen letzten Stunden gemacht hat, gaben sich allein mit dem Hauptereignis zufrieden, das sich nach Mitternacht abspielte.« Ein gelber Pick-up rückte hinter ihnen auf der Landstraße bedrohlich näher, fuhr zu dicht auf und gab Lichtsignale.

Paul faßte das Lenkrad fester. Bevor er Platz machen konnte, um den Lieferwagen vorbeizulassen, brauste der über die doppelte Sperrlinie links. Ein ohrenbetäubender Baßton dröhnte aus

Riesentieftonhörnern, und ein ungefähr achtzehnjähriger Bursche lehnte sich aus dem Fenster und stieß den Mittelfinger in den Wind. Der Pick-up setzte sich vor den Van und verschwand in einer Kurve außer Sicht, wobei er als Souvenir einen schwarzen Abgaswirbel hinterließ.

Paul drehte auf, die Kinnmuskeln vibrierten. Bis zur nächsten Kurve jagte er den Motor von achtzig auf hundertzehn Sachen hoch. »He, Paul«, rief Nina, »langsamer, Junge!«

»Dem Punk muß man mal Bescheid stoßen!« Die Reifen quietschten, als er auf die Bremse trat und um die Kurve schlitterte.

Trotz des Sicherheitsgurts wurde Nina gegen Paul gepreßt. »Zwing mich nicht, dich anzuschreien, du blöder Cop!« überbrüllte sie das Motorengedröhn. »Fahr verdammt noch mal langsamer!«

Er drückte noch einmal kräftig auf die Tube, dann ging er langsam vom Gashebel runter.

Nina ließ den Griff auf ihrer Seite los, den sie umklammert hatte, und atmete durch. »Was rast du wie ein Besengter? Wir werden ihn jede Minute an einem Baum kleben sehen.« Aber den Jungen mit den rüden Manieren sahen sie nicht mehr wieder. Paul starrte wie gebannt auf die Straße. »Jetzt bist du böse«, sagte sie, »aber ich lebe noch, und da bin ich froh. Manchmal scheinst du zu vergessen …«

»Es gefällt mir nicht, wenn jemand so mit mir redet«, sagte Paul.

»Ich habe mich ja entschuldigt«, entgegnete Nina.

»Hast du nicht.«

Sie lehnten sich zurück, Paul fuhr nun anständig.

»Ich hoffe, du hast alles«, traute sich Nina endlich zu sagen, um Frieden zu schließen. »Al hatte ja eine Menge mitzuteilen.«

Paul schien sich beruhigt zu haben. »Alles drauf auf meinem eingeschalteten Handrecorder«, sagte Paul. »Al ist ein heller Bursche.«

»Oh, da hast du recht«, antwortete Nina.

»Keine höhere Schulbildung. Mußte sein Leben selber in die

Hand nehmen. Ein bißchen Kartenzählen hier, ein bißchen Koksdealen da.«

»Was mag sich mit Drogen zwischen ihm und Anthony abgespielt haben?«

»Genau wie du vermutet hast. Versüßte die Abmachung. Sagt Misty, er hat gesnifft?«

»Nein. Sie sagt, sie haben beide lieber getrunken. Sie sagt, er packte einfach Koks aus, wenn mal jemand bei ihnen vorbeikam, oder er verkaufte ihn. Weshalb all die Fragen über die Technik mit den Karten?«

»Oh, bloß eine Theorie. An einem Punkt habe ich mich gewundert: Wollte das Casino nicht nur etwa was vertuschen, indem es uns mit einem billigen Trick Al auf dem Tablett serviert? Aber es gibt keinen Zweifel, mit den Karten ist er ein Maestro. Ein König.«

»Du hast genau zugehört.«

»He, ich habe vergangene Nacht beim Black Jack hundert Dollar verloren, ein Erlebnis – einmal und nie wieder!«

Nina prustete.

»Was hast du gesagt?« fragte Paul.

»Ich sagte, dann gehört also die Nadel mit den Harley-Davidson-Schwingen Sharon?«

»Wahrscheinlich«, stimmte Paul zu. »Das war ein Glückstreffer!«

»Was hat das denn überhaupt mit Glück zu tun?«

»Ganz schön gemeine Taktik. Lullst ihn mit den Strümpfen und deinen Beinen ein. Ich vermute, Al leistet sich nicht allzu viele Fehler. Das hätte auch nach hinten losgehen können, auf dich.«

»Meine Entscheidung, wann ich was sage«, erwiderte Nina, »und es hat funktioniert. Von Glück keine Rede.«

»Wenn du bei einer Sache erst mal Blut geleckt hast, dann ziehst du sie auch durch, nicht wahr?«

Als sie wieder bergab fuhren, hielt Paul an einer Ausweichstelle an, von der man einen Ausblick auf den See hatte.

»Hast du eine Minute Zeit dafür?« fragte er.

»Ich denke schon.«

Sie saßen an den geöffneten Fenstern und genossen die Brise des späten Nachmittags. Zwei Mädchen lagen in Shorts und BHs ausgestreckt unten auf den Steinen.

»Hätte mich von Al nicht so vollschütten lassen sollen«, sagte Paul. »Da kommt die Bestie in mir zum Vorschein – ich meine, das Beste.« Er schlang den Arm um sie und zog sie energisch an sich. Sie konnte fühlen, wie schnell sein Herz schlug; ob wegen ihr oder wegen der schiefgegangenen Autojagd, konnte sie nicht sagen. Sie fing an zu lachen und merkte, wie sie sich, vom Alkohol weich gestimmt, an ihn lehnte.

»Die Bestie und der Boß«, sagte Paul. Seine Stimme war heiser. Er küßte sie gründlich, hungrig, preßte sie mit starken Armen an sich. Jetzt war sein Gesicht in ihrem Hals vergraben, er küßte sie dorthin, und sie schmolz, schmolz dahin … Sein Mund schweifte zu ihrem, und sie ließ zu, daß er sie in den Sitz zurückbeugte, seinen Leib auf ihren drückte, während seine Hände besitzergreifend über ihren Körper fuhren. Sie öffnete den Mund und stöhnte, und dann drängte sich seine Zunge ihre Kehle hinunter und zwang sie, sich ihm weit zu öffnen. Ihr Rock hatte sich hochgekrempelt, und wenn sie jetzt nicht gleich Schluß machte damit …

Sie stieß ihn zurück. »Das reicht! Genug!«

Er stieg aus dem Auto, knallte die Tür zu und schritt bis an den Rand des Ausblicks. Nina schüttelte sich seelisch. Als Paul zurückkam, stellte er das Radio an. Erst als sie wieder in der Stadt waren, sagte er: »Wer entschuldigt sich? Ich?«

»Vergiß es«, antwortete sie. Noch einmal schaute sie ihm in die nußbraunen Augen – Augen, die sie den ganzen Tag studiert hatte – und deutete deren Ausdruck. »Was, soll das etwa mein Fehler gewesen sein?«

»Kümmere dich nicht um mich, Boß«, sagte er. »Ich bin bloß der angeheuerte Helfer.«

15

Sie änderte ihren Namen, als sie durch die letzte Gefängnistür schritt. Nicht mehr Misty. Das war Anthonys Name für sie gewesen.

Sie hieß Michelle.

Nina hatte ihr einen Zwanziger gegeben und das Scheckbuch, mit dem sie an Anthonys Konto bei der Bank of America herankam. Eine Taxe wartete. Ihr kam es vor, als träfe sie von einem ausländischen Hafen ein, von ganz weit, nur daß es keine Begrüßung gab und keine Gefühle der Freude wie beim Nachhausekommen.

Ich bin wieder da in der Welt, aber kein Teil von ihr, und sie fragte sich, ob sie jemals etwas anderes sein werde als das Mädchen, das im Knast gewesen war. Tahoe sah wie ein Bühnenbild aus, der Himmel zu blau, die Sonne strahlte künstlich. Touristenpärchen, die in ihren weiten Shorts die Bürgersteige entlangspazierten, grinsten wie Komparsen. Welche Wahrheit kannten sie, die ihr selbst verschlossen blieb und diese Leute so selbstzufrieden machte?

Sie wollte noch nicht hier draußen sein. Sie war sich nicht sicher, ob ihr altes Lächeln, ihre alten Gewohnheiten zu dem paßten, wie sie sich jetzt fühlte. Sie wollte sich am liebsten in einer Höhle verkriechen.

Erst das Geschäft.

Auf der Bank hob sie fünfhundert Dollar ab. Der Kassierer reichte sie einfach herüber. Na, warum nicht? Es gehörte jetzt alles ihr. Vom Münzfernsprecher rief sie an: Ninas Büro, ihre Mutter in Fresno. Keiner da. Die Mutter war wahrscheinlich beim Gottesdienst. Sie rief in der Praxis von Dr. Greenspan an und hinterließ bei der Anmeldung die Nachricht, daß sie einen Termin haben wollte. Nina würde das nicht gefallen, aber sie brauchte diesen Beistand. Dann stieg sie wieder ins Taxi.

Sie stand immer noch unter dem Eindruck des Gefängnisses: Gordy und Delores und die zerkochten Spaghetti und das Licht aus und das ständige Gefühl, beobachtet zu werden. Sie setzte sich aufrecht hin und schaute sich durch das Fenster die Blumen und das Gras an, das inzwischen hochgeschossen war.

Sie bogen in die Einfahrt des Hauses in den Keys. »Bin in einer Viertelstunde wieder da«, sagte sie, und da sie bemerkte, daß sie zu leise sprach, beugte sie sich zum Fahrer vor, damit er sie verstand.

»Ich warte«, sagte er, »Uhr läuft.«

Sie hob ein Stück des alten, gelben Absperrungsbandes vom Tatort aus dem Gras auf. Im Haus bekam sie einen trockenen Mund von der Muffigkeit. Schmutzige Jalousien filterten das Licht zu einem Tagesdämmer. Die Jalousien hatte sie eigentlich noch nie bemerkt. Aus der Düsterkeit der Diele sah sie den Toaster auf dem Küchentisch stehen. Ach ja, sie hatte das Funktelefon gesucht und dann … wurde sie schläfrig. Ob irgendwo Gas ausströmte? Sie kontrollierte den Herd, aber alles sah normal aus.

Schmutzige Teller und Aschenbecher lagen einsam im Abwaschbecken. In ihrer Lieblingstasse schwamm auf einer eingetrockneten Kaffeepfütze grüner Schimmel. In diesem Haus war die Zeit in einer Donnerstagnacht stehengeblieben.

Den Wohnraum mit den Schiebetüren, durch die man auf den blauen Kanal schaute, hatte sie immer sehr gemocht, doch bei heruntergelassenen Jalousien sprang ihr seine Geschmacklosigkeit in die Augen. Wo hatten sie denn die Möbel gekauft? Oh, im alten Warenhaus Sears in Reno am Tag nach der Hochzeit. Anthony hatte sie die Wohnzimmergarnitur aussuchen lassen.

Sie haßte die Hausarbeit, und sie waren beide unordentlich. Zerschlissene Armlehnen riefen ihr die vielen Abende ins Gedächtnis, an denen Anthony sich den Sport im Fernsehen ansah, während er auf sie wartete. Bierflecke, verschütteter Kaffee und andere alte Ringe, kleine, die meisten saubergerieben, aber immer noch zu sehen, musterten den von Indianern aus der Gegend gekauften Teppich.

Der Couchtisch mit der Glasplatte, den sie ihrer Erinnerung nach am Tage nach Anthonys Verschwinden weggeräumt hatte, fehlte, aber wo waren die Couchkissen? Beweismittel, natürlich. Anthonys Kopf war auf das Kissen gefallen, hatte hinten geblutet, und er war noch bei Bewußtsein gewesen, erinnerte sie sich nun – muß ich Nina sagen; er hatte das Blut mit den Fingern berührt und sich diese so ungläubig betrachtet. Das war, als sie in die Küche rannte …

Als sie sich im Wohnraum umschaute, schämte sie sich wegen des Drecks und der Unordnung. Viele Leute waren hier eingedrungen. Unfreundliche Augen hatten auf dem Foto an der Wand geruht: Sie und Anthony sitzen auf einer Motelveranda in Napa, wo sie ihre Flitterwochen verbracht hatten. Anthony sah noch so viel jünger aus, und das war erst drei Jahre her! Wieso war sein Leben mit ihr nur zur Hölle geworden?

Einen Moment lang dachte sie ans Staubsaugen, verwarf den Gedanken aber wieder. Sie würde jetzt hier nicht saubermachen, wo Anthonys Geist sie auf Schritt und Tritt verfolgte.

Michelle schleppte den leeren Koffer ins Schlafzimmer und zog ihre Schubladen heraus. Anthonys schmutzige Socken verlangten nach Aktivität ihrerseits, und die unordentlichen Bettsachen stimmten in den Ruf ein. Die Pflanzen auf dem Fensterbrett waren längst zu trockenen Strünken verdorrt. Seine Golfmagazine lagen fächerförmig über den Boden verstreut.

Sie stierte auf das Bett. Sie konnte immer noch Anthonys Umriß auf der rechten Seite sehen. In dem schmalen Doppelbett hatten beide Platz, wobei seine Füße unten überstanden. Über die guten Nächte hatte sie Nina nie etwas erzählt – die Nächte, wenn er ihr die Füße rieb und sie überallhin küßte, wenn er ihr zuflüsterte, er werde sie ewig lieben, und sie das hören wollte; Nächte, an die sie die Schnulzen im Radio stets erinnern würden.

Anthony würde immer zu ihrem Leben gehören. Sie konnte sich also ebensogut mit seiner Gegenwart abfinden, denn sein Herz schlug ewig, während sie versuchte, seinem Rhythmus zu entkommen. Er wollte nur ihr Mann sein, aber sie hatte es nicht verstanden, eine gute Ehefrau zu sein. Er hatte gespürt, wie sie sich selbst verachtete und auch ihn, obwohl er die Gründe im einzelnen nicht kannte. Sie hatte seine Grausamkeit heraufbeschworen, und dann hatte sie ihm die Schuld an allem gegeben.

Man hatte ihre Schubladen durchsucht. Sie griff sich eine Handvoll Slips, quetschte sie in den Koffer und packte ihre T-Shirts und Jeans und den Inhalt ihrer Schmuckschatulle drauf. Als sie den Kleiderschrank öffnete, witterte sie Anthony in dem abgestandenen Zigarettenrauch an seinen Sachen.

Beim Umdrehen sah sie im Garderobenspiegel, wie sie sich bewegte, eine Einbrecherin auf frischer Tat, mit verstörtem Blick und abgehärmtem Gesicht. Sie wandte sich wieder um und langte hoch nach der Kassette mit den Briefen und Erinnerungsstücken. Weg. In diesem Haus verschwinden die Dinge einfach, dachte sie unversehens und mußte das aufkommende Lachen ersticken.

»Die Polizei«, sagte sie. Okay, sie brauchte nichts von den Sachen, um sich zu erinnern. Sie konnte ihre alten Zeugnisse und Briefe von den Eltern wiederbekommen.

Sie warf einen letzten Blick in die Küche und entschloß sich, die Kaffeemaschine und den Entsafter mitzunehmen.

Auf dem Rückweg die Hauptstraße entlang sagte sie zu dem Taxifahrer: »Wollen Sie ein komplettes Hausmobiliar kaufen?«

»Umzugsverkauf?« fragte er. Er sah wie ein Collegejunge aus, der ein paar alte Möbel gebrauchen konnte. »Ich bin blank.«

»Grundstücksverkauf«, antwortete Michelle. »Freie Fahrt mit dem Taxi heute? Und morgen, bis ich meinen Wagen hole?«

»Dafür?«

»Nehmen Sie alles. Hier ist der Schlüssel. Nur eins: Das wird eine große Müllfuhre. Sie müssen alles mitnehmen. Ich meine leerräumen. Und sorgen Sie dafür, daß bis Freitag alles weg ist.«

Sie ließ ihn noch einmal anhalten, bei Cecil's an der Grenze des Bundesstaats. Cecil's hatte alles von Sweatshirts mit Segelbooten darauf bis zu Schlüsselringen mit Würfeln und zu Lebensmitteln und jeder Art von Schnaps. Sie nahm eine große Flasche Yukon Jack und ein paar Orangen und Chips. Sie guckte sich die Zigaretten an, aber sie hatte lange nicht mehr geraucht, und die Schachteln erinnerten sie an Anthonys Geruch im Kleiderschrank. Sie entschied sich, sie liegenzulassen.

Der Taxifahrer half ihr, die Sachen in das untere Zimmer im Lucky Chip Motel zu tragen. »Sieht aus, wie wenn's eine Party gibt«, sagte er. »Wenn Sie Gesellschaft brauchen …«

Sie ging zurück ins Zimmer, sagte danke, schloß die Tür und schob den Riegel vor. Dann zog sie die Gardinen zu.

Noch trug sie die Jeans, in denen man sie festgenommen hatte. Sie zog sich aus und fuhr sich mit den Fingern durch die Haare; sie fühlten sich schmutzig und zerzaust an. Einige Wanzenbisse zierten die Beine, und diese hatten eine Rasur nötig. Während sie heißes Wasser in die Wanne ließ, bis sie sich die Finger verbrannte, goß sie sich ein Trinkglas mit einer süßen, goldbraunen Flüssigkeit voll, stellte es auf einen Absatz in Reichweite und versank langsam im Dampf.

Ungefähr eine Stunde danach lag sie in ihrem sauberen Bikinihöschen und einem wohligweichen T-Shirt unter der Decke und trank ihr drittes Glas Yukon aus. Mit der Fernbedienung zappte sie die Sender durch, fand aber fast nichts anderes als Talk-Shows und Nachrichten von CNN. Obwohl es Zeit war, hatte sie keinen Hunger. Im Kabelfernsehen lief wieder *Bonanza;* also schaute sie zu, wie Little Joe eine zerbrechliche Blondine mit den zurückgekämmten Haaren der sechziger Jahre umwarb, der lange gekräuselte Locken vor den Ohren baumelten, und Michelle wußte, das Mädchen war zum Untergang verurteilt. Alle Frauen von Little Joe starben am Ende. Sie würde auf der Pondorosa Ranch begraben werden, gleich hinter der Biegung des Sees, den Kopf Richtung Reno, die Schuhe Richtung Mexiko.

Als sie sich im Bett drehte, drückte sie den Fernseher aus. Sie mußte nachdenken, aber sie war zu betrunken, um nachzudenken. Der Bauch tat ihr weh, und die Art, wie ihr alles im Kopf herumschwamm, beunruhigte sie. Was hatte es für einen Zweck, sich zu besaufen, wenn die bösen Gefühle davon nicht weggingen? Nachdem sie auf die Kopflehne zurückgefallen war, versuchte sie, den Kopf stillzuhalten, und dachte über das Frauengefängnis von Santa Rita nach, wie es Delores beschrieben hatte. Okay, trink, bis alles weg ist.

Nachts um halb drei lag sie hellwach im Bett. Sie wünschte, sie hätte etwas Aspirin gehabt, und fragte sich, wie tief sie noch sinken würde, da bewegte sich der Türknauf. Sie starrte darauf und wollte, daß er sich wieder bewegte. Zuerst passierte nichts, dann drehte er sich wieder. Es wurde an der Tür gerüttelt, sehr leise. Einen Augenblick später vernahm sie ein Kratzen am Fensterrahmen eine Armlänge von ihr entfernt.

Krrrz machte das Fenster.

Sie war noch betrunken. Sie wußte das. Ihre Glieder schwammen in Spiralen, ohne sich zu rühren.

Ein lauteres, schärferes Geräusch verriet, wie das Gazefenster beseitigt wurde. Der kalte Schweiß klebte das T-Shirt an ihre Haut. Ein Beweis so klar wie Michael Jacksons Nase, bevor er sie zerschnitt, hätte Anthony gesagt. Langsam, langsam hob sie den Kopf und zog sich auf den Armen über das Laken aufs Telefon zu. Sie drückte die Null und verzweifelte fast wegen des leisen Geräuschs, das der Apparat machte. Niemand nahm an der Rezeption ab. Mit einem diskreten kleinen Klirren hinter dem Vorhang zerbrach die Fensterscheibe.

Das Geräusch durchdrang ihre Betäubung und ließ ihr alle Angst auf einmal bewußt werden. Vom Schrecken aus der Fassung gebracht, sprang sie in einem Anfall von betrunkenem Heldenmut auf und schlug auf den Unbekannten hinter dem Vorhang ein, wobei sie schrie: »Raus hier, hau verdammt noch mal ab! Hau ab, verdammt!«

Sie hämmerte und brüllte, bis die verärgerten Nachbarn klopfen kamen. Da wußte sie, daß sie nun in Sicherheit war, denn wer auch immer an ihrem Fenster stand, würde jetzt nicht fragen: »He! Was machen Sie da! Sind Sie verrückt?«

Jemand holte Art Wong, und sie standen alle draußen und blickten auf die Scheibe am Boden. »Ich hab Ihnen doch gesagt, keinen Ärger mit Männern«, sagt Mr. Wong und zog sich eine Windjacke über die Jogginghosen. »Das müssen Sie bezahlen.«

Ihr Anblick, wie sie durchnäßt in dem Slip und dem klebrigen Hemd dastand und in der Nachtluft bibberte, beruhigte ihn wieder. »Hier, ich bring das für heute nacht in Ordnung. Wollen Sie, daß ich die Polizei rufe?«

»Nein. Keine Polizei, Mr. Wong«, erwiderte Michelle. »Lassen Sie mich bloß wieder zurück ins Bett.«

»Klingt gut«, sagte er. »Kein Grund zur Aufregung für alle.«

Er brachte sie hinein, und sie versteckte sich wieder unter den dünnen Decken. Nach ein paar Minuten hatte er ein Stück Sperrholz angenagelt. Er klopfte an und kam herein, ging ins Bad und brachte ihr einen Plastikbecher voll Wasser. »Schlafen Sie jetzt. Morgen früh sieht alles wieder besser aus«, sagte er. Sie bedankte sich. »Schnaps nicht gut für eine junge Dame«, erwiderte er und nahm die leere Flasche mit.

Sie drehte sich auf den Bauch, den Kopf auf einen Arm gelegt. Sie würde ohne Umarmung einschlafen müssen. Sie, Michelle, würde allein aufwachen, mit einem Kopf zum Platzen. Sie, Michelle, würde allein zu Rande kommen, weil ihr, Michelle, nichts anderes übrigblieb.

Zwei Tage danach saß Michelle auf der Couch in Bruno Cervenkas Praxis im Medizinischen Zentrum der Universität von Kalifornien in San Francisco. Nina, die sie hergefahren hatte, wartete draußen.

Der alte Herr, ein Nikolaustyp, saß im Rollstuhl und hatte eine tiefe Stimme mit leichtem Akzent. Ein paar Minuten unterhielten sie sich über ihre Behandlung bei Dr. Greenspan. Sie erklärte, sie fühle sich bereit zur Hypnose.

Es war still im Sprechzimmer, so daß Michelle das Tonbandgerät leise auf seinem Schreibtisch surren hörte. Dr. Cervenka rückte näher heran und sagte: »Ein paar tiefe Atemzüge würden Ihnen guttun.« Michelle atmete tief durch, mit dem Zwerchfell, wie sie es bei Dr. Greenspan gelernt hatte. Ein langer Seufzer entfuhr ihr, und der Doktor sagte: »Sehr gut. Bei jedem Ausatmen werden Ihre Augenlider schwerer, ein bißchen schwerer, bis Sie die Augen einfach nicht mehr aufhalten können, und Sie beginnen sich zu entspannen, fühlen sich so friedlich, und jetzt sind Ihre Augen geschlossen, und Sie atmen immer noch sehr langsam und tief, und nun, meine Liebe, wenn ich von zehn rückwärts zähle, dann werden Sie noch tiefer und tiefer in diese Entspannung versinken ... zeigen Sie mir nur mit einem leichten Nicken an, wenn Sie bereit sind, noch tiefer zu versinken, Michelle, ich sehe das dann ... Danke. Zehn ...«

Er zählte sie die zehn Stufen herunter, und ihre Füße verloren das Gefühl, so daß sie sich nicht bewegen konnten, selbst als sie ihnen befahl, sich zu bewegen. Sie ließ ihre Beine einschlafen, ihren Bauch, ihren Rücken, beide Arme. Seine tiefe, summende Stimme suggerierte ihr, die Kopfhaut zu entspannen, den Unterkiefer, behaglich zu gähnen, die Augen. Die ganze Anspannung war verflogen, und sie sackte auf ihrer braunen Couch zusammen, die Augen geschlossen. »Ihr Atem würde keine Feder bewegen«, sagte der Doktor, »aber Sie hören mich, und Sie wollen meine Fragen beantworten. Nicken Sie, wenn Sie meine Fragen beantworten wollen, meine Liebe.«

Sie nickte. Ihr Körper schlief, aber ihr Geist blieb wach.

»Wir wollen jetzt zurückgehen, nach Subic Bay auf den Philippinen. Sie wohnen dort bei Ihrem Vater und Ihrer Mutter...«

Sie atmete nun viel schneller, viel schneller, und ein Schrei brach aus ihr heraus, sehr laut im Sprechzimmer: »O nein, o nein, o nein...«

»Sie sind ganz ruhig, es gibt nichts, wovor Sie sich fürchten müssen ...«

In später Nacht aus dem Bett gezerrt, reibt sie sich die Augen, heiß in der Dunkelheit, an den Leib der Mutter gedrückt, die Mutter schluchzt, und Michelle weint, und Daddy war wieder da, kam auf sie zu, betrunken, mit ausgestreckten Armen ...

»Entspannen Sie sich, meine Liebe, Sie sind in Sicherheit. Erzählen Sie mir, was Sie sehen, weshalb Sie weinen müssen ...«

»›Ich nehme sie, Barbara. Ich behalte meine Tochter ...‹«

»Gut so, machen Sie weiter und erzählen Sie es mir, Michelle«, sagte der Doktor.

»›Du kannst sie nicht kriegen! Egal, was ich getan habe! Ich lasse das nicht zu!‹ Aber Daddy zerrt mich weg, und ich schreie, ziele mit Mommys Autoschlüssel ... ›Tu ihr nicht weh!‹ – Daddy und Mommy zerren an mir, ich rieche Daddys Schweiß, den Alkohol ...

›Daddy! Daddy!‹ Ein Schrei trauriger als Tränen quillt heraus. ›Oh, Mommy, ich krieg keine Luft.‹ Mommy schreit! Und Daddy ...!«

»Und nun vergessen Sie wieder, die Erinnerung verblaßt. Wenn ich bis drei zähle, werden Sie wieder ganz ruhig und friedlich sein. Eins! Zwei! Drei!«

Dr. Cervenka sprach sie an, und sie fühlte sich entspannt, ein bißchen schläfrig ...

»Nicken Sie mit dem Kopf, wenn Sie mich hören können. Gut. Ihre Augen sind immer noch so schwer, und Sie schlafen so fest, aber Sie können mich hören, und Sie wollen meine Fragen beantworten. Nicken Sie mit dem Kopf. Ja, gutes Mädchen ...«

Sie nickte mit dem Kopf ...

Und der Doktor sagte: »Gut nun, Michelle, Sie machen das sehr gut. Wir wollen uns jetzt über die Nacht unterhalten, in der Anthony verschwand. Möchten Sie das tun?«

Michelle nickte leicht, als ihr Gedächtnis bis zu der Nacht zurückging. Da war sie, steuerte die Einfahrt hinauf, Schneeflocken schimmerten im Scheinwerferlicht.

»Wie fühlen Sie sich, als Sie Anthony sehen?«

»Ich hoffe, daß er schläft. Aber er hat gewartet.«

»Erzählen Sie mir, wie fühlen Sie sich?«

»Ich mach mir richtige Sorgen. Er ist wütend wegen was. Er will mit mir schlafen. Oh, und ich bin auch wütend, weil er verlangt, ich soll mit der Therapie aufhören, aber ich laß mir nichts anmerken. Ich hab dran gedacht, ihn zu verlassen, aber ich sage nichts, damit er nicht in Fahrt kommt; ich will bloß die Nacht heil überstehn. Er verlangt, daß ich was mit ihm trinke, und ich tu's, weil dann nicht alles so beschissen ist. Er lächelt und zeigt ihn mir. Er steht ihm. Sie wissen schon.« Sie konnte ihre Stimme hören. Sie klang tot.

»Er begrapscht mich. Er reibt seine Backe an mir, und die ist rauh. Ich kann ihn riechen. Dann versucht er, mich hochzuheben, redet schweinisches Zeug. Er ist echt stark, aber mein rechter Arm ist noch frei. Ich hab mehr Angst als sonst, und ich weiß nicht, warum. Wie der seine Arme um mich schlingt … da fühle ich mich so in der Falle. Ich will mich bloß loswinden. Eine Hand hab ich draußen, also fuchtle ich damit rum und packe, was ich erwische. Ich hole aus und schlag ihn auf den Schädel. Er sackt zusammen und läßt mich los, also spring ich runter und zerr ihn auf die Couch. Er blutet und hat die Augen geschlossen. Ich schüttle ihn, ruf ihn.«

»Wie fühlen Sie sich jetzt?«

»Ich hab gewußt, daß ich irgendwann mal so was tun werde … was Böses. Wie ein böses Omen«, sagte Michelle, die Augen noch offen, niedergeschlagen. »Oh, ich versteh schon.«

»Was verstehen Sie?«

»Na, für mich gibt's keinen Ausweg. Ich …«

»Fahren Sie fort, Michelle.«

»… tue Menschen weh.«

Nach einer Pause sprach sie weiter: »Ich geh das Telefon suchen.«

»Ist er bewußtlos?«

»Ich glaub nicht. Ich hör ein Geräusch. Ich renne zurück.«

»Und dann?«

»Ich trag nun Schwarz. Bin ich tot?«

»Nein, Sie verlassen den Raum. Hören Sie zu. Sie sind absolut in Sicherheit, ganz ruhig.« Sie hörte den Doktor reden. Das zog sie von dem Raum weg. Sie keuchte. Ihre Augen waren wieder geschlossen.

»Sie entspannen sich tief, ganz tief«, sagte Dr. Cervenka, aber es traf nicht zu, ihr Körper war still und warm, aber ein schreckliches Gefühl überkam sie, das von ihrer Vergangenheit in ihre Gegenwart drängte und sie mit Schmerz erfüllte. Sie konnte sich weder rühren noch aufschreien, das furchtbare Gefühl lähmte sie. Das war das Gefühl, das machte, daß sie sterben wollte.

Der Doktor wußte das nicht. »Gut«, sagte er. »Wenn Sie sich wohl fühlen und beruhigt haben, können Sie mir etwas mehr darüber erzählen, was geschah, nachdem Sie in den Wohnraum zurückgekommen waren.«

Schande. Sie schämte sich so.

Sie begann zu weinen. Sie begriff nun, wie sehr sie Anthony verletzt hatte. Er hatte sie geliebt.

Er hatte recht gehabt, was sie anging. Sie war eine Schlampe. Jahre von Schande und Schuld trieften aus ihr.

»Erzählen Sie mir darüber.«

»Ich hab ihn getötet«, sagte sie.

Der Doktor sagte kein Wort. Sie konnte hören, wie er in seinem Notizbuch blätterte. Schließlich sprach er weiter: »Ist Anthony aufgewacht? Hatten Sie Angst?«

»Nein.«

»Was wollen Sie mir sonst noch erzählen?« sagte er sehr ruhig.

»Das ist alles. Das ist es, was passiert ist«, antwortete sie. Ihre Augen standen offen, ihr Körper war still, stumm, schlafend. Selbsthaß brannte in ihr.

»Was fühlen Sie jetzt, Michelle?«

»Haß«, sagte sie.

»Was geschah dann?«

»Nichts. Ich bin zu Bett gegangen.«

Er schnippte mit den Fingern. »Kommen Sie zurück, Michelle.«

»Ich kann mich an die Sitzung nicht erinnern«, sagte Michelle zu Nina, als sie auf die Bay Bridge Richtung Osten nach Tahoe kamen. »Auch an die Sitzungen mit Dr. Greenspan hab ich mich nie erinnern können.«

Sie wußte nicht, was sie sagen sollte, da Nina so schwieg.

»Was bei der Hypnose geschieht, ist nach wie vor nicht völlig klar«, sagte Nina. »Es ist eine knifflige Sache mit dem Verstand. Der Doktor wird sich das Band noch einmal anhören und mich danach anrufen.«

»Was ich auf dem Band sag, das über Anthony? Wie ich ihn

getötet hab? Wie kann ich das glauben? Selbst jetzt, hier im Auto, kann ich mich nicht besinnen, daß ich ihm noch einen Schlag versetzt hab. Wenn ich in mich reingucke, in alle Ecken, finde ich nichts, wo ich annehmen muß, daß ich ihn umgebracht hab, aber so ist's doch aus mir rausgekommen, nicht wahr? Sie glauben womöglich, ich hab Sie angelogen oder so. Glauben Sie mir, Nina, ich hab Sie nie angelogen.«

»Sie haben mich aber bestimmt verdammt sehr durcheinandergebracht.« Die Anwältin setzte sich die Sonnenbrille auf, als sie auf den Freeway von Berkeley kamen. Michelle hielt sich wegen ihrer starken Kopfschmerzen die Hand vor die Augen.

»Aber ich erkenne jetzt, daß ich mich irgendwo ganz tief drin an meine Vergangenheit erinnere, an alles. Irgendwas ist passiert – aber es ergibt keinen Sinn. Ich hab nie erlebt, daß sich meine Eltern gestritten haben. Ich hab nie erlebt, daß mein Vater trinkt. Das ist Dad für mich, nicht Daddy.«

»Vielleicht hat er sich geändert, und Sie sind erwachsen geworden. Ich bin bloß Rechtsanwältin. Misty … Michelle. Ich schätze, wir sollten uns über Ihre rechtlichen Möglichkeiten unterhalten.«

Nina klang so niedergeschlagen.

Auf der Interstate 80 gerieten sie in den Rush-hour-Stau. In dem BMW links von ihnen sprach ein Mann ins Telefon. Hinter ihm konnte Michelle über die Flut von Autos hinweg die Schlammzone der Bucht sehen, die mit ganz merkwürdigen Gebilden aus Treibholz verziert war.

»Mir platzt noch der Kopf, Nina. Ich muß ein paar Minuten abschalten.«

Als Michelle wieder aufwachte, waren die Kopfschmerzen weg. Sie nahmen gerade den langen Anstieg östlich von Sacramento, mit dem die Sierra anfängt. Der Sonnenuntergang zeichnete glutrote Streifen in die Rückspiegel. Nina griff in einen blauen Beutel zu ihren Füßen und grub etwas Wasser und Crackers aus. Eine Zeitlang schwiegen beide.

Schließlich meldete sich Michelle zurück. »Was glauben Sie, soll ich tun?« fragte sie.

»Darüber habe ich nachgedacht. Wir haben ein inoffizielles Angebot von Collier Hallowell über die Reduzierung der Anklage auf Tötung im Affekt. Normalerweise müßten Sie auf mehrere Jahre ins Frauengefängnis. Ich denke, wir sollten auf diese inoffizielle Absprache eingehen und versuchen, Sie statt dessen in einer psychiatrischen Einrichtung unterzubringen. Dort könnten Sie behandelt werden.«

»Vielleicht wenn wir weiter nachforschen ...«

»Oh, Michelle. Wir wollen doch nicht Ihr Geld zum Fenster hinauswerfen«, sagte Nina. »Da könnten wir ebensogut auf Grizzlyjagd gehen.«

»Da soll ich für den Rest meines Lebens eingesperrt und ruhiggestellt und eine Mörderin genannt werden! Wie ich meine eigene Stimme auf dem Band sagen gehört hab, ich hab ihn getötet ... ich kann meinen eigenen Worten nicht glauben.« Sie schlug sich mit der Hand an die Schläfen. »Ich hab's gesagt, ich hab's gehört, aber ich glaub's nicht.«

Nina tätschelte ihr die Hand.

»Zeit, daß meine Seele weiterwandert zu meinem nächsten Leben. Das hier hab ich vermasselt«, sagte Michelle mit zitternder Stimme.

»Das sind nur ein paar Jahre, Michelle. Sie sind noch sehr jung. Wenn Sie herauskommen, können Sie noch einmal anfangen, gestärkt.«

»Ich hab genug vom Leben in einer Zelle, Nina.«

Etwas später meinte Michelle, sie müsse Verschiedenes im Supermarkt besorgen. Nina hielt an der Abzweigung Apple Hill an, und zusammen mit den benötigten Sachen kaufte Michelle noch eine große Flasche Jim Beam, weil sie etwas haben wollte, das nicht so süß wie das Übliche war. Ihre Stimmung war umgeschlagen. Sie dachte, jetzt könnte sie einen Monat lang blau bleiben und würde dann nichts mehr fühlen. Als Michelle wieder einstieg, erkannte Nina an der Form, was sie im Beutel hatte.

»Geht's nicht ohne das?«

»Warum zum Teufel lassen Sie mich nicht mal einen Augenblick in Ruhe?«

»Sie müssen sich darauf einrichten, daß Sie zurück nach Fresno ziehen, Michelle. Sie können nicht länger im Lucky Chip bleiben nach dem, was Sie mir erzählt haben.«

»Denken Sie, es war der Taxifahrer? Oder ein Kumpel von ihm, dem er von mir erzählt hat? Ich muß ihm vorgekommen sein wie eine ziemlich verzweifelte Frau. Was hat der denn geglaubt? Er kann sich da einfach reinschleichen und sich vorstellen?« Sie lachte auf. »Vielleicht hätte das ein andermal geklappt. Jedenfalls hab ich dem einen solchen Schreck eingejagt, daß er bestimmt nicht mehr wiederkommt.«

»Hören Sie zu, wenn es Ihnen schwerfällt, zu den Eltern zu ziehen: Meine Schwägerin Andrea leitet hier in der Stadt ein Frauenhaus. Vielleicht wäre das Ihrem Vater lieber. Ich habe ihr von Ihnen erzählt ...«

»Sie vor mir gewarnt, huh?«

»Das könnte für Sie eine ... Zuflucht sein. Dort wohnen Frauen und Kinder mit familiären Schwierigkeiten.«

»Ich glaube nicht.«

Nina schaute Michelle an. Sie sagte: »Sie müssen da nicht allein hingehen. Ich bringe Sie hin. Da gibt es ein Zimmer in einem Haus nahe bei Regan Beach. Da sind Sie ungestört und sicher. Andrea ist Betreuerin, sie würde Ihnen gern helfen.«

»Okay«, entschied Michelle plötzlich. »Für ein paar Tage wenigstens. Es lebe der Fusel!« Sie öffnete die Flasche und nahm einen langen Schluck, was ein Fehler war, denn beim Hinunterschlucken brannte es. Hier war sie also und baute bei Nina denselben Mist wie bei den anderen. Das Seltsame bei diesem beschissenen Verhalten war, sie haßte sich dabei im Augenblick, wenn sie es tat, und deswegen wollte sie dann immer noch mehr aufdrehen. Das hätte sie mal mit Dr. Greenspan ausprobieren sollen, als sie noch Gelegenheit dazu hatte.

Nina fuhr den Bronco an den Straßenrand und sagte: »Wenn Sie fertig sind, stecke ich die Flasche in den Kofferraum, dann können wir weiterfahren.«

Michelle nahm noch einen Schluck, den sie eigentlich nicht wollte, bevor sie Nina die Flasche reichte.

Als sie um die Kurve zu den Klippen von Twin Bridges bogen, ging der Mond auf. Zur Linken erblickte Nina die Umrisse ungeheurer Granitfelsen und rechts unter ihnen eine Leere. Die Straße hier schleuderte sie zurück und vor wie ein Pendel.

Es dauerte eine Weile, bis sie einen Wagen hinter sich bemerkten. Lange Zeit hatte er Abstand gehalten, und jetzt fuhr er auf bis dicht an die hintere Stoßstange.

Nina hielt sich gerade noch an die zulässige Höchstgeschwindigkeit, mußte aber wegen der Kurven auf der sonst leeren Straße abbremsen.

Das Auto hinter ihnen betätigte die Lichthupe.

»Noch so ein dämlicher Kerl, der sich zu Tode fahren will. Wo denkt der denn, daß ich Platz machen kann? Wir sind hier nicht in San Francisco, Joe«, sagte sie. »Kühl deine Düsen!« Sie nahm das Tempo zurück.

Das fremde Auto ließ sich ein bißchen zurückfallen, aber Nina war beunruhigt. Vielleicht sollten wir irgendwo anhalten, wollte sie gerade sagen. Bevor sie den Mund aufmachen konnte, wurde der Bronco von hinten gerammt und schoß weg, außer Kontrolle. Die Karambolage rüttelte ihre Knochen durch und ließ ihre Hand vom Lenkrad wegfliegen, und sie schrammten nach rechts auf den Abgrund zu.

Nina stemmte den Fuß auf die Bremse. Die Räder blockierten, schlitterten und zogen eine schwarze Gummispur.

Sic versuchte, schnell zu korrigieren, pumpte sanft das Bremspedal und lenkte gegen, kämpfte wie wild um die Kontrolle über das Fahrzeug und betete dabei laut zu allen Göttern, die ihr einfielen. Das Auto hatte sich aber schon weit gedreht, denn sie war nicht schnell genug gewesen. Sie hörte Michelles Schrei, als der Bronco einen Satz auf die Kante zu machte; dort wippte er einen langen Moment und stürzte dann vornüber ins Leere.

Sie drehten einen langen, stummen Salto.

Beim ersten großen Aufschlagen aufs Dach wurde Michelle zwischen den Sitzen eingeklemmt. Metall wurde knirschend zermalmt. Michelle kreischte gellend auf, Nina schimpfte und fluchte.

Nach der ersten Überraschung des Fallens und dem ersten zermalmenden Aufschlag begriff Nina, daß sie sich im Zentrum des eigenen Todes befand. In dem Moment beugte sie sich der Macht dieser schrecklichen Angst.

Wieder in der Luft, flogen sie kopfüber, noch keine Schmerzen. O Gott, bloß keine Schmerzen …

Der nächste krachende Aufprall zerquetschte und verformte Blech. Sie landeten erneut auf dem Dach, das einbeulte, bis es auf ihre Köpfe drückte.

Kein Blut spritzte. Keine Todesangst. Nina flüsterte: »Misty?« Keine Antwort.

Der Bronco rutschte.

Schnell den Berg hinuntergleitend und holpernd, trieb der Wagen noch ungefähr zehn Meter weiter, bis er gegen eine riesige Eiche schlug, die festgeklemmte Hupe heulte laut auf, der Wagen stak fest, die beiden Frauen hingen seitwärts in den Gurten.

»Nicht bewegen!« rief Nina. »Lebst du noch?« Sie mußte brüllen bei der lauten Hupe.

»Ich bin hier«, antwortete Michelle schwach. Sie begann, sich zwischen den Sitzen freizuwinden.

Nina fing an zu reden, sie schwadronierte drauflos über den Drecksack, der sie von der Straße abgedrängt hatte, brabbelte ihre letzten Wünsche für ihren Sohn, ihre Gedanken über den Himmel, die Seelenwanderung, das Sterben, verfluchte die Geizkragen der Autofabrik von Detroit und das ABS, das sie von denen nicht kriegen konnte, stammelte ihre Angst, daß Feuer ausbricht, und regte sich schließlich ungefähr zwei Minuten später ab, total erschöpft. Sie suchte Michelles Hand, drückte sie fest. Dann sprachen beide gleichzeitig unzusammenhängendes Zeug.

Und mittendrin in dem Wahnsinnskrawall von Hupe und ihren Stimmen schüttelte es den Bronco ein letztes Mal, dann löste er sich und schob, seitlich auf Michelles Tür liegend, wie ein Schlitten auf einem Schneehügel den Berg hinunter. Abwärts rutschten sie, laut kreischend, an den Stämmen von Bäumen vorbei über niedriges Strauchwerk und felsige Buckel hinweg, bis ein endgültiger Stoß die Hupe zum Schweigen brachte und Ninas Zähne aufeinanderschlagen ließ, so daß sie Blut im Mund schmeckte. Sie öffnete ihre Tür, kletterte hinaus, setzte sich dann auf die Hecktür, um Michelle aus dem Wrack zu helfen, das so pockennarbig aussah wie ein eingeschlagener Meteorit.

Den steilen Abhang kamen sie nicht hinauf, weil der Bronco über ihnen festsaß; deshalb kletterten sie hinunter auf einen schmalen Sims, von wo sie die Felswand weiter abwärts überblicken und sich den Rest des langen Sturzes vorstellen konnten. Der Bronco hing über ihnen schräg an einem kläglich kleinen Baum, nur knapp sieben Meter hoch, der auf dem Vorsprung wuchs. Wer hätte das geglaubt, daß dieses jämmerliche, dürre Bäumchen so stark wäre! Nina stand neben Michelle, die Arme um den eigenen Körper geschlungen. Und ganz plötzlich war all die Gewalt verebbt, und es war kein Laut mehr zu hören.

Beide schauten nach oben. Sie befanden sich siebzig, achtzig Meter unterhalb jenes Berges, auf dem die Straße zwischen noch höheren Gipfeln verlief. Mit weiten Augen blickte Nina Michelle an, heftig zitternd, die Finger an den Lippen.

Dann zerriß die Stille, als der kleine Baum der enormen Last des Broncos wich.

Wie Ziegen kletterten sie den Sims entlang, den Bronco direkt über sich, und als er vorbeidonnerte, wurde Mistys Rock vom zerbrochenen Seitenspiegel erfaßt.

Nina drehte sich um zu ihr, packte sie bei den langen skandinavischen Haaren und hielt fest, wie sie noch nie in ihrem Leben etwas festgehalten hatte, den Rücken an die Felswand gepreßt, den anderen Arm um einen Ausbiß geklammert. Der Arm, der Misty hielt, fühlte sich an, als würde er gleich auskugeln, und sie ächzte vor Schmerz, aber der Bronco flog längst tief unter ihnen weiter, während Nina immer noch die Haare gepackt hielt und Michelle sie anbrüllte loszulassen, aber ihre Hand wollte sich nicht gleich öffnen.

Nina half Misty, wieder auf den Vorsprung zu krabbeln. Ihr Rock war gänzlich weggerissen. Sie klammerten sich an den nackten Fels, atemlos; Nina hielt den Arm lose baumelnd und wartete. Eine ziemliche Weile später hörten sie ein fernes Splittern und dann einen dumpfen Aufschlag, als der Bronco im Wald verschwand.

Nina kletterte vorneweg den Berg hinauf, langsam und vorsichtig, Michelle hinter ihr her. Sie waren fast wieder oben an der Straße, als Michelle sagte: »Der steht doch nicht etwa oben und lauert auf uns?« Sie schauten einander an und versuchten, still zu sein.

Zuerst hob Nina ihre Augen über die Kante. Sie erblickte nichts als die Straße und einen knappen Kilometer weiter hinunter die Kurven und die Lichter von Twin Bridges. Kein Auto, kein Mensch. Sie zog sich hoch, Michelle dicht hinter sich. Sie brauchten es nicht auszusprechen. Falls jemand aus dem Gebüsch trat, würden sie kämpfen, aber es kam niemand.

Dann sackten sie an der Kante des Asphalts zusammen.

Nina schaute sich das traurige Häufchen Michelle an. Michelle richtete glasige Augen auf die Frau, die ihre Rechtsanwältin war.

»Sie sehen aus, als wär ein Sattelschlepper ein paarmal über Sie weggerollt und hätte obendrein noch seine ganze Ladung Kuhscheiße auf Sie abgeladen«, sagte Michelle, nachdem einige Augenblicke überhaupt nichts passiert war; sie rappelte sich hoch und staubte sich mit diesen unglaublich langen Fingern ab, die jetzt dreckig und zerschunden aussahen.

»O ja?« Nina warf ihrer Begleiterin einen kalten Blick zu. »Na, und Sie sehen aus, als wären sie auseinandergerupft und wieder zusammengesetzt worden, von einem dreijährigen … Hirni.« Da mußten beide lächeln. Nina versuchte auch aufzustehen, hatte aber Schwierigkeiten damit.

»O ja? Wie wär's damit: Sie …« Michelle zeigte trübsinnig auf Nina, die sich mit einer Hand auf das Knie stützte und sich aufzurichten bemühte … »Sie sehen aus wie das, was die streunende Katze sich reinschob, fraß und ausgekotzt hat.« Jetzt lachten sie mit Tränen im dreckverschmierten Gesicht.

»Das Ganze hat sich schon deshalb gelohnt, weil Sie nun diesen schrecklichen Rock los sind«, sagte Nina, noch wacklig. Michelle mußte so sehr lachen, daß sie aufgab und noch mal auf den steinigen, vom Mond beschienenen Weg fiel.

16

»Der Bronco hat Totalschaden«, sagte Nina. Nach einer langen Nacht und einem langen Vormittag erzählte sie Sandy von dem Unfall. »Da gibt es unten einen Weg zum Holzabfahren. Matt holt Winden und Kräne und schweres Gerät. Der Mann von der Versicherung ist heute nachmittag draußen in Twin Bridges, um sich das mit ihm anzuschauen.«

»Wenigstens haben Sie keinen Totalschaden. Sie sollten zum Arzt gehen«, sagte Sandy. Sie saß hinter ihrem Schreibtisch, majestätisch und unnachgiebig, wie schon zum Inventar gehörend. Ausgestreckt auf einem der Stühle im Vorzimmer, begriff Nina, wieso einige Klienten lieber draußen auf dem Gang warteten.

»Ja. Ich möchte gern wieder kämpfen. Schlimmer Arm, überall Prellungen, aber nichts gebrochen. Ich habe noch nie zuvor ein Wunder erlebt, Sandy. Sie können sich nicht das großartige Gefühl vorstellen, heute früh aufzuwachen. Außerdem hat die Versicherung zugestimmt, diese Woche noch für das Auto zu zahlen.«

»Na, das ist wirklich ein Wunder. Wie geht's der Mandantin?«

»Im Frauenhaus ist sie sicher. Sie hat noch geschlafen, als ich da anrief. Andrea sagt, heute früh tat ihr der Rücken weh, und sie hat sich einen Finger verstaucht. Andrea nimmt sie heute nachmittag mit zum Arzt.«

»Was sagt die Polizei?«

»Die sagen, ohne eine genauere Beschreibung des Autos, das uns gerammt hat, können sie nicht viel machen. Sie meinen, die Kurven bei Twin Bridges sind schon berüchtigt wegen der hohen

Unfallquote. Sie sagen, es war dunkel, und jemand fuhr zu schnell auf und haute dann ab.«

»Aber Sie sagen, das stimmt nicht«, bemerkte Sandy.

»Dafür wurden wir zu hart gerammt. Es war fürchterlich. Es war Absicht. Jemand hat versucht, mich oder Michelle oder uns beide umzubringen.«

»Ich habe niemandem erzählt, daß Sie nach San Francisco fahren«, sagte Sandy. Sie wirkte erregt.

»Bruno sagt, von ihm wußte es auch keiner. Ich werde Michelle fragen, ob sie ihrer Mutter etwas gesagt hat oder Rossmoor oder sonst jemandem.«

»Wieso kann das nicht einfach Zufall gewesen sein?« fragte Sandy. »Vergangenes Jahr habe ich zwei Unfälle mitgemacht. Denken Sie mal an den Wind, die Berge, die Schneestürme, die Besoffenen – hier oben hat man es ständig mit Unfällen zu tun.«

»Ich war doch dabei, Sandy. Ich habe doch den … Vorsatz des Fahrers hinter mir gespürt. O Gott!«

»Was denn?«

»Ich habe Greenspan erzählt, daß wir nach San Francisco fahren. Und wenn er's gewesen ist?«

»Warum?«

»Ich weiß nicht, warum, aber er wußte von der Fahrt. Sandy, rufen Sie Paul in Monterey an. Fragen Sie ihn, ob er Greenspan etwas genauer unter die Lupe nehmen kann.«

»Paul hat schon angerufen. Er schickt seine Berichte mit der Übernachtpost. Nächste Woche kommt er wieder her. Ich kann ihn noch erreichen, wenn ich ihn gleich anrufe.« Sandy blätterte in ihrer Drehkartei und fing an, die Knöpfe des Telefons zu drücken. Nina stand auf, massierte sich den einen Arm und ging in ihr Büro. Sie mußte ihre Anträge auf Nichtzulassung von Beweismitteln durchlesen und korrigieren, denn bis zur Voruntersuchung war es nur noch eine Woche, und sie würden zur gleichen Zeit behandelt werden. Danach wollte sie nach Hause gehen und sich hinlegen.

Callas – wie aufmerksam von Paul oder Sandy, dachte sie – begrüßten sie in einem verwegenen Arrangement mitten auf ihrem

Schreibtisch. Sie sollte ihnen irgendwann einmal schonend beibringen, daß diese fremdartigen Dinger besser auf einen Sarg als auf einen Schreibtisch passen.

Sie zog einen kleinen Umschlag aus dem Bukett, der mit einer Plastikklammer befestigt war, und nahm die Karte heraus. Als sie sie las, wurden ihr die Knie weich, und sie fiel zurück in ihren Sessel.

Nächstes Mal mehr Glück! stand darauf. Es war mit einem Filzstift in Druckbuchstaben geschrieben. Keine Unterschrift.

Die Polizei würde das nicht groß beeindrucken, aber sie hatte es erhalten.

Eine Botschaft der Arglist und des Todes.

Sie saß immer noch regungslos da, als Sandy hereinkam. »Ich habe Paul am Apparat«, sagte sie. »Ich vergaß, Ihnen mitzuteilen, Collier Hallowell meldete sich bei Ihnen für nach dem Lunch an. Sagte, er hat einige Unterlagen für Sie.«

Sie schaute die Blumen an, dann wieder Nina.

»Wie sind die denn hier reingekommen?« fragte sie.

Das alte Ferienhaus am Ende der Ohlone Street dicht beim Regan Beach war das Frauenhaus von Tahoe, ursprünglich erbaut von einer Dame namens Annabella Wright. Als sie vor zehn Jahren starb, hatte sie das Gebäude South Lake Tahoe als Schenkung übereignet und einen ansehnlichen Privatfonds zum Unterhalt hinterlassen. Die Stadt verwendete das Haus als Obdach für mißhandelte Frauen, obgleich man schon einen sehr guten Grund haben mußte, um davon etwas zu erfahren. Wie das Testament abgefaßt war, diente das Geld lediglich dem Unterhalt, was bedeutete, daß nur begrenzte Finanzmittel für Verbesserungen zur Verfügung standen. Demzufolge gab es in der Küche keinen Geschirrspüler oder Müllschlucker, aber Andrea hatte vor zwei Wochen ein Haushaltsgeschäft überredet, einen Hochleistungswäschetrockner zu spenden, und allen versichert, daß sie am Ende alles, was noch gebraucht wurde, beschaffen würde und daß das Geld auf der Straße lag, man brauche die Sponsoren nur anzuzapfen. Michelle glaubte, wenn Andrea das sagt, dann schafft sie das auch; sie war eine Frau, die mit einem Blick einen Hurrikan besänftigen konnte.

Wenn alle zu zweit oder zu dritt in den Zimmern wohnten, konnten acht Frauen und zwölf Kinder dort leben. Die Frauen gaben sich Mühe, miteinander auszukommen, denn sie hatten alle Schwierigkeiten mit dem Gesetz oder mit ihren Ehemännern oder Vätern, und sie brauchten Frieden, obwohl ab und zu mal jemand beruhigt werden mußte. Niemand durfte länger als dreißig Tage dortbleiben, was für Michelle sehr schade war, denn sie wachte auf, frühstückte mit Andrea, und es kam ihr zu Bewußtsein, wie einsam und verloren sie vorher gewesen war und was für ein idealer Ort das für sie war.

Ihr kleiner Finger tat noch weh, und sie konnte ihn nicht krümmen. Andrea hatte ihn verbunden und verkündet, sie würden um drei zum Arzt gehen. Trotz der Schmerzen von den Zehen bis zur Stirn beschäftigte sie immer noch ihre Rettung vor dem Tode.

Im Geiste ging sie den Unfall noch einmal durch, besonders den ersten Moment, als sie über die Klippe rollten. Zunächst hatte sie gedacht, jetzt sterbe ich. Ein Teil von ihr hatte gemeint, wird auch Zeit! Endlich ist's vorbei, was für eine Erleichterung! Als das Auto zum erstenmal aufschlug, in dem krachenden Augenblick begriff sie, was Tod bedeutet – das Ende von Michelle, das Auslöschen von allem –, und ein anderer Teil von ihr sagte, ich bin noch nicht soweit.

Wie sie nun heute im Frauenhaus herumspazierte, da schlich sie gleichsam auf Zehenspitzen durch eine andere Welt, die das Wunder des Überlebens reich und groß gemacht hatte. Ein Tischradio spielte eine Melodie für zwei Kinder, die betrunkene Schlampe spielten, sich lachend schwindlig drehten und hinfielen; auf der Brust einer Frau glitzerten und hoben und senkten sich die Glaskugeln einer Halskette im Atemrhythmus ... Oh, sie konnte sich hier so viel Glück vorstellen, und die sanften Tränen, die sie sich lächelnd abwischte, waren Tränen der Dankbarkeit, nicht mehr der Angst und des Selbsthasses.

Es mußte einen Grund geben, weshalb sie noch da war.

Michelle hatte nie viel mit Kindern zu tun gehabt, doch an diesem wunderschönen Maimorgen kramten mehrere von den zehn im Asyl wohnenden Kindern ein altes Monopolyspiel hervor und baten Michelle mitzumachen. Die meisten Häuser und Hotels fehlten, aber darauf kam es nicht an; sie benutzten Pokerchips als Geld und zogen einfach um die Spielfläche herum und kamen auf Immobilien, das Ereignisfeld oder das Gemeinschaftsfeld.

Nach dem Brettspiel rannten sie alle hinaus und droschen bei einem hundsgemeinen Ausweichspiel den Ball gegen das Garagentor. Michelle beobachtete sie dabei: Die Kinder spielten hart und gemein, sie paßten aufeinander auf und vertrugen sich wieder, besser als Erwachsene, freundlicher.

Alle außer Andrea und Michelle gingen nach dem Essen ins Kino, um sich den Disney-Film mit dem Hund anzuschauen. Die Eintrittskarten rissen ein großes Loch in das Wochenbudget, aber Andrea meinte: »Scheiß drauf! Das ganze Frauenhaus ist doch dafür gedacht, Mütter und Kinder daran zu erinnern, daß das Leben weitergeht und sie auch manchmal Spaß haben können.« Andrea ging in ihr Büro, um sich der ungewöhnlichen Stille und den Rechnungen zu widmen. Michelle legte sich eine Weile hin.

Sie rollte sich auf ihrem Bett zusammen, nicht um zu schlafen, sondern um sich zu erinnern. Es gab da so viel, auf das sie sich besinnen mußte. Jetzt würde sie keine Angst mehr vor ihrem Gedächtnis haben.

Dr. Greenspan konnte ihr helfen. Sie stand wieder auf und wählte am Münzfernsprecher in der Diele seine Nummer, die sie auswendig wußte. Sie erkannte Mrs. Greenspans Stimme; das übrige Personal mußte beim Lunch sein.

»Ich bin's, Michelle Patterson. Ich möchte gern einen Termin vereinbaren«, sagte sie.

»Michelle Patterson«, wiederholte Mrs. Greenspan.

»Sie wissen doch, Misty?«

»Ihre Rechtsanwältin hat Sie als Patientin bei uns abgemeldet. Der Doktor kann Sie nicht empfangen«, lautete die Antwort.

»Ich werde mit meiner Anwältin reden. Inzwischen möchten Sie mir bitte einen Termin geben.«

»Sie sind abgemeldet. Rufen Sie nicht mehr an«, sagte die Frau.

Aufgelegt.

Nina ließ den Lunch weg. Als Sandy zurückkam, sagte sie: »Gute Arbeit. Heften Sie die beiden Schriftstücke zu der Begründung unserer juristischen Position. Fertigen Sie vier Kopien von jedem Satz Unterlagen an. Bringen Sie vor fünf die Originale und zwei Kopien hinüber zum Sekretär des County-Gerichts. Reichen Sie die Originale ein und sorgen Sie dafür, daß die Kopien genau mit ihnen übereinstimmen. Geben Sie mir jetzt einen Satz, und wenn Hallowell eintrifft, möchte ich ihn selbst empfangen. Sie wissen, wie man den Beleg einer persönlichen Zustellung anfertigt?«

Sie zeigte Sandy gerade ein Musterformular, als Collier Hallowell seinen Kopf durch die Tür steckte und fragte: »Störe ich?«

»Oh. Hallo, Collier. Kommen Sie herein.«

Der Anklagevertreter trat ein, setzte sich und stellte seinen ramponierten Aktenkoffer auf den Teppich. »Hi, Nina. Hübsche Blumen«, sagte er. »Ich habe von Ihrem Unfall gehört. Sie sollten im Bett liegen.«

»Da will ich hin, sobald wir hier fertig sind, Collier. Ich meine, ich will Sie nicht vertreiben oder so etwas.«

»Würden Sie mir davon erzählen?«

Er saß ihr mit gefalteten Händen gegenüber, als sie ihre Geschichte herunterrasselte. Andrea hatte sie über sein Privatleben ins Bild gesetzt: die angebetete Frau nunmehr seit zwei Jahren tot, er ging ganz in seiner Arbeit auf, um darüber hinwegzukommen. In Tahoe waltete der Kleinstadtklatsch. Nur der äußere Eindruck war kosmopolitisch. An seiner Miene erkannte sie nun den Mann, der schon alles gesehen und gehört hatte, ohne dabei abgestumpft oder zynisch zu werden. Collier Hallowell war jemand, der bereit schien, sich auch abweichende Versionen anzuhören, wenn sie zu den vorliegenden Tatsachen paßten. Zu schade, daß er nicht dieselbe Offenherzigkeit, die er jetzt an den Tag legte, dem Fall Patterson entgegenbrachte.

Sie ließ die Ereignisse weg, die Bruno betrafen. Als sie fertig war, schwieg er eine Zeitlang. Schließlich sagte er: »Es kann schon sein, daß jemand versucht hat, Sie beide umzubringen. Vielleicht hat es etwas mit einem Ihrer Fälle zu tun. Vielleicht hat es mit Ihrer Mandantin zu tun. Vielleicht haben Sie, ohne es zu merken, kurz vor Twin Bridges jemanden geschnitten. Vielleicht hat ein übergeschnappter Handlungsreisender einfach letzten Abend beschlossen, jemanden von der Straße zu drängen. Erinnern Sie sich an den Heckenschützen, der sich vor wenigen Jahren am Highway 50 versteckte und vier Kraftfahrer erschoß? Da ist immer auch die Möglichkeit des Zufalls da.«

»Was halten Sie davon?« Nina reichte ihm die Karte von den Blumen.

Er las sie laut und schaute sie mit hochgezogenen Augenbrauen an.

»Wer immer vorhatte, uns zu erledigen, ist noch nicht fertig damit. Das bedeutet es.«

Als er Karte und Umschlag einsteckte, sagte er: »Ich werde einen Polizeibeamten beauftragen, den Blumenhändler ausfindig zu machen und sich umzuhören.«

»Danke. Auch wenn Sie mir nicht glauben.«

»Möchte nicht, daß Ihnen etwas zustößt.« Sie fühlte sich so voller Dankesschuld, daß sie eine Minute lang vergaß, wer er war.

»Schauen Sie her.« Er schloß seinen Aktenkoffer auf und brach den Bann. »Ich wollte Ihnen diese Unterlagen persönlich überbringen. Ich wollte nicht, daß Sie falsche Vorstellungen haben.« Er zog einen dicken Manila-Umschlag heraus und reichte ihn ihr.

»Ich weiß. Heute verstreicht die Frist, bis zu der Anträge eingebracht werden können. Hier sind die Anträge der Verteidigung«, sagte Nina abwesend und übergab ihm einen Satz Kopien, den Sandy gerade hereingetragen hatte. Sie war schon am Lesen von Hallowells Papieren. Anfänglicher Unglaube schlug bald in Schrecken um. Es war kein Antrag. Es war ein Durchsuchungsbefehl.

Der Durchsuchungsbefehl und die Begründungen bezogen sich auf alle Aufzeichnungen von Dr. med. und Dr. phil. Bruno Cervenka, in Verbindung mit der Untersuchung beziehungsweise Behandlung von Michelle Patterson, und erbaten die Amtshilfe der Polizei von San Francisco bei der Durchsuchung. Diesen Papieren beigefügt war eine gerichtliche Anordnung, die eine Beweiserhebungsanhörung über die Zulässigkeit des bei der Durchsuchung beschlagnahmten Materials auf den 10. Juni vor dem Landgericht der County El Dorado ansetzte. Nina schaute ihn an, und er hielt ihrem Blick stand.

»Sie können ebensogut die Begründungen und die Untersuchungsergebnisse zu Ende lesen«, sagte er; deshalb las sie weiter. Während ihrer Ausbildung hatte sie gelernt, sich auf anderes zu konzentrieren als auf die Musik der Messerstiche in ihrem Kopf. Sie las zu Ende und legte die Papiere hin.

Er wußte, was er ihr angetan hatte. Ehe sie sprechen konnte, sagte er: »Tut mir leid.«

»Woher wissen Sie das mit Dr. Cervenka?« flüsterte Nina. »Jedenfalls ist er unabhängiger Fachberater. Sie können seine Aufzeichnungen nicht beschlagnahmen.«

»Wie wir davon erfahren haben, kann ich Ihnen nicht verraten, Nina. Unser Informant hat um Anonymität gebeten. Ich konnte das nicht übergehen. Wir haben Grund zu der Annahme, daß die Sitzung eine Therapie einschloß. Seine Notizen, Bänder, alles, was er hat, unterliegen der Offenlegung.«

»Ich habe ihn engagiert«, entgegnete Nina. »Die Sitzung ist durch das Zeugnisverweigerungsrecht geschützt. Es sind Arbeitsresultate des Anwalts.«

»Bringen Sie eine Erklärung von Dr. Cervenka bei, Nina. Sorgen Sie dafür, daß er eidesstattlich versichert, daß er bei Ihrer Mandantin keine regressive, in die Vergangenheit zurückführende Hypnotherapie vorgenommen hat. Das wäre eine Therapie, die nicht unter den Schutz der Arbeitsresultate des Anwalts fällt.«

»Selbst wenn eine Therapie stattgefunden hätte, können Sie die Unterlagen nicht bekommen. Sie würden unter die ärztliche Schweigepflicht fallen.«

»Nicht wenn Sie beabsichtigen, den Geisteszustand Ihrer Mandantin in den Sachverhalt einzubeziehen und zu beurteilen. Erinnern Sie sich an den Fall der Brüder Menendez? Ihre Verteidiger kämpften drei Jahre lang darum, das Tonband einer Sitzung mit ihrem Therapeuten als Beweismaterial zu unterdrücken. Am Ende verloren sie, aus genau diesem Grunde.«

»Ich habe mir den von Ihnen angeführten Präzedenzfall notiert. Sie können darauf wetten, daß ich in der Lage sein werde, die Andersartigkeit jenes Falles aufzuzeigen«, sagte Nina wütend. »Und ich habe noch etwas für Sie: die Schweigepflicht des Anwalts. Meine Mandantin mußte mir gewisse Dinge mitteilen, konnte das aber nur unter Hypnose tun. Dr. Cervenka hat diese Kommunikationsmöglichkeit nur hergestellt.«

»Ich sehe dem Erhalt Ihrer Unterlagen vor der Anhörung am 10. Juni entgegen, Nina. Es sei denn, Sie sind noch so mitgenommen und wollen eine Verschiebung um ein, zwei Wochen haben …«

»Ich bin nicht so mitgenommen, wie Sie es gern hätten, Collier.«

»Ich meine, von dem Unfall. Verdammt noch mal, Nina, ich bin nicht extra hergekommen, um zu erleben, wie zerknirscht Sie sein werden. Ich möchte Ihnen gegenüber fair sein.«

»Wann wird diese … Durchsuchung und Beschlagnahme in Dr. Cervenkas Praxis stattfinden?«

»Sie geschieht in diesem Augenblick.«

Nina nickte. Ihr zitterten die Hände, ob aus Wut oder panischer Angst, konnte sie nicht sagen. Sie wünschte, daß er ginge. Sie hatte Collier Hallowell gemocht, aber diesen … Verrat empfand sie als etwas Persönliches. Aber Nina wußte, er tat nur seinen Job, genau wie sie, nämlich so gut er nur konnte.

Dann fiel ihr etwas anderes ein.

Er bemerkte ihren seltsamen Gesichtsausdruck und fragte sofort: »Was? Was haben Sie denn?«

»Ihr geheimer Informant«, antwortete Nina. »Diese mysteriöse Person, die Ihrem Büro mitteilte, daß ich gestern mit meiner Mandantin nach San Francisco zu Dr. Cervenka fahre! Diese Person, die über meine Bewegungen so genau Bescheid weiß …«

»Sie glauben …«

»Das ist der Autofahrer, Collier.«

Hallowell machte ein anderes Gesicht, als trage er im Inneren einen Kampf aus. »Ich stehe im Wort«, sagte er. »Ich möchte Sie oder Mrs. Patterson keiner Gefahr aussetzen. Ich möchte nicht, daß Sie glauben, ich würde zulassen, daß Ihnen etwas passiert. Aber ich fühle mich moralisch verpflichtet, den Namen meines Informanten geheimzuhalten. Das Versprechen habe ich gegeben. Wenn ich stichhaltige Beweise hätte …«

Nina stand auf. »Wenn Sie mir den Namen nicht nennen wollen, Collier, dann halte ich es für das beste, Sie gehen.«

»Ich kann Ihnen den Namen nicht nennen, Nina. Aber ich verspreche Ihnen das eine: Ich werde die Person beobachten lassen.«

Sobald er weg war, stieg Nina draußen in ihren Mietwagen und fuhr nach Hause. Noch eine Stunde würde sie allein sein können. Sie nahm drei Aspirin, ging in ihr Zimmer und schaltete sich die *Oprah Winfrey Show* ein.

An ihrem geheimen Aufenthaltsort im Frauenhaus mit der Alarmanlage und der Wachpatrouille würde Michelle fürs erste in Sicherheit sein.

Nina jedoch stand allein im Wind, trudelte und kreiste.

Gar nicht froh darüber, daß sie in Andreas Wagen mitfahren mußte, lehnte sich Michelle fest zurück in dem engen Gurt und schwitzte an den Beinen, wo die Warmluft hereinströmte; sie hätte gar zu gern bei Cecil's wegen einer Flasche angehalten.

Als ob Andrea ihre Gedanken läse, sagte sie: »Es ist nicht weit zu Dr. Francis von hier. Sie wird sich mal Ihre Knochen ansehen. Aber Sie wissen, der Mensch besteht nicht nur aus Fleisch und Knochen. Morgen mittag findet drüben in der Episkopalkirche eine Versammlung statt, zu der ich Sie einladen möchte.«

»Kirche? Davon hab ich für meine nächsten acht Leben genug.«

»Nein, das hat nichts mit Religion zu tun.«

»Womit denn sonst?«

»Eine zwanglose Zusammenkunft von Frauen, die sich entschlossen haben, mit dem Trinken aufzuhören. Das ist ...«

»Nein, danke«, sagte Michelle rasch. »Ich hab kein Alkoholproblem. Das liegt nur alles an der Scheiße, die ich gerade durchmache, verdammt noch mal.«

Andrea ließ diese Worte im Auto widerhallen und sagte dann: »Sagen Sie es mir, wenn Sie sich entschließen hinzugehen.«

Mehrere Leute warteten in einem Raum, der sich auf einen Innenhof öffnete. Ein paar Kinder schlugen einen Ball vom Fenster weg. Eine Sprechstundenhilfe wies Michelle an, in einen Becher Wasser zu lassen und die unangenehm warme Flüssigkeit zurück an einen Schalter zu bringen. Danach blätterte sie fast eine Stunde lang Magazine durch, ehe sie hineingerufen wurde. Fröhlich und flott stellte ihr Dr. Francis eine Menge Fragen, machte sich Stenonotizen und untersuchte sie dann kurz.

»Ihre Rückenschmerzen kommen wahrscheinlich nur von der Anspannung, nichts Ernstes, aber wir sollten das weiter beobachten. Ich habe hier einige nichtrezeptpflichtige Tabletten.« Die Ärztin griff in ihre Schublade und wühlte sich durch Dutzende kleiner Musterpackungen. »Das wär's dann.« Michelle zog sich an, um zu gehen. Die Sprechstundenhilfe bat sie aber, draußen zu warten. Zehn Minuten später mußte sie wieder hinein.

Dr. Francis setzte sich wieder die Brille auf und sagte: »Also. Ein positiver Befund bei einem Standardtest. Schaut so aus, als ob wir uns wiedersehen müssen, junge Frau.«

»Wieso denn das? Hab ich ...«

»Nein, nein. Sie sind nicht krank. Gesund wie ein Pferd. Wollen Sie mir erzählen, Sie haben in den letzten drei Monaten keine Veränderungen an Ihrem Körper bemerkt?« Sie lächelte, also konnte es nicht so schlimm sein.

»Frau Doktor, Sie haben ja keine Ahnung. In meinem Leben ging's wirklich verrückt zu.«

»Es wird bald noch verrückter. Sie werden Mutter werden. Wupp!« Sie nahm Michelle bei den Schultern. »Alles klar?«

»Oh, ich steck in so vielen Schwierigkeiten drin. Ein Baby ...«

»Nun, besprechen Sie das erst einmal morgen mit einer unserer Beraterinnen. Vielleicht sollte ich Ihnen nicht dazu gratulieren; heutzutage weiß ich immer nicht, was ich sagen soll.«

An diesem Abend setzte sich Michelle ins Auto und fuhr zu Tom Clarke. Gegen zehn führte er jeden Abend seine Hunde aus.

Sie hatte es Andrea nicht erzählt, überhaupt niemandem. Sie wollte es Tom erzählen und sehen, wie er reagieren, was er tun würde. Natürlich war dieses Kind vielleicht gar nicht von Tom, aber sie wünschte, daß es Toms Baby wäre.

Sollte es der Vater nicht zuerst erfahren?

Tom war ihr ausgewichen, hatte nicht mal versucht, sie zu erreichen. Sie wollte ihn treffen und ihn ins Gesicht fragen, wieso er nicht angerufen hatte.

Sie konnte es nicht glauben, daß er sie abschieben würde, einfach so, nicht nachdem er monatelang derartig nach ihr gegiert hatte, mit ihr im Auto, in Motels und am Strand gebumst hatte, an all ihren geheimen Orten.

Michelle war einsam, denn seit ihrem Weggang von Fresno war sie nie ohne Mann gewesen. Eine Weisheit lautet, fange an dem Punkt nichts Neues an. Tom kannte sie. Steve war nichts, bloß ein paar schnelle Nummern, ein Fremder.

In Anthonys Subaru, den die Polizei endlich freigegeben hatte, fuhr sie an Toms Haus vorbei. Er wohnte in einer Siedlung, die Montgomery Estates hieß. Sein Haus sah aus wie das verkleinerte Modell eines Schlosses. Er beschwerte sich ständig, bei der Höhe der Hypothek müßte es ein Schloß in voller Größe sein.

Seine Kinder würden jetzt schon im Bett liegen. Seine Frau Janine ebenfalls, denn sie mußte früh um fünf aufstehen, um ins Boulder Hospital zu fahren, wo sie als Krankenschwester arbeitete. Tom hatte die ganze Zeit von seiner Familie geredet.

Michelle blieb mit dem Auto ein Stück die Straße rauf stehen, drehte das Fenster an der Fahrerseite herunter, um den süßen Duft des nachts blühenden Jasmins hereinzulassen, und lehnte sich zurück aus dem Lichtschein, um zu warten. Nach einer Viertelstunde ließ sie den Kopf gegen die Kopfstütze fallen und schloß die Augen. Sie war schläfrig von den Schmerztabletten.

Es schien ihr nicht mehr als ein Moment, da schlug sie die Augen wieder auf und sah, wie Janine Clarke zum Fenster hereinspähte, die beiden Hunde an der Leine. Sie trug Shorts und ein ärmelloses schwarzes T-Shirt und hatte die Haare zu einem Pferdeschwanz gebunden. Sie war ziemlich stark gebaut und hatte die Brüste einer Frau, die Gewichtheben betrieb. Michelle hatte sie noch nie gesehen, aber sie kannte Toms Collie und den schwarzen Labrador, die an der Leine zerrten.

»Misty, richtig? Die Bilder in der Zeitung werden Ihnen nicht gerecht«, sagte Janine Clarke. »Nein, fahren Sie nicht weg. Was tun Sie denn hier?«

»Ich wollte Tom sprechen«, antwortete Michelle.

»Oh. Mit den Hunden rausgehen. Gewöhnlich sein Job. Trefft ihr beide euch öfter auf diese Tour?«

»Nein. Jedenfalls muß ich los.«

»Ich vermute, Tom hat nicht gewußt, daß Sie hier draußen rumlungern, sonst hätte er nicht so einen Stunk gemacht, damit ich heute diese Burschen ausführe. Also spionieren Sie. Wollten Sie nachsehen, ob ich und die Kinder noch da sind? Da sind wir!«

»Ich hatte nie die Absicht, Ihrer Familie weh zu tun.«

»Haben Sie gewußt, daß wir drei kleine Kinder haben? Haben Sie je daran gedacht, wenn ihr beide euren Freuden nachgingt, welchen Schmerz Sie uns zugefügt haben? ›Daddy ist wieder weg heute abend!‹ – ich heulend und die Kinder außer sich?«

Michelle brachte kein Wort heraus.

»Sein Leben ruinieren, seine Karriere ruinieren. Jawohl, Sie hatten ja dort einen Preisstier für sich arbeiten.«

»Was meinen Sie damit?« Michelle fand ihre Stimme wieder.

Nicht Tom Clarke, denn der konnte höchstens als Zuchthengst gelten, aber niemals als Preisstier. »Anthony?«

»Hat mich extra im Krankenhaus aufgesucht. Er wollte sichergehen, daß es mir genauso dreckig ging wie ihm. Er wollte dafür sorgen, daß ich Tom verlasse. Wissen Sie, er sagte, er hat Sie beide im Bett auf Band? Ich bin abgehauen, habe die Vorführung verpaßt.«

Michelle stand da wie vom Blitz getroffen, sagte nichts. Sie glaubte das nicht. Anthony mußte das erfunden haben, weil er wieder einen Eifersuchtsanfall bekam und Tom aus ihrem Leben vertreiben wollte. Er hatte einen Verdacht, aber gewußt hatte er es nicht.

»Lassen Sie uns in Ruhe! Tom will nichts mehr mit Ihnen zu tun haben.« Janine schaute Michelle streng an, dann hob sie unvermittelt eine Hand und stieß sie Michelle ins Gesicht. Michelle riß den Arm hoch, um sich zu decken, doch die Frau lief bereits die Straße entlang, von den Hunden vorwärts gezogen.

Janines Knöchel hatten sich betonhart angefühlt. Michelle legte eine Hand auf die taube Backe. Sie sah zu, wie die Frau in der Nacht verschwand, startete dann den Motor und fuhr weg.

17

Michelle entschied sich, niemand anderem von dem Kind zu erzählen, bis sie dazu bereit wäre. Sie trug das Geheimnis mit sich herum, den kleinen Lichtblick, den sie in sich wußte. Am nächsten Tag suchte sie die Beraterin der Klinik auf, die sie über alles informierte, was eine Abtreibung nach dem dritten Monat betraf.

Sie hätte es am Ausbleiben der Periode merken müssen, aber selbst bevor das mit Anthony passierte und sie ins Gefängnis kam, war sie so elend und verzweifelt gewesen, daß sie darauf nicht geachtet hatte.

Nun fühlte sie, als ob die Schwangerschaft sie wie ein sanfter Schutzschild umhüllte. In jener Nacht untersuchte sie ihren Unterleib mit den Fingern. Tief drinnen, gleich über dem Beckenknochen, glaubte sie genau in ihrer Mitte eine neue, schwammartige Schwellung zu spüren, so lebendig in dem Moment wie sie selbst. Ihr ganzes Leben hatte sich um den Tod gedreht. Ihre Kindheit war für sie tot, vergessen. Anthonys Tod kam für sie ... erwartet, und ihr Gram und die Schuldgefühle danach waren ihr merkwürdig vertraut. Sie war selbst beinahe zu Tode gekommen, neulich in Ninas Bronco. Sie hatte den Tod gesucht: Anthony sollte sie umbringen, der Alkohol, Aids. Sie hatte sich mit dem Tod angefreundet. Und jetzt wird ihr in letzter Minute dieses zerbrechliche neue Leben zugetragen, begleitet von einer beharrlichen inneren Stimme, die ihr all die hervorragenden Gründe zuflüsterte, es zu beenden.

Ihre Hände fuhren auf ihrem Körper auf und ab; sie berührten ihn, als gehörten sie jemand anderem. Der Körper war gesund, widerstandsfähig, jung und stark.

Kurz bevor Michelle einschlief, kam ihr der Gedanke, daß das Gerichtsverfahren gegen sie Teil desselben Vorgangs war, den sie mit Dr. Greenspan begonnen hatte. Sie mußte die Dunkelheit aus ihrem Leben verbannen, die Rätsel, die Anklagen, die Geständnisse, die keinen Sinn ergaben. Nina konnte die körperliche Kraft liefern, aber der Geist mußte von ihr selbst kommen, aus ihrem Inneren, denn sie wußte, ohne ihre Inspiration würde jede Verteidigung, die sich Nina ausdachte, zusammenbrechen. Sie, die Konflikten aus dem Wege ging; sie, die ihren Ehemann an der Nase herumführte, damit er nie die Wahrheit über sie erführe; sie, die sich gegen die eigene Vergangenheit abschirmte: Sie würde gegen ihren alten Freund Tod den Kampf aufnehmen müssen und ein fremdes Wesen willkommen heißen.

Am folgenden Tag fuhr Nina zum Frauenhaus. Michelle putzte in der Küche Möhren ins Spülbecken. Sie trug Trainingshosen und ein Top, bekleckert mit den Zutaten des Schokoladenkuchens, den sie gerade in den Herd geschoben hatte.

»Schön, Sie pfeifen zu hören«, sagte Nina. »Ich wußte gar nicht, daß Sie pfeifen können.«

»Es gibt eine ganze Menge, was die Leute nicht von mir wissen.« Michelle lächelte. »Ist das nicht eine Schande!« Sie setzten sich an den langen Küchentisch. »Heute bin ich glücklich.«

»Was macht der Finger?«

Michelle hielt den geschienten Finger zur Besichtigung hoch, eine ausgefranste, mit Kuchenteig bekleckerte Binde. »Es tut nur weh, wenn ich dran denke. Was ist mit Ihrem Arm?«

»Schmerzt. Ich wache auf, wenn ich mich im Bett drehe.«

»Könnte schlimmer sein«, riefen beide gleichzeitig aus. Sie blickten einander an, zwei Überlebende.

»Also«, sagte Nina, »Sie haben sich entschlossen, am Leben zu bleiben.«

»Könnte schon morgen alles wieder anders aussehen!« meinte Michelle.

»Ich weiß, was Sie meinen.«

»Ich hab den Versuch aufgegeben, mitzubestimmen, was geschieht«, erklärte Michelle. »Überall lauern Gefahren. Das ist, wie wenn man in einen Strudel gerät und bei jedem Rumwirbeln denkt, jetzt wird man in die Tiefe gesogen. Aber das passiert nicht. Ich könnte immer noch irgendwie rauskommen. Nina, ich könnte!«

»Michelle, ich hoffe wirklich, daß Sie das können«, sagte Nina.

Sie klang komisch, als würgte sie etwas, so daß Michelle, die gerade den Zuckerguß schlug, den Mixer abstellte und fragte: »Stimmt was nicht?«

»Ich habe ein paar sehr schlechte Nachrichten, Michelle, und ich weiß nicht recht, wie ich Ihnen das beibringen soll. Ich muß wohl einfach damit herausplatzen. Irgendwie – ich weiß nicht wie – hat Collier Hallowell von der Sitzung bei Dr. Cervenka erfahren«, sagte Nina, den Kopf zwischen den Händen. »Er hat einen Durchsuchungsbefehl für Dr. Cervenkas Praxis erwirkt. Er besitzt das Band von Ihrer Hypnose.«

»Aber wie konnte das passieren? Sie sagten doch, er würde im Hintergrund bleiben, und wir müssen ihn nicht als Zeugen angeben.«

»Die Staatsanwaltschaft hätte das nie erfahren dürfen. Irgend jemand hat von der Sitzung Wind gekriegt und es Hallowell gesagt.«

»Aber wer?«

»Haben Sie jemandem erzählt, daß Sie nach San Francisco fahren, Michelle? Denken Sie nach!«

»Niemandem. Außer Steve. Er rief an und wollte sich mit mir treffen. Ich sagte, ich muß nach San Francisco zu einem Termin. Er sagte, er würde mich hinfahren, und ich sagte, ich fahre mit Ihnen. Erzählen Sie mir nicht, es war Steve.«

»Sie hätten ihm nicht soviel erzählen sollen«, sagte Nina. »Er hat seine Quellen. Den Rest hätte er herausbekommen können. Aber seien Sie nicht so deprimiert, Michelle. Ich habe es selbst jemandem erzählt, obgleich ich meiner Ansicht nach den Namen des Arztes nicht genannt habe. Dem kann man nachgehen, ganz leicht.«

»Wem haben Sie's denn verraten?« Michelle konnte sehen, wie Nina ihre Kräfte einschätzte und sich fragte, wieviel sie Michelle noch zumuten könne. Dabei sah es so aus, als könne Nina selbst einigen Beistand gebrauchen. Mit der Brille auf der Nase sah sie jünger aus, wie das kluge kleine Schulmädchen, das sie fraglos einmal gewesen war. »Sagen Sie schon, Nina!« forderte Michelle sie auf.

»Dr. Greenspan«, antwortete Nina.

»Mein Doktor? Sie denken, der war's, der hinter uns herfuhr und unser Auto gerammt hat? Das glaub ich nicht.«

»Sie stecken in Schwierigkeiten, Michelle«, stellte Nina fest. »Das habe ich schon mal erlebt. Wenn jemand in Schwierigkeiten steckt, bringen sich die Ratten in Sicherheit. Ich weiß, wie sehr Sie Dr. Greenspan vertrauen und daß Sie glauben, Sie brauchten ihn immer noch. Aber Sie müssen sich von ihm fernhalten.«

Michelle stand auf und nahm ihren Kuchen aus dem Herd; die heiße Pfanne stellte sie sorgfältig auf der Herdplatte ab.

»Ich hab mir überlegt, was ich will, Nina, denn bis jetzt hab ich das nicht gewußt.«

»Und das wäre?«

»Ein normales Leben. Wie Ihres. Eine Familie, eine Arbeit, wo ich nicht meine nackte Haut zu Markte tragen muß.«

Nina holte tief Luft, die sie wie einen Seufzer ausstieß.

»Schokoladenkuchen und Weihnachten. Nicht überall Killer und Knast und Verräter. Sie sind der einzige Mensch, dem ich trauen kann, Nina.«

»Auch ich habe Sie verraten. Ich habe Ihre Verteidigung vermasselt. Ich hätte niemals das Risiko der Hypnose eingehen dürfen. Ich wollte die Wahrheit zu schnell herausfinden, einfach mit Ihrem Gehirn herummurksen, bis alles herausgeflossen kommt. Ich hätte mehr Geduld aufbringen müssen, bis sich die Wahrheit langsam herausschält. Jetzt hat der Ankläger ein Geständnis.«

»Was machen wir da?«

»Ich werde noch einen Antrag stellen, das Tonband und alles, was mit der Sitzung zu tun hat, als Beweismaterial nicht zuzulassen. Starke juristische Argumente sprechen zu unseren Gunsten. Ich arbeite daran. Der Durchsuchungsbefehl stützt sich auf Strafgesetzbuch Paragraph 1524, demzufolge das Tonband versiegelt und zur Beweisaufnahme dem Gericht vorgelegt werden muß. Bei dieser Vernehmung werden wir argumentieren, daß das Band dem Zeugnisverweigerungsrecht unterliegt, wie wir das nennen; das heißt dem Recht, das Band geheimzuhalten. Die Anhörung ist auf den 10. Juni angesetzt.«

»Langsam, bitte. Das begreife ich nicht. Wenn das Band versiegelt ist, heißt das dann nicht, daß Hallowell nicht weiß, daß ich gesagt hab, ich hab Anthony getötet?«

»Er weiß es. Bruno hat mir berichtet, daß die Polizei das Band in seiner Praxis abspielte, bevor sie es mitnahm. Und …«

»Das ist noch nicht alles?«

»Bei weitem nicht. Es kommt noch schlimmer. Hallowell hat das Angebot einer inoffiziellen Absprache zur Eingrenzung der Anklage zurückgezogen. Er ist drauf und dran, Sie wegen vorsätzlichen Mordes vor Gericht zu stellen, wenn Sie sich nicht zu Mord zweiten Grades bekennen, zu Totschlag.«

»Was hat das für mich für Folgen?«

»Ich würde sagen, da kriegen Sie zehn bis fünfzehn Jahre. Wir haben die Vorverhandlung in der Hoffnung hinausgeschoben, den Fall mit einer Absprache über den Grad der Anklage zu lösen. Jetzt sagt Hallowell, das sei nun vorbei, und er möchte den Prozeßbeginn so früh wie möglich anberaumen, falls wir das neue Angebot nicht … bis Mittwoch annehmen.« Sie blickte auf. »Michelle? Haben Sie verstanden, was ich eben erklärt habe?«

»Hab begriffen«, antwortete Michelle. »Das ist okay.«

»Dann haben Sie es bestimmt nicht begriffen, Michelle. Ich will es Ihnen noch einmal auseinanderklamüsern.«

»Nein, Nina. Jetzt sind Sie dran zum Zuhören. Wenn wir die Ausklammerung des Tonbands nicht durchkriegen, dann brauchen wir einen Prozeß. Sie hatten mich beinahe so weit überzeugt, daß ich mich schuldig bekenne des … der …«

»Tötung im Affekt.«

»Sie werden mir also nicht raten, ich soll mich schuldig bekennen auf Totschlag, oder?«

»Ich könnte. Wenn der Antrag auf Nichtzulassung des Tonbands abgewiesen wird und wenn ich denke, Sie könnten wegen vorsätzlichen Mordes verurteilt werden. Ich habe auch das schon erlebt, Michelle, daß ein Strafverteidiger mit Freispruch rechnet, statt bei einer minderen Anklage auf schuldig zu plädieren, und dann erfahren muß, daß sein Mandant für fünfundzwanzig Jahre oder lebenslänglich in San Quentin verschwindet.«

»Da kommt noch so ein Dreher in dem Strudel auf mich zu«, sagte Michelle. »Essen wir ein Stück Kuchen. Und entscheiden wir uns für den Prozeß.« Sie schnitt zwei große Stücke für sie beide ab.

»Michelle …«, begann Nina.

»Nina, ich hab noch nie eine Freundin gehabt. Bei mir waren's immer nur Männer. Ich weiß nicht, warum. Ich vermute, ich hab immer mit anderen Frauen um Männer gekämpft. Aber das hab ich hinter mir, ich ändere mich gerade. Und ich möchte Ihre Freundin sein.«

»Michelle … Freundschaft gehört nicht hierher …«

»Sie stehen wirklich auf meiner Seite, Nina. Was soll's also, wenn Sie einen Fehler machen.« Michelle biß einen großen Brocken von dem warmen Kuchen ab und stellte Nina ein Stück hin.

»Sie dummes Kamel! Sie sollten mich feuern«, sagte Nina und kratzte sich mit einem frisch lackierten Fingernagel neben dem Auge. Sie hob die Gabel und nahm einen Bissen.

»Werden Sie in die Hauptverhandlung gehen, wenn wir mit dem Antrag nicht durchkommen, Nina? Das ist es, was ich will.«

»Da könnten Sie lebenslänglich ins Gefängnis müssen, Michelle. Wir haben nichts in der Hand für die Verteidigung. Sie haben gestanden, verdammt noch mal!«

»Ich hab mich lange genug im Dreck rumgesuhlt und darauf gewartet, daß ich irgendwas Scharfes abkriege, irgendwas, das mir eine Richtige verpaßt. Jetzt aber möchte ich mich allein aus dem Schlamassel rausziehen.«

»Ich glaube, ich kapiere«, sagte Nina ruhig.

»Da ist schon was dran, was Sie über den Einbrecher im Lucky Chip Motel und den Autounfall gesagt haben. Ein solches Malheur, okay; ich zieh eben die falschen Typen an. Aber zwei? Da draußen läuft jemand rum, der Anthony umgebracht hat. Den müssen Sie suchen.«

»Oh, Michelle, ich suche ja«, sagte Nina.

»Denn ich hab Anthony nur einen Schlag versetzt. Das ist es, was ich glaube, egal was ich bei Dr. Cervenka von mir gegeben hab.«

»Bruno wußte nicht, was er von Ihren Reaktionen am Ende des Tonbands halten sollte«, meinte Nina. »Er wollte Sie noch einmal hypnotisieren. Das ist jetzt natürlich zu gefährlich.«

»Sie werden das ausknobeln, Nina.« Sie leckte sich Zuckerguß von der Binde ab. »Ich will einen Prozeß haben, und zwar bald, weil ich aufräumen möchte. Wir können sie schlagen. All die guten alten Knaben, die mich in eine tief ausgeschnittene, hautenge Smokingjacke stecken und sich dann an mir aufgeilen, genau die stellen mich wieder vor sich hin und urteilen über mich, bevor sie mich überhaupt kennen.«

»Das sind nicht die, die wir überzeugen müssen.«

»Oh, da muß ich Ihnen aber widersprechen. Haben Sie die Schlagzeilen gelesen? ›Barmädchen verhaftet wegen Mord an Ehemann‹? Alle sehn in mir dieses schuldige, schamlose Flittchen, das eine Strafe verdient. Alle möchten glauben, ich bin schuldig wegen dem, was ich bin, was ich war. Das ist so einfach. Aber das bin nicht ich, also können sie mich alle an meinem flaumigen Arsch lecken. Ich bin unschuldig, und ich möchte, daß Sie's beweisen, vor Gericht, ein für allemal. Ihnen zeigen, wie falsch sie liegen.« Michelle gähnte. »Ich könnte ein Jahr lang schlafen und woanders aufwachen. Das ist beinahe aufregend.«

»Sie sind eine tapfere Frau, Michelle Patterson.« Nina nahm die Brille ab und rieb sich die Augen. »Okay, wir gehen in die Vorverhandlung und steuern eine Schwurgerichtsverhandlung an.«

»Sie spielen weiter ein cooles Blatt, und irgendwann muß der Dealer neu mischen«, sagte Michelle. »Sogar bei Prize's.«

Nina zwang sich zu einem kleinen Lachen: »Also gut, wir warten auf das verdeckte As.« Sie winkte beim Gehen.

Am 24. Mai, dem Tag der Vorverhandlung und der Anhörung ihrer Anträge zur Unterdrückung des Beweismaterials, traf Nina Punkt acht Uhr früh im Gericht ein. Michelle ging mit ihr zum Anwaltstisch vor und setzte sich hin. Sie war nicht nervös. Nina hatte ihr gesagt, daß das Ergebnis schon vorher feststand.

Der Justizwachtmeister von Richter Flaherty kündigte den Einzug des Gerichts an.

Michelle beobachtete Collier Hallowell, nur wenige Schritte neben ihr an dem anderen Tisch, den Mann, der sie für den Rest des Lebens hinter Gitter bringen wollte. Sein Haar ergraute, passend zu seinen Augen, aber er hatte volles Haar, war groß und besaß eine hübsche Figur. Er lächelte ihr zu, als wollte er sagen, er habe persönlich nichts gegen sie, er tue nur seinen Job. Michelle dachte, es ist nicht leicht, hinter diesem Lächeln den Menschen zu erkennen.

Zuerst hörte sich das Gericht Nina Reillys Argumente an, daß die Polizei keinen Grund hatte, Rick Eichs Boot und Michelles Haus zu durchsuchen. Als Erwiderung sagte Collier Hallowell bloß: »Verweise auf die Unterlagen, Euer Ehren«, als wüßte er, daß er das nicht begründen müßte, und er hatte recht, denn der Richter entschied, daß alle Beweise von dort zugelassen werden. Nina vergeudete keine Energie. »Danke, Euer Ehren«, sagte sie und setzte sich. Im Gerichtssaal herrschen schon komische Sitten. Der Anwalt bedankt sich beim Richter, obgleich dieser gerade »Kommt nicht in Frage!« zu ihm gesagt hat und er womöglich innerlich kocht.

Die Vorverhandlung zu Michelle Pattersons Fall verlief ohne Überraschungen und dauerte nicht einmal den ganzen Gerichtstag. Drei Polizeibeamte sagten darüber aus, wie die Leiche entdeckt wurde und was Michelle ihnen über den Schlag auf Anthonys Kopf berichtet hatte. Es gab keine Geschworenen, und

Nina rief keine Zeugen auf, nahm aber die Polizeibeamten zu jedem Punkt ihrer Aussage ins Kreuzverhör. Dann gaben Nina und Hallowell kurze Erklärungen ab, aber Michelle verstand schon vorher, daß das Gericht sie durch Bürgschaft zum Erscheinen beim Prozeß verpflichten würde. Nina hatte ihr erläutert, daß die Vorverhandlung im Amtsgericht eine Art Formalität war, wie die Verlesung der Anklageschrift und ihre Vernehmung dazu, und daß der Richter zu dem Schluß kommen würde, es gebe Gründe zu der Annahme, daß ein Verbrechen vorliege und daß sie das Verbrechen begangen habe. Der Richter wirkte gelangweilt, als er den Fall an die höhere Instanz, das Landgericht, zur Einleitung eines Schwurgerichtsprozesses verwies.

»Wie ist's denn Ihrer Meinung nach gelaufen«, fragte Michelle Nina, als sie hinausgingen.

»Nach dem Lehrbuch«, antwortete Nina. »Wir haben fast nichts Neues erfahren. Collier Hallowell ist sehr, sehr gut. Er begnügte sich mit dem Nötigsten, um Ihre Vorladung zum Strafprozeß zu erreichen, und gab mir nur sehr wenig in die Hand. Auf dieser Stufe ist seine Beweislast viel geringer, als sie später sein wird. Er hebt sich Dr. Cervenkas Tonband für die Hauptverhandlung auf. Er brauchte es nicht zu verwenden, um Ihre Vorladung zu erreichen.«

»Wie geht's jetzt weiter?«

»Nun, wir werden jetzt die Treppe hinauf zum höheren Gericht von Richter Milne geschubst. Die Verhandlung über das Beweismaterial ist auf Grund unseres Antrags, das Tonband nicht zuzulassen, auf den 10. Juni angesetzt worden. Wenn mein Antrag abgewiesen wird, werde ich ein besonderes Rechtsmittel beantragen, das bezeichnet wird als Gerichtsbefehl des Berufungsgerichts zur Wiederherstellung verweigerter Rechte. Nächste Woche wird der Prozeßbeginn festgelegt. Da brauchen Sie nicht wieder im Gericht dabeizusein. Richter Milne ist sehr tüchtig, und er ist mit seinen Fällen nicht groß im Rückstand. Der Prozeß wird wahrscheinlich für Ende September anberaumt werden.«

Bis September war es noch lange hin. Vier Monate. Bis dahin würde sie schon sehr deutlich schwanger sein, falls ...

Nina unterbrach Michelle in ihren Gedanken. »Kommen Sie doch mit den Reillys mit auf ein zeitiges Abendbrot bei Sato's, Michelle.«

Bevor sie zu dem japanischen Restaurant fuhren, liefen sie auf den Pier hinaus, setzten sich hin, schleuderten die Stöckelschuhe zur Seite und ließen die Beine baumeln. Sieben Meter unter ihnen konnten sie im glasklaren Wasser irgend jemandes verwitterte leichte Sportschuhe sehen und Flaschen, die so hell wie eine Schule Fische schimmerten. Am Strand hinten feierte eine große Familie an einem der wenigen Picknicktische, um den Grill geschart. Der Duft von Mesquithühnchen wehte in ihre Nase und machte Michelle hungrig.

»Nina, ich muß Ihnen was im Vertrauen erzählen.«

Nina schaute sie an, hinter der großen Sonnenbrille die Augenbrauen hochgezogen. In ihrer weißen Bluse und dem engen schwarzen Rock sah sie fehl am Platze aus, obwohl sie die warme Jacke abgelegt hatte. Sie bemerkte, wie Michelle sie musterte, und sagte: »Ich würde am liebsten auch die Strumpfhose ausziehen. Ach, warum nicht!« Sie beugte sich nach hinten, zog den Rock hoch, rollte dann flott die Strumpfhose herunter und steckte sie in die Jackentasche. »Viel besser«, sagte sie. »Was wollten Sie sagen?« Sie streckte die Beine über das Wasser aus und begann mit den Füßen zu kreisen. Ihre Fußnägel waren pink angemalt.

Das war Nina. Äußerlich so sauber, korrekt und ohne Gefühle, aber darunter wollte etwas Ungestümes, Buntes ausbrechen.

»Ich bin schwanger«, sagte Michelle.

»Hui, die Sonne brennt schon ganz schön so früh im Sommer. Ich dachte, Sie sagten ...«

»Ich bin schwanger.«

»Ach du heiliger Strohsack!«

»Drei Monate schon. Ich hab's erst vor wenigen Wochen in der Klinik erfahren.«

Nina spritzte mit dem Fuß Wasser auf. »Wer ist der Vater?« fragte sie.

»Weiß nicht. Drei Monate zurück, da kommen drei Kerle in

Betracht. Wenigstens weiß ich, wer die sind. Es hat Zeiten gegeben ...«

»Okay, okay«, unterbrach sie Nina. »Drei Männer.«

»Anthony kommt als erster in Frage, wissen Sie, schon wegen der Häufigkeit. Als nächster Tom. Wir waren ziemlich wild. Und Steve Rossmoor.«

»Haben Sie keine Kondome benutzt?«

»Gewöhnlich ja, außer Anthony. Ich nahm ja auch die Pille, aber in dem Monat hab ich sie an ein paar Tagen vergessen. War noch nie vorher passiert.«

Nina legte ihr die Hand auf die Schulter. »Und wie denken Sie darüber?«

»So wie die Sache jetzt läuft, werd ich wahrscheinlich im Gefängnis sitzen, wenn das Kind kommt. Das Baby wird dann in Pflege gegeben. Falls ich's überhaupt behalte. Nicht gerade die beste Zeit, ein Baby zu kriegen.«

»Das ist noch untertrieben«, sagte Nina. »Wieviel Zeit bleibt Ihnen noch, sich zu entscheiden?«

»Nicht mehr lange. Je früher, desto besser.«

»Wenn Clarke der Vater ist oder Rossmoor ...«, sagte Nina.

»Tom hat schon drei, und Steve ist Single.«

»Na ja«, sagte Nina, »vielleicht läßt sich damit was anfangen.«

»Die Entscheidung über eine Abtreibung muß ich ganz allein treffen. Deshalb hab ich mich erst mal entschlossen, zu den Anonymen Alkoholikern zu gehen und das Baby so gesund zu halten, wie ich nur kann, während ich mir die Sache überlege.«

»Ich bin überzeugt davon, daß das ein schönes Baby würde, so wie die Mutter aussieht«, meinte Nina.

»Gott, ich mach mir Sorgen darüber. Ich meine, an den ersten beiden Tagen nach meiner Entlassung aus dem Gefängnis hab ich mich total vollaufen lassen. Und was für ein Leben und was für eine Familie hab ich schon zu bieten? Ich hab ja noch nicht mal ein Baby im Arm gehalten.«

»Was ist mit Ihren Eltern?«

»Nein. Wo meine Mom Arthritis hat – und sie werden alt. Die hatten genug Sorgen, mich großzuziehen. Das wär nicht fair.«

»Noch einmal zum Vater«, sagte Nina. »Sie könnten einen DNA-Test machen, wenn die anderen beiden Männer mitmachen. Wir könnten vielleicht sogar von der Polizei eine Blutprobe von Anthony bekommen. Oder wir könnten eine Vaterschaftsfeststellungsklage einreichen und Rossmoor und Clarke dazu zwingen.«

»Genau das fehlt mir noch«, sagte Michelle, »noch mehr Gericht.« Sie dachte daran, was Steve Rossmoor machen würde, wenn er der Vater wäre. Sie wußte fast gar nichts über ihn, nur daß Nina sagte, er sei reich, und daß er einen hochbezahlten Job hatte. Oder Tom. Tom und Janine. Janine würde niemals das Baby nehmen. Sie fuhr fort: »Ich hab mir eine Grube gegraben und bin selbst reingefallen. Ich weiß nicht, was ich machen soll.«

»Warten auf das As«, erwiderte Nina. »Und lassen Sie sich das Dinner gut schmecken. Seltsam …«

»Was?«

»Bei den meisten meiner Mandanten hat das, was ihnen so widerfährt, kaum je etwas damit zu tun, wie ich den Fall aufbaue. Aber bei Ihnen kommt es mir so vor, als ob alles, sogar Ihre Schwangerschaft, mit dem Fall in Verbindung steht.«

Sie zogen sich wieder die Schuhe an und spazierten zurück zur Hauptstraße. »Wie ich Sie kennenlernte, haben Sie mir erzählt, Sie haben einen Sohn«, sagte Michelle.

»Stimmt. Ein großes Kind.«

»Jetzt sind Sie eine alleinstehende Mom?«

»Ich vermute, ja. Sein Stiefvater will ihn immer noch sehen. Ich werde mir das erst noch überlegen. Bobby vermißt Jack.«

»Und wie ist's mit Ihnen?«

»Was meinen Sie?«

»Jack. Ihr Mann. Vermissen Sie ihn? Wollen Sie ihn wiederhaben?«

»Ja, will ich.«

»Wünschen Sie sich manchmal, Sie könnten sich zurückversetzen an einen bestimmten Tag und dort noch mal neu anfangen? Nicht das ganze Leben, aber von einem Tag an, an dem Sie alles total verbockt haben? Eine Chance kriegen vielleicht, etwas anders zu machen? Alles ins Gegenteil umdrehen?«

»Sicher, jeder träumt manchmal davon.«

»Ich würde mich gern an den Donnerstag zurückversetzen, die Zeit, wo ich noch gearbeitet hab. Manchmal denk ich, wenn ich den Abend nicht in so lausiger Stimmung gewesen wär ... sehn Sie, da war der Kerl, der mich den ganzen Abend genervt hat, und ich mußte immerzu dran denken, wie schlecht's mir ging, weil Anthony das ganze Geld hatte, und ich konnte mir nicht mal die Kleinigkeit nehmen, um mein Leben zu retten, denn das war's, was Dr. Greenspan machte. Er rettete mein Leben. Ich würde bis zu dem Abend zurückgehen und es anders machen. Ich würde ganz andere Dinge tun, verstehen Sie?«

»Sie glauben, wenn wir uns zurückversetzen könnten, würden wir unser Verhalten ändern?«

»Genau.«

»Ich nicht.«

Als Michelle erst einmal bei Sato's am langen Tisch mit Nina, Andrea und deren Familie saß, wobei Matt fünfzehn Stück kalifornische Maki verdrückte und die Kinder literweise Sojasoße über ihren Reis kippten, verflog ihr Hunger. Der bloße Geruch von Soße auf Fisch brachte die unangenehme Erinnerung an ihre letzte Fahrt auf dem Teufelskarussell mit Anthony im Vergnügungspark von Modoc County zurück. Nina erbot sich, sie gleich nach Hause zu fahren, aber sie sagte: »Ich geh nur mal fünf Minuten Luft schnappen.«

»Passen Sie auf sich auf«, rief Nina. Draußen stellte sich Michelle in die Seitengasse des Restaurants, wo sie vom Bürgersteig aus nicht gesehen werden konnte.

Ein Paar, Mann und Frau, liefen an ihr vorbei zum Eingang von Sato's. Der Mann mit der Wildlederjacke über dem einen Arm und der Frau am anderen war Tom. Janine ging weiter, ohne sie zu bemerken, aber Tom hatte Augen wie eine Katze und mußte eine Ausrede gebraucht haben, denn innerhalb einer Minute kam er in die Gasse zurück.

»Lauerst im Dunkeln«, sagte Tom, durchaus nicht im spaßigen Ton. Er lehnte sich mit verschränkten Armen an die Hauswand. »Wo hast du gesteckt? Ich habe dich aus den Augen verloren.«

»Und aus dem Sinn. Du hättest Nina anrufen können.«

»Misty, hör zu. Janine hat das mit uns herausbekommen, und ich habe mich die ganze Zeit bemüht, sie wieder zu versöhnen. Wenn meine Frau dich sieht ...«

»Und was ist mit mir, Tom? Ich bin so einsam.«

»Du solltest nicht gerade bei mir Trost und Hilfe suchen. Du hast mich so überwältigt, da konnte ich nicht widerstehen. Aber jetzt läuft nichts mehr. Dieser Schlamassel jetzt, du bringst Anthony um ...«

»Ich könnte dich umbringen, auf der Stelle.«

Tom trat tatsächlich zurück und schaute auf ihre Hände. Hatte er Angst vor ihr? »Damit spaßt man nicht«, meinte er verunsichert.

»Keine Angst, deine Frau wird mich vermutlich zuerst umbringen«, sagte Michelle. »Hat sie dir erzählt, daß sie mir neulich abends ein Ding verpaßt hat?«

»Hat sie mir erzählt. Und immer wieder erzählt. Das war die Hölle, was ich durchgemacht habe.«

»Und was meinst du, was ich durchmachen mußte?«

»Versuche doch mal zu verstehen, Misty. Ich habe soviel zu verlieren, und du bist ...«

»Bloß ein dummes Ding auf hohen Hacken. Wen kümmert's da schon, wenn ich in den Knast wandre? Dich nicht. Wär 'ne große Erleichterung für dich, he, Tom?«

»Ich kann ja nicht erwarten, daß du das verstehst. Also laß mich in Zukunft in Ruhe, okay, Misty? Ich muß gehen.«

Er drehte sich um zum Restaurant, seine Haltung steif, die Lippen ein Strich in Beton.

»Nur noch eine Kleinigkeit, Tom.«

»Ich muß wirklich gehen.« Er schwieg, immer noch mit dem Rücken zu ihr. Sie hatte Lust, mit Steinen nach ihm zu schmeißen. Damit er sich umdrehte und sie anschaute.

»Ich bin schwanger.«

Sie beobachtete, wie seine Schultern einsanken. Er regte sich nicht. Mit einer Art trauriger Freude darüber, welche Gewalt sie über ihn besaß, und erfüllt von einer wahnsinnigen Energie, tanzte sie wie ein Affe um ihn herum und brüllte ihm ins Gesicht: »Dein Kind! Besinnst du dich an die Nacht, wo du mir erzählt hast, du liebst Kinder, Tom? Besinnst du dich an die Nacht? Wie du gesagt hast, du liebst mich wirklich, wirklich, wirklich so sehr, mehr als alle anderen und alles auf der Welt? Und ich wollte dir nicht glauben, so daß du versucht hast, es mir zu zeigen?« Er hielt sich die Ohren zu und ging weg. »Du warst nicht gut genug beim Flunkern. Ich hab dir nie geglaubt! Niemals!«

Sie hörte auf und schüttelte sich, wollte die Tränen in ihrem Inneren herausschütteln. Dann ließ sie sich an der Wand hinuntergleiten und blieb auf dem feuchten Asphalt sitzen, bis Nina und die anderen herauskamen.

Delores zog mit ihren beiden Kindern am Freitag im Frauenhaus ein. »Mein Alter wollte mich nicht wiederhaben, und er hatte es satt, sich um die Kinder zu kümmern«, erläuterte sie Michelle die Sache von dem alten Sofa im Wohnzimmer aus. »Er ließ mich wissen, ich wär nach meiner Entlassung aus dem Gefängnis nicht willkommen. Mit der Faust. Aber diesmal hab ich ihn gekriegt. Ich hab Philo beim Arsch zum County-Amt für Familienunterhalt geschleppt. Der verdient gutes Geld mit dem Brummifahren. Die County wird für mich tausend Dollar im Monat einziehen. Mit der Knete und einem Putzjob im Motel werde ich schon gut zurechtkommen. Mit der ersten Überweisung suchen wir uns eine kleine Wohnung, ich besorge ein paar Brathähnchen und Rippchen, und dann gibt's eine große Party.«

Es tat gut, sie wiederzusehen. Del kam mit drei alten Koffern und neuer Frisur, lange, dünne Zöpfe, die sie »Strippen« nannte. An dem Abend übernahmen sie und Michelle das Kochen, und sie gingen spät zu Bett. Del setzte so etwas Ähnliches wie eine baumwollene Duschhaube auf, die Locken sorgfältig daruntergesteckt. Sie legte sich in ihre Koje, und fast im selben Augenblick vernahm Michelle ihre tiefen Atemzüge.

»Del?«

»*Mañana,* Girl.«

»Ich krieg ein Kind.« Das brachte sie hoch, sie stützte sich auf den Ellbogen.

»Gut, gut, gut. Das hätt ich merken müssen, als wir in derselben Zelle saßen, so wie du geschlafen und dich ständig übers Essen beschwert hast. Die Spaghetti waren gar nicht so schlecht.«

»Ich glaub nicht, daß ich's behalten kann.«

Del sagte »Oh« und dann: »Also, was ist denn aus dem Typ geworden, mit dem du dich immer getroffen hast? Dem Pauker von der Schule?«

»Den hab ich gestern gesehn. Der will nichts mehr von mir wissen. Wer will's ihm schon übelnehmen? Er liebt die Familie, die er schon hat.«

»Der konnte bloß nicht widerstehen, noch was nebenbei zu haben. Gott schütze uns vor Ehemännern!«

»Hast du schon mal abgetrieben, Del?«

»Ja«, sagte sie, »zweimal.«

»Wie kam denn das?«

»Beim erstenmal muß ich so vierzehn oder fünfzehn gewesen sein. Meine Mutter hat's nicht erfahren. Mein Freund brachte mich in eine Klinik in Tijuana, und in zehn Minuten war alles vorbei. Alles vorbei«, wiederholte sie nachdenklich. »Das zweitemal kommt mir vor wie erst gestern. Rennie war drei damals und Sharille erst neun Monate. Ich war schon über vierzig und machte nachts in einem Bürogebäude in der Stadt sauber. Wie hätte ich mich da um noch ein Baby kümmern können? Ich ging in eine andere Klinik.«

»Hat's weh getan?«

»Nicht wenn du's verträgst, daß sie dir einen Staubsaugerschlauch deine Möse raufschieben«, sagte Del.

»Hast du's schon mal bereut?«

»Eine lange Zeit nicht. Aber dann sagte ich mir eines Tages, heute wäre das Älteste einundzwanzig. Also, ist das nicht komisch? Daß ich auf einen Geburtstag gekommen bin? Dasselbe bei der Jüngsten. Auch sie kriegte einen Geburtstag, obwohl sie niemals geboren wurde. Also, wenn ich dran denke, komm ich mir mies vor. Ich sollte eben vier kriegen.«

»Du hast getan, was du tun mußtest«, sagte Michelle.

»Ich hatte die Wahl, den schweren oder den leichten Weg zu nehmen. Damals war mir was noch nicht klar, was ich heute weiß.«

»Was denn?«

»Wenn du alles zusammenfaßt, die Jahre vergehen, dir wird klar, daß du nie reich oder berühmt wirst, genügend Männer kommen und gehen, dann begreifst du: Die Kinder sind das einzige, was wirklich zählt«, verkündete Del. »Hör mich nur an, klinge ich nicht wie einer von den Kerlen mit dem Akzent aus dem tiefen Süden, die die Bibel auf das Taufbecken knallen? Kann ich nun endlich schlafen?«

»Danke«, sagte Michelle.

»*De nada.* Sag mal, Misty-Michelle, säufst du noch?«

»Hab aufgehört. Wegen dem Baby. Ich geh zu den Anonymen Alkoholikern, und ich bin seit sechzehn Tagen trocken.«

»Ich hab dir ja gesagt, du bist ein gescheites Mädchen«, murmelte Del ins Kissen, als sie sich endgültig umdrehte.

»Del.«

»Was?«

»Gehst du immer noch beim K-Markt einkaufen?«

Der Samstagmorgen brach zeitig an, heiß. Michelle zog sich die alten Laufschuhe und das neue große T-Shirt an und spazierte hinunter zum Strand. Das Nordufer hat überwiegend Strände mit schwarzen Steinen; ihr gefiel der grobe, warme, gelbe Sand am Südufer besser. Knietief stand sie in den kleinen Wellen, schaute hinaus auf die immense Bläue des Lake Tahoe und dachte über Anthony nach.

Vielleicht würde jemand gerade jetzt vorbeikommen und sie umbringen. Sie sollte nicht allein hier herumschleichen. Mit einem Blick überflog sie den Strand, doch abgesehen von einer Schar schreiender Möwen, die Richtung Emerald Bay zogen, war er leer.

Sie beugte sich hinunter, schöpfte Wasser mit den Händen und spritzte es sich ins Gesicht. Ihr war, als ob das Baby in ihr sich leise bewege – obwohl die Ärztin gemeint hatte, dazu sei es zu früh.

Sie hatte aufgehört, das Für und Wider mit sich selbst durchzugehen. Sie verdiente das Baby nicht; vermutlich würde man es ihr wegnehmen. Aber sie liebte es bereits. Sie würde es behalten. Sie war schon so eins mit diesem Kind, wie sie es hätte mit Anthony sein sollen.

18

Nach einer schlechten Nacht verschlief Nina und kam erst gegen halb zehn in ihre Kanzlei.

Ihren seit kurzem besseren Schlaf hatten vor mehreren Wochen, am 11. Mai, die bösen Neuigkeiten von Collier Hallowell zum Teufel gejagt, und dann rief auch noch Bruno Cervenka an, daß die Polizei seine Praxis auf den Kopf gestellt habe. »Ich hätte das Tonband doch vernichtet, wenn ich das geahnt hätte«, hatte er ihr mit leiser Stimme von einem Telefon in seiner Uni zugeflüstert.

»Machen wir es nicht noch schlimmer, Bruno. Tun Sie einfach, was die sagen, und faxen Sie mir, was man Ihnen zustellt.« Sie hatte an ihrem Schreibtisch gesessen, in ihrem Kopf arbeitete es, ohne daß sie weiterkam, als hätte sie keinen Gang eingelegt. Kein Zeugnisschutz für ihre Ermittlungsergebnisse? Wie war das möglich? Die eidliche Begründung des Durchsuchungsbefehls berief sich auf mehrere verbindliche Entscheidungen bei älteren Fällen. Teilnahmslos ging sie zum Regal mit den kalifornischen Gerichtsberichten und fing an, einzelne Bände herauszuziehen, ohne Rücksicht auf den schmerzenden Arm. Vor Beklommenheit konnte sie nicht lesen; die Wörter in den Berichten über frühere Fälle schwammen ihr vor Augen. Das war der Ruin, der auf sie gelauert hatte.

Wie hatte sie das übersehen können? Wenn sie zurückdachte, hatte sie wohl einfach angenommen, sie kenne das Gesetz. Sie war sich sicher gewesen, daß sie Bruno und die Hypnose wieder in der Versenkung verschwinden lassen könne, wenn ihr die Ergebnisse nicht paßten. Sie hätte sich nie träumen lassen, daß Collier dahinterkäme und auf der Stelle so wirksam zurückschlagen würde.

Den Samstag hatte sie in der juristischen Bibliothek verbracht und noch weitere Präzedenzfälle durchgesehen. Sie mußte ihren Antrag auf Nichtzulassung von Beweismaterial für den 10. Juni so schnell wie möglich einreichen. Sie mußte sich die von Collier angeführte Gerichtsentscheidung zurechtbiegen, Unterschiede verdeutlichen, eine wichtige Abweichung feststellen, irgend etwas, das sie verwenden konnte, um Michelles unter Hypnose abgegebene Erklärung als Beweismittel nicht zuzulassen.

Zusammenfassung rechtlicher Argumente schrieb sie auf ihren gelben Block. Im Vorzimmer klingelte das Telefon. Sandy nahm ab. *Es gibt wenigstens fünf Gründe für den Entscheid, daß das beschlagnahmte Material in der Hauptverhandlung nicht berücksichtigt werden darf.* Sie legte die Unterlagen über ihre Nachforschungen in fünf Haufen auf den Schreibtisch.

> *Erstens.* Das Zeugnisverweigerungsrecht des Therapeuten, niedergelegt im Beweis-Code Paragraph 1014, erlaubt es der Angeklagten, die Offenlegung eines vertraulichen Gesprächs zwischen der Patientin und ihrem Psychotherapeuten zu verweigern. Dieses Recht geht über die öffentliche Rechtsordnung und die Begründungen, auf die sich der Ankläger in Beantragung des zur Verhandlung anstehenden Durchsuchungsbefehls stützte. Menendez gegen Landgericht, 3 Kalif., 4., 435.

Klang gut. Aber dieses Zeugnisverweigerungsrecht war eine Falle. Es gab eine Ausnahme, genannt der Patientenvorbehalt. Nina studierte noch einmal den Fall Menendez: Zwei der Tötung ihrer Eltern beschuldigte Brüder aus Beverly Hills waren zu einem Therapeuten gegangen und hatten auf dem Tonband gestanden. Die Verteidiger der Brüder Menendez hatten einige derselben Argumente vorgetragen, die Nina anführen wollte, doch am Ende wurde das Tonband zugelassen, weil die Verteidigung der Jungen ein Zeugnis für ihre Empfindungen und ihren Geisteszustand vor und während der Tat erforderte.

Unglücklicherweise stand Nina vor dem gleichen Problem. Michelle Patterson hatte der Polizei berichtet, sie habe sich nicht daran erinnern können, was nach ihrem ersten Schlag geschehen war. Das würden die Geschworenen niemals glauben, wenn nicht Dr. Greenspan, Dr. Cervenka und vielleicht Michelle selbst aussagten, sie habe schon zuvor an Amnesie gelitten.

Soll Collier doch Richter Milne auf diese Ausnahme hinweisen. Sie würde sich damit befassen, wenn sie Colliers Schriftsätze in der Hand hielt.

> *Zweitens.* Ermittlungsergebnisse des Anwalts müssen nicht durch Vorlage von Beweisen erhärtet werden; die Beweise sind geschützt. Das Tonband gehörte zu den Nachforschungsresultaten der Verteidigung zur Vorbereitung des Strafprozesses.

Nina las sich ihre Unterlagen noch einmal durch. Zu den Ermittlungsergebnissen gehörten die Eindrücke und Schlußfolgerungen des Anwalts und andere Materialien wie die Gutachten von Sachverständigen, auf die man sich berufen und die man interpretieren konnte. Aber es gab da einen Fall, der in dem Präzedenzfall Fellows gegen Landgericht, 108 Kalif., Anhang, 3., 55 niedergelegt ist: Der Bericht eines Privatdetektivs über eine Zeugenbefragung war unterdrückt worden, während das Tonband über die Zeugenvernehmung zugelassen wurde. Nicht gut. Nach dem Fall Fellows war Michelles Tonband Beweismaterial, nicht geschütztes Ermittlungsergebnis des Anwalts.

Mit dem Argument der geschützten Ermittlungsergebnisse würde sie wahrscheinlich mit dem Antrag nicht durchkommen.

Den Fall Fellows hatte sie nicht gekannt. Sie hatte vor begangener Tat, dem Besuch bei Bruno, ihre Schularbeiten nicht gemacht, und es ließ sich keine brillante Begründung für die vertraulich zu behandelnden Ermittlungsergebnisse des Anwalts nach begangener Tat herbeizaubern.

Da war sie wieder, die aus der Magengegend aufsteigende,

krank machende Welle von Angst. Sie war von sich selbst angewidert. Die Entscheidung, Michelle von Bruno in Hypnose versetzen zu lassen, hatte sie getroffen, ohne auch nur ein einziges Rechtsbuch zu konsultieren.

Sie atmete tief durch und schob das Gefühl beiseite. Sie war noch nicht fertig.

Drittens. Das Zeugnisverweigerungsrecht über Material zwischen Mandantin und Anwältin schließt alle Mitteilungen ein, die die Mandantin einem Psychiater gibt und die dem Zwecke der Verteidigung dienen. Das Volk gegen Lines, 13 Kalif., 3., 500. Im anstehenden Fall konnte die Kommunikation nur durch einen Psychiater hergestellt werden, weil die gesuchte Information im offenen Bewußtsein der Mandantin nicht zur Verfügung stand.

Sie unterstrich das Wort *nur.* Dieses Argument hatte noch niemand vorgebracht. Aber es war gut.

Collier argumentierte, das Tonband enthielt kein vertrauliches Gespräch zwischen Mandantin und Anwältin, weil es während einer ärztlichen Behandlung zwischen Mandantin und Therapeut nach Anwendung der Hypnose aufgenommen worden war. Michelles keuchend hervorgestoßene Sätze aus der Erinnerung an die Zeit auf den Philippinen stellten eine regressive Hypnotherapie dar, waren aber absolut irrelevant für den vorliegenden Fall.

Gut. Nina hatte eine Antwort darauf. Wenn der Teil des Tonbands über die Philippinen zur Therapie gehörte, konnte dieser Teil – und nur dieser Teil – zugelassen werden. Doch sollte er eben nicht zugelassen werden, weil er irrelevant war, wie Collier ja selbst einräumte.

Ihr dritter Punkt war der stärkste. Richter Milne müßte das eigentlich schlucken und das Geständnis als vertrauliches Gespräch zwischen Anwältin und Mandantin außen vor lassen. Das war die größte Chance, die sie hatten.

Viertens. Das Tonband war unter Hypnose aufgenommen worden. Als Gegenstand vor Gericht ist es unzuverlässig und aus denselben Gründen unzulässig, aus denen posthypnotische Aussagen nicht zugelassen werden, außer unter gewissen genau definierten Umständen, die hier nicht vorliegen. Vgl. Beweis-Code Paragraph 795.

Also, Paragraph 795 traf zwar nicht ganz genau zu, aber er lag doch so sehr nahe, daß Milne ihn als Analogie benutzen konnte, wenn er wollte. Nina ging noch einmal die Fälle durch.

Huu. Das Volk gegen Miller, ein kürzlich vor dem Obersten Gerichtshof Kaliforniens verhandelter Fall, entschied, selbst wenn die Hypnosesitzung unzulässig war, so waren doch die als Ergebnis der Sitzung entdeckten Beweise zulässig.

Bei dem Fall bezog sich das auf Beweismaterial, nicht auf ein Geständnis. Das ließe sich also abgrenzen. Vielleicht.

Fünftens. In dem Maße, wie Erklärungen der Angeklagten auf dem Tonband die Angeklagte belasten könnten (das war eine gute Festlegung, vornehm und würdig), verstößt ihre Verwendung gegen das im Fünften Zusatzartikel der Verfassung niedergelegte Recht, daß den Angeklagten vor Selbstbezichtigung schützt.

Die Anwälte der Brüder Menendez hatten darauf auch gepocht. Michelle war nicht gezwungen worden, in einem Strafverfahren gegen ihr eigenes Interesse auszusagen. Das war alles ein Brei, ein einziger Brei!

Konnte sie noch etwas anderes vorbringen? Sie legte den Kugelschreiber weg, zeichnete mit dem Bleistift neun Punkte, kritzelte Dreiecke hin und ging dabei in Gedanken alle Informationen durch, die sie verarbeitet hatte.

Ihr fiel nichts Neues ein. Nina nahm das Mikro in die Hand und fing an, die Punkte herunterzuleiern.

Am Montagnachmittag trafen Michelles Eltern im Frauenhaus ein. Der flüchtige Kuß vom Vater und das kleinlaute Verhalten der Mutter veranlaßten sie, auf der Hut zu sein – er hatte irgendwas ausgebrütet, und die Mutter mußte mit von der Partie sein. Michelle nahm sie mit hinten hinaus an den Picknicktisch. Sie freute sich, sie wiederzusehen, und war wie gewöhnlich ein bißchen traurig, daß so viele Schatten zwischen ihnen standen.

Das Frauenhaus schien den Eltern Angst zu bereiten: die schäbigen Möbel, die lauten Kinder, die da herumrannten, das rauhe Gelächter aus der Küche, wo das Abendessen vorbereitet wurde. Delores kam vorbei, um sich bekannt zu machen, wobei der Vater ihren alten Chenillemorgenrock und ihre Hauslatschen mit Erstaunen zur Kenntnis nahm. Für Del bedeutete es ein Zeichen von Freiheit, den Morgenrock an einem Montagnachmittag zu tragen. Im Gefängnis hatte sie das anziehen müssen, was die sagten und zu befohlener Zeit. Michelles Vater aber, in seinem perfekt gestärkten Hemd frisch aus der französischen Wäscherei nahe seinem Autosalon, sah nur den liederlichen Aufzug und nicht, was er Delores bedeutete.

Michelle setzte sich auf die Bank, und die Eltern standen vor ihr, schon wieder auf dem Sprung zu gehen. Als sie die beiden so vor sich sah, verständnislos und bereit zu verdammen, da fühlte sie ihren jüngsten Entschluß verblassen. Aber sie brauchte ihre Hilfe, oder nicht? Ihre Zeit im Frauenhaus lief ab. Diesmal würde sie es gescheit machen. Wer weiß, vielleicht würde sie das Zusammensein nach einiger Zeit dazu bringen, alte Wunden zu heilen.

Bevor sie den Mund aufmachen konnte, um ihre Absichten kundzutun, sprach ihr Vater.

»Michelle, wir möchten, daß du jetzt nach Hause kommst. Aber wir möchten, daß du erst mit Mr. Riesner sprichst.«

»Ist das der Grund, weshalb ihr gestern nicht gekommen seid? Ihr seid heute früh bei ihm gewesen?«

Die Mutter sagte: »Wir brauchten einen juristischen Rat, Michelle, und obwohl ich weiß, daß du Ms. Reilly sehr magst, haben wir das Vertrauen zu ihr verloren. Sie hatte etwas mit dem

Distrikt-Staatsanwalt abgesprochen, nach dem du nur eine leichte – eine vernünftige – Strafe bekommen hättest. Aber sie haben das Angebot zurückgezogen, und sie trägt die Schuld daran.«

»Mr. Riesner sagt, dich in Hypnose zu versetzen war ein ernster Fehler und daß Ms. Reilly eine Menge Fehler macht. Sie muß abgelöst werden. Du brauchst jemanden, der wirklich gut ist, jetzt um so mehr, und Jeffrey Riesner ist in der Stadt bekannt. Er hat Erfahrung, und er ist bereit, dich vor Gericht zu vertreten«, erklärte ihr Vater.

»Warte, mal langsam«, erwiderte Michelle. »Sie ist mein Anwalt. Ich behaupte ja nicht, daß sie perfekt ist, aber ich werde entscheiden, ob ich sie rausschmeiße.«

»Es tut mir leid, Michelle, aber in dieser ernsten Situation mußt du dich schon auf unser Urteil verlassen. Du kommst heute abend mit nach Hause, und wir nehmen Mr. Riesner. Barbara, hilf Michelle den Koffer packen.« Er war nicht imstande, über etwas zu diskutieren. Er konnte nur befehlen. Das war ein Grund, aus dem sie von zu Hause weggehen mußte. Sie bemerkte, wie er sich verhärtete, da er auf die negative Antwort gefaßt war.

»Warte eine Sekunde, Dad. Ich komm nach Hause, aber ich pack alleine. Morgen komm ich mit dem Subaru zu euch nach, wenn ich meinen letzten Scheck abgeholt und verschiedene andere wichtige Sachen erledigt hab. Nina hat mir schon die Erlaubnis besorgt, daß ich die County verlassen darf, um nach Hause zurückzukehren.«

Ihr Vater machte ein erstauntes Gesicht.

»Ich rede mit dem Typ, bei dem ihr heute früh wart. Könnt mir glauben, ich nehm jeden guten Rat an. Ich werd mir das anhören, und dann entscheide ich, ob ich den Anwalt wechsle.«

»Na, Michelle, ich schätze, du steckst immer voller Überraschungen«, sagte die Mutter. Sie ging zu ihr und setzte sich neben sie auf die Bank.

»Mom«, sagte Michelle stockend.

»Was, Liebes?«

»Ich kriege ein Baby.«

Ihre Mom sagte nichts. Ihr Mund öffnete sich ein bißchen, aber sie bekam nichts heraus.

»Lobet den Herrn!« sagte ihr Vater mit heiserer Stimme. »Michelle, um diesen Tag haben wir gebetet. Und Anthonys armes Kind ist in unserem Hause willkommen.«

Michelle dachte daran, ihn aufzuklären, entschied aber, daß dies nicht der richtige Moment war. Es hatte ihren ganzen Mut gekostet, ihnen von der Schwangerschaft zu erzählen. Sie brauchte Zeit, um sich für den nächsten Streich zu wappnen.

Sie saßen da, so bestürzt, daß sie ein oder zwei Minuten lang ihre Gefühle nicht auszudrücken vermochten. Der Vater stand noch, hielt der Mutter die Hand. Niemand hielt Michelles Hand, da legte sie sie auf ihren Bauch.

Die Sekretärin an der Anmeldung bei Jeff Riesner hatte einen sauber geschnittenen Pagenkopf. Sie trug ein Matrosenkleid mit einer langen, weißen Krawatte, die ein bißchen zu jung machte, aber sie freundlich, wenn auch ein wenig steif wirken ließ. Sie war im gleichen Alter wie Michelle. Michelle blickte an sich herunter auf die purpurroten Socken und Shorts und dachte, sie müsse mal einkaufen gehen. Da hatte sie gleich etwas in Fresno zu tun.

Ihre Füße versanken im Teppich, als sie Riesners Heiligtum betrat. Sie wich dem eisigen Luftstrom der Klimaanlage am Eingang aus. Riesner stand hinter einem breiten Schreibtisch mitten in seiner Kanzlei, umgeben von blauen japanischen Vasen, chinesischen Kuriositätenvitrinen und afrikanischen Statuen. Sie hätte schwören können, die Empfangssekretärin habe sich leicht verbeugt, bevor sie verschwand.

Sie erkannte ihn sofort. Sie kannte ihn von früher bei Prize's. Er kam gewöhnlich dienstags nachmittags, um mit drei Freunden Poker mit hohen Einsätzen zu spielen. Einer, der Jack Daniels on the rocks bestellte. Soweit sie sich besann, hatte er weder viel getrunken noch viel verloren.

Auch er erkannte sie. Sein Grinsen zeigte Prothesen im Mund. »Ich habe nicht gewußt, daß Michelle Patterson meine beliebteste Barfrau ist«, sagte er. »Ohne den schwarzen Satin sehen Sie anders aus.«

»Ich bin nicht anders, hab nur mehr an.«

Sie mochte ihn nicht. Beim Dekorateur hatte sie gehört, daß er wahrscheinlich zu hohe Rechnungen ausstellte, und sie erinnerte sich, wie er sie im Club angeschaut hatte, an das wölfische Grinsen und die raschen, grapschenden Hände. Aber sie mußte ihn ja nicht mögen. Sie war bereit zuzuhören; das war alles, was sie versprochen hatte.

Er brachte ihr ein Glas Mineralwasser. Sie saß ihm im Sessel gegenüber. »Was kann ich für Sie tun?« fragte er.

»Meine Eltern haben mich gebeten, bei Ihnen vorbeizukommen; da bin ich.«

»Sie konsultierten mich über Ihre Situation. Sie verstehen, ich bin nicht Ihr Anwalt, und ich werde Sie bitten, in diesem Sinne unser Formular zu unterschreiben.«

»Ich will gar nichts unterschreiben.«

»Dann kann ich nicht mit Ihnen sprechen.«

»Wieso nicht?«

»Falls Sie wünschen, daß ich Ihnen helfe, und es liegt ganz bei Ihnen, mich um eine zweite Meinung zu konsultieren, dann müssen Sie mir mit dieser Kleinigkeit schon entgegenkommen. Bestätigen Sie auf diesem Formular, daß ich nicht Ihr Anwalt bei der Mordanklage bin.«

Sie unterschrieb das Blatt, aber ihr gefiel die Art und Weise nicht, wie er mit ihr umsprang. Ohne Umschweife sagte er ihr, daß man an den Distrikt-Staatsanwalt noch einmal herantreten könne, daß man den Fall nicht wirklich vor das Schwurgericht bringen wolle und daß sie am Ort mit einer gewissen Sympathie rechnen könne. Er meinte, sie sei schlecht beraten, es zum Strafprozeß kommen zu lassen, weil sie seiner Ansicht nach nicht viel zu ihrer Verteidigung vorzubringen habe. Er habe während seiner achtzehnjährigen Tätigkeit im Strafrecht noch nie einen Rechtsanwalt erlebt, der so einen vermeidbaren, schädlichen Fehler wie Nina Reilly gemacht habe, sie unter diesen Umständen hypnotisieren zu lassen. Er erklärte, es würde nicht leicht sein, aber er glaube, er könne die Staatsanwaltschaft überreden, das ursprüngliche Angebot der Klagebegrenzung auf Tötung im Affekt zu erneuern. Eine erste Anzahlung von fünfundzwanzigtausend Dollar plus Spesen wäre erforderlich.

Sie hörte sich alles an und nippte dabei an ihrem Mineralwasser.

»Haben Sie mit Nina ... meiner Anwältin gesprochen, darüber?« fragte sie.

»Ihre Eltern baten mich, damit zu warten, bis jetzt. Sie wollten, daß meine Meinung vertraulich behandelt wird, bis eine Entscheidung getroffen ist, und das habe ich respektiert.«

»Ist das die Art und Weise, wie's gewöhnlich gemacht wird?«

Er antwortete nicht. Sie saßen da. Sie konnte durch das Fenster die schmutzigen Skipisten von Heavenly sehen. Ninas Ausblick auf den See gefiel ihr besser.

»Loyalität ist ja gut und schön«, sagte Riesner schließlich, »aber Sie müssen an sich selbst denken. Ihre Anwältin wird Sie noch direkt ins Staatsgefängnis hineinmanövrieren.«

»Auf eine Sache bin ich neugierig, Mr. Riesner: Woher wissen Sie das alles über meinen Fall? Und wieso interessieren Sie sich so sehr dafür?«

»Die von mir eben erwähnten Einzelheiten sind stadtbekannt«, antwortete Riesner. »Ich höre Dinge im Gericht, beim Lunch, beim Pokern. Einiges habe ich von Ihren Eltern erfahren. Habe ich etwas Falsches gesagt?«

»Nicht unbedingt.«

»Warum ich mich dafür interessiere? Weil es mir nicht gefällt, daß ein solcher Fall verpatzt wird, Misty ...«

»Michelle.«

»Das wirft ein schlechtes Licht auf die Strafverteidiger hier oben, die gute Arbeit für ihre Mandanten leisten.«

»Die Sache ist die, ich will einen Prozeß haben«, sagte Michelle. »Wir sind noch bei den Ermittlungen. Ich weiß, wie das klingt, was ich zu Dr. Cervenka unter Hypnose gesagt hab – daß ich Anthony getötet hab ...«

»Genau. Ich kenne die Hälfte der Cops von Tahoe. Ich weiß,

daß Sie gestanden haben. Das ist ja genau mein Punkt. Nina Reilly wird Sie machen lassen, was Sie wollen. Es spielt für sie überhaupt keine Rolle, daß Sie nicht wissen, wie gefährlich das ist. Es spielt überhaupt keine Rolle, daß Collier Hallowell Sie in einem Prozeß in die Pfanne hauen wird. Alles, was bei ihr zählt, ist, ganz groß rauszukommen, Publicity zu kriegen, sich neue Klienten zu ergattern ...«

»Das stimmt nicht. Sie sorgt sich darum, was mit mir passiert«, sagte Michelle. »Sie nicht.«

»Ich weiß, ich werde nicht der einzige bleiben, der Sie darauf hinweist, was auf dem Spiel steht«, entgegnete Riesner. »Das ist keine Entscheidung, die man darauf stützen kann, wie man zu jemandem steht. Sie mögen sie, sie ist freundlich zu Ihnen, da fühlen Sie sich gut aufgehoben. Also dann ist ja alles in Butter. Aber ich wäre ja absolut bescheuert, mich von ihr bei einer Mordanklage verteidigen zu lassen!«

Michelle stand auf, um zu gehen. »Ich bin nicht Sie«, sagte sie, weil ihr nichts Besseres einfiel.

»Wenn Sie sich das über kurz oder lang richtig überlegt haben, wo Ihr Interesse liegt, rufen Sie mich an.«

Auf dem Parkplatz schaffte Michelle ihre Koffer vom Rücksitz in den Kofferraum des Autos und trödelte herum, weil sie noch nicht bereit war loszufahren. Jeff Riesner klang ganz vernünftig vom logischen Standpunkt aus. Wenn die Welt wirklich logisch eingerichtet wäre, hätte sie ihn als Anwalt genommen. Er könnte wahrscheinlich die Absprache noch einmal erreichen, genau wie er sagte.

Doch worauf konnte man sich verlassen, wenn man sich nicht mal mehr auf das eigene Gefühl verlassen konnte?

Erstens, wenn sie sich Riesner nahm, würde das Baby bestimmt im Gefängnis geboren.

Zweitens, es spielte keine Rolle, was sie zu Dr. Cervenka gesagt hatte. Sie war im Innersten durcheinander. Sie glaubte sich selbst nicht. Punktum.

Drittens, Nina hörte ihr zu, und Jeffrey Riesner nicht.

Okay, was das Gefühl betraf, hatte es sie schon früher in Schwierigkeiten gebracht, meist mit Männern, aber Dr. Green - span hatte immer gesagt, wenn man gründlich genug suchte, konnte man die Wahrheit finden, und tief in ihrem Innersten traute sie Nina Reilly. Nina hatte einen Fehler begangen, aber sie würde das schon wieder hinbiegen.

Der nächsten unangenehmen Aufgabe wäre sie am liebsten aus dem Wege gegangen, aber sie konnte es sich nicht leisten, ihren Lohn bei Prize's nicht abzuholen, und so fuhr sie los.

Sie wollte nicht die Runde machen und allen auf Wiedersehen sagen, aber es ließ sich nicht vermeiden. Sie mußte durch das ganze Casino durch zur Buchhaltung nach hinten. Seit ihrer Festnahme war sie nicht mehr dagewesen, aber alle Leute schienen sich zu freuen und redeten ihr gut zu, als sie ihren Spind ausräumte. Unwillkürlich aber fragte sie sich, wie sie sich wohl nach ihrem Weggang die Mäuler zerreißen würden.

Auf dem Weg nach draußen kam sie an dem Andenkenladen vorbei, demselben, wo sie sich vor einer Ewigkeit den Eisbären ausgesucht hatte, ein kleines Geschenk von Steve, viel zu kostbar, als daß sie es hätte Anthony erklären können. Ihm hatte sie dann erzählt, es sei eine billige Imitation, und er hatte es geglaubt, weil er nicht gern einkaufte und keine Ahnung davon besaß. Sie hatte ihn mit allem angelogen, oder nicht? Tief im Gewirr dieser Gedanken versunken, sah sie Steve Rossmoor mit einem riesigen Blumenstrauß auf sie zueilen.

»Ich wollte dich nicht verpassen«, sagte er. »Ich habe die Verkäuferin gebeten, mir mit dem Summer Bescheid zu geben, wenn du kämst.«

»Also, da bin ich.«

»Sieh mal, nach unserem Telefongespräch, wo du sagtest, wir können uns nicht treffen, da wolltest du anrufen. Auf meine Anrufe bei deiner Anwältin hast du nicht reagiert. Du bist aus dem Haus ausgezogen … da habe ich mir Sorgen gemacht. Oh. Für dich!«

Sie nahm das Blumengebinde, alles, was man beim Floristen

drei Türen weiter den Gang hinunter kriegen konnte. »Danke«, sagte sie. Er faßte sie am Ellbogen und schob sie in die Eisdiele gleich hinter dem Andenkenladen.

»Wie wär's mit einer Tasse Kaffee?«

»Eigentlich wär mir ein Erdbeereis lieber.«

Er bestellte zwei. Dann neigte er den Kopf zur Seite und betrachtete sie. »Du bist so schön wie immer, bloß anders«, meinte er.

»Hab keinen in der Krone«, sagte Michelle. »Und ich hab was an.«

»Kann ich von mir auch sagen«, erklärte Steve. »Wie ist es dir ergangen?«

Sie schüttelte den Kopf. »Davon fang ich gar nicht erst an. Aber ich bin froh, daß du mich erwischt hast, eh ich nach Fresno fahr. Ich wollte dir was sagen, hab aber nicht gewußt, wie, und es ist soviel anderes los gewesen …«

»Na, wir essen einfach Eis, und vielleicht kommt es dann ganz von allein.«

Nach ein paar Bissen sagte Michelle: »Ich glaube, was ich zuerst sagen will, ich möchte mich entschuldigen.«

»Wofür?«

»Weil ich solche Angst vor dir hatte, so daß ich mit dir geschlafen hab, damit ich nicht mit dir reden mußte.«

Steve Rossmoor lehnte sich zurück und schaute sie an.

»Das ist eine schlechte Angewohnheit von mir. Ich weiß, du hast alles versucht, daß wir Freunde werden, aber ich hab nicht kapiert, warum du das gewollt hast. Da hab ich – wie sagt man? – dich ein bißchen abgelenkt.«

»Wenn es so war: Die Ablenkung hat mir bestimmt gefallen. Aber sie hat nicht gewirkt, denn ich möchte dich immer noch besser kennenlernen.«

»Warum?«

Er nahm ihre Hand. »Jetzt nagelst du mich fest. Das wird unglaublich dumm klingen, aber laß mich mal versuchen, dir das zu beantworten. Okay. Weil ich mich in dich verknallt habe, wie ich dich durch die Sicherheitsspiegel beobachtet habe. Ich habe dir gern zugesehen, wie du läufst, wie du redest und lächelst, wenn du ein Trinkgeld bekamst. Ich mußte dich kennenlernen, und mir gefiel deine zarte Stimme und was du sagtest. Und ich kriegte dich ins Bett, und es war gut mit uns beiden, und ich wußte, in deinem Kopf steckt mehr drin, eine Menge mehr, das ich herausfinden mußte. Und dann brach für dich die Hölle los.«

»Oh«, sagte Michelle.

»Und jetzt fährst du nach Fresno. Ich komme wohl immer irgendwie zu spät.«

»Hast du nicht ein bißchen ein schlechtes Gefühl, ein Mädchen näher kennenzulernen, das ...«

»Kein bißchen. Du vergißt, ich kannte Anthony. Ich habe beobachtet, wie er dich beobachtete an den Abenden, wenn ihr dieselbe Schicht hattet. Ich weiß verschiedenes von Anthony, was du nicht weißt. Eines Tages kannst du mir mal erzählen, wie du in das Unglück reingestolpert bist, ihn zu heiraten.«

»Das mein ich nicht. Ich komm wahrscheinlich ins Gefängnis.«

Darauf schien er keine Antwort zu haben.

Michelle blickte den jungen Mann ihr gegenüber an dem wackligen Eisentisch an, der seinen Löffel ableckte.

»Steve ...«

»Mmm-hmmm.«

»Hast du jemandem erzählt, daß ich an dem Tage, wo wir miteinander sprachen, nach San Francisco fahre?«

»Natürlich nicht. Warum?«

»Ach, nichts! Ich glaub, ich sag dir lieber was.«

»Alles, was du willst.«

»Ich kriege ein Baby. Möglicherweise ...«

Aber er stürzte schon um den Tisch herum. Er zog sie hoch, drückte sie an sich, den Kopf an seine Brust, sein Herz raste. »Ja ... möglicherweise bist du der Vater«, beendete sie den Satz, kaum daß sie Luft bekam. Er hielt sich an ihr fest, als würde er umkippen, wenn sie ihn jetzt losließe.

»Wie denn das?« sagte er mit einem Würgen im Hals.

»Es kann Anthony gewesen sein. Oder ein anderer Kerl. Oder du.«

»Und das wolltest du mir nicht sagen?«

»Es ist alles so kompliziert. Ich weiß wirklich nicht, was ich im Augenblick dazu noch sagen soll. Wir sitzen hier, essen Eis, reden davon, Freunde zu werden, und dann ist es bums weg. Jetzt können wir nicht einfach bloß Freunde sein, nicht wahr?«

»Das haut mich um«, sagte Steve. Er ließ ihre Hand los, tippte ihr aber mit ausgestrecktem Arm auf die Schulter.

»Und was, wenn das Kind beispielsweise nicht von dir ist? Willst du mich da immer noch besser kennenlernen?« fragte Michelle. Forschend blickte sie ihm in die Augen und sah darin etwas, das sie nicht verstand, etwas Dunkles. »Ich behalte das Baby«, fuhr sie fort.

»Fahre nicht weg«, sagte er. »Bleib hier bei mir. Wenn sie dich zu Gefängnis verurteilen, fliegen wir irgendwohin fort und leben glücklich bis an unser Ende.«

»Mein Prinz«, spaßte sie, aber ihr gefielen seine Worte. »Danke! Wirklich, danke! Aber ich muß fahren.«

»Dann laß mich dich am Wochenende in Fresno besuchen.«

»Vielleicht. Hier sind meine Nummer und meine Adresse.«

Er brachte sie hinaus zum Auto. Bevor sie die Tür zumachen konnte, nahm er ihre Hand, senkte den Kopf, und sie fühlte, wie er seine Lippen in ihre offene Hand preßte. Dann schloß er ihre Hand um den Kuß und sagte: »Vergiß den Sicherheitsgurt nicht.« Sie legte die Blumen auf den Beifahrersitz und fuhr los Richtung Fresno. Im Rückspiegel sah sie Steve Rossmoor auf dem Parkplatz stehen; er sah wie jeder andere Mann in einem teuren Anzug aus, wie einer, der es gewohnt ist, daß er seinen Willen bekommt.

Das Landgericht der County El Dorado, Strafkammer Tahoe, unter Vorsitz von Richter Curtis E. Milne, tagte am Montagvormittag, dem 11. Juni, um 8.30 Uhr zur Anhörung von Gesetz und Anträgen. Collier Hallowells Haare waren noch naß vom Duschen.

»Antrag auf Nichtzulassung einer Tonbandaufnahme und auf Preisgabe eines vertraulichen Informanten«, sagte der Richter.

Während er sprach, blätterte er in Unterlagen und guckte durch die auf seiner Nase sitzende Lesebrille nach unten. Er bot die klassische Erscheinung des Richters: riesiger Löwenkopf, dicke Augenwülste, schmächtiger Körper unter der Robe. Nachdem er bereits sechs andere Angelegenheiten erledigt hatte, sprach er nun zu einem fast leeren Gerichtssaal. »Das Volk gegen Michelle Tengstedt Patterson. Ich möchte den Antrag auf Nichtzulassung zuerst hören.«

»Nina Reilly, Rechtsanwältin der Angeklagten. Guten Morgen, Euer Ehren. Wir stützen uns auf die eingereichten Begründungen und ersuchen nicht um eine Beweisaufnahme unter Ausschluß der Öffentlichkeit. Wir gehen davon aus, daß sich das Gericht und beide Parteien das besagte Tonband angehört haben.«

»Ja. Sie dürfen fortfahren«, sagte Milne ruhig.

»Wie das Gericht aus den Erklärungen von Dr. Bruno Cervenka und von mir selbst ersehen kann, wurde Dr. Cervenka von mir als Sachverständiger hinzugezogen.«

Milne unterbrach sie sogleich. »Kein Zeugnisverweigerungsrecht hier, Ms. Reilly! Das Vorrecht, die Erlangung eigener Ermittlungsergebnisse seitens des Anwalts nicht offenlegen zu müssen, trifft hier nicht zu. Das Tonband ist Beweismittel. Offen gesagt, sehe ich keine Grundlage, das darauf enthaltene Geständnis Ihrer Mandantin zu unterdrücken. Ihr Sachverständiger ging so weit, sie ärztlich zu behandeln. Aus der Strafprozeßordnung wird klar ersichtlich, daß die Sitzung über eine Untersuchung hinausging. Ohne Zweifel ist das Beweismittel, das nach Ihrem Antrag ausgeschlossen werden soll, relevant. Es ist ein Geständnis. Ohne Zweifel fällt dieses Beweismittel trotz der Ihrem Antrag auf Nichtzulassung beigefügten rechtlichen Argumente unter eine wohlbekannte Ausnahme vom Zeugnisverweigerungsrecht der Ermittlungsergebnisse des Anwalts. Noch etwas?«

»Auch das Zeugnisverweigerungsrecht über Gespräche zwischen Psychotherapeut und Patientin gebietet Vertraulichkeit. Wie in unserer kurzen …«

»Entscheiden Sie sich, Ms. Reilly. Wirkte Dr. Cervenka als Sachverständiger, oder wirkte er als Therapeut?«

»Wenn es um dieses besondere Argument geht, wirkte er als Therapeut«, sagte Nina, ohne ihren Zorn zu verraten. Richter Milne wußte, daß sie das Recht hatte, Gegenargumente vorzutragen und widersprechende Ausführungen zu machen.

»Dann ist er jetzt also Therapeut. Was sagen Sie zu Mr. Hallowells wohldurchdachtem Einwand, daß es kein solches Zeugnisverweigerungsrecht gibt, wenn Sie den Geisteszustand Ihrer Mandantin zur Debatte stellen?«

»Das haben wir noch nicht getan, Euer Ehren.«

»Nun, haben Sie es vor?«

Nina machte weiter wie gewohnt ein freundliches Gesicht. »Wie dem Gericht hinlänglich bekannt ist, bin ich nicht verpflichtet, meine gesamte Prozeßstrategie zu diesem Zeitpunkt Mr. Hallowell preiszugeben.«

Milne entschloß sich offenbar, ihr nicht länger zuzusetzen.

»Gut. Sprechen wir über das Argument, Gespräche zwischen Anwalt und Mandant seien vertraulich zu behandeln. Sie scheinen sagen zu wollen, daß Dr. Cervenka nur eine Art Dolmetscher für Sie war. Er entlockte ihr sozusagen nur die Sprache des Herzens, welche die Angeklagte nur unter Hypnose sprechen konnte.«

»Das ist richtig. Meine Mandantin war sich zu diesem Zeitpunkt nicht aller Geschehnisse bewußt. Ich war nicht kompetent, einen Zugang zu ihren verborgenen Erinnerungen zu eröffnen. Ich wandte mich an einen Psychiater. Aber die Information war als Mitteilung an mich beabsichtigt, zum Zwecke der Vorbereitung der Strafverteidigung.«

»Mr. Hallowell?« sagte Milne, um ihr endlich eine Atempause zu gönnen.

»Es ist ganz einfach«, erklärte Collier. Er hatte aufmerksam zugehört. »Man kann alle gewundenen Argumente vorbringen, die man will, Richter, aber das Tonband ist ein Beweisstück. Man kann dem Anklagevertreter seine Verwendung nicht verwehren, wenn die Verteidigerin zu erklären versucht, warum die Angeklagte ihrem Ehemann einen Schlag versetzte und behauptet, sie könne sich an das weitere Geschehen nicht erinnern. Wir stimmen alle darin überein, daß Dr. Cervenka der Angeklagten helfen wollte, sich an einiges zu erinnern. Er wirkte nicht als Dolmetscher, sondern als Therapeut, der der Patientin half. Es war keine Kommunikation, sondern eine therapeutische Behandlung.«

Nina sagte gelassen: »Ich habe Dr. Cervenka beauftragt. Ich habe die Sitzung anberaumt. Ich fuhr die Angeklagte zu dem Termin hin. Zeugnisverweigerungsrecht Anwalt – Mandant, Euer Ehren.«

»Umgewandelt in eine Therapiesitzung, Richter«, sagte Collier.

»Wir fangen an, uns zu wiederholen«, äußerte Richter Milne und wandte den Kopf dem an der Wand hängenden Kalender zu. »Ich werde mir ein Urteil bilden. Ich werde mich bemühen, es Sie innerhalb von zehn Tagen wissen zu lassen. Wie ich sehe, müssen wir einen Prozeßtermin festlegen. Wollen wir das heute erledigen? 24. September? Ms. Reilly?«

»Gut, Euer Ehren.«

»Mr. Hallowell?«

»Geht bei mir.«

»Noch etwas?«

»Die Verteidigung ersucht das Gericht, die Distrikt- Staatsanwaltschaft aufzufordern, die Quelle der Information zu nennen, die zur Beschlagnahme des Tonbands geführt hat.«

Hallowell sagte: »Entschuldigen Sie bitte, Euer Ehren.«

»Sprechen Sie weiter.«

»Die Distrikt-Staatsanwaltschaft hat versprochen, den Namen der Person geheimzuhalten, von der diese Information stammt. Die Identität dieser Person steht in keiner Beziehung zu der Frage, ob das Geständnis zugelassen wird.«

»Wir müssen wissen, wer so sehr an einer Verurteilung der Angeklagten interessiert ist, Euer Ehren. Die Verteidigung behauptet, daß das unter Hypnose abgelegte Geständnis als Beweis völlig unzuverlässig ist. Die Angeklagte bekennt sich nicht schuldig. Jene Information könnte zu wichtigen zulässigen Beweisen führen«, argumentierte Nina.

»Ich fürchte, das Wort *könnte* ist der springende Punkt Ihrer Begründung, Anwältin. Vermutungen und Spekulationen dieser Art überzeugen mich nicht hinreichend, daß ich den Stellvertretenden Distrikt-Staatsanwalt dazu zwingen sollte, seine Quelle preiszugeben. Der Antrag, daß die Anklagevertretung ihre Informationsquelle enthüllt, wird abgelehnt. Noch etwas?«

»Nichts weiter, Euer Ehren. Danke, Euer Ehren«, sagte Nina. Kannst mich mal, Euer Ehren, fügte sie in Gedanken hinzu.

Die Gerichtsschreiber packten ihre Mitschriften zusammen, und die Anwälte marschierten der Reihe nach ab. Nina hoffte, daß Collier genauso wie sie darüber rätselte, wie der Richter über ihren Antrag auf Nichtzulassung des Beweismittels entscheiden würde.

An dem Abend rief Jack an, spät.

Zuerst redeten sie über ihren Fall, was als Thema neutral genug war, glaubte Nina, fälschlicherweise. Als deutlich wurde, daß er mehr Ratschläge und Kritik vorzubringen hatte, als sie hinnehmen wollte, hielt sie den Mund. Er lud Bobby für eine Woche zu sich ein, und sie stimmte bereitwillig zu. Und endlich, als er es nicht mehr aushalten konnte, fragte er sie, wann sie die Scheidungspapiere zurückschicken würde.

»Darüber reden wir doch nicht, oder, Jack? Ich weiß nicht, ob ich das ertrage, unsere Beziehung auf diese Weise enden zu lassen. Du gibst mir ja nicht mal Gelegenheit, mich zu entschuldigen.«

»Entschuldige dich nicht, Nina.«

»Es gibt also keine Hoffnung mehr für uns, wie? Ich kann das nicht glauben: Ich mache einen Fehler, sogar einen dicken Fehler, und das soll das Ende von Nina und Jack sein!« Sie war sich ihrer Gefühle so unsicher wie eh und je, aber der Gedanke, daß Jack nicht etwa anrief, um die Angelegenheit wieder zu kitten, machte sie rasend vor Wut.

»Es ist nicht so einfach. Es ist nicht nur deine Schuld.«

Seine Worte hingen da im Raum. In dem folgenden Schweigen gingen ihre Gedanken zu jenem behämmerten März zurück, zu dem Streit über sein spätes Heimkommen und die furchtbare Einsamkeit ihres Herzens.

»Es ist nicht nur meine Schuld.« Sie sprach es so wie er, als nackte Feststellung. Sie brauchte einige Zeit, um auf diese unangenehme Botschaft zu reagieren. »Hast du vor, dich näher darüber auszulassen?« fragte sie, als sein Schweigen schmerzlich wurde und der anfängliche Schock über die Bedeutung dieser Worte nachließ.

»Ich gebe zu, ich bin kein sehr guter Ehemann gewesen. Ich habe dich geliebt, Nina. Das solltest du wissen.« Er lachte nervös. »Mir fällt nichts zu sagen ein, das nicht abgedroschen klingt.«

»Du willst, daß ich es dir leichtmache, nicht wahr, Jack? Vielleicht ist das mein größter Fehler. Ich machte es dir leicht. Wirst du mir nun also sagen, wer sie ist, oder willst du mich bloß auf die Folter spannen?«

»Bist du sicher, daß du es hören willst?«

Sie überlegte. Vermutlich würde sie den Namen kennen, irgendeine gemeinsame Bekannte. Besser, sich jetzt die ganze Geschichte anzuhören, statt sich ein Phantasiegebilde aufzubauen, das vielleicht bitterer wäre als die Wahrheit.

»Erst einmal möchte ich wissen, wie lange? Wie lange schon, bevor du weggingst?« fragte sie.

»Ungefähr ein Jahr. Es war schrecklich, dich zu belügen, Nina. Ich wollte immer noch mit dir zusammensein. Ich konnte mich nicht entscheiden.«

Sie atmete tief durch. Ob es Francie war, ihre Freundin, der sie vertraut hatte? Oder jemand anderes, mit der sie essen ging oder ins Kino, eine Freundin? »Jawohl, Jack, ich möchte es wissen.«

»Evanelle Cherry.«

Ms. Cherry! Sie fing an zu lachen und revidierte schnell ihr Bild von Jacks Anwältin. »Laß mich raten. Alter um die neunundzwanzig. Die absolut erfolgreiche Frau. Unterwäsche Victoria Secret. Einen Onkel im Rathaus. Wie praktisch von dir, dir noch eine Scheidungsanwältin auszusuchen.«

»Na, komm, Nina, wir sind alle vom Fach. Da gibt's doch kein Problem für dich mit der güterrechtlichen Scheidungsvereinbarung, oder? Bitte verzögere das nicht. Eva und ich wollen heiraten. Bald. Warum lachst du?«

»Ich denke andauernd, du bist einer meiner Klienten, oder ich rede mit dem gegnerischen Anwalt kurz vor der Verhandlung, und Ms. Cherry ist Anwaltskollegin, die Geliebte meines Mannes und todsicher gegnerische Anwältin. Du redest mit mir wie mit einer Kollegin, nicht wie mit deiner Frau. Das ist kein Gefühl, sondern Schmalz. Verliebte Anwälte – ein Widerspruch in sich!«

»Es war hart, dich so mit einem anderen zu sehen«, sagte Jack.

»Was? Vernehme ich da etwas Echtes, das aus dem Haufen Scheiße aufsteigt, den Jack McIntyre darstellt?«

»Du bist verletzt, Nina«, sagte Jack, »aber fang nicht so an. Das bringt nichts. Ich möchte keinen Streit.«

»Ist mir egal, was du möchtest«, entgegnete Nina. »Bobby will dich sehen, also kann er dich besuchen. Was die güterrechtliche Vereinbarung betrifft, so werde ich sie von meiner Anwältin durchsehen lassen und sie dir dann nach einigen Monaten zurückschicken.«

»Ich bringe dich vor Gericht, wenn du eine Verzögerungstaktik betreibst«, drohte Jack.

»Da solltest du dich erst einmal mit deiner Anwältin beraten«, erwiderte Nina. »Du könntest es mit einem Antrag auf Abtrennung des Ehestatus von der Güterstandsregelung versuchen. Die County San Francisco hinkt vier Monate mit der Anberaumung der Verhandlungen hinterher. Auf Wiedersehen im Oktober!«

»Ich hätte nie gedacht, daß du so rachsüchtig bist, Nina«, sagte Jack. »Was hat das für einen Sinn? Es ist alles vorbei jetzt.«

»All diese Monate hast du keinen Finger gerührt, um zu verhindern, daß ich mich allein in Schuld wälze, Jack. Jetzt bist du dran mit Heulen.« Sie legte langsam auf.

Endlich wurde ihr klar, was es war, das sie an jenem Tag in der Eigentumswohnung, als er sie mit dem Klempner erwischte, an ihm bemerkt, aber nicht begriffen hatte. Erleichterung hatte ihm im Gesicht gestanden, die Erleichterung, nun ohne Mühe von ihr loszukommen. Er war dieser Schlächter Mr. Hyde, der sich die ganze Zeit als Dr. Jekyll verstellte.

So hatte sie ihn also in ihrem letzten Gespräch als Mann und Frau belogen. Sie hatte nämlich die Vereinbarung schon gestern unterschrieben und in die Post gelegt.

War es nicht Nietzsche gewesen, der sagte, niemand ist so verlogen wie eine erzürnte Frau. Soll er heute nacht schmoren. Sie wünschte nur, es würde länger dauern.

19

DER JULI KAM UND BRACHTE eine wahre Touristenplage mit sich. Richter Milne war mit seiner Frau, seiner Mutter und seinen beiden erwachsenen Kindern samt deren Familien nach Barbados in die Ferien gefahren. Sein Gerichtssekretär war sicher, er würde sich gleich nach der Rückkehr an die Entscheidung über den Antrag setzen.

Michelle rief regelmäßig aus Fresno an. Sie arbeitete im Autosalon ihres Vaters. Die Distrikt-Staatsanwaltschaft hatte nichts unternommen, um die Freilassung auf Kaution rückgängig zu machen. Nina meinte, der Grund könne nur sein, daß Collier Hallowell eine Verurteilung wegen vorsätzlichen Mordes als unwahrscheinlich ansah.

Nina war bei ihrer zweiten Theorie gelandet, bei dem Gedanken, daß jemand anderes Anthony getötet hatte. Paul hatte alles nach Motiven und Methoden durchforstet. Er hatte seine Nachforschungsberichte geschickt: über Frederick und Ericka Greenspan, Tom und Janine Clarke, Al und Sharon Otis, Peter La Russa, Stephen Rossmoor und über die Tengstedts – ihre Alibis für den Abend des 26. April und die frühen Morgenstunden des 27., Schwimmqualitäten, Beziehungen zu Harley-Davidsons, Vertrautheit mit Booten, vergangene Zusammenstöße mit den Behörden, Steuerprobleme, familiäre Verwicklungen.

Ein faszinierendes Material, obwohl das meiste überholt und irrelevant war. Janine Clarke hatte vor zehn Jahren im 200-Meter-Schmetterlingsschwimmen um die Qualifizierung für die Olympischen Spiele gekämpft. Sharon Otis gehörte einem Harley Club in Reno an, war als Drogendealerin bekannt und hatte eine Zeitlang in Staatsgefängnissen von Nevada gesessen. Tom Clarke hatte in seinem Lebenslauf gelogen; von seinem vorherigen Posten als stellvertretender Direktor einer Grundschule in Südkalifornien war er gefeuert worden. Steve Rossmoor besaß sowohl einen Katamaran als auch ein Wasserskiboot, und seinem Vater gehörte eine Anzahl von gepflegten Häusern mit rötlichen Sandsteinfassaden am Riverside Drive in New York City. Das Finanzamt meldete die Pfändung von Peter La Russas Haus, und seine Frau stand im Begriff, ihn zu verlassen.

Die Informationen über die Tengstedts blieben spärlich. Sandy hatte noch einmal ihrer Tante Alice nach Subic geschrieben.

Keiner besaß ein perfektes Alibi.

Pauls Bericht über Anthony Patterson überraschte am meisten. Er stammte aus Philadelphia, war der uneheliche Sohn einer jungen Italienerin, die später einen Fleischer heiratete. Den Namen seines richtigen Vaters hatte sie ihm nie verraten. Mutter und Stiefvater waren tot, bei einem Autounfall ums Leben gekommen, als er sechzehn war. Bei dem gleichen Unfall wurde seine Halbschwester so verletzt, daß sie von der Taille abwärts gelähmt blieb. Anthony hatte ihr regelmäßig jeden Monat Geld geschickt. Nina vermutete, daß der Kranz auf seiner Beerdigung von ihr stammte.

Nach der höheren Schule hatte er sich herumgetrieben und war schließlich per Anhalter nach Kalifornien gelangt, wo er bei einer Autowerkstatt den Job erhielt, die Wagen zu parken. In Fresno wohnte er bei einer Tante, wie Michelle schon erwähnte. Mit zwanzig bewarb er sich bei der Polizeischule. Zwei Jahre lang war er auf jeden Fall ein mustergültiger Polizeibeamter gewesen. Paul hatte einen alten Freund bei der Polizei von San Francisco, der nach Fresno versetzt worden war. Der überprüfte Carl Tengstedts Behauptung, daß Anthony während seiner Zeit in Fresno in Schutzgelderpressungen verwickelt war.

Nach Mitteilung von Pauls Freund war Anthony früher ein ehrlicher Cop gewesen. Von schwerwiegenden Beschuldigungen des Besitzers eines örtlichen Geschäfts für Haushaltsgeräte, der

Wut auf ihn hatte, war er entlastet worden. Aber danach wußte er, mit Beförderungen war es aus. Da wurde er faul und versuchte, auf kürzestem Weg etwas zu erreichen; mehrmals wurde er dabei erwischt und gerügt. Nach einer letzten, größeren Sache vor ein paar Jahren hatte er unter Zwang den Dienst quittiert und war nach Tahoe gezogen, er hatte Arbeit bei Prize's gefunden, wohin er Michelle mitnahm.

War er verbittert und zynisch geworden? Hielt er sich für einen Versager? Michelle hatte er nicht viel anvertraut. Hatte er mit seiner Ex-Frau gesprochen, mit Sharon Otis? Nina faßte den Entschluß, sich einmal die Zeit zu nehmen und Sharon aufzusuchen, wenn sie Nina nicht entwischen und Al die Fragen beantworten lassen konnte. Die silberne Nadel mit den Harley-Davidson-Schwingen gehörte Sharon. Vielleicht stammten auch die Fußspuren im Schnee von ihr.

Gleich nach dem Nationalfeiertag am 4. Juli setzte Nina Bobby auf dem Bahnhof von Truckee nördlich des Sees in den Amtrak-Zug.

»Kann ich dich immer anrufen, wenn ich will, Mom?« fragte er, als sie seinen Rucksack und Koffer aus dem Auto nahm.

»Natürlich kannst du, mein Honigkuchenpferdchen.«

»Bist du mir böse, daß ich nach San Francisco fahre und meine Freunde wiedersehen will?«

Sie wußte, worum es ihm ging: War sie böse, daß er Jack wiedersehen wollte? »Natürlich nicht. Wo wir nun Sommer haben, kannst du Jack bitten, daß er mit dir ins Exploratorium und in den Park geht. Ich wünsche mir, daß du viel Spaß hast und mir auch manchmal schreibst.«

»Es ist ein komisches Gefühl, zurückzukehren.«

Sie kannte das Gefühl nicht. Sie konnte nicht zurückkehren.

Er war so aufgeregt, daß er nach San Francisco fuhr, und so niedergedrückt, daß sie dablieb. Als der Zug anfuhr, kullerten ihm die Tränen nur so über die Backen, und das letzte, was sie von ihm sah, war sein tränenverschmiertes Gesicht, verzweifelt an das Zugfenster gepreßt. Sie war froh, daß sie ihn so schnell verschwinden sah, bevor ihr auch alles vor den Augen schwamm.

Die heiße Bergsonne stach. In dem Teil der Stadt, der Old West hieß, war ein Handwerkermarkt, die Läden mit Fähnchen geschmückt, Feriengäste drängten sich auf den Bürgersteigen. Nina schlenderte herum und wünschte, sie hätte ihm die Reise nicht erlaubt, denn sie kam sich schon jetzt ohne ihn ziemlich verlassen vor. Bobby war ihr einziger fester Halt, ihre Lebensaufgabe. Warum hatte sie ihn fahren lassen?

Bobby hatte Jack wiedersehen wollen. Sie liebte ihren Sohn, deshalb hatte sie es erlaubt. Was sie störte, war das Gefühl, daß er nach seiner Rückkehr so viel älter sein würde, so viel erfahrener. Er war kein kleiner Junge mehr. Er stand an einer Schwelle, bereit, sie zu überschreiten – eine Schwelle, vor der sie ihn am liebsten zurückhalten wollte.

Jemand beobachtete sie von der anderen Straßenseite. Ihr lief es kalt den Rücken hinunter. Sie blieb wie angewurzelt stehen und drehte sich direkt zu der Person um.

Er trug Bermudashorts und eine Baseballmütze. Als er sah, wie sie sich zu ihm umwandte, tippte er seine Mütze an, lächelte und kam über die Straße auf sie zu. Nun konnte sie durch die Verkehrsflut erkennen, daß sich seine Schultern von der Sonne schälten und er einen Einkaufsbeutel trug.

Anmachen war das, kein Mordversuch. Entspanne dich, Nina! sagte sie verärgert zu sich selbst und tauchte in einem Bekleidungsgeschäft unter, um ihrem harmlosen Bewunderer zu entkommen.

In der folgenden Woche kam Stephen Rossmoor in die Kanzlei. Paul hatte ihn Nina beschrieben, aber sie hatte nicht mit der Sonnenbräune, den weißen Zähnen und seiner Jugend gerechnet. Vierunddreißig sollte er etwa sein, aber die Erscheinung des männlichen Modells täuschte. Er schien geistesabwesend zu sein und versäumte es, den Charme an den Tag zu legen, mit dem er Paul begegnet war. Weder nahm er den ihm angebotenen Sessel noch einen Softdrink von Sandy an und stand da vor Ninas Schreibtisch, so daß sich ihre Augen auf gleicher Höhe mit seiner goldenen Gürtelschnalle befanden, die sie für echt hielt.

»Ich brauche Ihre Hilfe«, sagte er ohne weitere Vorrede. »Ich mache mir Sorgen um Michelle.«

»Sie verstehen doch, daß ich nicht mit Ihnen über den Fall sprechen kann?« meinte Nina.

»Egal, was es für Bestimmungen gibt. Wir müssen miteinander reden.«

Die Anwältin wartete.

»Ich habe Michelle in Fresno unten aufgesucht. Ich hatte sie gebeten, einen DNA-Test machen zu lassen, damit ich erfahre, ob ich der Vater bin. Das will sie aber nicht tun.«

Also traf sich Michelle wieder mit Rossmoor? Sollte sie nicht machen. Sie hatte ihm schon von der Fahrt nach San Francisco erzählt. Was, wenn er am Steuer des Autos bei Twin Bridges gesessen hatte? Sobald Rossmoor gegangen war, wollte sie Michelle anrufen.

Frag ihn. Mal sehen, wie er reagiert.

»Sie sollte sich nicht mit Ihnen treffen. Nur zwei Menschen wußten, daß Michelle und ich vergangenen Monat nach San Francisco fuhren. Jemand drängte uns von der Straße ab. Sie waren einer von den beiden, die Kenntnis davon hatten.«

Er wirkte schockiert, dann verletzt, als er die Bedeutung ihrer Worte begriff. »Sie glauben, ich ... Aber warum?«

»Patterson wußte zuviel über die Machenschaften im Club. Sie konnten ihn wegen der krummen Geschäfte mit Al Otis nicht einfach hinauswerfen. Sie mußten ihn auf andere Weise loswerden. Und Michelle war ein geeigneter Sündenbock, aber jetzt wehrt sie sich gegen die Anschuldigungen, und Sie haben Angst, daß dabei zuviel über Sie und den Club ans Licht kommt.«

»Ein paranoides Hirngespinst!« erwiderte er wütend. Es sah aus, als würde er gleich gehen.

»Sie haben mit ihr geschlafen. Sie sind zu dem Haus in den Keys gefahren. Sie sahen, wie Patterson von der Couch aufstand, und Sie glaubten, er wolle Michelle schlagen. Sie gingen hinein, als sie sich in der Küche befand, und ...«

»Das klingt ein bißchen plausibler, ist aber trotzdem nicht wahr«, sagte Rossmoor. »Viel wahrschcinlicher ist, daß ihn Michelle getötet hat und das nun verdrängt. Und mir ist es egal, ob sie es getan hat.«

»Wenn Sie wollen, daß ich Ihnen helfe, dann überzeugen Sie mich doch, daß ich unrecht habe«, erwiderte Nina.

»Ich liebe sie doch!« platzte Rossmoor heraus. »Bitte hetzen Sie sie nicht gegen mich auf! Ich begreife ja, daß Sie niemandem trauen können, aber zerstören Sie nicht, was zwischen ihr und mir gerade geschieht.« Nun setzte er sich, als hätten seine Beine beschlossen, ihn nicht länger aufrecht zu tragen.

»Sie wollen also einen DNA-Test. Was passiert, wenn sie den machen läßt und das Kind nicht von Ihnen ist?«

»Spielt keine Rolle«, sagte er. »Aber, mein Gott, würden Sie es denn nicht wissen wollen?«

»Nicht unbedingt.« Für Michelle gab es vielerlei Gründe dafür, nicht bekanntwerden zu lassen, wer der Vater war.

»Ms. Reilly, gegenwärtig üben Sie einen großen Einfluß auf Michelles Leben aus, und Michelle will mich wahrscheinlich nicht wiedersehen. Bitte glauben Sie mir, ich wünsche Ihnen und Michelle nichts Böses. Von Ihrer Fahrt habe ich niemandem etwas gesagt.«

»Darüber werde ich noch einmal nachdenken«, bemerkte Nina. »Erzählen Sie mir von Peter La Russa.«

Rossmoor schien der plötzliche Themenwechsel zu verwirren. »Ich bin mir nicht sicher ...«

»Ich habe gehört, er wurde entlassen.«

»Er wurde entlassen. Er hat sich einen Anwalt in Carson City genommen. Wir sind noch im Gespräch mit ihm. Uns liegt nichts daran, daß die Sache mit dem Kartenzählen an die große Glocke kommt. Wir hätten es doch melden müssen. Haben es aber nicht getan.«

»Das interessiert mich nicht«, sagte Nina. »Was ich wissen will, ist: Hat er Anthony Patterson getötet? Hat er seinen Gewinnanteil bekommen? Er brauchte doch Geld.«

»Ich weiß, daß er Geld brauchte. Ich weiß, daß er da mit drinsteckte. Ich werde der Sache für Sie nachgehen, wenn ich kann«, sagte Rossmoor.

»Tun Sie das«, meinte Nina. »Ich werde dafür sorgen, daß sich Michelle überlegt, was sie mit Ihnen macht. Aber wenn ihr etwas geschieht, etwas, das mit Ihnen zu tun hat, dann finde ich Sie und mache Sie fertig, Mr. Rossmoor.«

»Schön und gut«, konterte Rossmoor, »aber eins sollten Sie im Auge behalten: Wenn Sie weiter solche dämlichen Fehler bei Michelles Verteidigung machen, dann werde ich dafür sorgen, daß sie sich einen hervorragenden, erfahrenen Strafverteidiger nimmt, und dann sind Sie in der Stadt hier erledigt!«

Daraufhin ging er.

Nina brauchte Anthonys Ex-Frau nicht anzurufen, um sich mit ihr zu verabreden. Sharon Otis meldete sich selbst telefonisch in der Kanzlei und handelte einen Termin mit Sandy aus, zu dem sie sich mit Nina in Reno treffen könne.

»Hat sie gesagt, worum es geht?« fragte Nina Sandy, als sie die Eintragung im Terminkalender sah.

»Sie sagte, sie will Ihnen ein Geschäft anbieten«, sagte Sandy. »Nichts Näheres.«

»Gut. Keine weiteren Verabredungen für morgen.«

Nina steuerte ihren neuen Bronco. Sie wünschte, Paul wäre mit, bloß um zur Beruhigung jemanden auf dem Beifahrersitz neben sich zu haben. Sie hielt ständig im Rückspiegel nach Autos hinter ihr Ausschau. An einer Stelle, am Spooner-Paß, war sie sich sicher, daß ihr jemand folgte. Ein alter blauer Chevy hielt sich den ganzen Weg bergab zwei Wagen hinter ihr, auch noch durch Carson City und bis nach Reno hinein. Aber im Stadtverkehr verlor sie ihn aus den Augen.

Ein paranoides Hirngespinst? Jetzt blickte sie sich andauernd über die Schulter um.

Sharon Otis' Honda-Niederlassung befand sich in guter Geschäftslage an einer Ecke der South Virginia zwischen zwei Autohändlern unweit des Campus der Universität von Nevada. Ihr Geschäft bot zu den Autos eine Alternative für Leute, die sich der großen Wüstenhitze und dem Schnee gegenüber für gefeit hielten. Statt der sauberen Reihen von Preludes und Accords stand die betonierte Einfahrt voller Motorräder: Hondas, Kawasakis und ein paar Harleys.

Das Verkaufspersonal, alles junge Männer, paßte auf die Maschinen hinten neben den Büros auf. Offensichtlich hatte Sharon gern knackige, langhaarige Angestellte um sich. Zwei von ihnen wandten sich um und beobachteten, wie sich Nina durch die Motorräder schlängelte. Ihr war, als hetzte sie an Piranhas vorbei, die sich zum Angriff versammelten, aber keiner erwischte sie, bevor sie zum Verkaufsraum bog.

Sie wußte nicht genau, weshalb sie da war oder ob das, was Al Otis' Frau zu sagen hatte, etwas an den niederschmetternden Tatsachen ändern könnte.

Sharon Otis öffnete die Tür. Ihre schwarze, mit Fransen versehene Lederjacke mußte schon einiges mitgemacht haben. Unter ihrem vollen Haar wirkte das Gesicht klein, hart und hager, die Augen waren schwarz umrandet. Die Falten um die Augenpartie verrieten, daß sie so um die Vierzig war und schon einige rauhe Jahre hinter sich hatte. Sie lief um einen einfachen, rein funktionellen Schreibtisch herum, setzte sich und faltete die Hände hinter ihrem Kopf, ganz klar der Boß. »Legen Sie dies und das ab«, sagte sie.

Vor ihrem Tisch stand ein metallener Klappstuhl. Nina nahm ihn. Sie bemerkte keine Regale, bloß einen großen Tisch voller Papiere, ein Telefon und einen Computer. Ein Radio der fünfziger Jahre spielte Garth Brooks. Plakate mit chromstrahlenden Motorrädern und einer ziemlich furchteinflößenden Rückenansicht eines italienischen Bodybuilders mit Tanga zierten die schmuddelige Wand. Ein Stellenangebot für einen Motorradverkäufer war mit Klebestreifen auf die Tischplatte geheftet. Es lautete: *Arbeit bis spät, geringer Lohn, gemeiner Boß.*

»Sie sind also Mistys Anwältin. Ich hasse Anwälte.«

»Warum bin ich dann hier?«

»Ich kann Ihnen was erzählen, vielleicht. Einen Kaffee?«

Die Kaffeemaschine auf dem Tisch enthielt eine halbe Tasse, vermutlich von gestern. »Nein, danke. Kommen wir zur Sache.«

Sharon Otis' Telefon summte. »Nein. Sag ihm, er muß fünfhundert auf den Tisch legen oder sich jemanden besorgen, der gegenzeichnet. Mehr können wir nicht tun. Keine Gespräche mehr für 'ne Weile, okay, Gene?« Beim Sprechen fuchtelte sie mit den Händen, während Nina mit entsetzter Faszination auf die Fingernägel der Frau starrte, zweieinhalb Zentimeter lang, tief rot, kriegerische Waffen.

»Also okay, jetzt geht's los, Anwältin. Al haben Sie ja kennengelernt. Er ist eine Supernull, ein Genie mit den Karten und mit allem anderen 'ne Niete. Er hat Ihnen von der Masche bei Prize's erzählt. Sie haben ihm von dem Bericht erzählt. Also, okay, dort kann er nicht mehr hin. Aber jetzt sind die hinter ihm her. Gestern stattete uns die Glücksspielkommission von Nevada einen Besuch ab. La Russa war zu denen gelaufen mit seiner Geschichte. Ich vermute, Prize's hat ihm nicht genug dafür angeboten, daß er's Maul hält. Jedenfalls wollen die jetzt, daß Al über La Russa und Anthony auspackt. Das könnte Als Gesundheit nicht gut bekommen, wenn Sie wissen, was ich meine! Die Clubs haben ihn schon auf dem Kieker. Wenn rauskommt, daß er jemanden verpfeift, ist er nirgends mehr sicher.«

Sie nahm sich eine Zigarette, die sie sich kalt zwischen die Lippen steckte. »Diese Kerle vom Staat Nevada setzen ihm ziemlich stark zu. Sie haben ihm erklärt, entweder er hilft, Prize's fertigzumachen, oder sie buchten ihn wegen Komplott ein.«

»Da sollte er weiterziehen, auf die Bahamas oder so, wenn er Black Jack spielen will«, sagte Nina. »Jetzt ist er sowieso schon bekannt wie ein bunter Hund.«

»Ihm gefällt's wirklich hier, können Sie das glauben? Die Blechbüchse, in der wir wohnen! Er will ganz aufhören. Geht in Rente. Hat schon genug einstecken müssen unterwegs, und er ist fünfundfünfzig, er will jetzt seine Memoiren aufschreiben. Aber erst muß er mal den blöden Zoff hier loswerden.« Sie fuhr sich mit einem Fingernagel ins Haar und kratzte sich nachdenklich. »Wir sind der Meinung, Sie könnten das erledigen. Machen Sie dem Staat Nevada klar, daß Al denen nicht helfen kann und die ihn in Ruhe lassen sollen.«

Sharon, die treuergebene Ehefrau? Das könnte Nina akzeptieren, aber sie hatte das Gefühl, Sharon Otis wollte mehr.

»Ist das Als einziges Problem mit dem Gesetz?« fragte sie.

»Al? Ja, ansonsten ist er sauber. Aber ich hab ein oder zwei Probleme am Hals.«

»Und Sie wollen, daß ich auch Sie vertrete?«

»Anwälte kosten 'ne Menge. Ich möchte nicht, daß Al alles über mein Geschäft erfährt. Auf den Streß kann er gern verzichten! Hat hohen Blutdruck. Sie helfen mir, und ich hau Sie bei Ihrem Fall raus.«

»Von was für Problemen reden wir?«

»Von schwerem Diebstahl, Drogen. Ein paar große schwere Jungs sind gerade jetzt sauer auf mich. Also, machen Sie mit?«

»Ich denke nach. Während ich darüber nachdenke, können Sie mir etwas über Ihre Ehe mit Anthony erzählen«, sagte Nina.

»War vor acht Jahren in Fresno ungefähr sechs Monate mit ihm verheiratet. Er war ein heißblütiger Macker, kein Zweifel, Cop bis auf die Knochen. Hab ihn verlassen, als er das erstemal Hand an mich legte. Verstehn Sie mich nicht falsch, der hatte nie die leiseste Chance, mich zu verprügeln. Aber wissen Sie, wir waren uns in vielem ähnlich.« Sie lachte. »Deshalb haben wir ja geheiratet. Und so sind wir später reingeraten. Weil er bei Prize's arbeitete und ich wußte, der würde dort was aufreißen.«

»Wie lange sind Sie mit Al verheiratet?« fragte Nina.

»Zwei Jahre«, antwortete Sharon Otis. »Vor fünf Jahren hab ich ein bißchen Methamphetamine verkauft. In Nevada bedeutete das ein Jahr Frauenknast. Ein sehr schlechtes Jahr. Al las mich auf, als ich in der Stadt beim Glass Slipper anschaffen ging. Er nahm mich mit in den Wohnwagen, und seitdem bin ich dort. Das Geschäft hier hat er mir besorgt und hat mich zur Hälfte beteiligt. Er läßt mir einigen Spielraum, schert sich einen Dreck drum, wenn ich mit dem Harley Club auf meiner neuen Maschine fahre ...«

»Auf Ihrer neuen Harley-Davidson?«

»Das Geschäft geht gut«, sagte Sharon und tippte die Zigarette auf den Schreibtisch.

»Sie fahren eine«, meinte Nina, »aber Sie tragen die Schwingen nicht.«

Sharon blickte auf ihre Jacke hinunter. »Oh, Sie reden von meinen hübschen silbernen Harley-Schwingen. Al hat mir erzählt, Sie haben sie.«

»In der Asservatenkammer der Polizei von South Lake Tahoe. Gefunden direkt draußen vor dem Schlafzimmerfenster von Anthonys Haus. Wann waren Sie dort?«

»Die Antwort darauf ist meine Anzahlung, wenn Sie einverstanden sind, Al und mich zu vertreten, Frau Rechtsanwalt.« Sharon lächelte. Rote Lippen, Gold blitzte kurz in ihrem Mund auf. Eine richtige Draufgängerin.

»Habe ich Sie richtig verstanden: Sie wollen meine juristischen Dienste in Anspruch nehmen und mir als Gegenleistung einige Informationen geben, die nach Ihrer Meinung meiner Mandantin helfen werden. Schauen Sie, Ms. Otis …«

»Missus«, korrigierte Sharon Otis lakonisch. »Das läßt die Sache des Distrikt-Staatsanwalts platzen wie ein Schuß in den Reifen.«

»Sie benötigen einen Anwalt aus Nevada. Ich habe nur eine Lizenz für Kalifornien. Ich kenne die Strafrechtsbestimmungen von Nevada und die Bestimmungen für das Glücksspiel dort nicht. Es liegt nicht daran, daß ich nicht helfen will, es ist eine Frage der Zuständigkeit.«

»Okay, Sie engagieren einen Stellvertreter für Nevada und übernehmen die Kosten, sorgen aber dafür, daß er die Sache voll durchzieht.«

»Ich kann Sie nicht für eine Information bezahlen. Das würde Ihre Information wertlos machen, und es verstieße gegen jegliche Rechtsmoral.«

»Keinesfalls …«, war alles, was Sharon sagte. »Aber ich hab sonst wirklich keinen besonderen Grund, Ihnen irgendwas zu erzählen. Das mag Sie vielleicht überraschen, aber egal, was Ihnen Ihre Mandantin erzählt hat, Anthony war ein guter Kerl. Der hatte genau wie ich ein Hundeleben hinter sich, ging ihm ein paarmal an die Nieren. Wie er Misty kennenlernte, da war er noch imstande zu lieben, und zwar auf eine Weise, wie ich niemals geliebt werde. Und sie hat ihm auch das letzte bißchen Würde genommen, das noch in ihm steckte. Ich hab die Schnauze voll von ihr. Der helf ich nicht für nichts und wieder nichts.«

»Vielleicht wissen Sie auch gar nichts«, sagte Nina.

»Vielleicht Sie noch weniger«, erwiderte Sharon. »Ich will's noch mal mit Ihnen versuchen. Vielleicht bin ich zu meinem Ex-Mann gefahren, als Misty auf Arbeit war. Vielleicht haben wir über Geld und 'n paar andre Sachen gesprochen. Vielleicht kam Misty nach Hause und zur Vordertür rein, dieweil ich hinten verduftete. Vielleicht bin ich noch was da draußen geblieben und hab was sehr, sehr Interessantes gesehn. Etwas, das das kleine Flittchen weißwäscht – nicht daß sie meine Hilfe verdient hätte.«

Sie zuckte die Schultern. »Sie sind nicht die einzige, mit der ich geredet hab. Aber Ihnen würde ich die Exklusivstory geben, weil Sie mehr für mich tun können.« Das Telefon summte wieder. Sie ignorierte es. »Also sollten Sie sich schnell entscheiden, Frau Anwalt.«

»Ich erteile Ihnen den Rat, es mir jetzt zu erzählen. Verdunklung ist ein Verbrechen.«

»Hören Sie zu, wenn Sie meine Hilfe haben wollen, dann helfen Sie uns. Eine Hand wäscht die andere.« Schließlich zündete sie sich die Zigarette an. Sie lehnte sich zurück und öffnete ihren Mund mit einem merkwürdigen kleinen Schnalzer. Heraus strömte eine Serie perfekter Rauchringe. Nina kannte niemanden, der das noch konnte.

»Mrs. Otis, es ist gefährlich, Informationen über ein Verbrechen zurückzuhalten«, sagte Nina.

»Ooh, Sie machen mir angst! Rufen Sie mich an, wenn Sie sich entschieden haben.« Sharon stand auf und gab Nina ihre Karte, wobei sie eine Wolke von Haarsprayduft und Zigarettenrauch im Raum verbreitete. Beim Hinausgehen griff sie sich einen goldglitzernden, lackierten Sturzhelm vom Tisch; auf ihm stand in Flammenschrift *Sharon.* Als sie Ninas Blick bemerkte, steckte sie ihre Haare darunter und sagte: »Ich hab schon so viel Ärger in

Kalifornien damit gekriegt, weil er irgendeine dreckige Bestimmung über Helme verletzt.«

»Sag Gene, er soll abschließen, Babyboy«, sang sie einem Verkäufer zu, als sie zu den Motorrädern hinausgingen. Dann schwang sie sich in den Sattel einer schwarzpurpurnen Harley Sportster. Aus der Seitentasche zog sie eine Motorradbrille, trat ein paarmal den Kickstarter, und die Maschine erwachte aufheulend zum Leben. »Nehmen Sie's nicht so schwer, Frau Anwalt«, rief sie Nina zu und spielte ein bißchen mit dem Gas. Dann sprang sie los und preschte dröhnend die Einfahrt hinaus, hielt aber schnell wieder am Straßenrand an.

»He! Frau Anwalt! Kommen Sie her!«

Nina ging hin; sie bewunderte ihren Stil, die Art, wie sie die Maschine zwischen ihre schlanken Beine nahm, die Tätowierung auf dem Handgelenk und ihr Auftreten, als gehörte ihr die Straße. Der Verkehr zischte an der Harley am Bordstein vorbei. Sharon schien ihm keine Beachtung zu schenken. »Ich geb Ihnen einen Anhaltspunkt, damit Sie wissen, daß ich nicht schwindle«, sagte sie, wobei sie immer noch mit dem Gas spielte. »Überprüfen Sie die Zigarettenmarke in Anthonys Tasche, wenn Sie können. Virginia Slims. Er mußte sich welche von mir borgen.«

Nina wußte, daß es kein Unfall war, weil sie sich zum Parkplatz umwandte und das Auto die Straße heraufrasen sah. Es schwenkte auf den Bürgersteig und auf die Harley-Davidson und sie beide zu, beschleunigte noch, als sie Deckung in den Büschen suchte, und krachte mit furchtbarer Gewalt von hinten auf das Motorrad.

Die Zeit stand still nach dem Aufprall, und die kleine Gestalt im Goldhelm flog hoch und schlug gegen ein anderes fahrendes Auto. Am Boden auf Händen und Füßen konnte Nina selbst von den Büschen aus das Blut aus dem Helm strömen sehen, als Sharon Otis langsam in den Rinnstein glitt. Da rappelte sich Nina auf, schrie, und Leute liefen zusammen. Das Auto setzte vom Motorrad zurück und preschte los, das verdreckte Nummernschild unlesbar.

Ein alter Chevy mit Heckflossen. War es der, der hinter ihr hergefahren war? Blutend lag Sharon Otis auf der Straße, ihre schimmernde Harley ein Stück weiter neben ihr, ebenso verschmiert und zerfetzt wie sie. Zuschauer versperrten ihr den blauen Himmel, einer betete, ein einzelnes Kind weinte. Sie starb, noch ehe der Krankenwagen um die Ecke quietschte.

20

Um vier Uhr am Tag nach Sharon Otis' Tod fand Nina Collier Hallowell beim Plaudern mit den Beamten des Landgerichts in deren großem Büro im zweiten Stock gegenüber dem Gerichtssaal von Richter Milne. »Können wir in der Rechtsbibliothek miteinander reden?« fragte Nina. Er stapelte sich einen Berg Papiere auf den Arm und folgte ihr nach nebenan. In der kleinen Bibliothek, die, abgesehen von ihnen, leer war, schauten sie zu den Fenstern hinaus auf den Campus des neuen städtischen Colleges hinter der Al Tahoe und auf die sich ballenden Wolken.

Das weiße Licht des Raums glühte als schwacher Schutz vor der rasch hereinbrechenden Finsternis. Fensterläden klapperten, und Bäume krümmten sich in dem stürmischen Wind draußen. Nina war müde. In der Nacht ging ihr das Bild nicht mehr aus dem Kopf, wie die kleine Gestalt im Goldhelm mit knochenbrechender Gewalt in die Windschutzscheibe des Autos prallte; das Bild kam immer wieder. »Sharon Otis«, sagte sie. »Sie wurde ermordet.«

»Fahren Sie fort«, erwiderte Collier. Seine nachdenkliche Miene verriet die Anstrengungen des Tages. Er hatte schon mehrere Stunden am Schreibtisch gesessen, das wußte sie, und Zeugen aufgelistet, und er war mehrere Stunden im Gerichtssaal gewesen und hatte wahrscheinlich den Lunch verpaßt.

»Wissen Sie, von wem ich rede?«

»Von Sharon Otis«, sagte Collier. »Überfahren gestern abend während der Rush-hour auf Renos belebtestem Boulevard. Anthony Pattersons Ex-Frau, Ex-Insassin des Frauenzuchthauses von Carson City, Ex-Nutte und Methamphetamin-Abhängige, Frau eines Falschspielers, gegenwärtig mutmaßliche Methdealerin … Ja, ich weiß.«

»Ich war Augenzeuge«, sagte Nina.

»Habe ich gehört. War's schlimm?«

»Ich hatte gerade mit ihr gesprochen. Sie war im Begriff, mir wichtige entlastende Beweise im Fall Patterson zu liefern. Sie erzählte mir, sie sei in dem Haus in den Keys gewesen und habe etwas beobachtet. Wir standen beieinander am Bordstein. Ich sah das Auto heranrasen, aber sie konnte nicht nach hinten blicken. Sie hatte keine Chance. Ich habe der Polizei von Reno alles berichtet.«

»Was hat sie beobachtet?«

»Ich weiß es nicht. Sie bestand darauf, daß ich als Anwalt etwas für sie übernehme oder ihr was zahle, bevor sie es mir sagen würde.«

»Hat sie ausdrücklich gesagt, daß sie dort war?«

»Sie sagte, ›vielleicht‹ war sie dort. Sie trieb ein Spiel mit mir.«

»Weshalb will sie denn dort gewesen sein?«

»Ich kann nicht irgendwelche Einzelheiten der Verteidigung preisgeben, die Sie jetzt noch nicht zu wissen brauchen«, erklärte Nina. »Sie begreifen doch meinen Standpunkt.«

»Gewiß, aber Sie müssen auch meinen verstehen, Nina. Denken Sie darüber nach. Sharon Otis hatte viele Feinde. Ein knallhart antreibender Boß, die ihre Transaktionen vom Motorrad aus erledigte.«

»Sie war Pattersons Ex-Frau. Sie waren Freunde geblieben und machten zusammen Geschäfte.«

»Wenn sie getötet wurde, damit sie Ihnen nichts verraten kann«, fuhr Collier unerbittlich fort, »warum wurde sie dann nach ihrem Gespräch mit Ihnen getötet und nicht vorher?«

»Vielleicht hatte es das Auto auf mich abgesehen, nicht auf sie.«

»Verstehe.«

»Das könnte dasselbe Auto gewesen sein, das mich mit meiner Mandantin im Mai von der Straße abdrängte.«

»Können Sie das beeiden, daß es dasselbe Auto war?«

Nina antwortete nicht.

Collier spreizte seine schwieligen Arbeitshände mit den groben Fingern.

»Klingt suggestiv, aber ich verstehe nicht, was Sie von mir wollen.«

»Ich will den Namen der Person haben, die Ihnen von Dr. Cervenka erzählt hat. Ich möchte Personenschutz für mich und Michelle Patterson haben. Ich möchte, daß Sie die Ermittlungen noch einmal eröffnen.«

Draußen brach das Gewitter los.

Colliers Zähne schimmerten im Schein des Blitzes, verschwanden und zeigten sich wieder, als ein zweiter Blitzpfeil durch die Bäume brach. Zuerst vom Wind gepeitscht, nun vom prasselnden Regen überschüttet, suchte ganz Tahoe rennend Schutz.

»Da fühle ich mich ganz klein«, sprach er laut die Worte gegen den Donner. »Macht mir angst. Ich möchte nach Hause fahren, alles dichtmachen. Die Arbeit, die ich hier leiste, die Akten, die Leute, die ganze Sache verliert an Bedeutung, wenn der Himmel einstürzt.«

Sie verstand vollkommen, was er meinte. »Hier oben in den Bergen ist man der Natur so ausgesetzt«, sagte Nina. Matt und Andrea würden herumjagen, um die Läufer von der Veranda hereinzuholen und die Kinder vor einem Kaminfeuer zu beruhigen. Sie wünschte, sie könnte bei ihnen sein. Sie wünschte, Bobby wäre von Jack zurück. »Das Wetter, die Leute. Es ist so unwirtlich.« Sie wandte sich um zu ihm. »Wie werden Sie mit all dem Leid fertig, das Sie sehen?«

»Böse Dinge geschehen eben, manchmal stoßen sie auch Menschen zu, die ich zu beschützen versucht habe. Vor einem Jahr verlor ich einen Zeugen. Ich hätte beinahe alles hingeworfen. Da laufen ein paar gefährliche Leute draußen rum. Sachen passieren, die könnten mich umbringen, wenn ich es zuließe.«

»Nach allem, was man hört, sind Sie der Beste, Collier«, sagte sie.

»Ich werde die Polizei von Fresno anrufen und sie auffordern, auf Ihre Mandantin aufzupassen, Nina. Ich werde Streifenwagen zu Ihrer Kanzlei und Ihrem Haus schicken. Hier ist meine private Telefonnummer. Rufen Sie mich an, wenn Sie mich brauchen, und ich komme sofort. Aber ...«

»Ich werde Ihnen nicht das Versprechen abnötigen, daß alles in Ordnung sein wird. Ich weiß, ich muß auf mich selbst achtgeben. Danke!«

»Sie könnten den Fall einfach abgeben, Nina. Sie könnten zu Ihrer Berufungsarbeit zurückkehren, die schönen Schriftsätze abfassen, die Sie immer schreiben.«

»Aus Schiß abhauen, meinen Sie«, sagte sie. »Glauben Sie mir, daran denke ich immer, wenn es draußen finster ist. Da wünschte ich mir manchmal, ich wäre Michelle Patterson nie begegnet. Aber sie verläßt sich auf mich. Sie braucht mich. Sie ist so verletzlich. Wissen Sie, daß sie ein Kind bekommt?«

Er sagte nichts. War auch nicht nötig.

»Collier. Nennen Sie mir den Namen Ihres Informanten.«

»Ich habe das überprüft«, sagte er. »Der Informant befand sich hundert Kilometer von Reno entfernt, als Sharon Otis getötet wurde. Das ist eine verläßliche Mitteilung. In dem Punkt können Sie mir glauben.«

»Aber ...«

Er hob die Hand. »Warten Sie. Wir wissen immer zu wenig, um uns gegen alles zu schützen. Die Person, die uns die Sache mit Dr. Cervenka verriet, von der Sie glauben, sie habe versucht, in das Zimmer Ihrer Mandantin im Lucky Chip Motel einzudringen, und von der Sie glauben, sie drängte Sie von der Landstraße, ist nicht die Person, die Sharon Otis tötete. Die Frau könnte aus einem Grund umgebracht worden sein, der überhaupt nichts mit diesem Fall zu tun hat. Dasselbe gilt auch für all die anderen Geschehnisse.

Vielleicht war Michelle Pattersons Einbrecher ein Betrunkener, der in der Nacht glaubte, er habe sich aus seinem Zimmer ausgesperrt«, fuhr er fort. »Ist schon alles einmal dagewesen. Vielleicht saß in dem Auto, das Sie von der Straße drängte, wieder so ein Irrer, der zu weit ging. Sie schrieben in Ihrem Bericht, daß das Auto hinter Ihnen Lichtsignale gab. Mörder oder Verkehrsrowdy?«

Nina schluckte. Wieder zuckte ein Blitz durch die Regenwolken.

»Oder vielleicht haben Sie recht, Sie und Ihre Mandantin werden verfolgt. Nehmen Sie das Schlimmste an, Nina. Treffen Sie Vorsichtsmaßnahmen.«

Nina griff in ihre Tasche und holte das Tonband heraus, auf dem sie das Gespräch mit Sharon Otis aufgenommen hatte. »Ich werde weitermachen und gebe Ihnen das hier, Collier. Hören Sie es sich an. Ich möchte Sie überzeugen, den Fall von einer anderen Seite zu betrachten und eine Minute lang davon auszugehen, daß Michelle die Wahrheit sagt.«

»Die Untersuchung läuft weiter bis zur Hauptverhandlung. Ich bin immer froh, zusätzliche Fakten kennenzulernen, die uns der Wahrheit näher bringen. Nichts für ungut, Nina, aber Sie scheinen sich in einer schwierigen Lage zu befinden bei dem Geständnis Ihrer Mandantin und bei Ihrer Weigerung, das einzige faire Angebot anzunehmen, daß ich Ihnen machen kann...«

»Sie wissen, das ist kein Fall von vorsätzlichem Mord. Selbst wenn Sie lügen würde, gab's da keinen Vorsatz.«

»Der Vorsatz kann in kürzester Zeit gefaßt werden. Sie besaß Zeit, ihn hinaus aufs Boot zu schaffen. Sie versetzte ihm den zweiten Schlag, als er sich vermeintlich in einem hilflosen Zustand befand. Sie warf ihn über Bord. Hinterher machte sie alles sauber, zu Hause und auf dem Boot.«

»Sie wissen, es ist ein Fall von Tötung im Affekt. Sie wissen, wenn sie ihn tötete, hat er sie dazu getrieben. Aber ich glaube nicht, daß sie es getan hat.«

»Tut mir leid, Nina. Hier liegen die drei Fakten vor, die laut *Das Volk gegen Anderson* den Vorsatz ergeben.« Er zählte sie an den Fingern ab. »*Erstens:* Der Beweis eines planvollen Vorgehens kurz vor der Tötung. *Zweitens:* Ein Mordmotiv, das sich auf die vorherige Beziehung gründet. *Drittens:* Die Art des Tötens, aus der geschlossen werden kann, daß eine vorgefaßte Absicht vorlag.«

Er malte eine lebenslängliche Gefängnisstrafe für Michelle Patterson an die Wand.

»Denken Sie über mein Angebot nach, die Anklage auf Totschlag herabzusetzen, Nina.«

»Nicht, solange da noch jemand draußen herumläuft, der den Fall auf andere Weise lösen will, Collier. Und Richter Milne hat noch nicht über meinen Antrag entschieden, das Tonband als Beweismittel nicht zuzulassen.«

»Er ist gestern zurückgekommen.«

»Und?«

Seine Miene sagte alles. Sie rannte ins Büro der Gerichtsbeamten und las voller Wut das einzelne rosa Blatt durch. Collier hatte gewonnen. Wenn sie im Prozeß Michelles Geisteszustand ins Spiel brachte, würde das Geständnis zugelassen werden.

»Das Ding da neben der Tür nennt man einen Regenschirm«, sagte Sandy, als Nina tropfnaß die Kanzlei betrat. »Nächstes Mal, wenn es heißt, es wird hundertprozentig regnen, möchten Sie ihn vielleicht nehmen!« Nina hängte ihre Jacke an den Garderobenständer aus gebogenen Hölzern und schlürfte den heißen Kaffee, den Sandy ihr reichte. »Jeffrey Riesner ist in der Bibliothek. Wollte nicht hier drin warten.«

Riesner erhob sich, als sie eintrat, streckte ihr aber nicht die Hand entgegen. »Ich habe Kaffee«, zeigte er. »Und«, sagte er und wies mit einem Kopfnicken auf die Tür, hinter der Sandy saß, »ich würde mich nicht trauen, sie darum zu bitten, wenn ich keinen bekommen hätte. Sie haben doch zwei Minuten Zeit für mich, bevor Sie nach Hause gehen, nehme ich an?« Im Vorzimmer wartete niemand, wie beide wußten.

»Zwei Minuten.«

»Sie wissen, daß die Tengstedts mich wegen Ihres Falles konsultiert haben?« fragte er.

»Ja.«

»Vielleicht wissen Sie aber nicht, daß ich nach meinem Gespräch mit Michelle Patterson im Begriff war, bei der Anwaltskammer eine Beschwerde gegen Sie einzureichen.«

»Nein. Das wußte ich nicht.«

»Die Art und Weise, wie Sie den Fall behandeln ... nun, ich brauche wahrscheinlich die Tatsache nicht näher zu erläutern, daß da Fehler begangen wurden. Die Sorte von Fehlern, mit denen man bei einer blutigen Anfängerin rechnen konnte.«

Sie wartete im Stehen, mit verschränkten Armen.

»Nein. Ein Anfänger hätte die ursprüngliche Anklageabsprache akzeptiert. Das macht es alles nur noch schwieriger zu begreifen, was Sie getan haben. Nachdem ich über Ihre scheußlichen Fehler nachgedacht hatte, kam mir der Gedanke, es könnte vielleicht helfen, wenn ich ...«

»Ihre Hilfe brauche ich nicht, Mr. Riesner.«

»Warten Sie eine Minute. Lassen Sie mich ausreden. Michelle ist so ... jung. Ich möchte gern sichergehen, daß Sie sich vorgenommen haben, mehr Umsicht walten zu lassen als bisher.«

»Sie arbeiten jetzt nicht für die Tengstedts, oder?«

Er schüttelte den Kopf.

»Sie mögen nicht mit dem von mir eingegangenen Risiko einverstanden sein. Meine Mandantin ist es jedoch.« Den Nachsatz, da sie mich Ihretwegen nicht hat fallenlassen, behielt Nina für sich.

Er wurde leicht rot im Gesicht.

»Ich bin überzeugt, ich kann meine Behandlung des Falles rechtfertigen, falls notwendig. Wenn wir in die Hauptverhandlung gehen ...«

»Gehen Sie nicht in die Hauptverhandlung. Ich möchte nicht erleben, daß Sie ... daß Ihre Mandantin in Stücke gerissen wird.«

»Sich also eines minderen Verbrechens schuldig bekennen, damit es nicht zur Hauptverhandlung kommt.«

»Genau.«

»Schauen Sie, niemand will irgendwelche Absprachen treffen, die derzeit für meine Mandantin auch nur im entferntesten vorteilhaft wären. Es sei denn, Sie hätten etwas anderes gehört?« Er sagte nichts. »Sie möchten gern gewinnen, nicht wahr?«

»Natürlich«, antwortete er.

»Ich auch. Ich habe nicht vor zu verlieren.«

»Sie haben gar nichts vor«, verbesserte er. »Sie zwingen mich, Ihnen eine Information zukommen zu lassen, was ich ursprünglich nicht für notwendig hielt. Meine Kanzlei vertritt Dr. Frederick Greenspan. Wir haben die Rechtsangelegenheiten für ihn schon seit einiger Zeit übernommen. Er sorgt sich, daß Sie bei Ihrem wilden Umsichschlagen, um von der Schuld Ihrer Mandantin abzulenken, versuchen könnten, seinen Ruf in dieser Stadt zu schädigen.«

»Was glaubt er denn, was ich tun werde: ihm die Schuld an dem Verbrechen zuweisen?«

»So weit würden wohl nicht einmal Sie gehen. Immerhin glaube ich aber, Sie würden so weit gehen und andeuten, daß er bei seiner Therapie es an der nötigen beruflichen Sorgfalt hat fehlen lassen, so daß Ihre Mandantin aus dem Gleichgewicht kam. Selbst wenn das nicht Ihre Absicht wäre, wird er sich nicht in eine faule Verteidigung einspannen lassen. Wenn Sie ihn vorladen, darf man annehmen, daß seine Zeugenaussage nicht zu Michelles Gunsten ausfallen würde.«

»Da kann man sich doch fragen, was er zu vertuschen versucht«, meinte Nina.

»Über viele Jahre hinweg hat Dr. Greenspan in dieser Stadt zahlreichen Leuten geholfen. Er besitzt einen hervorragenden Ruf, im Gegensatz zu Ihnen. Er läßt sich nicht von einer zweifelhaften Dahergelaufenen verleumden. Bevor ich Sie aufsuchte, habe ich mich in der Stadt umgehört. Da niemand viel über Sie wußte, habe ich in San Francisco angerufen. Nicht Jack McIntyre. Meine Freunde in der City.«

»Sie haben Freunde?«

»Sie haben bis jetzt noch keinen Prozeß über ein Schwerverbrechen allein durchgestanden. Sie sind eine Berufungsanwältin. Das ist etwas, das ich noch nicht an die Presse gegeben habe. Ehe Sie also meinen Klienten unbegründet attackieren, tun Sie mir den Gefallen und denken Sie gründlich über andere Möglichkeiten nach, die Ihnen beim Prozeß besser helfen können.«

»Ich werde mir das gewiß gut einprägen, was Sie gesagt haben.

Und nun bin ich mir sicher, daß Sie etwas Besseres zu tun haben«, sagte Nina. »Ich jedenfalls habe das.«

»Hübsch zu sehen, daß Sie zur Abwechslung mal arbeiten, Sandy«, sagte Riesner, als er das Vorzimmer verließ. Was er nicht sah, war der hochgereckte Finger, mit dem sie ihn verabschiedete.

Als Riesner weg war, sank Nina in ihrem Bürosessel zusammen. Sandy kam herein und setzte sich ihr gegenüber.

»Ein Arschloch«, meinte sie. »Hab ich Ihnen ja gesagt.«

»Unser Antrag wurde abgewiesen«, sagte Nina.

»So ein Mist.«

»Wir müssen beim Berufungsgericht in Sacramento einen Gerichtsbefehl zur Wiederherstellung verweigerter Rechte beantragen, sofort.«

»Können wir erst nach Hause fahren und was essen?«

»Morgen fangen wir damit an«, sagte Nina.

Als es dunkel wurde, patschten die Reillys durch die Straße zur Pizza Hut.

Entgegen ihrer Absicht redete sich Nina den Tag von der Seele. Matt und Andrea hörten mit bedrücktem Schweigen zu. Sharon Otis' Tod hatte ihnen Angst eingejagt. Matt hatte den ganzen Tag über bessere Schlösser am Haus eingebaut. Diese Stimmung übertrug sich auch auf Brianna und Troy, die ihre Eltern mit Zankereien über Buntstifte, Servietten und das häßliche Gesicht des anderen beschäftigten.

Gerade als ihnen der Servierer die heißen Pizzas hinstellte, gingen im Restaurant die Lichter aus.

»Es war eine dunkle, stürmische Nacht«, sagte Matt. Beim Warten auf Licht trommelten sie auf den Tisch. »Weißt du noch, was Dad immer gesungen hat, wenn er uns aufmuntern wollte, Nina? Über Brian O'Linn?«

»Du meinst, wenn er einen zuviel gesüffelt hatte«, entgegnete Nina, wurde aber von den Kindern übertönt, die riefen: »Sing! Sing!« Der Servierer zündete Kerzen in roten Gläsern mit einer Netzumspannung an und ging zurück in die Küche, aus der man schwach hören konnte, wie der Koch mit Töpfen und Pfannen klapperte und auf spanisch fluchte.

Matt sang:

»Brian O'Linn war 'n Gentleman geborn,
Sein Haar war lang, sein Bart ungeschorn,
Seine Zähne warn raus und die Augen tief drin –
›Ich bin 'ne Schönheit‹, sagt Brian O'Linn!«

»Jawohl, und er machte immer das Beste aus allem«, sprach Matt in seinem besten irischen Dialekt.

Nina sang:

»Brian O'Linn hatt' für 'ne Uhr keine Mäuse,
Er polierte sich drum ein leeres Gehäuse,
Und steckt' eine Grille in das Ding rin –
›Die solln denken, sie tickt‹, sagt Brian O'Linn!«

Troy und Brianna kicherten und warfen mit Peperonistückchen. Andrea lächelte in ihren Burgunder. Matt und Nina sangen zusammen weiter:

»Brian O'Linn fror ohne Rock,
Er borgte sich's Fell von 'nem Ziegenbock,
Und packte die Hörner ins Wams unters Kinn –
›Ist so gut wie Pistolen‹, sagt Brian O'Linn!
Brian O'Linn, seine Frau und Verwandten
Über 'ne wacklige Brücke einst rannten,
Die Brücke brach und alle fielen rin –
›Da gehn wir zu Wasser‹, sagt Brian O'Linn!«

Die anderen Gäste klatschten, die Lichter gingen wieder an, und Matt und Nina verbeugten sich.

An der Tür empfing sie peitschender Regen.

»Heute abend ›zu Wasser‹«, sagte Nina Reilly.

21

Der Hochsommer des Augusts kam mit stillstehender, heißer Luft und Schwimmen im See. Noch mehr Leute strömten aus aller Herren Länder herbei und zogen an die gelben Strände, um sich unter dem hochgelegenen Gewölbe blauen Himmels braten zu lassen. Im überfüllten Lebensmittelgeschäft hörte Nina genausoviel Französisch und Japanisch wie Englisch. In den Casinos summte es Tag und Nacht.

Wanderer drängten sich auf den Pfaden und vertrieben die klugen Kojoten, die Eselhasen und Pumas hinauf zu den sturmumwehten Granitgipfeln, höher hinauf, wo die Wildkaninchen vor ihren Höhlen zwischen den Steinen spielen. Dicht am Boden neigten sich das gelbe Fingerkraut, Schafgarbe, wilde Zwiebeln und indianische Braunwurz im warmen Wind. Zitterpappelblätter raschelten zwischen Schwarzfichten und Rottannen.

Nina arbeitete. Als die Wochen ohne weitere Gewaltattacken verstrichen, hörte sie auf, sich ständig umzublicken, obwohl sie, Matt und Andrea auf der Hut blieben. Gelegentlich hatte sie nun einen großen, sehr starken, dunklen jungen Mann bemerkt, wenn sie die Kanzlei betrat oder verließ. »Das ist mein Sohn Willis«, sagte Sandy, als Nina davon sprach. »Wir nennen ihn Wish. Der paßt auf.«

»Das ist sehr freundlich von ihm, Sandy. Freundlich von Ihnen!«

Sandy duckte sich hinter ihrem Computer. Mit barscher Stimme sagte sie: »Man findet nur schwer einen Job.« Aber Nina kannte sie inzwischen. Sie wußte, was Sandy meinte.

Wenn Nina nachts zum Schlafzimmerfenster hinausschaute, sah sie ab und zu einen Streifenwagen lautlos vorbeifahren. Collier Hallowell hielt sein Versprechen.

Beim Dritten Distrikt-Berufungsgericht in Sacramento beantragte sie im August den Gerichtsbefehl zur Wiederherstellung verweigerter Rechte. Sie wußte, man konnte die Argumente so und so auslegen. Wenn die Richter zustimmten, daß Dr. Cervenkas Hypnose in eine therapeutische Behandlung übergegangen war, dann blieb Richter Milnes Entscheid in Kraft. Nun begann für sie eine Periode der Unruhe und des Wartens.

Riesner würde bestimmt nicht bloß an seinem Schreibtisch sitzen und an den Fingern kauen, wo er einmal Nägel gehabt hatte. Er würde sich mit Collier zum Lunch verabreden, ihm tüchtig einheizen, sich über vieles beschweren und dann seinem Klienten sagen, es sei zu riskant, in die Hauptverhandlung zu gehen, und damit würde Michelle schneller mit einer Strafe für Totschlag nach Santa Rita abgeschoben werden, als man »Cocktails?« sagen kann.

An einem heißen Dienstagvormittag in der ersten Septemberwoche rief Nina Michelle in Fresno an. Michelle redete davon, wie das Baby in ihrem Bauch manchmal strampelte. Sie konnte sich nicht an den Schreibtisch setzen und mit ihrem »Walfischbauch« Formulare für ihren Dad ausfüllen. Das verrückt machende heiße Wetter im Central Valley von Kalifornien erinnerte sie täglich daran, wie sehr es ihr in Tahoe gefiel. Nina bat sie, noch einmal Anthonys letzte Tage mit ihr durchzugehen, und Michelle entsprach dem Wunsch, wobei sie ihre Bemerkungen mit einigen Beschwerden durchsetzte.

»Wozu das denn?« fragte sie erneut.

»Sie wissen noch etwas, was da passiert ist, Michelle. Ich will bloß noch einmal nachgraben, um dahinterzukommen.« Nina teilte Michelle mit, sie würde bald etwas über den beantragten Gerichtsbefehl hören.

»Ich hab mir das überlegt«, sagte Michelle. »Ich will wissen, wer der Vater von dem Kind ist, bloß für mich allein. Ich kann die DNS-Tests bezahlen.«

»Das erleichtert mich, Michelle. Sie müssen das wissen. Die Wahrheit könnte für Sie nützlich sein, für Ihr Baby, sogar für den Prozeß. Ich wünsche mir, daß beim Eintritt in die Hauptverhandlung alle Rätsel gelöst, alle offenen Fragen vom Tisch sind. Wenigstens wäre dieses dann geklärt.«

»Ich müßte zu einer Blutuntersuchung.«

»Damit kann ich Ihnen helfen. In Sacramento gibt es ein Labor.«

»Können Sie Tom und Steve dazu bringen, sich Blut abnehmen zu lassen?«

»Bei Steve dürfte das nicht schwierig werden. Mit Tom nehmen wir das in die Hand. Und ich werde Anthonys Blut untersuchen lassen. Die Polizei besitzt Proben davon«, sagte Nina.

»Armes Kind«, sagte Michelle und legte auf.

Nina drückte den Summer. »Sandy, woran sitzen Sie gerade?«

»An Ihrer Erwiderung in Sachen Scheidung Airleigh.«

»Wann ist die fällig?«

»Morgen.«

»Gut. Jede Menge Zeit. Erkundigen Sie sich in Sacramento nach einem Labor, das, glaube ich, Cytograph heißt. Mit dem hatte ich schon einmal zu tun. Bitten Sie die Leute, eine DNS-Analyse zur Vaterschaftsfeststellung durchzuführen. Die Blutprobe der Mutter wird ihnen aus Fresno zugeschickt. Fragen Sie, was sie von Tom Clarke und Steve Rossmoor brauchen. Dann rufen Sie beide an, und bitten Sie sie um eine Blutprobe. Falls Clarke nein sagt, geben Sie mir sofort Bescheid.«

»Oh, der wird sich freuen!«

»Also, jetzt kommt der schwierigere Teil. Teilen Sie Cytograph mit, wir haben etwas Gewebe von einem Toten, und erkundigen Sie sich, ob da besondere Maßnahmen erforderlich sind. Dann rufen Sie das Leichenschauhaus in Placerville an. Fragen sie nach Dr. Clauson. Finden Sie heraus, wohin er den bösartigen Tumor aus Anthony Pattersons Leiche geschickt hat. Davon brauchen wir eine Probe.«

Schweigen am anderen Ende der Leitung. Nina dachte, das ist zu schwierig für sie, ich sollte das selbst machen.

»Zehn Dollar die Stunde, von heute an«, sprach Sandy über die Büroleitung.

Nina überlegte. Das hätte sie längst tun sollen.

»Okay, unter einer Bedingung. Faxen Sie Ihrer Tante Alice. Finden Sie heraus, ob sie noch lebt. Wenn ja, sorgen Sie dafür, daß wir bekommen, was wir brauchen.«

»Abgemacht!« sagte Sandy.

Nach dem Lunch lief Nina den Korridor hinunter und zog sich ihren neuen blauen einteiligen Badeanzug an, darüber einen Bademantel.

Schon lange hatte sie sich gefragt, wie ihre Michelle es am Abend des 26. April, genauer gesagt, in den frühen Morgenstunden des 27., fertiggebracht hatte, Anthonys Körper auf Rick Eichs Segelboot zu schleppen, achthundert Meter hinauszutuckern, die Leiche über Bord zu werfen, dann ins Wasser zu springen und zurückzuschwimmen.

Der Killer verließ das Boot aus dem einzigen Grund, weil das Benzin alle war, aber man konnte in dem eiskalten Wasser ohne Spezialanzug nur eine bestimmte Entfernung schwimmen. Kaum mehr als achthundert Meter.

Wie – und das war nun die Frage – wie hatte der Killer das Schwimmen im eiskalten Wasser überlebt? Bei der Wassertemperatur der Nacht vom 26. auf den 27. April betrug die maximale Zeit im Wasser, wie sich Paul bei der Küstenwache erkundigt und ihr danach berichtet hatte, fünfunddreißig bis fünfundvierzig Minuten. Nina hatte Michelle und Tom Clarke wenige Tage danach in der Kanzlei gesehen, und sie machten einen relativ gesunden Eindruck.

Wie lange würde man heute für die Entfernung brauchen?

Nina mietete ein Motorboot und überredete mit einem Zwanzigdollarschein einen der jungen Burschen, die am Anlegeplatz herumhingen, mit ihr rauszufahren. Sie steuerten direkt auf die weite Fläche des Lake Tahoe hinaus. Übersät von Segelbooten und Vergnügungsdampfern und so wunderschön wie der von

Nina geliebte Ozean, wirkte der See von hier so urtümlich und eindrucksvoll wie damals, als Mark Twain ihn sah und beschrieb. Nach achthundert Metern auf dem Streckenmesser schaltete sie den Motor ab und setzte sich hin. Sie schaute sich zum Ufer um, wahrhaftig ein sehr weiter Weg zurück.

»Hier draußen ist das Wasser kalt«, sagte der Junge. Er nahm die Baseballmütze kurz ab, um sich den Schweiß von der Stirn zu wischen. »Das ist nicht wie nahe beim Strand, wo es die Sonne aufwärmt. Ich hoffe, Sie sind eine gute Schwimmerin.« Hohle Wangen und ein vorspringender Adamsapfel waren alles, was sie unter der Baseballmütze der Giants sehen konnte. Er schien durch ihren Badeanzug hindurchzustarren.

»Ich schwimme gut«, sagte Nina. »Folgen Sie mir einfach mit dreißig Meter Abstand. Wenn ich in Schwierigkeiten komme, werfen Sie mir bloß den Rettungsring zu und ziehen mich hinein.«

»Okay«, sagte er.

Genau den Moment suchte sich die Sonne aus, um hinter einer großen Wolke zu verschwinden. Die Temperatur sank merklich. Nina überlegte ein letztes Mal, ob sie sich ihre Schutzbrille aufsetzen sollte oder nicht, dann entschied sie sich dafür. Der Killer hatte keine Schutzbrille, aber alles hatte seine Grenzen. Ein bißchen wacklig stand sie auf und sagte: »Wie spät ist es genau?«

»Zwei Uhr dreiunddreißig«, sagte er. »Ertrinken Sie nicht oder so was!«

»Hintern hoch!« Sie sprang hinein.

Zwei Sekunden später kam sie hoch. Langsam kraulend schwamm sie auf das ferne Ufer zu.

Sie brauchte einige Minuten, um ihren Rhythmus zu finden. Das Wasser schwappte zu Wellenkämmen und war nicht so glatt, wie es vom Boot aus schien. Den Kopf wenden und den Mund öffnen, um Luft zu holen, erforderte einiges, wenn ihr unerwartet kleine Wellen ins Gesicht schlugen. Nina schwamm gern im Meer und fand den Lake Tahoe ähnlich. Der kalten Kraft des Wassers setzte sie ihre Energie entgegen.

Irgendwo in der Nähe dieser Stelle war Anthony versunken,

langsam, und hatte dann auf dem sandigen Grund gesessen. Den Boden konnte sie manchmal flüchtig sehen, denn das Wasser war im Sommer, so spät in der Saison, flacher. Ein merkwürdiger Ort, um eine Leiche für immer verschwinden zu lassen. Weiter draußen wäre es sinnvoller gewesen, denn im vergangenen Jahrzehnt war es meist so trocken gewesen, daß der See in der Nähe der Keys gleichbleibend flach war. Wenn der Mörder nun gerade hinausgesteuert hätte, statt nach rechts wie hier, hätte er oder sie viel schneller tieferes Wasser erreicht. Also hat der Täter zumindest einen Mangel an Voraussicht bewiesen. Falls das vorsätzlich geschah, muß jemand nicht ganz klar im Kopf gewesen sein.

Was, wenn Anthony einfach im See verschwunden wäre? Wen hätte das gekümmert? Michelle wäre weiter durch ihr Leben geschlittert, hätte sich eine kurze Weile gewundert, was passiert war, aber nicht mehr daran gedacht, wenn neue Männer und Abenteuer ihren Weg kreuzten. Keinen Menschen hätte das geschert, außer vielleicht seine Schwester in Philadelphia. Aber Anthony hatte ihr nicht den Gefallen getan. Das war nicht sein Stil.

Sie hob den Kopf, um sich umzuschauen. Die Küstenlinie erschien nicht näher. Sie schwamm beharrlich weiter. Es mußten da Lichter gewesen sein, auf die der Killer in der Nacht zuschwamm, weit weg und undeutlich im Schneegestöber.

Kälte war ein alter Feind. Damals in Monterey war sie eines Nachts im eisigen Ozean schwimmen gegangen, gefährlich. Erst fünf – oder waren es sechs – Jahre später hatte sie wieder im Meer gebadet. Ihre Gedanken gingen dahin zurück, und sie erinnerte sich an das Gefühl zu ertrinken … Sie schnappte tief nach Luft und hörte auf zu kraulen, trat Wasser.

»Alles in Ordnung?« hörte sie hinter sich. Sie hob die Hand und begann wieder, die Arme durch das Wasser zu ziehen.

Sie hatte Stille erwartet, hatte aber den Bootsmotor vergessen. Sein leises Dröhnen übertönte alle anderen Geräusche. Der Killer hatte wohl nur das Gleiten im Wasser vernommen und sein eigenes Keuchen.

Paul hatte für sie Berichte über die Schwimmkünste mehrerer

Personen zusammengestellt. Michelle hatte, was die Sache noch schwieriger machte, in der Schwimmannschaft der High School einige Medaillen gewonnen. Tom Clarke hatte als Kind acht Sommer lang Schwimmunterricht genommen. Steve Rossmoor war körperlich zu allem imstande. Al schwor, er könne nicht schwimmen. Sharon? Dieses Haar naß konnte man sich kaum vorstellen.

Eine ganze Weile dachte sie nicht weiter nach. Zug, Zug, atmen. Zug, Zug, atmen. Sie hielt wieder an. Im Kinn hatte sie kein Gefühl mehr, und die Zehen taten ihr weh. Sie versuchte, kräftiger zu schwimmen, um warm zu werden.

Gegen Ende sammelte sie alle Kräfte, um durchzuhalten. Das Wasser war zu kalt. Sie fing an, ab und zu Wasser zu schlucken, hustete und kam aus dem Rhythmus. Sie kämpfte sich weiter. Ohne zu probieren, ob sie Grund hatte, gelangte sie schließlich bis nahe an den Strand. Sie ließ den Bootsjungen längsseits kommen und sie atemlos an Bord ziehen.

»Wie spät?« fragte sie, spie Wasser und kuschelte sich unter eine Decke.

»Drei Uhr fünfzehn«, antwortete er. Zweiundvierzig Minuten. Der Schwimmer vom April muß am Ertrinken gewesen oder an Unterkühlung gestorben sein. Was für eine unglaubliche Leistung.

Wie hätte Michelle so etwas fertigkriegen sollen? Oder sonst jemand, außer womöglich Carl Tengstedt?

22

Am nächsten Tag empfing Rick Eich Nina in seinem Haus direkt neben Michelles früherem Wohnsitz. Das Haus der Pattersons war nun an eine Familie mit mehreren Kindern vermietet worden. Ein silberfarbenes Dreirad und rote Rollschuhe lagen in der Einfahrt herum. Darüber würde sich Dad aber gar nicht freuen.

»Kommen Sie mit nach hinten«, sagte Eich. Er hatte nur ein paar rote Shorts mit der kleinen weißen Aufschrift RETTUNGSDIENST LAKE TAHOE und Sandalen an und trug eine spiegelnde Sonnenbrille. Den Bart hatte er akkurat geschnitten, ebenso die dunkelbraunen Haare.

Hinter seinem Haus befand sich ein kleiner Landungssteg, an dessen Ende das weiße Catalina-Boot mit niedergeholten Segeln sicher vertäut lag.

»Das Boot sieht gut aus«, sagte Nina. Eine Brise vom See her fuhr ihr durchs Haar und machte die Hitze erträglicher.

»Werfen Sie einen Blick drauf.« Sie stiegen an Deck, dann die engen Stufen hinunter in eine kleine Kajüte mit Sitzecke und Tisch. Eich saß ihr gegenüber, ihre Knie berührten sich beinahe. Durch das Bullauge konnte Nina das Deck sehen und die Grasböschung hinauf zum Haus. Das Boot schaukelte nicht; es bewegte sich bei jeder Welle ruckartig mit dem klatschenden Wasser.

»Was gibt es noch hier unten?«

Er zeigte es ihr. In einer kleinen, geschlossenen Kammer befand sich die Toilette. Dahinter ruhte auf einem Regal mit hohen Seiten das Bett. Eine winzige Kombüse mit Herd, Spülbecken und Kühlschrank, eingebaut in die Wand neben der Sitzecke, vervollständigte das Bild einer kompakten menschlichen Behausung.

»Tadellos. Bin mit ihm die ganze Strecke nach Hawaii und zurück gesegelt.«

Nina blickte auf den neuen roten Polsterbezug der Sitzecke. »Habe das neu machen lassen«, sagte Eich. »Die Polizei hatte die Blutflecken herausgeschnitten.« Er wies auf die Seite, auf der Nina saß.

»Gab es auch welche auf dem Bett?« fragte Nina.

»Nein. Bloß hier und an Deck.«

Weshalb hatte man Anthonys Körper nicht an Deck gelassen? Es wäre sehr schwierig gewesen, ihn die enge Treppe hinunter und aufrecht in die Sitzecke zu bekommen. Er muß zu irgendeinem Zeitpunkt das Bewußtsein wiedererlangt haben. Das Geschehen wurde immer rätselhafter, unendlich viele Schichten lagen übereinander.

»Haben Sie festgestellt, daß irgend etwas zu Bruch gegangen war?«

»Gar nichts. Natürlich ist an Deck alles festgezurrt oder verriegelt. Wenn da nichts lose herumliegt, kann man kaum etwas feststellen.«

»Ich wäre Ihnen dankbar, wenn Sie mir zeigen würden, wie der Motor gestartet wird«, sagte Nina. Sic stiegen an Deck und gingen zum Steuerpult. Eich führte ihr vor, wie einfach das war: den Schlüssel reinstecken und drehen, starten und steuern.

»Wo bewahren Sie den Schlüssel auf?«

»Während meiner Abwesenheit ließ ich ihn bei Misty und Anthony«, antwortete er. »Ich weiß noch, daß ich ihn Misty gab. Sie legte ihn in der Küche auf die Anrichte.« Nina untersuchte diesen Schlüssel. Am Schlüsselring baumelte ein durchsichtiges Plastikboot. Jeder, der sich in Anthonys Haus umgesehen hätte, hätte ihn gefunden und gewußt, wofür er war.

»Das ist Ihr Originalschlüssel?«

»Steckte im Zündschloß, als man es fand.«

»Wußte Michelle, wie man das Boot hinaussteuert?«

»Irgendwie schon. Sie saß gern dort und spielte den Kapitän. Das Steuern ist schon das halbe Vergnügen. Nachts natürlich, bei schlechter Sicht, muß man schon die Augen offenhalten, bis man im offenen Wasser ist.«

»Kann sie segeln?« Das hätte ihr in der absoluten Windstille jener Nacht sowieso nichts genützt. Nina hatte Eich nicht im Verdacht, in die Sache verwickelt zu sein, aus dem einfachen Grunde, weil der betroffene Bootseigner gewußt hätte, daß man nicht nachts bei Windstille mit einem Segelboot hinausfährt ohne extra Benzinkanister. Sie wartete auf seine Antwort.

»Das ist schon viel schwieriger zu sagen«, meinte er. »Ein paarmal halfen sie mir mit den Segeln. Anthony hätte es vielleicht gekonnt, aber Misty verstand nichts von Booten. Sie kam nur mit raus, um uns Gesellschaft zu leisten.« Unter einem Minibecken zog er einen Lappen hervor und schlug damit auf die Anrichte. »Hören Sie, Nina, übermitteln Sie Michelle bitte meine besten Wünsche. Egal, was sich zwischen den beiden abgespielt hat, ich werfe ihr nichts vor.«

»Wie gut haben Sie denn die beiden gekannt?«

»Wie man eben Nachbarn kennt. Ein paarmal sind sie mit mir und meiner Freundin ausgegangen. Vorigen Sommer saß ich einige Male mit ihm auf seiner Veranda, und wir tranken Bier. Er war ein leidenschaftlicher Bierfan. Ständig hatte er was Neues für mich zum Probieren – Sam Adams, Anchor Steam, Sierra Nevada Pale Ale …« Eich war weit weg im Bierland. Nina hatte das mit Jack gelegentlich erlebt.

»Mochten Sie ihn?«

»Klar. Er stand auf Football, Baseball, jede Art von Zuschauersport. Er warf gern Darts. Er spielte Golf. Wir hatten vor, ein Spiel zu machen. Als ich ihn zum erstenmal sah, an einem Samstag, da streunte er um sein Haus und machte Überschläge.«

Es war nicht leicht, das mit ihrem bisherigen Bild von Anthony zu vereinbaren.

»Und wie war's mit Michelle? Wie kamen Sie mit ihr aus?«

»Sie ist ein nettes Mädchen, Nina. Aber … sie geilt einen auf. Auf dem Boot draußen hatte sie immer diesen Bikini an …«

»Stand sie auf Sie?«

»Nicht eigentlich«, sagte Eich. »Nicht, wo ihr Mann dabei war. Sie hat allerdings versucht, mich verrückt zu machen, die Art, wie sie dasaß und mich zufällig berührte. Es ist mir verdammt schwergefallen, meine Hände von ihr zu lassen, wenn ich ehrlich sein soll.«

»Und die beiden untereinander?«

»In seiner Nähe blieb sie still. Er faßte sie die ganze Zeit über an, als ob er befürchtete, sie würde sich davonstehlen. Er hatte es nicht gern, wenn sie allein ausging. Mit so einer Frau zusammenzuleben muß ziemlich anstrengend gewesen sein.«

Nina setzte sich auf die Reling. Sie war ungefähr vierzig Zentimenter hoch und an die fünfundzwanzig Zentimeter breit. Einen leblosen Mann darüber zu heben hätte beinahe jeder schaffen können.

Nach einem Nickerchen zu Hause fühlte sich Nina erholt genug, um sich auf den Weg zum Lebensmittelmarkt zu machen, wo sie Schwertfischfilets und Salatbeilagen besorgen wollte. Für die Kinder nahm sie Hot dogs und brachte auch eine große Flasche Sekt mit, die sie sogleich in den Kühlschrank stellte. Die Hitze des Tages brütete noch in der Küche.

Matt kam zuerst nach Hause, noch erbost über einen Paraglidingkunden. »Der Kerl kam überhaupt nicht vom Boden hoch, weil er eine Todesangst hatte, in dem Geschirr abzuheben. Schon mal was von einem toten Gewicht gehört? Aus Blei, dieser Kerl. Der ist zweimal eingetaucht, als das Boot nicht rechtzeitig stoppen konnte und ihn glatt vom Strand ins Wasser zog. Endlich kriegten wir ihn in die Luft, und er hat den Flug da oben sehr genossen. Dann war Zeit, runterzukommen und im See zu landen, da fing er an, sich zu winden und zu verdrehen, wie er weiter sank. Die Schnüre verhedderten sich um seine Beine, und wir mußten mit dem Boot hinpreschen, bevor er zuviel Wasser schluckte.« Matt öffnete eine Büchse Bier.

»Wieso geht denn so einer überhaupt zum Paragliding?«

»Mir erzählte er, er habe das von einem Kunden als Geschenk

bekommen. Eines unzufriedenen, wette ich. Er erklärte, er will mit seinem Anwalt über fahrlässige Zufügung von seelischer Grausamkeit sprechen.«

»Das wenigstens wird deine Versicherung in die Hand nehmen, nicht du«, sagte Nina, während sie den Schwertfisch in eine große Schüssel Marinade plumpsen ließ.

»Welche Versicherung?« fragte Matt. »Für eine Paragliding-firma? Bei den Prämiensätzen schreibe ich dann nur noch rote Zahlen. Hätte den Trottel absaufen lassen sollen.« Er lief hinaus, und sie hörte ihn Holz hacken. Er mußte schwitzen.

Andrea kam herein, die Arme voller Einkaufstüten. »Oh«, sagte sie, »hätte ich mir nicht träumen lassen, daß du es bis zum Markt schaffst.«

»Heute abend ist ein großes Fest! Paul kommt mit Bobby. Er fuhr über San Francisco und holte ihn dort ab.«

»Entdecke ich da eine gewisse schwärmerische Freude, die über die Heimkehr des verlorenen Sohnes hinausweist?«

»Ach, lies du nur deine Magazine.« Nina nahm den Kopfsalat, um ihn zu zerpflücken.

»Matt sagte«, begann Andrea, »du hast ihm einmal erzählt, du hättest Angst vor Paul van Wagoner. Daß er sich nicht beherrschen kann.«

»Matt hat aber ein gutes Gedächtnis!« sagte Nina und ließ ihren Ärger spüren. »Aber zu Matts Information: Ich bin jetzt fünf Jahre älter. Paul auch. Wir besitzen Abschlußzeugnisse in der Beherrschung unserer antisozialen Impulse.«

Andrea setzte sich auf einen Hocker und wischte Salatblätter von der Anrichte. »Meinst du, die Tatsache, daß er ein Freund von Jack war, hatte was damit zu tun, daß du ihn … engagiert hast?«

Als Nina die echte Sorge hinter Andreas Worten spürte, gab sie nach. »Keine Rede von dem heimlichen Gedanken, ich könnte mit Hilfe von Paul wieder an Jack herankommen. Diese Vorstellung hat er mir ganz schnell ausgetrieben. Weigerte sich, den Mittelsmann zu spielen. Und jetzt stellt sich heraus, daß er mir bei meinem Fall eine phantastische Hilfe ist. Glaube mir, wir haben sonst nur sehr wenig miteinander gemein. Er ist ein Weiberheld und ein harter Ex-Cop, und damit ist bei mir der Ofen aus.«

»Aber du magst ihn«, sagte Andrea.

Nina lachte. »Ja, tu ich.«

Als Paul in seinem Van eintraf, stand sie in ihren Shorts draußen auf dem Rasen vor dem Haus und goß Marinade auf den Schwertfisch.

Bobby rannte mit fliegenden Haaren auf sie zu. Dann drückte sie ihn an sich, roch den vertrauten Geruch ihres Sohns. Sie hielt ihn eine lange Weile fest und fühlte sich wieder.

Fünf Minuten später haute er mit Cousin und Cousine ab spielen und zeigte ihnen ein tragbares Videospiel, das ihm Jack gekauft hatte.

Zwei Stunden danach streckten sich die Erwachsenen auf dem Rasen aus und beobachteten, wie die Schatten länger wurden. Die Kinder waren hineingegangen zum Fernsehen. Nina lag mit dem Rest des Sekts im warmen Gras und konnte kaum glauben, daß binnen weniger Monate alles unter zwei Meter Schnee begraben liegen würde. Sie ertappte sich, daß sie wieder über den Fall redete.

»Gestern sprach ich mit Al Otis, Paul«, erzählte sie. »Er hat diese Frau wirklich geliebt, seine Frau. Rief mich gestern an, trauerte sehr um sie, müsse aber weitermachen, sagte, daß sie die Beste war.«

»Dic beste was?« fragte Matt und hielt eine Marshmallow über die Kohle.

»Die beste Bikermutter von Reno«, antwortete Nina. »Was sie in der Nacht in den Keys gesehen hat, werden wir vielleicht nie erfahren. Ich glaube, sie hätte Michelle retten können.«

Matt sammelte die Teller ein.

»Wir wollen die letzte Bahn rauf zum Restaurant von Heavenly nehmen«, meinte Paul. »Wir können es noch zum Sonnenuntergang schaffen.«

»Ohne mich, danke«, sagte Andrea. »Zeit, die Kleinen ins Bett zu bringen.« Matt schüttelte den Kopf, als er leere Platten ins Haus brachte.

Paul blickte Nina fragend an. »Ich hol mir bloß eine Jacke«, sagte sie.

Sie stellten sich an der kurzen Schlange zur Seilbahn an und flüsterten über die anderen Fahrgäste. Paul kaufte die Fahrkarten. Sie kletterten in die schlingernde Gondel und stiegen rasch von der Höhe des Sees den Gunbarrel hinauf, eine schwierige Piste am Heavenly. Zu dieser Jahreszeit zeigte der Steilhang nur festgetretene Erde, flankiert vom dunklen Wald. Etwa tausend Meter den Berg aufwärts traten sie auf die Plattform und liefen zu der Terrasse der Bergstation mit der das ganze Jahr über geöffneten Bar auf dem Gipfel der Welt. Die Touristen schossen dort Erinnerungsfotos. Tische und Stühle mit Cinzano-Schirmen säumten den Rand der Terrasse, von der es senkrecht hinunterging. Sie legten die Arme aufs Geländer und bewunderten das letzte Glühen der Sonne auf dem See, wobei sich Nina Pauls massiger Gegenwart heftig bewußt wurde.

»Also das ... das ist ja wie bei einer Verabredung«, sagte Paul. Er legte seinen Arm behutsam um sie. »Wird Zeit, daß wir uns mal zu einem Rendezvous verabreden, meinst du nicht?«

»Ich habe mich nie gern verabredet. Das macht man doch nur mit Leuten, die man nicht kennt.«

Er musterte sie. »Und du denkst, du kennst mich?«

Sie zuckte stumm die Schultern, genoß das Gefühl seines Arms um sie.

Nach einem Augenblick stieß er aus: »Sag was!«

»Es gibt so viel, was ich von dir weiß, und so viel, was ich nicht weiß. Jack beneidete dich, glaube ich, und das beeinflußt meine Gefühle, könnte man sagen.«

Paul schüttelte den Kopf.

»Insgeheim tat er das. Das Leben meinte es ziemlich gut mit ihm. Er sah, wie du die ganze Zeit gegen deine Natur und den Status quo angekämpft hast. Das war das, worauf er sein ganzes Leben wartete und was er sich sogar wünschte, aber seine Spezies von weißen, angelsächsischen Protestanten bleibt immer auf Rosen gebettet.«

»Falls mich Jack beneidet hat, dann nur so, wie alle ab und zu mal genau das sein wollen, was sie nicht sind. Hast du noch nie eine Ballerina sein wollen? Oder ein König?« Er grinste.

»Wenigstens lernst du mich allmählich kennen!«

»Ich möchte gern, daß du mich richtig kennst, Nina.«

»Weißt du, was ich brauche, Paul? Ich brauche klare Verhältnisse. Ich muß mich auf den Fall Patterson konzentrieren. Ich möchte mich nicht ... zu etwas hinreißen lassen. Du bist jetzt mein Freund und ein Kollege. Das kann so bleiben. Alles, was darüber hinausgehen könnte, kann ich jetzt nicht gebrauchen.«

»Engagement auf die Reillysche Art?«

»Alles, was mit meiner Arbeit zu tun hat – auch die betreffenden Menschen –, *das* kann ich ernst nehmen.«

»Sehr sexy.«

Nina fand, dabei könne sie es nicht bewenden lassen. »Paul? Ich bin nicht dein üblicher Typ. Marilyn vielleicht?«

»Darüber wollte ich mit dir reden, Nina.« Sie gingen ein Stück.

»Lebst du mit ihr zusammen?«

»Früher mal. Jetzt nicht mehr.«

»Seit wann nicht mehr?«

»Seit gestern. Ein Krach zum Schluß, bei dem sie alle meine Sachen zum Fenster hinauswarf. Defenestration nennt man das wohl.« Er lachte nicht. »Sie war bereit, Ernst zu machen.«

»Und du nicht?«

»Nicht mit ihr.« Er löste seinen Arm von ihr, der für sie eine warme Verbindung gebildet hatte. Er wandte sich zu ihr und sagte, ohne sie anzufassen: »Glaube nicht alles, was du von Jack über mich gehört hast.«

»Welchen Teil davon soll ich nicht glauben?«

»Alles, was nicht schmeichelhaft ist.« Sie lachten beide.

»Du hast Jack heute getroffen. Wie geht es ihm?«

»Bist du sicher, daß du das hören willst?«

»Ja.«

»Er scheint okay zu sein. Er lebt mit Evanelle Cherry zusammen, helle Haare, zu dürr, groß. Ende Dreißig.«

Bei den Worten erschauerte sie. »Wie eine alte Bekannte.« So sah die Frau aus, die Jack vor Nina geliebt hatte.

»Ich für mein Teil ziehe eine Frau vor, die tanzt und sich den Wein auf ihre Sachen schüttet«, sagte Paul mit einem Lächeln.

»Ich vermisse ihn furchtbar. Ich …« Jetzt war sie drauf und dran, sich an seiner Schulter auszuweinen.

»Jack ist ein Idiot. Das habe ich ihm auch gesagt.«

»Oh, Paul. Danke!« Die Sonne versank hinterm Berg, eine stille, in Orange getauchte Landschaft.

»Hast du dich je gefragt, wieviel Ähnlichkeit du mit der Frau hast, die Jack in dir sehen wollte?«

»Jeden Tag«, antwortete Nina. »Jeden einzelnen Tag.«

»Beinahe vergessen«, sagte Paul, als sie am Fuße des Berges im Dunkeln aus der Gondel stiegen. »Habe bei der Kanzlei gehalten, und Sandy hat mir das hier in die Hand gedrückt.«

Sie riß den großen Umschlag auf und las das Fax.

»Das kommt von Sandys Tante Alice.« Unter einer Lampe auf dem Parkplatz las sie es. »Gehaltsaufstellung für Carl Tengstedt, aus Subic.« Sie gingen ein paar Schritte.

Nina las laut vor: »Liebe Sandy, bin froh, wenn ich Dir damit helfen kann. Wie geht's Deiner Ma? Und bist Du genauso wild geworden wie Dein Daddy? Stellt er immer noch in den Pine Nut Mountains Kaninchenfallen auf? Schreib bald, in Liebe, T. A.«

»Was ist noch drin?«

Sie blätterte einen ungeordneten Haufen von Kopien unterschiedlichen Formats durch. »Hier haben wir seine Gehaltsunterlagen, nichts sehr Aufregendes. Sein Gehalt stieg mit seiner Beförderung, hoi-hoi! Scheint kaum zum Leben gereicht zu haben. Habe seine Versicherungsbelege, W4. Bloß ein Haufen Nichts. Schietkram. Die Personalakte hätte vielleicht mehr gebracht.«

Paul fuhr sie nach Hause und brachte sie zum Eingang an der Veranda. Als sie die Tür aufstoßen wollte, fuhr seine Hand über ihre weiche Bluse und über ihre Brustwarzen, die so ungeschützt waren wie Rosenknospen unter einem Spinnennetz. Nina erstarrte, fühlte den Puls in ihre Kehle steigen. Er zog die Hand langsam zurück, und dann nahm er vorsichtig und zärtlich ihre beiden Brüste in seine Hände, blickte ihr in die Augen, während seine Finger verweilten und sie tastend erforschten. Sie an sich ziehend, seinen Körper gegen ihren pressend, attackierte er ihren Hals und ihre Brüste mit der Hitze seiner Küsse, ohne sich je aufzurichten und sie auf den Mund zu küssen; er konzentrierte sich ganz auf die Stelle über ihrem Herzen. Nina schloß die Augen und nahm ihn ganz in sich auf. Als sie sich schließlich trennten, ergriff sie seine beiden Hände und sagte gute Nacht. Paul sagte nichts, wandte sich bloß um und rannte die Einfahrt hinunter zu seinem Van.

Gleich hinter der Eingangstür stolperte sie, durchflutet von Verwirrung und Lust, aber es gelang ihr, unbemerkt in ihr Zimmer zu kommen.

Tante Alices Umschlag warf sie auf den schwankenden Stapel neben ihrem Bett, riß sich die Kleider herunter und stieg unter die Decke, bis ins kleinste Haar ihres Körpers bebend vor Leben.

Okay, also hatte sie ihm gesagt, was sie brauchte. Sie hatte ihn nicht gefragt, was er brauchte. Er besaß seine eigenen Vorstellungen. Das konnte sie akzeptieren. Paul würde es ihr nicht leichtmachen. Er würde sich von ihr nicht kontrollieren lassen, das war gewiß. Und wie stand es mit ihrer Selbstkontrolle? Warum gingen bei ihr Körper und Geist so häufig verschiedene Wege? Obgleich diese Gedanken sie gewöhnlich betäubten, ließ sie heute nacht die körperlichen Schockwellen von sciner Berührung durch ihren Körper strömen, durch diesen Verräter gegenüber ihrem Geist, der seine eigenen Begierden und Bedürfnisse hatte, dieses herrenlose Gut von Körper, der nach Beachtung schrie, wenn sie ihm keine schenkte. Dem mußte man sich stellen. Sie mußte zwischen den beiden widerstreitenden Hälften ihres Selbst Frieden stiften, bevor ein weiterer Klempner erforderlich war.

Ohne Schlaf zu finden, nahm sie sich nach einer ganzen Weile den Umschlag wieder her, las noch einmal den Brief und malte sich aus, wie Sandys Vater vor langer Zeit in den Bergen auf Jagd gezogen war.

Erneut ging sie die Unterlagen durch, zwang sich dazu, bis zum untersten Blatt, und watetc dabei durch die Gehaltserhöhungen im Leben Carl Tengstedts. Gähnend packte sie die alten W4-Versicherungspapiere weg und las das letzte, Formular C360, »Mitteilung über die Änderung des Begünstigten«. Sie las es noch einmal. Sie stöberte nach einem anderen Blatt. Sie las es noch einmal.

Sie griff zum Telefon.

»Mein Gott, Paul!«

»Was?« Als sie nicht antwortete, wiederholte er: »Was?«

»Versicherungsformular C360, Änderung des Begünstigten, und Formular 61936-872, Anzahl der anspruchsberechtigten Familienangehörigen. Michelle und Barbara Tengstedt wurden hinzugefügt.«

»So? Sie haben sich kennengelernt und auf den Philippinen geheiratet, richtig? Er war schon dort, richtig?«

»Nein!« erwiderte sie. Die Matratzenfedern quietschten, als sie aus dem Bett sprang, den Hörer noch in der Hand. »Die Daten! Er ließ sie hinzufügen, als Michelle zehn Jahre alt war!«

»Das bedeutet?«

»Das bedeutet, sie ist adoptiert. Das bedeutet, Barbara war schon einmal verheiratet gewesen. Das bedeutet, Carl Tengstedt ist nicht Michelle Pattersons leiblicher Vater.«

23

WENN CARL TENGSTEDT NICHT Michelles Vater war, wer war es dann? Sollte sie es Michelle mitteilen? Welche psychologischen Folgen hätte das?

Michelle würde es wissen wollen. Vielleicht würde sie sich an ihre Vergangenheit erinnern und sich dadurch auch die Donnerstagnacht ins Gedächtnis zurückrufen.

Am Sonntag rief Nina bei den Tengstedts an; es war aber niemand zu Hause. Am Montag früh rief sie als erstes Brunos Praxis an. Sie brauchte seinen Rat, wie sie es Michelle schonend beibringen solle, aber ihr Anruf kam zu spät; Bruno sprach auf einem anderen Apparat und war im Begriff zu gehen. Nachdem sie sich mit ihm auf ein Telefongespräch um drei Uhr nachmittags verabredet hatte, klingelte sie wieder bei den Tengstedts.

Barbara Tengstedt nahm ab. Sie sprach mit der gereizten Stimme einer gerade erst Aufgewachten. Nina entschuldigte sich für den frühen Anruf und sagte: »Ich hätte gern Michelle gesprochen, aber zuerst möchte ich mit Ihnen reden, Mrs. Tengstedt.«

»Michelle liegt noch im Bett.«

»Können Sie ihr dann etwas ausrichten? Ich möchte, daß sie am Donnerstag herkommt, damit ich sie auf die Hauptverhandlung vorbereiten kann. Wir werden fast den ganzen Tag brauchen; können Sie sie deshalb bitten, schon um zehn Uhr vormittags hier zu sein?«

»Ich richte es ihr aus. Das bedeutet vermutlich, daß Mr. Hallowell seine Meinung nicht geändert hat.«

»So ist es. Tut mir leid.«

»Haben Sie schon Nachricht vom Berufungsgericht? Gestern abend sprach mein Mann beim Dinner davon, wie wichtig das ist.«

»Nein, aber ich erwarte heute abend oder morgen Bescheid. Ich rufe Sie dann an.«

Eine Pause entstand. »Worüber wollten Sie denn mit mir sprechen?« fragte Barbara Tengstedt.

»Über Michelles Vater«, antwortete Nina. Ihr fiel keine schonendere Art ein, damit anzufangen, deshalb sagte sie das einfach so.

»Carl? Was ist mit ihm?«

»Nein, nicht über Carl. Über ihren leiblichen Vater. Ich habe erfahren, daß Sie und Mr. Tengstedt heirateten, als Michelle zehn Jahre alt war. Michelle habe ich bis jetzt noch nichts davon gesagt.«

Barbara Tengstedt legte auf, so daß das abschließende Knacken ihrer Reaktion wie ein Schrapnell in Ninas Ohr einschlug. Nina wählte noch einmal.

Keine Antwort.

»Schöner Tagesanfang«, murmelte sie. Sie begann an der Unterweisung der Geschworenen zu arbeiten, aber ihr ging immer noch Barbara Tengstedt im Kopf herum.

Wieso konnten Michelles Eltern nicht kooperieren? Nina hatte bemerkt, wie sehr sie Michelle liebten und ihr helfen wollten. Jetzt, eine Woche vor der Hauptverhandlung, mußte sie alles im Griff haben, alles, was für den Fall von Bedeutung war, alles, was zwar gegenwärtig als belanglos erscheinen mochte, aber doch einiges Licht auf Michelles Handeln in jener Nacht werfen konnte.

Sandy tippte Vorladungen und bediente das Telefon. Die Prozeßvorbereitung war ein einziges Jonglieren, bei dem viele Bälle durch die Luft flogen, die in genauen Abständen aufgefangen und wieder hochgeworfen werden mußten.

Sandy summte auf der Hausleitung. »Cytograph.«

»Hier ist Dr. Carlos«, begann die Frau am Apparat ohne Vorrede. »Wir haben die Ergebnisse der DNS-Tests, die Sie uns geschickt haben. Keine der uns zugesandten Blutproben stimmt mit der DNS des Fötus überein. Vermute, Ihr Aufgebot war nicht groß genug«, sagte sie mit einem gedämpften Geräusch, das von einem Lacher herrühren konnte.

»Da muß ein Fehler vorliegen. Das Gewebe von Anthony Patterson ... das ist fast ein halbes Jahr alt ...«

»Es war wunderbar erhalten«, sagte Dr. Carlos. »Obgleich ich zugeben muß, daß ich bei einer Vaterschaftsfeststellung noch nie so eine Art von Gewebe untersucht habe. Es steckt Leben im Tod, wie man so sagt. Wir können nur untersuchen, was Sie uns einsenden. Wir haben die Gewebeprobe des verstorbenen Mr. Patterson und die Blutproben aus dem jeweiligen Labor von, äh, Thomas Clarke und Stephen Rossmoor mit denen der Mutter und des Fötus verglichen. Keine Übereinstimmung, leider.«

Nina hing auf. Tengstedt war nicht Michelles Vater. Und niemand war der Vater von Michelles Baby. Das versetzte ihr einen Stich in die Brust. Michelle muß gelogen haben.

Paul schaffte den Stapel Vorladungen und Aufrufe, die ihm Sandy übergeben hatte, hinaus in seinen Van. Er stellte Post für die einfachen Leute höchst ungern persönlich zu, das war oft eine unangenehme Arbeit. Kein Mensch freute sich über eine Vorladung. Günstigstenfalls konnte man mit einer höflichen Reaktion des Mißfallens rechnen, so daß man sich wie eine halb zertretene Bananenschnecke wegschleichen konnte, noch am Leben, wenn auch nicht sehr respektabel.

Das war es, weshalb er die Polizeiarbeit vermißte – der Respekt. Aber todsicher vermißte er die dort gezahlten Gehälter nicht. Er blickte auf die erste Vorladung: Dr. Frederick Greenspan. Nina hatte sich immer noch nicht entschieden, ob er als Zeuge vernommen werden sollte, aber sie mußte ihn vorladen.

Sie hatte ihm den Bungalow und seine Lage beschrieben, so daß er ihn leicht fand.

Drinnen war die Klimaanlage kaputt. Ältere Leute schwitzten über Magazinen. An einem frostigen Schalter schlug eine noch frostigere Anmeldungsschwester das Fenster zwischen ihnen zu, als er erklärte, er müsse den Doktor persönlich sprechen. »Nur einen Moment«, erklärte sie, von der Scheibe gedämpft.

Mehrere Minuten beobachtete er, wie sie einige Papiere sortierte, dann klopfte er wieder, und sie öffnete einen Spalt. Während sie ihn anfunkelte, rollte er die Vorladung zusammen und steckte sie durch die Öffnung. »Durch Boten«, sagte er. »Nur für den Fall, daß der Doktor nicht da ist. Aber ich glaube, er wird mit mir sprechen wollen.« Wieder wurde ihm das Fenster vor der Nase zugemacht. Er überlegte, früher oder später würde schon jemand herausspaziert kommen, um ihn loszuwerden; also setzte er sich in einen Sessel und versenkte sich in *Reader's Digest.*

Er las nur einen Witz, da öffnete eine Frau die innere Tür und winkte ihm. Er folgte ihr in ein enges Büro mit Akten und einem Computer. Als sie mit einem »Bitte« auf einen Stuhl wies, setzte er sich. Sie musterte ihn, und er musterte sie. Was er sah, war eine schöne Frau in mittleren Jahren, schlank, mit einer strengen Miene. Sie wirkte intelligent und tüchtig. Das mußte Mrs. Greenspan sein. Er sagte es, und sie nickte. Die Vorladung lag auf ihrem Schreibtisch.

»Ich nehme an, der Doktor will nicht mit mir sprechen?« sagte Paul.

»Heute vormittag hat er zu viele Patienten«, erwiderte Ericka Greenspan. »Ich kann das hier erledigen.«

»Ich habe soeben Ihren Mann als Zeugen im Patterson-Prozeß vorgeladen. Normalerweise, wenn ein Arzt aussagen soll, versuchen wir auf jede erdenkliche Weise, ihm entgegenzukommen, falls nötig. Zum Beispiel, wenn er in der Woche nur an einem Vormittag Zeit hat, können wir den Richter bitten, ihn außerhalb der festgelegten Reihenfolge in den Zeugenstand zu rufen.«

»Ach, wie nett«, sagte Mrs. Greenspan. »Aber Mr. Riesner teilte uns mit, daß mein Mann nicht aussagen müßte. Ich glaube, er hat mit Mrs. Reilly gesprochen.«

»Ja. Ihr Mann scheint anzunehmen, Mrs. Reilly würde beim Prozeß seine beruflichen Qualitäten in Frage stellen. Das ist ein Grund, aus dem ich hier bin: um ihm zu versichern, daß das nicht in ihrer Absicht liegt. Seine Zeugenaussage ist erforderlich, wie Sie sicher verstehen werden, um Michelle Pattersons emotionale Probleme und ihren Geisteszustand vor dem Vorfall darzustellen.«

»Das sagen *Sie*«, meinte Mrs. Greenspan.

»Er muß vor Gericht erscheinen. Es wäre für ihn eher erträglich, wenn er vorher mit Mrs. Reilly über die Bereiche sprechen würde, über die sie ihn als Zeugen vernehmen will.«

»Er hat nicht die Absicht, mit ihr zu sprechen. Wie kommt Mrs. Reilly zu der Annahme, er würde irgend etwas sagen, was ihrem Fall hilft?«

»Warum sollte er seiner Patientin schaden wollen?« fragte Paul und nahm einen Anflug von Beunruhigung in ihren Augen wahr, als ihre Selbstsicherheit sie einen Augenblick verließ.

»Er will ihr nicht schaden«, äußerte sie schließlich. »Aber er kann ihr nicht helfen. Vielleicht könnte er sich gezwungen sehen, gewisse gewalttätige Phantasien von Mrs. Patterson in bezug auf ihren Ehemann anzudeuten.«

»Phantasien, die er in seinen Aufzeichnungen und in seinem Gespräch mit Mrs. Reilly überging? Nicht sehr klug, Mrs. Greenspan. Selbst Leuten, die öfter vor Gericht aussagen, fällt es schwer, dort zu lügen. Gewöhnlich fällt das in unvorhergesehener Weise auf sie zurück.«

»Ich habe nie gesagt, daß er lügen würde«, sagte Mrs. Greenspan mit Genugtuung über ihre versteckte Drohung. »Sie können jetzt gehen«, fuhr sie fort, wie eine Königin, die ihren Höfling entläßt.

»Haben Sie Anthony Patterson einmal persönlich kennengelernt, Mrs. Greenspan?« fragte Paul.

Wieder geriet sie ins Wanken. »Das Gespräch ist beendet«, erklärte sie.

»Dr. Greenspans Praxis läuft gut. Meist ältere Leute, scheint's. Bekommt wahrscheinlich nicht viele, die so umwerfend hübsch wie Michelle Patterson sind, nicht wahr, Mrs. Greenspan? Und jung noch dazu.«

»Worauf wollen Sie hinaus?«

»Ich muß mich darüber wundern, welche Rolle Sie als Beschützerin Ihres Mannes spielen. Das läuft alles auf die Frage hinaus, was Sie an Michelle Patterson so hassenswert finden.«

Sie stand auf, um ihn rauszuwerfen, aber das konnte sie nicht so im Raum stehenlassen. Er hatte den Startschuß gegeben, und sie rannte los auf vollen Touren.

»Sie stecken voller schmieriger Anspielungen, nicht wahr? Genau wie die Schlampe, für die Sie arbeiten …«

Sie hatte sich vorgebeugt bis an sein Gesicht. Er erhob seine mächtige Hand, den Ballen unter ihr Kinn, und stieß sie mit Wucht zurück in ihren Sessel, so daß es ihr den Atem verschlug.

Beim Aufstehen sagte Paul genüßlich: »Wenn Sie noch mal den Mund aufmachen, bevor ich gegangen bin, werde ich ihn mit Lysol auswaschen müssen!« Er nahm die Vorladung, drückte sie ihr in die schlappen Hände und verkündete: »Sagen Sie dem Doktor – er hat's erhalten!«

Nach dem Lunch erhielt Nina noch mehr schlechte Nachrichten, um den schwarzen Tag zu krönen. So mußten sich die über die tickenden Telegraphen gebückten Börsenmakler der Wall Street gefühlt haben, als die Börse 1929 zusammenbrach.

Die jüngste kam in Form eines viel zu leichten Briefs vom Berufungsgericht. Nina brauchte ihn gar nicht zu öffnen, um zu wissen, daß ihrem Antrag nicht stattgegeben wurde. Wenn sie damit durchgekommen wäre, wäre der Brief viel dicker und schwerer gewesen, mit einer Stellungnahme und Anweisungen für den nächsten Schritt. Am liebsten hätte sie Sandy gebeten, ihn ihr vorzulesen. Nein. Sie öffnete ihn rasch. *Antrag in allen Punkten abgewiesen. Kopien ergangen an gegnerischen Anwalt und Landgericht. Fortgang mit Hauptverhandlung.*

Fortgang direkt ins Gefängnis. Sie blickte zum Fenster hinaus auf das Klare und Unkomplizierte des Mount Tallac, so fern von ihr nun wie der Pluto.

Ihr Gespräch aus San Francisco kam um halb vier. »Tut mir leid, meine Liebe, ich sprach gerade mit dem Präsidenten, als Sie anriefen.«

»Sie meinen …«

Dr. Cervenka lachte, ein tiefes Hoh-hoh. »Mit meinem Vorgesetzten, dem Präsidenten der Uni. Er bot mir die goldene Uhr an, den goldenen Handschlag, ein Dinner zur Anerkennung und einen Tritt in den Hintern, wieder einmal. Das macht er jedes Jahr.«

»Bruno, wie alt sind Sie denn jetzt?« fragte Nina.

»Methusalem war mein jüngerer Bruder, das ist alles, was ich Ihnen erzählen werde«, antwortete er. »Ich werde darüber nachdenken, wie jedes Jahr. Ich will mich nicht zur Ruhe setzen, damit die irgendeine Rotznase von Verhaltensforscher anschleppen können, der mit Genuß Nagetiere quält. Wenn die Fakultät zu energisch wird in ihren Anstrengungen, da bin ich dann eben auf Ihren Rat angewiesen.«

»Was macht Ihre Hüfte?«

»Ich sitze immer noch in dem verdammten Rollstuhl«, antwortete Bruno. »Aber reden wir nicht von mir. Sprechen wir über Ihren Fall. Hatten Sie eine Epiphanie?«

»Das klingt aufregend, Bruno, aber ich habe keine Ahnung, was das ist.«

»Das überrascht mich. Ich meine, sind Sie zu einem klaren Verständnis dieses Falles gelangt? Haben sich die Tatsachen zu einer vollständigen und zwingenden Wahrheit zusammengefügt?«

»Nicht ganz. Ich würde sagen, die Tatsachen haben sich zu einem vollständigen und totalen Chaos zusammengefügt, Professor. Hören Sie sich das an. Michelle hat mir erzählt, als Vater ihres Kindes kämen nur drei Männer in Frage. Sie behauptet, die einzigen drei Männer, mit denen sie Verkehr hatte, sind Tom Clarke, Stephen Rossmoor und ihr Ehemann gewesen. Wir haben Gewebe von allen dreien untersucht, einschließlich Anthony Patterson. Heute früh rief das Labor an und teilte mit, keine der Proben stimmte mit dem Fötus überein. Also, wer hat sie nun geschwängert, hm? Sie lügt.«

»Sie lügt? Vielleicht.«

»Nun machen Sie aber, Bruno, das ist doch alles erst sieben

Monate her. Das kann sie doch nicht vergessen haben. Sie enthält uns die Mitteilung vor, daß sie noch einen anderen Liebhaber hatte. Sie belügt ihre eigene Anwältin. Ich sollte den Fall abgeben.«

»Sie sind bedrückt«, meinte Bruno. »Sie haben Ihre Mandantin sehr gern.«

»Ich habe ihr geglaubt, Bruno. Ich habe ihr vertraut. Satt habe ich das, bin wütend!«

»Wenn sie es verdrängt ... warum?« fragte Bruno.

»Ihre Geschichte hat noch nie einen richtigen Sinn ergeben, Bruno. Der Staatsanwalt wird bloß weiter sagen: ›Sie ließen Ihren Mann blutend auf der Couch liegen und gingen zu Bett? Sie haben erst am Morgen wieder an ihn gedacht?‹ Ich habe ihr geglaubt, trotz allem. Aber jetzt ... Bruno, Sie haben ihr Geständnis genau dort in der Uni auf Tonband aufgenommen. Bitte ... versuchen Sie nicht, die Sache für mich abzumildern. Hat sie ihren Mann getötet oder etwa nicht?«

»In ihrem Geständnis gibt es ein paar Unstimmigkeiten, wie Sie wissen, Nina, und die junge Dame leidet an einem starken, verborgenen Schuldgefühl, das teilweise von alten Geschehnissen aus ihrer Vergangenheit herrührt. Diese Gefühle reichen, glaube ich, schon aus für die Möglichkeit – wenn man ihre gegenwärtige Verwundbarkeit und den sensiblen Charakter ihrer Therapie bedenkt, die abgebrochen wurde –, daß sie Schuld auf eine symbolische Weise, nicht im wörtlichen Sinn, auf sich nimmt.«

»Gut, und was ist mit diesem neuerlichen, bequemen Gedächtnisverlust? Sie leugnet, daß sie mit einem anderen außer den drei von ihr benannten Männern sexuelle Beziehungen gehabt hat. Damit lügt sie. Der DNS-Test beweist, daß sie noch einen anderen hatte.«

»Wenn Sie ihr gern glauben wollen, dann gehen Sie doch mal von folgendem aus: Einer der Tests könnte fehlerhaft sein. Dann würde sie nicht lügen«, äußerte Bruno. Nina lehnte sich in ihrem Sessel zurück und hielt sich das schnurlose Telefon an die Wange, mit dem Gefühl, als habe der Professor sie auf einen guten Gedanken gebracht.

»Sie meinen, eine der Proben war gefälscht? Nicht die von Anthony, wenn nicht etwa die Polizei von El Dorado County darin verwickelt ist. Also ... wie fälscht man eine DNS-Analyse, Bruno?«

»Das kann jeder Laie«, erklärte Bruno. »Ich schicke etwas von der Haut oder dem Haar eines anderen ein, was immer die als Probe nehmen.«

»In unserem Falle Blut. Aber das wäre vielleicht eine winzige Möglichkeit. Danke für diese Idee, Bruno. Jetzt muß ich also neue Proben von Tom Clarke und Stephen Rossmoor besorgen. Ich rechne damit, daß sich Clarke weigern wird, und es dauert eine Ewigkeit, eine richterliche Verfügung zu bekommen. Also muß mir Paul helfen. Und diesmal beschaffe ich mir Proben von allen Männern, die mit dem Fall zu tun haben. Paul kann hinunter nach Fresno fahren und etwas von Mr. Tengstedt mitbringen, bloß um die Möglichkeit einer häßlichen Überraschung von dieser Seite auszuschließen.«

»Sie meinen, Sie wollen sich die Proben heimlich besorgen? Wie denn?«

»Lassen Sie mich nachsehen: Hier heißt es in meiner Bettlektüre, als Gewebeprobe kann fast alles genommen werden: Haut, Blut, Haar, Speichel, Samen ...«

»Sie sind sich hoffentlich im klaren darüber, daß sich das als ein ziemlich gefährliches Unterfangen herausstellen könnte. Haben Sie übrigens schon in Erfahrung gebracht, wer die Behörden über meine Sitzung mit Michelle informiert hat?«

»Nein. Es könnte Jeffrey Riesner gewesen sein. Das ist ein Rechtsanwalt hier oben, der Dr. Greenspan vertritt. Ich hatte Dr. Greenspan von der Sitzung erzählt. Der könnte es Riesner weitergesagt haben. Oder es kann Stephen Rossmoor gewesen sein, der Manager von Prize's. Ich kann mir allerdings nicht vorstellen, daß einer von ihnen uns umzubringen versucht, uns von der Straße abgedrängt und in Reno vielleicht die falsche Person getötet hat.«

»Sie sind doch vorsichtig?«

Voller Dankbarkeit dachte Nina an die Leute, die auf sie achtgaben: Matt, Andrea, Collier Hallowell auch, sogar Sandys Sohn Wish, den sie immer noch ab und zu flüchtig sah, wenn sie ihren Geschäften nachging. »Ja. Ich habe Unterstützung. Und Michelle scheint zu Hause sicher zu sein. Wo wir von zu Hause sprechen: Anscheinend habe ich fast den Grund vergessen, aus dem ich Sie anrief.«

»Das geht manchen Anwälten so, wenn sie mit mir reden«, sagte Bruno. »Entschuldigen Sie mich einen Moment. Bin gleich wieder da.«

»Ich warte.« Mehrere Minuten blieb er weg. Nina malte gedankenlos ein Bild von Michelle: Traumfrau, Lügnerin, das Unglück folgte ihr wie ein Affe an der Kette.

»Tut mir leid. Pause für meine Tabletten«, sprach der alte Herr ins Telefon. »Warum haben Sie mich also angerufen, meine Liebe?«

Nina erklärte die Sache mit Tante Alice, dem Fax nach Subic und dem Gehaltsnachweis. Sie erzählte Bruno auch von ihrem Telefonat mit Barbara Tengstedt an dem Morgen und von deren Reaktion.

»Und nun denke ich so darüber, Bruno: Ich möchte es Michelle sagen. Die Tengstedts wollen die Verantwortung nicht übernehmen. Wenn Michelle erst einmal soviel weiß, wird sie die Eltern zwingen, auch den Rest zu enthüllen.«

»Das haben Sie also im Sinn«, sagte Bruno. »Sie können die Unklarheit nicht ertragen. Sie wollen in das Feld der Abschirmungen und Geheimnisse vorstoßen und mit dem Schwert der Wahrheit um sich hauen.«

Nina kam sich ein bißchen dumm vor und erwiderte: »Ja, aber ich hatte Verstand genug, vorher Sie anzurufen. Ich weiß, sie hat ein psychiatrisches Problem, doch scheint, weiß Gott, niemand in der Lage zu sein, es mit einem netten, sauberen Schildchen zu versehen. Ich weiß auch, daß sie angesichts des bevorstehenden Prozesses und ihrer ungewissen Zukunft unter ungeheurem Druck steht und sich um das Kind Sorgen macht. Deshalb rufe ich Sie an.«

»Der Absolution wegen«, sprach Bruno sanft.

»Wie das?«

»Damit Sie später sagen können, Sie hätten mich ja gefragt. Mein Rat spielt da keine Rolle, Nina. Sie werden nicht imstande sein, das für sich zu behalten.«

»Ich möchte wissen, was Sie denken, Bruno.«

»Ich glaube, Sie tun recht, es ihr zu sagen.«

»Ich möchte mehr tun als das«, erklärte Nina. »Wenn ihr die Eltern nicht alles erzählen und sie sich nach der Mitteilung immer noch nicht erinnern kann, möchte ich Barbara Tengstedt in der Hauptverhandlung in den Zeugenstand rufen. Und ich werde sie auffordern, unter Eid über Michelles Kindheit zu berichten, und sie zwingen, das Geheimnis im Gerichtssaal öffentlich preiszugeben.«

»Ich bewundere Ihren Mut«, bemerkte Bruno. »Aber bitte, tun Sie das nicht ohne Michelles vorherige Zustimmung.«

Nina dachte darüber nach. Er hatte absolut recht.

»Bruno …«

»Ja, meine Liebe«, sagte er mit der unerschöpflichen Geduld, die die Universität bei einem jüngeren Nachfolger nie finden würde.

»Haben Sie einen Verdacht, was Michelle zugestoßen ist? Als sie noch ein Kind war?«

»Wenn Sie nichts dagegen haben, eine vage Vermutung.«

»Bitte.«

»Sie hat ihrem Daddy weh getan, Nina, und er kehrte nie wieder zurück.«

»Aber wie denn?« fragte Nina, wobei sie sich ihre Frustration nicht anmerken ließ. »Emotional oder physisch? Mit einer Eisbärenfigur auf den Kopf?«

»Darauf kommt's nicht an. Fragen Sie nicht, wie. Fragen Sie, warum er nie wieder zurückgekehrt ist.«

24

Die Hauptverhandlung rückte bedrohlich näher. Die Auswahl der Geschworenen sollte am folgenden Montag beginnen. Mitten in den langen Stunden der Vorbereitung dachte Nina über Bruno Cervenkas Worte nach. Jeden Abend, nachdem sie müde ins Bett gestiegen war, las sie Freud und Jung und fiel mit kafkaesken Träumen von Prozessen, Schlössern und Gefangenschaft in Schlaf.

Nachdem sie fünf Monate jedwede Nische der Fakten durchsucht hatte, wußte sie nur wenig mehr als bei Michelles erster Darstellung der Nacht, in der Anthony verschwand. Sie las die Berichte immer wieder und zeichnete Grundrisse des Wohnraums und des Segelboots. Die neun Punkte in drei Reihen kamen auch wieder dran, und sie versuchte es mit einer neuen Folge von Dreiecken.

Ihr fiel nichts mehr ein.

Den ganzen Dienstag war Paul beschäftigt. Er traf Sandy, als sie um fünf die Kanzlei verließ. »Tun Sie nichts, was ich nicht tun würde«, sagte Sandy. Sie gab ihm einen Klaps auf den Arm, als er an ihr vorbeiging.

»Sie mag dich. Hattest du Glück?« begrüßte ihn Nina sanft. Sie warfen einander nur einen vertraulichen Blick zu, als Hinweis auf ihre letzte private Begegnung.

»Wenn das Sammeln von Männerhaaren Glück ist! Spielte Haschmich mit dem Hausmeister und las ein paar Haare Tom Clarkes vom Sessel im Direktorenzimmer auf. Im Casino rasselte ich zufällig mit Rossmoor zusammen, so daß er in der Eingangshalle zu Boden ging. Glaube, er war dankbar dafür, daß ich ihm wieder aufhalf und ihm den Kragen abputzte, obwohl das den Sicherheitsleuten nicht gefiel.«

»Wie war's bei den Tengstedts?«

»Auch die. Fresno bei 43 Grad. Endlich habe ich unsere Mandantin kennengelernt, die berühmte Misty. Sie stand im Vorgarten angelehnt an einen Baum mit einem eisgekühlten Drink, lange Beine unter dem Wassersprenger, eine Chrysantheme, saftig und sommerlich. Jetzt ist mir das klar mit Tom Clarke und dem Trottel Rossmoor. Ich mußte mein Verlangen unterdrücken, an ihren Zehen zu saugen. Ihre Mutter brachte mir ein Glas Limonade und verschwand. Ich erfand ein paar Neuigkeiten über den Fall für Misty, benutzte die Toilette und zog mir ein paar Haare aus dem Männerkamm.« Er reichte ihr eine braune Papiertüte, die raschelte, als er sie auf den Tisch stellte. »Die ganze Welt in einem Wassertropfen, oder in unserem Falle: in einem Büschel Haare. Alles beschriftet. Ich hoffe, daß es nicht der Vater war, ich meine Carl Tengstedt. Bei dem Gedanken wird's mir ganz schauerlich zumute.«

»Kannst du die Proben am Mittwoch nach Sacramento bringen?« fragte Nina. »Ich habe selbst noch ein, zwei Proben, die dazukommen.«

Er nickte, nahm seine Tennistasche und sagte: »Noch Lust auf ein Spiel vor dem Dinner?«

»Nein«, antwortete Nina. »Ich kann nicht.«

»Du brauchst ein bißchen Bewegung, sonst rostest du ein wie ein alter Motor ohne Öl.«

»Nach dem Prozeß«, sagte Nina, und das meinte sie auch; sie hoffte, daß er Verständnis dafür hatte.

»Noch eins«, fügte Paul hinzu. »Auf meinem Weg hierher lief ich bei der Polizei vorbei und schaute mir noch mal die Beweisstücke an. Virginia Slims. Die Schachtel war in seinem Morgenmantel. Sharon Otis war also dort gewesen.«

Am Mittwoch kam Janine Clarke in die Kanzlei. Sie machte den Eindruck, als hätte sie im Lotto gewonnen, und benahm sich, als würde sie Nina gut kennen. Offensichtlich hatte ihr Mann nicht erwähnt, daß er vorgeladen worden war. »Tom bat mich vorbeizukommen, glauben Sie's oder nicht. In jüngster Zeit ist bei uns alles ganz großartig gelaufen.«

»Freut mich zu hören«, sagte Nina. »Was kann ich für Sie tun?«

»Er möchte gern eine Kopie des DNS-Untersuchungsbefunds. Vermute, er möchte nicht, daß es sich Misty später anders überlegt, wer für den kleinen Bastard verantwortlich ist.«

»Ich habe ihn nicht hier«, erwiderte Nina, wobei sie im Hinblick auf Michelles Kind und ihren eigenen unehelichen Sohn zusammenzuckte. »Und das Labor wird diese Untersuchungen noch einmal überprüfen. Wenn jene Ergebnisse dann vorliegen, werde ich Ihrem Mann eine Kopie schicken.«

»Was zum Teufel wird hier eigentlich gespielt?«

»Es gibt da einen Zweifel betreffs der Befunde, der ausgeräumt werden muß«, sagte Nina standhaft. »Und das ist alles, was ich dazu sagen kann.«

»Das glaube ich nicht. Sie behaupten, es gebe immer noch eine Möglichkeit, daß Tom der Vater ist, und das ist eine verdammte Lüge! Der Test kam negativ zurück. Das ist irgend so ein abgekartetes Spiel. Misty … oh, verflucht, das ist alles nur ihre Schuld!«

»Mrs. Clarke, ich …«

»Warum hat er sich mit der Hexe eingelassen? Er hat mir das Herz gebrochen …« Die Frau hatte angefangen, zügellos zu heulen. »Das ist eine einzige Qual. Er war ja so grausam, kommt ins Krankenhaus, um mir von seinem häßlichen Verdacht zu erzählen … Wir waren immer so glücklich, und jetzt schauen wir uns an und fragen uns … Er hat es richtig gemacht, denke ich, das einzige, was ein Mann tun kann …«

»Wer?« Nina schrie fast, um sich bei dem Gejammer Gehör zu verschaffen. »Von wem reden Sie?«

Janine Clarke blickte mit finsterer Miene von ihren Händen

auf. »Er würde alles wegwerfen, bloß um mit dieser Fratze zu schlafen ...«

Nina versuchte sich klarzuwerden, wer jeweils gemeint war, scheiterte aber. Janine Clarke warf ihr noch einen tränenverschleierten, bitteren Blick zu und rannte aus der Kanzlei.

Nina bedauerte sie. Tom Clarke bedauerte sie nicht.

Sandy kam um zwölf. »Heute müssen Sie sich was holen gehen. Keine Sandwiches mehr auf Bestellung.«

Auf dem Boden lagen überall Rechtsbücher, Akten und Papiere herum. Nina suchte ungeduldig einen Prozeßbericht.

»3 Kalif., 3d 82«, sagte sie. »Sandy, helfen Sie mir!«

»Ich helfe Ihnen«, antwortete Sandy. Sie hängte Nina die Tasche über die Schulter und schob sie hinaus.

In der Gluthitze des Broncos ließ Nina den Motor an und fuhr den Highway 50 hinunter. Sie wollte ein Stück am See entlangspazieren, sich einen Salat von Safeway holen und eine halbe Stunde später wieder in der Kanzlei zurück sein.

Ihr Ersatzauto erwies sich als ebenso rebellisch wie ihr alter Bronco. Es fuhr sie von allein zu Caesar's, stellte sich auf dem Parkplatz ab und warf Nina hinaus. Sie ging hinein, wobei sie in ihrer Tasche nach zwei Zwanzigern kramte.

Auf dem Weg zu den Spielautomaten mußte sie an den Black-Jack-Tischen vorbei. Sie zog an einem Tisch einen Stuhl vor und schob dem Dealer ihre beiden Zwanziger hin.

Eine Zehn und ein As als erste Hand. Nicht schlecht, dachte Nina und ignorierte das Pfeifkonzert aus ihrem Magen. Neben ihr stapelte eine weißhaarige Dame ihre Chips auf. Ihr erstickendes Parfüm wetteiferte mit der Rauchwolke zu ihrer Linken. Die Dame gewann hundert Dollar, während der Raucher leer ausging. Nina beobachtete, wie die Hände der Dame hin und her huschten, wobei ein enger Cocktailring aufblitzte. Eine sehr gute Spielerin, die weiter ihre Chips aufstapelte. Nina begann, wie sie zu setzen, zehn Dollar, wenn die Dame hundert setzte. In kurzer Zeit stand Nina bei dreihundert Dollar. Sie gab dem Dealer zehn Dollar Trinkgeld, als ein anderer Dealer hereinkam, ein junger

Mann mit einem abweisenden Gesichtsausdruck. Alle Spieler spürten, wie sich das Klima änderte, und der Tisch leerte sich.

Als sie zu den Automaten ging, die Blazertasche schwer von den Chips, trat die Dame neben sie und sagte: »Lief doch gut, Anwältin«, mit einer Baßstimme im Tonfall der Südstaaten.

»Gefällt mir, was Sie mit Ihrem Ring gemacht haben, Al«, sagte Nina. »Paßt natürlich nicht so gut wie der pinkfarbene. Diamantfassung?«

Al Otis lächelte unter seinem Make-up. »Geschliffenes Zirkonium. Bringt mir immer noch Glück. Die Dealer haben's noch nicht spitzgekriegt. Ich räum das Feld. Kann mich aber nicht lange unterhalten, denn die werden rauskriegen, wer Sie sind, und die könnten Sie aus reiner Neugier beobachten.«

»Wieso sollten die sich um mich kümmern?«

»Die verfolgen alles«, sagte Al. »Na, muß wieder gehn, solange die Mittagspausenspieler noch da sind. Nach halb zwei fall ich zu sehr auf.« Er wandte sich zum Gehen, sein Rock streifte sie, da sagte sie: »Al …«

»Hmmm?« sprach er mit einer lächerlichen Fistelstimme.

»Hat Sharon Ihnen erzählt, daß sie in der Nacht, als Anthony starb, bei ihm war?«

»Sharon brauchte mir keinen Scheiß zu erzählen! Sie war das Beste, was mir je passiert ist«, fuhr er mit unerforschlichem Blick fort. »Das war die schärfste Braut, die je raffinierte Lederstrapse trug. Und die Cops scheren sich nicht drum, wer sie alle gemacht hat, genausowenig wie sich Misty um Anthony scherte. Machen Sie's gut, Anwältin.«

Auf dem Rückweg zur Kanzlei versuchte sich Nina zurechtzuklamüsern, was Al wirklich gesagt hatte. Übersetzt: Selbst wenn er etwas wußte, würde er nicht darüber reden, weil Misty es nicht verdiente. War es das?

Es spielte kaum eine Rolle. Was immer er gehört hatte, war Hörensagen und damit unzulässig als Beweis.

Als Paul auf dem Weg nach Sacramento wegen letzter Instruktionen hereinschaute, da saß sie auf dem Boden, 3 Kalif., 3d 82 schwer auf ihrem Schoß.

Beide Augen am Rückspiegel klebend, brauste Paul den Berg hinunter und lag gut in der Zeit, bis nach Folsom eine Baustelle kam.

Als er Sacramento erreichte, verfuhr er sich an der Ausfahrt Sixty-fifth Street, dampfte in den beginnenden Rush-hour-Verkehr, umkreiste einen grünen Park mit einem einladenden Swimmingpool und freute sich, schließlich die richtige Seitenstraße zu erwischen. Er rutschte in eine Parklücke, die ein alternder roter Camaro frei machte. Er sprang vom Sitz, griff sich die Papiertüte und rannte zum Eingang. Er kam gerade an, um zu hören, wie jemand die Tür von innen verriegelte.

»Hallo? Hallo!« rief er. Die Tür ging auf, und eine junge, dunkelhaarige Frau schaute heraus.

»Wir schließen um fünf«, sagte sie.

»Ich soll das hier abgeben.« Er reichte ihr die Tüte. Die junge Frau nahm sie.

»Was ist das?«

»Oh, die warten schon darauf. Die wissen, was sie damit machen sollen.«

»Die Vaterschaftssache aus Tahoe?« Die Frau steckte den Kopf weiter heraus und warf einen Blick in die Tüte. Sie hatte rote Lippen, geschwungen wie die der pausbäckigen Puppen, und schwarzgelockte Haare, zurückgebunden mit einem Schnürsenkel. Als sich Paul ihre Hände betrachtete, ihre abgekauten Fingernägel bemerkte und ihr näher ins Gesicht schaute, konnte er erkennen, daß sie mindestens Ende Dreißig war. »Weitere Haarproben?« fragte die Frau.

»Jawohl.«

»Jedes Kind hat einen Vater«, meinte sie.

»Bis sie eine neue Technik erfinden«, sagte Paul.

»Persönlich bin ich der Auffassung, weiter als bis zur Retorte werden sie nicht gehen.« Sie klappte die Tür wieder heran. »Die meisten Wissenschaftler sind immer noch Männer, und die werden sich doch nicht selbst überflüssig machen.« Sie öffnete wieder und sah Paul an. »Sie kommen jetzt gerade den ganzen Weg von Tahoe herunter? Im Schweinstempo?«

»Ich ermittle für die Anwältin der Frau … um die es geht. Mein Name ist Paul van Wagoner.« Sie gaben einander die Hand.

»Ich bin Emilia Carlos. Hören Sie, ich mache jetzt meine Dinnerpause. Warum kommen Sie nicht mit? Danach kann ich Ihnen vielleicht das Labor zeigen.«

Sie führte ihn an der unbesetzten Anmeldung vorbei. In der Kantine im Untergeschoß aßen sie ein Dinner aus der Mikrowelle, Burritos begraben unter Ketchup. Fluoreszierendes Licht brach sich glänzend an den Schlackensteinwänden und der akustischen Decke. »Zeitlosigkeit«, sagte Dr. Carlos, als sie bemerkte, wie Paul in dem grellen Schein blinzelte. Männer und Frauen in Laborkitteln, Jeans und Sportschuhen hasteten durch die Flure, kamen an der Kantinentür vorüber, grüßten die Ärztin und vergossen Kaffee an dem schlecht eingestellten Kaffeeautomaten. »Ich liebe die Arbeit bei Tage. In der Spätschicht muß man sich den unmöglichsten Zeiten anpassen, wenn man den normalen Ablauf beibehalten will, meine ich.«

»Schlimmer als Nachtschicht?«

»Durchaus. Aus irgendeinem Grunde kann sich der Körper auf eine halbtägige Verschiebung leichter einstellen.«

»Das ist ja hier ein viel größeres Unternehmen, als ich dachte.«

»Vor fünf Jahren habe ich Cytograph mit meinem Mann gegründet. Als er starb, übernahm ich es. Das ist unser einziges Kind. Ich habe mir damit so manche Nacht um die Ohren geschlagen.«

Während er noch immer die Lippen der Sexpuppe Betty Boop bewunderte, wurde Paul den Gedanken nicht los, daß sie vielleicht mit ihren natürlichen Anlagen verschwenderisch umging. Diese Frauen konnte er einfach nicht begreifen, sie, Nina, all die Frauen, die mehr sein wollten, als sie schon waren. War ihnen Göttin nicht genug? Weshalb waren sie so scharf drauf, herabzusinken zu Anwältinnen und Wissenschaftlerinnen?

Plötzlich überkamen ihn Gedanken an Nina, wie sie wohl heute ihre Arbeit erledigte und sich mit Plänen abquälte, diesen Prozeß gegen all die schrecklichen Widerstände zu gewinnen. Er wünschte, er könnte sie vor den künftigen Schlägen schützen, obwohl sie durchaus ein paar verdient hätte. Regte sich da in ihm ein heimtückisches Verlangen, der Wunsch, daß sie bei der ganzen Sache ein oder zwei Stufen herunter auf die Nase fiele? Der Wunsch, daß sie ihm am Ende in die Arme fallen und sein Liebesspielzeug werden würde?

Er erstickte ein Lachen, von dem der nackte Raum widergehallt hätte.

Bemalte Gipswände umgaben die strahlende Laborausrüstung, die bei genauerem Hinsehen Zeichen ständigen Gebrauchs aufwies. Gläser, Gummischläuche, Metallgeräte, Kabel, die sich aus vielen Verteilern ineinander verschlangen. Die Regale waren mit Ausrüstungen und Materialien gefüllt, deren Zweck Paul für immer verborgen bleiben würde. Der Raum dröhnte von Maschinen, bis hinunter zum Vinylfußboden.

Zwei Techniker, der eine mit einem flaumigen Bart und weißem Kittel, der andere in Jeans und Oberhemd, was offenbar die Uniform dort war, filterten unbekannte Stoffe durch ein feines Sieb. Der Bärtige stellte einen Porzellanzylinder ab.

Dr. Carlos zeigte Paul die Ergebnisse der ersten DNS-Untersuchung. Sie hob die Stimme über den von Menschen erzeugten Lärm und wies auf etwas, das wie ein fotografischer Abdruck aussah, mit verschiedenartigen grauen, weißen und schwarzen Streifen. »Elektrophorese«, sagte sie. Paul wünschte, Mrs. Garri gues hätte ihm mehr Chemie beigebracht. Oder war das hier Biologie? »Das ist der Fingerabdruck.«

Sie holte sich am Computer einige Diagramme auf den Bildschirm. »Wir benutzen nur einen kleinen Ausschnitt und zählen die Wiederholungen. Oder genauer: Wir überlassen das Zählen und Vergleichen dem Computer.« Paul prüfte zweimal, daß sein Recorder an war, und machte ein intelligentes Gesicht. Die Ärztin fuhr fort: »Zuerst extrahieren wir die DNS aus der Probe, indem wir eine Reihe von chemischen Stoffen hinzufügen und eine Anzahl von Trennvorgängen durchführen. Dann geben wir Primärstoffe dazu: Nukleotide, Enzympuffer. Danach nehmen wir das Röhrchen und setzen die PKR in Gang, indem wir das Präparat erhitzen und abkühlen.«

»Die PKR?« fragte Paul, sich der weißen Flecken in seinem Wissen bewußt.

»Die Polymere Kettenreaktion.« Nachdem sich die Ärztin Gummihandschuhe übergestreift hatte, zog sie mit einer Pinzette ein Haar aus einem der Beutelchen und brachte es langsam zu einem Reagenzglas. »Dann packen wir das, was aus der PKR kommt, in den Behälter mit dem Elektrophorese-Gel. Durch dieses Gel schicken wir einen Hochspannungsstrom und fertigen ein Autoradiogramm an. Das ist das, was Sie vor sich haben. Nichts weiter dabei, wirklich. Natürlich haben Sie uns diesmal fünf Gewebeproben gebracht. Der Kandidatenkreis wächst, wie ich sehe.«

Paul knisterte mit dem Papier. »Hört sich an wie ein langer Vorgang.«

»Nicht immer. Kommt darauf an. Nächsten Monat bestellen wir uns einen Beta-Scanner. Dann bekommen wir die Antworten schon nach einer halben Stunde.«

»Wir brauchen die Ergebnisse der zweiten Untersuchung so schnell wie möglich«, sagte er.

»Frühestens in drei Wochen. Wir faxen die Befunde.«

Michelle erschien am nächsten Tag pünktlich um zehn in Ninas Kanzlei. Sie trug Shorts, eine ärmellose Bluse und einen Augenschirm. Ihr blendendes Lächeln hob sich von der tiefen Bräune ab.

Nina hatte sie noch nie so glücklich erlebt. Es mußte das Baby sein.

»Ich hab Ihnen was mitgebracht«, sagte sie und reichte Nina einen in pinkfarbenes Zellophan verpackten Korb. Darin lagen Obst und Gemüse aus dem San Joaquin Valley: Datteln, Walnüsse, Feigen, Weintrauben, Spargel, ein Zopf Knoblauch und tiefgrüner Brokkoli. »Für Ihre Familie.«

»Danke!« Nina nahm eine Walnuß heraus.

»Sehn Sie, man hält zwei davon so hier in der Hand und drückt zu.« Es krachte; Michelle öffnete die Hand und reichte Nina ein Stück Walnußkern. »Auf der Fahrt hier rauf war's so heiß«, sagte Michelle. »Wenn wir fertig sind, geh ich baden.«

»Wie fühlen Sie sich?« fragte Nina.

»Gesund. Ich bin jetzt im siebenten Monat. Sehn Sie, wie dick?« Sie hob die Bluse hoch genau wie damals in der Kanzlei, als sie Nina ihre blauen Flecke zeigte. »Zu Hause sein hilft. Bei den alten Leutchen geht's immer im gewohnten Trott. Langweilig, aber friedlich. Ich bin weg vom Suff.«

»Gut. Gut.«

»Erzählen Sie mir, wie's vorangeht.«

»Wir werden fertig, aber wir erhielten eine schlechte Nachricht über unseren Antrag auf den beantragten Gerichtsbefehl.« Nina erklärte ihr, daß nun ihr Geständnis zugelassen sei und daß auch Michelles Probleme zur Sprache kommen würden. »Hat Ihnen Ihre Mutter von meinem Anruf Anfang der Woche erzählt?«

»Daß ich herkommen soll?«

»Auch über noch etwas anderes.«

»Sie hatte furchtbar viel zu tun und war oft weg.« Schließlich schien Michelle die Stimmung ihrer Anwältin mitzubekommen. »Was ist los?«

»Wir haben eine Menge zu bereden, Michelle. Manches davon wird für beide von uns schwer sein. Wir haben genügend Zeit. Gehen wir mal zuerst Ihre Aussage durch.«

Nina veranstaltete eine richtige Probe mit Michelle. Sie hatte eine Abschrift von ihrem ersten Gespräch mit Michelle, und auf dieser Grundlage hatte sie ihre Fragen formuliert. Eine Menge Dinge mußten abgehandelt werden: Michelles Herkunft, ihre Amnesie, ihre Ehe mit Anthony, ihre Depressionen, ihre Affären, das Trinken, ihr Entschluß, zu Dr. Greenspan zu gehen, ihr Job, die Nacht vom 26. April, der Morgen des 27. Um zwölf machten sie Mittagspause und setzten um halb eins fort. Gegen vier war Nina davon überzeugt, daß Michelle wußte, wie sie auf die Fragen reagieren mußte.

Als sie fertig waren, war Michelle müde. Sie hatte vor, nach Fresno zurückzufahren, und mit dem, was Nina nun zu sagen hatte, würde es noch gut drei Stunden dauern.

Sie begann mit den DNA-Tests. Auch sie war müde. »Wir haben die Befunde vom Labor.«

»Oh. Ich bin mir gar nicht sicher, ob ich's wissen will.«

»Ich sage es Ihnen sowieso. Michelle, wir untersuchten eine Übereinstimmung mit Anthony, Tom und Steve. Bei keinem lag eine vor. Also wen haben Sie vergessen?«

Michelle legte die Hand auf ihren Bauch und begann ihn zu streicheln. »Das ist komisch. Die müssen sich geirrt haben. Da war kein anderer!«

»Wissen Sie, es hat mir weh getan«, sagte Nina, »mir vorzustellen, daß Sie mich belügen. Und wenn Sie hier gelogen haben, dann können Sie auch bei allem anderen gelogen haben.« Der Vesuv in ihrem Inneren spie Rauchwolken und superheiße Asche.

»Nina ...«

Aus Nina brach es nun heraus. »Lassen Sie mich das loswerden«, sagte sie. Sie stand auf und lief in ihrem unaufgeräumten Büro herum. »Ich hätte das besser wissen müssen. Ich bin lange genug in diesem Metier tätig, um es besser zu wissen. Ich habe Ihnen vertraut, obwohl mir mein gesunder Menschenverstand sagte, Sie klingen wie eine Lügnerin. Vielleicht hätte ich Sie härter anfassen sollen, Sie konfrontieren, Sie auslachen, bis die Wahrheit tröpfchenweise herausgesickert wäre. Vielleicht ist die Wahrheit einfach die, Michelle, daß ein Kampf stattfand und Sie die Oberhand behielten. Sie schafften Anthony aufs Boot und warfen ihn über Bord, in der Annahme, daß seine Leiche nicht gefunden würde. Vielleicht hätten wir uns sogar auf Notwehr festlegen können. Nun, jetzt ist es zu spät. Sie haben sich selbst reingelegt und geglaubt, ich kann Ihnen einen Freispruch besorgen.«

Michelle schüttelte den Kopf, Tränen füllten ihre Augen.

»Wie wäre es damit, mir wenigstens jetzt reinen Wein einzuschenken? Ich denke, vielleicht brauchen Sie einen neuen Anwalt. Riesner. Ein Kerl, so gewieft wie ...«

»Nina, reden Sie doch nicht so! Wir sind Freunde.«

»Sie halten mich zum Narren, Michelle. Ich bin neu in der Stadt, und ich will mir hier eine Anwaltspraxis aufbauen, und Sie werden mir weh tun, genau wie Sie offenbar jedermann weh tun.«

Als Nina ihre Tirade beendet hatte, sagte Michelle: »Nina, setzen Sie sich hin, und hören Sie mir zu.«

Nina nahm Platz. Ihre Zornesenergie war verflogen. Sie hatte gesagt, was sie zu sagen hatte, nicht sehr taktvoll, wie immer.

»Ich hab Sie nicht belogen, Nina, ich schwör's.«

»Ach, ach«, erwiderte Nina.

»Das Labor muß sich geirrt haben.«

»Wir sind dabei, das zu überprüfen.«

»Diesmal machen die's richtig. Können Sie sich nicht im Zweifel für die Angeklagte entscheiden, bloß noch eine kurze Weile?«

Nina schüttelte den Kopf und starrte auf den Schreibtisch.

»Wir wären beinahe zusammen umgekommen. Ich vertraue Ihnen, Nina. Sie können mir vertrauen.«

Lange Zeit blickte Nina nicht auf. Sie kritzelte einen vom Berg abstürzenden Bronco, darin zwei Figuren, den Mund weit aufgerissen wie auf dem Gemälde von Munch.

»Wir versuchen es noch einmal mit dem Test. Dann werden wir ja sehen.«

»Danke«, sagte die junge Frau ernst. »Und nun, was war mit meiner Mutter?«

Um Mitternacht kam Michelle endlich zu Hause in Fresno an. Ihre Mutter war aufgeblieben, wartete in ihrem Lehnstuhl, den roten Afghan über den Beinen, und las das *Ladies' Home Journal.* Die Lampe auf dem Tisch neben ihr warf das einzige Licht im Wohnzimmer. Sie schaute auf und lächelte, aber Michelle ließ sich nichts vormachen.

»Wo ist Dad?«

»Zu Bett gegangen.«

»Hol ihn her«, sagte Michelle.

Da sich ihre Mutter nicht von der Stelle rührte, ging Michelle selbst ins Schlafzimmer und weckte ihn auf.

Als sie beide so dasaßen, mit schuldzerfressenen Gesichtern, sagte Michelle zu Carl Tengstedt: »Du bist nicht mein Vater.«

»Oh, doch, bin ich«, entgegnete er. »Ein guter Vater.«

»Ein Lügner«, sagte Michelle. »Lüg mich nie mehr an!«

»Wir haben nie gelogen, Michelle«, warf ihre Mutter ein. »Alles ist so lange her, es schien, als hättest du es vergessen. Und wir dankten Gott dafür!«

»Jetzt will ich mich erinnern. Erzählt mir von meinem richtigen Vater. Macht schon!«

»Schrei nicht«, sagte ihre Mutter. Sie setzte sich eng zu Carl Tengstedt auf die Couch, richtete zuerst ihre rosa Lockenwickler und dann die Brille, wobei sie immer noch den Afghan um die Knie hielt. Er trug einen abgetragenen Plaidmantel, den Michelle ihm mit fünfzehn Jahren zum Geburtstag von ihrem Taschengeld gekauft hatte. Seine unrasierten Backen wirkten eingefallen in dem kantigen Soldatengesicht. Er erwiderte ihren Blick mit demselben schamhaften, trotzigen Ausdruck, den sie von ihrem eigenen Gesicht kannte.

»Ich entschuldige mich nicht, Michelle. Und ich habe nicht die Absicht, zu diesem Zeitpunkt alles darzulegen. Deine Mutter und ich glauben, der Herr hat dir in seiner unendlichen Gnade die Erinnerung genommen, um dich zu schonen. Es ist nicht an uns, sich da einzumischen.«

»Merkt ihr denn nicht, daß ich nie ganz gesund werden kann, solange ich mich nicht erinnere?« sagte Michelle mit bebender Stimme.

Sie rührten sich nicht und redeten nicht. Sie verfielen in eine Abwehrhaltung, kuschelten sich auf der Couch aneinander wie Mäuse.

Sie sahen alt aus, so alt! Wie konnte sie es nur übersehen haben, wie alt sie wurden?

»Hört euch das an«, fuhr Michelle mit leiser Stimme fort. »Es ist der Tod, und er kommt zu uns ... Wir können ihn nicht aufhalten, Mommy, er ist so stark ... Er nimmt uns mit in die Hölle, das hast du gesagt ...« Sie schloß die Augen und durchlebte es. Aber ihre Mutter kam, um sie zu halten. Und Carl Tengstedt brach den Bann und schlang seine Arme um beide.

»Erzählt ... mir ... alles!«

Immer noch unter dem Eindruck dieser schrecklichen Vision stehend, hörte sie ihre Mutter singen und fühlte kalte Hände über ihre Stirn streichen wie damals, als sie noch klein war, aber die Berührung ängstigte sie, und die Stimme weckte eine heftige Furcht. »›Still, kleines Baby, sag kein Wort …‹«

Michelle zerbrach die Fesseln und floh schreiend: »Ihr werdet mir das erzählen!«

Mit starken, muskulösen Armen hielt Carl Tengstedt seine Frau zurück.

Wenige Minuten darauf klopfte er an Michelles Tür, die schwache, schluchzende Frau weit hinter ihm.

Michelle antwortete nicht.

Er öffnete die Tür einen Spalt und behielt die Hand am Knauf. »Michelle«, sprach er so leise, daß sie Mühe hatte, ihn zu hören, aber sie erkannte den vertrauten Geruch, bei dem sie sich sicher fühlte, den Geruch des Mannes, dessen Liebe und Fürsorge sie sich so viele Jahre hindurch anvertraut hatte. »Du bist meine Tochter, und ich sage dir, das hört jetzt auf, bevor du deine Mutter noch ins Grab bringst!«

Sie hörte, wie sie es sich schon tausendmal anhören mußte, die Forderung nach Respekt, unterstützt von der Drohung seiner Macht über sie, seiner physischen Stärke und der Vaterrolle.

»Verstehst du?«

Drinnen setzte sie sich mit verschränkten Armen auf einen Stuhl. »Ich werde sie nicht mehr fragen, wenn du's mir erzählst.«

Er schüttelte den hängenden Kopf und schlug ihr die Tür vor der Nase zu. Sie hörte, wie sich der Schlüssel im Schloß drehte. Sie warf sich gegen die Tür, schlug dagegen und schrie, aber niemand kam.

25

UM HALB SIEBEN AM MONTAG MORGEN, dem ersten Tag der Hauptverhandlung, duschte Nina lange und stieg in das übliche Outfit: ein marineblaues Kostüm mit weißer Seidenbluse, die goldenen Ohrringe von ihrer Mutter, schwarze Strümpfe und hohe Absätze. Sie aß ein einfaches Beugel kalt, trank etwas Milch und schaute noch einmal ihre Mappen mit den Papieren durch: die Anträge von Anfang an, die Darstellung des Falles, die vorgeschlagene Unterweisung der Geschworenen, die Information des Gerichts durch den Anwalt, die Zusammenstellung der Beweise, die Ermittlungsergebnisse, die Plädoyers, die Zeugenakte … alles war noch da. Sie lud alles in den Bronco, mußte zweimal gehen.

Sechsundachtzig Geschworenenkandidaten liefen in unterschiedlichen Stimmungen von Langeweile bis Neugier ziellos auf dem Flur vor dem großen Gerichtssaal des Landgerichts herum. Sie drehten sich nach Nina um, als die mit ihrem Karren voller Aktentaschen und Büchern gezogen kam, in aufrechter Haltung mit entschlossener Miene und aneinanderstoßenden Knien.

Drinnen unter den hellen Lampen drängte sich eine andere Menge: die Medien, die ewigen Prozeßbesessenen, einige Polizisten und die Glücksspieler. Vorn am Tisch auf der rechten Seite schlugen Collier Hallowell und sein Assistent in grauen Anzügen ruhig und zuversichtlich ihr Zelt aus Akten und Papieren auf, mit der Fingerfertigkeit von Nomaden. Michelle saß neben Paul am linken Tisch, ihr Haar im Scheinwerferlicht; sie trug einen beigefarbenen Pullover für werdende Mütter. Beide schauten erleichtert aus, als sie Nina mit dem Karren den Gang entlangkommen sahen.

Der Justizwachtmeister, ein lächelnder, alter Japaner, dessen Uniform um die Mitte herum zu eng geworden war, schwatzte mit der Sekretärin des Richters an ihrem Tisch direkt unterhalb von Richter Milnes Podest. Die Gerichtsstenographin stellte bereits ihre merkwürdige Maschine auf das Stativ und legte Papier ein.

Punkt neun schritt der Justizwachtmeister an sein Pult an der linken Wand unter der Uhr, die Sekretärin blickte sich mit scharfen Augen im Saal um, und die Stenographin setzte sich aufrecht. »Erheben Sie sich bitte!« intonierte der Justizwachtmeister, und Richter Milne erschien in seiner schwarzen Amtsrobe und setzte sich mit der Zeremonie eines Pharaos auf seinen armseligen Thron. »Nehmen Sie Platz!« Ein Gemurmel und Geraschel, ein Hüsteln und halb unterdrücktes Lachen setzte ein, als sich alle niederließen. Milnes Gesicht verfinsterte sich leicht, da trat absolute Ruhe ein.

»Das Volk des Bundesstaats Kalifornien gegen Michelle Tengstedt Patterson«, verlas der Gerichtsbeamte.

»Anwälte?«

»Die Anklagebehörde ist bereit.«

»Die Verteidigung ist bereit, Euer Ehren.«

»Vermerken Sie im Protokoll, die Angeklagte ist anwesend, und wir haben eine Geschworenenliste von sechsundachtzig Kandidaten. Staatsanwalt und Verteidigung: Ich hoffe, das reicht. Ich werde die Geschworenen um die grundlegenden Angaben bitten. Dann können Sie die Fragen stellen, die wir besprochen haben. Wachtmeister Kimura, führen Sie die Geschworenen herein.«

Der Justizwachtmeister kehrte mit den Geschworenen zurück; sie setzten sich auf die für sie reservierten Plätze. Milnes gewöhnlich bitteres Gesicht bekam einen warmherzigen und freundlichen Ausdruck, als sie eintraten. Er klang regelrecht onkelhaft. »Guten Morgen, meine Damen und Herren«, sagte er lächelnd. »Danke, daß Sie Ihrer Pflicht nachgekommen und heute hier erschienen sind.«

Er machte noch einige einleitende Bemerkungen, stellte die Anwälte vor und sagte: »Es handelt sich um einen Fall, bei dem die Angeklagte des Mordes beschuldigt wird. Sie wird beschuldigt, den Tod ihres Ehemanns Anthony Di Natale Patterson verursacht zu haben.«

Vierzehn Männer und Frauen wurden willkürlich ausgewählt und zur Geschworenenbank gebeten. Der Reihe nach beantworteten sie die Fragen, die ihnen Milne vorlas, und danach die Fragen der Anwälte. Milne behielt stets seine Höflichkeit bei, kam aber mit ihnen bemerkenswert schnell voran.

Michelle, die neben Nina am Anwaltstisch saß, beugte sich zu ihr und fragte sie leise: »Woran merken Sie, wen Sie nehmen werden?«

»Das meiste ist Eingebung und Raten«, flüsterte Nina unbeschwert. Sie tippte mit ihrem Kugelschreiber auf den vor ihr liegenden Sitzplan mit vierzehn Plätzen. Sie trug die Namen der dort Sitzenden ein. Der Justizwachtmeister hatte ihr zuvor die ausgefüllten Fragebögen von den im Augenblick dort Sitzenden ausgehändigt.

Einige große Anwaltskanzleien führten Hintergrunduntersuchungen über das gesamte Geschworenenpersonal durch. Tausende von Dollars gaben sie aus, um politische Neigungen, den finanziellen Stand und den ganzen anderen interessanten Firlefanz herauszufinden, nach denen man vor Gericht schlecht fragen konnte. Diese Fakten wurden dann von einem hochbezahlten Sachverständigen mit dem für den betreffenden Fall idealen Geschworenenprofil verglichen. Eine Reihe von teuren, maßgebend klingenden Büchern waren über das Thema der Auswahl von Geschworenen verfaßt worden. Aus Nina Reillys Sicht gaben diese Wälzer erstklassige Briefbeschwerer ab.

Ein paar der stereotypen Ergebnisse schienen freilich Sinn zu machen. Die konventionelle Weisheit besagte, daß Frauen weibliche Angeklagte strenger beurteilen, besonders wenn die Angeklagte jung war und gut aussah; daß Angehörige rassischer Minderheiten glimpflich miteinander umgingen, ebenso wie Angehörige derselben Berufsgruppe; daß junge Menschen im allgemeinen toleranter waren. Als verteidigungsfreundliche Berufe galten: Lehrer, Verlagsleute, alle künstlerischen Betätigungen, Sportler, Arbeitslose. Zu anklagefreundlichen Tätigkeiten gehörten Ingenieure, medizinische Berufe, alle bei der Arbeit Uniform Tragenden. Aber diese Zuordnungen waren gerade in einem raschen Umbruch begriffen. Ein schwarzer Buchhalter mochte vielleicht einen Schwarzen, der Geld stahl, hart beurteilen, aber Mitgefühl mit einer jungen, alleinstehenden weißen Mutter zeigen, die dasselbe tat.

Nina besaß ihre eigenen Beurteilungskriterien für Geschworene, gespeist aus vielen Quellen. Sie bevorzugte Geschworene, die hellwach blieben und sich nicht von den zuweilen gespenstischen Einzelheiten aus Michelles letzten Lebensjahren abschrecken ließen. Sie wünschte sich Skeptiker mit einiger Lebenserfahrung, die man nicht von ihren Überzeugungen abbringen konnte. Und was das wichtigste war, sie gedachte alle unduldsamen Klugscheißer, meistens Männer, nach Hause zu schicken. Diese Herrschaften entschieden sich schon früh und kujonierten charakterschwächere Geschworene, damit sie wie sie stimmten. Es kam darauf an, zwölf unabhängig gesonnene Leute zu bekommen, die die Fakten abzuwägen vermochten.

Einige Kandidaten wurden befreit, weil sie bei Prize's arbeiteten. Einige hatten dringende anderweitige Verpflichtungen, die nicht automatisch zu ihrer Befreiung geführt hatten. Andere fühlten sich auf Grund der gelesenen Zeitungsberichte voreingenommen. Ein Mann in den Zwanzigern starrte Michelle die ganze Zeit an, verfiel dann in ein breites Lächeln und sagte schließlich: »Ich kenne sie. Das ist Misty. Hören Sie zu, Sie können auf mich verzichten.« Michelle blickte herunter auf Ninas Gekritzel mit den neun Punkten.

Der junge Mann stieß zu den anderen Entlassenen. Eine weitere Kandidatin hörte ihren Aufruf und begab sich auf den Befragungsplatz.

Die entschiedenen Ablehnungen folgten schneller. Der ernst und moralisch geradlinig wirkende Hallowell lehnte die jungen Frauen ab, Nina die älteren, konservativen Typen, die zu sehr versucht sein könnten, moralische Urteile zu fällen statt juristische. Beide warben mit ihren Fragen um die Gunst der Geschworenen. Sie merkten sich Namen und Berufe, machten harmlose Witze und begannen mit dem Job, die Geschworenen zu beeinflussen.

Ein junger Mann sah aus, als habe er überhaupt noch nicht das Alter dabeizusein, und er schien nicht zu begreifen, was da vor sich ging; Nina lehnte ihn mit höflichem Dank ab. Ein anderer Typ erregte die ganze Aufmerksamkeit, indem er aus dem Stegreif auf die anstehenden Probleme einging. Ihn lehnte Hallowell ab.

An diesem Tag und am Dienstag wurden sie damit nicht fertig. Milne akzeptierte nun selbst berechtigte Ablehnungen nicht mehr; offenbar war er besorgt, die Kandidaten würden ihm ausgehen. Endlich am Mittwoch um vier Uhr entließ Milne die glücklichen zwölf Ausgewählten zusammen mit zwei Ersatzleuten und dem letzten halben Dutzend, die nicht berücksichtigt worden waren, und rief beide Anwälte in sein Zimmer. Hallowell öffnete Nina die Tür, und sie trat zuerst ein. Milne sagte: »He, Collier« und nickte ihr nur kurz zu.

Milnes Amtszimmer, die streng bewachte innere Kammer der Pyramide, zugänglich nur nach Aufforderung, war angefüllt mit persönlichen Schätzen: Familienfotos, Urkunden, Golfschläger, ein Dankplakat von einer dritten Schulklasse und eine Pfeifensammlung im Bücherregal. Ein breites Fenster ging auf den Wald hinaus. Sein Schreibtisch aus Ahornholz mit dunklen Astringen roch nach Möbelpolitur. In diesem heiteren Raum unterschrieb er Urteile, die das ganze Leben veränderten. Abgeschirmt von allen Störungen, flankiert von seinen Mitarbeitern und so behaglich wie Cheops, kam ihm nur die eine Aufgabe zu, Entscheidungen zu treffen. In den meisten Fällen wurden seine Urteile vollzogen. Nur wenige Jobs in der amerikanischen Gesellschaft erzeugten soviel Respekt und Furcht; wenige verliehen solche Macht. Kein Wunder, daß Milne die Geschworenen, seine Wähler, so freundlich behandelte.

»Ich habe Sie vergangenen Freitag gefragt, als wir hier einige andere Dinge besprachen, und ich werde es noch einmal versuchen. Ich möchte wissen, warum dieser Fall weiter verhandelt wird«, sagte Milne von seinem roten Ledersessel mit hoher Rückenlehne aus zu Nina. »Übers Wochenende habe ich Ihre Kurzdarstellungen für die Hauptverhandlung gelesen. Es liegt ein Geständnis vor. Das wird kein psychiatrischer Hokuspokus aus der Welt schaffen. Und wenn Sie keine Verteidigung aufbauen, um dieses Geständnis herauszuhalten, dann wird Collier mit dem Fall leichtes Spiel haben. Nicht, daß ich hier irgendeine vorgefaßte Meinung habe. Ich gehe nur danach, was ich aus Ihren Darstellungen ersehe.«

»Wir haben Totschlag angeboten, Richter«, sagte Hallowell. »Sie hat keine Vorstrafen. Da bekommt sie fünfzehn Jahre bei den mildernden Umständen und ist nach zehn wieder draußen.« Nina schaute er nicht an.

»Für die Gesundheit Ihrer Mandantin kann das nicht gut sein«, äußerte Milne kalt. »Sie soll in meinem Gerichtssaal besser keine Wehen bekommen.«

»Sie wünscht einen Prozeß, Euer Ehren. Den werden wir also bekommen«, sagte Nina. »Das Kind kommt, ob es uns paßt oder nicht, und sie will ihre Chance wahrnehmen. Sie weiß, was auf sie zukommt. Der Distrikt-Staatsanwalt hat keine akzeptable Absprache über die Anklage angeboten. Diese Frau wurde in ihrer Ehe mißhandelt. Es gibt keinen Beweis für einen Vorsatz.«

»Auf ihn wurde zweimal eingeschlagen«, sagte Hallowell. »Mit dem ersten Schlag setzte sie ihn außer Gefecht. Sie hätte das Haus verlassen und die Polizei rufen können. Sie hatte Zeit, um darüber nachzudenken, und sie entschloß sich, ihn zu töten. Das ist Vorsatz.«

»Immerhin fand ein Kampf statt. Sie hat psychiatrische Probleme. Das sogenannte Geständnis auf dem Tonband ist kein verläßlicher Beweis.« Sie setzte dem ablehnenden Urteil, das von diesen beiden Männern ausging, Widerstand entgegen. Milne glaubte, sie gebe nur an. Er blickte Hallowell an und zuckte die Schultern.

»*Mizz* Reilly«, sagte der Richter, wobei die langgezogene Anrede Respektlosigkeit signalisierte, »verstehen Sie mich nicht falsch. Sie sind die Anwältin; wenn Sie glauben, eine Art von Schokoladenverteidigung zu haben, dann versuchen Sie es nur. Aber im Interesse aller Beteiligten, einschließlich desjenigen der Justizverwaltung und desjenigen Ihrer Mandantin, glaube ich, Sie sollten Colliers Angebot ernst nehmen.«

Nina überlegte sich alle Antworten, die sie gern geben würde, und ließ sie fallen. Nichts, was sie sagen könnte, würde Milnes Meinung über den Fall und über sie zu diesem Zeitpunkt ändern. »Mmm«, sagte sie. Mel Akers hatte ihr das beigebracht. Im Zweifelsfalle murmeln.

»Nun gut, verschwenden wir nicht noch mehr Zeit. Um neun Uhr morgen früh beginnen wir mit den Eröffnungserklärungen. Wenn Sie beide davor zu einer inoffiziellen Absprache gelangen, rufen Sie bitte umgehend meine Gerichtssekretärin an.« Milne nahm einen Brief zur Hand.

Sie folgte Hallowell auf den Korridor, froh, aus dem Zimmer herauszukommen.

»Ich glaube, meine Mandantin ist vielleicht immer noch bereit, Tötung im Affekt zu akzeptieren«, sagte sie steif.

»Ich werde noch einmal mit meinem Boß reden, Nina«, erwiderte Hallowell. »Doch erwarten Sie keine Wunder.« Sie liefen Schulter an Schulter, seine etwas höher, den leeren Gang hinter den Gerichtssälen entlang. Nina drehte sich herum und sah ihm ins Gesicht. Die Anspannung, die Furcht und die Paranoia der voraufgegangenen Monate vertrieben den letzten Fetzen Selbstbeherrschung.

»Wissen Sie, Collier, mir liegt ein unangenehmer Gedanke auf der Seele, den ich Ihnen heute anvertrauen will: Riesner würden Sie das Angebot machen. Er sagte es Michelle. Warum machen Sie es mir nicht?«

Hallowell schwieg.

»Riesner, der Ihnen das von Dr. Cervenka erzählt hat, Ihnen diesen scharfen Torpedo in die Hand gab, alles, um meine Verteidigung in die Luft zu jagen! Eine richtige Kumpanei, nicht?

Ein Handel, eine Abmachung. Er rettet die Staatsanwaltschaft davor, sich Kopfschmerzen zu machen, die sie auf die Intensivstation bringen könnte, grapscht sich meine Mandantin, bewahrt sie bei Schuldbekenntnis auf geringerer Anklage vor dem Prozeß, und alle kommen zeitig zum Bratenessen nach Hause.«

Er betrachtete sie ruhig. Von nahem konnte man an seinem Gesicht immer noch nichts ablesen. Sein fester Blick und sein entschlossener Mund, seine ganze verdammte Gelassenheit brachten sie nur noch mehr in Rage.

»Sagen Sie mir, wer Ihnen von der Hypnose erzählt hat«, verlangte sie.

»Nicht Riesner.«

»Beweisen Sie das.«

»Ich muß das nicht beweisen.«

»Sie und Riesner werden sich hinterher besaufen, sich ein paar Witze über den Prozeß erzählen und sich gegenseitig auf den Arsch klapsen?«

»Sie brauchen nicht so weit zu gehen, um einen Schuldigen dafür zu suchen, wie Sie diesen Fall führen«, sagte er ganz lässig, aber er atmete schwerer und ließ sie seine Geringschätzung spüren.

»Wer zog eine anständige Absprache über die Klage zurück? Wer verschwendet Zeit damit, eine unschuldige, schwangerc Frau zu verfolgen, die von ihrem Mann mißhandelt wurde? Wer hat einc Menge fauler Sprüche auf Lager und keinen stichhaltigen Beweis des Vorsatzes und überhaupt für Tötung, egal welchen Grades?«

»Vorsicht, Nina«, sagte Hallowell. »Sie greifen mich persönlich an, das wird Ihnen noch leid tun!«

»Sie können den Fall nicht in ein sauberes sachgerechtes Schubfach in Ihrem Kopf einsortieren, Collier«, entgegnete Nina. »Das lasse ich nicht zu. Sie ist ein menschliches Wesen, keine Fallakte.«

»Heben Sie sich das für Ihre Fans unter den Geschworenen auf«, rief er.

Andrea machte Abendbrot, aber Nina konnte nichts essen. Sie und Bobby schlugen sich mit irgendeiner langen Divisionsaufgabe herum. Spät erst wurden sie fertig, beide müde und überanstrengt. Draußen schwebte ein ungeheuer großer, gelber Herbstmond am Himmel. Sie zog sich Matts warme Lederjacke an und folgte dem Mond. Nachdem sie die Straße verlassen hatte, lief sie weiter in den Wald zu einem gespenstisch weißgesprenkelten Felsbrocken nicht weit vom Haus. Oben befand sich eine flache, von Tannennadeln bedeckte Stelle, gerade breit genug, daß sie sich hinlegen konnte. Als sie sich ausstreckte, durchströmte sie die Wärme, die sich im Granit gehalten hatte. Durch die dunklen Zweige starrte sie hinauf in die strahlende Nacht.

In Gedanken ging sie noch einmal die Fehler durch, die sie am Tage begangen hatte. Sie hatte dem auf ihr lastenden Druck nicht standgehalten. Sie war aus der Fassung geraten und hatte einige unausgegorene Weisheiten ausgestoßen, die sie selbst nicht richtig glaubte, weil Milnes Haltung ihr weh tat und Hallowells Weigerung, ihr in diesem letzten Augenblick ein besseres Angebot zu machen, ihr Angst einjagte.

Auf dem Korridor im Gerichtsgebäude hatte Collier Hallowell die Oberhand behalten. Er hatte seine Stärken bewiesen: Er war selbstbewußter, erfahrener und blieb cool, wenn er unter Dampf stand. Sehr gut. Sie würde von ihrem ernst zu nehmenden Gegner lernen. Sie würde ihre Selbstbeherrschung nicht verlieren; sie würde besonnener vorgehen, und sie würde durch bessere Arbeit ihren relativen Mangel an Prozeßerfahrung wettmachen.

Obwohl die Baumwipfel vertraulich über ihr raschelten, war die kühle Luft um sie still geworden. Das Mondlicht senkte sich wie ein schwereloser, schimmernder Schleier über sie. Ihr war, als schwebte sie zwischen den Bäumen mit fließenden, kühnen Gedanken.

In dieser ruhigen Gemütsverfassung suchte sie wieder nach der Wahrheit im Fall Patterson.

Die Fakten kannte sie. Sie wußte mehr als Collier, Paul oder Michelle. Sie hatte die Fakten auswendig gelernt, geordnet, miteinander verbunden und analysiert, aber die Wahrheit kannte sie immer noch nicht.

Die Wahrheit über Anthony Pattersons Tod lag jenseits einer verstandesmäßigen Analyse, im Reich von Emotion und spontanem Impuls; soviel konnte sie nun erkennen. Ihre Ausbildung hatte sie in die Irre geführt. Sie würde in das eigene Herz blicken müssen, auf die eigenen Impulse, ihre instinktiven Reaktionen auf die an dem Fall Beteiligten.

Der Fall Patterson hatte seine eigene Stimmung, sein eigenes Gefühl, das sich auf die Motive so vieler Menschen übertrug, die sie kennengelernt hatte. Was war das für ein Gefühl? Sie hatte es selbst oft gefühlt, aber sie hatte es von sich weggeschoben, weil ihrer Meinung nach das Irrationale nicht von Wert sein konnte.

O ja, sie kannte das Gefühl. »Eifersüchtige Liebe«, flüsterte sie, und der Wind in den Tannen schien zurückzuflüstern: »Eifersüchtige Liebe, eifersüchtige Liebe ...«

Anthony Patterson hatte damit gelebt und war daran gestorben. Ericka Greenspan und Janine Clarke wurden von ihr verzehrt.

Wie stand es mit den Männern bei diesem Fall? Tom Clarke wünschte sich Patterson tot. Das hatte er im ersten Gespräch gesagt. Bis zu ihrer Festnahme hatte er Michelle beschützt. Dann rannte er zu seiner Frau. Jetzt beschützte er sich selbst. Wovor?

Al hatte Sharon geliebt. Hatte Anthony die alte Beziehung wieder zum Leben erweckt?

Stephen Rossmoor war Michelles Zauber verfallen und bekam sie nicht mehr aus dem Sinn. Wie lange schon? Lange genug, um ihren Ehemann zu hassen?

Die gefährliche Spannung zwischen Anthony und Michelle war in jener Nacht umgeschlagen und hatte einem von ihnen den Tod und dem anderen Alpträume gebracht.

Eifersucht ... das eiskalte Wasser ... der zweite Schlag mit dem Eisbären.

Harley-Davidson-Schwingen. Ein zerknülltes Zigarettenpäckchen. Eine Flasche Yukon Jack.

Ein Segelboot, das gelassen in Schneeflocken schaukelt, ein

Ertrunkener mit weit geöffneten Augen, seine ganze Gemeinheit verflogen …

Jack, der junge Klempner, und Ms. Cherry …

Mit einem Ruck setzte sie sich auf. Ja, sie wußte, wo sie die Wahrheit finden konnte.

Finde die eifersüchtige Liebe im Kern des Falles.

Finde den eifersüchtigen Liebhaber.

26

»WIE SIE GEHÖRT HABEN, bin ich Collier Hallowell. Ich bin seit mehr Jahren bei der Distrikt-Staatsanwaltschaft der County El Dorado, als Sie sich vorstellen können. Bevor wir beginnen, möchte auch ich Ihnen dafür danken, daß Sie diese wichtige Arbeit übernommen haben.

Es wird nicht leicht sein. Manchmal werden Sie sich frustriert fühlen, dazusitzen und zuzuhören, ohne selbst Fragen stellen zu dürfen. Manchmal werde ich oder wird Ms. Reilly bei der Vernehmung eines Zeugen irgendeinen Punkt vernachlässigen, den Sie gern geklärt haben wollten. Es ist auch schwer, mehrere Wochen Ihres Lebens nur diesem Prozeß zu widmen. Glauben Sie mir, ich bin mir bewußt, wie schwierig das ist. Doch Sie werden, davon bin ich überzeugt, Ihre Pflicht trotz aller Schwierigkeiten gewissenhaft erfüllen.«

Hallowell machte eine Pause, während mehrere Geschworene ihm ermutigend zunickten.

»Bei einem Strafprozeß sind manche Menschen zuweilen verwirrt und wissen nicht, wen eigentlich die Anklagebehörde vertritt. Wir möchten glauben, wir vertreten das Opfer.«

»Einspruch«, sagte Nina. »Unberechtigtes Argument.« Von Hallowell wurde erwartet, daß er den Geschworenen die Beweise darstellt, die er vorzulegen beabsichtigte.

»Abgewiesen.«

Die Unterbrechung ignorierte Hallowell und fuhr fort: »Formal gesehen, vertreten wir das Volk des Bundesstaats Kalifornien. Es ist das Volk, das Ihnen den Fall zur Verhandlung vorlegt ...«

Ein Düsenflugzeug dröhnte über sie hinweg und übertönte ihn. Er lächelte ein wenig und sprach im gleichen Takt weiter.

»Und es ist meine Pflicht, Beweise zu erbringen, die Ihnen jenseits allen Zweifels bestätigen werden, daß Michelle Tengstedt Patterson ihren Ehemann Anthony Patterson in der Nacht vom 26. zum 27. April dieses Jahres ermordet hat.

Wir werden Ihnen zeigen, warum und wie sie das Verbrechen beging. Wir werden Sie Schritt für Schritt die von den Behörden vorgenommene Untersuchung mitvollziehen lassen. Und wir werden, glaube ich, Sie gegen jeden berechtigten Zweifel überzeugen, daß es sich hier um einen Fall von vorsätzlichem Mord handelt, nicht um ein Verbrechen aus Leidenschaft, nicht um Notwehr, nicht um ein Verbrechen mit irgendwelchen mildernden Umständen.

Sie werden hören, wie Michelle Patterson, Cocktailserviererin bei Prize's, in der Stadt unter dem Namen Misty bekannt, ihren Mann bei einem Streit mit einem großen, schweren Gegenstand schlug. Er war verletzt, er blutete. Sie legte ihn auf eine Couch in ihrem Wohnraum.

Sie werden Beweise hören, daß Misty Patterson ihren Ehemann auf das Segelboot eines Nachbarn schleppte und nachts auf den See hinausfuhr. Dann versetzte sie ihm noch einen Schlag. Doch er starb immer noch nicht. Deshalb warf sie ihn noch lebend über Bord in den Lake Tahoe, womit sie ihr Ziel endlich erreichte.

Aber bei der Eile, mit der sie ihren Mann töten und für immer verschwinden lassen wollte, beging sie einen Fehler. Wir werden Ihnen darlegen, daß dem Boot ungefähr achthundert Meter vom Ufer, wo der See nur zehn Meter tief war, das Benzin ausging. Und wir werden Ihnen darlegen, daß sie gezwungen war, das Boot an der Stelle zurückzulassen, wo sie den Körper ihres Mannes versenkt hatte. Eine kalte Nacht, meine Damen und Herren, und ein kaltblütiger Mord.«

»Einspruch!« rief Nina stehend. »Gehört nicht zur Eröffnungserklärung.«

»Treten Sie heran, Anwälte«, sagte Milne.

Die Anwälte gingen zur Seitenwand des Podestes, wo sich Milne herunterbeugen und außerhalb des Protokolls mit ihnen flüstern konnte.

»Tut mir leid, Herr Richter, ich habe mich ein wenig hinreißen lassen«, sagte Hallowell.

»Lassen Sie sich nie wieder hinreißen. Kühlen Sie sich ab!« sagte Milne.

Als Nina zu ihrem Platz zurückkehrte, bemerkte sie, wie einige Geschworene Michelle in der weiten, weißen Bluse mit der sanften Wölbung neugierig anblickten. Sie wußte, sie waren dabei, die nackte Tatsache eines toten Ehemanns zu verarbeiten. Obgleich ihnen bewußt war, daß Hallowells Erklärung nicht Teil der Beweisführung war, nahmen sie sie in sich auf genau wie die Flut von Tatsachen, die als nächstes käme; eben das erwartete der Anklagevertreter.

»Zu diesem Zeitpunkt ist es meine Aufgabe, Ihnen einen Überblick über die Beweise zu geben, die wir vorlegen werden, eine Art Streckenplan. Auf diese Weise können Sie verfolgen, worauf ich zusteuere, falls die Fragen verwirrend werden.« Das kleine Faktotum der Geschworenen, dachte Nina.

Hallowell begann, die erwarteten Aussagen jedes Zeugen der Anklage zusammenzufassen. Er benutzte eine einfache, direkte Sprache und hielt sich an die Rolle des Helfers, ohne zu belehren.

Das Tonband erwähnte Hallowell nicht. Er konnte nicht wissen, was die Verteidigung vorbringen würde, und er wäre dann bei der Erwiderung in der Lage, es zur Sprache zu bringen, falls die Verteidigung beweisen würde, daß Michelles Geisteszustand am 26. April einen direkten Einfluß auf den Fall hatte.

»Ich hoffe zuversichtlich, daß Sie das Richtige tun werden«, sagte er. »Haben Sie vielen Dank!«

Beifälliges Lächeln. Ein guter, ehrlicher Mann, dieser Anwalt. Arbeitet für die County, verdient nicht viel Geld. Sieht abgearbeitet aus von den vielen Fällen, also kann man ihm schon was nachsehen, falls er irgendwelche Fehler macht. Jetzt kommt also die Verteidigerin, jüngere Frau, die Haare ein bißchen ungepflegt, kein Ehering, hübsches Kostüm, freie Rechtsanwältin – also ein Haufen Mäuse, will »Ms.« genannt werden, für ihre Mandantin steht eine Menge auf dem Spiel, die Verteidigung wird in bezug auf die Moral wohl etwas lockerer denken, diese Misty ist wahrscheinlich schwanger geworden, um Mitleid zu erregen. Also, erwarten Sie von uns keinen Gefallen …

»Anthony Patterson«, begann Nina. Die Geschworenen warteten, höflich, aber skeptisch. »Ein Mann, der sich Feinde schuf. Ein Mann, der seinen Arbeitgeber betrog, der Rache übte, wenn er sich gekränkt fühlte, und der seine Frau seelisch und körperlich mißhandelte. Ein Ex-Cop mit einem so tief eingegrabenen Groll, daß er sein ganzes Leben vergiftete. Und in den frühen Morgenstunden eines Freitags im April wurde er getötet, aber nicht von der jungen Frau, die heute hier sitzt und weiß, daß ihr Leben in Ihren Händen liegt.«

»Anwältin«, warnte Milne, ließ es aber durchgehen, weil sie nicht das verlockende Wort »und das Leben ihres Kindes« hinzugefügt hatte.

»Lassen Sie mich Ihnen sagen, was Sie in diesem Prozeß *nicht* hören werden. Sie werden keinerlei Beweise hören, daß Mrs. Patterson auf dem Boot war. Man wird Ihnen keinen Beweis dafür liefern, daß sie nach ihrem Heimkommen das Haus überhaupt noch einmal verlassen hat. Sie werden keinen Zeugen erleben, der aussagt, daß sie ihren zwei Zentner schweren Mann zig Meter durch den Schnee geschleppt, an Bord gehievt, ihm einen zweiten Schlag versetzt, ihn über Bord geworfen hat und nachts in eisigem Wasser achthundert Meter zurückgeschwommen ist.«

Ein paar Blicke auf Michelle. Gut. Sie wirkte heute klein, eingeschüchtert und benachteiligt, nicht wie die Amazone, die dazu erforderlich wäre.

»Offenbar hat *jemand* das alles getan, jemand, der ins Haus gelangte, nachdem Mrs. Patterson schlafen gegangen war, und Anthony Patterson auf der Couch im Wohnraum fand. Eine Stunde zuvor hatte er sich mit seiner Frau gestritten. Er hatte getrunken. Er hatte ihr blaue Flecke beigebracht. Und um ihn sich schließlich vom Halse zu halten, schlug sie ihn *einmal,* wie Sie tatsächlich hören werden, was sie freimütig zugibt – *einmal,* meine Damen und Herren, mindestens eine Stunde vor Eintritt des Todes. Dr. Clauson wird Ihnen bestätigen, daß der erste Schlag keine ernste Verletzung hervorrief.

Während des Prozesses werden Sie die Angeklagte kennenlernen, Michelle Patterson. Sie werden erfahren, daß Michelle als Angestellte beliebt war, daß sie mit allen Hoffnungen und Träumen einer Jungverheirateten vor drei Jahren nach Tahoe kam. Sie werden erfahren, daß sie noch nie eines Verbrechens oder einer Gewalttat beschuldigt wurde.

Ferner werden Sie von Dr. Greenspan und Dr. Cervenka hören, daß Michelle Patterson sich einer Therapie unterzogen hat, weil sie begreifen wollte, weshalb sie sich nicht an ihre Kindheit erinnern konnte. Sie leidet an einer Art von Amnesie. Sie werden hören, daß ihr Ehemann, während sie bei Dr. Greenspan in Behandlung war, starb. Und das wird Ihnen zu verstehen helfen, warum sie der Polizei erklärte, sie könne sich an die Ereignisse, nachdem sie ihrem Mann den einen Schlag versetzt hatte, nicht erinnern, nur daran, daß sie im Bett aufwachte. Ich weiß, Sie werden sich aufmerksam anhören, was Dr. Cervenka dazu aussagen wird.«

Ein Geschworener in der hinteren Reihe – Bill Whittaker – verdrehte beinahe die Augen. Nina kämpfte sich weiter voran.

»Sie werden auch einige andere Leute aus Anthony Pattersons Umgebung kennenlernen. Sie werden entdecken, daß die Polizei keinen einzigen von ihnen danach befragt hat, was sie in jener Nacht getan haben. Die Polizei machte es sich genauso leicht wie die Anklagevertretung mit den Antworten. Die Polizei ist viel beschäftigt und würde genau wie die Anklagevertretung den Fall am liebsten schnell erledigen.«

»Euer Ehren, ich unterbreche die Erklärung der Verteidigerin ungern mit einem Einspruch, aber …«

»Treten Sie heran«, sagte Milne.

Als sie bei ihm an der Seite des Podestes standen, sprach Milne mit leiser Stimme zu Nina: »Das ist ein unberechtigtes Argument, und Sie wissen, daß es unberechtigt ist. Hören Sie auf, mit Dreck zu schleudern. Ich meine das im Ernst!«

Sie wandte sich wieder den Geschworenen zu, die auf Milnes Ton mit wechselseitigen Blicken und leichtem Lächeln reagierten.

»Sie werden hören, daß mehrere andere Leute ein Interesse am Verschwinden von Mr. Patterson haben konnten. Und wie Ihnen der Richter in seiner abschließenden Belehrung erklären wird, obliegt es nicht der Verteidigung zu beweisen, daß jemand anderes Mr. Patterson tötete. Damit Sie Mrs. Patterson von der Anklage freisprechen, ist es von unserer Seite her nur erforderlich, bei Ihnen einen berechtigten Zweifel zu wecken, ob nicht jemand anderes beteiligt war.« Hallowell wollte aufstehen, setzte sich aber zu ihrer Erleichterung wieder hin. Sie hatte den Rechtsgrundsatz für ihre Zwecke ein wenig falsch dargestellt.

»Ich glaube, nach Anhörung aller Aussagen werden Sie zu dem Schluß kommen, daß es der Anklagevertretung nicht gelungen ist, den Beweis zu erbringen. Sie haben es alle vernommen, und ich weiß, Sie werden es nicht vergessen: Michelle Patterson ist unschuldig, solange ihre Schuld nicht bewiesen ist.«

Nina nickte den Geschworenen freundlich zu und kehrte an ihren Platz zurück. Paul zeichnete auf seinem Block Kanzleipapier ein glückliches Gesicht, und Michelle lächelte ihr zu. Milne verkündete die Mittagspause.

Dann suchte sie eine Reaktion seitens der Geschworenen, aber keiner von ihnen erwiderte ihren Blick.

Sie standen auf, griffen nach ihren Jacken und wollten nur hinaus, um jemanden anzurufen, auf die Toilette zu gehen oder eine Cola zu trinken und einen Hamburger hinunterzuschlucken.

»Rufen Sie Ihren ersten Zeugen auf«, sagte Milne um halb zwei.

»Officer Robert Tomlinson«, rief Hallowell.

Officer Tomlinson wurde vereidigt, buchstabierte seinen Namen und ließ sich gemütlich im Zeugenstand nieder.

»Sie sind Beamter der Polizei von South Lake Tahoe?«

»Jawohl, Sir.«

»Hatten Sie am Montagvormittag, dem 30. April, Dienst auf

der Hauptwache, auf der anderen Straßenseite gegenüber dem Gerichtsgebäude?«

»Das ist richtig. Innendienst.«

»Haben Sie im Verlaufe des Vormittags von einem Mann namens Rick Eich eine Verlustmeldung aufgenommen?«

»Ja, gegen acht Uhr?«

»Und ist das diese Meldung?« Tomlinson sah sich Beweisstück Nummer 1 der Anklage an.

»Das ist sie.«

»Mr. Eich unterschrieb sie?«

»Dort zu dem Zeitpunkt.«

»Erbitte Zulassung der Verlustmeldung als Beweismittel.«

»Kein Einspruch«, sagte Nina.

»Was meldete Mr. Eich als gestohlen?«

»Einspruch! Hörensagen.«

»Stattgegeben.«

»Hielten Sie in Ihrer Meldung den mutmaßlich gestohlenen Gegenstand fest?«

»Einspruch. Entbehrt der Grundlage. Verletzt das Prinzip primärer Beweismittel.«

»Stattgegeben mit beiden Begründungen.«

Hallowell sah ein bißchen überrascht aus. »Ihr Zeuge«, sagte er und ging zurück auf seine Seite des Gerichtssaals.

Ohne sich von ihrem Tisch zu erheben, stellte Nina ihre erste Frage. »Officer, sind Sie nicht zu Mr. Eichs Haus gefahren, um die Meldung aufzunehmen?«

»Nein.«

»Ich möchte Ihre Aufmerksamkeit auf Beweisstück Nummer 1 der Anklage richten: Sehen Sie in Zeile dreißig eine Erklärung betreffs des Ortes, an dem Sie die Verlustmeldung aufgenommen haben?«

»Es heißt dort, ich wurde hingeschickt und bereitete die Meldung vor.«

»Ändert das Ihre eidliche Aussage?«

»Schätze, das ist demnach wohl richtig. Mir kommt es vor, als erinnere ich mich, daß ich dort war.«

»Erinnern Sie sich, daß Sie auf den Bootssteg hinter Mr. Eichs Haus gegangen sind?«

»Jetzt, wo Sie's sagen, erinnere ich mich daran.«

»Sie können sich vielleicht auch auf den Schnee am Boden besinnen?«

»Ja, da lag ein bißchen Schnee. Es war rutschig da draußen.«

»Als Sie die Gegend nach Fußabdrücken absuchten, was haben Sie da gefunden?«

»Habe ich nicht gemacht.«

»Haben Sie nicht gemacht? Warum nicht?«

»Na, Mr. Eich sagte, er war eine Woche weg gewesen. Da habe ich nicht damit gerechnet, Fußabdrücke zu finden. Außerdem sind die nur von begrenztem Wert bei einer Untersuchung, was mit dem geschmolzenen Schnee zusammenhängt und so. Man kriegt da keinen genauen Abdruck wie, sagen wir, im Schlamm.«

Nina ließ dem Gericht einen Augenblick Zeit, um diese schwache Ausrede zu verdauen.

»Haben Sie die Halteleinen geprüft?«

»Ja, die waren auf die Kante hinuntergeworfen, wie zu erwarten war.« Er wirkte erleichtert.

»Haben Sie festgestellt, ob welche durchschnitten waren?«

Officer Tomlinson tippte sich mit den Fingern an die Stirn und schloß die Augen. »Ich kann mich nicht erinnern.«

»Haben Sie überhaupt eine Untersuchung durchgeführt?«

»Hören Sie zu, ich war nur dort, um die Verlustmeldung entgegenzunehmen«, sagte Tomlinson. »Ich bekam die Nummer von dem Boot und ich ließ die richtigen Leute suchen, und die haben's schnell genug gefunden.«

»Die richtigen Leute?« fragte sie nach einer weiteren Pause. »Und wer waren die richtigen Leute?«

»Die Küstenwache von Lake Tahoe. Zwischenstaatliche Wasserstraße.«

»Rufen Sie Rick Eich auf.« Hallowell blickte prüfend auf ein Blatt auf dem Tisch und schritt wieder zurück zur Saalmitte.

Rick Eich schlenderte vor, schick in einem braunen Sportjackett.

»Wo wohnten Sie im April, Mr. Eich?«

»Tahoe Vista Lane 224. In den Tahoe Keys.«

»Und kannten Sie Ihre Nachbarn in der Tahoe Vista Lane Nummer 226?«

»Hmm. Anthony und Misty.«

»Patterson?«

»Korrekt.«

»Für alle jene Geschworenen, die mit der Gegend nicht vertraut sind, würden Sie bitte die Keys beschreiben?«

»Die Grundstücke dort liegen an kleinen Kanälen. Wie Venedig vielleicht, ohne das dreckige Wasser. Sie haben kleine Bootsstege. Fast jeder dort besitzt irgendeine Art von Boot.«

»Besaßen Sie ein Boot zu der Zeit?«

»Oh, ein Schmuckstück. Hatte es schon zwei Jahre. Ein Catalina-Segelboot, sechs sechzig lang.«

»Ist es schwierig für eine Person, dieses Boot allein zu bedienen?«

»Zum Segeln ist es besser, wenn zwei auf dem Boot sind. Aber ich kann allein auftakeln. Man muß nur wissen, wie.«

»Hatte Ihr Boot im April noch einen anderen Antrieb?«

»Einen kleinen Motor.«

»Also konnte man auf den See auch ohne Segel hinausfahren?«

»Wenn man wollte. Ich benutze den Motor hauptsächlich, um das Boot beim Auslaufen aus den Keys und beim Zurückkommen besser steuern zu können, wenn man langsam fahren muß, um dem Verkehr ausweichen zu können. Natürlich gibt es auch Tage, wenn man da auf den See rauskommt, herrscht dort ein schrecklicher Wind. Da kommt einem der Motor schon gelegen.«

»In der Woche, als Sie auf Hawaii waren, war da Ihr Boot Ihres Wissens mit einem Dingi oder irgendeiner anderen Art von Rettungsboot ausgerüstet?«

Eich lachte. »Das würde ja das halbe Boot einnehmen! Früher hatte ich immer ein aufblasbares Gummiboot dabei. Jetzt fahre ich nur mit Schwimmwesten. Wenn man kentert, hält man sich daran fest oder man schwimmt. Wie man will.«

»Sind Mr. oder Mrs. Patterson vor dem April schon einmal mit dem Boot hinausgefahren?«

»Mehrere Male mit mir und zweimal ohne mich.«

»Beide?«

»Richtig.«

»Und wie kam es, daß sie mit dem Boot ohne Sie hinausfuhren?«

»Nun, Anthony bat mich, ihnen das Boot zu leihen. Es war versichert, und er wußte, wie man den Motor bedient.«

»Wie stand es mit Mrs. Patterson? Wußte sie, wie man das Boot hinaussteuert?«

»Ich vermute. Ich habe sie am Ruder nie ohne den neben ihr stehenden Anthony gesehen, der ihr immer sagte, wo sie langfahren soll und so weiter.«

»Aber Sie haben gesehen, wie sie das Boot steuerte?«

»Ja.«

»Mehr als einmal?«

»Ja.«

»Also, irgendwann im April waren Sie, Mr. Eich, verreist?«

»Ja. In der letzten Aprilwoche flog ich nach Hawaii zum Windsurfen. Nach Oahu.«

»Wo befand sich das Boot zu der Zeit?«

»Nun, ich habe es gut abgedeckt, und der Wetterbericht versprach ruhiges Wetter, deshalb ließ ich es draußen am Bootssteg hinter dem Haus.« Er ergänzte: »Anthony wollte es sich borgen.«

»Und wie kam das?«

»Nun, tatsächlich kam Misty herüber und bat mich darum, als ich beim Packen war.«

»Mrs. Patterson bat Sie, ihr das Boot zu leihen? Warum sagten Sie, Anthony wollte es sich leihen?«

»Er hatte sie geschickt.«

»Woher wissen Sie das?«

»Das war eben so bei ihnen. Wissen Sie, Anthony traf die Entscheidungen. Sie hätte sich das Boot nie allein ausgeborgt.«

»Aber genau gewußt haben Sie es nicht, nicht wahr?«

»Einspruch. Polemisch.«

»Abgewiesen.«

»Sie hat weder das eine noch das andere ausdrücklich gesagt, wenn Sie darauf hinauswollen.« Eich faltete die Hände leicht zusammen.

»Können Sie Ihrer eigenen Kenntnis nach sagen, daß Anthony überhaupt etwas davon wußte, daß seine Frau zu Ihnen gekommen war, um sich das Boot auszuleihen?«

»Natürlich wußte er das!« flüsterte Michelle Nina am Anwaltstisch zu. Nina nickte.

»Vermutlich nicht«, sagte Eich. »Aber ...«

»Wie haben Sie es denn gemacht, daß Mrs. Patterson zu den Schlüsseln kam?«

»Ich gab ihr den Schlüssel. Es gibt nur einen.«

»Haben Sie ihn wiederbekommen?«

»Die Küstenwache brachte ihn mir, nachdem sie das Boot gefunden hatten.«

»Und die fanden ihn wo? Im Boot oder im Nachbarhaus?«

»Einspruch. Aufforderung zur Spekulation«, sagte Nina schnell.

»Ist Ihnen bekannt, wo sie ihn fanden? Stellen Sie keine Mutmaßungen an«, sagte Milne.

»Nein«, antwortete Eich.

»Einspruch stattgegeben.«

»Also, wie Sie von Ihrer Reise am Sonntag, dem 29. April, zurückkehrten, war Ihr Boot nicht in der üblichen Weise am Bootssteg vertäut?«

»Nein.«

»Wann haben Sie das bemerkt?«

»Oh, sofort. Ich lief gleich hinunter zum Bootssteg. Ich liebe das Boot, verstehen Sie? Wollte nachsehen, wie es ihm geht.«

»Was taten Sie, als Sie Ihr Boot nicht vorfanden?«

»Zuerst ging ich zum Nachbarhaus ...«

»Zur Wohnung der Pattersons?«

»Ich überlegte, daß Anthony und Misty etwas wissen mußten,

aber es war keiner da. Niemand zu Hause. Nun, eine Sache ist die: Wenn sie mit dem Boot rausfuhren, nahmen sie immer die auf dem Bootssteg befindlichen Schwimmwesten mit. Als ich noch einmal hinging, fand ich die Schwimmwesten dort noch vor. Da kriegte ich es mit der Angst. Als ich sie früh am nächsten Morgen immer noch nicht antraf, rief ich die Cops.«

»Officer Tomlinson kam und nahm die Sache auf?«

»Ja. Ich habe nie gesagt, daß das Boot gestohlen war, nur daß es nicht mehr da war. Er nickte bloß mit dem Kopf und meinte, jemand würde es suchen gehen, und ich sagte: He, Mann, rufen Sie die Küstenwache! Verstehen Sie?«

»Haben Sie zu irgendeinem Zeitpunkt darum gebeten, daß die Küstenwache den See nach Ihrem Boot absucht?«

»Ja, irgendwann später. Jemand verlangte, daß ich darum ersuche. Ich konnte mir bloß vorstellen, daß da draußen jemand auf meinem Boot verletzt liegt. Da würde ich doch Ärger kriegen, verstehen Sie?«

»Hatten Sie damals oder haben Sie heute etwas dagegen einzuwenden, daß die Küstenwache am 30. April nach Ihrem Boot suchte?«

»Nein, das war in Ordnung. Sie haben es für mich gefunden; das verdanke ich ihnen. Habe mich nicht mal sehr aufgeregt, daß sie Blutspuren entdeckt haben.«

»Einspruch, bitte um Streichung der letzten Zeile. Hörensagen.«

»Stattgegeben.«

»Danke, Mr. Eich. Keine weiteren Fragen«, sagte Hallowell freundlich.

Nina beobachtete Hallowells Show immer mit einem Auge auf die Geschworenen. Die Anklagevertretung kam zuerst dran. Tatsächlich versuchte sie, den Geschworenen eine Straßenkarte mit nur einer Straße anzudrehen, der Straße zu einem Schuldspruch. In der Eröffnungserklärung hatte Hallowell sie mit dieser abgegriffenen Metapher überrascht, aber Nina erkannte an, daß sie einfach und wirksam war. Für Hallowells wahrhaftige Ziele wäre ein Eisenbahngleis noch treffender gewesen.

Diese Geschworenen, überlegte sie, würden sich nicht auf ein

Gleis festlegen lassen, denn die Leute von Tahoe waren unabhängige Seelen. Sie hatte nach dem Lächeln auf der einen Seite und dem mißbilligenden Blick auf der anderen Ausschau gehalten und beide erspäht.

Sie erhob sich. »Guten Tag, Mr. Eich.«

»Guten Tag.«

»Sie sagten aus, daß Sie mehr als einmal gesehen haben, wie Mrs. Patterson das Boot steuerte.«

»Ja.«

»Hat sie jemals den Motor gestartet?«

Eich brummte: »Kam nicht in Frage.«

»Warum sagen Sie: ›Kam nicht in Frage‹?«

»Sie war's gewöhnt, daß Männer für sie alles erledigten, verstehen Sie? Und weil es Anthony immer gemacht hat oder ich. Das ist Männersache.« Die Geschworene Nummer fünf, eine junge Mutter in der vorderen Reihe, verzog das Gesicht.

»Also haben Sie ihr nie gezeigt, wie man startet?«

»Sie brauchte es nicht zu wissen.«

Nina ließ die Worte wirken.

»Haben Sie ihr gezeigt, wie man segelt?«

»Begreifen Sie es nicht? Ich meine, entschuldigen Sie bitte, aber sie hatte kein Interesse daran. Sie war zu sehr damit beschäftigt, in der Sonne zu liegen und braun zu braten.«

»Ist Mrs. Patterson je vor Ihren Augen geschwommen?«

»Meistens ließ sie sich auf einer Luftmatratze treiben. Sie kann schwimmen, vermute ich. Ich habe mir keine Sorgen gemacht, wenn sie im Wasser war, aber sie *stand nicht* auf Schwimmen, wenn Sie verstehen, was ich meine.«

»Haben Sie jemals gesehen, daß sie eine Strecke von etwa achthundert Metern geschwommen ist?«

»Nein. Das ist eine lange Strecke.«

»Sie sagen, Sie haben bei mehreren Gelegenheiten Mr. und Mrs. Patterson zusammen erlebt?«

»Meistens auf dem Boot.«

»Wie würden Sie ihre Beziehung zueinander beschreiben?«

»Einspruch«, warf Hallowell nüchtern ein. »Unklar, fordert

zur Spekulation auf, ermangelt der Grundlage, geht über die direkte Vernehmung hinaus.«

Milne schürzte die Lippen und sagte: »Abgewiesen.«

»Antworten Sie bitte, Mr. Eich.« Nina versuchte, sich ihre Freude über Milnes Entscheidung nicht anmerken zu lassen.

»Okay. Anthony schubste sie herum. Er sagte ihr, was sie zu tun hatte. Sang immer einen alten Song der Rolling Stones darüber, wie er sie unter seiner Fuchtel hatte.«

»Wer weiß sonst noch, wie man den Motor auf Ihrem Boot anläßt?«

»Freunde. Leute, die ich seit Jahren mit hinausnehme. Jeder, der schon mal einen ähnlichen gestartet hat.«

»Eine Menge Leute?«

»Einspruch«, rief Hallowell, aber Eich sagte bereits: »Eine Menge Leute.«

Der Ankläger lächelte, zuckte die Schultern und setzte sich. »Ziehe zurück«, erklärte er.

Eine erneute Pause. »Wenn Mrs. Patterson auf Ihrem Boot war, ging sie da auch hinunter in die Kajüte?«

»Na sicher.«

Da sie ihn präpariert hatte, fragte Nina: »Wären Sie überrascht, wenn Sie hörten, daß Mrs. Pattersons Fingerabdrücke in der Kabine gefunden wurden?«

»Überhaupt nicht. Die Toilette ist unten, zum einen.« Er grinste ironisch. »Sie kennen doch Frauen.«

Jemand kicherte.

»Noch eine letzte Frage, Mr. Eich. Haben Sie Ihr Boot gewaschen oder auch nur die Kajüte gründlich geputzt, einschließlich der Wände, des Bodens und Inventars, bevor Sie im April wegfuhren?«

»Es konnte schon ein Schrubben vertragen, aber nein.«

»Mr. Eich, wir haben über das Starten Ihres Motors gesprochen. Warum helfen Sie nicht den Geschworenen und erklären ihnen, wie man ihn anläßt?« begann Hallowell geduldig und freundlich seine Widerlegung.

»Klar. Man dreht den Schlüssel. Dann zieht man an der Startleine, verstehen Sie, wie bei einem Rasenmäher oder einem Motorrad, da geht es wrum-wrum, dann stellt man ihn auf die Geschwindigkeit ein, mit der man fahren will, und dann steuert man das Boot mit der Pinne hinaus.«

»Klingt nicht sehr schwierig.«

»Einspruch. Keine Frage.«

»Ziehe zurück. Man startet ihn wie einen Rasenmäher, eh? Also kann jeder, der genügend Verstand besitzt, den Schlüssel zu drehen und die Startleine zu ziehen, das Boot in Gang setzen?«

»Einspruch«, rief Nina gleichzeitig mit Eichs: »Sicher.«

»Abgewiesen. Zu spät, Anwältin«, sagte Milne.

»Sie sagten, Sie gaben Mrs. Patterson kurz vor Ihrer Abreise nach Hawaii den Schlüssel, ist das richtig?«

»Richtig.«

»Sie sagten aus, daß eine Menge Leute das Boot starten können?«

»Ja.«

»Könnten Sie das Boot ohne Schlüssel starten?«

Rick Eich rieb sich das Kinn. »Können sollte man das eigentlich nicht. Ich schätze, man kann den Motor kurzschließen oder sich einen Schlüssel machen lassen.«

»Können Sie Ihr Boot ohne Schlüssel starten, Mr. Eich?«

»Ich nicht.«

»Keine weiteren Fragen.« Eich lächelte Michelle an, als er an ihr vorbeikam, und sie lächelte zurück. Die Geschworenen beobachteten das.

»Das Gericht vertagt sich bis Freitag morgen neun Uhr. Anwälte, sorgen Sie dafür, daß Sie für nächste Woche genügend Zeugen zur Verfügung haben. Wir werden hart arbeiten. Ich danke Ihnen, meine Damen und Herren. Sie sind entlassen.« Milne ermahnte die Geschworenen und Zeugen, den Fall nicht zu diskutieren, nicht darüber zu lesen und sich nicht die Nachrichten anzuschauen. Dann verschwand er.

Nina machte sich Notizen auf ihrem Block, während Paul Michelle aus dem Gerichtssaal begleitete. Hämmere ihnen den

Amazonenaspekt ein. Sei verblüfft von der phantasievollen Andeutung, die kleine Misty sei körperlich in der Lage, die Tat zu begehen. Lache über die Fingerabdrücke. Stelle es so hin, daß die Polizei eine schlampige Untersuchung durchgeführt hat. Erinnere die Geschworenen bei jeder möglichen Gelegenheit daran, sich nicht bedenkenlos Hallowells einzige Straße entlangführen zu lassen.

Sie packte ihre Akten zusammen und verließ den Gerichtssaal, allein.

27

Am Freitag morgen rief Collier Hallowell die Leute von der Küstenwache herein.

Captain Frank Buell trat vor, schick und schmuck in seiner Uniform. Er sprach besonnen, ging sparsam mit Worten um.

»Waren Sie am Montag, dem 30. April dieses Jahres, der kommandierende Offizier des Küstenkutters U. S. S. *Emerald Bay?*«

»Jawohl, Sir.«

»Welchen Dienstauftrag hatten Sie zu der Zeit?«

»Allgemeine Patrouille auf dem See.«

»Welche Wetterbedingungen herrschten zu der Zeit?«

Captain Buell zog ein Notizbuch heraus und blätterte ein paar Seiten um. »Nach meinem Logbuch hatten wir bei Morgendämmerung neun Grad. Seit mehreren Tagen war es windstill gewesen.«

»Erhielten Sie irgendwann im Laufe jenes Tages eine Mitteilung von Land über ein vermißtes Boot?«

»Ja, Sir. Ein Catalina-Segelboot von einem Gentleman namens Richard Eich wurde vermißt.«

»Und haben Sie auf Grund dieser Mitteilung den See nach diesem Boot abzusuchen begonnen?«

»Jawohl, Sir.«

»Beschreiben Sie Ihre Suchaktion bitte.«

»Der Eigner wies darauf hin, daß das Boot nur wenig Benzin im Tank hatte. Er dachte, es habe sich irgendwie vom Anlegeplatz losgerissen. Zuerst haben wir die Wasserstraßen der Keys abgesucht, obwohl es unwahrscheinlich war, daß ein treibendes Boot unbemerkt geblieben wäre. Als wir nichts fanden, fingen wir an, die Seefläche in einem etwa dreieckigen Raster, von der Einmündung der Keys beginnend, abzusuchen. Nachdem wir die Umgrenzungslinie des Dreiecks und die im Abstand von vierhundert und achthundert Metern parallel zum Ufer verlaufenden Strecken abgefahren waren, orteten wir das Boot etwa achthundert Meter vom Ufer treibend.«

»Was taten Sie dann?«

»Wir hatten die telefonische Erlaubnis des Eigentümers, an Bord zu gehen. Ich schickte zwei Mann zur Untersuchung hinüber. Sie meldeten draußen an Deck und drinnen auf dem Fußboden etwas, das wie Blutflecke aussah.«

»Ich nehme an, es befanden sich keine Personen an Bord?«

»Nein, Sir.«

»Irgendwelche Anzeichen eines Kampfes?«

»Außer dem Blut nicht, Sir.«

»Was haben Ihre Männer womöglich über den Zustand des Motors entdeckt?«

»Der Schlüssel steckte noch. Dem Motor schien das Benzin ausgegangen zu sein.«

»Was taten Sie dann?«

»Ich benachrichtigte die Behörden an Land, daß wir hier draußen ein Problem hatten. Und ich schickte den Chef unserer Taucher, Officer Pepper, zu einer ersten Erkundung hinunter.«

»Hat Ihr Taucher etwas gefunden?«

»Ja, Sir, eine Leiche auf dem sandigen Grund in zehneinhalb Meter Tiefe.«

»Noch etwas?«

»Nichts weiter zu dem Zeitpunkt.«

»Der Taucher ging zu einem anderen Zeitpunkt noch einmal hinunter?«

»Am Abend, nachdem wir die Leiche hochgewinscht hatten. Er bat um die Erlaubnis, die unmittelbare Umgebung abzusuchen, da das Wasser relativ flach und klar war und wir eine gute Nachtbeleuchtungsausrüstung besaßen.«

»Und wurde Ihrer Kenntnis nach noch etwas anderes entdeckt?«

»Nur ein Gegenstand, meines Wissens. Eine Figur. Sah aus wie Speckstein. Von Eskimos vielleicht. Die Figur eines Eisbären.«

»Wo aufgefunden?«

»Ungefähr sechzig Meter in gerader Entfernung vom Segelboot.«

»Was geschah dann?«

»Wir sicherten das Boot mit einem Schlepptau und zogen es zum Ski Run Dock. Dort wartete die Polizei von Tahoe auf uns. Ihr Zuständigkeitsbereich in der Gegend der Keys erstreckt sich bis sechzehnhundert Meter auf den See hinaus. Sie übernahmen das Wasserfahrzeug, die Leiche und die Figur und fertigten ein Protokoll an. Um ein Uhr fuhren wir wieder hinaus.«

»Ich danke Ihnen, Captain. Ihr Zeuge.« Vom Tisch aus nickte Collier Hallowell den Geschworenen zu. Alles sonnenklar, sagte sein freundliches Gesicht. Geht nur darum, euch die nackten Tatsachen hinzublättern.

Captain Buell atmete tief aus und drehte sich ein bißchen auf seinem Platz, als Nina mit ihrem Kreuzverhör begann.

»Captain, können Sie uns die Wassertemperatur des Sees an der Stelle nennen, wo das treibende Boot in jener Nacht gefunden wurde?«

Er öffnete wieder sein Buch. »Zehn bis elf Grad. Das ist etwa ein Grad wärmer als sonst für die Jahreszeit.«

»Ist dieses Notizbuch Ihr Schiffstagebuch für April?«

»Jawohl, Sir.« Zwei Geschworene lächelten, aber der Captain beachtete das nicht.

»Können Sie uns die Lufttemperatur um Mitternacht des 26. April nennen?«

Er blätterte weiter. Nina wartete ungeduldig und betete, daß Collier keinen Einspruch erhob, weil ihre Frage über die direkte Vernehmung hinausging. Sie blickte flüchtig zu ihm hin und beobachtete erleichtert, daß er etwas mit seinem Assistenten besprach. Ihre Köpfe berührten einander fast.

»Kalt, Schneeschauer, unter zehn Grad zu der Nachtzeit. Wieder windstill. Kaum etwas Wind zwischen dem 26. und 30.«

»Und die Wassertemperatur am 26.?«

»Ungefähr neun bis zehn Grad.«

»Nun, Sie sagten aus, es gab da an Deck und in der Kajüte des Catalina-Boots Stellen, die wie Blutflecke aussahen.« Nina zeigte ihm einige unscharfe Fotos vom Bootsdeck und von der Kajüte. Hallowell hatte ihr die Aufnahmen gegeben, und sie waren zwecks Identifizierung markiert worden, aber er hatte sie nicht verwendet, wahrscheinlich weil nichts weiter zu sehen war als einige schwarze Flecke, die alles mögliche sein konnten. »Haben Sie diese Fotos mit der Bezeichnung Beweisstück Nummer 7 der Anklage schon einmal gesehen?«

»Ich habe die Fotos gemacht«, sagte Buell.

»Sind das alle Flecke, von denen Sie annahmen, es sei Blut, die Sie und Ihre Männer in jener Nacht auf dem Boot entdeckt haben?«

Buell hielt die Fotos hoch. Seine Lippen bewegten sich, er zählte die Flecke. »Es scheint so.«

»Wie viele Flecke sind da?«

»Vier außen auf dem Deck. Zwei auf den Stufen hinunter zur Kajüte. Zwei auf der gepolsterten Sitzbank. Ein Schmierfleck auf dem Tisch.«

Die Geschworenen hörten gespannt zu. Weshalb war der Körper hinunter in die Kajüte gebracht worden? Damit er beim Hinausfahren aus den Keys nicht bemerkt wurde?

»Er ist also nicht direkt verblutet, nicht wahr, Captain?«

»Einspruch. Fordert zur Mutmaßung auf. Entbehrt der Grundlage. Der Captain wurde nicht als medizinischer Fachmann ausgebildet.«

»Ich ziehe zurück, Euer Ehren«, sagte Nina. »Captain, können Sie uns auf Grund der Fotos oder aus eigener Beobachtung sagen, ob der Verstorbene zu dem Zeitpunkt, als er an Bord gebracht wurde, blutete?«

»Ich würde sagen, ja. Die Tropfen gehen vom Rand des Decks bis zu den Stufen zur Kajüte.«

»Können Sie sagen, ob er aus einer oder aus zwei Kopfwunden blutete, als er an Bord gebracht wurde?«

Buell dachte nach. Hallowell auch, und bevor Buell den Mund öffnen konnte, um zu antworten, rief er: »Einspruch. Das ist wiederum Gegenstand einer Sachverständigenaussage.«

»Wünschen Sie, ans Podest zu treten?« fragte Milne, als er vom Notizenmachen aufblickte.

»Darüber kann auch ein Laie eine Meinung haben«, bemerkte Nina.

»Einspruch angenommen«, entschied Milne unbeirrt. Vielleicht konnte der Leichenbeschauer ihre Frage beantworten. Nina war bereit fortzufahren. Nach ihren Aufzeichnungen hatte sie keine Frage mehr. Aber sie wollte ihn nicht einfach weglassen. Er hatte das Blut gesehen, auch die Leiche. Er könnte ihr helfen, wenn sie nur auf die richtige Frage käme. Sie lag ihr auf der Zunge, dann war sie weg. Sie starrte den Zeugen an, ihr fiel nichts ein.

»Danke, Captain.«

Es gab eine Verhandlungspause. Nina, Michelle und Paul setzten sich im Coffee-Shop des Gerichts zusammen. Paul fragte Michelle: »Geht's Ihnen gut?«

»Ich halte durch.« Michelle stieß Nina mit dem Ellbogen an. »Seit Beginn der Verhandlung sind Sie so weit von mir weg, als wär ich bloß irgendein Job für Sie.«

Nina hörte an der Stimme, wie verletzt Michelle war, widerstand aber dem Ärger, den sie in sich aufkommen fühlte. »Tut mir leid, Michelle. Im Augenblick verlangt mein Job, total bei der Sache und professionell zu sein. Der einzige Weg zu gewinnen.« Was hatte Michelle denn erwartet? Was erwarteten denn alle von ihr? Wenn sie sich innerlich noch mehr beteiligte, würde sie das nur bis zur Untauglichkeit beeinträchtigen.

Vor diesem Gericht und bei diesen Geschworenen hing, das wußte sie, das Ergebnis von vielen Faktoren ab, um die sich Hallowell nicht zu kümmern brauchte: eine Laufmasche, zuviel oder zuwenig Make-up, die Haare in den Augen, der Schnitt ihrer Kleidung, das Maß an Gefühlen, das sie sich gestattete, sogar die Lautstärke ihrer Stimme, denn trotz allem, was in Romanen stand, in denen die Wirklichkeit außer Kraft gesetzt war und weibliche Anwälte genauso handelten und behandelt wurden wie männliche, besaß sie nicht diese beruhigende, sofortige Glaubwürdigkeit bei den Geschworenen wie Hallowell.

Man muß die Dinge nehmen, wie sie sind. Sie würde sich schon ihre Achtung verdienen. Einige würden allmählich zu ihr und damit zu Michelle überlaufen, wenn sie zeigte, daß sie ihr Vertrauen rechtfertigte.

Jetzt, mittendrin im Prozeß wußte sie, sie würde Michelle gut verteidigen.

Collier Hallowells rein professionelles Herangehen hatte seine Schattenseiten. Er erledigte seinen Job. Aber sie konnte mehr tun als das. Sie konnte dem Ganzen eine Wende geben. Sie konnte dafür sorgen, daß sie Anteil nahmen an dem Fall und an Michelle. Aber sie konnte das nicht tun, wenn sie zugleich Freundin, Mutter und Schwester war. Irgendwas mußte da zurückstehen.

»Denkst du nach, wer als nächster drankommt? Der Taucher?« fragte Paul.

Es sah so aus, als fühlte er sich im Anzug nicht wohl. Die Krawatte war zu breit; Nina registrierte sie als Überbleibsel aus den siebziger Jahren.

»Leicht zu erraten«, antwortete Nina. »Von ihm will ich nur eins.«

»Und zwar was?«

»Einen kalten Schauer«, verkündete sie. Paul lachte.

»Heute habe ich Cytograph angerufen. Die reden von irgendwann nächste Woche betreffs der Ergebnisse der zweiten DNA-Testrunde.«

»Was ändert denn das?« wollte Michelle wissen. Sie hatte die Beine auf einen der harten Stühle gelegt.

»Man kann nie wissen!« meinte Nina.

»Da steht so vieles gegen uns«, klagte Michelle. »Ich weiß nicht, ob ich gewinne oder verliere. Das einzige, worin ich mir sicher bin: Ich hab fürchterliche Angst.«

»Nur Mut!« entgegnete Nina. »Wenn unsere Brücken zusammenbrechen, dann kommen wir hier auf dem Wasserwege heraus.«

Im Gerichtssaal war nun Officer Pepper an der Reihe. Mit sandfarbenem Haar und Sommersprossen zeigte er bei einer erstklassigen V-förmigen Figur den Überbiß einer Marionettenkarikatur. Er schilderte dasselbe wie sein Captain, beschrieb seine Tauchgänge und das Auffinden der Leiche und der Eisbärenfigur. Er erläuterte die mit High-Tech-Infrarotapparat gemachten Unterwasseraufnahmen von der Leiche, bevor sie bewegt wurde. Anthony saß in einem gespenstischen Zwielicht, als wollte er gerade etwas sagen, das Gesicht unscharf, der Oberkörper nackt und ungeschützt. »Keine weiteren Fragen«, sagte Collier Hallowell.

»Officer Pepper, haben Sie die Leiche gesehen, nachdem sie an Bord gehievt worden war?« fragte Nina.

»Jawohl, Ma'am.«

»Haben Sie irgendwelche Fischbisse oder andere Anzeichen dafür beobachtet, daß die Leiche unter Wasser eine Veränderung erfahren hat?«

»Nein, Ma'am. Da gibt's nicht viele Fische.«

»Schien sich die Leiche schon auf irgendeine Art zersetzt zu haben?«

»Nicht, soweit ich sah. Das ist der reinste Tiefkühlschrank dort unten. Ich habe schon Leute vom Grund hochgeholt, die haben da ein Jahr gesessen, frisch wie am Tage, an dem sie versanken. Vor zwei Jahren holte ein anderes Boot einen Chinesen herauf, der möglicherweise vor Jahrzehnten bei der Eisenbahn gearbeitet hat. Unruhestifter haben sie gewöhnlich in den See geworfen. Den muß der Sand begraben haben. Sah aus wie einer, den ich kenne. Wir nennen sie Seemumien.«

Gedämpftes Lachen im Gerichtssaal. »Als Sie am 30. April in das eisige Wasser hinunterstiegen, trugen Sie da irgendeine Schutzkleidung?«

Officer Pepper legte die Stirn in Falten, enttäuscht von soviel Ignoranz. »Kälteschutzanzug und Maske für eisige Bedingungen.

In der Ausrüstung, die ich trug, kann man sogar unter das Eis tauchen.«

»Sind Sie schon einmal ohne eine solche Schutzausrüstung bei einer Wassertemperatur wie in jener Nacht im See geschwommen?«

»Einmal abends«, sagte Pepper langsam. »Wir griffen einen betrunkenen Gentleman auf und nahmen sein Boot in Schlepp. Er fiel über Bord, und ich hatte keine Zeit, den Taucheranzug anzulegen.«

»Wie lange waren Sie im Wasser?«

»Ungefähr fünf Minuten.«

»Hat Ihnen das auf Grund der Wassertemperatur irgendwelche körperlichen Beschwerden bereitet?«

Officer Pepper schlug die Arme um sich und verzerrte die jungen Gesichtszüge zu einer starren Miene wie von intensivem Schmerz. Nina warf einen Seitenblick auf die Geschworenen. Sie kapierten.

»Nun frage ich Sie, glauben Sie nach Ihrer Erfahrung als Taucher der Küstenwache, daß ein durchschnittlicher Schwimmer in solchem Wasser achthundert Meter ohne Schutzanzug zurücklegen kann?«

»Einspruch! Aufforderung zur Spekulation. Unvollständig hypothetisch. Der Zeuge besitzt nicht die Qualifikation eines Sachverständigen. Entbehrt der Grundlage.«

»Abgewiesen«, sagte Milne; er schaute Nina an mit … nein, konnte das ein Augenzwinkern sein?

»Keine Chance«, sagte der Zeuge mit Entschiedenheit. »Oder wenn's der Schwimmer doch irgendwie schafft, da sollte er sich am besten gleich zur nächsten Telefonzelle hinschleppen und den Rettungswagen rufen.«

Mehrere Geschworene widmeten ihre Aufmerksamkeit Michelle. Ja, stellt euch die junge Frau vor – drängte sie Nina –, die Frau, die sich gern auf einem Segelboot rekelte, um braun zu werden, die, die es Männern überließ, den Motor anzuwerfen. Malt euch nur aus, wie sie in einer frostklirrenden Nacht mit kräftigen Zügen von ihrem toten Ehemann wegschwimmt. Michelle lehnte sich auf ihrem Stuhl zurück, um ihrem Bauch Platz zu schaffen, der ihre Figur entstellte und ihre physische Anmut verbarg. Stellt sie euch so vor, wie sie das Wasser durchpflügt.

»Keine weiteren Fragen«, sagte Nina.

Nach der Mittagspause sah sich Dr. Clauson schläfrigen Geschworenen gegenüber, die mit ihrer Überdosis von Kohlenhydraten kämpften. Das Gericht stellte den Lunch für die Geschworenen, zu dem heute ein reichliches Dessert gehört haben mußte.

Ein Zigarettenpäckchen steckte in Clausons Hemdtasche. Die dicken Brillengläser verschleierten geheimnisvoll seine Augen. Weiche, blutlose, haarlose Hände drückten die braune Aktentasche eng an seinen Körper, als er sich setzte.

Hallowell ging mit ihm den Autopsiebefund durch, der als Beweisstück zugelassen wurde. Die Bestandteile von Anthonys Mageninhalt, die Wunden und die durch das Ertrinken verursachten Veränderungen erinnerten Nina an ihren Besuch im Leichenschauhaus. Die Geschworenen beschauten sich ihre Fingernägel, die Lampen und gafften Michelle Patterson gespannt an, wobei sie am liebsten – bitte sehr, Herr Richter – diesen Teil der Verhandlung übersprungen hätten.

»Haben Sie auch die Laborbefunde?«

Der Zeuge zog ein Bündel Papiere aus der Aktentasche. Nina besaß bereits Kopien, und die Laborbefunde waren durch Parteienübereinkunft als zu dem Fall gehörende Beweisstücke angenommen worden.

»Was waren die wichtigsten Ergebnisse?«

»Kommt darauf an, was Sie unter wichtig verstehen.«

»Ergebnisse, die gegebenenfalls im Zusammenhang mit dem Tod von Mr. Patterson stehen.«

»Nun, der Blutalkohol stand bei Komma 15.«

»Weist das auf den Alkoholspiegel bei Eintritt des Todes?«

»Wir rechnen das um, so daß diese Zahl unsere genaueste Schätzung des Alkohols bei Eintritt des Todes darstellt«, erklärte Dr. Clauson.

Die Geschworene Nummer acht, eine Dame in einem schreiend bunten Strickkleid, war in ein Nachmittagsnickerchen gefallen. Nina hoffte, ihre Nachbarn würden sie wach stoßen, ehe sie selbst etwas sagen mußte. Schlafende Geschworene mußte man wecken.

»Weist dieser Befund Ihrer Erfahrung nach darauf hin, daß Mr. Patterson zu dem Zeitpunkt bewußtlos war?«

»Nein. Nicht vom Trinken. Wenn das alles gewesen wäre, was mit ihm nicht stimmte, wäre er nur etwas beschwipst gewesen, aber nicht sternhagelvoll.«

»Was stellen Sie an Hand der Laborbefunde noch fest?«

»Spuren von Kokain.«

»Warum fahren Sie nicht gleich fort und fassen die anderen Ergebnisse zusammen.«

»Gut. Bei ihm zeigten sich die Anfänge einer Arteriosklerose. Keine Anzeichen anderer Drogen oder Gifte. Und er hatte ein kleines Karzinom im rechten Lungenflügel. Vermutlich ohne Symptome, aber bösartig.«

»Heilbar?«

»Das ist nicht mein Gebiet«, sagte Clauson. »Alles, was ich sagen kann, ist: klein und tückisch.«

»Okay. Kehren wir zurück zur Autopsie, weil ich weiß, daß die Geschworenen ganz sicher sein wollen, was Mr. Pattersons Tod verursacht hat. Was war die unmittelbare Todesursache?«

»Der Mann ist ertrunken«, stellte Dr. Clauson fest.

»Und auf welche Weise, falls überhaupt, trugen die beiden Schläge auf seinen Kopf zu seinem Tode bei?«

»Gut. Auf Grund der ödematösen Veränderungen und anderer Anzeichen läßt sich feststellen, daß der erste Schlag, der auf den Hinterkopf, wenigstens eine Stunde vor dem zweiten erfolgte. Mit diesem ersten Schlag setzte sie ihn außer Gefecht, wahrscheinlich nur für ein paar ...«

»Einspruch!« rief Nina, stand auf und beugte sich über ihren Tisch, um zu betonen, daß der Zeuge weit vom Wege abkam. Clauson mußte das wissen. Sie würde beim Kreuzverhör sehr vorsichtig bei ihm sein müssen.

»Stattgegeben. Die Geschworenen werden den letzten Satz des Zeugen nicht beachten.«

Oh, das hilft, dachte Nina. Hier hatte sich der untersuchende Arzt gezielt verplappert, daß er Michelle Patterson für schuldig hielt. Von wegen klein und tückisch.

»Also hat ihn der erste Schlag außer Gefecht gesetzt?«

»Bestimmt für ein paar Sekunden, vielleicht länger.«

»Könnte der ihn getötet haben?«

»Verursachte keine große Verletzung. Kein Schädelbruch, nur Oberflächenblutung.«

»Und der zweite Schlag? Auf die Schläfenregion?«

»Der war härter, stärker, verursachte eine fünf Zentimeter lange Fraktur vom Auftreffpunkt Richtung Schädelbasis.«

»Wurde er von diesem bewußtlos?«

»Nahezu mit Sicherheit.«

»Können Sie abschätzen, wie lange vor dem Ertrinken Mr. Patterson diesen zweiten Schlag erhielt?«

»Er schlug Sekunden danach ins Wasser ...« Clauson hielt inne, schaute die Geschworenen bedeutungsvoll an und schloß den Mund.

»Lebte er zu dem Zeitpunkt noch?«

»Ja. Er atmete im Wasser. Lebte, aber war wohl bewußtlos.«

»Und Ihr Vergleich zwischen den Wunden und dem Beweisstück Nummer 14 der Anklage« – dem Eisbären – »führt der zu einer Schlußfolgerung, und wenn ja, zu welcher?«

»Die Figur verursachte seine Kopfwunden. Er wurde mit derselben Figur zweimal geschlagen, im Abstand von ungefähr einer Stunde.«

»Guten Tag, Dr. Clauson«, sagte Nina.

Der Arzt nickte. Vorsichtig jetzt.

»Sie sagten aus, daß der erste Schlag keine große Verletzung verursachte.«

»Nun, der setzte ihn wahrscheinlich ein, zwei Sekunden außer Gefecht. Das ist eine Verletzung. Aber Gehirnerschütterungen, bei denen das Gehirn im Schädel herumgestoßen wird, kommen bei höheren Primaten leicht vor. Ziegenböcke, Widder und Spechte vertragen dagegen eine hundertfach größere Aufprallgeschwindigkeit und Verlangsamung als der Mensch.«

»Könnte Ihrer Erfahrung nach der erste Schlag allein Mr. Patterson getötet haben?«

Clauson überlegte. Er wollte Nina überhaupt nichts zugestehen, aber er würde nicht lügen.

»Wahrscheinlich nicht.«

Nina wollte noch mehr von ihm hören. Aber Clauson beugte sich vor, ein hungriger Geier, gierig darauf, etwas zu ergattern.

»Frage, Anwältin?« warf Milne ein.

»Keine weiteren Fragen an diesen Zeugen, Euer Ehren.«

Während Clauson mit seiner Aktentasche vom Zeugenstand herunterkam, griff er in die Schachtel nach einer Zigarette und verließ den Saal, ohne sie, zwischen die Lippen gepreßt, anzuzünden. Den ganzen Weg nach draußen sprach er leise mit sich selbst.

Noch eine Pause. Die Geschworenen liefen nacheinander hinaus. Um ihnen Respekt zu erweisen, erhoben sich die Anwälte, als sie an ihnen vorbeikamen. Nina bemühte sich, ein Lächeln zu finden, das nicht anmaßend war, sondern auf eine warmherzige, reizende Person schließen ließ, die jeder gern zum Dinner eingeladen hätte.

Die letzte Sitzung des Tages begann. Collier Hallowell rief Polizeilieutenant Julian Oskel auf, der in Uniform nach vorn kam, Hut in der Hand, das Halfter leer. Unter dem vorgeschriebenen Haarschnitt erblickte Nina kluge Augen, eine starke Nase und volle Lippen. Er ließ ein umwerfendes Lächeln zu den Geschworenen hin aufleuchten. Die Frauen unter ihnen richteten sich auf ihren Stühlen auf, mit Ausnahme der verschlafenen Dame in Schwarz, deren Augen geöffnet waren, die aber für diesen Tag abgeschaltet hatte. Jack sagte immer, man kann von Glück reden, wenn man von zwölfen elf lebendig erhält.

»Lieutenant Oskel, Sie sind bei der Polizei von South Lake Tahoe?«

»Jawohl. Seit zehn Jahren«, sagte Oskel in einem tiefen, männlichen Bariton.

»In welcher Eigenschaft?«

»Ich fing an als Streifenpolizist, wurde dann aber der Kriminalpolizei zugeteilt, und dort bin ich seitdem geblieben.«

»Sie untersuchen Tötungsdelikte?«

»Einige davon, ja.«

»Haben Sie am 30. April Untersuchungen betreffs einer im Lake Tahoe entdeckten Leiche vorgenommen?«

»Jawohl.« Oskel zog seinen eigenen Bericht heraus. »Weiß, männlich, anscheinend ertrunken, Kopfverletzungen, gemeldet von der Küstenwache.«

»Und haben Sie sich darangemacht, den Vorfall zu untersuchen?«

»Ja.«

»Beschreiben Sie bitte den Umfang Ihrer Untersuchungen.«

»Ich war nicht der einzige an dem Abend, der diese Meldung bearbeitete. Wollen Sie hören, was die Abteilung unternommen hat, oder nur, was ich getan habe? Damit Sie hier keiner falschen Fährte folgen.«

»Was hat Ihres Wissens die Abteilung unternommen?«

»Als die Meldung hereinkam, wurden Sergeant Higuera und zwei Beamte zum Ski Run Dock geschickt. Sie nahmen eine erste Untersuchung vor ...«

»Bitte beschreiben Sie die Untersuchung.«

»Das Team machte am Dock Aufnahmen. Sie stellten eine erste Untersuchung der Leiche an und riefen Dr. Clauson, damit er sich weiter darum kümmerte. Sie nahmen dem Verstorbenen die Fingerabdrücke ab und suchten auch die Figur und das Boot nach Fingerabdrücken ab.

Wir besitzen ein neues, computergestütztes System zum Vergleich von Fingerabdrücken. Ich verglich sie mit bei uns gespeicherten Fingerabdrücken und konnte feststellen, daß welche mit jenen des Toten übereinstimmten. Ich ermittelte seine Adresse, und um 22.00 Uhr fuhr ich zu dem Haus in der Tahoe Vista Lane, um die Ehefrau zu informieren und die Untersuchung fortzusetzen. Davor hatte ich mir einen Durchsuchungsbefehl für das Grundstück beschafft.«

Nach einigen Formalitäten wurden der Durchsuchungsbefehl und die ihn begleitende eidesstattliche Erklärung als Beweisstücke zugelassen.

Nina schmerzte die Schulter vor Müdigkeit. Um drei viertel fünf vertagte sich das Gericht. Richter Milnes Robe flüsterte raschelnd gute Nacht.

»Oskel ist am Montag weiter dran«, erklärte Nina Michelle, als sie zum Parkplatz gingen. »Es läuft gut für uns. Fahren Sie nach Hause, und machen Sie sich keine Sorgen. Ruhen Sie sich einfach aus.«

»Ich fahr nicht nach Hause«, sagte Michelle. »Sie haben ja vermutlich gemerkt, meine Eltern waren nicht da.«

»Ja. Aber ich hatte keine Gelegenheit, danach zu fragen.«

»Ich halt's dort nicht mehr aus, Nina. Die lügen mich an. Ich bin zu angespannt, bin stocksauer.«

»Ihre Eltern sind bestimmt auch nicht sehr froh darüber gewesen, als Ihre Mutter meine Vorladung erhielt«, sagte Nina. »Wollen Sie das immer noch durchziehen?«

»Gott, ja. Rufen Sie sie in den Zeugenstand. Machen Sie alles, bis sie sich hin und her windet, wenn's sein muß. Sie ist viel stärker, als man ihr nachsagt. Bringen Sie sie bloß zum Reden!«

»Genau das haben wir vor.« Die Schulter brachte sie fast um. Sie gehörte nach Hause und mußte sich hinlegen. »Wo werden Sie denn in der Zwischenzeit wohnen, Michelle?«

»Im Frauenhaus. Dort bin ich sicher und gut aufgehoben.«

Nina nickte. »Rufen Sie mich zu Hause an, wenn Sie mit jemandem reden müssen.«

»Tut mir leid, daß ich mich heute wie ein Kind benommen hab. Sie brauchen mir nicht die Hand zu halten, und überhaupt haben Sie ja alle Hände voll zu tun.«

»Vergessen Sie's«, sagte Nina. Michelle umarmte sie kurz, öffnete dann ihre Autotür und sprang hinein. Langsam fuhr sie vom Parkplatz weg.

Paul war mit ihnen herausgekommen. »Die Arbeit schlaucht«, bemerkte er.

»Aber man ist sein eigener Herr«, meinte Nina. Sie liefen zum Bronco. »Zurück nach Monterey?«

»Ich habe dort unten eine neue Wohnung. Muß mich erst noch zurechtfinden. Andere Arbeit nachholen.« Er machte ein unglückliches Gesicht.

»Aber du kommst keinesfalls vor zehn hin. Du solltest hierbleiben.«

»Nur dann, wenn ich heute abend etwas Dringendes in Tahoe vorhätte«, antwortete er bedeutungsvoll.

Nina blickte trüb auf den Asphalt. »Aber du kommst wieder.«

»Nächste Woche.«

»Wir sind ein gutes Team, nicht wahr?« fragte Nina und blieb an ihrem Auto stehen. »Mit dir kann man … gut arbeiten.«

Paul legte seine Hand auf ihren Arm und schwang sie herum, um sie zu küssen, wie eine Schlange tief hinein bis zu ihren Zehen. »Ich muß nicht wegfahren«, flüsterte er in ihr Haar.

»O doch, du mußt«, erwiderte sie, als sie wieder zu Atem kam. »Weil ich dringende Sachen erledigen muß. Bloß vergiß nicht …« Sie wandte sich zum Auto, sprang hinein und schlug die Tür hinter sich zu.

»Was?«

Sie hielt sich am Lenkrad fest und sprach durch die Scheibe.

Er donnerte ans Fenster, und sie drehte es herunter. »Vergiß nicht was?«

»Ich brauche dich, Paul.«

»Endlich sind wir mal einer Meinung, Nina«, sagte er.

Auf der Heimfahrt schaute sich Nina im Rückspiegel an. Kein Lippenstift, die Haare brauchten einen Schnitt – na und? Was sie im Inneren spürte, außer der Flut warmer Gefühle für Paul und darunter die klickende Technik ihrer Intelligenz, war eine Woge von Selbstvertrauen, die sie mit Dankbarkeit erfüllte.

Und sie sah noch etwas anderes. Nun, wo sie nicht lächelte, nun, wo sie auf sich gestellt war und über den Prozeß nachdachte und zwar noch Jacks Stimme im Ohr hatte, aber über ihm stand, nicht mehr seinen Interpretationen unterworfen war, nun wo sie seine Umlaufbahn verlassen hatte – da sah sie die Augen, zusammengekniffen und strahlend, das feste Kinn und die Backenknochen, höchst entspannt. Sie sah eine leidenschaftliche Gewißheit und Mut in ihrem Gesicht.

»Ziegenböcke, Widder und Spechte«, sagte sie, und das hagere, bissige Spiegelbild lachte.

28

Montag morgen, vor dem Dämmern. Neuer Tag, neues Kostüm. Ninas Kontaktlinsen weigerten sich ziemlich lange, sich richtig einzupassen. Die Sahne gerann beim Eingießen in den Kaffee. Sie stand in der Küche und blickte hinauf zu den Sternen.

Kurz vor dem Gehen lief sie auf Zehenspitzen ins Kinderzimmer zu Bobbys Bett. Noch im Schlaf umklammerte er fest den ausgestopften purpurnen Drachen. Seinen Schlafsack benutzte er gern als Zudecke, dazu zwei Kissen. Sie senkte ihren Kopf zu seinem süß duftenden Haar, das von der Hitze feucht war, und suchte an seiner Backenlinie Spuren ihres Babys. Sanft küßte sie seine Wange. Er rührte sich, schlang dann verschlafen die Arme um sie. »Liebe dich«, flüsterte sie, doch er schlief schon wieder.

In der Morgendämmerung, als der dunkle Himmel in blasses Grau überging, fuhr sie los zur Kanzlei und nahm auf dem Highway ihren Platz zwischen Lieferwagen, Nachtschwärmern und Angestellten der Casinos ein. Eine blinkende Leuchtschrift und das Aroma von warmem Hefegebäck kündigten einen Donutbäcker an. Sie hielt und nahm ein schnelles Frühstück ein.

Um sechs saß sie an ihrem Schreibtisch, quälte sich mühsam durch die Post, kramte in Akten und bemühte sich, ihre anderen Fälle aufzuarbeiten. Einige Dinge konnten nicht länger aufgeschoben werden. Im Augenblick hatte sie keinen Sinn für diese Angelegenheiten, was das Diktieren bloß noch erschwerte. Um halb sieben kam Sandy, machte ein erstauntes Gesicht und stellte ihr eine schwarze Frau mit gestrickter Kappe über langem, rotem Haar vor.

»Das ist meine Freundin Albertine. Sie bringt mir was am Computer bei.«

»Ich dachte, Sie können das alles schon.«

»Das mußte ich ja sagen. Hätte ich die Stelle etwa gekriegt, wenn Sie gewußt hätten, daß ich keine Ahnung davon habe?« Sie ließen sich im Vorzimmer nieder. Bis halb neun arbeiteten die drei konzentriert. Dann stand Nina auf, um zu gehen. »Halten Sie die Stellung!« sagte sie zu Sandy.

»Halten Sie die verdammten Indianer draußen!« antwortete Sandy schlagfertig.

»Sie wissen, was ich meine!« Nina schaufelte Papiere in ihre Aktentasche, während sie, halb in die Jacke gefahren, zur Tür hinausging.

»Nina.«

Vor Überraschung blieb Nina stehen. Sandy hatte sie noch nie mit dem Vornamen angeredet.

»Geben Sie's ihnen!«

Im Saal des Landgerichts nahmen die Beteiligten ihre Plätze ein. Nina, Paul und Michelle hatten keine Zeit für ein Wort miteinander. Übers Wochenende schien Michelle noch dicker geworden zu sein. Sie sah liebenswert plump aus.

In Tahoe war der Altweibersommer eingezogen. Bei einer Temperatur von etwa dreißig Grad. Paul saß im Hemd da mit einer neu aussehenden Hermès-Krawatte. Nina ging ihre Notizen durch. Sie hatte nicht die Absicht, Oskel in Mißkredit zu bringen. Er hatte bei den Geschworenen einen viel zu guten Stand. Sie überlegte, wie sie Oskels Anerkennung durch sie in einen Vorteil für sich ummünzen konnte. Benutze ihn, stelle ihn nicht bloß, sagte sie sich.

Sie vergewisserte sich noch einmal, was sie von Oskel hören wollte. Sie brauchte eine Bestätigung, daß sich die Polizei einzig auf Michelle gestürzt hatte und anderen Möglichkeiten nicht nachgegangen war. Sie mußte ihn dazu bringen, daß er den Geschworenen über Anthonys frühere Festnahmen berichtete. Sie mußte das Kokainproblem herausstellen. Und sie mußte dafür sorgen, daß die von Michelle bei ihrer Verhaftung abgegebene Erklärung und das Wegräumen des zerbrochenen Couchtischs harmlos wirkten.

Der lange Tag begann. Hallowell sprach von seinem Tisch aus, und Julian Oskel antwortete.

»Sie stehen noch unter Eid, Lieutenant«, sagte Collier Hallowell.

»Ich verstehe.«

»Richten Sie Ihre Aufmerksamkeit nun auf Ihre Untersuchung des Grundstücks der Pattersons am Montagabend 22.00 Uhr ...«

Oskel nickte. Er machte einen hilfsbereiten Eindruck.

»Haben Sie irgend etwas am Wohnsitz auf Grund Ihres Durchsuchungsbefehls beschlagnahmt, und wenn ja, was?«

Oskel zog eine Liste mit Gegenständen hervor; Nina studierte bereits eine Kopie davon. Die Liste wurde den Beweisstücken hinzugefügt, und Oskel faßte sie zusammen.

»Wir stellten keine Anzeichen eines Kampfes fest. Auf beiden Couchkissen erkannten wir Blutflecke, die offensichtlich jemand hatte beseitigen wollen, ohne Erfolg ...«

»Einspruch. Spekulation, was den letzten Satz der Aussage betrifft«, rief Nina. Aus Oskels Mund hatte es wie ein Vertuschungsversuch geklungen.

»Stattgegeben.«

»Haben Sie auf Grund Ihrer sorgfältigen Untersuchung der von Ihnen bemerkten Flecke etwas Ungewöhnliches daran beobachtet?«

»Einspruch, unklar und mißverständlich«, sagte Nina.

»Abgewiesen.«

Oskel erklärte: »Ja, es schien, als habe sich jemand an ihnen zu schaffen gemacht. Teile der Flecke waren blasser als andere und schwer zu erkennen.« Okay, den Punkt hatte Hallowell gemacht.

»Sind das die von Ihnen beschlagnahmten Couchkissen?« Aus einem großen Einkaufsbeutel von Raley's zog Hallowell Michelles Couchkissen heraus und hielt sie Oskel hin, nachdem er sie Nina gezeigt hatte. Die Kissen wurden zu den Beweisstücken genommen. Nina entschied sich, keine Zeit mit verfahrenstechnischen Einsprüchen zu verschwenden.

»Und später wurde festgestellt, daß es sich wirklich um Blutflecke handelt?«

»Jawohl. Blutgruppe A negativ, ziemlich selten.«

»Hat Ihr Labor diese Blutflecke mit dem Blut von irgend jemandem verglichen?«

»Ja, mit Gewebe von der Leiche des Opfers Anthony Patterson.«

»Und haben Sie festgestellt …«

»Es stimmte überein«, sagte Oskel.

Hallowell ging zu seinem nächsten Punkt über. »Was haben Sie noch beschlagnahmt?«

Oskel schaute auf seine Liste. »Gehaltsstreifen von Prize's, aus denen hervorging, daß Michelle Patterson dort angestellt war.«

»Noch etwas?«

»Kokain«, sagte Julian Oskel und schüttelte traurig den Kopf zur Geschworenenbank hin. Michelle erntete einige mißbilligende Blicke. Hallowell vermied es, die Wirkung dieses Wortes durch das Eingehen auf Details zu verwässern. Er fuhr fort.

»Noch etwas?«

»Wir durchsuchten die an der Straße zur Abholung bereitstehende Mülltonne. Wir fanden Stücke von einem Couchtisch, eine Menge Glasscherben, die augenscheinlich zu ihm gehörten. Auf mehreren Glassplittern sahen wir etwas, das uns wie Blut erschien.«

»Und haben Sie etwas über das Blut herausgefunden, und wenn ja, was?« Hallowell hatte schon Jahre hindurch so viele Zeugen vernommen, daß er mit der Formulierung seiner Fragen keine Fehler beging. Beim direkten Verhör war es ihm nicht erlaubt, den Zeugen suggestiv zu beeinflussen. Die Frage »Haben Sie etwas gefunden?« ermöglichte es ihm, den Zeugen doch zu beeinflussen, ohne die Verfahrensregeln zu verletzen.

»Es stimmte überein. Mit dem Opfer.«

»Das Blut auf dem Glas, das Sie versteckt im Müllbeutel fanden …«

»Einspruch!« rief Nina. »Entstellt die Aussage.« Sie konnte nicht widerstandslos zulassen, daß sich das Wort »versteckt« im kollektiven Bewußtsein der Geschworenen festsetzte. Raffiniert wollte Hallowell damit den Hinweis verstärken, daß Michelle darangegangen war, Beweise verschwinden zu lassen.

Er wartete nicht ab, zum Richterstuhl gerufen und zurechtgewiesen zu werden. »Ziehe die Frage zurück, Euer Ehren.« Wieder hatte er sein Ziel erreicht. Er schlug die Seite seines Schreibblocks um und wandte sich Michelles Erklärungen am Abend ihrer Festnahme zu.

»Sind Sie am Dienstag, dem 1. Mai, abends mit der Angeklagten Michelle Patterson zusammengetroffen?«

»Jawohl. Die Polizei von Douglas County teilte uns mit, daß Mrs. Patterson im Lucky Chip Motel ausfindig gemacht worden war, auf der kalifornischen Seite, wodurch sie wiederum in unsere Zuständigkeit fiel. Sergeant Higuera und ich warteten auf dem Parkplatz, und sie traf dort kurz nach Mitternacht ein. Ich vermute, das wäre dann der 2. Mai.«

»Was geschah dann?«

»Ich fragte sie: ›Wann haben Sie Ihren Mann zum letztenmal gesehen?‹ Sie antwortete: ›Donnerstag nacht‹ und daß sie bei der Gelegenheit einen schlimmen Streit hatten. Dann informierte ich sie, daß das Opfer tot sei. Sie fragte mich: ›Wo haben Sie ihn denn gefunden?‹ Ich sagte es ihr, und dann rannte sie los über den Parkplatz.«

»Was ereignete sich dann?«

»Sergeant Higuera forderte Verstärkung an, und wir gingen sie suchen. Wir entdeckten sie ungefähr dreihundert Meter weiter; dort saß sie auf einem bewaldeten Abhang am Boden, südlich des Pioneer Trail, kurz vor seiner Einbiegung in den Lake Tahoe Boulevard. Zu diesem Zeitpunkt betrachteten wir sie als Tatverdächtige. Sergeant Higuera verlas ihr ihre Rechte.«

»Sagte sie danach noch etwas?«

»Jawohl. Sie war ziemlich hysterisch, und ich habe nicht alles verstanden. Aber sie sagte deutlich … äh …: ›Ich wollte ihn nicht umbringen. Ich dachte nicht, daß ich so fest zugeschlagen hab.

Ich kann nicht glauben, daß er tot ist.‹ Dann, im Wagen auf dem Weg zum Polizeirevier, sagte sie: ›So einen Streit hatten wir tausendmal.‹ Dann murmelte sie noch etwas, aber ich konnte es nicht verstehen.«

»Noch etwas?«

»Kann mich an nichts anderes erinnern.«

»Verlangte sie nach einem Rechtsanwalt?«

»Zu der Zeit nicht.«

»Sind Sie noch einmal mit der Angeklagten zusammengetroffen?«

»Auf dem Weg zur Polizei, da meinte sie, sie sei am Montag bei einer Anwältin gewesen, und die habe ihr geraten, sie solle ins Lucky Chip umziehen.«

»Teilte sie Ihnen den Namen der Anwältin mit?«

»Nina Reilly.«

Die Augen der Geschworenen richteten sich auf Nina. Das schmerzte. Sie würden annehmen, daß sie irgend etwas Hinterhältiges damit bezweckte. Selbst der Name Lucky Chip Motel klang schäbig.

»Hat sie sonst noch etwas gesagt, und wenn ja, was?«

»Sie äußerte sich dahingehend, daß sie bei dem handgreiflichen Streit dem Opfer mit der Eskimokunst-Statuette eins über den Kopf gegeben habe. Sie sagte auch noch, nach dem Schlag habe sie ihn auf die Couch gelegt, und dann könne sie sich nicht an das weitere Geschehen erinnern.«

»Sie sagte, sie könne sich nicht erinnern?« fragte Hallowell mit erstauntem Gesicht und wiederholte die Aussage, so daß sie den Geschworenen nicht entgehen konnte.

»Genau das. Sie sagte, sie wisse nicht, was als nächstes passierte. In der einen Minute lag das Opfer auf der Couch, und in der nächsten Minute wachte sie am folgenden Morgen in ihrem Bett auf.«

»Gab sie eine Erklärung dafür ab, daß sie nicht imstande war, sich daran zu erinnern, was sie nach dem Schlag gemacht hatte?«

»Sie meinte einfach, sie könne sich nicht erinnern, also müsse sie zu Bett gegangen sein.«

»Sie sagte also, sie verließ den blutenden Ehemann mitten in einem handgreiflichen Streit, um sich woanders schlafen zu legen, und sie könne sich nicht einmal daran erinnern?«

»Einspruch«, rief Nina. »Schon gefragt und beantwortet.«

»Ich versuche, diese Erklärungen der Angeklagten für die Geschworenen so klar wie möglich zu machen«, entgegnete Hallowell.

»Treten Sie zu mir«, reagierte Milne darauf. An der Seitenwand seines Podests sprach er leise: »Collier, Sie haben es ihnen eingehämmert. Gehen Sie nun weiter!«

»Okay«, antwortete Hallowell. Er stand neben Nina, voller Selbstvertrauen, alles unter seiner Kontrolle, es lief für ihn. Sie befand sich nahe genug, um ihn umzubringen, aber das hätte Milne nicht gefallen. Die Anwälte nahmen wieder Platz.

»Sagte sie noch etwas, als sie unter Anklage gestellt wurde?«

»Später bat sie darum, ihre Anwältin anzurufen.«

»Keine weiteren Fragen«, sagte Hallowell.

Sie traten in die Vormittagspause ein. Michelle und Paul plauderten miteinander. Nina trank Milch aus einem Karton. Noch einmal ging sie die Dinge durch, die sie Oskel fragen wollte.

»Okay, Lieutenant Oskel …«

Vom Zeugenstand strahlte er sie an.

»Wen haben Sie noch in Verbindung mit diesem Fall verhört?«

»Wir verhörten Brenda Angelis, Cocktailserviererin bei Prize's. Wir verhörten Art Wong, den Eigentümer des Lucky Chip Motel, wo die Angeklagte wohnte. Und Mrs. Pattersons Vorgesetzten bei Prize's. Wir nahmen die Berichte der Küstenwache und der Polizei von Douglas County entgegen. Wir überprüften, wann die Müllabfuhr die Tonnen leeren sollte. Rick Eich …«

»Wen noch?«

»Ihren Arzt, Frederick Greenspan. Auch verfolgten wir die Spur der Eisbärenfigur zum Andenkenladen von Prize's zurück. Sie hatte sie dort gekauft.«

Einen solchen Auftakt hätte ihm Nina nicht ermöglichen sollen. Sie würde ihre Fragen nun mehr einengen.

»Haben Sie zu irgendeinem Zeitpunkt die Möglichkeit untersucht, daß jemand anderes als Mrs. Patterson das Verbrechen begangen haben könnte?«

»Es tauchten keinerlei Beweise dafür auf, daß jemand anderes darin verwickelt war.«

»Haben Sie mit irgendeinem der bei Prize's angestellten Arbeitskollegen von Anthony Patterson gesprochen?«

»Nein. Es gab für uns keine Veranlassung dazu.«

»Haben Sie mit seinem Vorgesetzten gesprochen?«

»Nein.«

»Nun, unter den Beweisstücken, die auftauchten, befindet sich eine kleine silberne Anstecknadel, die draußen hinter dem Haus der Pattersons unter dem Schlafzimmerfenster lag. Hat Ihre Abteilung versucht, deren Spur zu verfolgen?«

»Die kann schon ewig da gelegen haben.«

»Besinnen Sie sich, ob Sie danach graben mußten?«

»N-nein. Sie lag obendrauf.«

»Drauf auf was?«

»Es lag noch etwas Schnee.«

»Sie lag oben auf dem Schnee?«

»Jawohl.«

»Was darauf schließen läßt, daß sie erst vor kurzem dorthin gelangt war?«

»Ja.«

»Deshalb konnte sie tatsächlich nicht schon ewig dort gelegen haben! Tatsächlich konnte sie in der Nacht von Anthony Pattersons Tod dorthin gefallen sein?«

»Könnte sein.«

»Also, warum haben Sie das dann nicht überprüft?«

Die Geschworenen warteten. Oskel saß da wie eine hübsche Schaufensterpuppe.

»Nun, Lieutenant?«

»Es schien nicht wichtig«, murmelte er.

»Das machte zuviel Mühe, wo Sie doch schon entschieden hatten …«

»Einspruch!«

»Stattgegeben.«

»Auch gehört zum Beweismaterial ein Zigarettenpäckchen Marke Virginia Slims, gefunden in der Tasche von Anthony Pattersons Morgenmantel, den er trug, als er aufgefunden wurde. Haben Sie überprüft, welche Zigarettenmarke Anthony Patterson rauchte, Lieutenant?«

»Nein.« Oskel sah nicht mehr so hilfsbereit aus.

»Was, wenn ich Ihnen mitgeteilt hätte, daß er nur Camel rauchte? Hätten Sie dann Anstrengungen unternommen, um herauszufinden, wer ihm diese Zigaretten gab?«

»Einspruch«, warf Hallowell schnell ein. »Unterstellt eine unbewiesene Tatsache.«

»Ich kann ein Beweisangebot unterbreiten, Euer Ehren«, sagte Nina. Ein Beweisangebot mußte in Abwesenheit der Geschworenen gehört werden. Nina könnte dann zu Protokoll geben, auf welche Weise sie zu einem späteren Zeitpunkt in der Lage wäre, die Tatsache zu beweisen.

»Treten Sie bitte heran«, ordnete Milne an, und wieder gingen sie vor. »Müssen wir uns dieser langwierigen Prozedur unterziehen? Ich schicke die Geschworenen nicht gern hinaus. Die verkrümeln sich in die Toiletten, und es dauert eine Viertelstunde, bis man sie wieder zusammenhat.«

»Mr. Hallowell könnte außer Streit stellen, daß Mr. Patterson Camel rauchte«, bemerkte Nina.

»Das weiß ich nicht«, sagte Collier.

»Wer wird das also für Sie beweisen? Die Angeklagte?« fragte Milne.

»Nein. Peter La Russa, Mr. Hallowells Zeuge hinten in der zweiten Reihe.«

»Bestehen Sie auf der Zeremonie, Collier?« fragte Milne.

»Oh, lassen wir es zu. Wenn La Russa Ms. Reilly das nicht bestätigt, kann ich immer noch die Streichung beantragen.«

Nina und Hallowell gingen zurück, Nina mit erhobenem Kopf.

»Der Zeuge wird die Frage beantworten, die einem möglichen späteren Antrag auf Streichung im Protokoll unterliegt«, sagte Milne.

»Äh, wie lautete die Frage?« erkundigte sich Oskel.

»Zum Zweck dieser Frage möchte ich, daß Sie annehmen, Lieutenant, daß Mr. Patterson nur Camel rauchte. Ich bitte Sie außerdem, sich an Ihre Aussage zu erinnern, daß sich in der Tasche des Morgenmantels, in dem Mr. Patterson unter Wasser aufgefunden wurde, ein Päckchen Virginia Slims befand. Nun, wenn Sie gewußt hätten, daß er nur Camel rauchte, welche Schlußfolgerungen hätten Sie als erfahrener Ermittler bei Tötungsdelikten nach der Entdeckung der Virginia Slims gegebenenfalls gezogen?«

Gespannt warteten die Geschworenen auf die Antwort.

Bei dem Lieutenant fiel endlich der Groschen. »Ich würde annehmen, ihm waren die Zigaretten ausgegangen, und jemand gab sie ihm«, antwortete er einfach.

»Nun, wir wissen, daß er rauchte, und wir wissen, daß dieses und kein anderes Päckchen in seiner Tasche gefunden wurde. Welche Schlußfolgerungen würden Sie daraus ziehen?«

»Daß er diese Zigaretten in der Nacht rauchte, als er starb«, erwiderte Oskel. Das war eine wunderbare Antwort.

»Würden Sie nicht auch untersuchen, ob jemand, der Virginia Slims rauchte, in jener Nacht bei ihm war?«

»Das nehme ich an.«

»Sie sind der untersuchende Beamte, Lieutenant Oskel. Was würden Sie tun?«

»Wenn die Angeklagte diese Sorte ebenfalls nicht rauchte, würde ich dem nachgehen.«

Nina machte sich daran, dieses spezielle Schlupfloch zu schließen.

»Warum haben Sie es dann nicht getan? Ihnen standen alle Informationen leicht zur Verfügung. Warum gelangten Sie nicht zu dieser Schlußfolgerung und führten nicht die entsprechende Untersuchung?«

»Weil wir das Früchtchen ja schon hatten«, platzte Oskel heraus.

»Sie hatten sich bereits entschlossen, Ihre Bemühungen auf die Überführung von Mrs. Patterson zu konzentrieren?«

»Einspruch!« Hallowell klang besorgt. »Gibt die Aussage falsch wieder.«

»Abgewiesen.«

Oskel antwortete nicht.

»Beantworten Sie die Frage«, forderte Milne ihn auf.

»Ich vermute«, antwortete er. Nina hätte ihn umarmen können.

»Gehen wir weiter«, sagte sie. »Ich nehme an, Sie fanden Mr. Pattersons Fingerabdrücke bei den Akten.«

»Ja.«

»Wie kamen sie in die Akten?«

»Nun, er war Sicherheitsbeamter, so hatte er sich eintragen lassen. Und vor langer Zeit war er bei der Polizei in Fresno gewesen.«

»Noch andere Gründe? Schauen Sie sich Ihren Bericht an, wenn Sie Ihr Gedächtnis auffrischen wollen.«

Das brauchte Oskel nicht. »Er war früher schon einige Male festgenommen worden, aber nicht verurteilt.«

»Beantrage die voraufgegangene Frage und Antwort als nicht zur Sache gehörend zu streichen«, sagte Collier.

Milne dachte nach. »Abgewiesen«, sagte er. »Zu spät.«

»Was wurde ihm vorgeworfen?«

»Einspruch. Gehört nicht zur Sache.«

»Stattgegeben.«

»Würde Ihrer Erfahrung als Ermittler in Tötungsdelikten nach die Tatsache, daß er früher schon wenigstens zweier Verbrechen beschuldigt worden war, auf die Möglichkeit hindeuten, daß sein Tod etwas mit kriminellen Machenschaften zu tun hatte, in die er möglicherweise verwickelt war?«

»Vielleicht.« Das war alles, was sie aus ihm herausholen konnte.

»Warum sind Sie dann dieser Möglichkeit nicht nachgegangen?«

Oskel brauchte nicht zu antworten. Die Geschworenen verstanden. Mit dieser Art von Fragen fortzufahren wäre zuviel des Guten.

»Okay, kommen wir zu dem von Ihnen gefundenen Kokain.«

»Einspruch. Ist keine Frage.« Hallowell ließ ihr nichts mehr durchgehen.

»Sie sagten aus, daß Sie im Haus der Pattersons Kokain fanden?«

»Ja.«

»Wieviel Kokain?«

»Eine achtel Unze.«

»Fanden Sie irgendwelche Beweise, daß es eher zum Verkauf bestimmt war als zum eigenen Genuß? Eine Waage oder anderes Zubehör?«

»Nichts, was ich in meinem Bericht erwähnte.«

»Hätten Sie es im Bericht erwähnt?«

»Ja.«

»Wo fanden Sie das Kokain?«

»In einer Schublade für Strümpfe.«

»Für Herrenstrümpfe oder Damenstrümpfe?«

»Herrenstrümpfe.«

»Irgend etwas in Mrs. Pattersons Strumpfschublade?«

»Strümpfe und ziemlich sexy Dessous.«

»Euer Ehren …«, begann Nina.

»Bitte enthalten Sie sich der Charakterisierung von Beweismaterial, Lieutenant Oskel«, sagte Milne mit einem Anflug von Lächeln.

»Hat der Fundort des Kokains in der Schublade für Herrenstrümpfe Ihnen als erfahrenem Ermittler in Tötungsdelikten irgendeinen Hinweis gegeben, wem das Kokain gehörte?«

Wie sie die Frage formuliert hatte, gab es für Oskel kein Entrinnen. Hallowell stützte die Stirn auf die Hand und versuchte offenbar, sich einen Einspruchsgrund auszudenken. »Daß das Kokain dem Mann gehörte«, gab Oskel widerwillig zu. »Aber das bedeutet nicht, daß sie es nicht auch nahm.«

»Beantrage, den letzten Satz als nicht die Frage betreffend zu streichen«, sagte Nina.

»Der Satz ist gestrichen. Die Geschworenen werden ihn nicht beachten.«

»Haben Sie auch überprüft, ob Mrs. Patterson im Strafregister steht?«

»Ja.«

»Deutete irgend etwas darauf hin, daß sie jemals etwas mit dem Gebrauch oder Verkauf von Kokain zu tun hatte?«

»Nicht im Strafregister.«

»Irgendwo anders? Fanden Sie bei Ihrer Untersuchung irgendwelche Anzeichen dafür, daß Mrs. Patterson vom Kokainbesitz ihres Mannes Kenntnis hatte?«

»Nein.« Lieutenant Oskel resignierte. Er wußte, sie würde ihn nicht zerfleischen, nur hier und da ein bißchen zwicken.

Nina machte eine Pause. Es gab noch mehrere Punkte. Sie warf einen Blick auf die Uhr. Halb zwölf. Sie würde versuchen, bis zwölf das Kreuzverhör zu beenden, um den Richter und die Geschworenen bei guter Laune zu halten.

»Übrigens sagten Sie, Mrs. Patterson sei ziemlich hysterisch geworden, als Sie anfingen, ihr Fragen zu stellen.«

»Ja.«

»Nahmen Sie das als Anzeichen eines möglichen Schuldbewußtseins?«

»Nun, könnte sein.«

»Lieutenant Oskel, ist es nicht wahr, daß die Frau dabei zum erstenmal vom Tode ihres Ehemanns erfuhr, soweit Sie wissen?«

»Ich vermute.«

»Sind Sie verheiratet, Lieutenant?«

»Einspruch!«

»Würden Sie es als ein Anzeichen von Schuldbewußtsein betrachten, wenn eine Frau bei der plötzlichen Nachricht, daß ihr Ehemann ermordet wurde, hysterisch reagiert?«

»Nein.«

»Haben Sie das bei Ihrer Überlegung berücksichtigt, ob Mrs. Pattersons Reaktion Ihnen wie die einer Schuldigen erschien?«

»Einspruch! Stellt die Aussage falsch dar.«

»Er hat es vielleicht nicht so gesagt, aber er meinte es so, Euer Ehren«, entgegnete Nina.

»Kommen Sie nach vorn«, sagte Milne. Jetzt war Nina dran.

»Wenn Sie gegen einen Einspruch etwas vorbringen wollen, dann tun Sie es hier vorn, Anwältin. Wenn Sie das noch einmal machen, wird es Ihnen noch leid tun!«

»Entschuldigung, Euer Ehren«, sagte Nina, ohne daß es ihr leid zu tun schien.

Als sie wieder am Anwaltstisch saß, fuhr sie fort: »Sie sagten auch aus, daß Mrs. Patterson angeblich vor und nach ihrer Festnahme gewisse Erklärungen freiwillig abgab.«

»Richtig.«

»Wie oft, sagte sie, habe sie ihren Ehemann geschlagen?« Nina wandte sich zu den Geschworenen und blickte sie gespannt an; sie taten ihr den Gefallen und hörten sich die Antwort aufmerksam an.

»Einmal.«

»Nur einmal?«

»Das ist richtig.«

»Deutete sie an, daß sie in der Nacht vom Donnerstag mit dem Boot draußen war?«

»Nein. Ich habe aufgeschrieben, was sie sagte.«

»Hat sie irgend etwas gesagt, das darauf schließen läßt, daß sie Kenntnis von den Ereignissen jener Nacht besaß, nachdem sie ihren Ehemann dieses eine Mal geschlagen hatte?«

»Das Problem liegt in dem, was sie nicht sagte, Ma'am. Sie hat überhaupt keine Geschichte parat.«

Das ging ins Auge. Eilig schritt Nina weiter zu ihrem letzten Punkt. »Was den kaputten Couchtisch im Müll und die Flecken auf der Couch betrifft …«

»Uh-huh.«

»Welche Schlußfolgerungen zogen Sie aus diesen Tatsachen?«

»Es sah aus, als versuchte sie, Beweise verschwinden zu lassen, die Flecke wegzureiben und den Müll loszuwerden.«

»Warum sollte sie fünf Tage gewartet haben, um diese Beweise zu beseitigen, von Donnerstag abend bis zu dem Dienstag, wo der Müll erst abgeholt werden sollte?«

»Ich habe keine Ahnung.«

»Weist dieses Warten nicht mehr auf eine Hausfrau hin, die

eine Unordnung aufräumt, als auf eine Mörderin, die Beweise ihres Verbrechens verbergen will?«

»Ich habe keine Ahnung«, sagte Oskel, wobei er sich hilfesuchend nach Hallowell umschaute. Den Geschworenen entging der Blick nicht. Ihnen war nun klar, daß er keineswegs ein neutraler Zeuge war.

»Keine weiteren Fragen. Danke, Lieutenant Oskel.«

»Eine Widerlegung?«

»Nein, Euer Ehren«, sagte Hallowell. Er wollte, daß Oskel ging. Der Lieutenant stieg vom Zeugenstand herunter. Beim Hinausgehen sah er die Geschworenen nicht an.

»Anwälte, ich nehme zur Kenntnis, daß Sie alle auf der Liste angeführten Beweisstücke einverständlich zugelassen haben.«

»Richtig, Euer Ehren.«

»Korrekt, Richter.«

»Wir treten in die Mittagspause ein«, verkündete Milne. »Bitte seien Sie um halb zwei wieder im Gericht.«

»Rufen Sie Art Wong auf«, sagte Collier Hallowell. Er hatte drei Zeugen für den Nachmittag bestellt. Außer Art Wong waren dies Brenda Angelis und Peter La Russa. Der Prozeß kam in Schwung, legte an Tempo zu. Die beamteten Zeugen waren durch. Alle übrigen kannten Michelle und Anthony. Ihre Aussagen konnten sich tiefer eingraben.

Art Wong, der Manager des Motels, das Sandy vor so langer Zeit Michelle empfohlen hatte, trat in einem leichten Leinenanzug in den Zeugenstand; er schien kaum groß genug, um über die Brüstung blicken zu können.

»Mr. Wong, Sie sind schon seit zwanzig Jahren Eigentümer des Lucky Chip Motel, richtig?«

»Mmm-hmmm.«

»Bitte antworten Sie mit ja oder nein.«

»Ja.«

»Gelegen in Stateline in der Nähe von Harvey's Casino?«

Mr. Wong nickte. »Sie müssen laut antworten, bitte«, setzte Hallowell hinzu.

»Ja.« Eine zarte, schüchterne, hohe Stimme. Er drehte ein Taschentuch in seinen Händen zur Wurst.

»Am 30. April, einem Montag, hatten Sie da Dienst im Motel?«

»Ja.«

»Sind Sie an jenem Abend der Angeklagten Michelle Patterson begegnet?«

Mr. Wong neigte den Kopf und schaute auf Michelle. »Sie sieht ganz anders aus«, sagte er. »Ja.«

»Bitte beschreiben Sie die Begegnung.« Hallowell erwartete eine breite Darstellung als Antwort. Viel Glück, dachte Nina.

»Sie nahm ein Zimmer.« Hallowell wartete, aber es kam nichts weiter aus ihm heraus.

»Nahm sie das Zimmer unter ihrem eigenen Namen?«

»Nein.«

»Unter welchem Namen?«

»Iris Summers.«

»Aber Sie sind sicher, daß es sich um diese Frau handelte?«

»Ja.«

»Wissen Sie, weshalb sie einen falschen Namen benutzte?«

»Nein.«

»Schien sie Ihnen auf irgendeine Weise besorgt zu sein?«

»Nein.« Worauf wollte er bei Mr. Wong hinaus?

»Wer bestellte das Zimmer für sie?«

»Die Anwaltskanzlei.«

»Von welchem Anwalt?«

»Von der Dame da drüben«, sprach er leise.

»Keine weiteren Fragen.« Na toll, dachte Nina.

»Hallo, Mr. Wong«, begrüßte sie ihn.

Seine Augen leuchteten ein bißchen. Ihm war klar, das Schlimmste war vorbei.

»Wissen Sie, warum meine Kanzlei das Zimmer bestellte?«

»Nein.«

»Hat irgend etwas, was Mrs. Patterson tat, Sie veranlaßt zu glauben, sie wolle sich vor den Behörden verbergen?«

»Nein.«

»Wie oft melden sich Leute in Ihrem Motel unter falschem Namen an, und Sie hören dann später, daß die Namen falsch waren?«

»Das erfahre ich nicht immer«, sagte er. »Aber es kommt oft vor.«

»Und welches sind häufig die Gründe, einen falschen Namen zu benutzen?«

»Einspruch. Fordert zur Spekulation auf.«

»Stattgegeben.«

»Ist Mrs. Patterson am 8. Mai in ihr Motel zurückgekehrt?«

»Ja.«

»Hatte sie in jener Nacht einen ruhigen Schlaf?«

Mr. Wong blickte ratsuchend zur Decke auf. »Nein.«

»Was geschah?«

»Jemand versuchte, in ihr Zimmer einzubrechen.«

»Woher wissen Sie das?«

»Sie schrie laut, und das weckte die Leute auf, da kam ich heraus.«

»Was geschah dann?«

»Sie beruhigte sich wieder. Ich brachte das Gazefenster und die Scheibe wieder in Ordnung, so daß sie sich wieder schlafen legen konnte.«

»Was war mit dem Fenster los?«

»Jemand hatte mit dem Messer das Gazefenster zerschnitten. Die Scheibe war auch zerbrochen, aber das Fenster war noch zu.«

»Es scheint demnach, daß jemand in ihr Zimmer einzudringen versuchte?«

»Wie ich schon sagte.« Es schien ihm lästig zu sein, das zweimal zu sagen.

»Und sie hatte große Angst?«

»Sie schrie ganz laut. Und rannte in der kalten Nacht nur im Slip rum.«

»Also befand sie sich in Gefahr?«

»Einspruch«, warf Hallowell erwartungsgemäß ein. »Fordert eine Schlußfolgerung.«

»Ziehe die Frage zurück«, sagte Nina. Mr. Wong wartete ausdruckslos auf die nächste Frage. »Keine weiteren Fragen.«

Hallowell erhob sich. »Nur ein paar wenige Fragen zur Widerlegung.«

»Gestattet.«

»Nach allem, was Sie wissen, konnte Mrs. Patterson den ganzen Zwischenfall selbst inszeniert haben, nicht wahr?« fragte er. Das schien eine narrensichere Frage zu sein, aber Mr. Wong war ein gescheiter Mann.

»Nein«, sagte er.

»Warum nicht?«

»Zuviel Angst. Und kein Grund dazu.«

»Haben Sie den Eindringling gesehen?«

»Nein.«

»Alles, was Sie sahen, war die Angeklagte, die in der Unterwäsche herumtanzte, nicht wahr?«

»Einspruch. Beeinflußt den Zeugen.«

»Stattgegeben.«

»Keine weiteren Fragen.« Hallowell setzte sich mit angewiderter Miene hin. Nina dachte, er sei nicht weit gekommen.

»Rufen Sie Ihren nächsten Zeugen.«

»Brenda Angelis.« Eine große, schlanke junge Frau mit einer Knabenfrisur und tiefroten Lippen trat in den Zeugenstand. Sie trug eine knapp sitzende Jacke und einen blauen Baumwollrock, schwarze Strümpfe und schwarze Schuhe mit hohen Absätzen.

»Sind Sie Miss Angelis?«

»Ja.«

»Wo sind Sie beschäftigt.«

»Bei Prize's. Ich bin Cocktailserviererin.«

»Und kannten Sie im April die Angeklagte?«

»Klar. Wir haben zusammen gearbeitet.« Miss Angelis schaute sich im Saal um und genoß die Aufmerksamkeit.

»Am Montag, dem 30. April, hatten Sie da abends mit Mrs. Patterson bei Prize's Dienst?«

»Erraten.«

»Erzählte Ihnen Mrs. Patterson etwas über ihren Ehemann, und wenn ja, was?«

»Sie sagte, sie hatten am Donnerstag davor einen wahnsinnigen Streit. Sie sagte, er wollte sie mit Gewalt flachlegen und hat auf sie losgeprügelt, und sie rastete aus und brannte ihm eins mit einer Figur über den Schädel. Und dann, sagte sie, war er weg, und sie dachte, er wird ihr auflauern oder daß er tot ist oder so. Und sie zog in ein Motel, bis Gras darüber gewachsen war.«

Eine sensationelle Aussage. Brenda Angelis wußte das und sonnte sich im Scheinwerferlicht.

»Erzählte sie Einzelheiten?«

»Sie sagte, er war betrunken und roch schlecht.«

»Was noch?«

Sie überlegte, zuckte dann mit den Schultern.

»Nichts weiter?«

»Nein.«

»Hat sie irgend etwas über den Grund ihres Streits mit ihrem Ehemann verlauten lassen?«

»O ja, richtig. Äh, er wollte nichts mehr für ihre Therapie rausrücken. Sie ging zu einem Nervenklempner – wir sollten alle mal das Glück haben –, und sie wollte damit nicht Schluß machen.«

»Danke, Miss Angelis.« Die Zeugin sah enttäuscht aus. Hallowell wandte sich mit stummem Triumph in den Augen Nina zu. »Ihre Zeugin.«

Nina hatte sich vorgenommen, bei dieser jungen Frau ganz vorsichtig zu Werke zu gehen. »Sie sagen, Mrs. Patterson schlug ihren Ehemann auf den Kopf?«

»Jawohl.«

»Wie oft?«

»Wie bitte?«

»Teilte sie Ihnen mit, wie oft sie ihn schlug?«

»Nein. Ich hatte den Eindruck, einmal hat gereicht. Jetzt komme ich dahinter, daß ...«

»Also hat sie zu keinem Zeitpunkt erklärt, daß sie ihn mehr als einmal geschlagen hat?«

Die Zeugin überlegte ein Weilchen, dann sagte sie: »Ich schätze nein.«

»Und dann äußerte sie, er verschwand?«

»Jawohl.«

»War die Rede davon, daß sie ihn mit einem Boot hinausgefahren hat?«

»Nein, nichts dergleichen.«

»Schien sie zu glauben, daß er noch lebte?«

»Davor hatte sie eine Scheißangst. 'tschuldigung.«

»Keine weiteren Fragen«, sagte Nina. Sie hoffte, damit einigen Schaden abgewendet zu haben, aber Brenda hatte mehr Porzellan zerschlagen als alle vorherigen Zeugen. Ihre Aussage wirkte so lebendig und direkt, daß die Geschworenen es richtig vor sich sahen, wie Michelle Anthony den Schlag versetzte. Die Bardame Michelle, die etwas Ähnliches trug wie Miss Angelis' heutige Aufmachung, etwas Knappsitzendes und Billiges, kam nach Hause, fing einen Streit an und schwang die Figur, um Anthony Patterson den Schädel einzuschlagen. Jeder konnte das sehen.

Nach der Kaffeepause am Nachmittag trat Peter La Russa, Anthonys Freund und Mitverschworener, in den Zeugenstand, aber er kam nicht allein. Neben ihm schritt Jeffrey Riesner den Mittelgang nach vorn. »Ich vertrete Mr. La Russa«, sagte er. »Ich erbitte, neben dem Zeugenstand bleiben zu dürfen, für den Fall, daß mein Beistand erforderlich wird.«

So könnte sich La Russa auf den Fünften Zusatzartikel mit dem Schutz vor Selbstbezichtigung berufen! Und Riesner hatte sich damit schließlich doch in den Prozeß hineingemogelt.

»Irgendwelche Einwände, Anwälte?« fragte Milne Nina und Hallowell. Sie schüttelten den Kopf. Riesner hatte das Recht, anwesend zu sein.

»Mr. La Russa, im April waren Sie bei Prize's Aufseher über Spieltische, gewöhnlich Abteilungschef genannt, ist das richtig?« fragte Hallowell.

»Ja.« La Russa klang ängstlich, herausgerissen aus dem Trubel seiner gewohnten Umgebung.

»Kannten Sie Anthony Patterson?«

»Ja.«

»Waren Sie befreundet mit ihm?«

»Etwas.«

»Und Sie arbeiteten mit ihm?«

»Er gehörte zum Sicherheitsdienst. Er war immer in der Nähe.«

»Und kannten Sie die Angeklagte?«

»Sie brachte Drinks an die Tische.«

»Hat Mr. Patterson jemals über seine Ehe gesprochen?«

»Einspruch, fordert zur Spekulation auf«, sagte Nina. Wohin sollte das führen?

»Abgewiesen.«

»Ja, hat er gemacht.«

»Haben Sie jemals die beiden zusammen beobachtet?«

»Oft.«

»Und was haben Sie gegebenenfalls in bezug auf ihr Verhältnis zueinander beobachtet?«

»Sie haßte den Typ«, sagte La Russa.

»Was haben Sie in dieser Hinsicht im einzelnen beobachtet?«

»Sie ging ihm aus dem Weg. Immer wenn er sie mal berührte, widerte sie das an. Sie hat ihn nie angelächelt und ihm keinerlei Respekt oder Liebe gezeigt. Sie schlief mit anderen rum.«

»Danke, Mr. La Russa«, sagte Hallowell, wobei er seiner Freude über diese Aussage mit einem selbstgefälligen Lächeln Ausdruck verlieh.

Bis dahin hatte Riesner noch keinen Mucks von sich gegeben. Er stand bloß da. Nina hoffte, sie könnte das Kreuzverhör hinter sich bringen, ohne ihn explodieren zu lassen.

»Sie mögen die Angeklagte nicht, nicht wahr, Mr. La Russa?«

»Genau. Ich mag sie nicht.«

»Würden Sie sie gern des Mordes an Ihrem Kumpel überführt sehen?«

»Wenn sie's getan hat.«

»Sie wurden bei Prize's gefeuert, ist das richtig?«

»Das ist ein schwebendes Verfahren«, sagte La Russa. Riesner wurde langsam munter.

»Warum wurden Sie gefeuert?« fragte Nina.

»Einspruch. Gehört nicht zur Sache«, sagte Hallowell.

Milne schien nicht zu wissen, wie er über den Einspruch entscheiden sollte. Auch er beobachtete Riesner. »Abgewiesen«, erklärte er schließlich. »Sie dürfen antworten.«

La Russa nickte. »Ich verweigere die Aussage, weil sie mich belasten könnte.«

»Sie berufen sich auf den Fünften Zusatzartikel?«

»Das sagte er doch«, warf Riesner ein.

»Okay, Mr. La Russa, entspricht es nicht den Tatsachen, daß Sie und Mr. Patterson eine vom Casino unabhängige Geschäftsbeziehung unterhielten?«

»Ich verweigere die Aussage, weil sie mich beschuldigen – ich meine, belasten könnte.«

»Und bestand der Deal nicht darin, gemeinsam das Casino arglistig zu betrügen, indem Sie einem bekannten Counter erlaubten, dort entgegen der Geschäftsordnung zu spielen, und sich anschließend den Gewinn teilten?«

»Ich verweigere die Aussage, weil sie mich belasten könnte.«

Das schmeckte Nina. »Und kam es zwischen Ihnen selbst und Mr. Patterson nicht zum Streit, weil er einen größeren Anteil vom Gewinn haben wollte?«

La Russa wollte nein sagen, aber Riesner schüttelte den Kopf. »Ich verweigere die Aussage, weil sie mich belasten könnte.«

»Vielleicht haben Sie ihn ermordet?« sagte Nina. Irgendein Teufel ritt sie, der ihr einflüsterte, treibe es auf die Spitze. Riesner starrte sie wütend an.

»He, nun mal halblang! Ich doch nicht«, antwortete La Russa laut.

»Woher sollen wir das wissen, wenn Sie nicht einmal über Ihren Deal reden wollen?«

»Einspruch. Die Anwältin argumentiert mit dem Zeugen.«

»Stattgegeben.«

»Anthony Patterson war eifersüchtig auf die Beziehungen seiner Frau, stimmt das nicht?«

»Sehr eifersüchtig. Er hatte auch Grund dazu.«

»Hat er irgendwelche Männer, auf die er eifersüchtig war, bedroht oder ihnen etwas angetan?«

»Darüber wüßte ich nichts«, antwortete La Russa.

»Ist es nicht wahr, daß am Tage von Anthony Pattersons Tod Sie ihm ein Videoband von der Sicherheit vorgelegt haben, das aufgenommen wurde, als er freihatte?«

La Russa wußte genau, wovon Nina sprach. »Ja.«

»Und was war auf dem Band zu sehen?«

»Der Casino-Boß Stephen Rossmoor und sie, wie sie sich vor seiner Suite verabschiedeten, das war drauf.«

»Kam sie aus seiner Suite?«

»Ja.«

»Und war sie zärtlich zu ihm?«

»Mit der Hand packte sie seine Eier, und ihre Zunge steckte ihm bis zur Kehle runter im Mund«, sagte La Russa laut mit selbstzufriedener Miene.

»Wie reagierte Mr. Patterson darauf?«

La Russa lachte kurz auf. »Ich bin nicht den ganzen Film geblieben.«

»Drohte er Mr. Rossmoor?«

Endlich merkte La Russa, worauf sie hinauswollte. Er beeilte sich, sie von ihrem Kurs abzubringen. »Nicht wirklich.«

»Haben Sie sich überlegt, daß Sie Mr. Pattersons Leben gefährden könnten, als Sie ihm das Videoband gaben?«

»Nein! Es war gerade umgekehrt. Rossmoors Leben vielleicht.«

»Sie meinen, Mr. Patterson könnte Mr. Rossmoor verfolgen? Dachten Sie nun nicht, Mr. Rossmoor könnte sich dann entschließen, Mr. Patterson als eine Bedrohung zu beseitigen?« Nina wartete auf den Einspruch.

»Fordert zur Spekulation auf«, sagte Collier. »Es liegen keine Beweise vor …«

»Anwälte, wollen Sie bitte zum Richterstuhl treten?«

»Alles in Ordnung, Euer Ehren. Ich ziehe die Frage zurück«, sagte Nina und überließ die Geschworenen für den Abend ein paar trächtigen neuen Gedankengängen.

»Oh. Nebenbei, Mr. La Russa. Welche Zigarettenmarke rauchte Mr. Patterson, falls er rauchte?«

»Camel. Ohne Filter.«

»Danke, Sir.«

La Russa und Jeffrey Riesner liefen in ihren Anzügen wie Zeremonienmeister bei einer Hochzeit den Mittelgang entlang. Riesner warf Nina beim Vorübergehen einen herablassenden Blick zu, als wollte er sagen: Sie können mich nicht einmal aus Ihrem Prozeß heraushalten.

»Der Tag neigt sich dem Ende zu«, sagte Milne. »Ich möchte die Anwälte für morgen um halb neun zu mir bitten. Das Gericht vertagt sich bis morgen neun Uhr.«

Nina packte ihre Unterlagen zusammen. Das Adrenalin hörte auf, sie aufzupeitschen, und sie fühlte sich erschlagen vor Erschöpfung. Paul und Michelle halfen ihr packen und die Akten zum Bronco zu schaffen.

»Sehen wir uns heute abend?« fragte Paul.

»Tut mir leid ...«

»Okay, ruh dich aus«, sagte er. »Es wird nur schwerer. Die Show heute hat mir Spaß gemacht.«

»Wie war ich, Paul?«

»Hallowell sitzt in der Klemme«, meinte Paul.

»Ja, aber morgen kommt das Geständnis zur Sprache.«

»Dir fällt schon was ein«, sagte er, sprang in seinen Van und rauschte ab.

Michelle stieg mit dem Bauch voran in ihren Wagen. »Das Baby will heia machen«, sagte sie. »Also mach ich mich auf den Weg ins Frauenhaus.«

»Bis morgen«, sagte Nina.

Michelle sprach über ihre Schulter: »Ich wäre froh, wenn Sie nicht so über Steve hergezogen wären.«

»Ich mußte.«

Michelle fuhr los.

29

NINA WACHTE LANGSAM AUF. Der Druck und der fehlende Schlaf hatten ihr massive Kopfschmerzen aufgebrummt. Mit drei Aspirin und später einer Tasse Kaffee im Magen rollte sie ihre Akten durch die Korridore des Gerichts.

Bis jetzt hatte sie nicht die Last tragen müssen, den Prozeß voranzutreiben. Hallowell hatte die Szene eingerichtet, den Rahmen abgesteckt und die ganze Verantwortung übernommen. Ihr war nur die Aufgabe zugefallen, den Schaden zu begrenzen.

Heute würde Collier Hallowell seinen Beweisvortrag abschließen.

Nun würde die Verteidigung vortreten und die Geschworenen überreden müssen, keine Verurteilung auszusprechen. Sie würde Hallowell das Geständnis geben.

Die Anklagebehörde hatte schon genügend Beweise vorgelegt und gute Aussichten, von den Geschworenen einen Schuldspruch auf Mord zu erreichen. Dr. Clausons Aussage, daß eine Stunde bis zum zweiten Schlag verging, lief auf eine mögliche Verurteilung wegen vorsätzlichen Mordes hinaus – auf lebenslänglich für Michelle.

Oskel und Higuera hatte Michelle erzählt, daß sie sich an die Ereignisse nach ihrem Gang in die Küche nicht erinnern konnte. Es war unwahrscheinlich, daß die Geschworenen das schluckten.

Doch Nina konnte Michelles Behauptung nicht erklären, ohne Michelles Geistesverfassung in jener Nacht zur Sprache zu bringen. Und das Berufungsgericht hatte entschieden, daß Bruno

Cervenkas Tonband dann vom Anklagevertreter benutzt werden konnte, um ihre Erklärung zu widerlegen.

Falls Michelle wegen Mordes verurteilt würde, nachdem Nina das Tonband mit einbeziehen ließ, dann würde Nina, und das wußte sie, in der Öffentlichkeit als total unfähig dastehen. Da könnte sie einpacken und sich davonschleichen; da würde sie auch für Geld und gute Worte keine Klienten mehr bekommen. Es wäre klug, die Sache nicht noch schlimmer zu machen.

Aber sie hatte sich entschlossen, das Wagnis einzugehen. Es gab keinen anderen Weg, einen Zweifel bei den Geschworenen zu wecken. Wenn die Geschworenen alles wüßten, was sie in Erfahrung gebracht hatte, würden sie Michelle vielleicht glauben. Wenn nicht, kämen sie vielleicht zu dem Schluß, daß Anthony in der Hitze der Leidenschaft getötet worden war; dann würde Michelle wegen Totschlags verurteilt werden, nicht wegen Mordes.

Die Verteidigungsstrategie glich einem Würfelspiel, so daß sich Nina von ganzem Herzen wünschte, sie brauchte die Entscheidung nicht zu treffen. Aber Michelle stimmte ihr zu. »Soll alles rauskommen«, hatte sie erklärt. Also würden sie sich den Tatsachen stellen und sie nicht verbergen, auf die Geschworenen bauen und hoffen, daß sie gerecht urteilten.

Milne hatte die Anwälte zeitig zu sich bestellt. Die einzigen Leute im Gerichtssaal waren Milne, seine Gerichtssekretärin und Stenographin, der Justizwachtmeister, Hallowell, sie und – oh, sie hatte gehofft, daß gestern sein letzter Tag hier wäre – Jeffrey Riesner, gebadet in Moschus-Aftershave. Es würde sie ihr Lebtag würgen, wenn sie das roch. Was hatte er jetzt vor? Mit noch einer Komplikation würde sie wohl nicht fertig werden.

Riesner glotzte sie wieder an. Er war wie ein Schultyrann, der einfach auf den Neuen zugeht und ihm ein blaues Auge haut. Er konnte sie nicht in Frieden lassen.

Manche Leute gefielen ihr auf Anhieb. Andere mußte sie erst kennenlernen. Ein paar weckten wie Jeffrey Riesner eine chemische Antipathie in ihr. Das lag nicht bloß an der physischen Einschüchterung, die von seinem massigen, schleimigen Körper ausging, von seinem grobgeschnittenen Gesicht und seinem schweren Kinn. Nein, er störte sie einfach durch sein Wesen. Seltsam, wie dieselbe Chemie, die sie abstieß, in ihm offenbar ein unwiderstehliches Verlangen auslöste, den Kampf aufzunehmen und sie zu besiegen. In einer Bar würde er sie primitiv anmachen und, wenn sie ihn zurückwies, mit häßlichen Schimpfwörtern belegen. Hier im Gerichtssaal, wo ihn die Umgangsformen hemmten und er sie nicht direkt angehen konnte, strahlten noch immer Wellen feindseliger Aggression von ihm aus.

Milne redete. Es kostete sie einige Anstrengung, sich auf ihn zu konzentrieren.

»Gut, Anwälte, wir haben mehrere Punkte auf der Tagesordnung, bevor die Geschworenen heute früh eintreten. Ms. Reilly, ich höre, Sie haben einen Antrag, den Fall abzuweisen. Wir müssen auch darüber sprechen, wie das Geständnis in die Verhandlung eingebracht wird. Wir sollten die Zeugen durchgehen, die die Verteidigung nun aufzurufen beabsichtigt. Das heißt, wenn Sie immer noch Ihren Beweisvortrag abschließen wollen, Collier.«

Hallowell nickte. »Sobald die Geschworenen hereinkommen.« Er sah frisch und zuversichtlich aus. Nun war er an der Reihe, Seitenhiebe auszuteilen.

»Kommen wir zum Antrag auf Abweisung des Falles. Ms. Reilly?«

Nina machte sich einen Plan. Wenn der Anklagevertreter seinen Beweisvortrag abschloß, konnte die Verteidigung verlangen, daß der Fall abgesetzt wurde, mit der Begründung, daß nach geltendem Recht zu wenige Beweise vorlagen, um den Fall den Geschworenen vorzulegen. Das war ein offizieller Antrag für das Protokoll zwecks Berufung. Milne nahm es nicht auf seine Kappe, den Fall den Geschworenen aus der Hand zu nehmen. Die vorliegenden Beweise reichten durchaus für eine Verurteilung Michelles, selbst ohne das Geständnis. »Ersuche das Gericht, dem Antrag der Angeklagten stattzugeben. Danke, Euer Ehren.«

Hallowell stand auf und zählte noch einmal seine wichtigsten Argumente auf; Michelle Patterson hatte ein Motiv, die Gelegenheit und die Mittel, das Verbrechen zu verüben. Milne nickte.

»Antrag abgelehnt«, verkündete er mit teilnahmsloser Stimme. »Nun, Ms. Reilly, in Ihrer Eröffnungserklärung sagten Sie, daß Sie den Geisteszustand Ihrer Mandantin zum Zeitpunkt oder um die Zeit des Mordes erklären würden. Wie wir alle wissen, öffnet das die Tür für die Tonbandaussage. Haben Sie beide das Problem gelöst, wann und wie das Tonband zur Sprache gebracht wird? Vor den Geschworenen wünsche ich kein Gezänk.«

»Wir haben uns nicht darüber verständigt, Richter«, sagte Hallowell. »Ich könnte warten, bis Ms. Reilly alle Zeugen vernommen und den Beweisvortrag der Verteidigung beendet haben wird; dann beziehe ich es in meine Widerlegung ein. Der bequemere Weg scheint mir zu sein, wenn ich in meinem Kreuzverhör von Dr. Cervenka darauf komme. Ich sehe, er ist der erste Zeuge der Verteidigung. Er kann die Gültigkeit des Tonbands beglaubigen.« Er warf ihr einen zu persönlich gemeinten Blick zu, der ein wenig Mitleid andeutete. Sie sah den Richter an.

»Gibt es Probleme dabei?« fragte Milne.

»Wie wär's damit: Ich bringe es in meiner direkten Vernehmung von Dr. Cervenka zur Sprache«, sagte Nina.

»Sie wollen wirklich das Geständnis Ihrer Mandantin als Teil Ihrer Vernehmung einbringen?« fragte Milne. Er versuchte offenbar, ihr eine Chance zu bieten, davon wieder Abstand zu nehmen.

»Ja.«

Hallowell schaute sie kurz ungläubig an. Riesner grinste affektiert.

Milne schob sich die Brille auf der Nase hoch und verfügte: »So sei es denn.«

»Was die Zeugen der Verteidigung betrifft, Euer Ehren, haben Gericht und Staatsanwalt unsere Liste, vorbehaltlich der Widerlegung oder besonderer Umstände«, sagte Nina. Sehr lang war die Liste nicht: heute Bruno, Barbara Tengstedt und Dr. Greenspan, mit eventueller Fortsetzung morgen; danach Tom Clarke, Janine Clarke, Steve Rossmoor, Carl Tengstedt und Al Otis. Sie hatte noch nicht entschieden, ob sie Michelle in den Zeugenstand rufen würde. »Sie wurden alle vorgeladen für heute vormittag. Ich sehe vor, einige von ihnen als gegnerische Zeugen zu benennen.«

»Glauben Sie, daß Sie heute mit Ihrem psychiatrischen Sachverständigen fertig werden?« fragte Hallowell.

»Wenn sich Ihr Kreuzverhör in einem vernünftigen Rahmen hält«, erklärte sie. »Aber es kann eng werden. Vielleicht müssen wir die Vernehmung von Dr. Greenspan morgen fortsetzen.«

»Sehr gut«, sagte Milne. »Nun, Mr. Riesner, wie ich sehe, haben Sie uns einige Papiere mitgebracht.«

»Ja, Euer Ehren. Ich vertrete Dr. Frederick Greenspan, der für heute vorgeladen wurde. Obwohl mir bewußt ist, daß seine Aussage als behandelnder Arzt der Angeklagten erforderlich sein kann, ersuche ich darum, daß seine eidliche Zeugenaussage streng begrenzt wird.«

»Auf welche Weise?«

»Ms. Reillys Verteidigung wird darin bestehen, so viele Zeugen wie möglich zu verleumden. Meiner Kenntnis nach wird sie versuchen, die Glaubwürdigkeit ihres eigenen Zeugen in Zweifel zu ziehen. Sie wird ihn der falschen ärztlichen Behandlung beschuldigen. In einem Zivilprozeß kann das vielleicht verhandelt werden oder auch nicht, aber hier kann das durch die Schutzverfügung verhindert werden, um die wir ersuchen.«

»Es wäre nicht das erstemal, daß man die Verteidigung dazu benutzt«, stellte Milne fest. »Also, Ms. Reilly, beabsichtigen Sie anzudeuten, daß Dr. Greenspan Mrs. Patterson zu der Tat trieb? Sie denken doch nicht etwa, daß er sie zum Morden hypnotisierte?«

»Nein. Ich werde Dr. Greenspan nur darum bitten, den Geschworenen von ihren Problemen zu erzählen und von seinem Versuch, sie zu behandeln. Ich habe freilich die Absicht, darauf hinzuweisen, daß er kein qualifizierter Psychotherapeut ist.«

»Sehen Sie, Richter?« warf Riesner ein. »Sie wird versuchen, diesen angesehenen Arzt in den Schmutz zu ziehen. Sie schert sich nicht darum, wen sie verletzt, solange sie bei den Geschworenen Verwirrung stiften kann. Wenn sie meinem Klienten eins auswischen will, dann sollte sie wissen, daß ich mit gleicher Münze zurückzahlen werde.«

Milne beeindruckte das nicht. Er blätterte noch einmal in seinen Papieren und sagte dann: »Okay. Hiermit verfüge ich, daß Sie, Ms. Reilly, keine Fragen stellen und Antworten entlocken dürfen, die auf irgendeine Art von falscher ärztlicher Behandlung seitens Dr. Greenspans hindeuten. Das gilt auch für stillschweigendes Implizieren derartiger Dinge. Sie sagen, Sie besitzen keine Beweise, also bitte keine versteckten Andeutungen. Habe ich mich klar ausgedrückt?«

»Ja, Euer Ehren.«

»Allerdings sehe ich keinen Grund, weshalb die Geschworenen nicht voll und fair über die Qualifikation des Doktors unterrichtet werden sollten. Ich verfüge also nicht, daß Sie sich der Erörterung seiner Qualifikation enthalten sollen.«

»Danke, Euer Ehren.«

»Gut. Fangen wir also an.«

Die Türen des Gerichtssaals öffneten sich, und die Zuschauer nahmen ihre Plätze ein. Andrea hatte an dem Tag freigenommen und setzte sich in die vorderste Reihe neben den Anwaltstisch. Als Michelle vorbeikam, drückte sie aufmunternd ihren Arm. Ninas Zeugen befanden sich mit einheitlich bedrückten Gesichtern verstreut unter den Zuschauern.

Die Tengstedts saßen in der hintersten Reihe. Mrs. Tengstedt sah aus, als hätte sie geweint. Carl Tengstedt hatte den Arm um sie gelegt und wandte sein finsteres Gesicht Nina zu. Al Otis saß rechts vorn in einem sportlichen Plaidmantel mit einer weißen Nelke. Heute waren seine Haare braun, glatt nach hinten gekämmt, und er trug eine dicke Hornbrille. Mußte wohl auf dem Weg hierher mal kurz in ein Casino hineingeschaut haben.

Die Clarkes befanden sich am Mittelgang nebeneinander, ohne sich zu berühren. Tom machte ein zerquältes Gesicht, als stünde er selbst vor Gericht. Seine Frau saß versteinert mit verschränkten Armen da.

Steve Rossmoor war hereingekommen, an einem Arm Michelle, am anderen trug er einen Laptop.

Die frühzeitig eingetroffenen, von Riesner flankierten Greenspans hatten Nina gemieden. Ericka Greenspan schien mit dem Rechtsanwalt zu debattieren. Vielleicht meinte sie, daß die Schutzverfügung nicht weit genug gegangen war.

Zum Schluß, kurz bevor die Türen geschlossen wurden, traf Dr. Bruno Cervenka in seinem motorgetriebenen Rollstuhl ein. Ihn begleitete ein Student, offenbar sein ihm zugeteilter Fahrer. Brunos weißes Haar war sorgfältig glattgestrichen; seine Aktentasche hing am Griff des Rollstuhls. Er parkte hinten in einer Ecke.

Nina schaute sich um und nickte ihm dankbar zu. Sie wußte, wie schwer es ihm fiel hierherzureisen.

Der Tag heute würde über Michelle Patterson entscheiden, so oder so. Die Zuschauer schienen das zu spüren. Selbst die Geschworenen hatte an diesem Morgen eine besondere Unruhe gepackt. Diese Gefühle erzeugten im Saal eine Atmosphäre wie vor dem Endspurt. Der Prozeß war zu einem selbständigen Wesen geworden und hatte alle in seinen Bann gezogen.

»Mr. Hallowell?«

»Die Anklagevertretung hat ihren Beweisvortrag zur Sache abgeschlossen, Euer Ehren, natürlich vorbehaltlich einer Widerlegung.«

»Sehr gut. Ms. Reilly, sind Sie bereit, für die Verteidigung fortzufahren?«

»Ja, Eucr Ehren. Die Verteidigung ruft Dr. Bruno Cervenka auf.« Auf dieses Zeichen hin rollte Bruno auf dem Mittelgang nach vorn und ließ den Geschworenen Zeit, ihn ausgiebig zu betrachten. Bruno war noch nie ein hübscher Mann gewesen. Nun im Alter fügten sich die Knollennase, die abstehenden Ohren und struppigen Augenbrauen zu einem ganz respektablen Bild zusammen. Eine Mischung aus Jack Klugman und Albert Einstein. Neben dem Zeugenstand hielt er an und nahm die Aktentasche auf den Schoß.

»Guten Morgen, Dr. Cervenka«, sagte Nina nach seiner Vereidigung.

»Guten Morgen.« Die tiefe, rollende Stimme, auf die Nina baute, spendete ihr ein winziges bißchen Trost.

»Sie sind Doktor der Medizin, Psychiater und Professor der Psychiatrie an der Medizinischen Fakultät der Universität von Kalifornien in San Francisco, ist das richtig?«

»Ja. Ich legte mein medizinisches Examen an der genannten Universität 1946 ab. Meine Assistenzzeit schloß ich ...«

»Die Anklagevertretung erklärt einverständlich, daß Dr. Cervenka als sachverständiger Zeuge auf dem Gebiet der Psychiatrie anerkannt wird«, unterbrach ihn Hallowell. Das hinderte Nina daran, Brunos berufliche Vergangenheit, seine Auszeichnungen, seine Publikationen und Berufungen als Professor in allen Einzelheiten darzulegen. Doch die Geschworenen schienen hinreichend beeindruckt zu sein.

»Wie lange praktizieren Sie bereits Psychiatrie?«

»Zweiundvierzig Jahre.«

»Und haben Sie während dieser Zeit Gelegenheit gehabt, Patienten mit Amnesie zu diagnostizieren oder zu behandeln?«

»O ja. Ich hatte Hunderte solcher Fälle.«

»Habe ich mich Anfang Mai dieses Jahres an Sie als unabhängigem Fachberater in diesem Fall gewandt?«

»Ja.«

»Was bat ich Sie zu tun?«

»Sie baten mich, die medizinischen Berichte über Michelle Patterson durchzusehen, insbesondere die Unterlagen ihres derzeitigen behandelnden Arztes. Sie baten mich, mit Mrs. Patterson ein Beratungsgespräch zu führen und sie eventuell zu hypnotisieren. Sie baten mich, Ihnen eine Diagnose ihres psychiatrischen Problems zu stellen und zu versuchen, verlorene Erinnerungen wieder hervorzuholen.«

»Und haben Sie meinen Wünschen entsprochen?«

»Ja. Ich habe sie alle ausgeführt. Ich las die Berichte, und Mrs. Patterson kam im Mai nach San Francisco zur Begutachtung.«

»Und haben Sie über diese Arbeit irgendwann für mich einen schriftlichen Bericht vorbereitet?«

»Nein. Sie hatten mich nicht darum gebeten.«

»Sie erwähnten eine mögliche Hypnose. Machen Sie in Ihrer Praxis von der Hypnotherapie Gebrauch, Professor?«

»Ja. Jedoch wird sie nur begrenzt angewendet.«

»Und worin liegt die Begrenzung?«

»In der klassischen Psychoanalyse wird die Hypnose überhaupt nicht angewendet. Freud fand heraus, daß bei Patienten, bei denen die Hypnose angewendet wurde, nur vorübergehend eine Besserung eintrat. Er entdeckte, daß die Hypnose tatsächlich verhindert, daß der Patient seinen Widerständen Ausdruck verleiht und seine Probleme abarbeitet.«

»Worin liegt sonst noch die Begrenzung?« Bruno war so gewandt. Seine Antworten fügten sich zwanglos zu den Argumenten, die sie anbringen wollte.

»Gegenwärtig wenden angesehene Praktiker die Hypnotherapie nur für wenige Zwecke an. Um es mit einfachen Worten auszudrücken, sie kann einer verkrampften oder ängstlichen Person helfen, sich zu entspannen. Manchmal ist sie bei der Behandlung einiger Suchtgewohnheiten hilfreich, wie beim Tabakgenuß oder bei zwanghaftem Essen. Und gelegentlich hilft sie bei Patienten mit einer von einem mentalen oder physischen Trauma verursachten Amnesie.«

»Sie sagen, sie ist nur manchmal hilfreich. Wie kommt das, Professor?«

»Sie berühren da das Hauptproblem bei der Hypnose; es liegt in ihrer mangelnden Zuverlässigkeit. Das trifft dann zu, wenn man Dinge ans Licht zu bringen versucht, die verdrängt werden, das heißt, die ins Unbewußte abgeschoben wurden.«

»In welcher spezifischen Hinsicht ist die Hypnose unzuverlässig bei Patienten mit Amnesie?«

Bruno sprach zu den Geschworenen, als wären sie Studenten in einem seiner Seminare, locker, ungezwungen. »Nun, erst einmal müssen Sie wissen, Hypnose versetzt Körper und Geist lediglich in einen entspannten Zustand, in dem die Beeinflußbarkeit gesteigert wird. Das kann die Genauigkeit des wiedererlangten Gedächtnisses beeinträchtigen.

Zum Beispiel haben einige Patienten und Patientinnen das starke Verlangen, dem Therapeuten oder der Therapeutin zu gefallen. Das kann dic Erinnerung verzerren. Der Patient kann erfundene Einzelheiten hinzufügen oder eine Erinnerung erfinden, die er nicht hervorholen kann. Dafür gibt es ein Wort: *Konfabulation.*

Auch können, wenn sich der Patient in diesem Zustand befindet, andere Dinge aus dem Unbewußten des Patienten durchsickern – Schuldgefühle, Ängste, andere verdrängte Dinge aus der Kindheit des Patienten. Sie können auf das Gedächtnis des Patienten abfärben. Das kann zu einer Erinnerung an etwas führen, das sich im Leben des Patienten nie ereignet hat.« Bruno gestikulierte beim Reden. Die Geschworenen schienen gehörig fasziniert zu sein. Er ließ eine Pause, damit sich diese Gemütsverfassung festigte.

»Lassen Sie mich das nun ein bißchen untermauern, Professor, und Sie fragen … was bedeutet Amnesie?«

»Es ist ein Geisteszustand, in dem der Patient nicht imstande ist, sich ein Ereignis ins Bewußtsein zu rufen, das er oder sie selbst erlebt hat.«

»Also wird sie mit dem Begriff *Gedächtnisverlust* vernünftig beschrieben?«

»Ja.«

»Was verursacht Amnesie?«

»Einspruch. Nicht beweiserheblich.«

Milne stimmte zu, daß Nina mit dieser Frage zu sehr im Allgemeinen blieb. »Weshalb fragen Sie nicht nach der Amnesie im vorliegenden Fall, wenn Sie darauf hinauswollen, Anwältin?« sagte er.

»Gewiß, Euer Ehren. Ich komme sofort darauf.« Nina hielt inne, um ihre Gedanken zu sammeln, da der Rhythmus ihres Austauschs mit Bruno Cervenka unterbrochen worden war. Sie stand mit dem Rücken zum Publikum und fühlte, wie sie hundert Augenpaare durchbohrten.

»Um noch einmal auf Ihre von mir erbetene Tätigkeit zurückzukommen, Professor, können Sie den Geschworenen zusammenfassend berichten, welche Behandlung Mrs. Patterson von Dr. Frederick Greenspan hier in Lake Tahoe erfuhr?«

Bruno Cervenka zog Greenspans Notizen hervor. Sie waren

bereits einvernehmlich als Beweisstücke zugelassen worden, so daß Nina die betreffenden Fragen und Antworten übergehen konnte. »Zwischen Januar und April dieses Jahres kam sie zehnmal zur Behandlung zu ihm. Mit Ausnahme der ersten Sitzung wurde sie jedesmal hypnotisiert. Sie brach die Therapie ab und brachte sie nicht zu Ende.«

»Und was für Symptome traten, Ihrem Verständnis auf Grundlage der Notizen Dr. Greenspans nach, bei ihr auf?«

»Sie suchte diesen Arzt hauptsächlich wegen ihrer Ängste und Depressionen auf. Bei der ersten Sitzung sprach sie auch davon, daß gewisse Zwänge ihr zusetzten. Sie stand unter einem Zwang, sich sexuell auszuleben. Dr. Greenspan notierte einen möglichen Alkoholismus.«

»Was noch?«

»In der ersten Sitzung brachte sie auch zur Sprache, daß sie sich nicht an ihre Kindheit vor dem zehnten Lebensjahr erinnern könne. Das verursachte ihr Leiden, als ob es sie große Energie kostete, diese Erinnerungen zu verdrängen.«

»Geht aus den Notizen hervor, daß irgendeine Diagnose gestellt wurde?«

»Nein. Der Doktor war kein Psychiater; er war Arzt mit einer gewissen Ausbildung in Hypnosetechniken.«

Riesner stand hinten auf und sagte: »Euer Ehren ...«

»Sie werden nicht vergessen, was wir heute früh besprochen haben!« sagte Milne in warnendem Ton zu Nina.

»Nein, Euer Ehren.«

»Fahren Sie fort.«

»Euer Ehren«, meldete sich Riesner wieder.

»Setzen Sie sich hin, Mr. Riesner«, sagte Milne.

»Bitte beschreiben Sie die von Dr. Greenspan vorgenommene Therapie, wenn Sie möchten«, bat Nina. Die Geschworenen wandten die Köpfe geschlossen wieder dem Professor zu.

»Das kann ich nun wirklich nicht. Diese Notizen sind ziemlich oberflächlich hingeworfen, und es gibt keine Tonbänder. Es scheint, als versetzte der Doktor Mrs. Patterson immer in tiefe Hypnose, um die Ängste und die Depressionen zu beseitigen.

Nach wenigen Sitzungen gab er offenbar verschiedene Anregungen, die helfen sollten, ihre zwanghafte sexuelle Betätigung zu beenden. In der neunten und zehnten Sitzung scheint er eine Technik versucht zu haben, die hypnotische Regression genannt wird.«

»Und das ist?«

»Der Versuch, einen Zugang zu den verlorenen Kindheitserinnerungen zu finden.«

»Und hatte er in dieser Hinsicht Erfolg?«

»Nicht daß ich wüßte.«

»Kommen wir nun zu der von Ihnen in San Francisco vorgenommenen Beurteilung von Mrs. Patterson.« Nina wurde nervös. Sie vermißte Hallowells Einsprüche. Er wartete seine Zeit ab.

»Ja. Ich sprach eine ganze Weile mit Mrs. Patterson. Dann schaltete ich sie ab.«

»Sie hypnotisierten sie?«

»Ja. Ein ausgezeichnetes Medium, sie war äußerst empfänglich.«

»Was geschah dann?«

»Ich verfolgte zwei Ziele. Das erste bestand darin, die Stärke des Widerstands ihres Unbewußten gegen die Freigabe der Kindheitserinnerungen zu ermessen.«

»Durch Anwendung der hypnotischen Regression?«

»Genau. Mein zweites Ziel bestand darin, ihren kürzlichen Gedächtnisverlust einzuschätzen.«

»Bezieht sich das auf einen Gedächtnisschwund in bezug auf die Nacht, in der ihr Ehemann getötet wurde?«

»Ja, auf ihr Unvermögen, sich daran zu erinnern, was geschah, nachdem sie ihrem Ehemann den einen Schlag versetzt hatte.«

»Gut. Sie nahmen die ganze Sitzung auf Tonband auf, ist das richtig, Professor?«

»Ja.«

»Haben Sie es heute bei sich?«

»Nein. Es wurde in meiner Praxis von der Polizei beschlagnahmt.«

»Ich zeige Ihnen nun dieses Tonband, das sich seit der Überstellung durch die Polizei von San Fancisco im Gewahrsam der Polizei von Lake Tahoe befand …« Sie übergab das Tonband Bruno. Auf ihrem Anwaltstisch stellte der Gerichtssekretär einen Recorder auf.

»Ob es das von mir aufgenommene Tonband ist, kann ich nach Anhören der ersten beiden Sätze sagen«, erklärte Bruno.

Nina schaltete das Gerät ein. Bruno und Michelle unterhielten sich, ihre Stimme schwebte über der seinen. Zum erstenmal hörten die Geschworenen Michelle.

»Ja, es ist das Band«, sagte Bruno.

»Gut, hören wir uns die Stelle über Mrs. Pattersons Verlust der Kindheitserinnerungen an. Wenn Sie keine Einwände haben, Anwalt?«

»Bitte sehr!« antwortete Hallowell.

Der Gerichtssaal verstummte. Mit rasch gehendem Atem schaltete Nina das Tonband wieder an.

Und sie alle hörten, wie Michelle von den Philippinen sprach, dann schien sie noch weiter zurückzugehen, mit hoher Stimme in kindlicher Rede. Es lag eine böse Ahnung in ihrem Ton, dann folgte gleich der Ausbruch von Angst und Schrecken, das dünne Stimmchen schrie: »Daddy!« Ungezügeltes Weinen und Schluchzen, dann Brunos besänftigende Worte, die Michelle an einen anderen Ort versetzten. Nina schaltete aus.

Die Tengstedts verließen den Saal, Barbara Tengstedt vergrub ihr Gesicht an der Schulter ihres Mannes; neugierige Blicke folgten ihnen.

Stille. Den Kopf gesenkt, hielt sich Michelle die Hand vor den Mund. Paul flüsterte: »Alles in Ordnung mit Ihnen?« Sie nickte und blickte nach hinten, wo ihre Eltern gesessen hatten.

Nina sprach mit ruhiger Stimme: »Hat Ihnen dieser Teil der Hypnosesitzung zusammen mit Ihrer Durchsicht der Notizen von Dr. Greenspan und Ihrem Gespräch mit der Angeklagten erlaubt, zu Schlußfolgerungen über die Kindheitsamnesie zu gelangen?«

»O ja.«

»Wie lauten die Schlußfolgerungen?«

»Erst einmal würde ich sagen, im Gehirn dieser Dame ist eine traumatische Erinnerung verschlossen, ein einzelnes verheerendes Ereignis mit großem Aufruhr der Gefühle. Es liegt so tief vergraben, daß sie sich selbst nach der Sitzung nicht erinnern konnte, diese Dinge gesagt zu haben. Mit anderen Worten: Sie besaß noch keinen bewußten Zugang zu ihrem Gedächtnis. Zweitens würde ich sagen, diese eine Erinnerung blockiert auch alle anderen Erinnerungen an die Kindheit, und sie könnten ganz leicht wieder zurückgebracht werden, wenn sie sich bewußt an die Sache auf dem Tonband erinnern würde.

Drittens, die Regression selbst erweckt Argwohn. Man kann auf dem Tonband hören, daß sie stückchenweise kommt und für das Kind, das das Ereignis erlebte, unbegreiflich bleibt. Es ist unmöglich festzustellen, was tatsächlich geschieht. Es ist nur ein Anfang. Mrs. Patterson bedürfte einiger Sitzungen mehr, um diese Erinnerungen dort einzuordnen, wo sie sie selbst erklären könnte.«

Brunos Auftritt war brillant. Die Geschworenen blieben in seinem Bann.

»Gut, Professor, lassen Sie mich danach fragen: Hat solch eine Amnesie die Neigung, erneut aufzutreten, wenn im späteren Leben sich ein anderes traumatisches Ereignis abspielt?«

»Genau. Jeder Mensch reagiert auf überwältigende Gefühle auf seine eigene Weise. Das Gehirn folgt dem Weg des geringsten Widerstands. Wenn es dem Gehirn gelang, das erste Ereignis durch Amnesie zu bewältigen, dann neigt es bei einem zweiten traumatischen Ereignis zu derselben Schutzmaßnahme.«

Seine Erklärung klang trocken, nicht so bedeutungsvoll wie andere Erklärungen, aber Hallowell war sich sicher, die schwerwiegende Bedeutung dessen zu verstehen, was Dr. Cervenka soeben gesagt hatte. Er hatte den Geschworenen im guten Glauben eine Erklärung für Michelles Amnesie betreffs der Mordnacht geboten. Nina warf einen Blick hinüber und sah, wie Hallowell sich hektisch Notizen machte.

»Könnte ein gewaltsamer Streit mit ihrem Ehemann einen neuerlichen Anfall von Amnesie ausgelöst haben?«

»Bei einem erheblichen Aufruhr der Gefühle, ja«, antwortete Bruno.

»Gut, Professor …«

»Machen wir die Vormittagspause«, sagte Milne.

Als die Geschworenen zurückkamen, glaubte Nina eine neue Aufgeschlossenheit in ihren Gesichtern zu lesen, als ob sie nun bereit wären, einen möglichen Zweifel in Anschlag zu bringen, ob Michelle den Mord verübt hatte. Sie besaß eine Chance.

»Professor, ich werde nun den Rest des Tonbands abspielen, den Teil, von dem Sie sagten, Sie versuchten festzustellen, was sich in der Nacht von Anthony Pattersons Tod zutrug, und danach werde ich einige Fragen an Sie richten.«

Sie drückte Play, und das Band lief.

Als Michelle sagte: »Ich hab ihn getötet«, verschlug es allen den Atem. Und dann fragte Bruno: »Was fühlen Sie jetzt?«, und sie sagte: »Haß.«

Das Tonband endete. Nina blickte verstohlen zu den Geschworenen. Alle waren sie entsetzt.

Ihr war nicht bewußt gewesen, wie vernichtend das Tonband klang, ganz gleich, welche Hintergrunderklärungen sie lieferte. Michelle hatte gestanden. Die Worte schwebten im Raum, sie blieben den Geschworenen unauslöschlich im Gedächtnis. Sie spürte, wie wacklig das Gebäude war, das sie unter solchen Anstrengungen errichtet hatte, und wie es wankte.

»Hm, Professor, Sie, äh …«

»Ms. Reilly?« sagte Milne.

Sie holte tief Luft. »Professor, können Sie von diesem Tonband schließen, ob Michelle Patterson ihren Ehemann getötet hat oder nicht?«

»Nein«, sagte Bruno gleichmütig. Er schien der einzige zu sein, den das Anhören des Tonbands nicht berührte.

»Wie können Sie das sagen, wenn die Angeklagte die Worte gebraucht: ›Ich hab ihn getötet‹, und offenkundig sagt, sie hasse ihren Ehemann?«

»Diese Verbindung ziehe ich eben nicht. Lassen Sie mich das

erklären. Auf diese Aussagen kann man sich nicht verlassen. Es ist mehr als möglich, daß das frühere Trauma diese Aussagen färbte. Die Feststellung: ›Ich hab ihn getötet‹, kann mehr metaphorisch sein als wirklich zutreffen.«

Die Geschworenen begriffen nichts mehr. Was der Professor nun sagte, war genau das Gegenteil von dem, was sie mit eigenen Ohren gehört hatten.

Bruno fuhr fort: »Vor ein paar Jahren sagte das eine andere Patientin zu mir, eine charmante Dame, deren schon alte Mutter an Alzheimer litt und in einem Pflegeheim im Sterben lag. Als sie starb, kam diese Dame zu mir und erzählte mir unter Hypnose, daß sie ihre Mutter umgebracht habe. Sie sagte genau dasselbe: ›Ich habe sie getötet!‹ Sie fühlte sich absolut schuldig, weil sie nicht in der Lage war, ihre Mutter zu Hause zu behalten. Sie glaubte wirklich, ihre Mutter ermordet zu haben, obwohl sie nichts weiter getan hatte, als sie in ein Pflegeheim zu bringen.«

»Weshalb sagen Sie, das vorherige Trauma könne vielleicht dieses Geständnis gefärbt und verzerrt haben?«

»Zehn Minuten zuvor hatte ich erlebt, wie Mrs. Patterson eine starke emotionale Erfahrung durchlebte. Diese Gefühle könnten noch lebendig gewesen sein. Meiner Meinung nach wurde der zweite Abschnitt des Tonbands vom ersten beeinflußt.«

»Danke, Professor. Ihr Zeuge«, sagte Nina. Sie hatte ihr Bestes getan.

Vor Hallowells Kreuzverhör wurde zur Mittagspause unterbrochen. Paul, Nina und Michelle nahmen ihren üblichen engen Tisch im Coffee-Shop. Paul war der einzige, der etwas herunterbrachte. Er verdrückte zwei Thunfisch-Sandwiches und ein großes Glas Orangensaft, während Nina und Michelle stumm dasaßen.

»Das nenne ich vorausgreifendes Prozeßverhalten«, meinte Paul. »Du hattest das Tonband im Griff und drehtest es dir davor und danach zurecht, mit allen Gründen, warum man ihm nicht glauben soll. Du hast gezeigt, daß du keine Angst davor hattest. Du hast es Hallowell weggenommen. Läuft gut!«

Als Nina nicht antwortete, fragte Paul, was mit ihr los sei, aber

Nina konnte es nicht erklären. Sie war wie betäubt. »Verpatze den Prozeß jetzt nicht!« sagte Paul, als Nina aufstand und ihnen in den Gerichtssaal folgte.

Nun war Hallowell an der Reihe. Er war bereit.

Nina konnte erkennen, daß Bruno müde wurde, aber er war immer noch in Form. Sie fragte sich, wie lange er noch durchhalten würde.

»Professor Cervenka, wie oft haben Sie in Strafprozessen für die Verteidigung ausgesagt?« Eine wunderbare Eröffnungsfrage, die auf Brunos Schwäche als Zeuge abzielte.

»Ich habe nicht mitgezählt.«

»Mehr als hundertmal?«

»Möglicherweise.«

Hallowell wandte sich zur Seite und schaute die Geschworenen an, als er die nächste Frage stellte.

»Und wie oft haben Sie für die Anklage ausgesagt?«

»Das ist noch nicht vorgekommen.«

»Noch nie?«

»Noch nie.«

»Sie sind also überhaupt kein neutraler Zeuge, nicht wahr?«

»Was meinen Sie damit?«

»Ist es nicht wahr, daß Sie eine starke Abneigung gegen die Anklagebehörde haben?«

Bruno zögerte. Angesichts der Tatsachen würde er alle Glaubwürdigkeit verlieren, wenn er nein sagte.

»Meine beratende Tätigkeit ...«

»Sie sind ein Verteidigungsberater, nicht wahr?«

»So könnte man sagen.«

»Ein bezahlter Sachverständiger noch dazu. Wieviel wird Ihnen für Ihr heutiges Erscheinen hier gezahlt?«

Die Antwort wäre zulässig. Nina machte sich nicht die Mühe, Einspruch zu erheben. Statt dessen krümmte sie sich vor Unbehagen.

»Dreihundert Dollar die Stunde.«

»Dreihundert Dollar die Stunde! Na, dafür würden Sie doch alles wegerklären, nicht wahr?«

»Einspruch! Beantrage Streichung des Kommentars des Anwalts!«

»Stattgegeben.«

»Sie haben uns in Ihrer Aussage alles über die Amnesie erzählt.«

»Ich habe sie kurz erörtert.«

»Sie erklärten, daß die Amnesie der Angeklagten bezüglich der Ereignisse vom 26. bis 27. April eine Reaktion auf das früher erlebte Trauma sei?«

»Ja.«

»Dann lassen Sie mich fragen: Woher wissen Sie, daß sie Amnesie hat?«

Bruno sagte: »Weil ... weil sie es mir erzählt hat.«

»Sie verlassen sich also gänzlich auf ihre eigene, ihr selbst nützende Behauptung Ihnen gegenüber, daß sie Amnesie habe?«

»Das muß ich«, antwortete Bruno.

»Was ist, wenn sie lügt?«

»Nun, ich muß annehmen ...«

»Und für dreihundert Piepen pro Stunde nehmen Sie alles mögliche an, nicht wahr ...«

»Einspruch!« rief Nina entrüstet. »Der Anwalt versucht ...«

»Stattgegeben.«

Nachmittagspause. Bruno blieb die ganze Zeit auf der Toilette. Wieder am Zeugenstand machte er ein erschöpftes Gesicht. Die Schmerztabletten für seine Hüfte wirkten offenbar nicht.

»Also, Sie haben versucht, das Geständnis wegzuerklären ...«

»Einspruch! Dürfen wir vortreten?« fragte Nina. Sie ging mit Hallowell vor an die Seite des Podests mit dem Richterstuhl.

»Euer Ehren«, flüsterte sie wütend, »Mr. Hallowell gibt bei seiner Befragung zu viele meinungsbildende Kommentare ab. Ich ersuche, ihn zu ermahnen.«

»Sie kann austeilen, aber sie kann nichts einstecken, Richter«, äußerte Hallowell. Er versuchte, ihr in die Augen zu sehen. Sie ignorierte ihn.

»Er hat recht«, sagte Milne zu Nina. »Werden Sie fertig damit.«

Mit flammendem Gesicht kehrte Nina zu ihrem Tisch zurück.

»Formulieren Sie die Frage bitte anders, Anwalt«, sagte Milne.

»Die Angeklagte sagte: ›Ich hab ihn getötet‹, richtig?« fuhr Hallowell fort.

»Ja.«

»Und das deutet für Sie nicht darauf hin, daß sie ihren Ehemann tötete?«

»Nein. Wie ich erklärte ...«

»Wenn ich Ihnen unter Hypnose sage: ›Der Himmel ist blau‹, deutet das für Sie darauf hin, daß er nicht blau ist?« Einer der Geschworenen kicherte. Hallowell schaute Nina an, das Gesicht finster vor angespannter Konzentration.

»Nein, es ist einfach kein Beweis dafür, daß der Himmel blau ist oder nicht.«

»Der Himmel könnte trotzdem blau sein?«

»Ja.«

»Na, Gott sei Dank«, sagte Hallowell, und der ganze Gerichtssaal lachte stillvergnügt in sich hinein.

»Wo Sie nun heute hier sitzen, Professor, haben Sie eine Ahnung, ob diese Frau ihren Ehemann ermordete?«

»Nein.«

»Nun, auf dem Tonband sagte sie: ›Haß‹, als Sie sie fragten: ›Was fühlen Sie jetzt?‹. Deutet das nicht darauf hin, daß sie ihren Mann haßte?«

»Nicht unbedingt.«

»Warum sollte sie lügen?«

»Ich behaupte nicht, daß sie log.«

»Was hat sie dann gemacht? Sie sagte nicht die Wahrheit, und sie log nicht. Sie tun nicht genug für Ihr Honorar, Professor!« Noch mehr Gelächter.

»Einspruch! Polemisch. Ist keine Frage!«

»Stattgegeben.«

»Auf dem Tonband gestand sie, ihren Ehemann ermordet zu haben, nicht wahr?«

»Einspruch. Fordert zu einer Schlußfolgerung auf.«

»Abgewiesen.«

»Es war nicht unbedingt ein Geständnis, das sage ich Ihnen doch.«

»Okay, sprechen wir also über die anderen Probleme der Angeklagten außer dieser sogenannten Amnesie. Sie hatte Depressionen?«

»Ja.«

»Welche Gefühle hatte sie gegenüber ihrem Ehemann? Wenn sie sich nicht in Trance befand?«

»Sie brachte eine gewisse Furcht und Zorn zum Ausdruck«, antwortete Bruno.

»Sind Sie jemals dahintergekommen, warum sie herumschläft?«

»Einspruch! Unklar und doppelsinnig.«

»Formulieren Sie die Frage anders, Anwalt.«

»Warum sucht sie immer Sex?«

»Das gehört wahrscheinlich zu der mit dem ursprünglichen Trauma zusammenhängenden Symptomatologie.«

»Und warum betrinkt sie sich? Entschuldigung, trinkt sie übermäßig?«

»Wie ich höre, trinkt sie keinen Alkohol mehr.«

»Wie lange haben Sie gebraucht, um diese junge Dame zu begutachten?«

»Wenn Sie die Sitzung in meiner Praxis meinen, eine Stunde.«

»Die kostet noch einmal dreihundert?«

»Ja.«

»Also haben Sie sie eine Stunde lang kennengelernt, und Sie haben einige Notizen aus zweiter Hand von einem anderen Arzt gelesen, und Sie glauben, Sie wüßten alles über ihre Psyche?«

»Einspruch. Polemisch.«

»Abgewiesen.«

»Ganz und gar nicht. Das würde ich mir nie anmaßen. Aber ich bin zu einigen Schlußfolgerungen gelangt.«

»Daß sie zum Beispiel, wenn sie sagt: ›Ich hab getötet‹, das in Wirklichkeit vielleicht gar nicht meint?«

»Ja.«

»Und wenn sie sagt, sie haßt ihren Ehemann, dann können Sie nach einer Stunde erkennen, daß sie das auch nicht meint?«

»Sie meint es vielleicht nicht so, wie Sie daraus folgern …«

»Nach dieser einstündigen Sitzung glauben Sie sagen zu können, wann die Dame lügt?«

Das war die beste Frage von allen. Bruno war außerstande zu parieren.

»Als ausgebildeter Psychiater kann ich wahrscheinlich eine Lüge leichter erkennen als ein Laie«, antwortete er schließlich.

»Ich habe nicht nach einer Verallgemeinerung gefragt. Ich möchte wissen, ob Sie sagen können, ob diese Dame, die hier wegen Mordes vor Gericht steht, eine Lügnerin ist oder nicht?«

»Vielleicht nicht in jedem Fall.«

»Wie wär's mit einem Ja oder Nein für uns Laien?«

»Nein.«

»Keine weiteren Fragen.«

»Wir setzen morgen um neun Uhr mit der Vernehmung von Barbara Tengstedt fort«, ordnete Milne an. Alle strömten zu den Türen. Nina ging auf Bruno zu und fragte: »Kann ich mit Ihnen zum Auto gehen?«

Sie schob seinen Rollstuhl hinaus auf den Parkplatz. Sein Fahrer wartete schon, angelehnt an den für Bruno speziell eingerichteten Van.

Die kühle Luft jagte Nina einen Schauer durch den Körper. »Ich hoffe, ich habe Sie nicht im Stich gelassen, meine Liebe«, sagte Bruno.

»Sie waren wunderbar.«

»Rufen Sie mich an, wenn Sie das Urteil haben.« Sie fuhren los.

Nina stand da und wünschte, sie könnte mit ihnen abdampfen über die Berge.

30

Am Mittwoch trat Barbara Tengstedt aus ihrem Schatten heraus.

Seitdem Michelle ins Frauenhaus von Tahoe zurückgekehrt war, hatte sie nicht mehr mit ihren Eltern gesprochen. Die Tengstedts weigerten sich, mit Nina über Mrs. Tengstedts Vorladung zu reden. Sie hatten das Thema Prozeß vermieden, bis sie am Vortag erscheinen mußten, und sie hatten Michelle nicht angesprochen.

Sie schienen sich völlig entfremdet zu haben. Nina glaubte, Carl Tengstedt würde es Michelle nie verzeihen, daß sie ihre Mutter zur Aussage zwang. Dort vorn im Zeugenstand würde er sie nicht beschützen können, ihr nicht den Mund verbieten und sie beeinflussen können. Sie auf diese unsanfte Weise zu nötigen, öffentlich über so persönliche Dinge zu reden, mußte den Tengstedts wie der scheußlichste Verrat vorkommen.

Barbara Tengstedt würde Nebenzeugin sein. Ihr Beitrag würde untergeordnet sein, sogar verwirrend für die Geschworenen. Bestenfalls wäre sie in der Lage, Brunos Theorie zu erhärten, daß ein früheres Trauma zur Amnesie geführt hatte und daß Michelle, konfrontiert mit einem neuen Trauma, die gleiche psychologische Abwehr benutzt hatte.

Aber Michelle wollte es, und Nina wollte es. Sie hatte sich überlegt, daß es letztlich ihrer simplen Verteidigung guttun würde, rundum Zweifel auszustreuen. Nina würde die Vergangenheit aufgreifen und zusehen, ob sie diese nicht einmal zur Abwechslung *für* Michelle arbeiten lassen könnte.

Bei der Vernehmung von Mrs. Tengstedt würde Nina ihr

Hauptprinzip verletzen müssen, nämlich die Antworten auf all ihre Fragen schon vorher zu kennen. Und im Hinterkopf spielte sie immer wieder Brunos Anregung durch.

Warum verschwand Michelles Vater? War er tot? Ihre Bemühungen, mit Sandys Hilfe weitere Informationen über ihn aufzuspüren, hatten nichts ergeben. Vielleicht würde er heute auftauchen. Oder vielleicht konnte er das nicht. Vielleicht würde Michelle ... Sie hörte auf, sich darüber den Kopf zu zerbrechen. Sie würden schon dahinterkommen, oder?

Die Geschworenen traten hintereinander ein, plauderten miteinander, fühlten sich nach anderthalb Wochen endlich wohl in dieser wichtigen Rolle.

Nina hatte schon halb befürchtet, Barbara Tengstedt würde heute vormittag nicht erscheinen. Wenn das der Fall war, hatte sie sich vorgenommen, Michelle zu sagen, daß sie nichts Weiteres unternehmen wolle. Der Gedanke, Milne um eine gerichtliche Anordnung zur Vorführung der Leute zu bitten, die ihr die Anwaltskosten bezahlt hatten, war einfach zu kurios.

Aber sie war erschienen, eine Geistererscheinung in einem schwarzen Kostüm, weißer Bluse und mit einem perfekt dazu passenden, hübschen, kleinen Halstuch.

»Ich rufe Barbara Tengstedt auf«, sagte Nina. Michelles Mutter trat in den Zeugenstand.

Sie war eine Frau, die von anderen niemals bemerkt wurde, die unsichtbare ältere Frau, die im Laden, in der Kirche oder in ihrem Wohnzimmer keinen Raum für sich beanspruchte. Nie würde sie in der Öffentlichkeit ihre Stimme erheben oder sich laut mit ihrem Ehemann streiten. Die ganzen Jahre war sie auf Unauffälligkeit bedacht gewesen.

Nun musterte der Gerichtssaal sie von oben bis unten: das Haar ein unbestimmbares Blond, die Gesichtszüge einst fein, doch nun war die Feinheit von der Zeit verwischt, die verblaßten blauen Augen ängstlich und verlegen. Ein getarntes Wesen, nun außerhalb ihrer gewohnten Umgebung brutal zur Schau gestellt. Nina spürte einen Stich von Mitleid.

In der hintersten Reihe schäumte Carl Tengstedt vor Wut.

»Bitte nennen Sie Ihren vollständigen Namen«, sagte Nina vom Anwaltstisch aus.

»Barbara Tengstedt.«

»Ihren vollständigen Namen. Einschließlich des mittleren und des Geburtsnamens.«

Mrs. Tengstedt sagte etwas, das man nicht hören konnte. »Sie müssen ins Mikrophon sprechen«, forderte Milne sie auf.

»Barbara Elaine Underhill Tengstedt.«

»Sind Sie die Mutter der Angeklagten?«

»Ja.«

»Und Sie leben mit Ihrem Ehemann Carl Tengstedt in Fresno?«

»Ja.«

»Sind Sie außerhalb von zu Hause beschäftigt?«

»Nein.«

»Wohnt Mrs. Patterson noch bei Ihnen?«

»Nein.«

»Seit wann wohnt sie nicht mehr bei Ihnen?«

»Seit drei Jahren.«

»Seit sie Anthony Patterson heiratete und nach Lake Tahoe zog?«

»Ja.«

»Hatte sie davor immer bei Ihnen gelebt?«

»Ja.«

»Wo wohnte sie im frühen Kindesalter bis zu ihrem zehnten Lebensjahr?«

»Auf den Philippinen.«

»Wo auf den Philippinen?«

»Auf dem Marineflughafen in Subic Bay.«

So weit, so gut.

»Wer ist Mrs. Pattersons Vater?«

»Carl Tengstedt.«

»Ist Mr. Tengstedt ihr leiblicher Vater?«

Eine lange Pause. »Ich habe keine Lust, darüber zu sprechen.«

»Beantworten Sie bitte die Frage!«

»Muß ich das?« fragte Mrs. Tengstedt, wobei sie ihren Kopf zu Milne hinaufhob, der aus seiner Träumerei gerissen wurde.

»Ja, das müssen Sie«, antwortete Milne.

»Was passiert mir, wenn ich es nicht tue?«

»Dann muß ich anordnen, daß Sie antworten. Und wenn Sie dann nicht antworten, dann begehen Sie eine Mißachtung des Gerichts.«

»Was würde dann passieren?«

»Dann müßte ich Sie mit einer Gefängnisstrafe belegen«, sagte Milne kurz angebunden.

»Na gut, dann stecken Sie mich ins Gefängnis.«

»Barbara!« schrie Carl Tengstedt von hinten, ganz außer sich.

»Justizwachtmeister, sorgen Sie dafür, daß sich der Mann hinsetzt«, sagte Milne.

Nina dachte, das laufe bestimmt nicht in die richtige Richtung. »Euer Ehren, wenn ich … ich bin bereit, die Frage fürs erste zurückzuziehen«, sagte sie.

Milne sah erleichtert aus. »Fahren Sie fort«, erklärte er.

»Mrs. Tengstedt, lieben Sie Ihre Tochter?«

»Ja.«

»Sie sind heute nicht aus freien Stücken hier, ist das richtig?«

»Ja.«

»Aber Sie verstehen, Sie müssen meine Fragen wahrheitsgemäß beantworten?«

»Ja. Oder ins Gefängnis gehen.«

»Sie waren gestern im Gerichtssaal?«

»Ja.«

»Erinnern Sie sich an Dr. Cervenkas Aussage, daß Ihre Tochter in der Todesnacht ihres Ehemannes eine zwischenzeitliche Amnesie erlitten haben könnte?«

»Ich erinnere mich daran.«

»Und daß er seine Schlußfolgerung auf die Erklärungen gründete, die Ihre Tochter ihm und Dr. Greenspan gegenüber geäußert hatte, nämlich, daß sie unter Amnesie bezüglich ihrer Kindheit leidet?«

»Ja.«

»Hat sie Ihnen tatsächlich erzählt, daß sie sich auf ihre Kindheit bis zum zehnten Lebensjahr überhaupt nicht besinnen kann?«

»Einspruch. Hörensagen.«

»Stattgegeben.«

»Haben Sie in den Jahren, als Ihre Tochter bei Ihnen in Fresno wohnte, irgendwelche Gedächtnisprobleme beobachtet?«

»Einspruch. Unklar und doppelsinnig.«

»Dürfen wir vortreten?« fragte Nina.

Milne war nicht in bester Laune. Hallowell hielt sich beiseite, als Nina ihre Begründung vorbrachte.

»Die Antworten auf diesen Fragenkomplex sind für die Verteidigung beweiserheblich, Euer Ehren. Sie liefern eine Erklärung für das Tonband und für die Gedächtnislücke. Ich habe diese Dame hier nicht wegen ein paar Lachern angeschleppt.«

»Sprechen Sie leiser. Ich möchte nicht, daß die Geschworenen das aufschnappen. Sie fragen nach Hörensagen.«

»Ich habe das Problem des Geisteszustands der Angeklagten zum Gegenstand des Verhörs gemacht. Die Antworten werden nicht wegen der Wahrheit des Sachverhalts dargeboten. Sie werden vorgetragen, um ihre Geistesverfassung aufzuzeigen, und fallen deshalb unter eine Ausnahme vom Hörensagenprinzip.«

»Nun, Collier?« sagte Milne mit einem Blick auf die Uhr.

»Sicher gibt es eine Ausnahme für das Aufzeigen des Geisteszustands. Aber wir haben es hier mit einer einmaligen Situation zu tun. Nina versucht, den Geisteszustand der Angeklagten vor dreizehn oder mehr Jahren darzulegen, nicht den der Mordnacht. Sie holt viel zu weit aus, und bei dieser abgelaufenen Zeit läßt sich die Ausnahme nicht anwenden.«

»Hat irgend jemand hier gesetzgebende Vollmacht?« fragte Milne. »Ich habe kein Interesse daran, neues Recht zu setzen.«

»Sie werden es tun müssen, Euer Ehren«, sagte Nina. »Schauen Sie. Sie stand unter einer Therapie der Regressionshypnose, als sie dieses sogenannte Geständnis abgab. Körperlich befand sie sich in der Gegenwart, aber geistig in der Vergangenheit. Ihr Geisteszustand zu der Zeit, als sie die Worte sprach, ist eindeutig beweiserheblich. Ferner behaupten wir, daß die Angeklagte in der fraglichen Nacht das gleiche psychiatrische Problem durchlebte. Deshalb kann sie sich nicht erinnern …«

»Daran will ich nicht einmal denken«, sagte Milne. »Sie sind die Verteidigerin, Sie haben großen Spielraum; ich lasse es zu. Aber ich bin nicht dazu da, um für Ihr kreatives Anwaltsgebaren die Folie abzugeben, Ms. Reilly. Machen Sie das nicht noch mal mit mir!«

Nachdem Nina und Hallowell wieder Platz genommen hatten, sagte Milne: »Einspruch abgewiesen.«

»Hat Ihnen Ihre Tochter erzählt, daß sie sich auf ihre Kindheit vor dem zehnten Lebensjahr überhaupt nicht besinnen kann?« fragte Nina Barbara Tengstedt, die inzwischen von allen vergessene Frage neu formulierend.

»Die Geschworenen werden darauf hingewiesen, daß diese Aussage dargeboten wird, um den Geisteszustand der Angeklagten zur Zeit der Aufnahme des von Ihnen gehörten Tonbands und während der Nacht vom 26. auf den 27. April aufzuzeigen. Sie wird nicht dargeboten, um die Wahrheit des Sachverhalts zu beweisen«, erklärte Milne. Mehrere Geschworene erwarteten noch mehr Aufhellung, aber Milne hatte anscheinend beschlossen, sich mit weiteren Kommentaren nicht noch weiter in unsicheres Fahrwasser zu begeben.

»Sie dürfen die Frage beantworten«, sagte Milne.

»Ja, sie sprach davon«, antwortete Barbara Tengstedt.

»Haben Sie sich geweigert, über die Vergangenheit mit ihr zu reden?«

»Es gab nichts zu bereden.«

»Ich ersuche, die Zeugin als gegnerische Zeugin zu betrachten, laut Beweis-Code Paragraph 776«, sagte Nina. Als gegnerische Zeugin konnte Barbara Tengstedts Glaubwürdigkeit angezweifelt werden, obwohl sie, technisch gesehen, Ninas Zeugin war.

»Kein Einwand«, sagte Hallowell.

»Ich zeige Ihnen jetzt dieses beglaubigte Formular, betitelt ›Meldung der Änderung des Anspruchsberechtigten‹, abgestempelt vom US-Marine-Stützpunkt Subic Bay, Philippinen, gekennzeichnet als Beweisstück Nr. 36 der Verteidigung. Das Formular enthält eine Übersicht über die Major Carl Tengstedt zustehende Rente.« Sie reichte es Mrs. Tengstedt, die es beinahe fallen ließ.

»Ja.«

»Dieses Formular zeigt, daß sich Mr. Tengstedts Familienstand zum angegebenen Zeitpunkt änderte und daß zwei abhängige Personen als Anspruchsberechtigte zum gleichen Datum hinzugefügt wurden. Wollen Sie bitte den Geschworenen die Namen der beiden Personen vorlesen?«

»Barbara Tengstedt und Michelle Tengstedt.«

»Und das Alter Ihrer Tochter wird wie angeführt?«

»Zehn Jahre.«

»Nun, Mrs. Tengstedt, warum haben Sie mit Ihrer Tochter nicht darüber gesprochen, daß Sie Mr. Tengstedt heirateten, als sie zehn Jahre alt war?«

»Ich ... ich ...«

»Mrs. Tengstedt?«

»Lassen Sie mich in Ruhe!« schrie Mrs. Tengstedt.

Nina bereitete ihren nächsten Vorstoß vor, doch Milne hatte genug. »Wir treten in die Vormittagspause ein«, verkündete er.

Draußen auf dem Korridor rannte Nina hinter Carl Tengstedt her. »Bitte lassen Sie mich eine Minute mit Ihnen reden«, sagte sie. Er wandte ihr seine geröteten Augen zu und fummelte an seiner verdrehten Krawatte herum. »Bitte«, flehte sie. »Es kann nicht schaden.«

Er erwiderte nichts, folgte ihr aber den Korridor entlang zu einer ruhigen Ecke an der Wand. »Es tut mir leid, daß ich Ihre Frau dem aussetzen muß.«

»Es ist meine Tochter, der das zuzuschreiben ist. Aber es steht in Ihrer Macht, meine Frau gehen zu lassen.« Von nahem sah Tengstedt aus, als würde er gleich zusammenbrechen; ein dünner Stoppelbart rahmte sein rundes Gesicht, das schüttere, rötliche Haar war ungekämmt, die Krawatte verwurstelt.

»Das kann ich nicht machen. Ich werde sie noch und noch unter Druck setzen, Mr. Tengstedt, bis sie antwortet.«

»Wir haben weiß Gott einen Fehler gemacht, Sie dafür zu bezahlen, daß Sie uns das antun.«

»Sie beschäftigen sich nur damit, Ihre Frau und sich selbst zu schützen. Erkennen Sie denn nicht, daß Ihre Tochter in Gefahr schwebt, ihre Freiheit einzubüßen? Erkennen Sie denn nicht, daß sie es erfahren muß? Können Sie nicht auch einmal an sie denken?«

»Sie sind so eine Art Schlachthaustechnikerin, nicht wahr, Miss Reilly? Sie lächeln, Sie machen sich die Hände nicht schmutzig, Sie zerfleischen Leute ganz gedankenlos. Wenn Sie meine Frau so quälen, was hat das mit Michelle und Anthony zu tun? Nichts, außer daß es Ihnen hilft, die Menschen da durcheinanderzubringen, die aufgerufen wurden, ein Urteil über meine Tochter zu sprechen.«

»Mr. Tengstedt ...«

»Wenn das hier vorbei ist, hängen Sie Ihre blutige Schürze an den Nagel und gehen nach Hause. Und was ist mit uns?«

»Ich kann Sie auch nicht leiden, Mr. Tengstedt«, sagte Nina. »Sie denken, Sie haben das Recht, Ihre Tochter in einem Zustand zu halten, wo sie unwissend ist und leidet. Sie schonen sie nicht, Sie foltern sie.«

Tengstedt bedeckte sein Gesicht mit den Händen. »Sie wissen nicht, was Sie da verlangen!« sagte er mit erstickter Stimme.

»Was immer es ist, es geschah vor langer Zeit. Bitte ... bitten Sie Ihre Frau, meine Fragen zu beantworten.«

»Ich werde mit ihr reden«, sagte Carl Tengstedt müde.

»Michelle ...«, flüsterte Nina. Michelle drehte den Kopf. Ihre Augen zeigten den Sommerhimmel, so wie ihn die Augen ihrer Mutter vor langer Zeit einmal gezeigt haben mußten. Paul saß zu ihrer Linken am Anwaltstisch und hörte zu.

»Ich hab keine Angst«, sagte die junge Frau. Sie drückte Ninas Hand. Barbara Tengstedt stieg in den Zeugenstand, ohne sie anzuschauen. Sie saß da und wartete, daß die Vernehmung fortgesetzt wurde, während die Augen des von ihr verabscheuten Publikums sich wieder auf sie richteten.

»Bleiben Sie sitzen«, rief Justizwachtmeister Kimura.

Nina stand auf und ging um den Tisch herum. Ihre Füße fühlten sich an wie einbetoniert. Sie blickte die Zeugin an.

Irgend etwas stimmte mit Mrs. Tengstedts Gesichtsausdruck nicht. Sie sah nicht mehr resigniert aus oder tränenreich oder beunruhigt oder feindselig oder auch nur teilnahmslos, alles Stimmungen, mit denen Nina gerechnet hatte. Ihre Augen leuchteten, ihre Unterlippe bebte, und sie beugte sich vor und erwiderte Ninas Blick.

Sie war ungeduldig. Sie ließ einen frösteln, diese Ungeduld.

Nina dachte, ein Geständnis erleichtert die Seele. Aber ich wünschte, ich stünde hinter einer Wand mit Sprechgitter, unsichtbar. Ich werde etwas Altes und Furchtbares ausgraben, etwas, das vielleicht besser begraben bliebe. Ah, schau sie an, sie will es uns erzählen, sie will es laut aussprechen. Dreizehn Jahre lang hatte es sie im Hals gewürgt.

Nina schaute Paul an. Er beobachtete Barbara Tengstedt mit gespannter Miene, professionell und wißbegierig.

»Mrs. Tengstedt, eine Frage war bei Eintritt in die Pause offengeblieben ...«

»Ich habe sie vergessen.«

»Fangen wir also noch einmal an. Warum haben Sie Ihrer Tochter nicht erzählt, daß Carl Tengstedt nicht ihr leiblicher Vater ist?«

»Als wir merkten, daß Michelle ihn vergessen hatte, dankten wir Jesus dafür, daß er es aus ihrem Gedächtnis gelöscht hatte. Uns kam es wie ein Wunder vor. Wir hatten nicht das Recht, seinen Akt der Gnade ungeschehen zu machen.«

»Aber Sie sind diesmal bereit, meine Frage zu beantworten?«

»Ich bin bereit zu gestehen.«

Dieses Wort! Nina lief es eiskalt über den Rücken. Ihr schauderte.

»Wer ist der leibliche Vater der Angeklagten?«

»War. Er ist nun tot, er kann uns nie mehr weh tun.«

»Gut. Wer war es?«

»Er hieß Larry Stokes.«

»Michelle hieß bei der Geburt ...«

»Michelle Stokes.« Mrs. Tengstedt lächelte Michelle zu. »Sie war so ein lebhaftes kleines Mädchen. Sie kommt nach mir. Von Larry kann man überhaupt nichts in ihren Zügen entdecken.«

»Sie und Mr. Stokes waren verheiratet?«

»O ja. Er heiratete mich in Fresno. Er ging zur Marine und wurde in Subic stationiert. Wir flogen da hin, als Michelle zwei Jahre alt war.«

Mach weiter, sagten ihre Augen. Die Worte sprudelten ihr nur so aus dem Mund.

Nina mußte überlegen, was sie als nächstes fragen sollte. Der Gerichtssaal war verstummt. Sogar die Gerichtssekretärin hatte aufgehört, ihre Papiere hin und her zu schieben. Die Finger der Stenographin verharrten ungeduldig in der Luft über den Tasten.

»Sind ... sind in Ihrer Ehe Probleme aufgetaucht?«

»Probleme? Ja, Probleme. Alkoholprobleme. Sie wissen schon – Schnaps.«

»Sprechen Sie weiter.«

»Seit seinem zwölften Lebensjahr hat er getrunken. Zuerst war der Alkohol ein Freund; er half ihm, gut zu schlafen und gesellig zu sein – Larry Stokes war ein schüchterner, unglücklicher Mann –, und so trank er immer mehr, bis der Alkohol sein einziger Freund war, und es wurde immer schlimmer. Und eines Tages erkannte ich seine Krankheit, die ihm ins Gesicht geschrieben stand. Der Alkoholismus, nicht Larry, renkte mir an jenem Tag die Schulter aus.«

»Ihr Ehemann war Alkoholiker?«

»Nein. Das trifft es nicht. Mein Mann war besessen vom Alkohol. So was nennt man einen Dämon. Das trifft es ... eine lebendige, wütende Krankheit in ihm, die ein eigenes Wesen besitzt. Und ich bin nie – nie – dahintergekommen, wie es passierte, aber eines Tages entdeckte ich, daß ich mit beiden zusammenlebte.«

»Wie hat sich Mr. Stokes' Alkoholismus auf Ihre Tochter ausgewirkt?«

»Wir wurden zu Sklaven ... Zwei- oder dreimal betrank sich

Larry in der Woche, und wenn wir Glück hatten, verschwand er ...«

»Und wenn Sie kein Glück hatten?« fragte Nina sanft.

»Dann führte er Krieg gegen uns. Er fand alle Arten, uns weh zu tun. Als ihn seine Krankheit dazu trieb, mich spät in der Nacht zu schlagen, konnte ich darin immer Larry sehen, der schrie und litt, aber er hatte nicht mehr die Kraft, uns zu retten.« Sie wandte sich mit erhobenem Kinn den Geschworenen zu. »Meine Tränen sind aufgebraucht. Sie werden mich nicht weinen sehen.«

»Was taten Sie? Um sich und Michelle zu schützen?«

»Was ich tat? Was ich tat? Ich wußte, daß die Frage kommt, weil Sie das nicht begreifen, egal, was ich sage. Ich tat nichts. Ich ertrug es. Ich betete. Ich wohnte außerhalb des Stützpunkts – weil er darauf bestand – mit einem kleinen Mädchen in einem fremden Land, und ich besaß kein Geld, und er erlaubte mir nicht wegzugehen. Sie können sich das nicht vorstellen!«

Nina warf einen kurzen Blick auf Michelle. Sie bedeckte ihren Mund mit der Hand, als ob sie verhindern wollte, laut loszuschreien.

»Warum wandten Sie sich nicht an einen seiner Vorgesetzten oder an den Feldgeistlichen, an jemanden um Hilfe?«

»Larry hätte man vors Kriegsgericht gestellt. Wir wären verhungert. Und ... ich schämte mich. Larrys Schande war auch meine Schande. Und Larry liebte uns. Wenn er nüchtern war, versprach er, er könne sich davon befreien, und dann trank er ein paar Tage lang nicht. Aber dann bemerkte ich, wie es sich in ihm aufstaute, wie der Dämon in seinem Inneren nagte und wie Larry das zu verbergen versuchte. Wir taten dann weiter so, als ob er es schaffen würde ...«

»Was war mit Michelle?«

»Ich bin eine schwache Frau, Ms. Reilly. Ich brauche jemanden, der sich um mich kümmert. Michelle und ich – wir hatten niemanden sonst.«

Bei den Geschworenen löste verlegene Aufmerksamkeit die Verwirrung ab. Sie wußten immer noch nicht, warum man Mrs.

Tengstedt zu ihren bemitleidenswerten Enthüllungen hergebracht hatte. Milne hatte aufgehört, sich Notizen zu machen. Nina wußte, sie mußte sich sputen.

»Mrs. Tengstedt ...«

»Es wurde schlimmer mit ihm. Er brachte Frauen mit nach Hause, Barmädchen, die er bezahlte. Michelle war acht, da brach er mir den Kiefer. Als sie neun war, nahm er sie im Auto mit, volltrunken, und fuhr in den Graben. Michelle hatte eine Gehirnerschütterung. Lange Zeit war sie krank. Sie begann, alles um sie herum nicht mehr wahrzunehmen. Sie lief wie betäubt herum. Das macht sie immer noch.«

»Fahren Sie fort.«

»Nur Carl weiß davon«, sagte die Zeugin. »Wir haben nie darüber gesprochen, nicht einmal unter uns.«

»Was geschah dann?«

»Ich fing an, in die Kirche zu gehen, die Kirche von der Wissenschaft des Geistes. Dort gab es Versammlungen am Samstagabend, wenn Larry nie zu Hause war. Ich lernte Carl kennen.« Sie hob den Kopf, als sie zu dem kahl werdenden Mann mit den aufgerissenen Augen in der hintersten Reihe schaute. »Er war freundlich. Er half mir, zu Gott zu finden. Mir wurde dann bewußt«, sie zwinkerte mehrere Male, »daß ich Carl liebte. Ich erzählte ihm von meinem Leben. Wir beschlossen, daß ich meine Sachen packe und ausziehe. Er hatte eine Wohnung für uns gesucht, wo wir bleiben sollten, bis wir heiraten konnten.«

»Benötigen Sie eine Pause, Mrs. Tengstedt?« fragte Milne. Sie schüttelte den Kopf und strich sich mit der Hand über die Stirn. Ihre blasse Haut hatte hochrote Flecken bekommen. Haarsträhnen fielen ihr ins Gesicht, aber sie versuchte nicht, sie wegzustreichen. Sie starrte über das Publikum hinweg, brütete etwas aus.

Eine Dunkelheit breitete sich im Saal aus, als ob die sich in ihrem Inneren windenden Erinnerungen so wirklich geworden waren, daß sie jeden Augenblick Gestalt annahmen.

»Natürlich kam er an dem Tag zeitiger nach Hause. Er hatte gerade erfahren, daß er wegen einer Tätlichkeit gegen eine Frau aus dem Dorf in den Bau geschickt werden würde. An einer Bar hatte er haltgemacht und sich vollaufen lassen. Er kam an die Schlafzimmertür. Michelle und ich standen neben dem Bett. Die Koffer waren halb gepackt.«

»Wie reagierte Michelle auf den Anblick ihres Vaters?«

»Sie weinte, weinte, weinte. Erschreckt, doch sie liebte ihren Vater noch.«

»Was geschah dann?«

»Er stand in der Tür und beobachtete uns. Draußen goß es, es prasselte auf das Blechdach, und er triefte vor Wasser und war verdreckt. Er blickte von mir auf die Koffer und von den Koffern zu mir. So hier.« Sie drehte den Kopf hin und her.

»Was tat Michelle?«

»Sie rannte zu mir und hielt sich an meinem Kleid fest. Sie hörte auf zu weinen und beobachtete ihn. Sie konnte sehen, daß es nicht ihr Vater war. Die Krankheit beherrschte ihn nun ganz.«

»Es war Larry Stokes, aber er war betrunken?«

Mrs. Tengstedt nickte, ihre Brust bebte, sie schaute in die Luft. Mehrere Geschworene blickten auf denselben Punkt. »Ja oder nein?« fragte Milne.

»Ja«, hauchte sie.

»Und dann …?« Nina schnürte es die Kehle zu.

»›Laß mich in Ruhe, Larry! Bitte!‹ Das rief ich.«

»Daran besinnen Sie sich genau?«

»Das ist in mein Gedächtnis eingebrannt. Und er schrie: ›Wenn du gehst, wirst du Michelle nie mehr wiedersehen.‹ … Seine Stimme war so heiser und widerwärtig. Ich fiel auf die Knie und flehte: ›Larry, Larry, bitte hör auf und verschone uns alle.‹ … Da kam er auf uns zu, taumelnd, das Gesicht nicht mehr das eines Menschen, die Arme breit, um das Gleichgewicht zu halten, triefend wie etwas von draußen, das nicht hier hineingehörte. Und ich dachte …«

»Ja?«

»Und ich dachte, ich werde hier nie wegkommen. Nie … wegkommen.« Barbara Tengstedt schien die Luft wegzubleiben. Der Mund stand offen, die Augen kniff sie fest zusammen. »Michelle, sie schrie irgend etwas, und sie riß sich los hinüber zum Tisch und ergriff die Flasche, eine volle Whiskeyflasche. Dann ... es war, wie wenn er auf mich zusprang, oder vielleicht stolperte er einfach, aber als er durch die Luft flog, schwang sie die Flasche ...« Sie schwieg keuchend, knetete ihre Hände, die Augen noch geschlossen.

»Sprechen Sie weiter.«

»Ich kann nicht. Verlangen Sie das nicht.«

»Sie sind hergekommen, um alles zu gestehen. Reden Sie! Legen Sie ein Geständnis ab!« Nina spürte die Grausamkeit in ihrer Stimme.

Laut atmete Barbara Tengstedt eine Minute, dann sprach sie: »Sie schlug ihn damit.«

Um die Laute, die sich im Gerichtssaal erhoben, zu ersticken, sprach Nina schnell weiter, auch um ihrer eigenen rasenden Verzweiflung Herr zu werden. Was hatte sie hier angerichtet? Was hatte sie Michelle angetan? »Was geschah dann?« fragte sie mit aller Gefaßtheit, die sie vortäuschen konnte.

»Er fiel auf Michelle ... tot ... überall sein Blut ...« Mrs. Tengstedt sackte auf ihrem Stuhl zusammen.

Milne drehte sich um und sagte leise: »Ms. Reilly? Wie lange noch?«

Nina, die ihre Verteidigung ringsum zusammenbrechen sah, antwortete: »Nur noch einen Augenblick, Euer Ehren.« Die Tatsachen konnten ihre Mandantin immer noch retten. Und nichts konnte noch schlimmer sein als das bereits Gesagte. »Mrs. Tengstedt, fahren Sie fort.«

»Ich rief Carl. Er packte Larry in den Kofferraum seines Autos und warf ihn in den Dschungel neben dem Dorf. Man fand ihn am nächsten Tag. Ich glaube, man dachte, jemand aus dem Dorf habe ihn getötet, aber niemand wurde angeklagt. Wir zogen zu Carl, und er kümmerte sich um uns. Nach einiger Zeit heiratete ich Carl ... Es gab zu viele Erinnerungen, deshalb entschloß sich Carl, die Marine zu verlassen.«

»Was haben Sie Michelle gesagt? Wie wurde sie damit fertig?«

»Einen Monat lang sprach sie kein Wort. Wir ließen sie nicht zur Schule gehen. Wir beteten, daß sie es vergessen sollte. Und Gott erhörte unsere Gebete. Sie vergaß bis zum heutigen Tag, an dem ich meine Sünde bekenne und bereit bin, meine Strafe auf mich zu nehmen.« Sie wandte sich dem Richter zu, als ob sie erwartete, auf der Stelle verhaftet zu werden.

»Aber ... wieso glauben Sie, bestraft werden zu müssen, Mrs. Tengstedt? Wenn Ihre Tochter ihren Vater getötet hat ...«

»Oh! Nein, nein, nein! Michelle, höre zu«, sagte ihre Mutter und richtete endlich den Blick auf die Tochter, die Augen wieder lebendig, voller Liebe und Schmerz. »Du hast ihn nicht getötet. Ich war es: Als die Flasche ihm nicht Einhalt gebot, erstach ich deinen Daddy mit einem Fleischermesser.«

31

Hallowell zuckte nur die Schultern, als Milne ihn nach einem Kreuzverhör von Mrs. Tengstedt fragte, deshalb vertagte Milne die weitere Vernehmung bis nach dem Lunch. Michelle rannte zu ihrer Mutter, und Carl Tengstedt langte zur gleichen Zeit bei ihr an. Sie umarmten einander und blickten niemanden an, als sie den Gerichtssaal verließen.

»Und da heißt es noch: ›Bringt alle verdammten Anwälte um!‹« rief ein Reporter des *Mirror* aus. »Wo sonst bekämen wir Geschichten her, die einem die Augen in die Cornflakes-Schüssel fallen lassen! Wartet auf meine Story auf der Titelseite morgen!«

»Bloß raus hier«, sagte Paul. Er packte Nina fest am Arm und führte sie durch das Gedränge. Auf dem Highway fuhren sie hinaus zu der Stadt Meyers, wo es nur wenige Restaurants gab. Sie bogen ein auf den Parkplatz vom Freel Peak Saloon. Drinnen beschäftigten sich die Stammkunden damit, am Pooltisch einem Spiel Lochbillard zuzuschauen. Paul setzte Nina in eine Ecke und brachte zwei Gläser Brandy.

»Trink aus«, sagte er. »Also, was nun?«

»Ich kann damit nicht weitermachen. Ich bin zu erschüttert. Ich werde Milne bitten, bis Montag zu vertagen. Diese Frau! Was tue ich dieser Familie an! Ich hätte mir das von Michelle nicht einreden lassen sollen! Heute früh bin ich mit dem Gefühl aufgewacht, daß heute der Tag wäre, wo ich die Kontrolle über meinen Fall verlöre. Genau das passiert jetzt.«

Paul schüttelte den Kopf. »Hör jetzt nicht auf, Nina. Halte noch ein bißchen durch. Verliere deinen Schwung nicht. Der

Prozeß läuft von allein; das ist gut, solange er für dich läuft. Du brauchst bloß den Mund aufzumachen, da kommen die richtigen Worte heraus. Du bist ein Naturtalent.«

»Wie geht es weiter? Was denken die Geschworenen?«

»Einige von ihnen denken, Michelle ist sehr krank und durchlebte noch einmal den Tod ihres Vaters. Einige von ihnen denken, das war kein Geständnis, genau wie du gesagt hast. Ich glaube, im Augenblick könnten sich die Geschworenen nicht einigen. Wichtig ist, im Moment herrscht eine günstige Atmosphäre. Du hast im Augenblick die Katze am Schwanz, nicht der Staatsanwalt. Das kann Michelle nur helfen.«

»Was ist mit den Tengstedts? Milne hat sie nicht einmal unterbrochen, um sie darauf aufmerksam zu machen, daß sie ein Verbrechen gestand und sich auf den Fünften Zusatzartikel hätte berufen können.«

»Der war vor Erstaunen genauso sprachlos wie wir alle.« Ein Paar dünne Hot dogs mit Fritten in Plastikbeuteln wurden an den Tisch gebracht. »Jum!« Er öffnete seinen Beutel und kaute knirschend drauflos. Nach einer Minute sagte er: »Mach dir keine Sorgen. Stokes starb vor so langer Zeit. Das sieht mir mächtig nach Notwehr aus; ich kann mir nicht vorstellen, daß sie jemals angeklagt werden.«

»Du weißt, Paul, ohne deine Hilfe wäre ich nie so weit gekommen. Deine Notizen über die Zeugen von der Polizei waren großartig. Du hast Lücken gesehen, die mir nie aufgefallen wären. Was ich aber am meisten schätze: Du rückst die Dinge in die richtige Perspektive. Ich war so entsetzt, als wir das Gericht verließen. Jetzt baue ich alles richtig in meine Beweisführung ein und überlege mir, was ich als nächstes mache.«

»Das nächste ist, iß dein Hot dog. Stärke dich für den Nachmittag.« Wenigstens gab es genug Senf. Nina hatte einen Hunger, als hätte sie gerade den Mount Tallac erstiegen.

»Okay, ich bin wieder wach und gefechtsbereit«, sagte sie, als sie fertig war.

»Wer ist der nächste Zeuge?« fragte Paul, während Nina alle Reste sauber auf die beiden Papierteller schob.

»Frederick Greenspan. Und sein liebenswerter Anwalt.«

»Was macht denn Riesner da?«

»Es liegt im Ermessen des Richters, ihn dabeistehen und Greenspan sagen zu lassen, er solle nicht antworten, wenn ich die Schutzverfügung verletze.«

»Was willst du denn von Greenspan wissen?«

»Daß Michelle niemals Anthony bedroht hat. Daß sie auch ihm von der Amnesie bezüglich ihrer Kindheit erzählte. Daß sie Probleme hatte, aber durchaus vernünftig reagierte. Daß sie nicht so wütend auf ihren Ehemann war, um ihn kaltblütig zu ermorden.«

»Auf ihn mußt du aufpassen«, sagte Paul. »Ich glaube, ihm ist es egal, was mit ihr geschieht. Und er verbirgt etwas.«

»Das glaube ich auch. Aber ich habe nichts gegen ihn in der Hand.«

Paul hörte nicht mehr zu. Er hatte auf die Uhr geschaut. In einer Viertelstunde wurde die Verhandlung fortgesetzt. »Nina, gleich nach dem Prozeß muß ich zurückfahren, verstehst du. Marilyn ist weg. Ich muß ins Büro nach dem Rechten sehen. Aber sobald ich kann, komme ich wieder hier herauf, um in der Desolation Wilderness ein bißchen herumzuwandern und zu campen, und ich möchte, daß du mitkommst.«

»Wir zwei passen doch nicht zusammen, Paul«, sagte Nina. »Das weißt du.« Pauls plötzlicher Themenwechsel verschlug ihr fast die Sprache.

Er winkte nach der Rechnung. »Du bist bloß niedergeschlagen wegen dem Prozeß. Und wegen der Scheidung. In ein paar Wochen frage ich dich noch mal. Und ich wette mit dir fünf zu eins, daß du mitkommst.«

Nina lächelte ihr erstes richtiges Lächeln an dem Tag.

Michelle kam in letzter Minute herein und setzte sich an den Anwaltstisch. Ihre Eltern nahmen hinten Platz. »Michelle, wenn Sie wollen …«

»Ich bleibe bei Ihnen, Nina, was immer Sie auch tun wollen.«

»Den Nachmittag müssen wir noch hinter uns bringen.«

Michelle nickte, die Arme auf ihrem Bauch. Sie sah ruhig genug aus, um den Tag durchzustehen.

»Ich rufe Frederick Greenspan auf«, sagte Nina. Der hochgewachsene, hohlwangige Arzt stand auf und trat in den Zeugenstand, um vereidigt zu werden. Jeffrey Riesner ging auch vor und stellte sich neben ihn; er trug einen Zweireiher und sah geschniegelt und gebügelt aus.

Nina ging mit dem Arzt dessen Ausbildung und Berufserfahrung durch, ohne etwas ans Licht zu bringen, was sie noch nicht wußte. Greenspan erschien ausgeruht und entspannt. Er wußte, sie würde seine Kompetenz nicht in Zweifel ziehen; Milnes Schutzverfügung würde es ihr untersagen.

»Sie haben die Angeklagte über einen Zeitraum von wie vielen Monaten behandelt?«

»Dreieinhalb Monate«, antwortete Greenspan.

»Wie viele Sitzungen?«

»Zehn.«

»Und warum wurde die Behandlung dann abgebrochen?«

»Sie machten mich darauf aufmerksam, daß meine Aufzeichnungen von den Sitzungen gegen Ihre Mandantin verwendet werden könnten.«

Nina suchte nach einem Argument, diese Antwort streichen zu lassen, entschied sich aber, nichts zu sagen.

»Sind dies die vollständigen Originalnotizen über Ihre Sitzungen mit Mrs. Patterson?«

Greenspan sah die Blätter sorgfältig durch. »Sie scheinen vollständig zu sein, ja.«

Nina stellte noch ein paar Fragen, dann ließ sie die Blätter zu dem Beweismaterial nehmen.

»Nun, Dr. Greenspan, welche Symptome zeigten sich bei dieser Patientin?« fuhr sie fort.

»Also, sie litt an milden bis mittelschweren Depressionen. Sie hatte zwanghafte Gefühle, die ihr Sorgen bereiteten. Sie glaubte, sie trinke zuviel. Sie hatte Eheprobleme.«

»Stellten sich nach Beginn Ihrer Behandlung irgendwelche anderen Symptome ein?«

»Sie behauptete, sie litte an einer Art von Amnesie. Sie konnte sich nicht an ihre Kindheit erinnern, hauptsächlich.«

»Und welche Behandlung nahmen Sie für diese Symptome vor?«

»Wir versuchten es mit Hypnotherapie, um den Streß abzubauen, um zu sehen, ob wir ihre Stimmung ohne Medikamente heben konnten, und um einen Zugang zu dem blockierten Gedächtnis zu finden.«

»War die Behandlung zu jedem der drei von Ihnen genannten Ziele erfolgreich, Doktor?«

»Ich fürchte, so könnte ich das nicht nennen. Wir hatten gerade erst angefangen, als meine Patientin verhaftet wurde und wir die Behandlung abrupt beenden mußten. Vielleicht spürte sie einige Erleichterung hinsichtlich des Stresses – es war wirklich zu früh, etwas zu sagen.«

»Sprach Sie mit Ihnen über Ihre Eheprobleme?«

»Ausführlich«, antwortete Greenspan. Er sah nicht mehr ganz so glücklich aus auf seinem Platz da oben. Riesner wurde wütend, wartete auf einen falschen Schritt.

»Wie schilderte sie diese?«

»Einspruch. Unklar und doppelsinnig.«

»Formulieren Sie die Frage anders, Anwältin.«

»Brachte sie zum Ausdruck, daß sie in ihrer Ehe unglücklich war?«

»Ja. Sie war ... von ambivalenten Gefühlen erfüllt, würde ich sagen.«

»Berichtete sie Ihnen von irgendwelchen Vorfällen, bei denen sie ihr Ehemann Anthony Patterson körperlich verletzte?«

»Das würde ich sagen, obwohl ich entnahm, daß ihre Verletzungen nicht so schwerwiegend waren, daß sie sich in ärztliche Behandlung begeben mußte«, antwortete Greenspan.

»Berichtete sie von irgendwelcher seelischer Grausamkeit?«

»Einspruch, doppelsinnig. Entbehrt der Grundlage. Der Zeuge ist praktizierender Arzt. Er wurde in psychiatrischen Störungen nicht ausgebildet«, warf Hallowell ein.

Milne überlegte, sagte dann: »Abgewiesen.«

»Ja, sie fühlte sich von ihrem Ehemann eingeschüchtert. Sie

wollte ihn verlassen.« Seine Antworten kamen wie am Schnürchen. Nina entschloß sich zu einem Versuch, ihn aus aus dem Gleichgewicht zu bringen.

»Sind Sie jemals analysiert worden, Dr. Greenspan?« fragte Nina.

»Nein. Vielleicht später einmal«, sagte er.

»Und Sie besitzen keinen Abschluß in Psychologie, richtig?« Riesner holte tief Luft. Greenspan hob die Hand, als wehrte er ihn ab, ohne Nina aus den Augen zu verlieren.

»Nein, formal nicht. Ich interessiere mich dafür.«

»Wie sind Sie dazu gekommen, Hypnotherapie zu praktizieren?«

»Nach vielen Jahren als praktischer Arzt war ich zu der Erkenntnis gelangt, daß viele körperliche Krankheiten ihren Ursprung in der Seele haben. Ich erfuhr von einem ziemlich umfassend erscheinenden Ausbildungsprogramm mit einem beurkundeten Befähigungsnachweis in Hypnotherapie. Ich schloß es 1987 ab. Ich betrachte diese Befähigung als nützlich für manche weitverbreitete Probleme, für die sich zum Beispiel eine medikamentöse Therapie nicht eignet.«

»Wie den Abbau von Streß.«

»Ja.«

»Wie steht es mit dem Alkoholismus?«

»Dafür vielleicht auch. In Verbindung mit anderen therapeutischen Maßnahmen.«

»Wie steht es mit dem zwanghaften Problem, von dem Sie bei meiner Mandantin sprachen – wie lautet der psychiatrische Begriff dafür?«

»Äh, ich glaube, es wird Erotomanie genannt. Nun, wenn die Zwanghaftigkeit schwach war, ja, dann könnte diese Therapie einige Erleichterung verschaffen. Die Hypnose kann ein sehr wertvolles Instrument sein.«

»Das sagte Freud, zuerst, nicht wahr, Dr. Greenspan? Wissen Sie zufällig, warum Freud von der Hypnose wieder abkam und sich statt dessen der Entwicklung der Methoden der Psychoanalyse zuwandte?«

»Einspruch«, sagte Hallowell. »Nicht beweiserheblich. Wohin führt diese Vorlesung?«

»Ich wäre für etwas Spielraum dankbar, Euer Ehren.«

Milne legte die Stirn in Falten, sagte aber: »Fahren Sie fort.«

»Einen Augenblick, Euer Ehren«, bat Nina. Paul war in den Gerichtssaal gestürmt und winkte ihr vom Anwaltstisch zu.

»Zwei Minuten«, sagte Milne. Nina und Paul steckten die Köpfe zusammen. Greenspan nahm einen Schluck Wasser. Hinter ihnen nutzten die Zuschauer die Gelegenheit zu schwatzen. Im Schutze des allgemeinen Gesummes murmelte ihr Paul ins Ohr: »Die DNS- Befunde von Cytograph sind da. Schau mal hinein.« Er reichte ihr das Bündel Testergebnisse.

Fünf Tests. Fünf mehrseitige Berichte. Sie versuchte zu lesen, doch die Wörter verschwammen zu einem technischen Kauderwelsch.

»Sind Sie bereit fortzufahren, Anwältin?«

Paul zeigte auf eine Stelle. »Hier steht's«, sagte seine Mundbewegung.

Und dann sah sie es. Sie erstarrte auf dem Stuhl.

»Stimmt was nicht?« flüsterte Michelle.

»Ich sag's ihr. Mach du weiter«, sagte Paul hinter vorgehaltener Hand.

»Ms. Reilly!« Nach fast zwei Wochen Verhandlung war Milne nun hochgradig gereizt, und das bedeutete, daß sie keine Zeit haben würde, sich ihre nächsten Fragen zu überlegen.

Nina erhob sich und strich ihre graue Leinenjacke glatt.

»Ich habe die Frage vergessen. Tut mir leid«, sagte Greenspan.

»Warum hörte Freud auf, seine Patienten zu hypnotisieren, Dr. Greenspan?«

»Ich glaube, Freud hielt die Ergebnisse der Hypnose für zu unverläßlich«, antwortete Greenspan.

»Freud hatte auch einige Vorbehalte dagegen, daß nicht analysierte Therapeuten Patienten behandelten, nicht wahr, Doktor?« fragte Nina. Eine Welle stürmischer Erregung durchflutete sie, die es ihr schwermachte, die Worte herauszuwürgen.

Greenspan sah verdutzt aus. »Ja, aber die Hypnotherapie, die ich praktiziere, wende ich nur bei geringfügigen Schwierigkeiten an. Ich versuche nicht, Patienten zu analysieren.«

»Doch haben Sie gerade von Mrs. Pattersons Ambivalenz bezüglich ihrer Ehe, von Depressionen, ihrem Streß, Alkoholismus, von ihrer Erotomanie und ihrer Amnesie gesprochen ...«

»Nur bis zu einem gewissen Punkt. Wahr ist, daß ich am Überlegen war, Mrs. Patterson an einen Psychiater zu verweisen.«

»Tatsächlich hatte sie einige ziemlich komplizierte psychologische Probleme. Haben Sie das nicht nach, sagen wir, fünf Sitzungen festgestellt?«

»Vielleicht«, antwortete Greenspan.

»Warum haben Sie sie dann nicht an einen anderen Arzt verwiesen?«

»Ich dachte, ich war im Begriff, ihr zu helfen.«

Nina beobachtete, wie Paul die DNS-Befunde Michelle zeigte. Sie ließ einen kleinen Laut hören, wie von einem Kätzchen, das vom Auto überfahren wird.

»Hat sich bei Mrs. Patterson ein Transfer zu Ihnen entwickelt?«

»Wie bitte?«

»Ein Transfer – verstehen Sie: Hat sie sich in Sie verliebt?«

»Einspruch!«

»Abgewiesen.«

»Ich würde sagen, nein«, antwortete Greenspan. »Wie ich schon sagte, ich unternahm nur eine kurze Behandlung mit Hypnotherapie.«

»War sie ein gutes Objekt der Hypnose?«

»Ein ausgezeichnetes. Sie war imstande, in eine sehr tiefe Trance zu fallen.«

»Hat sie jemals Ihnen gegenüber zum Ausdruck gebracht, daß sie sich an den Inhalt der Hypnosesitzungen nicht erinnern konnte?«

»Ja. Das kommt recht häufig vor. Man nennt das posthypnotische Amnesie. Nicht überraschend, wenn man die Krankengeschichte ihres Gedächtnisschwunds bedenkt.«

»Überhaupt nicht überraschend«, stimmte Nina zu. »Und Sie haben keine der Sitzungen auf Band aufgenommen?«

»Wie ich Ihnen schon gesagt habe, das war bei mir nicht üblich. Ich mache mir Notizen. In der Hinsicht bin ich altmodisch.«

»Haben Sie schon mal etwas von Gegentransfer gehört, Doktor?«

Zum erstenmal zögerte der Arzt. »Ja. Das geht zurück auf die psychoanalytische Situation.«

»Beschreiben Sie bitte, was Sie unter diesem Begriff verstehen, wenn's Ihnen recht ist.«

»Einspruch! Das ist nun schon zu lange gegangen. Die Anwältin verschwendet mit diesem nicht zur Sache gehörenden Fragenkomplex die Zeit der Geschworenen.«

»Treten Sie zum Richterstuhl vor.«

Als Nina hinkam, beugte sich Milne zu ihr herunter und sagte sehr leise: »Schinden Sie zufällig gerade Zeit, Anwältin?«

»Nein, Euer Ehren. Geben Sie mir bloß noch ein paar Fragen.«

»Nun aber Tempo!« sagte Milne.

Als Nina zum Anwaltstisch zurückging, überflog sie kurz das Publikum. In der hinteren Reihe entdeckte sie Al Otis, heute in einer Aufmachung wie ein Geschäftsmann; Mrs. Greenspan mit einem Beutel Strickzeug rechts vorn; und da saßen auch Tom und Janine Clarke, direkt neben Mrs. Greenspan. Die Tengstedts hockten eng beieinander in einer Reihe mittendrin und hielten sich bei der Hand. Stephen Rossmoor hatte genau hinter Michelle Platz genommen, unmittelbar hinter dem Geländer. Die ganze Bande da, dachte Nina.

»Okay. Sie können die Frage beantworten, Doktor.«

»Tut mir leid, ich habe sie vergessen«, entgegnete Greenspan.

»Was ist Gegentransfer, Doktor. Nicht *Transfer.* Erklären Sie uns *Gegentransfer.*«

»Richtig. Gegentransfer hat mit unserer vorherigen, äh, Diskussion zu tun. Über nicht psychoanalysierte Therapeuten.«

»Fahren Sie fort.«

»Nun, es geht darum, daß der Therapeut einige psychologische Bedürfnisse oder Probleme haben kann, die sich in die therapeutische Beziehung eindrängen ...«

»Zum Beispiel, wenn sich der Therapeut in die Patientin verliebt?«

»Einspruch!« brüllte Hallowell.

»Hatten Sie Geschlechtsverkehr mit Mrs. Patterson, während sie unter Hypnose stand?«

»Was?« schrie Greenspan. »Niemals!« Er hatte die langen Arme ausgestreckt und breitete die Hände wie eine Fledermaus aus.

»Wie können Sie es wagen!« hörte man eine Frauenstimme aus dem Publikum.

»Euer Ehren, ich muß protestieren!« rief Riesner. »Sie macht genau das, was Sie ...«

»Nur noch einige wenige weitere Fragen, Euer Ehren«, sagte Nina. Milne achtete sorgfältig auf sie, deutlich verunsichert. Sie forderte ihn mit ihrem Blick heraus.

»Fahren Sie fort«, sagte Milne. »Alle Einsprüche sind abgewiesen.«

»Sie nutzten sie sexuell aus, als sie Ihre Patientin war, nicht wahr?«

»Nein!« Greenspan hatte sich wieder gesetzt, aber seine Hände umklammerten die Brüstung.

Nina sprach direkt zu den Geschworenen: »Angenommen, ich teile Ihnen mit, ich halte hier die Befunde eines DNS-Tests vom Vergleich eines Haares von Dr. Greenspan, von mir persönlich von seinem Arztkittel abgenommen, mit der DNS des ungeborenen Kindes, das Mrs. Patterson trägt ...« Sie wandte sich wieder dem Zeugen zu: »Gratuliere! Sie werden Vater.«

Michelle Patterson erhob sich. Einen Augenblick lang brachten alle dieser schwankenden Geistererscheinung ganz in Weiß ein respektvolles Schweigen entgegen. Sie wollte den Mund aufmachen, bedeckte ihn dann aber mit einer vertrauten Geste. Sie faltete die Hände wie zum Beten und preßte sie hart an ihre Lippen. Paul legte einen Arm um sie und zog sie auf ihren Stuhl.

»Ich verlange, daß das Gericht dem ein Ende macht!« rief Riesner, aber niemand hörte zu. Hallowell starrte den Arzt an, seine Augen so leer wie ein abgeschalteter Bildschirm. Alle beobachteten, wie Dr. Greenspans Gesicht verfiel und seine Gestalt im Anzug zusammenschrumpfte.

Ein Klagelaut erhob sich irgendwo im Publikum, erst leise, dann anschwellend, bis jedermann im Gerichtssaal Ericka Greenspan anblickte.

Mit abgehärmtem Gesicht hatte sie sich erhoben, die Hände umklammerten den Beutel mit den Stricksachen.

Milne sprach nicht unfreundlich: »Nun, Ma'am, das Gericht tagt noch. Bitte behalten Sie Platz.«

Die Worte richteten nichts aus. »Frederick, schau mich an!«

Der einzige Mensch im Gerichtssaal, der sie noch nicht ansah. Seine Nickelbrille blinkte auf, als er seinen langen Torso langsam seiner Frau zudrehte.

»Ich wäre ein besserer Arzt als du gewesen«, sagte sie. »Ich bin so viele Jahre für dich eingesprungen. Es war auch mein Leben. Unser guter Ruf! Unser guter Name! Gemeinsam haben wir Leuten geholfen. Ich war so stolz.«

Keine Reaktion.

»Dann kam der tote Mann zu mir. Damals war er aber noch nicht tot, nicht wahr?« Ein Laut wie ein kleiner Lacher entfuhr ihr. »Ein Mann wie der, so hübsch wie seine Frau. Oh, der war fies. Er deutete verschiedenes an. Zuerst habe ich ihm nicht geglaubt. Er meinte, ich soll aufpassen auf dich und sie. Er sagte: ›Man legt Misty nicht auf eine Couch, bloß um sich mit ihr zu unterhalten.‹ Wie hätte ich ihm das glauben sollen? Du und die billige Hure? Aber was er sagte, ging mir nicht aus dem Kopf, machte mich wahnsinnig. Ich bekam diese furchtbaren Zweifel. Über uns. Und darüber, was ich aufgegeben hatte, damit du ein bedeutender Mann werden konntest. Die Welt ist besser dran ohne ihn! Er war böse!«

»Du, Ericka?« flüsterte Greenspan.

Milne öffnete den Mund und schloß ihn. Der Justizwachtmeister wartete hellwach auf Anweisungen. Niemand atmete in dem stillen Gerichtssaal. Die Lampen schienen herunter auf Ericka Greenspans geraden Rücken und erstklassig sitzendes Kostüm. Die Leute neben ihr starrten zu ihr hinauf.

»Du hast mich immer unterschätzt«, sprach sie weiter. »Ich habe an der Tür gelauscht, als die Rechtsanwältin zu dir kam. Ich hörte, die junge Frau sollte zu einem Psychiater nach San Francisco fahren, um sich hypnotisieren zu lassen, und ich meldete das der Polizei. Diese Anwältin erzählte es dir in eurem Gespräch. Hast du nie daran gedacht, daß sie uns vernichten könnte? Es war nur eine Frage der Zeit, daß sie auf irgendeine Art von falscher ärztlicher Behandlung kommen würde. Nie daran gedacht, wie? Du bist doch tatsächlich ein elender Dummkopf, Frederick!«

»Ericka, sprich nicht weiter«, sagte Greenspan mit leiser Stimme.

»Richtig, seien Sie still!« kam Riesners Echo; er rückte weg vom Zeugenstand und schob sich auf die Wand zu.

Dort stand Ericka Greenspan, schwankend, mit bebender Brust, und raffte sich gerade zu einer weiteren Enthüllung auf. Sie hatte ihre Person bei den langwierigen Verhandlungen zunächst mit einem kleinen Zwischenruf ins Spiel gebracht, dann jedoch viel zu lange weitergeredet, ohne gezügelt zu werden. Der Prozeß löste sich auf, und die Zeugen dieses Vorgangs blickten auf Milne und erwarteten, daß er das Heft wieder in die Hand nahm. Aber er saß da, vollkommen fasziniert.

»Ich drängte sie von der Straße ab, und ich versuchte, in ihr Zimmer einzudringen, als die Schlampe völlig betrunken war. Um sie zu ersticken. Bloß deinetwegen, Liebling.« Nun fletschte sie die Zähne. »Du richtest was an, und ich biege es wieder gerade, wie immer. Aber jetzt …«

»Ericka, bitte, hör auf!« schrie Greenspan. Es sah aus, als wäre er drauf und dran, über die Brüstung des Zeugenstands zu springen.

»Ich hasse dich! Und sie! Und die Anwältin! Ihr alle verhöhnt mein ganzes Leben!« Ihr Kopf wippte auf und ab, und ihr Mund zuckte, als müßte sie sich sogleich erbrechen.

Milne fand seine Stimme wieder. »Justizwachtmeister, nehmen Sie die Frau in Gewahrsam!« befahl er.

Bevor sich der Beamte auch nur rührte, zog Ericka Greenspan

einen schweren Revolver aus ihrem Beutel mit den Stricksachen. Sie zielte auf Greenspan, hielt ihn in beiden Händen, das Gesicht wild und entschlossen.

Die Leute vor ihr fingen an zu schreien und krochen auf die Ausgänge zu.

»Du machst ...«

Ein Krachen.

»... mich krank!«

Ein zweiter Schuß krachte.

Der Aufprall der Schüsse schlug Greenspan zurück auf den Zeugenstuhl; sie hallten von den Holzbänken wider. Der Wachtmeister zog seinen Revolver, doch in dem Durcheinander von Schreien und hinausrennenden Menschen konnte er die Frau nicht aufhalten.

Starr vor Staunen und ungläubig sah Nina, wie Mrs. Greenspan, die alle Zeit der Welt zu haben schien, sich umdrehte und auf Michelle zielte. Ohne sich schnell bewegen zu können, die Finger über ihrem Bauch gespreizt, die Augen vor Entsetzen aufgerissen, kauerte Michelle auf ihrem Platz, minutenlang, kam es Nina vor, ehe Paul seinen kräftigen Körper gegen sie warf und sie unter den Anwaltstisch schleuderte. Der Revolver pendelte unsicher hin und her, wie eine schwarze Schlange, bis Nina das Schwarze im Inneren des Laufs sah. Dann leckte die Schlangenzunge grell nach ihr.

Eine Kanonenkugel schlug dumpf in ihre Brust ein, haute sie um, gegen den Zeugenstand. Das Dröhnen in den Ohren machte sie taub, und sie konnte die Hände nicht heben und nicht atmen oder irgendwas fühlen. Unter dem furchtbaren Schlag hatte sich fast alles in ihr tief ins Innerste verkrochen, aber ihre Augen standen weit offen und folgten teilnahmslos dem glänzenden schwarzen Revolver. Er zielte nun auf das Knäuel von Paul und Michelle am Boden. Nina wartete auf die nächste Feuerzunge.

Als der Knall endlich kam, rührte er aus einer anderen Richtung: Wachtmeister Kimura hatte Ericka Greenspan in die Brust geschossen. Blut entquoll ihr zu einem gräßlichen Bukett über ihr elegantes Kostüm hinweg. Sie grunzte vor Überraschung und stürzte rückwärts hart auf die Bank, während die Pistole schoß und noch einmal und noch einmal.

32

Licht. Stimmen. Die Stimmen hatte sie schon früher gehört. Sie schlug die Augen auf.

»Ganz ruhig«, sagte Matt. Er strich ihr über die Stirn. Neben ihm stand Andrea, ihr trauriges Gesicht glänzte vor Tränen.

Sie lag auf einer fahrbaren Trage in einem Krankenhauskorridor, die Augen im Moment vom Schneesturm des sie umgebenden Lichts geblendet. Als sie die Augen schloß, verschwand sie in einem verwirrenden Halbtraum, in dem sich der Schmerz verbarg und wiederauftauchte.

Sie schwebte auf all den Medikamenten, lauschte gleichgültig ihrem eigenen Stöhnen. Irgendwann rief Matt. Als die Trage vorwärtsholperte, da klappte sie vom Schmerz in der Brust zusammen und betete um einen raschen Tod.

Eine Wiederholung von *Bonanza.* Die Titelmelodie erklang, also mußten Hoss und Adam und die anderen Cowboys ihre Tahoe Ranch abreiten, hoch im Sattel. Adam würde sich umschauen, die Zügel fest im Griff, die Augen stahlblau und gleichzeitig funkelnd. Er hatte Grübchen, und sie schwärmte für ihn. Was für ein Jammer, daß Hoss starb! Alle liebten ihn. Die Fernsehzuschauer trauerten lange Zeit.

Der Fernseher hing an der Decke in einer Ecke des Krankenzimmers. Hoss war tot, aber Nina entdeckte, daß sie noch lebte, obwohl sie die Tabletten und das Fernsehen in das Jahr 1972 zurückversetzt hatten. Jeden Augenblick konnte ihre Mutter hereinkommen und sie auf einem schlechten Trip erwischen.

Hoss begegnete einigen gemeinen Revolverhelden auf dem Weg nach Virginia City. Aber Nina sorgte sich nicht, denn sie wußte, er würde dank der vollkommenen und gerechten Prinzipien des Fernsehens davonkommen. Schüsse fielen, aber sie hatte keine Angst. Buddhistische Mönche konnten sich nach so einem entrückten Zustand der Hinnahme nur sehnen. Sie würde es den frommen Männern erzählen. Bonanza *war der kurze Weg* dorthin. Mit geschlossenen Augen und offenen Ohren, von Medikamenten ins Metabewußtsein versetzt, erlangte sie Selbstentäußerung und verschmolz mit dem Fernsehprogramm.

Tage vergingen, und die Medizin beförderte sie aus dem Wahn in bloße Benommenheit. Erinnerungen drangen sanft an die Oberfläche und entschwanden wieder. Oft dachte sie an ihre Mutter und weinte ab und zu. Paul besuchte sie und hielt ihre Hand. Bobby kam jeden Tag und drückte seine süße Wange an ihre, vorsichtig, um nicht an den intravenösen Tropf zu stoßen. Auch andere Gesichter tauchten auf … ihr Dad. War das Jack? Langsam und widerwillig wachte sie auf.

»Was ist heute für ein Tag?« fragte sie die Krankenschwester.

»Dienstag. Ein guter Tag«, antwortete diese. Sie schrieb etwas auf das Krankenblatt. »Sie sehen munter aus.« Sie hatte kurze, gekräuselte, rote Haare und dicke, hochgebogene Augenwimpern, sommersprossige Hände und eine Tätowierung, Blumen in Pink und Blau, die am Hals aus dem steifen, weißen Kittel hervorlugten.

»Die Brust tut mir weh«, sagte Nina.

»Muß sie ja. Sie hatten einen Lungendurchschuß. Zwei Rippen gebrochen. Kam auf dem Rücken heraus. Eine Weile werden Sie noch Schmerzen haben, aber Sie kommen wieder in Ordnung.«

»Wirklich?«

»Ich schwör's!« sagte die Krankenschwester und drückte Ninas Hand an ihr Herz. »Ein paar Narben, da haben Sie was den Enkeln zu erzählen. Essen Sie jetzt Ihr Frühstück!« Sie drückte auf einen Knopf, und das Kopfteil des Bettes knarrte hoch. Nina trank ein bißchen Orangensaft und aß etwas Toast; langsam gewöhnte sie sich an den engen Verband um ihren Oberkörper. Sie atmete flach, um dem Schmerz die Schärfe zu nehmen, der sie bei jedem Auf und Ab der Brust wie ein Hammer traf.

Andrea brachte Bobby nach der Schule. Im Computerstudio der Schule hatte er ihr ein Cartoon gemacht: ein komisches Häschen mit einem Luftballon, auf dem stand: Ich liebe dich, Mom. Sie drückte ihn an sich und küßte ihn auf den Kopf, bis er sie bat aufzuhören.

»Ich muß dir eine Frage stellen, Kiddy«, sagte sie. »Eine, die ich dir unbedingt stellen muß.«

Er kicherte aufgeregt. »Geht's um Troys Skateboard? Denn ich hab Onkel Matt schon erklärt ...«

»Keine Angst«, sagte sie und nahm einen Bleistift vom Tischchen. »Es ist dieses vertrackte Rätsel.« Sie zeichnete neun Punkte in drei Reihen. »Vier Linien, um alle zu verbinden, richtig?«

Bobby nahm ihr den Stift ab, zeichnete ein Dreieck mit einer Linie durch die Mitte und zeigte es seiner Mutter. »Das ist bloß ein Trick, siehst du? Du mußt schon bereit sein, über die Punkte hinauszugehen, wenn's klappen soll. Ich dachte, es wär leicht für dich.«

Er rannte hastig zur Eingangshalle hinunter, um sich etwas zu naschen zu kaufen, während sie in einer Geste der Verzweiflung die Hände hob. »Und ich halte mich für kreativ!« sagte sie zu Andrea.

»Das bist du aber, Nina. Wirklich, allen blieb die Spucke weg, was du da im Gerichtssaal abgezogen hast.«

»Die Spucke weg ist noch zu wenig gesagt.« Sie schlug schwach auf ihr Kissen und legte sich zurück.

Andrea stand hübsch in den adretten Jeans neben dem Bett. »Wir sind froh, daß es vorbei ist. Du willst doch wissen, was passiert ist, nicht? Neugier ist ein gutes Zeichen. Das bedeutet, dir geht's besser. Sie sagen, sie werden dich hier in ein paar Tagen entlassen, aber du mußt dann noch wenigstens sechs Wochen kurztreten. Deine Chaise wird warten.«

»Es hat mir die Lunge durchbohrt«, sagte Nina. »Andrea, sie hätte mich beinahe umgebracht!«

»Ich weiß, Süße. Aber die Aorta hat sie um einen Zentimeter verfehlt. Ein bißchen weniger Luft wird dich nicht am Anwaltsein hindern. Ein Zentimeter!« Sie runzelte die Stirn. »Mach's beim nächstenmal nicht so knapp.«

»Was ist aus dem Prozeß geworden?«

»Ich weiß nicht, wo ich anfangen soll; laß mich dir bloß erst mal sagen, wie glücklich wir sind, daß du es geschafft hast.«

»Mrs. Greenspan erschoß ihren Mann«, sagte Nina.

»Sie tötete ihn. Er starb noch im Zeugenstand. Dann schoß sie auf dich. Danach schoß der Justizwachtmeister auf sie. Sie kam nicht durch.«

»Und Michelle?«

»Der Richter erklärte den Prozeß wegen fehlerhafter Verhandlungsführung für beendet. Wie ich höre, wird die Staatsanwaltschaft nicht erneut Klage gegen Michelle erheben. Kein Geschworener würde sie jetzt noch verurteilen. Die Rede ist von begründetem Zweifel. Man ist einhellig der Meinung, daß Mrs. Greenspan in jener Nacht zu dem Haus fuhr, den Streit sah und Anthony Patterson tötete, nachdem Michelle außer Gefecht war, und darauf baute, man würde alles Michelle in die Schuhe schieben.«

Nina schwieg.

»Na, bist du denn nicht froh?«

»Hat sie noch etwas gesagt, nachdem sie auf mich geschossen hat?« fragte Nina.

»Kein Wort.«

Nina seufzte, als sie die Hand auf die bandagierte Brust legte. »Ich wünschte, sie hätte den Mord an Anthony gestanden.«

»Oh, Nina, komm schon. Was hast du denn? Sie stand doch dicht davor. Sie sagte, Anthony tauchte mit seinem Verdacht bei ihr auf. Sie sagte, sie beschützte ihren Mann. Sie gab zu, daß sie versucht hat, dich und Michelle umzubringen. Sie hat Collier Hallowell von der Sitzung in San Francisco erzählt.«

»Ja, sie hat eine Menge gestanden, aber das nicht.«

»Du bist das starrköpfigste, markverzehrendste, langohrigste Muli, das sich je auf die Hinterbeine setzte und sich nicht vom Fleck rührte«, sagte Andrea. »Reden wir von etwas anderem.«

»Wie geht's Michelle?«

»Wieder in Fresno. Mit Steve Rossmoor als Partner beginnt sie nächste Woche mit einer psychoprophylaktischen Behandlung. Ist das nicht toll?«

»Er wird sie heiraten wollen. Glaube nicht, daß sie das will, und du?«

»Jeden Tag rief sie an. Sie hat eine Therapeutin gefunden. Ihre Eltern hatten eine schlimme Woche. Sie haben den Kummer hinter sich gebracht. Weißt du, ich glaube, vorher lebten sie doch gar nicht richtig. Den Tod von Larry Stokes zu verheimlichen hat sie viel Kraft gekostet. Ich denke, sie werden sich jetzt besser fühlen. Bald kommt das Baby, da gibt's eine Menge zu tun für sie. Niemand redet viel darüber, daß Greenspan der Vater ist. Ich frage mich, was Michelle ihrem Kind über seinen Vater einmal erzählen wird.«

»Das Kind wird Greenspan beerben«, stellte Nina fest. »Sie hatten keine Kinder.«

»O mein Gott! Nur ein Anwalt kann an so etwas denken!«

»Ich werde niemals Greenspans Gesicht vergessen, als ich ihm das von dem Kind sagte. Er hatte Michelles Gesundheitsbogen. Er wußte, daß sie die Pille nahm. Bloß wußte er nicht, daß sie sie in dem Monat ein paarmal vergessen hatte.«

»Der ekelhafte, perverse Kerl, der gewissenhafte Therapeuten in Verruf bringt«, sagte Andrea mit fester Stimme. »Die hatten beide eine Macke.« Um das zu unterstreichen, drehte sie ihren Ehering am Finger herum. »Nach dem, was er Michelle angetan hat …«

»Morgen rufe ich sie an«, meinte Nina. Sie wollte Michelle sagen, danke für den Glauben an mich. Sie war die einzige gewesen, die Nina rückhaltlos vertraute, und sie hatte das meiste zu verlieren. Und Michelle würde sagen, danke, daß Sie mir vertraut haben. Nina war die einzige gewesen.

Sie waren so verschieden, hatten aber soviel gemein, Schlechtes und Gutes. Nun hatte auch Michelle ein Kind, dem sie später einmal ein paar schwierige Wahrheiten mitteilen mußte. Was war mit meinem Vater, Mom? Nina wartete darauf, daß Bobby diese Frage stellen würde. Vielleicht würde es Michelle besser machen. Hinterließen diese Ereignisse noch Generationen eine faulige Last, Früchte des vergifteten Baums? Sie würden darüber reden.

»Jack kam dich besuchen, aber du warst nicht ganz da«, fuhr Andrea fort. »Er brachte die Scheidungsurkunde. Du bist wieder Single.«

»Autsch!« sagte Nina. Unwillkürlich zuckte sie zusammen.

»Genau hier auf dem Stuhl hat er geweint, falls dich das tröstet. Hier, laß mich mal das Kissen aufschütteln. Andere Neuigkeiten: Du bist berühmt, wenigstens in der näheren Umgebung. Sandy sammelt die Anmeldungswünsche neuer Klienten. Nach dem *Mirror* kamst du auf einem großen Schimmel in die Stadt geritten und hast die Bösewichter vertrieben. Hast eine unschuldige junge Frau gerettet, als niemand ihr glaubte ... Die Artikel werden dir ganz peinlich sein. Sogar auf CNN haben sie über die Schießerei berichtet. Matt hat das aufgezeichnet.«

»Ich? Was habe ich schon getan? Ich habe herumgepfuscht, Fehler gemacht, bis auf mich geschossen wurde.«

Andrea grinste. »Du hast es nie fertiggebracht, dir auf die Schulter zu klopfen, nicht wahr? Also muß ich es für dich tun.« Sie beugte sich tief herunter zu Ninas Kissen und klopfte ihr sanft auf die Schulter: »Gratuliere, Nina. Wir sind alle stolz auf dich.«

Als sie gegangen war und ihr einen Roman über einige schäbige Anwälte dagelassen hatte, die sich an den Rechtsverdrehereien eines Konzerns beteiligten, da lag Nina da und grübelte. Die Greenspans waren tot. Nie mehr konnte sie Ericka Greenspan fragen, wie Anthony Patterson genau starb. Okay, sie hatte ihn verletzt auf der Couch gefunden. Okay, sie war stark, sie hatte die Schlüssel auf der Anrichte in der Küche gesehen und ihn zum Boot geschleppt. Irgendwie war sie zurückgeschwommen.

Aber warum die ganze Plage? Warum nicht bloß Anthony noch einen Schlag versetzen und damit Michelle eine Mordanklage anhängen?

Sie schüttelte den Kopf und langte unter Schmerzen nach den Karten auf dem Nachttisch. Richter Milne hatte ihr eine Hallmark-Karte mit Genesungswünschen gesandt. Sie erinnerte sich noch, daß er zuletzt in sein Amtszimmer verschwunden war wie ein in Panik geratenes Wiesel in seinen Bau. Vor ihm würde sie sich nie mehr fürchten.

Collier Hallowells Karte klimperte *You Only Live Twice* in Computermusik, als sie sie öffnete. Drin lag eine zusammengefaltete Kopie der Verfügung zur Beendigung des Prozesses. »Gratuliere, Anwältin!« stand auf der Karte.

Mit leichtem Lächeln blickte sie sich um. Silberne Ballons schwebten über einer Sektflasche von Paul mit einem Gruß, bei dem sie lachen mußte und gleichzeitig rot wurde. Blumen von Michelle, schokoladenüberzogene Queenslandnüsse von Ninas Vater aus Monterey, eine weiche Wolldecke mit einem Vogelmotiv von Sandy. Ein Gekritzel von Bruno: »Klassischer Gegentransfer. Eine faszinierende Fußnote zu Freud. Ich sende Ihnen meinen ersten Entwurf.«

Das Scheidungsurteil fand sie unter dem Stapel Karten. Es trat an dem Tag in Kraft, an dem auf sie geschossen wurde. Die ultragewissenhafte Ms. Cherry hatte ein Begleitschreiben über die Einzelheiten beigelegt.

An diesem Brief hing mit einer Büroklammer ein Zettel von Jack, der besagte, er wisse, daß sie bald wieder draußen wäre und selbst das Unmögliche überstehen würde; und er wünsche ihr Glück.

Lange starrte sie diesen Zettel an, bis die Krankenschwester mit einer Schale voller Tabletten hereinkam, die alle Schmerzen wegwischten.

Am 13. Oktober, dem Morgen vor dem Tag ihrer Entlassung aus dem Krankenhaus, kam Ninas Arzt zu ihr, um ihr Instruktionen für zu Hause zu geben. Für ihn war sie bloß eine rechte Lunge. Nehmen Sie dies und das und jenes, sagte er in der übersteigert fröhlichen Krankenbettmanier, deren sich die Mediziner so gern bedienen, und kommen Sie in ein paar Tagen in die Sprechstunde.

Ein paar Tage. Das waren Michelles Worte, als sie das erstemal in die Kanzlei kam. Auch Anthony Patterson war wenige Tage vor seinem Tod bei seinem Arzt gewesen.

Nina wählte eine Nummer.

»Sandy, ich bin's.«

»Gut, ich höre.«

Als Nina die vertraute ausdruckslose Stimme am Telefon vernahm, mußte sie wirklich schlucken. »Wie läuft's? Halten Sie dort die Ohren steif?«

»Es ist zum Krumm-und-schief-Lachen«, erwiderte Sandy. »Morgen komme ich mit einem dicken Schleppnetz neu angelegter Akten zu Ihnen. Kommen Sie immer noch morgen raus?«

»Aber natürlich. Also bis nach dem Lunch.«

»Mit dem Stift in der Hand.«

»Hören Sie zu, Sandy. Ich habe eine Aufgabe für Sie. Können Sie den Namen von Anthony Pattersons Arzt ermitteln? Der muß irgendwo in den Prozeßunterlagen stehen. Möglichst schnell.«

»Dafür bezahlen Sie mich ja«, sagte Sandy. Zehn Minuten später rief sie zurück und sagte den Namen durch, und Nina bedankte sich. »Klare Sache«, sagte Sandy. »Übrigens findet die ganze Woche im Washoe Center ein indianisches Fest statt.«

»Und?«

»Ich habe diese furchtbaren grauen Fotos abgenommen. Hatte es satt, sie den ganzen Tag lang anzustarren. Diese Sachen haben der Landschaft das ganze Leben und die ganze Farbe ausgesaugt. Was wir hier drin brauchen, sind ein paar helle Washoe-Wandbehänge.«

»Sie haben meine Drucke von Ansel Adams abgenommen?«

»Das wird Ihnen gefallen«, sagte Sandy.

33

Mit pochendem Herzen rief Nina Anthony Pattersons Arzt an wegen ihrer Frage. Er war da und sprach mit ihr. Der Lunch kam, etwas Rosafarbenes und etwas Grünliches und etwas Weißliches.

Während eine Krankenschwester Medikamente auf einem Tablett zusammenstellte, rief sie Al Otis in Sparks an. Er stellte keine Fragen, sagte einfach, er würde gern mal kurz vorbeischauen. Er könne aber erst später am Tag kommen.

Am späten Nachmittag steckte Otis den Kopf durch die Tür und lief auf Zehenspitzen, als wäre sie schließlich doch gestorben. Wieder der Rothaarige mit Pferdeschwanz; ihm gingen wohl die Verkleidungen aus.

»Hab Ihnen ’ne Kleinigkeit mitgebracht, Anwältin«, sagte er, langte in seine Westentasche und zog einen kleinen silbernen Flachmann heraus. »Schlückchen gegen den Kater. Machen Sie schon, die Schwester kommt auf dem Korridor.«

Sie sollte nicht. Sie sollte wirklich nicht. Es war sehr guter Scotch, ungefähr ein Fingerhut voll, da mußte sie husten, und davon stöhnte sie vor Schmerz, aber es lohnte sich.

»Sie sehen gut aus, wenn man bedenkt«, sagte er und zog sich einen Klappstuhl heran. »So ging mir’s in Vietnam. Sehen Sie mein Bein?« Er streifte das Hosenbein hoch, und sie besichtigte die runzelige weiße Narbe. »Meinen Kameraden erging’s dreckiger. Kommen Sie bald raus?«

»Morgen.«

»Gut, gut.« Er schien in Gedanken versunken. »Haben Sie

gehört, sie haben den Mistkerl, der mein Baby gerammt hat?« fragte er plötzlich.

»Sie meinen … Sharon?«

»Mein Baby«, sagte er und begann zu weinen. »Die Liebe ist grausam«, setzte er nach einer Weile fort und schnaubte sich laut die Nase. »So werde ich nie mehr lieben. Es war ein Schleimer, der Blackie hieß, den sie in einer Bar kennengelernt hatte. Sie ließ ein paar von ihren Freunden dem das Bike klauen und verkaufte es einem ihrer besten Kunden. Blackie sah den Kunden draußen durch die Wüste brausen, am Pyramid Lake, holte es sich zurück und schlug den Fahrer zusammen. Dann besoff er sich und löschte Sharon aus, dort an der Straße. Sie war erst dreiundvierzig. Siebenundvierzig, wenn Sie dem Führerschein glauben wollen.« Er wischte sich die Augen.

»Tut mir so leid.« Und es tat ihr wirklich sehr leid.

»Sie hat mich geliebt, und sie ließ mich bei ihr alles ausprobieren«, sagte Al melancholisch. »Und sie hielt zu ihren Freunden.«

»Anthony war ein Freund. Hielt sie auch zu ihm?« fragte Nina.

»Wenn Sie wüßten«, sagte Al. Er schniefte ins Tuch und trank noch etwas Scotch.

»Aber ich weiß, Al.«

Er machte große Augen. »Über die Nacht, in der Anthony dran glauben mußte?«

»Ich weiß es, und Sie wissen es. Ericka Greenspan war's nicht. Sharon hat Ihnen von ihm erzählt, nicht wahr, Al?«

»Sharon hat mir erzählt, was passiert ist, und Sharon hat nie gelogen. Klauen, ja, jemanden zusammenschlagen, ja, aber was das Lügen betraf, hatte sie starke Gewissensbisse. Sie hat's mir erzählt.«

Nina setzte sich auf, wobei sie ein neuerliches Stöhnen unterdrücken mußte. »Al, Michelle Patterson stand wegen Mordes vor Gericht. Sie besaßen entscheidende Informationen. Warum haben Sie mich nicht angerufen?«

»Hab ich ja, einmal. Kurz vor dem Prozeß. Aber Ihre Sekretärin ließ mich so lange hängen, daß ich meine Meinung geändert hab. Und Sharon hätte nicht gewollt, daß ich Ihnen was sag. Sie lebte außerhalb des Gesetzes.

Und der schönen Misty, dem kleinen Stinktier, haben wir nichts geschuldet. Die hielt sich an keine Regel. Sie war absolut respektlos zu ihrem Mann. Die hat diesen Mann in den Wahnsinn getrieben – betrogen und belogen ...« Al zog an seinem Ring, an dem die strahlenden Zirkoniumsteine wieder fehlten. »Außerdem wußte ich, Sie eisen sie schon los. Von der Minute, als ich Sie in meinen Wohnanhänger steigen sah, hatte ich Vertrauen zu Ihnen. Großartige Beine.«

»Danke«, sagte Nina schwach. »Also ...«

»Und Sie haben getan, was Sie mußten, und Sie verstanden Ihr Geschäft, da brauchte ich nicht als Zeuge aufzutreten und aufzufliegen.«

»Al, vermutlich habe ich die Geschichte im wesentlichen zusammen. Jetzt möchte ich wissen, was Sharon erzählt hat.«

»Versprechen Sie, es ihr nicht anzukreiden? Sie war auf ihre Weise ein moralisches Mädchen. Sie erfüllte nur Anthonys letzte Wünsche.«

»Ich kreide es ihr nicht an«, sagte Nina. »Al, bitte!«

Al Otis lächelte. »Ich hab's gern, wenn man mich um was bettelt«, sagte er. Wenn Nina die Kraft gehabt hätte, ihn zu packen, hätte sie ihn durchgeschüttelt. Abwehrend hob er die Hand und sagte: »Entspannen Sie sich. Ich bin harmlos.«

»Al!«

»Sie wollen nichts mehr riskieren?« Er leerte den Rest aus der kleinen Flasche, räusperte sich endlos und sagte endlich: »Na, gut. Also raus damit, wie's war.

Sharon fuhr die Berge rauf, um Anthony gegen zehn zu sprechen. Wir schuldeten ihm ein paar Riesen von der Wocheneinnahme. Fragen Sie mich nicht, was sie sonst noch getrieben haben, ich hab selber nie gefragt. Sie waren Freunde. Das war Sharons Sache. Sie kommt also hin, und sie ist halb erfroren, und sie muß ein paar Scheite von draußen holen und Feuer machen, weil Anthony bloß in seinem Morgenmantel auf der Couch liegt und anfangs nicht mal mit ihr reden will.

Also macht sie ein loderndes Feuer im Kamin und zieht sich die Ledersachen aus. Der Kerl rührte sich kaum, und sie fragt ihn andauernd, was denn los ist. Sie gießt was zu trinken ein und bringt ihn zum Reden, und er erzählt ihr, zwei schlimme Sachen sind passiert. Ich meine wirklich schlimme.«

»Weiter.«

»Sein Doc hat ihm gerade bestätigt, daß er Lungenkrebs hat. Er hat fünfundzwanzig, dreißig Jahre geraucht, was hat er da erwartet? Im fortgeschrittenen Stadium, ein paar Zellen hier und da, und daß er noch ungefähr ein halbes Jahr hat. Einige Minuten heult er an Sharons Schulter, sie trinken weiter. Dann sagt er ihr …«

»Wie geht's uns denn?« erkundigte sich die Schwester süßlich. Tablettenzeit. Al beobachtete mitfühlend, wie Nina schluckte und schluckte.

»Was hat er ihr dann erzählt?« fragte Nina, als die Schwester in ihren federnden weißen Schuhen hinaushüpfte.

»Anthony hatte in der ganzen Stadt alles, was Misty am Kochen hatte, niedergemacht. Er hatte diesen Lehrertyp, Tom, ausgeschaltet, indem er mit seiner Frau sprach. Und er glaubte, es gab da ein Techtelmechtel mit dem Doc, den seine Frau dann beim Prozeß weggepustet hat, also redete er auch mit der. Die Sache war die, er wußte wirklich nicht, was er mit Misty machen sollte, weil ihm klar war, wenn er ihr gnadenlos Vorwürfe macht, wie er eigentlich wollte, würde sie für immer abhauen.

An dem Tag, gleich nach dem Besuch beim Arzt, kam sein schlangenäugiger Compadre Peter La Russa auf ihn zu und brachte ihm ein Überwachungsvideo vom Korridor im vierten Stock, gerichtet auf das Apartment des Managers dort oben. Es zeigte, wie Misty ging, vielleicht am Vortag oder am selben Tag, und wie sie noch miteinander schmusten und sich überall begrapschten. Man kann sich nur wundern, daß sie überhaupt zum Schlafen kam.«

»Wie nahm er das auf?«

»Das will ich Ihnen sagen. Sharon hatte ihn noch nie so erlebt. Sie meinte, er war total verzweifelt. Das war ein harter Mann, aber selbst harte Männer haben eine empfindliche Stelle, und bei ihm war's Misty. Die ganzen Verdächtigungen, und bis zu dem Tag hat er nie richtig geglaubt, daß sie ihn betrog. Erst war er ganz still, dann fing er an zu toben. Sie beruhigte ihn ein bißchen und brachte ihn zu Bett. Sie hoffte, er würde bis zum Morgen dort liegenbleiben und vielleicht mit klareren Gedanken aufwachen. Das waren zwei schwere Schläge, die er einstecken mußte.

Dann war's nach Mitternacht, und Sharon wußte, Misty würde von ihrer Schicht nach Hause kommen. Da wollte Sharon nicht dabeisein. Anthony schnarchte, aber sie befürchtete, Misty würde ihn aufwecken. Sie hörte den Subaru auf der Einfahrt, schlich sich hinten raus und guckte von draußen durch die Scheibe in den Wohnraum rein. Sie hatte ihr Bike ein Stück die Straße runter geparkt.«

Al machte eine Pause. »Kein Grund für mich oder Sharon, den Mist zu erfinden, oder?« sagte er.

»Nein«, antwortete Nina. Sie rieb sich die Stirn, Bilder stellten sich wieder ein. Dr. Clauson in Placerville, der seelenruhig neben Anthonys Leiche rauchte und ihr und Paul vom Krebs erzählte; La Russa, wie er aussagte, er habe Anthony das Videoband gegeben; Steve Rossmoor, der Paul mitteilte, er habe Videobänder von seinem Korridor, die bewiesen, daß er in der Nacht von Anthonys Tod nicht weggegangen war.

Hier, genau hier, war Michelle Patterson ins Bild gekommen. Und laut Al hatte sich alles so abgespielt, wie Michelle es Nina vor einer Ewigkeit in der Kanzlei erzählt hatte.

»Nach dem Kampf rannte Misty in die Küche. Sharon glaubte, Anthony muß ziemlich verletzt gewesen sein. Sie konnte sehen, wie er blutete. Sie wollte nichts wie rein und nachsehen, ob sie helfen konnte. Aber da sah sie, wie Anthony aufstand. Er bewegte sich ganz normal und stellte sich an die Küchentür. Und wie Misty rauskam, verpaßte er ihr eine. Sharon sagte, es hat ausgesehen, wie wenn er dabei vorsichtig zu Werke ging, damit sie bloß die Besinnung verlor.

Er trug sie ins Schlafzimmer. Dann lief er in die Küche, hob die Eisbärenfigur auf, mit der Misty zugeschlagen hatte, und ging nach draußen. Ohne Mantel, ohne Schuhe, er hielt bloß vorn den roten Morgenmantel zu.

Sharon kam um die Hausseite rum, ihm entgegen, aber er lief schon durch den Schnee zum Boot des Nachbarn. Der Mond schien hell, und es fielen nur noch einzelne Flocken. Sie rief ihm nach, aber er reagierte nicht. Als sie hinkam, hatte er schon abgelegt und war dreißig Meter weg.

Dann brüllte sie übers Wasser: ›Komm zurück, du verrückter Mistkerl!‹

Und er schrie zurück: ›Verrate nichts!‹

Das waren seine letzten Worte. Er verschwand dort draußen im Dunkeln mit einem Winken, und Sharon guckte noch 'ne ganze Weile hinterher, aber er kam nicht zurück.«

Al Otis' Stimme verlor sich.

»Er hat es der eigenen Frau angehängt«, sagte Nina. Sie war sich sicher gewesen, aber als sie Al die Geschichte erzählen hörte, fühlte sie eine Art ehrfürchtiger Scheu. Sie sackte ins Bett zurück.

»Rufen Sie mich an, wenn Sie wieder auf den Beinen sind, Anwältin«, sagte Al beim Aufstehen. »Da unterhalten wir uns weiter. Ich bring Ihnen was mit den Karten bei.« Dann war er weg.

Etwas später brachte die Krankenschwester ein schweres braunes Paket. Nina zerbiß die Schnur und ließ das Papier zu Boden fallen.

»Die Polizei gab das zurück, aber für mich ist das keine gute Erinnerung. Behalten Sie es, Nina, und denken Sie an mich und an all das Gute, das Sie getan haben, indem Sie mir glaubten und sich selbst vertrauten.« Die Karte war von Michelle unterschrieben. Darin fand sie in weißen Papierservietten die Eisbärenfigur. Sie stellte sie auf den Tisch vor dem Fenster neben dem Bett.

Dann schloß sie die Augen und gab sich ganz der Befriedigung hin, bis ins Innerste, zum Herzen ihres Falls, vorzustoßen – zum Herzen eines Toten. Ihr war, als habe sie Anthony Patterson die ganzen Monate hindurch gekannt. Alle Emotionen hatten ihren Ausgangspunkt bei ihm. Er hatte alle Beteiligten in nichtsahnende Instrumente seiner Rache verwandelt.

Einen Augenblick lang haßte sie ihn. Sie war beinahe getötet worden. Seinetwegen.

Doch dieses Empfinden wurde von einem widerwilligen Mitgefühl verdrängt. Nun, wo sie ihn verstand, konnte sie ihn nicht hassen. Mit seinem Selbstmord hatte er verkündet, daß er seinen eigenen Tod sterben wollte, auf seine Weise. Er hatte dem Schicksal getrotzt, das ihn erwartete: Scheidung, Krankheit und Einsamkeit. Er hatte an die Liebe geglaubt und rächte sich, als seine Liebe verraten wurde. Inmitten all der Brutalität und der Enge seines Lebens konnte sie nicht umhin, in seinen Handlungen eine Art von Verwegenheit zu entdecken, mit der er allen eine Nase drehte.

Endlich verstand sie ihn. Und endlich glaubte sie auch, seine Geschichte zu kennen. Erschöpft vom Nachdenken und von der Kälte im Raum geplagt, lehnte sie sich zurück in die Kissen. Sie legte sich hin, um den Traum des eifersüchtigen Liebenden zu träumen. Sie hörte den Song, den Michelle so haßte. Sie sah, wie er, vor Kälte zitternd, vom Boot aus Sharon am Bootssteg zuwinkte und in die Kajüte hinunterstieg, wo es wärmer war. Sie malte sich aus, wie er an Misty dachte und wünschte, daß sie es nie vergaß. Er war schon halb betrunken. Ein einziger kräftiger Schlag wäre genug, und er würde unter die kalte, schwarze Wasseroberfläche sinken. Selbst der Mond sandte ihm einen schimmernden Pfad übers Wasser entgegen; der See würde das übrige tun. Sie konnte sehen, wie er die Augen schloß, sich hinausbeugte, mit der Figur ausholte, kräftig …

Die Krankenschwester schüttelte sie leicht an der Schulter. »Dinner«, sagte sie. »Ist Ihnen kalt? Sie zittern ja.« Etwas Bläuliches gab es heute abend in einer Plastikschüssel dazu. Muß die Nachspeise sein. »Jum«, sagte Nina und dachte daran, wie Paul sein Essen im Freel Peak Saloon verschlungen hatte. Sie vermißte ihn.

Nachdem sie fertig war, wählte sie Michelles Nummer in Fresno. Während es läutete, überlegte sie, ob sie Michelle erzählen sollte, was sie wußte, eine einfache Geschichte, die über Fakten hinausging und alle Punkte miteinander verband. Wenn Michelle erfuhr, was in der Nacht von Anthonys Tod geschehen war, konnte sie das mit neuen Schuldgefühlen belasten. Aber sie davor zu schützen hätte geheißen, in Michelle nicht die Frau zu achten, die sie nun geworden war: ein Mensch, der das Blatt spielte, das er erhielt.

Sollte sie die letzte Wahrheit unterdrücken?

Sie legte auf. Es hatte keine Eile.

Wieder wurde sie von Müdigkeit überfallen. Das letzte, was auf der Innenseite ihrer Augenlider Gestalt annahm, als sie in einen traumlosen Schlaf abdriftete, war das Bild, das sie nun jeden Tag sah: das vertraute Fenster in ihrer Kanzlei, ihre Luke zur Welt, das Zickzackprofil des Mount Tallac, der draußen aufragte, purpurn und majestätisch, und geduldig auf sie wartete.